LEGADO

NORA ROBERTS

Romances

A Pousada do Fim do Rio
O Testamento
Traições Legítimas
Três Destinos
Lua de Sangue
Doce Vingança
Segredos
O Amuleto
Santuário
A Villa
Tesouro Secreto
Pecados Sagrados
Virtude Indecente
Bellíssima
Mentiras Genuínas
Riquezas Ocultas
Escândalos Privados
Ilusões Honestas
A Testemunha
A Casa da Praia
A Mentira
O Colecionador
A Obsessão
Ao Pôr do Sol
O Abrigo
Uma Sombra do Passado
O Lado Oculto
Refúgio

Saga da Gratidão

Arrebatado pelo Mar
Movido pela Maré
Protegido pelo Porto
Resgatado pelo Amor

Trilogia do Sonho

Um Sonho de Amor
Um Sonho de Vida
Um Sonho de Esperança

Trilogia do Coração

Diamantes do Sol
Lágrimas da Lua
Coração do Mar

Trilogia da Magia

Dançando no Ar
Entre o Céu e a Terra
Enfrentando o Fogo

Trilogia da Fraternidade

Laços de Fogo
Laços de Gelo
Laços de Pecado

Trilogia do Círculo

A Cruz de Morrigan
O Baile dos Deuses
O Vale do Silêncio

Trilogia das Flores

Dália Azul
Rosa Negra
Lírio Vermelho

NORA ROBERTS

LEGADO

1ª edição

Tradução
Wendy Campos

Rio de Janeiro | 2021

EDITORA-EXECUTIVA
Renata Pettengill

SUBGERENTE EDITORIAL
Marcelo Vieira

AUXILIARES EDITORIAIS
Georgia Kallenbach
Beatriz Araújo

REVISÃO
Mauro Borges

IMAGEM DE CAPA
Jon Bilous / Shutterstock

DIAGRAMAÇÃO
Ricardo Pinto

TÍTULO ORIGINAL
Legacy

CIP-BRASIL. CATALOGAÇÃO NA PUBLICAÇÃO
SINDICATO NACIONAL DOS EDITORES DE LIVROS, RJ

R549L   Roberts, Nora, 1950-
          Legado / Nora Roberts ; tradução de Wendy Campos. - 1. ed. - Rio de Janeiro: Bertrand Brasil, 2021.

          Tradução de: *Legacy*
          ISBN 978-65-5838-030-6

          1. Romance americano. I. Campos, Wendy. II. Título.

21-71357   CDD: 813
                                    CDU: 82-31(73)

– Bibliotecária – CRB- Meri Gleice Rodrigues de Souza - Bibliotecária - CRB-7/6439

Copyright © Nora Roberts, 2020

Texto revisado segundo o novo Acordo Ortográfico da Língua Portuguesa.

2021
Impresso no Brasil
Printed in Brazil

Todos os direitos reservados. Não é permitida a reprodução total ou parcial desta obra, por quaisquer meios, sem a prévia autorização por escrito da Editora.

Direitos exclusivos de publicação em língua
portuguesa somente para o Brasil adquiridos pela:
EDITORA BERTRAND BRASIL LTDA.
Rua Argentina, 171 — 3º andar — São Cristóvão
20921-380 — Rio de Janeiro — RJ
Tel.: (21) 2585-2000 — Fax: (21) 2585-2084,
que se reserva a propriedade literária desta tradução.

Seja um leitor preferencial.
Cadastre-se no site www.record.com.br e
receba informações sobre nossos lançamentos
e nossas promoções.

Atendimento e venda direta ao leitor:
sac@record.com.br

*Para meus filhos, e os filhos deles.
E todos que vierem depois.*

PARTE UM
AMBIÇÕES

*O poder para fazer o bem é o verdadeiro
e legítimo fim da ambição.*

— Sir Francis Bacon

Capítulo um

⌘ ⌘ ⌘

Georgetown

A PRIMEIRA VEZ que Adrian Rizzo viu o pai, ele tentou matá-la.

Aos 7 anos, vivia indo de um lugar para o outro. Na maior parte do tempo, a garota morava em Nova York com a mãe e Mimi — que cuidava de ambas. Mas, às vezes, elas ficavam algumas semanas em Los Angeles, Chicago ou Miami.

No verão, costumava passar ao menos duas semanas com os avós em Maryland. Essa era, na sua opinião, a parte mais divertida do ano, pois eles tinham cachorros, um quintal enorme para brincar e um balanço feito de pneu.

Em Manhattan, suas atividades incluíam ir à escola, o que era legal, além de aulas de dança e treinos de ginástica artística, que eram bem mais legais.

Quando precisavam viajar por causa do trabalho da mãe, Mimi lhe dava aulas particulares, pois ela não podia deixar os estudos de lado. Para Mimi, parte do aprendizado incluía conhecer a cidade em que estavam. Como passariam um mês inteiro em Washington D.C., as lições incluiriam passeios pelos monumentos, um tour pela Casa Branca e visitas ao Instituto Smithsonian.

Adrian às vezes trabalhava com a mãe, o que adorava. Sempre que precisava participar de uma das videoaulas sobre como manter a boa forma, tinha de aprender novas séries, como uma cardio dance ou posições de yoga.

Adrian gostava de aprender e adorava dançar.

Aos 5 anos, participou, ao lado da mãe, de um vídeo de yoga voltado para pais e filhos. De yoga, é claro, afinal, ela era o "baby" em Yoga Baby, a empresa da mãe.

Ficou orgulhosa e empolgada quando a mãe lhe disse que fariam outro. Talvez quando ela completasse 10 anos, direcionado para o público nessa faixa etária.

Lina Rizzo era expert em faixas etárias, demografia e coisas do gênero. Estava sempre falando disso em suas conversas com o empresário e os produtores.

Sabia muito sobre fitness também, conexão entre corpo e mente, nutrição, meditação e afins.

Não sabia cozinhar — ao menos não como o Nono e a Nona, que eram donos de um restaurante. E, diferente de Mimi, não era muito fã de jogos, pois estava sempre muito ocupada cuidando da carreira.

A vida da mãe era uma sequência infinita de reuniões, ensaios, planejamentos de séries de exercícios, aparições públicas e entrevistas.

Apesar da pouca idade, a menina percebia que Lina não sabia muito sobre como ser mãe.

Ainda assim, ela não se importava que Adrian brincasse com sua maquiagem — desde que guardasse tudo de volta no lugar. E jamais ficava brava quando a filha cometia um erro durante um ensaio.

O melhor de tudo nesta viagem é que, em vez de voar de volta para Nova York quando a mãe terminasse a gravação e cumprisse a agenda de entrevistas e reuniões, elas viajariam de carro para passar um fim de semana prolongado com os avós.

Adrian planejava negociar a prorrogação dessa estada para uma semana, mas, por ora, apenas se sentou no chão em frente à porta e observou a mãe trabalhar em uma nova série.

Uma das razões de Lina ter escolhido esta casa para passar o mês foi a academia com paredes revestidas de espelhos, algo tão essencial para ela quanto o número de quartos.

Lina fez agachamentos, afundos, elevações de joelho, flexões do tipo burpees — Adrian sabia todos os nomes. E conversou com o espelho — seus telespectadores —, dando instruções e incentivos, como de costume.

De vez em quando ela dizia um palavrão e recomeçava uma sequência.

Adrian a achava bonita, uma princesa suada, mesmo sem estar maquiada pois não havia pessoas ou câmeras. Lina tinha olhos verdes como os da Nona e uma pele que parecia sempre queimada de sol — embora ela não se bronzeasse. Os cabelos, presos para trás em um elástico, pareciam castanhas torradas, daquelas que você compra, fumegantes e cheirosas, em barracas na rua na época do Natal.

Ela era alta — não tanto quanto o Nono —, e Adrian esperava ficar tão alta quanto, no futuro.

Vestia um shortinho justo e um top esportivo — mas não usava nada tão revelador nos vídeos ou nas aparições públicas, pois dizia que não era elegante.

Por ter sido criada com essa mentalidade de consciência com a saúde do corpo e da mente, Adrian sabia que a mãe era saudável, sarada e fabulosa.

Murmurando para si mesma, Lina se aproximou para fazer algumas anotações no que Adrian sabia ser o esboço do vídeo. Este teria três segmentos — cardio, treinamento de força e yoga —, cada um de trinta minutos, além de um bônus de quinze minutos com uma série expressa de total body.

Lina pegou uma toalha para enxugar o rosto e viu a filha.

— Droga, Adrian! Que susto! Eu não sabia que você estava aqui. Onde a Mimi está?

— Ela está na cozinha. Vamos comer frango com arroz e aspargos no jantar.

— Ótimo. Por que você não vai lá dar uma ajudinha? Eu preciso de um banho.

— Por que você está brava?

— Não estou brava.

— Você estava brava com o Harry no telefone. Gritou que não tinha falado nada pra ninguém, muito menos pra um repórter de tabloide, e disse um palavrão.

Lina arrancou o elástico do cabelo como fazia quando estava com dor de cabeça.

— Você não deveria escutar conversas particulares.

— Eu não fiquei escutando, eu ouvi *por acaso*. Você está brava com o Harry?

Adrian gostava muito do assessor de imprensa da mãe. Ele sempre lhe trazia M&Ms ou Skittles escondido e contava piadas engraçadas.

— Não, eu não estou brava com o Harry. Vai ajudar a Mimi. Diz pra ela que eu desço daqui a mais ou menos meia hora.

Definitivamente ela estava brava, pensou Adrian quando a mãe saiu. Talvez não com Harry, mas com alguém, porque cometeu muitos erros durante o treino e disse um monte de palavrões.

E Lina quase nunca cometia erros.

Talvez só estivesse com dor de cabeça. Mimi disse que as pessoas às vezes têm dores de cabeça quando se preocupam demais.

Adrian se levantou, mas, como achava chato ajudar Mimi na cozinha, preferiu entrar na academia. Parou de frente para os espelhos; o reflexo mostrava uma menina alta para a idade e os cabelos encaracolados — pretos como costumavam ser os do avô — escapando de um elástico verde. Seus olhos tinham um acastanhado que não os deixava serem considerados verdes de fato, como os da mãe, mas ela ainda tinha esperança de que eles mudassem de cor.

Vestindo short rosa e camiseta florida, a menina fez uma pose. E, ligando a música em sua cabeça, dançou.

Ela amava suas aulas de dança e ginástica artística quando estavam em Nova York, mas agora não se imaginava como aluna, e, sim, como professora.

Rodopiou, chutou, deu um flic-flac, abriu espacates. Um passo cruzado, um pouco de salsa, *um salto!* Inventava os movimentos conforme dançava.

Ela se divertiu por vinte minutos. Os últimos vinte minutos de inocência de sua vida.

Então, ouviu alguém tocando insistentemente a campainha.

O som ecoava uma raiva que ela jamais esqueceria.

Ela não deveria abrir a porta sozinha, mas isso não significava que não pudesse ir até lá. Assim, foi até a sala de estar, depois até o hall de entrada, e viu Mimi surgir apressada da cozinha, secando as mãos em um pano de prato vermelho.

— Pelo amor de Deus! Tem alguém morrendo aí?

Ela revirou os olhos castanho-escuros para Adrian e enfiou o pano no cós da calça jeans. Era uma mulher baixinha, mas com uma voz poderosa.

— Peraí, mas que coisa! — gritou.

Adrian sabia que Mimi tinha a mesma idade de sua mãe porque haviam feito faculdade juntas.

— Qual é o seu problema? — disparou ela, então girou a fechadura e abriu a porta.

De onde estava, a menina viu a expressão de Mimi passar de irritada — como ficava quando ela não arrumava o quarto — para assustada.

E então, tudo aconteceu muito rápido.

Mimi tentou fechar a porta novamente, mas o homem fez o movimento contrário, a empurrando para trás. Ele era grande, muito maior do que ela. Tinha uma barba rala com alguns fios grisalhos, e os cabelos eram dourados com fios brancos nas têmporas. Seu rosto estava vermelho como se tivesse acabado de correr uma maratona. O choque de Adrian ao ver o homem corpulento empurrando Mimi a paralisou.

— Cadê ela, porra?

— Ela não tá aqui! Você não pode entrar aqui desse jeito. Some daqui. Some daqui agora, Jon, ou vou chamar a polícia.

— Sua vagabunda mentirosa. — Ele agarrou o braço de Mimi e a sacudiu. — Cadê ela? Ela acha que pode sair por aí abrindo a boca e ferrar com a minha vida?

— Me solta! Você tá bêbado.

Quando Mimi tentou se afastar, Jon a esbofeteou. O som reverberou como um tiro na cabeça de Adrian, e ela deu um salto na direção dele.

— Solta ela! Deixa ela em paz.

— Sobe, Adrian. Vai lá pra cima agora! — disse Mimi.

Mas Adrian respondeu irritada, cerrando os punhos:

— Ele tem que ir embora!

— É por causa disso? — rosnou o homem para Adrian. — É por isso aí que ela quer ferrar com a porra da minha vida? Ela não se parece nem um pouco comigo. Aquela piranha deve ter ficado com meio mundo e agora quer que eu pague o pato. Vai se foder. Vai se foder!

— Sobe, Adrian. — Mimi girou em sua direção, e o que Adrian viu em seu rosto não foi raiva, como o que ela sentia. Foi medo. — Agora!

— Aquela piranha tá lá em cima, não é? Sua mentirosa. Olha o que eu faço com mentirosos. — Dessa vez não foi só um tapa; Jon socou o rosto de Mimi, uma, duas vezes.

Quando Mimi caiu desacordada, o medo tomou conta de Adrian. Socorro. Ela precisava pedir socorro.

Mas ele a agarrou na escada, jogou sua cabeça para trás enquanto puxava os cabelos encaracolados pelo rabo de cavalo.

A menina gritou desesperada pela mãe.

— Isso, chama a mamãe. — Ele deu um tapa tão forte no rosto de Adrian que fez com que ele ardesse como fogo. — É com ela mesmo que eu quero falar.

Enquanto ele arrastava a menina escada acima, Lina saiu correndo do quarto vestindo um roupão, o cabelo ainda molhado do banho.

— Adrian Rizzo, o que...

Ela parou, petrificada, os olhos fixos no homem.

— Larga ela, Jon. Larga ela pra gente conversar.

— Não tem conversa. Você acabou com a minha vida, sua caipira do caralho.

— Eu não falei com aquela repórter nem com ninguém sobre você. Essa história não partiu de mim.

— Mentirosa! — Ele puxou o cabelo de Adrian novamente, com tanta força que parecia que a cabeça dela inteira estava pegando fogo.

Lina deu dois passos hesitantes na direção dele.

— Larga ela, e nós vamos resolver isso. Eu sei como posso consertar isso.

— Agora é tarde, porra. A universidade me suspendeu hoje de manhã. Minha esposa está humilhada. Meus filhos, e nem por um minuto eu acredito que essa vadiazinha seja minha filha, não param de chorar. Você voltou para cá, para a *minha* cidade, para fazer isso.

— Não, Jon. Eu vim a trabalho. Não falei com a repórter. Já faz mais de sete anos, Jon, por que eu faria isso? Ainda mais agora? Você tá machucando a minha filha. Solta ela.

— Ele bateu na Mimi — disse Adrian. Ela conseguia sentir o cheiro do sabonete e do shampoo da mãe; o aroma levemente doce das flores de laranjeira. O homem desconhecido fedia a suor e uísque. — Ele bateu no rosto dela e ela caiu.

— O que você... — Lina desviou o olhar para além do parapeito que cercava o segundo andar. E viu Mimi, o rosto ensanguentado, engatinhando atrás de um sofá. Seu olhar voltou a se concentrar em Jon. — Você tem que parar com isso, Jon, antes que alguém se machuque. Deixa...

— Você acabou comigo, sua puta de merda!

Sua voz refletia todo o calor e o rubor de seu rosto; era como o fogo que queimava o couro cabeludo de Adrian.

— Sinto muito por isso, mas...

— Minha família está acabada! Quer sentir um pouco dessa dor? Vamos começar com a sua bastardinha.

Jon arremessou Adrian longe. A menina teve a sensação de voar, por um breve e aterrorizante momento, antes de atingir em cheio a quina do último degrau. A ardência, antes concentrada na cabeça, agora irradiava no pulso, na mão e subia pelo braço. Sua cabeça bateu na madeira, e tudo que ela pôde ver foi o homem avançando na direção da mãe.

Jon batia em Lina sem parar, mas ela revidava e chutava. Os sons eram terríveis, tão assustadores que a menina queria tapar os ouvidos, mas não conseguia se mover. Estatelada na escada, ela tremia.

Mesmo quando a mãe gritou para que corresse, ela não conseguiu.

Jon sufocava e sacudia Lina, mas então ela o atingiu da mesma forma que ele fizera com Mimi, no rosto.

Havia sangue por toda parte, na mãe, no homem.

Eles se agarravam, quase como em um abraço, mas de um jeito violento e cruel. Então Lina pisou no pé dele e conseguiu desferir uma joelhada. E, quando o homem cambaleou para trás, ela o empurrou.

Ele bateu no parapeito. E despencou.

Adrian o viu agitar os braços enquanto caía. Ela o viu desabar sobre a mesa onde a mãe colocava flores e velas. Ouviu aqueles sons terríveis. Viu o sangue escorrer de sua cabeça, orelhas, nariz.

Ela viu...

Então Lina ergueu a menina do chão, a virou e pressionou o rosto dela contra o peito.

— Não olha, Adrian. Tá tudo bem agora.

— Tá doendo!

— Eu sei. — Lina segurou com carinho o pulso da filha. — Vou dar um jeito nisso. Mimi. Ah, Mimi.

— Já chamei a polícia — disse Mimi, cambaleando escada acima, com os olhos quase fechados de tão inchados devido aos socos. Depois de se sentar e abraçar as duas, disse: — A ajuda está a caminho.

E, por cima da cabeça de Adrian, Mimi murmurou três palavras. Ele está morto.

* * *

*A*DRIAN SE lembraria para sempre da dor e dos serenos olhos azuis do paramédico que estabilizou a fratura em galho verde em seu pulso. A voz do homem também era tranquila, quando ele iluminou os olhos dela com uma pequena lanterna, mostrando os dedos e perguntando quantos ela via.

Ela jamais se esqueceria dos policiais, em suas fardas azul-escuras, os primeiros a entrar depois que as sirenes pararam de soar.

Mas quase todo o restante, mesmo enquanto estava acontecendo, parecia nebuloso e distante.

Os policiais se amontoaram na sala de estar do segundo andar com vista para o quintal de fundos e seu pequeno lago de carpas. A maioria dos policiais conversava com a mãe dela, já que Mimi havia sido levada para o hospital.

A mãe disse a eles quem era o homem: Jonathan Bennett, professor de Literatura Inglesa na Universidade de Georgetown. Ao menos era quando ela o conheceu.

A mãe relatou o ocorrido, ou pelo menos começou a relatar.

Então um homem e uma mulher entraram. O homem era muito alto e usava uma gravata marrom. O tom da pele era mais escuro que a gravata e os dentes eram muito brancos. A mulher tinha cabelo ruivo curto e sardas pelo rosto todo.

Ambos apresentaram os distintivos, como nos programas de TV.

— Sra. Rizzo, sou a detetive Riley e este é meu parceiro, detetive Cannon. — A mulher prendeu o distintivo de volta no cinto. — Sabemos que é difícil, mas precisamos fazer algumas perguntas pra senhora e sua filha.

Ela sorriu para Adrian.

— É Adrian, certo?

Quando Adrian assentiu, Riley olhou para Lina.

— Tudo bem se Adrian me mostrar o quarto dela e conversarmos lá enquanto a senhora fala com o detetive Cannon?

— Assim vai ser mais rápido? Eles levaram minha amiga, a babá da minha filha, para o hospital. Nariz quebrado, concussão. E o paramédico acha que Adrian sofreu uma fratura em galho verde no pulso esquerdo e ela bateu a cabeça.

— A senhora parece ferida, também — comentou Cannon, e Lina deu de ombros. E imediatamente fez uma careta de dor com o movimento.

— As costelas machucadas vão sarar, o meu rosto também. Ele focou mais no rosto mesmo.

— Podemos levá-la ao hospital agora e conversar lá depois que a senhora consultar um médico.

— Eu prefiro ir quando… vocês terminarem lá embaixo.

— Compreendo. — Riley olhou para Adrian. — Tudo bem se a gente conversar no seu quarto, Adrian?

— Acho que sim. — Ela se levantou, segurando o braço na tipoia junto ao peito. — Eu não vou deixar você levar minha mãe para a cadeia.

— Não seja boba, Adrian.

Adrian ignorou o comentário da mãe e fitou os olhos de Riley. Eram verdes, porém mais claros que os de Lina.

— Eu não vou deixar.

— Entendido. Nós só vamos conversar, ok? Seu quarto é nesse andar?

— Segunda porta à direita — interveio Lina. — Pode ir, Adrian, vai com a detetive Riley e depois vamos ver como a Mimi está. Vai ficar tudo bem.

Adrian seguiu na frente e Riley sorriu quando elas entraram no cômodo decorado em rosa suave e verde primavera. Um grande cachorro de pelúcia imperava sobre a cama.

— Que quarto legal. E muito arrumado.

— Eu tive que arrumar hoje de manhã, senão não ia poder ver as flores de cerejeira e tomar sundaes. — Ela fez uma careta, assim como Lina um pouco antes. — Não fale nada sobre os sundaes. A gente só pode tomar frozen yogurt.

— Será nosso segredo. Sua mãe é muito rígida com o que você come?

— Às vezes. Na maior parte do tempo. — Lágrimas brilharam em seus olhos. — Mimi vai morrer que nem o homem?

— Ela se machucou, mas não é nada grave. E sei que eles estão cuidando muito bem dela. Que tal a gente sentar aqui com esse carinha?

Riley sentou-se na beirada da cama e deu uns tapinhas carinhosos no cachorro de pelúcia.

— Qual o nome dele?

— Barkley. Harry me deu no Natal. Não posso ter um cachorro de verdade agora porque a gente mora em Nova York e viajamos muito.

— Ele tem cara de ser um bom cachorro. Você pode contar para mim e para o Barkley o que aconteceu?

E então tudo veio à tona, com a força de uma inundação que rompe uma barragem.

— O homem apareceu na porta. Ele ficou tocando a campainha sem parar, então eu fui ver. Não é pra eu abrir a porta sozinha, então esperei pela Mimi. Ela saiu da cozinha e abriu a porta. Aí ela tentou fechar de novo, muito rápido, mas ele não deixou e empurrou ela. Ele quase derrubou ela.

— Você conhecia ele?

— Não, mas a Mimi conhecia, porque ela chamou ele de Jon e disse pra ele ir embora. Ele estava bravo, gritando e falando palavrões. não é pra gente falar palavrão.

— Tudo bem. — Riley continuou acariciando Barkley como se ele fosse um cachorro de verdade. — Eu entendi.

— Ele queria ver minha mãe e Mimi disse que ela não estava em casa, mas ela estava. Ela estava tomando banho aqui em cima. E ele continuou gritando, e deu um tapa no rosto dela. Ele bateu nela. Não podemos bater nas pessoas. Bater é errado.

— E foi errado.

— Eu gritei pra ele deixar ela em paz porque ele estava segurando os braços dela e machucando ela. E ele olhou pra mim; ele não tinha me visto, mas olhou pra mim, e eu fiquei apavorada com o jeito que ele me olhou. Mas ele estava machucando a Mimi e eu fiquei brava. Ela me mandou subir, mas ele estava machucando a Mimi. Aí ele bateu nela, deu um soco nela. — Adrian fez um gesto com a mão boa, enquanto lágrimas começaram a escorrer por seu rosto. — E tinha muito sangue, ela caiu e eu corri. Corri para tentar chegar até a mamãe, mas ele me pegou. Puxou meu cabelo com tanta força e me arrastou pela escada, e eu gritei chamando pela mamãe.

— Quer parar um pouco, meu bem? Podemos esperar um pouco para você me contar o resto.

— Não. Não. A mamãe saiu correndo e viu ele. E ela ficou falando pra ele me soltar, mas ele não queria. Ele continuou dizendo que ela tinha acabado com a vida dele, e mais um monte de palavrões. Uns bem feios. E ela ficava dizendo que não tinha contado e que ia consertar as coisas, mas para ele me soltar. Ele estava me machucando. E ele me chamou de nomes feios, e aí ele... ele me jogou.

— Ele jogou você?

— Na escada. Ele me jogou na escada e eu bati nos degraus. Meu pulso parecia que estava pegando fogo e eu bati com a cabeça, mas não rolei muito pela escada. Alguns degraus só, eu acho. E minha mãe gritou com ele, correu e lutou com ele. Ele bateu no rosto dela, e ele colocou as mãos assim...

Ela fez um gesto como se estivesse enforcando alguém.

— Eu não conseguia me mexer, e ele bateu no rosto dela, mas ela bateu de volta, forte, e chutou, e eles continuaram lutando, e então... então ele caiu. Ela empurrou ele pra fugir, pra chegar até mim. O rosto dela tinha sangue, ela empurrou ele e ele caiu. Não foi culpa dela.

— Certo.

— Mimi engatinhou pela escada enquanto mamãe me levantava e me abraçava, e ela disse que a ajuda estava vindo. E todo mundo estava sujo de sangue. Ninguém nunca tinha me batido antes. Eu odeio que ele era o meu pai.

— Como você sabe que ele era seu pai?

— Por que ele estava gritando, por causa de como ele me chamou. Eu não sou burra. E ele é professor na faculdade onde minha mãe estudou, e ela me disse que conheceu meu pai na faculdade. Então... — Adrian deu de ombros. — É isso. Ele bateu em todo mundo, cheirava mal e tentou me jogar pela escada. Ele caiu porque ele era mau.

Riley colocou um braço nos ombros de Adrian e concluiu que tudo fazia sentido.

𝓜IMI PASSOU a noite internada. Lina comprou flores na loja de presentes do hospital — as mais bonitas que encontrou — e foi até o quarto. Adrian fez a primeira radiografia de sua vida e colocaria seu primeiro gesso assim que o inchaço diminuísse.

Em vez de tentar terminar o jantar planejado por Mimi, Lina pediu pizza. Deus sabia que a menina merecia. Assim como ela própria merecia uma taça de vinho bem, bem grande mesmo.

Ela se serviu do vinho e, enquanto Adrian comia, quebrou sua regra de longa data e tomou uma segunda taça. Precisava fazer uma infinidade de ligações, mas elas teriam de esperar. Droga, tudo teria de esperar ela ficar mais calma.

Elas jantaram no quintal, sob árvores frondosas e protegidas por uma cerca que garantia a privacidade. Ou melhor, Adrian comia enquanto Lina mordiscava uma única fatia de pizza entre goles de vinho.

Talvez estivesse um pouco frio para um jantar ao ar livre, e mais do que um pouco tarde para Adrian estar comendo pizza, mas o dia tinha sido terrível demais. Ela estava torcendo para que a filha dormisse, mas tinha de admitir que não conhecia bem o ritual noturno. Era Mimi quem cuidava disso. Talvez um banho de espuma; contanto que ela mantivesse seco o gesso temporário.

Só de pensar no gesso, e em como poderia ter sido pior, seu desejo de encher a taça de vinho aguçou novamente. Mas ela resistiu. Lina era exemplo de autodisciplina.

— Como ele era meu pai?

Lina olhou para os olhos verde-dourados da menina a encarando.

— Porque eu fui jovem e burra. Desculpa. Eu diria que gostaria de não ter sido tão burra, mas aí você não estaria aqui, não é mesmo? Não podemos corrigir o passado, só o presente e o futuro.

— Ele era mais legal quando você era jovem e burra?

Lina soltou uma risada e suas costelas se queixaram dolorosamente. Quanto devemos contar a uma criança de 7 anos, pensou.

— Eu achava que ele era...

— Ele bateu em você antes?

— Uma vez. Só uma vez, e depois disso nunca mais vi ele. Se um homem bate em você uma vez, ele provavelmente vai bater de novo, e de novo.

— Você tinha me falado que amava meu pai, mas as coisas não deram certo e ele não queria a gente, então ele não era nada pra gente mais.

— Eu achava que amava seu pai. Era isso que eu deveria ter dito. Eu tinha só vinte anos, Adrian. Ele era mais velho, bonito, charmoso, inteligente. Era um professor novo. Eu me apaixonei por quem eu achava que ele era. E, desde aquela época, ele não é nada, até hoje...

— Por que ele estava tão bravo hoje?

— Porque uma pessoa, um repórter, descobriu isso e publicou uma matéria. Não sei como, não sei quem contou pra ele. Não fui eu.

— E você não disse nada porque ele não é nada nosso.

— Exatamente.

Quanto devia contar, pensou Lina novamente. Nessas circunstâncias, talvez tudo.

— Ele era casado, Adrian. Ele tinha esposa e dois filhos. Eu não sabia. Na verdade, ele mentiu pra mim e disse que estava se divorciando. Eu acreditei nele.

Será mesmo que acreditara, perguntou-se Lina. Era tão difícil de lembrar agora.

— Talvez eu quisesse muito acreditar nele, mas acreditei nele, sim. Ele tinha um apartamento pequeno perto da faculdade, então eu acreditei que ele estava solteiro. Mais tarde, descobri que não era a única pra quem ele mentia. Foi aí que eu terminei tudo. Ele nem se importou.

Não era totalmente verdade, pensou ela. Ele gritou, fez ameaças, a empurrou.

— Então me dei conta de que estava grávida. Mais tarde, muito mais tarde do que eu deveria, achei que precisava contar a ele. Foi quando ele me bateu. Ele não estava bêbado, como hoje.

Ele tinha bebido, pensou ela, mas não estava bêbado. Não como hoje.

— Eu disse que não queria nem precisava de nada dele, que não me humilharia contando a quem quer que fosse que ele era o pai biológico. E virei as costas.

Lina preferiu não mencionar as ameaças, as exigências para que fizesse um aborto e toda a parte sórdida. Não via razão para isso.

— Terminei o semestre, me formei, depois fui para casa. Nono e Nona me ajudaram. O resto você já sabe; como comecei a dar aulas e gravar vídeos quando estava grávida de você, especialmente para mulheres grávidas, depois pra mães e bebês.

— Yoga Baby.

— Isso mesmo.

— Mas ele sempre foi mau. Isso significa que eu também vou ser?

Meu Deus, como ela era péssima nessa coisa de ser mãe. Fez o possível para pensar no que a própria mãe diria.

— Você sente que você é malvada?

— Às vezes eu fico brava.

— Ah é, não me diga? — Mas Lina sorriu. — A maldade é uma escolha, eu acho, e você não escolhe ser malvada. Ele tinha razão quando disse que você não se parece com ele. Você puxou os Rizzo.

Lina estendeu o braço por cima da mesa e pegou a mão boa de Adrian. Talvez fosse uma conversa muito adulta, mas era o melhor que ela conseguia fazer.

— Ele não é nada, Adrian, a menos que a gente deixe que ele seja. Então, vamos ignorar ele.

— Você vai ter que ir pra cadeia?

Lina brindou com sua taça de vinho.

— Você não vai deixar, lembra? — Mas então viu uma fagulha de medo e a menina apertou a mão de Lina. — Estou só brincando. Não, Adrian. A polícia viu o que aconteceu. Você disse a verdade à detetive, não foi?

— Disse. Eu juro.

— Eu também. A Mimi também. Esquece isso, está bem? A única coisa é que por causa dessa matéria, e agora com a morte do seu pai, então mais matérias devem aparecer. Vou falar com o Harry logo, e ele vai me ajudar com isso.

— A gente ainda pode ir pra casa do Nono e da Nona?

— Lógico. Assim que Mimi melhorar, você colocar o gesso e eu resolver algumas coisas, vamos pra lá.

— Podemos ir logo? Assim que der?

— Assim que der. Daqui a uns dias, talvez.

— Isso é logo. Tudo vai ficar melhor lá.

Vai demorar muito tempo, pensou Lina, até as coisas melhorarem. Mas depois de virar seu vinho apenas disse:

— Com certeza.

Capítulo dois

⌘ ⌘ ⌘

A CARREIRA DE Lina começou com a gravidez não planejada. Em poucos meses, ela passou de estudante universitária e *personal trainer*/professora de ginástica para empresária de vídeos de exercícios. Os primeiros brotos demoraram a romper a terra, mas sua determinação, persistência e astúcia para os negócios renderam frutos.

Nos meses anteriores ao fatídico encontro com Jon Bennett em Georgetown, sua carreira floresceu; as vendas da Yoga Baby — videoaulas, DVDs, aparições públicas, um livro (e planos para um segundo) — geraram um lucro de mais de dois milhões de dólares.

Atraente e perspicaz, ela aproveitou ao máximo os segmentos nos programas matinais — depois passou a fazer aparições em programas de fim de noite, e, durante o dia, escrevia artigos para revistas de boa forma, e os impulsionava com sessões de fotos.

Ela era jovem e atraente com um corpo esguio e sarado e sabia como usar ambos os atributos a seu favor. Conseguiu até algumas participações especiais em programas do mesmo canal. Ela gostava dos holofotes e não tinha vergonha nem disso nem de suas ambições. Acreditava totalmente em seu produto — saúde, boa forma e equilíbrio — e achava, com toda a convicção, que era a melhor pessoa para promovê-lo.

Trabalho árduo nunca foi um problema para Lina. Ela prosperava disso, das viagens, das agendas lotadas e do planejamento para expandir os negócios. Estava trabalhando em uma linha de equipamentos de ginástica e, com a colaboração de um nutricionista e doutor, começou a fazer planos para suplementos.

Mas, então, Lina empurrou para a morte o homem que inadvertidamente mudou o rumo de sua vida. Em legítima defesa. Não demorou muito para a polícia concluir que ela estava apenas protegendo a filha, a amiga e a si mesma.

E, de uma forma horrível, a repercussão do caso impulsionou as vendas de seus produtos, seu nome e fez chover propostas de trabalho.

Não demorou muito, e ela decidiu surfar essa onda. Uma semana depois do terrível incidente, ela dirigiu de Georgetown para a zona rural de Maryland com planos de tirar o melhor proveito da situação.

Colocou óculos de sol enormes, já que nem mesmo sua habilidade com maquiagem conseguia esconder os hematomas. Suas costelas ainda doíam, mas ela havia começado uma rotina de exercícios modificada e acrescentado mais tempo de meditação.

Mimi ainda tinha dores de cabeça ocasionais, mas o nariz quebrado estava sarando e o hematoma no olho já estava mudando de roxo para um amarelo mórbido.

O gesso era incômodo, mas Adrian gostava de que as pessoas o assinassem. Dali a duas semanas, de acordo com o médico, ela precisaria tirar outra radiografia. Podia ter sido pior. Lina fazia questão de se lembrar constantemente de que podia ter sido pior.

Durante a viagem, Adrian ficou jogando no banco de trás do carro com o Game Boy que Harry lhe dera de presente. Lina viu as silhuetas das montanhas de Maryland, o lilás pálido contra o céu azul e límpido. O lugar de onde quis desesperadamente escapar, do silêncio, do ritmo assustadoramente lento, para se juntar à ação, às multidões, às pessoas, a tudo lá fora.

E ainda se sentia assim.

Lina não tinha nascido para cidades pequenas nem para a vida do interior. Deus sabia que fazer almôndegas, molho de pizza ou administrar um restaurante nunca fora o seu sonho — fosse esse o legado da família ou não.

Sempre ansiou pelas multidões, pela cidade e, sim, pelos holofotes. Considerava Nova York sua base familiar, se não completamente seu lar. Para Lina, o lar era, e sempre seria, onde estavam o trabalho e a ação.

Quando ela finalmente saiu da rodovia I-70, o tráfego desapareceu e a estrada começou a serpentear em meio a colinas e campos verdejantes salpicados de casas e fazendas.

Você *poderia sim* voltar para casa, pensou ela, só não conseguiria ficar lá. Pelo menos não Lina Theresa Rizzo.

— Estamos quase chegando! — A voz de Adrian ecoou do banco de trás em comemoração. — Olha gente! Vacas! Cavalos! Queria que o Nono e a Nona tivessem cavalos. Ou galinhas. Galinhas seriam legais.

Adrian abriu a janela e colocou o rosto para fora como um cachorrinho feliz. Seus cachos escuros esvoaçantes ao vento. Acabariam, Lina bem sabia, em um ninho de rato de nós e emaranhados.

Então as perguntas começaram.

Já chegamos? Posso balançar no pneu? Será que a Nona fez limonada? Posso brincar com os cachorros?

Será? Posso? Por quê?

Lina deixou que Mimi respondesse às perguntas. Ela teria outras para responder em breve.

Ela dobrou a esquina onde ficava o celeiro vermelho, onde perdera a virgindade sobre o monte de feno com seus quase 17 anos. O filho de um fazendeiro de leite, recordou. Quarterback do time de futebol americano. Matt Weaver. Bonito, forte, doce sem ser um banana.

Eles se amavam, do jeito que adolescentes de quase 17 anos costumam amar. Ele queria se casar com ela — um dia —, mas ela tinha outros planos.

Lina ouvira falar que ele havia casado, tido um filho ou dois e ainda trabalhava na fazenda com o pai. Bom para ele, pensou, e foi de coração. Mas não era bom para ela, nunca seria.

Dobrou mais uma rua, se afastando do pequeno centro de Traveler's Creek, onde o restaurante italiano Rizzo's ficava na praça da cidade como um patrimônio local há duas gerações.

Os avós de Lina, que o construíram, finalmente aceitaram que precisavam se mudar para um clima mais quente. Mas não tinham aberto uma filial em Outer Banks?

Estava no sangue, disseram, mas, de alguma forma — felizmente —, não no dela.

Ela acompanhou o riacho e seguiu em direção a uma das três pontes cobertas, que atraíam fotógrafos, turistas e casamentos para a região. A ponte era mesmo encantadora, aninhada sobre a pequena elevação na curva do riacho. E, como sempre, Mimi e Adrian soltaram "uhuls" em uníssono enquanto cruzavam a ponte com suas paredes vermelho vivo e telhado azul pontiagudo.

Lina virou de novo em outra rua, ignorando como Adrian quicava feito bola no banco de trás e, por fim, entrou na alameda sinuosa, atravessou a segunda ponte sobre o riacho que dava nome à cidade e chegou à grande casa no alto da colina.

Os cães vieram correndo, o grande vira-lata caramelo e o pequenino basset de orelhas compridas.

— Olha o Tom e Jerry! Uhul! Ei vocês, oi!

— Não tira o cinto de segurança até eu estacionar, Adrian.

— Ah, mãe! — resmungou Adrian, mas obedeceu, apenas continuou quicando no assento. — A Nona e o Nono!

Dom e Sophia saíram, de mãos dadas, para a grande varanda que rodeava toda a fachada da casa. Sophia, os cachos castanhos emoldurando o rosto, chegava a 1,77m com seus tênis cor-de-rosa, mas continuava bem menor que o marido, de 1,95m.

Em boa forma e fortes, ambos pareciam uma década mais jovens do que realmente eram sob a sombra da varanda do segundo andar. Quantos anos tinham agora? Ela por volta dos 67 ou 68, e ele era uns quatro anos mais velho, pensou Lina. Eram namorados desde o ensino médio, casados há quase cinquenta anos.

Suportaram a perda de um bebê que viveu menos de 48 horas, três abortos espontâneos e o sofrimento de receber um parecer médico de que não poderiam mais ter filhos.

Até que... surpresa! Quando os dois já estavam na casa dos 40 anos, Lina Theresa chegou.

Lina estacionou sob uma garagem externa ampla ao lado de uma reluzente picape vermelha e um robusto SUV preto. Ela sabia que o queridinho da mãe — o elegante conversível turquesa — tinha seu lugar de honra na outra garagem.

Mal havia freado quando Adrian saltou do carro.

— Nona! Nono! Oi garotos, oi! — Ela abraçou os cachorros enquanto Tom se apoiava nela e Jerry abanava o rabo e a lambia. Em seguida, correu para os braços abertos do avô.

— Sei que você acha que estou cometendo um erro — começou Lina —, mas olha ela, Mimi. É o melhor para ela agora.

— Uma filha precisa da mãe. — Dito isso, Mimi desceu do carro, colocou um sorriso no rosto e foi até a varanda.

— Meu Deus, não estou colocando ela em um cestinho e abandonando no meio do mato. É só um verão, caramba.

Sophia desceu até a escada da varanda e encontrou Lina no meio do caminho. Sophia segurou o rosto machucado da filha com uma das mãos, depois, sem dizer uma palavra, apenas a abraçou.

Nada, em toda a terrível semana que passou chegou tão perto de fazê-la desabar.

— Por favor, mãe. Não quero que Adrian me veja chorar.

— Lágrimas sinceras não são motivo de vergonha.

— Já choramos o bastante — respondeu a filha, se afastando. — Você está ótima.

— Não posso dizer o mesmo de você.

Lina esboçou um sorriso.

— Você não viu o outro cara.

Sophia soltou uma breve gargalhada.

— Essa é a minha Lina. Vamos, o dia está lindo, vamos sentar na varanda. Você deve estar com fome. Temos bastante comida.

Talvez fossem os genes italianos ou talvez os de dono de restaurante. De qualquer forma, os pais de Lina presumiam que qualquer um que viesse a sua casa devia estar com fome.

Os adultos sentaram-se à mesa redonda na varanda enquanto Adrian brincava no jardim com os cachorros. Eles comeram pães e queijos, antepasto, azeitonas. Havia uma jarra de vidro de limonada; a favorita de Adrian. E, embora não fosse nem meio-dia, havia vinho.

A meia taça que Lina se permitiu beber ajudou a aliviar as tensões da viagem. Eles não falaram sobre o ocorrido; não nos pequenos intervalos em que Adrian corria para o colo de Dom para mostrar seu novo Game Boy, beber limonada e tagarelar sobre os cachorros.

O pai era sempre tão paciente, pensou Lina. Sempre tão paciente com as crianças, tão bom com elas. E tão bonito com seus cabelos brancos como um monte de neve e linhas de expressão ao redor de seus olhos cor de mel.

Ao longo de toda sua vida, Lina achou que ele e Sophia formavam um casal perfeito — os dois altos, esbeltos, bonitos e em total sintonia um com o outro, enquanto ela sempre se sentiu um pouco deslocada. Bem, e sempre foi mesmo, não? Sempre um pouco fora de ritmo em relação aos pais, a este lugar, à cidade que os locais chamavam de Creek. Então ela encontrou seu ritmo em outro lugar.

Adrian deu uma risadinha quando, depois que os avós atenderam ao seu pedido de assinar o gesso, a avó desenhou os cães e acrescentou seus nomes.

— Os quartos estão prontos — disse Sophia. — Vamos levar as malas lá para cima, aí vocês podem se instalar e descansar se quiserem.

— Eu tenho que ir ao restaurante — acrescentou Dom —, mas chego a tempo pro jantar.

— Na verdade, a Adrian está falando sobre o balanço do pneu há dias. Mimi, por que você não dá uma volta com ela pelo quintal, deixa ela brincar um pouco?

— Está bem. — Mimi se levantou e, apesar do breve olhar de desaprovação para Lina, gritou animada para Adrian:

— Vamos pro balanço.

— Isso! Vamos, garotos!

Dom esperou até que Adrian desaparecesse na lateral da casa com Mimi em seu encalço.

— O que foi?

— Mimi e eu não vamos ficar. Tenho que voltar para Nova York, terminar o projeto que comecei em Washington. Não vou conseguir terminar lá agora, então… espero que vocês possam ficar um tempo com a Adrian.

— Lina. — Sophia estendeu a mão para a filha. — Você precisa de alguns dias, pelo menos para descansar, se recuperar, e ajudar Adrian a se sentir segura.

— Eu não tenho tempo para isso, e onde Adrian se sentiria mais segura do que aqui?

— Sem a mãe dela?

Lina se voltou para o pai.

— Ela vai ter vocês dois. Tenho que tomar as rédeas da situação. Não posso deixar isso atrapalhar minha carreira, meus negócios; preciso assumir o controle.

— Aquele homem podia ter matado você... você, Adrian e Mimi.

— Eu sei, pai, eu sei. Eu estava lá. Ela vai ficar feliz aqui, ela adora este lugar. Só tem falado nisso nos últimos dias. Eu trouxe os prontuários médicos, então ela consegue fazer o próximo raios-X aqui. O médico de Washington acha que ela vai poder tirar o gesso em uma ou duas semanas. É uma lesão muito comum e secundária, então...

— Secundária!

Quando o pai explodiu, Lina levantou as duas mãos.

— Ele tentou jogar ela escada abaixo. Não consegui chegar a tempo. Não consegui impedir ele. Se ele não fosse tão incompetente, se não estivesse bêbado feito um gambá, teria conseguido, e ela poderia ter quebrado o pescoço em vez do pulso. Acredita em mim, nunca vou esquecer isso.

— Dom — murmurou Sophia, dando um tapinha na mão do marido. — Quanto tempo você quer que ela fique com a gente? — perguntou a Lina.

— Todo o verão. Olha, eu sei que é um bom tempo, e eu sei que é pedir demais.

— A gente vai amar ficar com ela. — Sophia limitou-se a responder. — Acho que você está errada em fazer isso. Está errada em deixar Adrian agora, Lina. Mas vamos fazer de tudo para deixar ela segura e feliz.

— Obrigada. Ela praticamente já terminou o ano letivo, mas Mimi tem mais algumas tarefas para ela e instruções para vocês. E quando as aulas voltarem, ela, e eu, nós já teremos superado tudo isso.

Os pais se calaram por um momento, encarando a filha. Os olhos cor de mel do pai e verdes da mãe a faziam pensar em como Adrian era uma mistura dos dois.

— Ela sabe que vai ficar aqui sem você? — Quis saber Dom. — Que você vai voltar para Nova York sem ela?

— Eu ainda não disse nada porque precisava perguntar a vocês primeiro. — Lina se levantou. — Vou falar com ela agora. Mimi e eu precisamos pegar a estrada logo. — Lina fez uma pausa. — Sei que decepcionei vocês... de novo. Mas acho que desse jeito será melhor para todos. Preciso de tempo para me concentrar e eu não conseguiria dar a ela a atenção que precisa agora. Além disso, ela ficando aqui, evita que algum paparazzi tire fotos e o rosto de Adrian estampe a capa de um desses tabloides baratos.

— Mas você vai atrás de publicidade — lembrou Dom.

— Sim, do tipo que eu possa controlar e direcionar. Sabe, pai, muitos homens não são como você. Eles não são gentis e amorosos, e muitas mulheres acabam com hematomas desse tipo no rosto. — Ela apontou para o olho. — Muitas crianças acabam com um braço engessado. Pode ter certeza de que falarei sobre isso sempre que tiver uma oportunidade.

Lina se afastou, furiosa, porque acreditava que estava certa. E frustrada porque suspeitava que estava errada.

Uma hora depois, estava Adrian na varanda observando a mãe e Mimi partirem.

— Ele machucou todo mundo por minha causa, é por isso que ela não me quer por perto.

Dom se abaixou até que seus olhos se encontrassem e colocou as mãos delicadamente nos ombros da menina.

— Não diga uma coisa dessas. Nada disso é culpa sua, e sua mãe deixou você com a gente porque ela vai ficar muito ocupada.

— Ela está sempre ocupada. É a Mimi que toma conta de mim.

— Nós achamos que você gostaria de passar o verão conosco. — Sophia passou a mão pelo cabelo de Adrian. — Se não estiver feliz, digamos, em uma semana, Nono e eu te levamos de volta pra Nova York.

— Vocês fariam isso?

— Lógico. Mas, por uma semana, teremos nossa neta favorita conosco. Nossa *gioia*. Nossa alegria.

Adrian deu um leve sorriso.

— Sou a única neta de vocês.

— E ainda assim, é a favorita. E se você ficar feliz, o Nono pode te ensinar a fazer ravióli e eu posso te ensinar a fazer tiramisù.

— Mas você tem que ajudar nas tarefas. — Dom bateu um dedo no nariz da menina. — Dar comida aos cachorros, ajudar no jardim.

— Você sabe que eu gosto de fazer isso quando venho pra cá. Não são tarefas de verdade.

— Trabalho é trabalho, mesmo quando você ama o seu.

— Posso ir pro restaurante ver você jogar a massa de pizza no ar?

— Desta vez, vou te ensinar como jogar a massa. E podemos começar assim que você tirar esse gesso. Tenho que ir ao restaurante agora; se quiser ir também, vai lavar as mãos.

— Tá bom!

Quando ela correu para dentro da casa, Dom se levantou e soltou um suspiro.

— Crianças são resilientes. Ela vai ficar bem.

— É. Mas Lina nunca vai recuperar esse tempo perdido. Uma pena. — Sophia deu um tapinha na bochecha de Dom. — Não compre muitos doces para ela.

— Vou comprar só o suficiente.

$\mathcal{R}$AYLAN WELLS estava sentado em uma mesa para dois no Rizzo's fazendo a droga do seu dever de casa. Em sua opinião, ele já *tinha* dever de casa, pois tinha as tarefas do lar para cumprir, então por que o dever da escola não podia se limitar à droga da escola? Aos 10 anos, Raylan frequentemente se sentia sufocado e confuso com o mundo adulto e as regras estabelecidas para as crianças.

Ele havia terminado o dever de matemática; achava fácil pois matemática fazia sentido. A maioria das outras drogas de matéria não. Como responder a um monte de perguntas sobre a Guerra Civil. Sim, eles moravam perto de Antietam e tudo mais, e o campo de batalha era legal, mas tudo isso era *passado*.

A União venceu, a Confederação perdeu. Como disse Stan Lee — e ele era um gênio: fim de papo.

Raylan respondeu a uma pergunta, então rabiscou uns desenhos, respondeu outra pergunta e ficou sonhando acordado com uma batalha épica entre o Homem-Aranha e o Doutor Octopus.

Já que estavam no que a mãe chamava de intervalo — depois do almoço, antes do jantar —, a maioria dos clientes era alunos do ensino médio que entravam só para jogar fliperama e, quem sabe, comer uma fatia de pizza ou tomar uma Coca-Cola.

Ele só poderia jogar depois de terminar a droga do dever de casa. Mais uma regra da mãe. Ele olhou para o salão quase vazio, para além do balcão e para a grande cozinha aberta onde ela trabalhava.

Seis meses antes, ela só cozinhava em casa, na cozinha deles. Mas isso foi antes de seu pai ir embora. Agora a mãe trabalhava como cozinheira pois eles precisavam pagar as contas e outras coisas. Ela usava o grande avental vermelho com o nome RIZZO'S estampado na frente, e o cabelo preso debaixo de um chapéu branco ridículo que todos os cozinheiros e ajudantes de cozinha usavam.

Ela dizia que gostava de trabalhar no restaurante, e ele acreditava, porque a mãe sempre parecia feliz trabalhando naquele fogão gigante. E, principalmente, porque ele sabia quando a mãe mentia.

Como no dia em que ela disse a ele e à irmã que estava tudo bem, mas seus olhos diziam justamente o contrário.

No começo, ele ficou assustado, mas se convenceu de que estava tudo bem. Maya chorou; ela só tinha 7 anos. Mas superou.

Era o que parecia, na maior parte do tempo.

Ele presumiu que agora era o homem da casa, mas não tardou a descobrir que isso não significava que poderia ignorar o dever de casa ou ficar acordado até mais tarde durante a semana.

O menino respondeu a outra pergunta idiota sobre a Guerra Civil.

Maya podia ir à casa de sua amiga Cassie, para fazerem o dever de casa juntas. Não que na idade dela tivesse muito dever de casa. Mas Raylan? Negativo.

Talvez porque ele, seu melhor amigo e outros dois tivessem saído juntos para jogar basquete e passar o tempo em vez de fazer o dever de casa ontem.

E anteontem.

Mamãe em Fúria não ficava devendo em nada para o Doutor Octopus, então agora ele tinha que ir direto para o Rizzo's depois da escola, em vez de para a casa do Mick, Nate ou Spencer. Não seria tão ruim se Mick, Nate ou Spencer pudessem vir ao Rizzo's. Mas as mães deles também estavam furiosas.

Quando viu o Sr. Rizzo chegar, Raylan se animou um pouco. Sempre que Dom entrava na cozinha, ele ficava jogando massa. A mãe de Raylan e alguns dos outros cozinheiros também arremessavam a massa no ar, mas o Sr. Rizzo sabia fazer truques, como jogar a massa para o alto, girá-la e pegá-la nas costas.

E, se o restaurante não estivesse muito cheio, ele deixava Raylan tentar, e deixava ele criar sua própria pizza personalizada com os ingredientes que quisesse — de graça.

Raylan mal reparou na criança que entrou com o Sr. Rizzo, pois era uma menina. Mas ela estava com o braço engessado, o que a tornava um pouco mais interessante. Ele inventou motivos para o gesso enquanto terminava de responder às últimas perguntas idiotas de sua tarefa.

A menina caíra em um poço, de cima de uma árvore, de uma janela durante um incêndio em casa?

Com as perguntas respondidas — finalmente! —, ele começou a última tarefa. Fez o dever de matemática primeiro, porque era fácil. A porcaria de história em seguida, pois era chato.

E deixou a tarefa de usar as palavras que aprendera a soletrar nesta semana em uma frase para o final, porque era divertido. Ele gostava de palavras ainda mais do que de matemática e quase tanto quanto de desenho.

1. Pedestre. O carro de fuga do assalto ao banco atropelou o pedestre.
2. Vizinhança. Quando os alienígenas do planeta Zork invadiram a Terra, o mundo contou com o grande e único amigo da vizinhança, Homem-Aranha, para protegê-lo.
3. Remover. O cientista malvado sequestrou várias pessoas e começou a remover os órgãos delas para seus experimentos malucos.

Raylan terminou a última das dez palavras enquanto sua mãe se sentava à mesa.

— Já fiz todo o dever de casa idiota — disse ele.

Como seu turno havia chegado ao fim, Jan tirou o avental e o chapéu. O cabelo estava mais curto desde que o marido a deixara; ela achou que o corte *pixie* combinou com ela. Além disso, era muito fácil mantê-lo arrumado.

Os cabelos de Raylan bem que precisavam de um corte, avaliou Jan. Antes claros como girassóis, eles estavam começando a escurecer, ficando mais parecidos com os da mãe, um tom de mel. Ele estava crescendo, pensou, enquanto gesticulava para que o filho lhe mostrasse o dever de casa.

Ele revirou os maravilhosos olhos verde-escuros iguais aos do pai, e empurrou o fichário sobre a mesa.

É, seu filho estava crescendo; o cabelo, não mais como de bebê, lembrando finos fios de caramelo, estava mais espesso, um pouco ondulado. O rosto deixara de ser infantil e rechonchudo — o tempo voou — e estava mais fino, com os contornos mais definidos, o que carregaria até a idade adulta.

Passou de fofo para bonito bem diante de seus olhos. A mãe conferiu o dever de casa, porque, embora já conseguisse ver o homem que ele se tornaria, o menino era um tanto preguiçoso com suas responsabilidades.

Ela leu as frases formadas com as palavras da semana, e suspirou.

— Promessa. O Cavaleiro das Trevas fez a promessa de lutar pelo bem.

Ele apenas sorriu.

— Está certo.

— Como é que alguém tão inteligente perde tanto tempo e esforço evitando o dever de casa que pode fazer em menos de uma hora?

— Porque dever de casa é um saco.

— É mesmo — concordou a mãe. — Mas é sua obrigação. E você se saiu muito bem hoje.

— Então posso ir pra casa do Mick?

— Para alguém tão bom em matemática, você está tendo dificuldade em contar os dias que faltam na semana. Você está de castigo até sábado. E se pisar na bola com seu dever de novo...

— Nada de sair por duas semanas — completou o menino em tom mais triste do que ofendido. — Mas o que vou *fazer* agora? Por *horas*.

— Não se preocupa, fofinho. — Ela empurrou o fichário de volta para ele. — Tenho muitas coisas para você fazer.

— Mais tarefas? — Agora o tom era de ressentimento. — Mas eu fiz todo o meu dever de casa.

— Ah, então você quer um prêmio por fazer suas obrigações? Entendi! — Com um enorme sorriso e olhos inquietos, ela bateu as palmas das mãos. — Que tal eu te encher de beijos? — Ela se inclinou na direção dele. — Vou fazer isso bem aqui, na frente de todos. Nhãm-nhãm, beijo-beijo.

Ele se encolheu, mas não conseguiu conter o sorriso.

— Para com isso!

— Beijos estalados não vão te deixar sem graça, não é, meu querido?

— Você é estranha, mãe.

— Que nem você. Agora vamos pegar sua irmã e voltar para casa.

Raylan guardou o fichário na mochila lotada. Pessoas estavam começando a chegar para tomar uma cerveja ou uma taça de vinho, ou para encontrar amigos para um jantar mais cedo.

O senhor Rizzo vestia o chapéu e o avental agora, e fazia seus truques de jogar a massa para o alto. A menina aplaudia, sentada em um banquinho no balcão.

— Tchau, Sr. Rizzo!

O senhor Rizzo pegou a massa, girou e deu uma piscadinha.

— *Ciao*, Raylan. Toma conta da sua mãe.

— Sim, senhor.

Jan e Raylan saíram para a área externa e coberta, onde algumas pessoas já estavam sentadas à mesa comendo e bebendo. Os vasos de flores exalavam fragrâncias que se misturavam com o cheiro de lula frita, molho picante e pão torrado.

A cidade tinha grandes vasos de concreto com flores espalhados ao longo da praça, e alguns dos estabelecimentos comerciais tinham mais vasos ou cestos pendurados. Enquanto esperavam que o sinal fechasse para que pudessem atravessar a rua, Jan teve que se conter para não segurar a mão do filho.

Ele já tem 10 anos, lembrou-se ela. Não ia querer segurar a mão da mãe para atravessar a rua.

— Quem era a menina com o Sr. Rizzo?

— Quem? Ah, é a neta dele, Adrian. Ela vai ficar com eles durante o verão.

— Por que ela está usando gesso?

— Ela machucou o pulso.

— Como? — perguntou o menino enquanto atravessavam a rua.

— Ela caiu. — E, ao sentir os olhos de Raylan fixos nela enquanto eles andavam pelo quarteirão seguinte, ela olhou para baixo. — O que foi?

— Você está com aquela cara.

— Que cara?

— Aquela cara que você fica quando não quer me contar alguma coisa ruim.

Ela deve mesmo ter feito uma cara. E presumiu que em uma cidade do tamanho de Traveller's Creek, onde os Rizzo eram parte tão integrada à cultura local, Raylan — com seus ouvidos aguçados — acabaria sabendo de qualquer maneira.

— O pai dela machucou ela.

— Sério? — O pai dele tinha dito e feito um monte de coisas ruins, mas nunca quebrou seu braço nem o de Maya.

— Espero que você respeite a privacidade do Sr. e da Sra. Rizzo, Raylan. Prometi levar Maya até o restaurante já que ela e Adrian têm a mesma idade para ver se ficam amigas. Não quero que você diga nada pra sua irmã. Se Adrian quiser contar a ela, ou a qualquer pessoa, é com ela.

— Tá bom, mas, caramba, o pai quebrou o braço dela!

— O pulso. Mas continua sendo muito ruim.

— Ele está preso?

— Não. Ele morreu.

— Caraca! — Atordoado, e um pouco elétrico, o menino quicava no lugar. — Ela tipo… matou o pai ou fez alguma coisa pra se defender?

— Não. Não inventa. Ela é só uma garotinha que passou por uma provação terrível. Não quero que você fique enchendo ela de perguntas.

Eles chegaram à casa de Cassie, que ficava bem em frente à deles. A família conseguiu manter a casa porque os Rizzo deram um emprego para Jan depois que o marido os abandonou levando a maior parte das economias.

Essa foi uma das coisas realmente ruins que ele fez.

Raylan ouvia a mãe chorar quando pensava que ele estava dormindo depois de ter sido abandonada — e antes de conseguir o emprego.

Ele nunca faria ou diria nada que pudesse magoar o Sr. ou a Sra. Rizzo. Mas a menina parecia muito mais interessante agora.

Capítulo três

❋ ❋ ❋

Tudo mudou quando Adrian conheceu Maya naquele verão. Seu mundo se abriu com festas do pijama, dias de brincadeiras e segredos compartilhados. Pela primeira vez em sua vida, Adrian tinha uma melhor amiga de verdade.

Ensinou para Maya posições de yoga e passos de dança, e quase um flic-flac, e Maya a ensinou a girar uma baliza e a jogar bozó.

Maya tinha um cachorro chamado Jimbo, que sabia andar só com as patas traseiras, e uma gata dengosa chamada Srta. Priss. Ela tinha um irmão chamado Raylan, que só queria saber de jogar videogame, ler histórias em quadrinhos ou andar por aí com os amigos, então ela não o via muito.

Mas o garoto tinha olhos verdes, um tom mais intenso e mais escuro que os da mãe e da avó de Adrian. Como se tivessem recebido uma dose extra de verde.

Maya disse que ele era bobalhão na maior parte do tempo, mas Adrian não tinha como avaliar, já que ele as evitava.

Mas ela ficou encantada com os olhos do menino.

Ainda assim, Raylan a fez pensar em como seria ter um irmão ou uma irmã. Uma irmã seria melhor, *óbvio*, mas ter alguém quase da mesma idade em casa parecia divertido.

A mãe de Maya era muito simpática. Nona disse que ela era uma joia, e Nono comentou que era uma excelente cozinheira e que trabalhava duro. Às vezes, quando a Sra. Wells ia para seu turno no restaurante, trazia Maya a tiracolo para passar o dia, e, se elas pedissem com antecedência, poderiam chamar mais amigas.

Depois de remover o gesso, Adrian precisou usar uma tala removível por mais três semanas. Mas poderia tirá-la caso quisesse tomar um belo banho de espuma ou se fosse convidada para nadar na piscina da casa da amiga de Maya, Cassie.

Um dia, em meados de junho, ela subiu com Maya até o quarto para pegar tudo de que precisavam para uma festa do chá que planejavam realizar no quintal, sob a árvore frondosa.

Ela parou diante da porta aberta do quarto de Raylan. Das outras vezes, ele a mantivera fechada com uma grande placa que dizia ENTRADA PROIBIDA.

— A gente só pode entrar com permissão — disse Maya. Os cabelos louros claros como raios de sol de Maya estavam presos em uma trança francesa; era o dia de folga da mãe, então ela teve tempo para o penteado. A menina colocou a mão no quadril como era de costume e revirou os olhos. — Como se eu quisesse. É bagunçado e fedorento.

Adrian não sentiu cheiro algum da porta, mas "bagunçado" parecia uma descrição precisa. Ele sequer fingiu arrumar a cama. Roupas e sapatos espalhados pelo chão junto aos bonecos de ação. Mas as paredes chamaram sua atenção. Estavam cobertas de desenhos.

Super-heróis, lutas de monstros ou supervilões, naves espaciais, prédios estranhos, florestas de aspecto assustador.

— Ele desenhou tudo isso? — perguntou Adrian.

— Sim, ele está sempre desenhando. Ele é bom, mas sempre faz umas coisas idiotas. Nunca desenha nada bonito. Só uma vez, para o Dia das Mães. Ele desenhou um buquê de flores, colorido e tudo mais. Mamãe chorou, mas porque gostou.

Adrian não achou os desenhos idiotas; alguns eram um tanto assustadores, mas não idiotas. Ainda assim, não disse isso, já que Maya era sua melhor amiga.

Justo quando Adrian enfiou a cabeça para espiar um pouco melhor o quarto, Raylan subiu correndo as escadas. Ele congelou no lugar por um momento, os olhos semicerrados. Em seguida, saltou diante da porta para bloquear a passagem.

— Vocês não têm permissão pra entrar no meu quarto.

— A gente não entrou, cérebro de minhoca. Ninguém quer entrar no seu quarto fedorento. — Maya deu uma fungada exagerada e colocou a mão no quadril.

— A porta estava aberta — justificou Adrian antes que Raylan pudesse retaliar contra a irmã. — Eu não entrei, eu juro. Só estava olhando os desenhos. São muito bons. O do Homem de Ferro é meu favorito. Esse aqui — acrescentou, fazendo uma pose como se estivesse voando, com um braço estendido, a mão cerrada em punho.

Os olhos furiosos se fixaram nos dela. Instintivamente, ela se encolheu e o pulso latejou com a dor fantasma.

Ele a viu proteger o pulso com a outra mão e se lembrou do pai dela. Qualquer um ficaria com medo se o próprio pai o machucasse assim.

Então Raylan deu de ombros como se não desse a mínima. Mas talvez tivesse ficado um pouco impressionado por ela saber quem era o Homem de Ferro.

— Nada demais. Foi só um rascunho. Eu posso fazer melhor que isso!

— O do Homem-Aranha e do Doutor Octopus também são muito legais.

Ok, agora ele estava mais do que um pouco impressionado. Nenhuma das outras amigas idiotas de Maya sabia a diferença entre o Doutor Octopus e o Duende Verde.

— É, acho que sim. — Sentindo que já era conversa suficiente com uma garota e olhando com desdém para a irmã, ordenou:

— Não entra.

Depois entrou e fechou a porta.

Maya abriu seu sorriso radiante.

— Não falei? É um cabeça de minhoca. — A menina pegou Adrian pela mão e saltitou até seu quarto para pegar os utensílios para a festa do chá.

Naquela noite, antes de dormir, Adrian pegou papel e lápis para tentar desenhar sua super-heroína favorita, a Viúva Negra.

Tudo o que conseguiu foram borrões conectados a linhas ou mais borrões. Triste, ela se viu obrigada a voltar para os seus desenhos de sempre — uma casa, árvores, flores e um grande sol redondo. E mesmo esses não eram muito bons, nenhum de seus desenhos era, embora Nona sempre fizesse questão de pendurá-los na geladeira.

Ela não desenhava muito bem. E também não era muito boa na cozinha, ainda que Nona e Nono dissessem que ela aprendia rápido.

Em que ela era boa, afinal?

Para se consolar, ela praticava yoga — mas com cuidado para não apoiar muito peso no pulso. Quando terminou o ritual noturno, escovou os dentes e vestiu o pijama.

Estava prestes a avisar o avô que estava pronta para dormir — a avó estava no restaurante — quando ele bateu na porta do quarto dela.

— Veja só, minha garotinha já está prontinha para ir para cama. Ora e olha só isso — acrescentou ao ver o desenho. — Isso tem que ir para a nossa galeria de arte.

— É só um desenho bobo.

— A arte está nos olhos de quem vê, e eu gostei.

— O irmão da Maya, Raylan, sabe desenhar de verdade.

— Ah, ele sabe mesmo. Ele é muito talentoso. — O avô olhou para a neta, que não conseguiu esconder seu ressentimento. — Mas nunca vi o Raylan andar plantando bananeira.

— Eu não posso ficar fazendo isso agora.

— Mas logo vai poder fazer. — Ele beijou o topo da cabeça da neta e a levou até a cama. — Agora está na hora de você e Barkley se acomodarem pra gente ler outro capítulo de *Matilda*. Minha menina lê melhor do que a maioria dos adolescentes.

Adrian se aconchegou com seu cachorro de pelúcia.

— Mente ativa, corpo ativo.

Quando Dom riu e se sentou na cama ao lado dela com o livro, a neta se aninhou em seu peito.

Ele cheirava à grama que cortara antes do jantar.

— Você acha que a mamãe está com saudades de mim?

— Lógico que está. Ela não liga toda semana para falar com você, ver se está tudo bem, saber o que você está fazendo?

Adrian pensou que gostaria de que ela ligasse mais vezes, e que, na verdade, a mãe não perguntava muito sobre o que ela vinha fazendo.

— Acho que amanhã vou te ensinar a fazer macarrão, e depois é sua vez de me ensinar alguma coisa.

— O quê?

— Uma dessas coreografias que você inventa. — Ele deu um leve toque no nariz da neta. — Mente ativa, corpo ativo.

Adrian ficou encantada com a ideia.

— Tá bem! Eu posso inventar uma nova só pra você.

— Nada muito difícil, por favor. Sou novo nisso. Agora, leia para mim.

* * *

Em retrospecto, Adrian achava que o verão tinha sido idílico. Uma pausa na realidade, nas responsabilidades e uma rotina para a qual ela jamais retornaria por completo.

Dias longos, quentes e ensolarados acompanhados de limonada na varanda e a alegria dos cachorros no quintal. A emoção de uma tempestade repentina quando o céu ficava prateado e as árvores balançavam e dançavam. Ela tinha amigos para brincar, para rir. Ela tinha avós saudáveis, cheios de energia e atenciosos que a fizeram, por aquele breve momento, o centro de seu mundo.

Ela desenvolveu boas habilidades na cozinha, algumas das quais levaria para o resto da vida. Descobriu como era divertido colher ervas e vegetais frescos, direto do quintal, e como a avó sorria sempre que o avô lhe trazia um punhado de flores silvestres.

Naquele verão, aprendeu o verdadeiro significado de família e comunidade. Jamais se esqueceria, e com frequência ansiaria por isso.

Os dias foram passando. Desfile e fogos de artifício no 4 de julho. Uma noite quente e úmida de luzes coloridas e sons rodopiantes quando o parque de diversões chegou à cidade. Capturar e soltar vaga-lumes, observar beija-flores, tomar picolé de cereja na enorme varanda em um dia tão tranquilo que dava para ouvir as águas borbulhantes do riacho.

De repente, todos começaram a falar de uniformes e material para a volta às aulas. Suas amigas comentavam sobre os professores que iam pegar e exibiam, orgulhosas, as novas mochilas e fichários.

E o verão, apesar do calor, da luz, dos longos dias, rapidamente chegou ao fim. Ela tentou, sem sucesso, não chorar enquanto a avó a ajudava a fazer as malas.

— Ah, meu bebê. — Sophia a puxou para um abraço. — Você não vai embora para sempre. Vai vir visitar a gente outras vezes.

— Não é a mesma coisa.

— Mas vai ser especial. Você sabe que sentiu falta da sua mãe e da Mimi.

— Mas agora vou sentir sua falta, e do Nono, da Maya, da Cassie e da Sra. Wells. Por que sempre tenho que sentir falta de alguém?

— Sei que é difícil, o Nono e eu também sentiremos a sua falta.

— Eu queria que a gente pudesse morar aqui. — Ela poderia muito bem morar nesta casa grande, com um lindo quarto de onde poderia sair direto na varanda e ver os cães, os jardins, as montanhas. — Eu não precisaria sentir falta de ninguém se a gente morasse aqui.

Sophia afagou brevemente as costas de Adrian e se afastou para colocar uma calça jeans na mala.

— Aqui não é a casa da sua mãe, meu bebê.

— Mas *já foi*. Ela nasceu aqui, estudou aqui e tudo mais.

— Mas não é mais. Todo mundo tem que ter a própria casa.

— E se eu quiser que aqui seja a minha casa? Por que não pode ser do meu jeito?

Sophia olhou para aquele rosto doce e rebelde e sentiu o coração partir. Adrian era muito parecida com a Lina.

— Quando você crescer, pode escolher aqui para ser seu lar. Ou pode preferir Nova York, ou qualquer outro lugar. Você que vai decidir.

— Crianças nunca podem decidir *nada*.

— É por isso que as pessoas que as amam se esforçam ao máximo para tomar boas decisões por elas até que estejam prontas para isso. Sua mãe faz o melhor que pode, Adrian. Eu prometo, ela faz o melhor que pode.

— Se você falar que eu posso morar aqui, talvez minha mãe concorde.

Sophia sentiu mais um pedaço de seu coração partir.

— Isso não seria a coisa certa para você nem pra sua mãe. — A avó se sentou na beirada da cama e envolveu o rosto cheio de lágrimas da neta com as mãos. — Vocês precisam uma da outra. Ei — disse ela quando Adrian fez que não com a cabeça. —, você acredita em mim?

— Acredito, sim.

— Eu estou te dizendo a verdade. Vocês precisam uma da outra. Pode não parecer agora, porque você está triste e com raiva, mas precisam.

— Você e o Nono não precisam de mim?

— Ah, querida, e como! — Ela puxou Adrian para um abraço forte. — *Gioia mia*. E é por isso que vamos trocar cartas.

— Cartas? Eu nunca escrevi uma carta.

— Mas agora vai. Na verdade, vou te dar uns papéis de carta lindos para você começar. Tenho alguns na minha mesa, vou lá pegar. Vamos colocar eles na mala.

— E as cartas são só para mim?

— Só para você. E uma vez por semana, sem falta, você vai ligar pra gente conversar.

— Promete?

— Juro juradinho. — Sophia entrelaçou o dedo mindinho com o de Adrian e a fez sorrir.

Ela não chorou quando o carro chegou — uma grande limusine preta reluzente —, mas se agarrou à mão do avô.

Ele apertou a mão da menina.

— Olha só que carro chique! Você vai se divertir viajando com estilo. Vamos? — Ele apertou novamente a mão da neta. — Vai lá dar um abraço na sua mãe.

O motorista estava de terno e gravata e saiu primeiro para abrir a porta. Lina desceu logo em seguida. Ela estava com lindas sandálias prateadas e Adrian viu que as unhas dos pés estavam pintadas de rosa-choque para combinar com a camisa.

Mimi surgiu do outro lado, toda sorridente, mas com os olhos marejados de lágrimas.

Mesmo com menos de oito anos, Adrian sabia que era errado correr para Mimi primeiro. Então atravessou o gramado em direção à mãe. E Lina se abaixou para o abraço.

— Acho que você cresceu. — Enquanto se levantava, Lina passou a mão pelos cabelos encaracolados da filha, presos em um rabo de cavalo. E as sobrancelhas franziram do jeito que fazia quando ela não gostava de algo. — Você definitivamente tomou muito sol.

— Passei protetor. Nono e Nona me obrigaram.

— Bom. Muito bom.

— Cadê o meu abraço? — disse Mimi abrindo os braços. Desta vez, Adrian correu. — Ah, que saudade que eu estava! — Ela levantou Adrian do chão, beijou suas bochechas e a abraçou ainda mais apertado. — Você está mais alta, bronzeada e cheirozinha.

Todos se abraçaram, mas Lina tratou logo de avisar que não podiam ficar para os comes e bebes.

— Viemos de Chicago. Já tivemos um longo dia, e amanhã cedo tenho uma entrevista no *Today*. Muito obrigada por terem tomado conta de Adrian.

— Ela é só alegria. — Sophia pegou as mãos de Adrian e beijou-as. — Uma imensa alegria. Vou sentir falta do seu lindo rostinho.

— Nona! — Adrian se jogou para abraçar a avó.

Depois foi a vez de Dom, que a puxou do chão, girou no ar e a abraçou.

— Seja boazinha com a sua mãe. — Ele beijou o cangote da neta, e então a colocou de volta no chão.

A menina fez questão de abraçar Tom e Jerry e chorou um pouco com o rosto enterrado nos pelos dos dois.

— Vamos, Adrian, não é uma despedida para sempre. Já, já é verão de novo — disse Lina.

— Você bem que podia vir no Natal — disse Sophia.

— Vamos ver. — Lina beijou a mãe, depois o pai. — Obrigada. Foi um alívio saber que ela estava longe de... tudo aquilo. Desculpem não poder ficar mais, mas tenho que estar no estúdio às seis da manhã. — Ela olhou para trás e viu que Mimi já tinha levado Adrian para dentro da limusine e tentava distraí-la mostrando como as luzes funcionavam. — Foi bom para ela. Foi bom para todos nós.

— Venham para o Natal — pediu Sophia, agarrando a mão da filha. — Ou para o Dia de Ação de Graças.

— Vou tentar. Se cuidem.

Ela entrou no carro e fechou a porta.

Ignorando as ordens da mãe para colocar o cinto de segurança, Adrian se ajoelhou no banco de trás para que pudesse olhar pela janela traseira do enorme veículo e ver os avós acenando diante da casa de pedra com os cães ao seu lado.

— Adrian, senta agora pra Mimi colocar o cinto de segurança. — Lina ainda estava falando com a filha enquanto a limusine deslizava sob a ponte coberta e seu celular tocou. Ela olhou para a tela. — Preciso atender. — Ela deslizou para o outro lado do banco traseiro. — Alô. Oi, Meredith.

— Temos água com gás e suco — falou Mimi alegremente enquanto afivelava o cinto de segurança de Adrian. — Algumas frutinhas, e aquelas chips vegetarianas de que gosta. Um piquenique no carro.

— Tá tudo bem. — Adrian abriu o zíper da pequena bolsa que seus avós compraram para ela e pegou o Game Boy. — Eu não tô com fome.

CIDADE DE NOVA YORK

Desde aquele longínquo verão, Adrian desenvolvera o hábito de escrever cartas. Ligava para os avós pelo menos uma vez por semana, às vezes enviava um e-mail ou mensagem de texto, mas a carta semanal tornou-se uma tradição.

Aproveitando uma manhã quente, com uma brisa agradável de setembro, Adrian se sentou no terraço do triplex da mãe em Upper East Side para escrever sobre sua primeira semana do ano letivo.

Ela poderia ter digitado em seu computador e enviado pelo correio, mas não pareceria diferente de um e-mail. O ato de escrever, ela pensou, era o que tornava as cartas pessoais. Ela e Maya trocavam mensagens de texto com frequência e, de vez em quando, um cartão escrito à mão.

Não tinha mais babá — Mimi havia se apaixonado por Issac, se casado e tido dois filhos. Além disso, Adrian faria 17 anos em seis semanas.

Mimi ainda trabalhava para Lina, mas como assistente administrativa, ajudando a agendar compromissos, trabalhando com Harry para marcar entrevistas e eventos.

A carreira de Lina havia decolado com livros e DVDs, eventos de fitness, discursos motivacionais, aparições na TV (interpretou ela mesma em um episódio de *Law & Order:* SVU).

A marca Yoga Baby havia se consolidado como um enorme sucesso.

A academia principal da *Ever Fit*, em Manhattan, tinha franquias em todo o país. A linha de roupas de ginástica, de alimentos saudáveis, os óleos essenciais, velas, loções e a marca de equipamentos de ginástica haviam, ao longo de pouco mais de uma década, transformado o que antes era uma operação de uma só pessoa em uma empresa nacional de bilhões de dólares.

A Yoga Baby financiava acampamentos para crianças carentes e doava grandes somas para abrigos de mulheres, então Adrian não poderia alegar que sua mãe não retribuía a comunidade.

Mas, quase todos os dias depois da escola, Adrian voltava para um apartamento vazio. Brincou com Maya dizendo que tinha um relacionamento mais próximo com o porteiro do que com a mãe.

Ficavam mais próximas durante as semanas em que trabalhavam juntas no DVD anual de exercícios para mãe e filha, pensou Adrian. Mas essa era sua vida, e ela já havia decidido o que fazer com o futuro quando pudesse fazer as próprias escolhas.

A primeira decisão já estava tomada e agora, sentada na brisa morna, esperava a bomba estourar.

Não demorou muito.

Ela ouviu as portas de vidro atrás dela deslizarem e bateram na lateral com um forte baque.

— Adrian, pelo amor de Deus, o que você está fazendo? Ainda nem começou a fazer as malas. A gente sai em uma hora.

— Você sai em uma hora — corrigiu Adrian, e continuou escrevendo. — Não tenho que fazer as malas porque eu não vou.

— Para de criancice. Não seja tão infantil. Estou com uma agenda lotada em Los Angeles amanhã. Vai lá fazer as malas.

Adrian largou a caneta, se ajeitou na cadeira e olhou para a mãe.

— Não. Eu não vou. Não vou deixar você me arrastar pelo país nas próximas duas semanas e meia. Não vou morar em quartos de hotel, ver aula online. Vou ficar aqui e ir para a droga da escola particular que você me enfiou depois de comprar esse apartamento na primavera passada.

— Você vai fazer exatamente o que eu mandar. Você ainda é uma criança e..

— Você acabou de me dizer para não ser uma criança. Se decide, mãe. Eu tenho 16 anos, daqui a algumas semanas, 17. Mal passei três semanas na escola nova e não tenho nenhum amigo. Me recuso a ficar sozinha a maior parte do dia em um quarto de hotel, estúdio ou algum centro de eventos. Posso muito bem ficar aqui sozinha depois da escola.

— Você não tem idade suficiente para ficar aqui sozinha.

— Mas tenho idade suficiente para ficar sozinha em uma cidade qualquer enquanto você autografa um livro novo ou DVD, enquanto dá entrevistas ou participa de eventos?

— Você não vai estar sozinha. — Confusa e perplexa, Lina se sentou devagar. — Se você precisar, é só me ligar ou mandar mensagem e pronto.

— E já que a Mimi não vai com você porque tem dois filhos que não quer deixar por duas semanas, é só eu ligar para ela qualquer coisa. Mas sou capaz de cuidar de mim mesma. Se não percebeu, eu tenho feito isso há um bom tempo.

— Eu sempre me certifiquei de que você tivesse tudo de que poderia precisar ou desejar. Não use esse tom comigo, Adrian. — A confusão e perplexidade haviam se transformado em surpresa e irritação. — Você está tendo a melhor educação que qualquer um poderia querer, que vai te colocar na faculdade que escolher. Você tem uma casa bonita e segura. Trabalhei, e muito, para oferecer tudo isso para você.

Adrian encarou Lina por um longo tempo.

— Você trabalhou assim porque é uma mulher ambiciosa com uma paixão genuína. Não te culpo por isso. Eu estava feliz na escola pública, tinha amigos lá. Agora vou tentar ser feliz e fazer amigos na escola para onde você me mandou. Não dá pra fazer isso se eu ficar fora por duas semanas.

— Se você acha que eu vou deixar uma adolescente sozinha em Nova York pra dar festas, matar aula e sair a hora que quiser, está muito enganada.

Adrian cruzou os braços sobre a mesa e se inclinou para a frente.

— Festas? Com quem? Eu não bebo, não fumo, não uso drogas. Cheguei perto de ter um namorado ano passado, mas tenho que começar do zero agora. Matar aula? Estou na lista de honra do colégio desde os dez anos. E se eu quisesse sair a hora que eu bem entendesse, poderia fazer isso quando você estivesse aqui. Você nunca saberia a diferença. Olha pra mim. — Adrian jogou as mãos pra cima. — Sou tão responsável que sou irritante. Mas eu tinha que ser. Você não prega sobre equilíbrio? Então, eu decidi aplicar isso na minha vida. Não vou me afastar da minha rotina de novo. Não vou.

— Se está decidida a não ir, vou ver se seus avós podem ficar com você por algumas semanas.

— Adoraria visitar eles, mas vou ficar aqui. A minha escola é aqui. Se não confia em mim, pede pra Mimi vir me checar todos os dias. Suborna um dos porteiros pra relatar minhas idas e vindas, não ligo. Vou acordar de manhã e ir pra escola. Vou voltar pra casa à tarde e fazer minhas tarefas. Vou malhar ali mesmo, naquela bela academia que você montou. Vou preparar ou pedir algo pra comer. Não quero festas, sexo e beber até cair. Estou atrás de um início normal do ano letivo. Só isso.

Lina se levantou, caminhou até a parede e olhou a vista do East River.

— Você fala como se... Eu fiz o melhor que pude por você, Adrian.

— Eu sei. — As palavras de sua avó naquele verão longínquo voltaram à sua mente. *Sua mãe faz o melhor que pode, Adrian.* — Eu sei — repetiu. — E você tem que confiar em mim que não vou fazer nada para te envergonhar. Pelo menos, que eu nunca faria algo para chatear ou decepcionar o Nono e a Nona. Só quero ir para a droga da escola.

Lina fechou os olhos. Ela poderia obrigar a filha a ir com ela; afinal, ela que mandava ali. Porém, a que preço? E para o bem de quem?

— Não quero você saindo depois das nove horas da noite, e não quero que saia do bairro, só se for para a casa de Mimi no Brooklyn.

— Se eu quiser ir ao cinema numa sexta ou num sábado à noite, teria que ser às dez horas.

— Ok, mas nesse caso você fala comigo ou com a Mimi. Não quero que deixe ninguém entrar no apartamento enquanto eu estiver fora, só se for a Mimi e a família dela. Ou o Harry. Ele vai comigo, mas talvez volte por um dia.

— Não quero companhia. Quero estabilidade.

— Um de nós, eu, Harry ou Mimi, vai telefonar todas as noites. Não vou avisar.

— Você está duvidando de mim?

— Tem uma diferença entre confiar que você seja responsável e ser negligente.

— Justo.

A brisa agitou os cabelos da cor de castanhas torradas de Lina.

— Eu... Achei que você gostava das viagens.

— Um pouco. Às vezes.

— Se você mudar de ideia, eu dou um jeito de você ir para a casa de Mimi ou de seus avós, ou de me encontrar onde quer que eu esteja.

Sabendo que a mãe faria qualquer uma dessas coisas, e sem sermões do tipo "eu avisei", Adrian sentiu o coração amolecer.

— Valeu, mas eu vou ficar bem. A escola vai me manter ocupada e estou pesquisando faculdades. E tenho um projeto que quero começar.

— Que projeto?

— Ainda tenho que pensar melhor. — Aos 16 anos, Adrian sabia como ser evasiva e parecer despreocupada. E sabia muito bem desviar a atenção de um assunto que desejava evitar. — Além disso, preciso comprar um saco de dois quilos de M&M, um litro de Coca-Cola, cinco ou seis sacos de batatas chips. Suprimentos básicos, né.

Lina deu um leve sorriso.

— Se eu achasse que está falando sério, eu te arrastava comigo nem que fosse amarrada. Tenho que ir. O carro deve estar chegando. Estou confiando em você, Adrian.

— Pode confiar.

Lina se abaixou e beijou o topo da cabeça de Adrian.

— Vai ser tarde aqui quando eu pousar em Los Angeles, então não vou ligar. Mando uma mensagem.

— Está bem. Boa viagem, espero que a turnê seja ótima.

Com um aceno de cabeça, Lina voltou para dentro do apartamento. Algo latejou em seu peito quando olhou para trás e viu que Adrian havia pegado a caneta novamente.

Ela continuou a escrever como se fosse qualquer outra tarde.

Ao descer as escadas para o andar de baixo, Lina pegou seu telefone e ligou para Mimi.

— Ei, você já está indo? — perguntou a amiga

— Já vou sair. Olha, a Adrian vai ficar aqui.

— Ela o quê?

— Ela tem um pouco de razão. Sei que não é o que você faria, mas provavelmente você teria pensado antes de reservar uma turnê nacional na terceira semana do ano letivo. Ainda mais quando ela está em uma nova escola. Eu não pensei nisso. Rapidinho.

Lina usou o telefone da casa para ligar para a portaria.

— Oi, Ben, é a Lina Rizzo. Você poderia mandar alguém buscar minhas malas, por favor? Obrigada.

— Mimi, eu tenho que confiar nela. Adrian nunca me deu motivos para não fazer isso. E, meu Deus, ela é mais dura na queda do que eu imaginava, o que é bom, eu acho. Você ligaria para ela mais tarde, para ver como ela está?

— Claro. Se ela quiser ficar aqui enquanto você estiver fora, a gente dá um jeito.

— Ela está decidida, mas se mudar de ideia, acho que ela fala com você, mas ela quer ficar em casa e pronto.

— Puxou à mãe?

— Será? — Lina parou diante de um espelho, olhou seu cabelo, seu rosto. A aparência, sim, pensou. Via muito de si mesma na filha. Mas o restante... talvez ela não tivesse prestado atenção suficiente. — De qualquer forma, ela vai ficar bem. Só liga ou manda uma mensagem de vez em quando.

— Sem problema. Ligo para ela e a gente vai se falando. Desculpa, Lina — disse Mimi em meio a berros que ecoavam pelo telefone. — O Jacob aparentemente decidiu matar a irmã de novo. Tenho que ir; tenha uma boa viagem. E não se preocupa.

— Obrigada. Depois a gente se fala.

Quando a campainha tocou, Lina foi até a porta, e deixou os últimos acontecimentos de lado. Tinha alguns preparativos para fazer no avião, e uma agenda cheia pela frente.

Capítulo quatro

⌘ ⌘ ⌘

Sozinha em Nova York, Adrian seguiu sua rotina matinal. Acordou com o despertador e fez sua yoga. Tomou banho, arrumou os cabelos — algo sempre demorado — e aplicou o mínimo de maquiagem, uma paixão de longa data.

Adrian vestiu o horrendo uniforme escolar — calça azul-marinho, camisa branca, blazer azul-marinho. Todos os dias ela amaldiçoava aquele uniforme, jurava nunca mais usar voluntariamente um blazer azul-marinho após a formatura.

Ela preparou um café da manhã com uma mistura de frutas e iogurte grego, uma fatia de torrada de dez grãos e suco. Lavou a louça e fez a cama, hábitos que Mimi havia enraizado nela.

Depois de checar rapidamente a previsão do tempo no celular, que prometia sol na maior parte do dia e temperaturas amenas, não se preocupou em pegar um casaco.

Jogou a mochila sobre um dos ombros e tomou o elevador privado da cobertura.

Ela não podia reclamar da caminhada de cinco quarteirões até a escola, especialmente com o tempo tão bom. Usou o percurso para repassar seu plano — seu desvio da rotina. E a única regra que pretendia quebrar.

Quando seu telefone tocou, ela verificou o visor e atendeu.

— Oi, Mimi.

— Apenas cumprindo meu dever.

— Pode dizer a mamãe quando ela perguntar que eu estava indo pra escola quando você ligou. Claro, em vez de ir pra lá, vou pegar um trem pra Jersey Shore e tomar um pouco de sol, usar minha identidade falsa e comprar um monte de cerveja e fazer muito sexo com estranhos em um motel barato.

— Bom plano, mas acho que vou deixar essa parte fora do meu relatório. Eu sei que você está bem, querida, mas ver como você está é a coisa certa e um gesto de amor.

— Eu sei.

— Você quer vir aqui no fim de semana?

— Obrigada, mas estou bem. Se isso mudar, bato na sua porta.

— Se precisar de alguma coisa, me liga.

— Pode deixar. A gente se fala.

Desligou o telefone e o guardou. Ela tinha um plano B caso o primeiro não funcionasse. Mas fez sua pesquisa e achava que o Plano A tinha muito potencial. Prendeu sua identificação no blazer enquanto subia os pequenos degraus de pedra até a casa de arenito que abrigava as turmas do ensino fundamental de 9 a 12 anos — se você fosse rico e inteligente o suficiente.

Adrian entrou, passando pela pequena guarita de segurança.

O silêncio, o piso de madeira brilhante, as paredes imaculadas contrastavam com o barulho, o movimento e a leve melancolia de sua antiga escola.

Ela sentia falta de tudo isso.

Dois anos, recordou a si mesma enquanto se afastava da ampla entrada do corredor à esquerda. Dois anos e ela poderia fazer suas próprias escolhas.

E pretendia ter um gostinho de como seria isso hoje.

No primeiro ano, a maioria dos alunos já havia formado suas próprias tribos. Acolher a nova garota levava tempo, e ela não tinha nem três semanas completas na escola.

Sabia que as tribos estabelecidas a estudavam, avaliavam, julgavam. Embora nunca tenha sido tímida, Adrian também preferiu analisar muito bem a situação.

A tribo dos atletas poderia fazer sentido ao longo dos próximos dois anos. Esportes poderiam não ser um grande atrativo para ela, mas o atletismo era. As patricinhas fanáticas por moda podiam ser divertidas, pois ela adorava roupa. (Outra razão para odiar o uniforme.)

A tribo dos festeiros era tão desinteressante para ela quanto a dos esquisitões superinteligentes.

Como sempre, o grupo como um todo tinha subgrupos de esnobes, de valentões — que muitas vezes se entrelaçavam.

A tribo dos nerds era, sempre, em qualquer lugar, fatal para o status social. Mas, para seu projeto, era exatamente o que precisava.

Durante o almoço, ela fez a escolha que certamente condenaria suas chances de se juntar à hierarquia social.

No refeitório, Adrian carregou sua bandeja — salada verde com frango grelhado, frutas da estação, água com gás — e passou pela mesa dos atletas, das patricinhas e foi até o nivel mais baixo, para a mesa dos nerds.

Ela percebeu a pausa no burburinho das conversas e algumas risadinhas quando parou ao lado da mesa isolada com três ocupantes.

Como havia feito uma pesquisa minuciosa — lendo edições anteriores do jornal da escola, vasculhando o anuário do ano anterior — ela se voltou para Hector Sung. Um garoto asiático, magro feito um palito, de óculos de armação quadrada e preta e olhos castanho-escuros, que agora piscavam nervosamente para ela enquanto o garoto encontrava-se congelado na iminência de morder uma fatia de pizza vegetariana.

— Tudo bem se eu me sentar aqui? — pergunou Adrian.

— Humm. — Foi só o que ele conseguiu dizer.

Ela apenas sorriu e se sentou diante dele.

— Sou Adrian Rizzo.

— Ah, ok. Oi.

A garota ao lado de Hector, com uma pele parecida com creme de caramelo e tranças maravilhosas na cabeça, revirou os olhos grandes, redondos e pretos.

— O nome dele é Hector Sung e ele está pensando que ninguém mais costuma se sentar aqui além da gente. Eu sou Teesha Kirk. — Ela apontou o polegar adornado com um grosso anel de prata para o menino de rosto ruborizado sentado um tanto acuado ao lado de Adrian. — O ruivinho aí do lado é Loren Moorhead, Terceiro. Você tem cerca de 5,3 segundos pra se levantar daqui antes de ser infectado por germes nerd e ser permanentemente condenada ao ostracismo social.

Adrian também tinha pesquisado sobre Teesha, que teria se encaixado facilmente na tribo dos superinteligentes esquisitões se não fosse por sua alma nerd. Ela preferia torneios de *Dungeons & Dragons* ou maratonas de *Doctor Who* a reuniões da *National Honor Society* ou *National Merit Scholars*.

— Ah, que pena. — Adrian deu de ombros, adicionou um pouco de limão à salada e deu uma garfada delicada. — Acho que é tarde demais. Então, prazer em conhecê-los, Hector, Teesha, Loren. Aliás, Hector, tenho uma proposta para você.

Ele largou a pizza, que espatifou no prato.

— Uma o quê?

— Proposta de negócios. Preciso de um cinegrafista e, como você se interessa por isso, pensei que poderia me ajudar com um projeto.

O garoto alternou o olhar entre os dois amigos.

— Para a escola?

— Não. Quero fazer uma série de sete vídeos de quinze minutos. Um para cada dia da semana. Em alguns queria narração e em outros, áudio em tempo real. Pensei em usar uma câmera em um tripé e fazer isso sozinha. Mas não é esse tipo de proposta visual que eu quero.

Seu olhar finalmente voltou para o dela, e ela percebeu interesse.

— Que tipo de vídeos?

— Vídeos de Fitness. Yoga, cardio, treinamento de força e tudo mais. É para colocar no *YouTube*.

— Acho que você está zoando com a gente.

Ela se voltou para Loren. Os cabelos, de um tom avermelhado intenso, cortados rente à cabeça, emolduravam um rosto sardento, branco como leite. Ele tinha olhos azuis suaves e uns bons sete quilos extras. Adrian pensou que poderia ajudá-lo com isso, se ele quisesse.

— Por que eu faria isso? Preciso de alguém para filmar meus vídeos e pago cinquenta dólares para cada vídeo. São 350 dólares pelos sete. Podemos negociar, dentro do razoável.

— Posso pensar a respeito. Quando você quer começar?

— Sábado de manhã, ao nascer do sol. Quero fazer clipes ao amanhecer e ao pôr do sol. Eu tenho um terraço grande que funcionaria bem pra isso.

— Provavelmente eu precisaria de assistentes.

Adrian comeu mais salada, pensou um pouco.

— Setenta e cinco por vídeo. Dividam como quiser.

— Que horas é o nascer do sol? — perguntou Loren.

Antes que Adrian pudesse responder, pois tinha pesquisado, Teesha respondeu:

— Nascer do sol no sábado, 6h20. Pôr do sol, 19h20, de acordo com o fuso oriental.

— Nem queira saber — sugeriu Loren. — Ela sabe esse tipo de coisa só por saber.

— Ótimo. Você precisaria chegar a tempo de montar o equipamento e tudo o que você precisar fazer. Aqui está meu endereço, algumas ideias e os roteiros básicos.

Adrian tirou um pen drive do bolso e o colocou ao lado da bandeja de Hector.

— Dá uma olhada, pensa bem e me dá uma resposta.

— Sua mãe é a mulher daquela Yoga Baby, né?

Adrian assentiu com a cabeça para Teesha.

— Isso mesmo.

— Por que você não pede pra equipe dela fazer isso? Ela tem a própria produtora.

— Porque isso é para mim. É meu projeto. Então, se decidir aceitar o trabalho, eu liberarei sua entrada. Provavelmente levará o fim de semana inteiro. Talvez mais. Não sei quanto tempo de pós-produção você precisa para terminar e postar.

— Vou analisar e te falo amanhã, talvez. — Hector lhe ofereceu um pequeno sorriso. — Sabe, você realmente está ferrada por aqui agora. Tomara que valha a pena.

— Tomara, mesmo.

Ela passou o resto do dia ignorando os sorrisos, os comentários sarcásticos e as risadinhas.

Assim que pôs os pés do lado de fora da escola, Hector e sua pequena tribo vieram atrás dela.

— Ei, cara, olha. Tive a oportunidade de estudar suas ideias. Parece que dá pra fazer.

— Ótimo.

— Eu gostaria de ver o espaço antes de me comprometer. Me certificar de que funcionará para o que você está querendo.

— Eu posso te mostrar agora se você tiver tempo. Moro a alguns quarteirões daqui.

— Beleza.

— Vamos todos — disse Teesha.

— Tudo bem.

— Então... — Enquanto caminhava ao lado dela, Hector ergueu os óculos. — Dei uma olhada em alguns vídeos de sua mãe no meu horário sem aula. O orçamento de produção dela é gigantesco, não é? Tenho um equipamento bom, mas não vou conseguir igualar ao que ela consegue em estúdio.

— Eu não quero igual ao dela. Eu quero os meus.

— Eu li umas coisas sobre ela, e sobre você também.

Adrian olhou para Loren por cima do ombro.

Era a *nerd* da equipe de debate, lembrou. Sempre escolhida por último para qualquer time na educação física — e a primeira a se voluntariar para monitor de corredor.

— E?

— As pessoas estão sempre aplicando golpes e coisas assim, então eu queria dar uma olhada. Sua mãe matou seu pai, não é?

Não era a primeira vez que alguém a provocava, mas Adrian teve que admitir, o golpe de Loren foi certeiro.

— Ele não era meu pai de verdade, só o biológico. E estava tentando me matar.

— Como assim?

— Ele era mau, talvez meio louco e estava bêbado. Eu não sei. Foi a primeira e a última vez que vi ele. E, como foi há quase dez anos, não vejo como pode ser relevante para nada disso.

— Meu Deus, Loren, deixa isso pra lá. — Teesha lhe deu uma bela cotovelada. — Seu tio não cumpriu pena por vender informações privilegiadas?

— Ah, foi, mas isso é um crime do colarinho branco, não...

— Disse o menino branco mais branco da história dos meninos brancos — rebateu Teesha. — A família do Loren é a mais tradicional, branca e privilegiada do mundo. Três gerações de caros advogados de primeira linha.

— Então o gosto pela discussão é de família — respondeu Adrian.

— Isso aí, você sacou. Você diz que é pra cima, Loren vai dizer que é pra baixo e ficar insistindo nisso por uma hora.

— Pra cima e pra baixo são coisas muito relativas.

Teesha cutucou-o novamente.

— É melhor nem dar trela.

— Bem, nós estamos parados aqui embaixo, vamos entrar e subir. Oi, George! — O porteiro deu a Adrian um grande sorriso ao abrir a porta.

— Como foi a escola hoje?

— O mesmo de sempre. Este é o Hector. E Teesha e Loren. Eles virão me visitar de vez em quando.

— Muito bem. Tenham um ótimo dia.

Enquanto eles cruzavam o saguão perfumado com suas lojas pequenas e exclusivas, Adrian pegou seu cartão eletrônico. Ela passou pelas fileiras de elevadores e foi até um com a placa PARTICULAR. COBERTURA A.

— Se decidirem vir no sábado, aí dou seus nomes pro segurança e pra recepção. Eles me avisam e eu libero o elevador pra vocês subirem.

— Em que andar você mora? — Quis saber Loren enquanto subiam.

— Quadragésimo oitavo andar. O último andar.

— O-oh — murmurou Teesha enquanto Loren empalidecia. — Ele tem um probleminha com altura.

Já que isso não apareceu em sua pesquisa sobre o menino, ela se virou para ele, agora com empatia genuína.

— Desculpa. Você não precisa ir para o terraço.

— Sem problema. — Ele enfiou as mãos nos bolsos. — Nada demais. Tudo certo. Estou bem.

Ele não estava nada bem, pensou Adrian. Dava para ver uma pequena gota de suor escorrendo pela têmpora direita. Mas ela preferiu não dizer nada. Ninguém gosta de ser constrangido.

— Bem, de qualquer maneira, você pegaria o outro elevador no sábado, até o andar principal, a porta da frente. Você vai precisar do cartão eletrônico e do código do alarme.

Teesha ergueu as sobrancelhas.

— Maneiro.

— Minha mãe gosta de ostentação — comentou Adrian dando de ombros.

O elevador dava para a academia de Lina. Um suporte de halteres se estendia ao longo de uma parede espelhada, com mais suportes e prateleiras nas laterais, com bolas de estabilidade, tapetes e blocos de yoga, faixas elásticas, cordas de pular, bolas de fisioterapia e *kettlebells*.

Uma enorme tela plana dominava a parede sobre uma longa e estreita lareira a gás. Na pequena área da cozinha aberta, bebidas energéticas enchiam uma adega climatizada. Um armário com portas de vidro continha garrafas de água da Yoga Baby.

Uma parede de portas de vidro dava para o amplo terraço e a vista da cidade.

— Sem aparelhos? — observou Teesha andando pelo espaço.

— No mundo da minha mãe, o corpo já é uma máquina.

— Estruturas orgânicas são diferentes das mecânicas.

— O Exterminador do Futuro tinha estruturas orgânicas e mecânicas — comentou Loren.

— Estamos longe de ter uma *Skynet* — concluiu Teesha. — De qualquer forma, eu entendo que ela quer dizer que devemos usar o corpo, o peso corporal, manter tudo em ordem e tudo isso.

Adrian esperou um pouco.

— Certo. Tem um banheiro à esquerda da cozinha, se alguém precisar. — Adrian destrancou e abriu as portas de vidro. — Quero fazer os vídeos aqui.

— Irado. — Hector saiu. — Muito maneiro. Acho que a gente podia mover os móveis, ter um espaço livre. — Ele olhou para a banheira de hidromassagem que zunia sob uma tampa em cima de um deque. — E desligar isso. Vamos ter um pouco de barulhos da cidade, mesmo aqui em cima, mas isso só vai piorar. Se filmarmos desta perspectiva, dá para ver o rio no fundo.

— E o nascer do sol — Adrian acrescentou. — Para os vídeos ao pôr do sol, filmamos pelo outro ângulo. Dá pra ver o Edifício Chrysler, o Empire State. Não sei qual vai funcionar melhor para o final da manhã ou da tarde. Eu só quero ângulos diferentes.

— Sim, sim. Posso pedir pro meu pai algum equipamento, um rebatedor de luz. Talvez ele me deixe usar a câmera boa.

— O pai de Hector é diretor de fotografia — comentou Loren do lado de dentro da porta de vidro, onde parou. E ficou. — Ele trabalha no programa *Blue Line*, a série policial. Então, tem algo pra beber além dessas coisas saudáveis? Tipo, você sabe, refrigerantes?

— São proibidos nesta casa, mas providenciarei pro sábado. Tem suco na cozinha principal.

— Vou sobreviver.

Hector deu outra volta, estudando os ângulos.

— Podemos fazer um ensaio, pra ter uma ideia melhor?

— Ah, claro. Preciso trocar de roupa. Não consigo malhar com isto aqui.

— Por que não muda de roupa enquanto eu e o Hector organizamos os móveis? — sugeriu Teesha. — Loren pode sair e talvez comprar algumas Cocas.

— Tem uma loja no saguão, se quiser. — Adrian entrou, enfiou a mão na mochila e tirou dez dólares. — Por minha conta.

— Legal.

Quando Adrian apareceu vestindo uma calça de yoga e uma regata, Hector e Teesha haviam empurrado duas mesas, dois sofás e uma cadeira para o outro lado do terraço.

Ela trouxe um tapete de yoga e o posicionou para que ficasse de frente para o sudeste.

— Eu testei outro dia, aqui deve dar pra enquadrar o rio, o nascer do sol e eu.

— Vou gravar com minha câmera, só para testar. Eu sei, a luz vai ser diferente e tal, mas podemos marcar o tempo, os ângulos e posso planejar melhor.

— Ótimo. — Ela olhou para trás quando o elevador abriu. Loren colocou o cartão eletrônico em cima da mochila de Adrian; em seguida, colocou a sacola no balcão da cozinha.

— Trouxe Coca, batata chips e outros *snacks*.

Adrian pensou em sua mãe e teve que rir.

— Essa é a primeira vez que esse tipo de alimento entra nesta casa desde que nos mudamos.

— Cara, o que você come?

— Você quer dizer que tipo de *snack*? — Adrian sorriu para Loren enquanto distribuía Cocas. — Às vezes, frutas, vegetais crus, húmus, amêndoas e batata-doce assada são aceitáveis. Não é tão ruim. Eu já estou acostumada.

— Sua mãe é muito rígida.

— Coisas de fitness e nutrição? São a religião dela. Ela pratica o que prega, então é difícil reclamar demais. Enfim. — Ela se posicionou diante do tapete de yoga. — Eu quero fazer isso, como eu disse, sem o áudio, e fazer a narração depois.

— Quinze minutos, certo? — Teesha pegou o telefone. — Vou cronometrar.

Ela tinha praticado a sequência inúmeras vezes, ajustando-a até sentir que havia atingido seu objetivo. Uma agradável e bela saudação matinal ao sol.

Adrian deixou que a mente vagasse.

Como estava acostumada com a câmera e a equipe quando fazia vídeos com a mãe, Hector e os outros não foram uma distração. Quando ela terminou na postura Savasana, adicionou o áudio.

— Vou falar nesta parte, para que você não pense que simplesmente adormeci. A narração vai instruir como respirar, como esvaziar a mente, permitir que o corpo relaxe completamente. Relaxando desde os dedos dos pés, tornozelos, canelas e subindo pelo corpo, como visualizar cores suaves ou luz no momento da inspiração e a escuridão e o estresse na expiração.

— Faltam uns 90 segundos — avisou Teesha.

— Certo. Aí eu falo para ficarem em Savasana o tempo que quiserem e então...

Ela se esticou, os braços acima da cabeça, antes de virar de lado, com os joelhos encolhidos. Com suavidade, ela assumiu a posição de lótus no centro do tapete.

— Posição de meditação — disse ela, juntando a palma da mão direita com a esquerda, os polegares se tocando. — Inspirando e expirando, blá-blá-blá. — Ela cruzou os braços em frente ao corpo e se curvou para a frente. — Agradeça a si mesmo por estar presente, praticar e então... — Ela se sentou novamente, juntou as palmas das mãos, baixou a cabeça. — Namaste. É isso.

— Quinze minutos, quatro segundos. — Teesha deu um aceno de cabeça, com os lábios apertados. — Ficou ótimo.

— Você é bem flexível. — Loren tinha conseguido sair para o terraço e se sentar em um dos sofás, comendo batatas fritas. — Não consigo nem tocar os dedos dos pés.

— Flexibilidade é importante. O problema é que uma pessoa flexível tem que se esforçar mais do que uma sem muita flexibilidade para obter qualquer benefício. — Ela poderia ajudá-lo, pensou novamente. — Levanta. Tenta tocar seus pés.

— É humilhante.

— Só vai ser se você não tentar.

Ele lhe lançou um olhar de desconfiança, mas curvou o tronco para baixo, os braços esticados. As pontas dos dedos não ficavam a menos de quinze centímetros dos dedos dos pés.

— Você está sentindo o alongamento.

— Que merda, sim!

Ela imitou a pose dele.

— Eu não sinto nada, só se for até lá embaixo. — Ela esticou o corpo, as palmas das mãos no chão, nariz encostado nos joelhos. — Agora estamos obtendo o mesmo benefício. Levante-se e inspire. Não, quando você inspira, está inflando o balão. Encha os pulmões, estenda a barriga.

— A minha fica estendida 24 horas por dia, sete dias por semana. — Ele riu do próprio comentário, os outros também. Adrian apenas sorriu.

— Então tenta. Inspire, encha o balão. Agora você vai esvaziá-lo, encolhendo a barriga o máximo que der enquanto se inclina para tocar os dedos dos pés. — Quando ele tentou, ela assentiu. — E isso já está um centímetro mais perto. Respiração. É tudo uma questão de respiração. — Ela olhou por cima e viu Hector encostado na parede, estudando o visor da câmera. — Como ficou?

— Parece bom. Posso estudar e trabalhar com os ângulos. Acho que consigo convencer meu pai de a gente usar algumas coisas. Você vai precisar ser gravada pras outras partes e precisa de uma introdução ou um trecho de abertura, certo?

— Certo, tenho trabalhado nisso. Ah, obrigada. — Ela pegou a Coca-Cola que Teesha lhe entregou e bebeu sem pensar. Então parou e fechou os olhos. — Ai, Deus, isso é muito bom.

— Tenho mais uns vinte minutos antes de ir para casa. — Hector desligou o vídeo. — Talvez pudéssemos estudar uma abertura e as transições entre cada segmento.

— Podemos fazer um brainstorming amanhã. — Loren tentou tocar os dedos dos pés de novo. — Na hora do almoço, se você quiser arriscar se sentar conosco dois dias seguidos.

— Vou arriscar.

Quando eles saíram e Adrian se desfez das garrafas vazias de Coca e dos pacotes de salgadinhos, percebeu que não tinha acabado de encontrar a equipe de produção para seu projeto.

Ela havia encontrado sua tribo.

Na hora do almoço eles discutiram ideias, ensaiaram e trabalharam nos detalhes depois da escola.

Na sexta-feira à noite, ela pediu pizza e fez um estoque de refrigerante. Ajudou a equipe a montar o equipamento que Hector conseguira. O suporte de luz, os *barndoors* para os refletores e os géis para as gravações noturnas, o rebatedor, sombrinha rebatedora para as tardes, o microfone, os cabos.

Eles montaram um estúdio improvisado com o que Hector dera um jeito de conseguir. Comeram pizza na sala de jantar do andar principal ao som da playlist de Loren de sucessos dos anos 1980.

Enquanto o *Wham!* cantarolando que queria ser acordado, Adrian finalmente teve que perguntar.

— Por que anos 1980?

— Por que não?

— Talvez porque nenhum de nós era nascido?

Ele apontou um dedo.

— Isso é um porquê, não um por que não. É história, cara. História da música. Estou pensando em fazer uma *playlist* dos anos 1990 agora. Sabe como é, para analisar o tecido social, onde a música está inserida, da década de nosso nascimento.

— Isso é muito nerd.

— Justo. — Ele mordeu outra fatia. — Meu negócio é a música, cara.

— Vendedor de ilusões — disse Teesha entre mordidas. — Robert Preston, Shirley Jones, o filme de 1962. Preston também teve o papel principal na produção da Broadway de 1957, com Barbara Cook no papel de Marian.

— Como você sabe disso? — Surpreendeu-se Adrian. — E por quê?

— Se ela lê, ela não esquece mais — completou Hector.

— Ei, eu deveria fazer uma *playlist* de trilhas sonoras de musicais da Broadway. Isso é total nerd.

— Pode crer, meu chapa. — Hector olhou ao redor. — Este lugar é incrível.

— Diz o garoto que mora em uma mansão em uma semana e em uma cobertura não muito diferente desta na outra. — Teesha engoliu um pouco de Coca. Hector apenas deu de ombros.

— Meus pais se separaram, então eu alterno entre as casas. O padrasto e a madrasta são tranquilos, até agora. E eu tenho um irmão por parte de pai, e uma irmã por parte de mãe. Eles são legais.

— Sempre quis irmãos. Mas tive que deixar pra lá porque não ia rolar. E você? — Adrian perguntou a Teesha.

— Dois irmãos mais velhos e pais grudados como cola. Meus irmãos são legais na maior parte do tempo, menos quando são um pé no saco.

— Irmã — completou Loren, pegando um pedaço de pepperoni da pizza e colocando na boca. — Ela tem dez anos. Meus pais se separaram por alguns meses, mas fizeram as pazes, reataram e surgiu a princesa Rosalind. Ela é meio pentelha.

— Meio? — Teesha disse com uma risada.

— Tá, uma pentelha completa, mas ela é muito mimada, então não é tanto culpa dela. Você que é filha única — ele disse a Adrian —, fica com a atenção só para você.

— A carreira da minha mãe é que tem esse privilégio, e eu fico com o que sobra. Tudo bem — completou rapidamente. — Isso significa que ela não está na minha cola a maior parte do tempo. E vou ter minha própria carreira. Vocês estão me ajudando a começar.

— E quando você for uma estrela do *YouTube*... — Teesha soltou um grande suspiro exagerado. — Ainda seremos três nerds e você vai estar sentada com os garotos descolados.

— Sem chance. E, já que a mesa dos nerds é o meu lugar enquanto isso, eu deveria ser uma nerd honorária.

— Que honorária que nada! Você é uma nerd — acrescentou Hector. — Você bebe suco de cenoura e come granola por opção. Sua mãe tá viajando por algumas semanas, e você tá trabalhando em vez de aproveitar a liberdade. Você é a nerd do fitness.

Ela nunca tinha se considerado uma nerd, por quaisquer padrões, mas, quando terminou sua prática de yoga na hora de dormir e se enfiou debaixo das cobertas às dez, percebeu que o termo estava correto.

E ela não se importou nem um pouco.

Capítulo cinco

⌘ ⌘ ⌘

Eles começaram antes do amanhecer na manhã de sábado. Adrian tinha o que ela chamava de buffet de apoio montado com sucos, bagels, frutas frescas e, desde que descobriu que os três amigos gostavam de cafés sofisticados, uma cafeteira de cápsulas com tipos variados.

Ela teria que guardá-la em seu quarto depois, já que na casa de Lina não entrava cafeína.

Satisfeita com o primeiro segmento — a luz ficou perfeita — ela desceu para trocar de roupa, talvez mudar o cabelo antes de começar o próximo.

Teesha foi com ela na função de assistente de figurino.

Se Teesha se surpreendeu com o fato de Adrian ter se despido totalmente, sem nem corar, assim que a porta do quarto se fechou, ela tentou fingir o contrário.

— Queria prender meu cabelo todo para trás, mas só se eu borrifar concreto né, senão ele não vai resistir a quinze minutos de *cardio dance*.

Teesha adotou uma expressão pensativa enquanto Adrian vestia uma calça corsário justa e elegante.

— Por que você não trança as laterais e prende atrás?

— Tranças? — Adrian vestiu um top esportivo azul combinando. — Com esse cabelo?

— Ei, meu cabelo é afro. Está vendo minhas tranças? Posso fazer em você. Que produtos você tem aí?

Adrian vestiu uma regata rosa choque sobre o top. E, como a coreografia tinha uma influência de hip-hop, iria usar um moletom xadrez de capuz amarrado na cintura e tênis de cano alto.

— Todos que você imagina, por puro desespero.

— Senta aí, amiga. Deixa comigo.

E Teesha conseguiu. Adrian se olhou no espelho, maravilhada com os resultados.

— Não consigo acreditar nisso. É um milagre. Está bonito e descolado, mas, ao mesmo tempo, arrumado. Você vai ter que me ensinar.

— Pode deixar. — Teesha sorriu para o espelho. — É bom, sabe, ter outra garota no clube. Agora não estou em desvantagem. Sabe, Rizz, talvez você possa me ensinar uns lances de yoga. Parece divertido.

— É mesmo, eu te ensino.

O vídeo de cardio dance também foi divertido. Foram três tomadas para que ela e os outros terminassem a gravação; Loren trabalhou no áudio, Hector na câmera e Teesha auxiliou os dois.

Quando o almoço que Adrian encomendara chegou, eles já tinham terminado três vídeos. Antes da pausa para o jantar, conseguiram fazer mais dois e encerraram o dia com a sessão de yoga ao pôr do sol.

— Não achei que a gente fosse conseguir fazer tanta coisa num só dia. Agora só falta a sessão de *total body*, a narração e a introdução. — Adrian se jogou em um dos sofás da área externa. — Talvez eu faça um bônus de dez minutos de abdominais.

— Vou gravar um DVD — decidiu Hector. — Quero brincar um pouco.

— Como?

— Quero testar umas coisas. Sem problemas se não funcionar, temos a gravação original. E se a gente começar às dez amanhã? Se continuarmos nesse ritmo, até às uma ou duas da tarde já terminamos. Um pouco de produção, edição, uma pitada de pretensão e a gente posta até o final da semana. Se precisar filmar alguma coisa de novo, ainda vamos ter tempo, mas acho que não vamos, não.

— Isso seria incrível.

Quando partiram, depois de aniquilar com qualquer sobra do almoço e do jantar, era quase meia-noite. Adrian se esticou na cama e sorriu no escuro.

Ela tinha amigos, um trabalho, um caminho a seguir e sabia exatamente aonde pretendia chegar.

$\mathcal{E}$LES FORAM direto ao trabalho e Adrian começou pela introdução para que não estivesse suada ou precisasse de mais uma troca de roupa. Ela olhou direto para a câmera, com a cidade ao fundo.

— Olá, eu sou Adrian Rizzo, e este é o *About Time*. Ela seguiu com seu discurso, destacando o conteúdo de cada vídeo, enfatizando a duração de quinze minutos, a possibilidade de fazer um só ou uma combinação entre eles.

— Você é boa nisso — comentou Hector. — Eu acompanho meu pai às vezes em gravações. Os atores nunca, ou quase nunca, conseguem gravar tudo em uma tomada só.

— Eu ensaiei. Bastante.

— Ficou ótimo, mas vamos fazer uma segunda tomada, só por precaução. E pode se movimentar mais. Eu te acompanho.

Eles terminaram o vídeo ao meio-dia. Tiveram que arrastar os móveis de volta para os lugares antes de se instalarem no local mais silencioso do triplex: o closet da mãe.

— Uau. — Com os olhos arregalados, Teesha examinou o cômodo impecável. — Sua mãe tem umas roupas incríveis. Pensei que minha mãe tinha muita tralha, mas a sua ganhou de lavada. Deve ter uns... — Seu olhar escrutinou o cômodo de lado a lado — cem pares de sapatos. Vinte e seis tênis de esporte. Belas cores.

— Antes, quando ela fazia um vídeo ou uma participação, eles davam as roupas de ginástica e os tênis que ela usava. A empresa recebia crédito no DVD, e ela ficava com o equipamento. Agora ela tem a própria linha.

E ela também teria a sua, pensou Adrian. Um dia.

Adrian estava bem no meio do closet, o laptop de Hector aberto em uma prateleira à sua frente, com o primeiro segmento de yoga pronto.

— O microfone tem um filtro pop — disse Hector enquanto fixava o objeto no pedestal. — Então o som não vai, tipo, saturar na hora de pronunciar certas letras, esse tipo de coisa. Meu pai me emprestou. E os fones de ouvido. Todo mundo vai usar um par e ficar totalmente em silêncio. Se alguém tiver que peidar, segura aí. Loren controla o som. Ele começa a gravação, eu dou o sinal, solto o vídeo e você começa a falar.

— Entendi.

Ela colocou os fones de ouvido e respirou lenta e suavemente. Quando Hector apontou em sua direção, ela começou.

— Saudação matinal ao sol. Posicione-se sobre o tapete.

Quando terminou com um Namaste, Hector aguardou um instante e então deu a Loren o sinal para cortar.

— Foi perfeito pra cacete. Me diga que conseguiu pegar tudo, Loren, porque isso foi irado!

— Parece que tá bom. É bem silencioso aqui. O isolamento tá ótimo. E ela, você, Adrian, transmitiu tipo... uma calma.

— Então o plano funcionou. Podemos já gravar o do pôr do sol, já que estamos indo bem?

— Demorou! — concordou Hector, já preparando tudo.

No final, Loren tirou os fones de ouvido e levantou os dois polegares.

— Cara, ficou da hora.

— Temos que assistir os vídeos de novo, garantir que saiu tudo como meu pai falou. Se dermos algum vacilo, é só ligar que ele ajuda a gente.

— Ele parece legal — comentou Adrian.

— É, ele é bacana.

— Vamos descer. — Adrian suspirou profundamente e esticou os ombros. — Sentar um pouco, ficar mais confortável e vemos isso lá.

— E aí a gente pede pizza.

Adrian olhou para Loren.

— Comemos pizza na sexta-feira.

Teesha levantou do chão e inclinou a cabeça.

— E daí?

— Tá bom, eu peço pizza — cedeu Adrian.

Ela havia feito um estoque de Coca-Cola e sabia que precisava se livrar de qualquer vestígio antes de a mãe voltar. Ficou um pouco preocupada de se apegar demais ao refrigerante e depois não conseguir mais ficar sem.

Mas, ao se sentar desleixada no sofá ao lado de Teesha, enquanto Hector preparava o vídeo, ela decidiu que valeria a pena. Tudo valeria a pena.

— Vocês têm certeza de que ficou bom? Não ficou chato?

— Está relaxante — disse Teesha. — Você transmite calma, Rizz.

— Não, está bem suave — respondeu Hector ao mesmo tempo.

— Acham que as instruções funcionam? Espera! Vamos descobrir. Vou pegar alguns tapetes. Teesha e Loren podem praticar.

— O quê? Eu não sei fazer essas coisas.

Adrian encarou Loren enquanto subia correndo as escadas.

— Como é que você sabe? A gente adapta para o seu nível. Depois, Hector e eu podemos testar o vídeo do pôr do sol.

Hector abriu a boca para protestar, mas ela já havia corrido até o terceiro andar.

— Eu não sei fazer essas coisas — repetiu Loren, olhando desesperado para os amigos. — Eu posso vomitar, talvez até quebrar alguma coisa.

— Para de bobeira. — Teesha se levantou quando Adrian desceu carregando os tapetes.

— É disso que precisamos pra ter certeza de que ficou bom. Testar os vídeos. Eu devia ter pensado nisso antes. Vamos para o terraço. Tem ar fresco e é mais espaçoso.

— Tô dentro. — Teesha foi em direção ao terraço do andar principal e abriu as portas. — Vamos, Loren. Não seja um fracote.

— Se eu vomitar, não é minha culpa. E eu posso ter vertigem por causa da altura.

— Um corpo que cai, 1958, clássico de Alfred Hitchcock estrelado por Jimmy Stewart e Kim Novak. — Teesha deu de ombros. — Eu vi na TV.

Loren não vomitou, mas reclamou um bocado. E ficava vermelho como pimentão sempre que Adrian se aproximava dele tocando em seus quadris ou ombros para corrigir a postura ou uma posição.

— Está dando certo — Adrian murmurou para Hector. — Dá pra ver que está funcionando. Ambos são totalmente iniciantes e estão conseguindo seguir as instruções. Só precisam de ajuda com o alinhamento, e de prática. Mas yoga é isso. É uma prática contínua, então... A pizza. Vou pegar.

Empolgada, Adrian pegou o dinheiro que colocara sobre a mesa dentro de casa e dançou até a porta.

E congelou quando a abriu.

— Festa da pizza? — Harry Reese, o diretor de publicidade de Lina, segurava duas caixas de pizza. Sua sobrancelha esquerda estava levantada como quando ele estava sendo sarcástico ou divertido, ou ambos. Como sempre, ele parecia elegante e estiloso em jeans pretos, jaqueta de couro preta com uma camiseta cinza-clara e botas pretas de cano baixo.

— Harry. Achei que você só voltaria...

Ele inclinou a cabeça.

— Quando você estivesse esperando?

— Não. Não. E não é uma festa. É trabalho.

— Aham. — Ele entrou no hall com seu um metro e oitenta e dois de pura beleza, com cabelos castanhos perfeitamente penteados, expressivos olhos castanhos e um rosto que a avó de Adrian uma vez descreveu como esculpido por elfos mágicos e habilidosos.

— Tô falando! Pode ver por si mesmo. — Ela pegou as caixas de pizza. — Meus amigos e colegas de trabalho — completou, apontando para as portas de vidro através das quais podiam ver Teesha e Loren tentando fazer o vídeo, e Hector com um grande sorriso no rosto.

Ela também viu, assim como Harry, as garrafas de Coca-Cola, o saco de batatas chips, os pares de tênis e um moletom espalhados pela sala de estar.

— Ela mandou você vir me vigiar?

— Não. Voltei para casa por alguns dias porque Lina está de folga esta tarde e o dia todo amanhã, e eu queria resolver algumas coisas. E queria ver o Marsh. Esbarrei com o entregador de pizza lá embaixo. Já paguei.

— Obrigada.

Marshall Tucker e Harry estavam juntos há três anos e, embora ela adorasse os dois, Adrian ainda amaldiçoou o péssimo momento da visita.

— Vai me apresentar aos seus amigos?

— Ah, claro. Escuta, Harry…

— Não vou te dedurar por receber amigos, só se eu descobrir que você está fazendo orgias sexuais e não me convidou.

— Até parece! Estamos trabalhando, juro. Eu tinha um projeto e eles me ajudaram nele.

Embora sentisse um frio na barriga quando atravessou a sala até a porta de vidro, Adrian fez o possível para irradiar confiança ao abri-la.

— Ei, pessoal, vamos fazer uma pausa. Esse é o Harry. Ele é o diretor de publicidade da minha mãe.

Eles não pareciam assim tão culpados, mas Harry resolveu provocá-los.

— Tudo em cima? Yoga ao ar livre regada à pizza. Parece bom.

— Harry, estes são Hector, Teesha e Loren. Estudamos na mesma escola.

Ela já tinha feito amigos, o que ele considerou positivo — e um dos argumentos que ele usou para defendê-la quando Lina decidiu transferi-la de escola no primeiro ano.

— Estamos trabalhando em um vídeo — continuou Adrian. — Hector é cinegrafista; o pai dele nos emprestou uns equipamentos.

— Ah, é? — Harry foi até o notebook. — Que tipo de vídeo?

— Vídeos de fitness em sete partes. Vamos colocar no *YouTube*.

— É pra escola?

— Não. Não é para a escola.

— Então eu posso parar? — Loren passou a mão pelos cabelos. — Estou começando a suar.

Harry caminhou em torno da mesa para olhar a tela do notebook na qual Adrian, na imagem congelada, fazia a postura do Guerreiro II com o sol nascendo sobre o rio ao fundo.

— Uau, essa luz está ótima.

— Este é o primeiro vídeo de quinze minutos. Saudação matinal ao sol. A gente estava testando ele agora mesmo.

— Ah, não quero atrapalhar. Hector, não é?

Hector, que até então achou melhor se manter calado, ajeitou os óculos no nariz e assentiu com a cabeça.

— Sim, senhor.

— Meu Deus, vamos deixar esse senhor de lado. Que tal apertar o play?

— Ah, claro.

Continue olhando para sua mão direita, virando a palma para cima e, em seguida, levante o braço direito, olhe para a palma da mão no alto, abaixe o braço esquerdo até a parte de trás da perna esquerda e passe para a posição de Guerreiro Invertida.

— Vou pegar uma Coca. Alguém quer?

Teesha arregalou os olhos para Loren e disse:

— Ssh!

— O quê? Estou com sede.

— Tem para todo mundo? — perguntou Harry sem tirar os olhos da tela. — Eu aceito uma. E a pizza está bem cheirosa. Uma fatia é o preço do meu silêncio.

— Vou pegar os pratos e as coisas. — Teesha se ofereceu.

— Valeu, Harry — Adrian disse.

— Shhh. — Ele gesticulou de volta, assistiu mais um minuto e clicou no botão de pausa. Olhou para Hector novamente.

— Você filmou isso?

— Sim, senhor. Quero dizer, sim.

— Quantos anos você tem?

— É, 17.

— Você é um prodígio, ou o quê?!

Hector deu de ombros.

— Sete segmentos, Ads?

— É, pensei em sete para...

— Quantos vídeos já fizeram?

— Sete.

— Minha nossa, me mostra mais um.

— *Cardio dance*. São instruções em sequências de oito passos, que se acumulam e se repetem até termos a coreografia toda, e então a executamos três vezes. Usei uma música de domínio público. Ficou bom, só precisávamos da batida.

Ele assistiu aos primeiros minutos, pegando o copo de Coca que Teesha acabara de trazer.

— Mudou a roupa e o cabelo, mandou bem, ângulo diferente do cenário da cidade, muito bom. A iluminação e o som também estão maneiros. Você tem presença e talento, Adrian, mas isso não é novidade. — Ele mesmo apertou o botão de pausa. Recostou-se na cadeira. — Mas não vai colocar isso no *YouTube*.

— Harry!

— Você não vai postar na internet quando a sua mãe tem uma produtora.

— Isso é meu. Nós que fizemos. Não é dela.

Ele tomou um gole lentamente, estudando o rosto teimoso da garota.

— Você tem um produto, ela tem os meios para destacar e comercializar esse produto. Se os outros forem tão bons quanto os que eu vi, lutarei por você. Se não for, você se esforçará até que fiquem tão bons quanto e então eu vou brigar por você. Já tem um nome?

— *About Time*, e o nome da minha empresa é *New Generation*. Bem, será minha empresa, quando eu conseguir fazer isso.

Ele sorriu.

— Vou te ajudar a fazer isso. Não seja boba e use o que já tem, Ads. O agente da sua mãe, a empresa bem estabelecida, eu. *New Generation* é um bom nome, e por enquanto a sua produtora pode ser um segmento da Yoga Baby. DVDs, Adrian. O agente, os advogados, você e sua mãe vão acertar todos os detalhes, e no contrato. Você recebe dinheiro adiantado, uma boa porcentagem das vendas. A maior parte, vou garantir isso, não se preocupa. Estou do seu lado nessa.

— Você tá sempre do meu lado.

— Isso aí. — Ele estendeu o braço para puxá-la para perto de onde estava sentado. — Você sabe que pode confiar em mim pra cuidar de você.

— Eu confio em você.

— Então escuta o papai. Deixe eu falar com a sua mãe, depois de assistir tudo que você já fez.

Adrian analisou a situação, tentando ponderar os dois lados o melhor que podia, ela queria muito algo só seu, mas...

— Vocês também têm direito a opinar. Nós fizemos tudo isso juntos.

— É, mas o projeto é seu — lembrou Hector.

— DVDs seriam legais. Tipo as vendas e tal. Só minha opinião — acrescentou Loren quando Hector o encarou. — Quero dizer, o *YouTube* é legal, também, mas se a gente analisar o todo...

— Teesha?

— Você decide, o Hector tem razão. Mas fizemos um trabalho muito bom. Estou falando sério — opinou Teesha dando de ombros.

Adrian caminhou até a porta de vidro, olhou para fora, caminhou de volta.

— Digamos que faremos do seu jeito. Que minha mãe concorde em produzir e comercializar. É a minha produtora de DVDs, um segmento independente, como você disse. E é meu nome que aparecerá como produtora executiva e coreógrafa.

— Justo.

— Hector será produtor e cinegrafista. Loren será produtor e diretor de som, Teesha, produtora e iluminadora. E eles receberão um cachê para cada título.

— O que é cachê? — murmurou Loren, enquanto Hector gesticulava para que ficasse quieto.

— E cinco por cento dos lucros no final. Pra cada.

— Sendo realista, acho que seu agente dirá dois por cento.

— Vamos negociar. Se chegarmos neste ponto.

— DVDs como este custam mais ou menos, serão duplos por causa da duração — Teesha inclinou a cabeça e olhou para cima — uns US$ 22,95.

— Ela já é uma marca — observou Harry. — Um DVD duplo deve sair por cerca de US$ 29,99.

— Está bem. Se calcularmos o que Adrian investiu, o custo de produção e da fabricação, produção da capa e da embalagem, a parte do distribuidor, os custos de marketing... digamos US$ 10,50 líquido, mas isso é um palpite até que eu faça algumas pesquisas. Então, dois por cento são mais ou menos US$ 0,21 para cada um de nós por unidade, mais o cachê. Se vendermos cem mil cópias, serão US$ 21 mil. Para cada um.

— Com a expertise da Yoga Baby, com a marca Rizzo e um projeto diferente? — Harry estudou Teesha enquanto falava. — Projetamos um milhão de unidades vendidas.

Teesha o encarou.

— Dois por cento está bom.

— Vocês são todos prodígios?

— Somos nerds — respondeu Hector.

— Ok, nerds, vamos comer pizza e ver o que vocês têm.

Quando terminou, e as pizzas eram apenas uma boa lembrança, Harry se recostou.

— Certo. Meninos e meninas, na minha nunca humilde opinião, vocês têm algo legal aqui. Hector, você pode gravar um DVD para mim?

— Claro. Mas posso te enviar o arquivo por e-mail.

— Pode ser os dois! Viajo na segunda à tarde para encontrar a Lina em Denver. Mostro a ela, vendo o produto. — Ele se levantou, gesticulando enquanto andava de um lado para outro do terraço. — É tarde demais para produzir, promover e distribuir a tempo das vendas de fim de ano, mas conseguimos lançar em janeiro, pico das vendas e do interesse por produtos fitness por causa da culpa pelos exageros das festas comemorativas.

Ele se virou para os garotos.

— Nerds, se ainda não contaram a seus pais o que estavam aprontando, a hora é agora. Eles precisam autorizar vocês a assinarem os contratos. — Ele enfiou a mão no bolso, tirou seu porta-cartões de prata e deixou alguns cartões na mesa. — Qualquer dúvida, seus pais podem entrar em contato comigo. Hector, você pode enviar o arquivo para o e-mail no cartão. E se preparem. As coisas serão rápidas.

Hector etiquetou cuidadosamente o DVD que gravou.

— Meu pai sabe. Quer dizer, fora o que rolou hoje. E, você sabe, ele é do ramo e tal. — Ele guardou o DVD na caixa e o entregou a Harry.

— Bom, é isso, tenho que ir para casa. Obrigado pela pizza.

— Foi você quem pagou — comentou Adrian ao se levantar para acompanhá-lo até a porta.

— É verdade. Neste caso, não há de quê. — Ele passou um braço em volta dos ombros dela enquanto iam em direção à porta. — Mimi sabe disso?

— Não.

— Conta pra ela. Ela vai ficar do seu lado.

— Ok, mas, Harry...

— Confia em mim. — Ele beijou o topo da cabeça de Adrian. — Deixa comigo.

Dois segundos depois que ela fechou a porta, aplausos irromperam do terraço. Seguidos de uma dança estranha.

Eles não conheciam Lina Rizzo, pensou Adrian. Mas, quer saber, eles tinham o apoio de Harry.

Ela deu um flic-flac.

C ERCA DE 36 horas depois, a 10 mil metros de altitude, Lina assistiu a dois vídeos no laptop de Harry. Tomou um gole de água com gás — sem gelo — enquanto o avião voava em direção a Dallas.

— São sete vídeos assim?

— Isso mesmo.

— Ela deveria ter feito seis vídeos de dez minutos para totalizar uma hora.

— Será um DVD duplo, a introdução, a abertura e três vídeos no primeiro, e quatro no segundo. Duas horas completas. Quinze requer um comprometimento maior, e, juntando dois vídeos, você tem um treino de trinta minutos.

— O que era aquela música na sequência de cardio, e aquela roupa?

— É hip-hop, Lina. Tem um clima bom, é jovem e cheio de energia. E é divertido, e ela mesma bolou o figurino para combinar.

Lina só balançou a cabeça em negação, e assistiu aos próximos dois segmentos. Conhecendo sua presa, Harry permaneceu calado.

— Você não sabia nada sobre isso?

— Não. Ela queria fazer isso sozinha. Estava toda empreendedora, criativa e focada no trabalho. Encontrou pessoas da idade dela na escola que tinham as habilidades para ajudar a executar o projeto. Eles são bons garotos.

— Você passou, o quê, algumas horas com eles e sabe disso?

— Sim. Eu também falei com os pais deles, mas sim, claramente são bons garotos, inteligentes. Muito inteligentes mesmo — acrescentou. — Ela fez amigos, Lina, e com eles conquistou algo especial.

— E agora, sem me dizer nada, fazendo isso pelas minhas costas quando estou fora da cidade, ela espera que eu não apenas aprove, mas produza.

— Não, ela não espera nada disso. Eu espero. Você pode encarar isso como se ela estivesse fazendo isso pelas suas costas ou como se ela quisesse fazer algo por conta própria. Para provar a si mesma. E você não pode dizer que ela não se provou depois de ver o que ela conseguiu fazer. Você deveria se orgulhar dela.

Lina examinou o copo com água, e então tomou um gole bem devagar.

— Não estou dizendo que ela não fez um trabalho decente, mas...

— Pare aí mesmo. — Ele levantou uma mão. — Não julgue. E nós dois sabemos que é um trabalho muito bom. Agora vou deixar de lado meu relacionamento pessoal com você, com Adrian, e falar como seu diretor de publicidade. Você ajuda ela a montar a empresa e a produzir este DVD duplo e também a ajudará a impulsionar a marca. E a sua própria marca vai se beneficiar com isso.

— De um bando de adolescentes brincando de produtores.

— Esse é o gancho, Lina. — Ele deu um largo sorriso. — Você reconhece um gancho bom tanto quanto eu. E essa história vai vender uma tonelada de DVDs. Eu posso explorar muitos ângulos pra fazer deles um fenômeno de vendas.

— Você consegue vender qualquer coisa.

— Esse é o meu dom — respondeu alegremente. — Mas isso? É ouro puro.

— Talvez. Pode ser. Vou pensar no assunto. Vou assistir ao resto e pensar.

E ele estava certo, pensou. Ela sabia que ele estava certo. Apenas não queria ceder com tanta facilidade.

— Se você não tivesse ido pra Nova York e passado na minha casa... fiquei muito irritada de você ter viajado esses dias — acrescentou ela.

— Eu tinha um compromisso inadiável, eu falei antes da gente viajar.

— Abandonada em Denver.

Harry sorriu, como Lina pretendia.

— Era importante.

— E, aparentemente, um segredo sombrio.

— Não mais. — Ele soltou um suspiro trêmulo. — Marshall e eu conseguimos uma mãe.

— Uma mãe? — Ela acabara de levantar o copo e o pousou novamente com um tilintar. — Pra um bebê?

— Sim. E, antes que você comece a reclamar, concordamos em não dizer nada até que ela chegasse a doze semanas. É tipo um marco. Queremos uma família, Lina, então conseguimos uma barriga de aluguel e, na segunda de manhã, fomos com ela para o exame de doze semanas. E nós ouvimos o batimento cardíaco do bebê. — Seus olhos marejaram. — Ouvimos o batimento cardíaco e... — Ele pegou a pasta que estava no chão, abriu-a para tirar uma imagem de ultrassom. — É o nosso bebê. Meu e de Marsh.

Lina se inclinou, olhou para a imagem e piscou para se livrar das lágrimas.

— Não consigo ver porra nenhuma.

— Nem eu. — Rindo em meio às lágrimas, Harry agarrou a mão de Lina. — Mas esse é meu filho ou filha, em algum lugar aí. E, por volta de 16 de abril, serei pai. Marsh e eu seremos papais.

— Vocês serão ótimos pais. Fantásticos. — Ela sinalizou para a aeromoça.

— Precisamos de champanhe.

— Eu quero contar para todo mundo, mas você foi a primeira. — Ele apertou a mão dela com força. — Me dá um presente e produz o DVD de Adrian. Você não vai se arrepender.

— Espertinho você, me pegar quando estou emocionada. — Ela deixou escapar um suspiro. — Tudo bem.

Isso não significava que Lina não precisava ter uma boa conversa com a filha, dar conselhos e explicar as exigências que esperava que fossem atendidas. Quando ela voltou para o apartamento, deu uma gorjeta ao carregador que levou as malas até o quarto principal; ela só queria um longo banho e as oito horas de sono que não conseguiu ter durante a turnê.

Mas, antes, o que importava. Ela não conseguiria deixar de fazer tudo que considerava importante antes. Desfez as malas, separando as roupas para lavar a seco, guardando os sapatos e a pequena seleção de joias que levou na viagem.

Ela pendurou os lenços e jaquetas que precisou nas cidades mais frias. Desceu, serviu-se de água com gás com uma rodela de limão. E concluiu que planejara o tempo muito bem quando ouviu a porta abrir.

Foi até a porta e viu a filha em seu uniforme escolar com uma jaqueta leve, por causa do clima mais frio, e uma mochila no ombro. E uma expressão cautelosa.

— George disse que você estava de volta. Bem-vinda.

— Obrigada.

Elas cruzaram a sala para se cumprimentar, trocaram beijos leves na bochecha.

— Vamos nos sentar e conversar sobre esse seu projeto.

— Falei com a Maddie e, como você concordou, ela está disposta a representar a mim e aos meus amigos. Ela disse que o contrato deve estar pronto em breve.

— Estou sabendo. — Lina se sentou e gesticulou para que Adrian fizesse o mesmo. — Você pode agradecer ao Harry por defender você.

— Estou muito grata a ele.

— O que não teria sido necessário se você tivesse me consultado.

— Se eu tivesse consultado você, teria sido uma colaboração. Eu queria fazer isso sozinha, e fiz. Ou melhor, eu, Hector, Teesha e Loren.

— Pessoas que não conheço ou sei pouco ou nada a respeito.

— O que você quer saber sobre eles que ainda não investigou?

— Já, já a gente fala disso. Se você quisesse fazer um projeto como este, eu poderia ter fornecido alguma orientação, um estúdio, profissionais.

— Seu estúdio, seus profissionais. Eu queria outra coisa e consegui. É bom. Eu sei que é bom. Talvez não seja tão elegante e profissional como seria com seu estúdio, seus profissionais, mas é bom. Você começou do zero — Adrian continuou antes que Lina pudesse falar novamente. — Sei que não é meu caso. Sei que tenho vantagens, que você não teve, porque você já construiu algo importante. Sei que algumas pessoas vão dizer que é fácil para mim entrar no mercado porque você abriu as portas e me ajudou. Parte disso é verdade, mas dessa forma eu sei que sou capaz de fazer isso. E sei que posso construir meu próprio caminho.

— E como? Em um terraço com equipamento emprestado e colegas de escola?

— É um começo. Vou entrar na Universidade de Columbia, cursar fisiologia do exercício com especialização em negócios e nutrição. Eu com certeza não pretendo engravidar e... — Ela parou, chocada consigo mesma, quando Lina enrijeceu o corpo e se empertigou no assento. — Foi mal. Foi mal, que coisa terrível de dizer, foi errado e desrespeitoso. Você faz com que eu sinta que tenho que me justificar, tudo que quero ou não, tudo que faço ou não faço. Mas desculpa.

Lina pousou o copo, se levantou, caminhou até o terraço e abriu as portas.

— Você é mais parecida comigo do que imagina. E isso não é necessariamente uma vantagem. O vídeo é bom, você tem talento, nós duas sabemos disso. O conceito e o resultado são... interessantes. Harry vai fazer isso virar um fenômeno, você fará todo tipo de publicidade que ele determinar e eu, naturalmente, endossarei. Vamos ver onde isso vai dar. — Ela se virou para a filha. — Há quanto tempo você está trabalhando nisso?

— Estou trabalhando na ideia, nas sequências, no tempo e na abordagem há cerca de seis meses, eu acho.

Com um aceno de cabeça, Lina pegou o copo novamente.

— Bem, veremos onde isso vai dar. Eu só quero um banho. Podemos pedir algo pro jantar.

— Eu estava pensando em fazer aquele *curry* de grão de bico de que você gosta. Achei que estaria cansada de serviço de quarto e comida de restaurante.

— Tem razão. Seria bom.

A NEW GENERATION lançou o DVD *About Time*, em associação com a Baby Yoga, em 2 de janeiro. Adrian passou as férias de inverno fazendo publicidade e sentiu tanta falta de passar o Natal com os avós que jurou nunca mais fazer isso.

As vendas do primeiro mês indicaram que ela escolhera o caminho certo e que valeria a pena segui-lo. Então, começou a planejar o próximo projeto.

A primeira ameaça de morte chegou em fevereiro.

Lina examinou a folha de papel. Era um poema impresso em letras pretas e grossas.

> *Alguns à lápide levam flores*
> *Pois em seu luto estão presos a suas dores.*
> *Mas você não terá lápide e nem uma florzinha,*
> *Pois quando a morte eu lhe causar, você estará sozinha.*

— Veio dentro disso. — Com a mão trêmula, Adrian estendeu o envelope para a mãe. — Estava na caixa postal que criamos para as cartas dos fãs do DVD. Peguei depois da escola. Não tem nome ou endereço de remetente.

— Não, claro que não.

— O carimbo do correio diz Columbus, Ohio. Por que alguém em Columbus, Ohio, quer me matar?

— Ninguém quer te matar, é só alguém sendo mau. Estou surpresa que esta seja a primeira carta desse tipo que você recebeu. Harry tem uma pasta só para as minhas.

A informação foi quase tão chocante quanto o poema.

— Ameaças? Você tem uma pasta de ameaças?

Lina pegou uma toalha. Ela estava coreografando uma nova série quando Adrian irrompeu na academia.

— Ameaças, sugestões sexuais igualmente desagradáveis, maldade de todos os tipos.

Ela devolveu a carta a Adrian.

— Guarda no envelope. Nós faremos um boletim de ocorrência, guardaremos uma cópia. A polícia fica com o original. Mas posso dizer que não vai dar em nada. Então, colocaremos em uma pasta, você guarda e esquece.

— Esquecer que alguém disse que eu deveria morrer? Por que alguém desejaria isso?

— Adrian. — Lina jogou a toalha por cima do ombro e pegou a garrafa de água. — Muitas pessoas são simplesmente ferradas da cabeça. São invejosas, obcecadas, irritadas, infelizes. Você é jovem, linda, bem-sucedida. Apareceu na TV, em capas de revistas.

— Mas... Você nunca me disse que recebe ameaças.

— Para quê? E não precisa se preocupar. Vamos entregar o bilhete na mão do Harry e ele cuida disso.

— Então você está dizendo que ameaças de morte são só parte do pacote? Lina pendurou a toalha e colocou a garrafa de lado.

— Estou dizendo que esta não será a última, e você vai se acostumar com isso. Liga para o Harry. Ele sabe o que fazer.

Adrian olhou para trás ao sair e viu sua mãe encarando a parede espelhada novamente enquanto reiniciava uma série de burpees.

Ela iria ligar para Harry, pensou Adrian. Mas nunca, jamais, se acostumaria com isso.

Capítulo seis

❇ ❇ ❇

Para compensar a ausência no Natal, Adrian passou duas semanas com os avós durante o verão. Ela reanimou sua amizade com Maya, passou um tempo com Tom e Jerry, agora idosos, curtiu um tempo no jardim e na cozinha com seus avós.

Os três amigos de Nova York foram passar uma semana com ela para gravarem outro vídeo.

Ela carregaria consigo, para sempre, as memórias de seus avós sentados na grande varanda, observando-a gravar um vídeo de yoga ao ar livre. De descer as escadas de manhã e encontrar a avó e Teesha conversando enquanto tomavam café na cozinha.

Então, o outono chegou trazendo as aulas e as folhas multicoloridas. Embora Harry quisesse checar a correspondência, ela insistiu em fazer isso. Encontrou algumas cartas desagradáveis, algumas obscenas, mas as boas eram em maior número.

Ela não esqueceu das ameaças, mas as deixou de lado.

FOGGY BOTTOM, WASHINGTON D.C.

Mas o poeta não deixou para lá. A garota tomava conta de seus pensamentos, ocupava sua mente paciente e cheia de raiva. Mas havia tempo, muito tempo ainda. E havia outras. Muitas outras que viriam antes.

Ela seria um crescendo, uma culminação. Mas para chegar ao ápice, era preciso começar.

De uma lista, um nome foi escolhido para ser o primeiro. Adrian Rizzo seria a última, e Margaret West, a primeira.

Tudo começou com a perseguição, a caçada, a observação, os vídeos. Que emoção! Quem diria que poderia haver tanta emoção em planejar?

Um bom plano, com um final simples e direto parecia melhor em todos os aspectos. Passeios despretensiosos em frente à casa silenciosa, horas no computador. Apenas mais um jantar em um restaurante da moda enquanto a presa comia, bebia e ria.

Vendo como ela se move, sem nenhuma ideia de que o tempo está passando, tique-taque, tique-taque. Como ela prova uma colherada da sobremesa, revira os olhos de prazer e ri ao lado do homem para o qual, com sorte, ela abriria as pernas mais tarde.

Divorciada e à caça, essa era Maggie!

E, quando os planos se concretizaram, como o coração do assassino acelerou ao ver o sangue.

Quando todo o tempo, a habilidade e a preparação se fundiram. Desligue o alarme na casa silenciosa, agora adormecida. Arrombe a fechadura da porta dos fundos, camuflado pela escuridão.

Mais um momento de emoção, andar pela casa, quase deslizando escada acima. Ir até o quarto onde as luzes se apagaram por último.

Entre no quarto.

Ela está dormindo. Tão pacífica. É difícil, tão difícil resistir ao desejo de acordá-la, lhe mostrar a arma, dizer a ela o por quê.

Duas mãos segurando a arma com firmeza. Não estão trêmulas de nervosismo, mas de excitação. Pura excitação.

Mal deu para ouvir o primeiro disparo com o silenciador. O segundo foi um pouco mais alto, e o terceiro ainda mais. O quarto tiro foi só pelo prazer.

Como o corpo dela se contorceu. Como aquele pequeno ruído que ela emitiu ecoou no quarto escuro.

Que terrível, eles diriam. Assassinada na própria cama! Um bairro tão bom. Uma mulher tão adorável! Mas eles realmente não conheciam a vadia, não é mesmo?

Para despistar a polícia, um bando de idiotas, devia roubar algumas coisas. Souvenires.

A ideia de tirar uma foto de sua obra veio tarde demais, a quarteirões da casa silenciosa.

Dá próxima vez. Da próxima vez, haveria fotos para recordar.

* * *

Adrian lançou o segundo vídeo em janeiro, mas, como ela insistiu em aprender a dirigir, viajou até Maryland no carro que comprou com os lucros, para passar o Natal na casa na montanha.

Ela concordou que faria algum trabalho remoto, daria alguns telefonemas, mas passaria o Natal em Traveller's Creek.

Lina passou a maior parte do mês, incluindo as festas, gravando em Aruba.

O segundo poema chegou, como o primeiro, em fevereiro, embora este tivesse um carimbo postal de Memphis.

> *Você se acha especial e tão plena,*
> *Mas você é uma fraude obscena.*
> *Um dia pagará por uma mentira viver.*
> *E é nesse dia em que te ajudo a morrer.*

Adrian nem se preocupou em contar a Lina desta vez — como a mãe havia dito, para quê? Ela fez uma cópia para sua pasta e entregou a original para Harry.

Ela se concentrou na escola e em achar um conceito para seu próximo vídeo.

E tentou não ficar obcecada com a admissão em Columbia depois que Teesha recebeu uma carta informando-a de que havia sido aceita, depois que Loren fora aceito em Harvard e Hector na UCLA. Ela tinha outras opções de faculdade, é claro. Não era idiota. Mas queria Columbia. E queria dividir um quarto com Teesha.

Queria muito.

Quando abriu a carta de aceitação de Columbia, dançou em todos os três andares do triplex. Ligou para os avós, mandou mensagens para os amigos e para Harry.

Como sua mãe estava em um evento em Las Vegas, Adrian copiou a carta e a colocou sobre a mesa dela.

Adrian se despediu do colégio sem pesar e começou o que considerava a próxima etapa de sua jornada.

Lidou com a faculdade com mente estratégica, selecionando as disciplinas eletivas que achava que agregariam a seus objetivos, dedicava toda energia para o aprendizado, obtinha boas notas e reservava os verões para gravações de vídeo e longas visitas a Maryland.

Ela tinha planos, muitos planos, e, no último ano em Columbia, muitos deles haviam se concretizado à perfeição. Ela e Teesha dividiam um apartamento a uma curta distância do campus — pagavam o aluguel com os lucros dos DVDs anuais de Adrian.

Ela começou a trabalhar com outra aluna, uma estudante de design de moda, no desenvolvimento de sua própria linha de roupas esportivas e fitness.

Enquanto Teesha se apaixonava e desapaixonava, ou pelo menos cedia ao desejo, com uma facilidade um tanto negligente, Adrian mantinha a vida amorosa em termos casuais.

Ela não tinha tempo para o amor. O desejo não só era uma questão muito mais simples para ela, como também satisfazê-lo e extravasá-lo era parte de se manter saudável — desde que fosse encarado com segurança e sem cobranças.

O relacionamento profissional com a mãe, embora complexo, impulsionou as marcas de ambas. Já o relacionamento pessoal delas permaneceu como Adrian sempre o sentiu: distante, mas amistoso.

Contanto que uma não cruzasse o caminho da outra.

$\mathcal{E}$M UMA tumultuada noite de fevereiro, Adrian entrou no restaurante lutando para se esquecer da ansiedade por causa do que ela considerava seu presente anual de Dias dos Namorados Macabro. Com este, com carimbo postal de Boulder, já eram seis. O fato de não passar disso, não haver um agravamento, não a confortava. A persistência das cartas sinalizava alguém muito focado e obcecado de uma forma atípica.

Ela quase cancelou o jantar com seu agente e Harry, mas se obrigou a ir, com o último poema pesando como chumbo em sua bolsa.

Já que chegou cedo, como de costume, Adrian pensou em tomar um drinque no bar para acalmar os nervos em vez de sentar-se sozinha à mesa no salão de jantar. O burburinho das conversas e a energia a tranquilizaram. Ela deu seu nome para a hostess, e foi para o bar decorado com madeiras escuras e tijolos antigos aparentes. Estava prestes a puxar um banquinho quando avistou um rosto familiar em uma das mesas altas.

Ela vira Raylan algumas vezes desde que ele partira para a faculdade em Savannah, e, como Maya a manteve atualizada, sabia que ele havia conseguido estágios cobiçados na *Marvel Comics* que o levaram ao primeiro emprego como artista na sede em Nova York.

O menino com desenhos em todas as paredes do quarto tinha conseguido o que ela presumiu ser o emprego dos sonhos dele.

E a linda loira ao seu lado devia ser a artista pela qual ele se apaixonou na faculdade e agora mantinha um relacionamento à distância enquanto ela, assim como Adrian, concluía o último ano.

Ela hesitou; eles pareciam tão envolvidos na conversa que poderiam muito bem estar em uma praia deserta sob a luz do luar. Mas Adrian não podia simplesmente fingir que não notara a presença do irmão de sua amiga mais antiga.

Eles pareciam artistas, pensou Adrian enquanto se encaminhava para a mesa. Raylan com aquele cabelo cor de mel queimado ondulando sobre a gola de sua camisa, a mulher, Adrian não conseguiu lembrar o nome, com uma longa trança dourada que ia até o meio das costas.

Raylan olhou rapidamente quando ela se aproximou, e aqueles olhos verdes escanearam seu rosto, primeiro com perplexidade e depois com um crescente reconhecimento.

Ela sentiu uma pequena inquietação no peito — mas os olhos de Raylan sempre despertavam essa reação.

— Nossa! Adrian, oi.

— Ei, Raylan. Ouvi dizer que você estava trabalhando em Nova York.

— Pois é, Lorilee Winthrop, esta é Adrian Rizzo, uma amigona de Maya. Adrian, esta é Lorilee, minha...

— Noiva. Desde hoje! — Mesmo empolgada, a voz de Lorilee evocava imagens sulistas de magnólias, barbas de velho, e chá gelado doce degustado em uma varanda.

Ela estendeu a mão com um lindo diamante no dedo anelar.

— Meu Deus. — Instintivamente, Adrian pegou a mão estendida, sentiu o calor, a emoção. — É lindo. Parabéns. Uau, Raylan, parabéns. Não acredito que Maya não me mandou uma mensagem para contar a novidade.

— Ainda não contamos a ninguém.

— Eu sou uma tagarela. Não consigo me segurar — disse Lorilee.

— Por favor, não fala pra Maya que contamos para você primeiro. Você sabe como ela é — acrescentou Raylan. — Finge surpresa quando ela te contar.

— Sem problemas. Considere isso meu presente de noivado.

— Você quer se sentar? — convidou Lorilee. — Maya me falou muito sobre você e eu conheci seus avós. Eles são simplesmente maravilhosos, não são? Ah, eu amo seus DVDs. E eu não consigo parar de falar. Raylan, querido, pega uma cadeira pra Adrian.

— Não, não, mas obrigada. Vou me encontrar com umas pessoas, só cheguei um pouco cedo.

— Você mora em Nova York. Nem acredito que vou me mudar para cá na primavera.

Raylan olhou para sua noiva como se ela fosse a única mulher deste mundo, ou de qualquer outro. Adrian sentiu uma ligeira angústia, algo se agitar dentro dela.

— Caso não tenha notado, Lorilee é do sul.

— Sério? Eu nunca teria imaginado. E também é uma artista, segundo me disseram.

— Estou tentando! O que eu realmente quero fazer é ensinar arte. Eu amo crianças. Raylan, querido, precisamos de uma dúzia de filhos.

Ele sorriu para a noiva. Adrian jurou que dava para contar as estrelas no profundo mar verde de seus olhos.

— Talvez meia dúzia.

— Parece que temos uma negociação. — Adrian riu e tentou imaginar o menino que conhecera cercado por meia dúzia de filhos. Estranhamente, não foi tão difícil assim. — Raylan, sua mãe e Maya ficarão nas nuvens. E elas adoram você — disse ela a Lorilee.

— Ah! Que gentil de sua parte dizer isso.

— Mas é verdade. Maya me falou muito sobre você também, e uma das coisas que ela me disse é que você é boa demais para o Raylan.

— Isso também é verdade — retrucou Raylan. — Contanto que ela não acredite nisso até junho do ano que vem, quando for tarde demais, estou tranquilo.

— Que bobo! — Derreteu-se Lorilee, inclinando-se sobre a mesa para beijá-lo.

— E lá estão meus parceiros de reunião. Fiquei muito feliz em encontrar vocês. E não importa o que Maya ache, eu digo que vocês dois são perfeitos juntos. Mais uma vez, parabéns.

— Foi maravilhoso conhecer você.

— Também achei.

Adrian se afastou para trocar abraços rápidos com seu agente e com Harry. Antes de se acomodarem à mesa, ela pediu uma garrafa de champanhe para a mesa de Raylan.

Perfeitos juntos, pensou novamente, e achou a felicidade deles tão contagiante que nem se lembrou do poema guardado em sua bolsa.

Três dias depois, ela recebeu um bilhete de agradecimento com tulipas pintadas à mão na frente de Lorilee.

Querida Adrian,

Muito obrigada pelo champanhe. Foi muito atencioso de sua parte, tão inesperado. Gostaríamos de ter agradecido pessoalmente, mas não queríamos interromper sua reunião.

Estou tão feliz que nos conhecemos, ainda mais no dia mais feliz da minha vida. A Jan e a Maya amam muito você e eu amo elas. Isso significa que, por conexão, eu também te amo. Espero que você não se importe.

Vou continuar fazendo seus treinos e eles me ajudarão a ficar linda no dia do meu casamento.

Muito obrigada de novo,
Lorilee (futura Sra. Wells!)

Embora Adrian não se considerasse sentimental, achou o cartão tão encantador que o guardou.

$\mathcal{D}$EPOIS DE se formar em meados de março, Adrian mergulhou direto em um novo vídeo. Embora tenha contratado dançarinos e treinadores para participar das sessões anteriores, desta vez ela recrutou Teesha e Loren.

— Vou parecer um idiota — reclamou o amigo.

Vestindo uma calça de moletom e uma camiseta da *New Generation*, Loren agora tinha quase um metro e oitenta de altura. Estava mais magro e seu cabelo vermelho fogo estava longo o suficiente para assumir ares do que Teesha chamava de cabelo de advogado.

— Não vai não — assegurou Adrian. — Você se saiu bem nos ensaios. Agora é só seguir as minhas instruções.

— Você não é capaz de ensinar alguém a, de repente, ter ritmo. Vou arruinar a parte da *cardio dance*. Para que dança latina, Ads? Com aquele rebolado e tudo mais.

— Porque é divertido. — Ela deu um cutucão na barriga de Loren. — E você está ótimo! Quantos quilos perdeu?

Ele fez uma careta.

— Onze, contando com o peso que ganhei no primeiro ano de faculdade e que fez você me amolar mesmo a longa distância.

— Ela nem me deu a chance de ganhar peso. Quem me dera estar a longa distância! — retrucou Teesha com uma careta. — Isso não é nada comparado a morar com ela.

— Você tá bonita.

Teesha balançou os quadris, ajeitou o cabelo armado que usava desde que tirara as tranças.

— Com certeza. Estou fabulosa. Estou arrasando com esse look.

— Ou com o que restou dele — comentou Hector caminhando pelo local novamente.

Ela usava um short preto justo, um top esportivo preto com debrum rosa chiclete e um moletom pink da *New Generation* amarrado na cintura.

— Saquei, é pra ostentar.

— Aham. — Hector, que agora usava cavanhaque e rabo de cavalo curto, ajeitou os óculos de armação metálica. — Você sabe que tem pombos aqui.

— Sim, eles fazem parte do cenário.

Adrian escolheu o prédio antigo, com grandes buracos no telhado, exatamente por isso. Ela ainda não usara um estúdio real ou uma academia elegante e, pelo feedback, seu público gostava das locações mais excêntricas.

Quando o som de uma sirene ecoou pelo prédio, ela apenas sorriu.

— Ambientação autêntica. E em vez de profissionais, temos duas pessoas comuns.

Exceto pela equipe de iluminação e som, assistentes de Hector.

Mas ainda assim, no final das contas, não era muito diferente daquele fim de semana no terraço que consolidou a amizade dos quatro e fez seus sonhos decolarem.

— Ok, primeiro o vídeo de *cardio dance* de 34 minutos.

Adrian usava um short rosa chiclete com um falso cinto preto e um top esportivo rosa pink com decote nadador e debrum preto. Deixou os cabelos na altura dos ombros soltos para fazerem o que quisessem durante a coreografia.

Assumiu sua posição e esperou que Hector — que também era o diretor — desse o sinal. E sorriu para a câmera.

— Olá, eu sou Adrian Rizzo. Bem-vindo ao *For Your Body*. Este DVD duplo o levará por uma divertida e desafiadora coreografia de *cardio dance* com um toque latino. Uma sessão de trinta minutos de trabalho de core, trinta minutos de treinamento de força com pesos leves e médios, uma rodada bônus de 35 minutos para um treino de corpo inteiro pra trabalhar todos os músculos. E, finalmente, trinta e cinco minutos de yoga. Hoje estamos na cidade de Nova York. — Ela olhou para cima quando um pombo sobrevoou sua cabeça. — Na companhia da fauna local e de meus amigos, Teesha. — Teesha fez uma saudação rápida. — E Loren. — Adrian riu quando Loren ergueu a mão com uma Saudação Vulcana. — Lembre-se, você pode fazer uma parte destes vídeos, alterná-los e combiná-los como quiser. Faça o que achar melhor para você, mas faça alguma coisa, porque é o seu corpo.

Foi legal, ela podia sentir. Ela soube quando ouviu a risada de Teesha e as contagens murmuradas de Loren.

Foi legal, quando durante a sessão de core, Loren desabou no colchonete e choramingou chamando pela mãe.

Foi legal, por três longos dias que terminaram com pizza e vinho no chão do apartamento que Adrian e Teesha dividiam.

— Meu abdômen ainda está gritando — reclamou Loren.

— É porque agora ele está acordado.

Ele deu uma enorme mordida na pizza.

— Ele quer é voltar a dormir. Talvez para sempre. Da próxima vez, eu fico com a câmera e Hector pode derreter em uma poça do próprio suor.

— Sou um cara dos bastidores. — Hector tomou um gole do vinho do qual esperava aprender a gostar. — E ao longo dos próximos dois meses vou ficar atrás das câmeras na Irlanda do Norte.

Teesha deu um salto e ficou de pé.

— Nos bastidores de quais cenas?

— Uma série da HBO. Sou assistente da equipe *B-roll*, mas estou dentro. — Ele abriu um enorme sorriso. — Hollywood, baby. Ou pelo menos a versão da Irlanda do Norte.

— Isso é ótimo, cara. — Loren apontou um dedo para o amigo. — Detonou!

— É um passo em direção ao meio-termo que pode levar ao grande. É melhor você não me chutar como seu cinegrafista. — Hector apontou para Adrian.

— Nunca. Jesus, Hector Sung, isso é demais! Quando você viaja?

— Começamos na próxima semana, mas eu vou depois de amanhã, então posso fazer um pouco de turismo. Vocês bem podiam vir me visitar no verão.

— Sim, como se fosse uma viagem de metrô para o Queens. — Teesha fez que não com a cabeça. — Vou fazer uns créditos no verão, Hec. Quero fazer meu MBA o mais rápido possível.

— Depois disso, ela vai ser minha gerente comercial. E, quando Loren terminar a faculdade de direito e for aprovado na ordem, será meu advogado. Então. — Adrian ergueu a taça para um brinde. — Manteremos a banda unida.

Nos meses seguintes, Adrian aproveitou o tempo com participações, visitando aos avós, promovendo sua nova linha de roupas esportivas e um novo projeto.

Um blog de fitness semanal, incluindo uma demo curta em streaming do que ela chamou de Treino Semanal de Cinco Minutos.

Já que ela podia fazer o streaming de quase qualquer lugar — já que Hector a ensinou como — ela frequentemente incluía mais um participante na demo. O proprietário da *delicatessen* local, um passeador de cães aleatório, um policial (com quem ela teve encontros bastante satisfatórios por alguns meses depois).

Uma de suas favoritas, que ela assistiria novamente inúmeras vezes nos anos que viriam, era estrelada pela avó.

Com trinta centímetros de neve do lado de fora, o fogo crepitante e a casa toda iluminada para o Natal, Adrian se instalou na cozinha.

— É só se divertir — pediu Adrian.

— A cozinha é pra cozinhar, se reunir, comer.

Adrian ajustou a câmera.

— Você cozinha, se reúne, come. Só falta se movimentar. — Satisfeita, Adrian se virou e sorriu para a avó. — Você está ótima. Não, esquece isso, você está uma gata.

Sophia abanou a mão, discordando da neta, depois riu e jogou o cabelo para trás.

— É o modelito. Criação sua...

— A marca é minha, mas quem veste ela que importa.

A roupa de fato favorecia, pensou Adrian, o top de sustentação verde-floresta, a legging mais curta com detalhes em verde, azul e cor-de-rosa, com tênis de cano baixo cor-de-rosa.

— Você já viu esses vídeos o bastante pra saber como funciona. É só me seguir. Se quiser falar alguma coisa, vá em frente. É fácil, rápido e divertido.

— Eu já estou com pena de mim.

Com uma risada, Adrian colocou a mão no bolso e apertou o controle remoto.

— Para o Treino Semanal de Cinco Minutos desta semana, estou ao lado da incrível Sophia Rizzo, mais conhecida como, Nona. Estamos em sua cozinha, onde ela e meu avô cozinham como magos da culinária. Neste exato momento ele está fazendo acrobacias com a massa de pizza em seu restaurante aqui nas montanhas de Maryland. Então Nona e eu vamos dar uma pausa de cinco minutinhos nos preparativos gastronômicos para o feriado para movimentar o corpo e aumentar a frequência cardíaca.

— Pronta, Nona?

Sophia olhou direto para a câmera.

— Não foi ideia minha, mas ela é minha única neta, então...

— Marcha de joelho alto, coloque os joelhos acima da cintura para trabalhar o abdômen. É isso aí, Nona. Ninguém vai deixar de comer algumas guloseimas natalinas. Eu sei que não vou, não quando as delícias são feitas por Dom e Sophia Rizzo, então sempre depois de toda a gula, com moderação, não se esqueça de se mexer.

— Só você mesmo, para me fazer isso e forçar as pessoas a verem uma senhora.

— Rá! Senhora é? Que piada! Vamos mexer esse traseiro. Agachamentos. Você sabe fazer agachamentos, Nona. Joga esse bumbum lá trás. Contrai esses glúteos.

Adrian passou para os afundos, ciente das caretas de Sophia, depois partiu para movimentos combinados, coordenando a contagem das sequências, e terminou com círculos de quadril e um alongamento.

— E é isso. Cinco minutinhos entre as compras de fim de ano, a preparação gastronômica, embrulhar os presentes, a comilança e, se tiver sorte, ficará tão em forma quanto minha incrível Nona. — Adrian passou um braço em volta da cintura de Sophia. — Ela não é linda? Eu tenho muita sorte de ter este DNA.

— Ela está me lisonjeando porque é tudo verdade. — Rindo, Sophia colocou os braços em volta de Adrian e beijou sua bochecha. — Vamos comer um cookie.

— Vamos. — Adrian virou o rosto pressionando a bochecha na da avó e sorriu para a câmera. — Feliz Natal e boas festas da nossa família para a sua. Não se esqueça... Fique saudável, poderosa e fabulosa. Até o ano que vem!

Adrian apertou o controle remoto.

— Você foi perfeita!

— Eu quero assistir. Volta o vídeo.

— Com certeza. Mas com cookies.

— E vinho.

— E vinho. Eu te amo muito, Nona.

ERIE, PENSILVÂNIA

Em uma noite fria e nublada no final de dezembro, com finos flocos de neve rodopiando como pedaços de uma delicada renda, o poeta se aninhou no banco de trás de um sedã azul brilhante.

O alarme do carro, as fechaduras? Uma questão simples quando se fazia a devida diligência.

Muito tempo tinha passado desde a última emoção, mas era preciso escolher com cuidado. Usaria a arma de fogo novamente, embora outros tivessem sentido na carne uma lâmina, um bastão. Mas a arma, a maneira como ela ganhara vida em suas mãos ao fazer o trabalho.

A sua preferida.

Assim como esta presa.

Ela não provou ser uma bela prostituta? Ela não estava agora mesmo naquele quarto de motel barato, deixando que alguém, sem ser seu marido, a traçasse? Tomara que ela tenha aproveitado, pois seria a última vez que sentiria alguma coisa.

Nada de *Feliz Ano-Novo* para você, vadia.

Vestido todo de preto, uma sombra, invisível quando a vadia finalmente abriu a porta. A luz do quarto a iluminou. Ela mandou um beijo para o filho da puta traidor lá dentro, depois caminhou até o carro sorrindo.

Ela destrancou o carro com a chave eletrônica, abriu a porta e se acomodou atrás do volante.

Seus olhos se arregalaram no espelho retrovisor por apenas um instante, o instante final, antes que a bala destruísse seu cérebro.

Um segundo tiro para garantir. E a já tradicional foto.

Instantes depois, uma caminhada tranquila sob a neve que rodopiava pelo ar até o carro estacionado a três quarteirões dali.

E um só pensamento ecoou na mente do poeta.

Feliz Natal e uma boa noite a todos!

Em fevereiro, Adrian abriu o poema. Eles sempre a chateavam, mas este a deixou sem ar e a fez desabar, trêmula, em uma cadeira.

> *A velha de cabelo ruivo foi seu último feito,*
> *Você se exibe, se gaba e me causa despeito.*
> *Cuidado com quem coloca ao seu lado,*
> *Ou, assim como você, acabará liquidado.*

Como sempre, ela fez um boletim de ocorrência e, como sempre, guardou as cópias. Mas desta vez ela contatou a polícia em Traveler's Creek.

Em seguida ligou para os avós. E, depois de uma longa e penosa discussão, ela finalmente os convenceu a instalar um sistema de alarme.

Sete anos, pensou Adrian, enquanto caminhava pelo apartamento e desejava avidamente que Teesha voltasse para casa. Que tipo de pessoa escreve e envia um poema doentio para alguém todos os anos durante sete anos?

Alguém tão doente quanto os poemas, concluiu ela. Uma pessoa que obviamente acompanhava seu blog, sua vida pública.

— E um covarde — murmurou.

Ela tinha que se lembrar disso. Um covarde que queria deixá-la chateada e ansiosa. Embora soubesse que não deveria dar esse gostinho para quem quer que ele fosse, Adrian não conseguia se livrar da angústia ou da ansiedade.

Andando até a janela, ela olhou para fora, observou os carros passando, as pessoas apressadas nas calçadas.

— Por que você não aparece? — murmurou. — Onde quer que você esteja, seja quem for, venha e me enfrente cara a cara.

Enquanto ela observava, uma fina chuva de granizo começou a cair e a luz diminuiu. E ela soube que não podia fazer nada além de esperar.

Capítulo sete

✳ ✳ ✳

Adrian não esperava um convite para o casamento de Raylan e lamentou ter um conflito na agenda e não poder ir.

Ela pensou na noite tempestuosa mais de um ano antes, quando ela topou com ele e Lorilee comemorando o noivado. E ela pensou no doce bilhete que Lorilee lhe enviara com tulipas pintadas à mão.

Em vez de simplesmente responder ao convite assinalando a opção "infelizmente, não poderei estar presente", Adrian se sentou e seguiu a tradição de sua avó de escrever uma carta.

> Lorilee,
> Tenho certeza de que você está ocupada com os preparativos do casamento, mas gostaria de enviar uma mensagem com minhas sinceras desculpas por não poder comparecer ao seu dia especial com Raylan. Estarei em Chicago nessa data. Desculpe não poder estar presente para desejar o melhor a vocês dois.
> Quando a conheci no ano passado, ficou muito claro para mim o quanto vocês são perfeitos juntos. Mas não tenho dúvidas de que Maya compartilhará todos os detalhes adoráveis do dia, e você deve saber como ela está feliz por ser sua madrinha.
> Você fará parte de uma família maravilhosa.
> Por favor, transmita meus parabéns a Raylan e receba meus sinceros votos de felicidades, acho que é assim que se fala. De qualquer forma, eu sei que vocês dois serão incrivelmente felizes juntos.
> Aproveite cada momento.
>
> Tudo de bom,
> Adrian

Quando enviou o bilhete, não tinha ideia de que havia iniciado uma troca de correspondência amigável que duraria anos.

BROOKLYN, NOVA YORK

Mesmo quando o caos reinava, o que acontecia com frequência, Raylan amava sua vida. O mais provável é que ele e Lorilee só conseguissem terminar de consertar a casa que compraram no Brooklyn quando seus filhos se formassem na faculdade. Mas, apesar de seus muitos problemas, o sobrado de tijolinhos, com seu enorme sótão, porão mofado e escadas que rangem, era perfeito para eles.

Talvez fossem um tanto malucos de comprá-lo semanas antes do nascimento do primeiro filho, mas ambos queriam que ele chegasse ao mundo com uma casa — um lar.

E talvez Raylan tivesse sacrificado tempo livre demais nos últimos cinco anos testando suas habilidades de carpintaria, melhorando suas técnicas de pintura ou aprendendo com Lorilee como instalar ladrilhos, mas funcionou bem para eles.

Ambos queriam criar os filhos em uma casa com quintal, em um bom bairro, com personalidade. E com o nascimento de Bradley apenas treze meses depois do casamento, eles encararam tudo com otimismo e compraram a velha casa.

Dois anos depois, eles tiveram Mariah.

Concordaram em fazer uma pequena pausa na fábrica de bebês até que ajeitassem melhor a casa e fizessem um pé de meia, e até que a editora de *graphic novel* que Raylan lançou com dois amigos saísse do vermelho.

Com Bradley no jardim de infância, Mariah no maternal, Lorilee ensinando arte no colégio e — finalmente — a *Triquetra Comics* ganhando fôlego, eles decidiram retomar os planos do terceiro filho.

Ele voltava para casa após um dia de reuniões, sessões de estratégia e de planejamento — e do prazer de trabalhar em sua próxima *graphic novel* — para o caos tão familiar.

O cachorro — e neste quesito a culpa era só de Raylan, já que foi ele quem trouxe o cachorro para casa no verão passado — estava correndo e latindo por toda a casa, passando pela sala de estar, sala de jantar, derrubando uma das cadeiras, entrou na cozinha, onde Lorilee mexia uma panela no fogão e fez todo o caminho de volta.

Mariah, vestindo uma de suas muitas fantasias de princesa e munida de uma varinha de condão com uma estrela na ponta, correu atrás dele. Enquanto isso, Bradley disparava bolinhas de sua Nerf, mirando na irmã e no cachorro indiscriminadamente.

— Você vai se arrepender quando Jasper mastigar isso — Raylan advertiu o filho.

— Mas é divertido. — Bradley, com cabelos louros, olhos azuis e um sorriso radiante capaz de derreter um iceberg, correu para agarrar as pernas do pai. — Podemos ir ao Carney's tomar sorvete depois do jantar? Por favor.

— Talvez. Agora pega as bolas, garoto. Acredite em mim, você vai me agradecer por esse conselho um dia.

Bradley agarrou-se às pernas do pai enquanto Raylan tentava andar, cumprimentava Jasper, que agora estava pulando, e pegava sua princesa fada no colo.

— Vou transformar o Jasper em um coelho.

O C tinha som de T, e isso simplesmente derreteu o coração de Raylan. Ele a beijou.

— Mas aí ele vai querer cenouras.

Sua bolsa carteiro batia contra seu quadril enquanto ele carregava a filha e arrastava o filho até a cozinha para beijar a esposa.

Um jovem magro e alto — já tinha mais de um e oitenta no ensino médio e chegou a um e noventa na faculdade — se abaixou para roçar o nariz na bochecha de Lorilee. Em seguida, inspirou profundamente.

— Noite de espaguete. Oba.

— Com uma boa salada pra começar.

Aos pés de Raylan, Bradley vaiou:

— Uhhhh!

Lorilee só olhou para o filho.

— Se certas pessoas comerem toda a salada sem reclamar, poderíamos comer o espaguete e, depois, ir até o Carney's para tomar um sorvete.

— Eba! Podemos mesmo? — Bradley trocou as pernas do pai pelas da mãe. — Podemos, mãe?

— Mas primeiro, salada e espaguete. — Lorilee balançou a cabeça, em negação, quando Bradley saltou para fazer sua dança feliz, enquanto Mariah se agitou para descer do colo e se juntar ao irmão. — E como foi seu dia?

— Bom. Muito bom. E o seu?

— Excelente. E de acordo com minha tabela — ela se inclinou mais perto para murmurar no ouvido do marido — esta noite pode ser propícia para fazer mais um desses maníacos. Então, ainda mais excelente.

— Melhor do que sorvete. — Ele passou a mão pelos cabelos loiros claros mantidos em um corte curto e assimétrico para economizar tempo e problemas. Raylan adorava como os cabelos emolduravam o rosto da mulher. — Te encontro no quarto logo depois da hora da história.

— Mal posso esperar. — Ela se inclinou no ombro dele enquanto observava os filhos dançarem. — Estamos fazendo um ótimo trabalho, Raylan.

A mão dele desceu pelas costas, acariciou o bumbum da esposa, e subiu novamente.

— Estou ansioso para fazer mais alguns.

Depois do jantar, da bagunça e do barulho, depois da caminhada e do sorvete, depois do ritual noturno da hora da história, eles finalmente colocaram os filhos na cama.

E sempre havia a sessão de perguntas que ele achava que as crianças usavam para adiar ao máximo a hora de dormir.

Por que não dá pra ver as estrelas durante o dia, mas às vezes dá pra ver a lua?

Por que você tem barba e a mamãe não?

Por que os cães não falam como as pessoas?

Demorou um pouco, justamente como Raylan sabia que ia demorar, para terem certeza de que as duas crianças estavam realmente dormindo para que pudesse fazer amor com a mãe delas tranquilamente e sem interrupções.

— Que tal um pouco de vinho? Se esta noite for frutífera, você terá que parar por um tempo. É melhor aproveitar agora.

— Adoraria.

Ele desceu para buscar o vinho. Ainda faltava remover o papel de parede do corredor do segundo andar. Eles priorizaram os quartos das crianças, a cozinha e dois banheiros de um total de quatro contando com o lavabo.

Ele imaginou que com mais um bebê, se tiverem sorte, precisariam redecorar um dos quatro quartos como o quartinho do bebê e deixar o quarto do casal para depois. O que significaria mudar seu estúdio para o sótão.

Lorilee já usava o local como ateliê, mas eles poderiam dividir o ambiente para criar um espaço para o trabalho dele. Dariam um jeito.

Ele pegou uma garrafa de vinho, abriu-a e começou a pegar as taças quando o telefone tocou sobre a bancada.

Ele viu o nome da mãe no identificador de chamadas.

— Oi, mãe. — O sorriso fácil ao ouvir a voz da mãe se transformou em um choque. — O quê? Não! Como? Quando? Mas...

Quando ele não voltou para cima, Lorilee desceu e o encontrou sentado no balcão da cozinha, a cabeça enterrada nas mãos.

— O que foi? Raylan, o que aconteceu?

Ele ergueu a cabeça quando ela correu até ele.

— Sophia Rizzo. Um acidente. Ela... ela estava com uma amiga, voltando do clube do livro para casa. Uma tempestade, a estrada estava escorregadia, outro motorista derrapou e foi direto para o carro delas. A amiga dela está no hospital, mas Sophia... Ela morreu, Lorilee. Ela se foi!

— Ai meu Deus, não! — As lágrimas rolaram enquanto Lorilee puxava Raylan para si. — A Sophia não. Ah, Raylan.

— Não sei o que fazer. Eu não consigo pensar. Ela era quase uma avó para mim.

— Calma, calma. — Lorilee beijou suas bochechas. Então pegou as taças e serviu o vinho. — Bebe um pouco. Como a sua mãe está?

— Foi ela que ligou.

— Ela deve estar arrasada, e Dom. E Adrian e a mãe, e, ai meu Deus, querido, a cidade toda. Vão fazer um funeral, uma missa. Nós vamos. Podemos ficar alguns dias, se pudermos ajudar.

— Mamãe disse que não sabia nada sobre o funeral ou missa, mas ligaria amanhã quando soubesse mais. Ela disse que Maya e Joe estavam indo para lá. Eles iriam chamar uma babá para o Collin e ir ajudá-la a fechar o restaurante e...

— Ah, Deus, o restaurante. Claro. Olha, você pode ficar por uma ou duas semanas se puder ajudar. Eu volto com as crianças.

— Ainda não sei o que fazer. Preciso pensar. A gente vai dar um jeito. Não consigo acreditar, Lorilee. Ela sempre fez parte da minha vida.

— Eu sei, querido. — Ela o abraçou apertado, acariciou suas costas. — Vamos descobrir um jeito de ajudar. — Ergueu o rosto dele para encontrar o dela e o beijou. Lorilee se sentou ao lado dele na bancada sem soltar a mão do marido. — Posso tirar uma licença de emergência no trabalho. Só tenho que passar lá amanhã e ajeitar as coisas. A menos que você queira partir amanhã mesmo.

— Eu... — Ele tentou clarear a mente, mas ainda conseguia ouvir as lágrimas na voz da mãe. — Não, acho que devemos organizar as coisas, mandar as crianças para a escola e esperar minha mãe ligar de volta. Nós dois poderíamos resolver as coisas no trabalho e viajar depois de amanhã.

— Acho que é um bom plano. Posso começar a fazer as malas quando chegar em casa.

Tudo bem, tenho um plano, pensou Raylan. Ele funcionava melhor com um plano, com uma programação. Com algo delineado.

— Posso sair mais cedo e arrumar as coisas no início da tarde.

— Você precisa planejar ficar no mínimo uma semana fora. Não se preocupa comigo nem com as crianças — disse ela sem dar chance de ele protestar. — A gente pega o trem de volta para casa. Vai ser uma aventura pra eles. Sua mãe vai precisar de você. Sophia era praticamente da família.

— Como a gente conta às crianças? — Ele pegou sua taça, mas apenas a encarou. — Eles são tão pequenos, Lorilee, e nunca perderam ninguém tão próximo assim.

— Acho que a gente fala que a Nona teve que ir para o céu para ser um anjo e, quando eles perguntarem por que, temos que dizer que não sabemos e estamos tristes por ela não estar mais conosco. — Lorilee pegou o vinho de Raylan e deu um gole. — Mas que ela estará em nosso coração para sempre. Acho que só temos que dar a elas muito amor, querido, como sempre fazemos.

Eles concordaram em não contar às crianças pela manhã, mas, sim, levá-las para a escola normalmente, para que não carregassem as dúvidas e a tristeza ao longo do dia.

Talvez ele as tenha abraçado um pouco mais forte e por um pouco mais de tempo antes de ajudar Lorilee a acomodá-las nas cadeirinhas do carro.

— Vê se aprende alguma coisa — recomendou a Bradley.

— Se eu continuar aprendendo, vou saber de tudo e não vou ter que ir pra escola. Então eu posso ir trabalhar com você e fazer revista em quadrinhos.

— Qual é a raiz quadrada de 946?

Bradley soltou uma gargalhada.

— Eu não sei!

— Tá vendo. Você não sabe tudo ainda. Aprende uma coisa nova, algo novo. Você também, Princesa Mo. — Ele se virou para a esposa. — Obrigado.

— Por...

— Por ser você, por ser minha. Por ser.

— Own, você é tão doce. Até mais. — Ela beijou Raylan até Bradley fingir um engasgo. Lorilee caiu no riso. — Eu te amo.

— Eu te amo.

Ela sentou-se ao volante, afivelou o cinto e sorriu para ele.

— Volto pra casa às quatro. Mais cedo se você precisar de mim.

— A gente se fala!

Ele deu um passo para trás, todos acenaram. Voltou para a casa silenciosa onde Jasper já se aninhava em sua primeira soneca matinal.

— Vou chegar mais cedo no trabalho hoje, amigão, e você vai comigo. Você vai tirar umas pequenas férias na casa da Bick.

A amiga e sócia de Raylan já havia concordado em ficar com o cachorro pelo tempo que fosse necessário. Tudo que Raylan precisava era juntar as coisas de Jasper, a comida, a cama, os petiscos e os brinquedos. Incrível, pensou Raylan, quanta tralha um filhote de labrador era capaz de acumular.

Ele pegou um moletom para vestir por cima da camiseta de No One, o personagem que ajudou a Triquetra a decolar.

Todo dia era sexta-feira casual na Triquetra.

Ele pegou a bolsa carteiro que usava como pasta executiva e prendeu a guia no cão saltitante. Normalmente, em especial em um dia ensolarado de primavera, ele teria caminhado ou pedalado os dez quarteirões até o antigo galpão onde ficava o escritório da Triquetra, mas ele precisava pegar algumas coisas para trabalhar se prolongasse sua estada em Traveller's Creek.

Em seguida abriu a porta traseira de seu velho Prius para Jasper.

Ao volante, Raylan abriu as janelas para ventilar e para que o cachorro pudesse colocar a cabeça para fora.

No trajeto, sua cabeça se ocupou de todas as tarefas que precisariam ser feitas agora, caso trabalhasse remotamente por uma ou duas semanas.

Eles poderiam fazer reuniões e sessões por teleconferência. Qualquer trabalho que ele precisasse ver e aprovar poderia ser enviado por e-mail. Certamente daria para criar um espaço de trabalho temporário em seu antigo quarto e cumprir o prazo — dali a dez dias — a fim de terminar de colorir a próxima edição da *graphic novel* No one.

Mas o trabalho já estava adiantado, lembrou a si mesmo, não teria problemas. Normalmente, ele mesmo fazia o letreiramento, mas, como os outros sócios não faziam, eles tinham artistas na equipe para isso. Então Raylan poderia, só desta vez, delegar essa tarefa caso precisasse.

Pensaria nisso quando chegasse a hora.

Parou o carro no pequeno estacionamento lateral do prédio quadrado de tijolos de cinco andares com as janelas compridas e altas, uma plataforma de carga antiga, largas portas de aço e o terraço onde aconteciam as festas após o trabalho no verão, as reuniões ocasionais aos berros ou as pausas dos fumantes.

Antes de entrar, Raylan levou o cachorro até o pequeno jardim no fim do estacionamento. Era melhor deixá-lo farejar, fazer o que os cachorros fazem lá fora, para ele não estragar tudo e fazer o que não devia lá dentro.

Ele pegou as chaves, destrancou a pesada porta de aço e desligou o sistema de alarme.

Acendeu as luzes.

Todos os cinco andares eram abertos, unidos por escadas de aço vazadas e dois elevadores de carga. O andar principal foi montado como um enorme salão que misturava sala de jogos, lanchonete e lounge. Afinal, dois dos três sócios eram homens. E Bick era a melhor sócia que poderiam ter. Uma mulher que os entendia.

Móveis descartados — sofás deformados, poltronas reclináveis xadrez puídas, mesas de caixotes de madeira — compunham o lounge. Pensaram em substituí-los agora que podiam bancar. Mas o sentimentalismo vencia sempre que surgia o assunto.

Optaram por duas das maiores TVs de tela plana que o dinheiro poderia comprar, vários sistemas de jogos, algumas máquinas de *pinball* clássicas (que precisavam de conserto quase sempre), alguns videogames antigos.

Todos concordaram que às vezes a mente e o corpo precisam de descanso para que as ideias floresçam. E que um dia alguns dos jogos teriam seus personagens como tema.

Esse sonho fora realizado com Violet Queen e Snow Raven, de No One.

E viriam outros. Raylan acreditava nisso porque eles faziam o que amavam, e eram bons nisso. E cada novo contratado tinha que atender a esses dois requisitos.

Como estava com o cachorro, pegou o elevador de carga em vez de usar as escadas. Jasper se encolheu contra o corpo de Raylan e estremeceu quando o elevador rangia e crepitava até o quinto andar.

Ele havia escolhido o andar mais alto para seu escritório e área de trabalho porque ninguém mais queria subir tão alto regularmente. A maior parte do trabalho, da ação, do barulho se espalhava pelos andares mais baixos. Ele não se importava com os ecos; na verdade, até gostava. Mas preferia o espaço mais solitário e a vista das grandes janelas. Era possível ver até o rio, até o horizonte sul de Manhattan. E, como No One lutava contra o crime, e seu alter ego, Cameron Quincy, trabalhava como técnico de informática na cidade, Raylan costumava desenhar o horizonte em diferentes estados de espírito para se inspirar.

Mas agora ele só conseguia pensar que alguém que amava não estava mais no mundo. Arrependido de não ter ido para casa há semanas, fazer uma visita, conversar com ela.

E agora nunca mais iria fazer nada disso.

A vida ficou mais ocupada, com certeza, e ele aceitava isso. Mas eles precisavam arranjar mais tempo. Sua irmã tinha um filho com menos de dois anos e ele só o vira uma vez desde o Natal. A mãe não passava tempo o bastante com os netos, nem eles com ela. Eles mudariam isso.

E Dom... Será que ficaria sozinho naquela casa enorme? Raylan faria um esforço, um esforço real para dedicar seu tempo para aqueles que fizeram o mesmo por ele.

Como o tempo era importante, ele se sentou à mesa de desenho enquanto o cachorro farejava todo o espaço, composto por um par de cadeiras de rodinhas que rangiam, a velha geladeira do dormitório da universidade cheia de Coca-Cola e Gatorade, o enorme quadro onde fixava esboços, anotações e os *storylines*, o espelho onde ele testava expressões faciais. Fotos emolduradas de sua família. Bonecos de ação, o ficus que ele matava aos poucos.

Abriu a página dupla com as legendas completas em sua estação de trabalho, algumas já coloridas. Ele escreveu, revisou, alterou, terminou o *storyline*, fez o mesmo com todos os esboços.

Era possível fazer o trabalho de forma digital, mas preferia à mão. Assim como preferia fazer a arte final com nanquim e colorir ele mesmo. Sabia que isso poderia mudar conforme a empresa crescesse, mas preservaria esse prazer enquanto conseguisse.

Enquanto Jasper se acomodava com seu osso e gatinho de pelúcia, Raylan pegou suas ferramentas. E se perdeu no trabalho. Uma parte de seu cérebro ouviu o dia de trabalho começar para as outras pessoas, as vozes que subiam pelas escadas abertas, o barulho dos passos nos degraus. O cheiro de café e do bagel de alguém queimando.

Mas No One estava em apuros, já que a garota por quem ele tinha uma queda estava sendo atraída para o perigo pelo sedutor vilão, Sr. Suave.

Raylan se concentrou, trabalhou, aperfeiçoou, dando vida aos painéis com a luz do sol entrando pelas janelas.

Seus cabelos louros escuros se rebelavam atrás das orelhas. Lorilee dizia que precisavam de um corte, mas ela gostava de brincar com eles quando se aninhavam na cama. Raylan esqueceu de se barbear naquela manhã, sua mente estava em outro lugar, então uma rala barba de 24 horas recobria as bochechas encovadas.

Seus olhos permaneceram intensos, focados, embora seus lábios começassem a se curvar enquanto observava o personagem, que era sua marca registrada, ganhar profundidade.

Ele não prestou muita atenção no barulho de alguém subindo rapidamente as escadas, mas Jasper bufou e ficou em alerta.

Ao levantar a cabeça viu Bick, com seus longos dreads de pontas vermelhas esvoaçantes.

— Ei, Bick, muito obrigado por ficar com Jasper. Eu vou só terminar o...

— Raylan. — Sua voz falhou antes que ela prendesse a respiração trêmula. — Tem um atirador na escola. Na escola de Lorilee.

Por um instante, a mente de Raylan ficou entorpecida.

— O quê?

— Jojo estava com a TV ligada na sala e acabou de dar no noticiário. A escola tá fechada. Uma criança conseguiu sair. Estava dizendo que havia pelo menos dois adolescentes, pelo menos dois atirando nas pessoas. Raylan...

Ele já estava de pé, correndo para a porta. Jasper tentou correr atrás dele, mas Bick segurou e abraçou o cachorro.

— Não, você tem que ficar.

Raylan desceu voando pelos degraus, quase trombou em Jonah, seu outro sócio, que esperava aos pés da escada.

— Eu dirijo — disse Jonah.

Raylan não discutiu, nem diminuiu a velocidade. Saltou para dentro do Mini Cooper laranja berrante de Jonah.

— Depressa.

— Ela tá bem. — O comportamento costumeiro de inabalável calma de Jonah se manteve quando ele deu ré no carro. — Ela é esperta. Ela já fez treinamentos para isso diversas vezes.

Raylan mal conseguia ouvir as palavras, não conseguia entender os próprios pensamentos desesperados enquanto seu coração batia forte em seus ouvidos.

Com a capota do carro abaixada, o ar da primavera rodopiava ao seu redor. Delicadas folhas verdes desabrochavam nas árvores, as primeiras flores dançavam com cor e charme. Ele não sentia nada disso, não viu nada. Tudo o que ele via era o rosto de Lorilee sorrindo antes de partir pela manhã.

— Que horas são? — Ele se surpreendeu ao ver que haviam se passado três horas desde que tinha se sentado para trabalhar. Isso significava que Lorilee estaria em aula, em uma sala de aula antes do primeiro intervalo para o almoço.

Isso era bom. Ele conhecia o treinamento tão bem quanto ela, pois ela lhe explicou todos os detalhes, insistindo no quanto o exercício era necessário.

Trancar a porta da sala de aula, colocar as crianças no quartinho de depósito, manter elas calmas e quietas.

Ficar protegida e esperar a chegada da polícia.

Quando o primeiro choque passou, ele pegou o telefone. Ela o teria silenciado durante o horário de aula, mas o sentiria vibrar.

Quando a ligação caiu na caixa postal e ele ouviu sua saudação com o sotaque arrastado, sentiu algo nauseante subir até sua garganta.

— Ela não atende. Não tá atendendo.

— Provavelmente deixou o telefone na mesa dela. Estamos quase lá, Raylan. Quase chegando.

— Na mesa.

Ele se obrigou a aceitar esse fato, embora parte do treinamento fosse garantir que a pessoa tivesse meios de se comunicar com o exterior.

Raylan avistou as barricadas, os carros de polícia, as ambulâncias, as equipes de TV, os pais frenéticos e cônjuges apavorados que vieram ter notícias, como ele.

Ele saiu do carro antes que parasse totalmente.

A escola estava a meio quarteirão de distância, um prédio de tijolos vermelhos, com o sol refletindo nas janelas, cercado de grama verde.

Dava para ver os policiais, e mesmo à distância, viu que uma das janelas estava estilhaçada.

— Minha esposa. — Ele conseguiu pronunciar as palavras enquanto se apoiava nas barreiras instaladas pela polícia do Brooklyn. — Lorilee Wells, professora de arte. Ela está lá dentro.

— Preciso que espere aqui, senhor. — O policial fardado falou com calma, sem rodeios. — Temos policiais no prédio.

— Raylan!

Ele ficou atônito por um momento enquanto a mulher corria até ele. Sua mente parecia oscilar entre uma clareza cruel e brancos repentinos.

— Suzanne!

Ele a conhecia, é claro. Ela e o marido, Bill, Bill McInerny, professor de matemática, guru de xadrez, fanático pelos *Yankees*, jantaram em sua casa e ele e Lorilee jantaram na deles.

Ela pulou no pescoço dele; a mulher cheirava a grama, terra e adubo orgânico. Ela adorava jardinagem, lembrou na onda seguinte de clareza. Uma ávida fã de jardinagem que morava quase ao lado da escola em uma casa em estilo rancho com um grande quintal nos fundos.

— Raylan. Raylan, meu Deus. É meu dia de folga, eu estava trabalhando no jardim. O tiroteio. — Ele sentiu cada tremor reverberar em seu corpo quando ela começou a tremer. — Eu ouvi o tiroteio. Mas eu não pensei, simplesmente não imaginei. A gente nunca acha que isso pode acontecer com a gente, no nosso bairro.

— Você falou com Bill? Conseguiu falar com ele?

— Ele me mandou uma mensagem. — Ela recuou e enxugou as lágrimas. — Ele me disse que ele e os alunos estavam seguros, para não me preocupar. Que ele me amava, que não me preocupasse. — Ela enxugou as lágrimas novamente. — E Lorilee?

— Ela não atendeu. — Ele pegou o telefone para tentar outra vez.

Tiros ecoaram. Os sons pareciam estouros de escapamento, fogos de artifício, puro terror. Ele podia jurar que sentiu os tiros direto em seu coração, baques pungentes e mortais. Ao seu redor, pessoas gritavam, soluçavam, berravam.

Elas se agarravam umas às outras, como Suzanne agora se agarrava a ele. Ele sentiu a mão de Jonah sobre seu ombro, como um peso fantasma. Uma presença no limiar de sua consciência.

Porque o mundo simplesmente havia parado. No vazio, tudo o que ouviu foi um terrível silêncio.

Então viu a polícia escoltando uma fila de crianças para fora, crianças com as mãos para cima ou no topo da cabeça. Crianças chorando e algumas com sangue nas roupas.

Ele ouviu pais gritando nomes e chorando. Viu paramédicos correndo para dentro do prédio.

Barulho, muito barulho preencheu o vazio, como um rugido berrando dentro de sua cabeça. Ele não conseguia decifrar totalmente as palavras emaranhadas no caos de ruídos.

Os atiradores foram abatidos.

A situação foi controlada.

Vários mortos, vários feridos.

— Bill! — Suzanne se afastou, chorando e rindo. — Ali o Bill, ali o Bill.

Os pais acolheram seus filhos; cônjuges se abraçaram. Paramédicos carregaram macas e o som das sirenes de ambulâncias ecoava.

Ele manteve seu foco nas portas por onde ela sairia a qualquer segundo. Ela voltaria para ele.

— Senhor Wells.

Ele conhecia a garota, era uma das alunas de Lorilee. Ele costumava ir à escola uma ou duas vezes por ano para falar sobre como era o processo de criação de histórias em quadrinhos e *graphic novels*, do conceito à finalização.

Ela parecia tão pálida, a pele incrivelmente alva contrastava com as manchas vermelhas de tanto chorar. Uma mulher, a mãe dela, presumiu, envolvia o braço em torno dos ombros da garota, o rosto molhado de lágrimas.

Ele nunca saberia por que o nome dela surgiu de forma tão nítida em sua mente confusa.

— Caroline, você é uma das alunas de Lorilee. Da Sra. Wells. Onde...

— A gente ouviu os tiros. A gente tava na aula e ouvimos o tiroteio, e risadas. Eles estavam atirando e rindo. A Sra. Wells mandou a gente ir para o depósito, que nem nos treinamentos. Para a gente ser rápido e sem barulho. E ela foi trancar a porta da sala de aula.

— Ela ainda tá lá?

— Senhor Wells, ela foi trancar a porta e aí ele caiu, bem ali. Rob Keyler, eu conheço ele. E ele estava sangrando, e ele caiu, e ela, a Sra. Wells... ela começou a puxar o Rob para dentro, para ajudar a entrar. E então ele... — As lágrimas correram e inundaram seu rosto, um rosto tão jovem, ainda suave, ainda lutando contra uma leve acne adolescente. — Era o Jamie Hanson. Eu conheço ele também. Era Jamie, ele tinha uma arma na mão e ela... a Sra. Wells... ela... ela simplesmente se jogou sobre Rob. Eu vi. Não tínhamos fechado a porta completamente e eu vi. Ele... Sr. Wells, Sr. Wells, ele atirou nela. Ele atirou nela.

Soluçando incontrolavelmente, a menina se jogou nos braços dele.

— Ele atirou e atirou de novo, riu e foi embora. Ele só saiu andando.

Raylan não ouviu mais nada. Não sentiu mais nada. Porque seu mundo acabou em um dia suave de primavera com um céu azul profundo que partiu seu coração.

Capítulo oito

✳ ✳ ✳

ELES A chamaram de heroína. O menino que ela protegeu com o próprio corpo passou dez dias no hospital, mas sobreviveu.

Nenhum dos alunos de sua classe sofreu ferimentos físicos. As feridas em seus corações, almas e mentes levariam anos para cicatrizar. Se é que um dia cicatrizariam.

Dois meninos, de 16 e 17 anos, revoltados com o mundo, que desprezavam a própria vida, acabaram com a de outras seis pessoas em um lindo dia de maio. Cinco eram seus colegas.

Eles feriram mais onze.

As vidas que eles destruíram, crianças que perderam os pais, irmãos, sua inocência, as famílias que sofreriam para sempre, eram muitas mais.

Nenhum dos meninos sobreviveu ao ataque.

Adrian lidou com sua própria dor sentando-se à escrivaninha da avó e escolhendo um papel de carta.

Ela enviara flores, mas flores morrem. Uma semana após os dois golpes fatais em suas vidas, ela escreveu para Raylan.

> Querido Raylan,
> Não existem palavras para dizer o quanto eu sinto pelo que aconteceu. Sei que sua mãe e sua irmã estão com você agora e espero que isso lhe dê algum conforto.
> Também lamento não ter comparecido ao funeral de Lorilee, ainda não acho que deva deixar meu avô sozinho.
> Ela era uma das pessoas mais bonitas que já conheci. Eu não a conhecia bem, principalmente por correspondências, mas sua alegria, sua bondade, o amor dela por você e seus filhos transpareciam de forma muito clara.

O mundo perdeu um anjo.

Parece bobo dizer que pode contar comigo para qualquer coisa que precisar, mas é sincero.

Para superar esse choque, essa dor, digo a mim mesma que Nona e Lorilee estão cuidando uma da outra agora. E de nós. De você, de seus filhos e de mim.

Porque elas eram assim.

Algumas pessoas deixam um legado de bondade.

Sua Lorilee e minha Nona fizeram exatamente isso.

                        Minhas mais profundas condolências,
                                         Adrian

Ela pegou a carta e o bilhete que seu avô havia escrito, saiu até a varanda da frente onde Dom estava.

— Vamos dar uma volta, Nono. Tenho que postar essas cartas e poderíamos passar no restaurante para ver como as coisas estão.

Ele sorriu para ela, mas fiz que não com a cabeça.

— Hoje não, querida! Talvez amanhã.

Todos os dias era a mesma resposta.

Ela se aproximou e se sentou por um momento na cadeira ao lado dele, a cadeira da avó, e colocou a mão sobre a dele.

— Jan e Maya voltam na próxima semana. Pelo menos esse é o plano.

— Aquele pobre rapaz. Essas pobres crianças. Eu tive uma vida inteira com Sophia. Ele teve um piscar de olhos. Jan deveria ficar com ele o tempo que precisar.

— Ela sabe que pode.

Ele virou a mão e deu um tapinha na dela.

— Você precisa voltar para sua vida, Adrian.

— Você tá me expulsando?

— Nunca. — Ele apertou a mão dela. — Mas você tem que retomar sua vida.

— Agora eu tenho algumas coisas para resolver. Que tal eu comprar um sanduíche de almôndegas para o almoço? Podemos dividir.

Embora ela tenha sugerido o sanduíche favorito do avô, ele apenas deu outro tapinha distraído na mão da neta.

— O que você quiser tá bom para mim.

Ele dizia isso também quase todos os dias. Adrian levantou e se inclinou para beijar sua bochecha.

— Não vou demorar mais de uma hora.

— Não tenha pressa.

Mas ela tinha. Não gostava de deixá-lo sozinho por mais de uma hora agora. Ele parecia muito frágil e apático. Enquanto dirigia para a cidade, considerou todas as suas opções novamente e sabia que tinha que escolher.

E realmente, nesse tempo todo, ela sabia que escolha faria. Parou no estacionamento do Rizzo's, de lá, foi até o correio para enviar as cartas e abrir uma caixa postal.

Isso significou uma breve conversa com a agente do correio, que chorou ao perguntar por Dom.

De lá, ela voltou para a rua principal e seguiu até a *Farm Fresh* para comprar um litro de leite, uma dúzia de ovos — e mais conversa. Não precisava comprar muitos mantimentos, pois as pessoas tinham levado e continuavam levando muita comida para eles.

E seu avô não estava comendo tanto quanto deveria. Ela pegou um pouco de geleia de framboesa selvagem esperando que o belo café da manhã que planejava preparar para ele pela manhã o seduzisse.

E acrescentou algumas velas de soja com aroma de lavanda na esperança de ajudar a acalmar sua mente durante a meditação matinal.

Ela voltou para o carro; mais uma conversa na faixa de pedestres enquanto esperava o sinal abrir. Colocou os ovos e o leite no pequeno isopor e guardou o resto antes de entrar no burburinho da hora do almoço no Rizzo's.

Preferiu entrar pelos fundos, pois não tinha certeza de quantas conversas ainda conseguiria suportar. Sentiu o aroma de alho e especiarias e forte cheiro de vinagre. Ela abriu caminho até o salão de jantar principal e a cozinha aberta, e mergulhou no barulho de conversas, talheres, das facas batendo contra as tábuas de corte.

O vapor do molho fervendo subia e se misturava à variedade de odores; a porta do forno de alvenaria bateu quando um cozinheiro retirou mais uma pizza borbulhante com a longa pá.

— Ei, Adrian. — Barry colocou molho em outra pizza. Um cara magro e desengonçado, de olhos arregalados, Barry trabalhava no Rizzo's desde os tempos de colégio. Quatro anos depois, ele ajudava a administrar a loja enquanto Jan, agora gerente, confortava o filho e Dom lidava com o luto. — Tudo em cima? Como está o chefe?

— Ele está bem. Vou tentar animar ele com um sanduíche de almôndega. Quando der, faz um para mim, por favor.

— Sem problemas. Eu sei exatamente como ele gosta. Senta aí. Quer uma bebida, uma fatia de pizza?

— Não, obrigada. Vou pegar uma... — Estava prestes a dizer água, como era automático para ela. Mas pensou que um pequeno agrado para si mesma não seria nada mal. — Vou pegar uma Coca. Preciso usar o escritório por alguns minutos, tudo bem?

— Sem problemas — disse ele novamente. — Diga ao Dom que sentimos falta dele por aqui.

— Pode deixar.

Ela mesma se serviu de um copo de Coca-Cola com bastante gelo na máquina de refrigerante.

O escritório consistia em um cubículo nos fundos do estabelecimento, onde havia uma máquina de lavar louça funcionando na enorme pia, uma grande batedeira de massa, que por ora estava ociosa, e um dos cozinheiros de estação pegava mais suprimentos do refrigerador.

Adrian acenou, entrou no escritório e fechou a porta.

Ela se sentou à mesa aproveitando o silêncio considerável, então apenas se recostou e fechou os olhos por alguns minutos. Era possível esquecer a dor latejando em seu coração enquanto se mantivesse ativa. Arrumar a casa, embora não houvesse muito o que fazer, malhar, comprar o essencial. Mas sempre que ela parava, mesmo que apenas por um segundo, a dor quase tirava seu fôlego.

A solução, ela se lembrou, era continuar se mantendo ocupada.

Ela imaginou que sua decisão garantiria exatamente isso.

Como sabia que a conversa precisava ser cara a cara, pegou o tablet e ligou para Teesha pelo FaceTime.

Teesha surgiu na tela, com as tranças curtas balançando e o adorável Phineas de quase dois anos de idade apoiado em seu quadril.

A vida mudou, pensou Adrian. Nunca permanecia a mesma.

Agora, sua amiga de longa data, sua gerente comercial, seu muro de lamentações era mãe. Teesha se apaixonou — e dessa vez não se desapaixonou — por um compositor de olhos sensuais e sorriso lânguido que a conquistara com música, flores e paciência heroica.

— Ei, olha aí o garotão.

Ao ver Adrian na tela, o menino guinchou e bateu palmas.

— Rizz! — Alegrou-se mandando beijos.

— Ei, Phineas, ei, Phin, meu amor. Presumo que isso espalhado pelo rosto dele seja molho de tomate e não o sangue das vítimas dele.

— Você está certa. Desta vez. Acabamos de almoçar. Pode ir falando enquanto eu lavo o rosto dele. Monroe está trancado no estúdio trabalhando. Mas tudo bem. Ele vai pegar o turno da noite com Phineas. Como você está, Adrian? Como está o Nono? Eu queria ter ficado mais tempo.

— Estamos indo. Mas eu me preocupo com ele, Teesha.

— É natural. — Phineas se opôs, veementemente, a lavar o rosto e as mãos. — Aguenta, aí, garoto. Está quase acabando. Você disse que sua mãe também foi embora.

— Ela tinha eventos. Ficou três dias, e para ela isso significa um mês em Traveler's Creek. Eu não posso ser muito dura com ela por causa disso, ela estava tão arrasada. Sei que estava sofrendo.

— Todos nós sentimos falta da Nona. Vou colocar *Vila Sésamo* para divertir esse garotão e podemos ter uma conversa adulta. Só um minuto, Rizz.

Enquanto Adrian aguardava, ouviu Teesha falando do Elmo, e Phineas deu uma longa e gostosa gargalhada.

O som aumentou o ânimo de Adrian. Tudo ficaria bem.

— Pronto. Ufa! Esse menino ama Elmo mais do que eu amo o meu laptop novo. E você sabe que amo aquilo.

— Sei bem.

— E isso ainda não é uma conversa de adulto. Me salva, pelo amor de Deus!

— Fico tão feliz em te ver assim, tão feliz, Teesha. Fico tão contente que você tenha Monroe e Phineas, e eles tenham você.

— Está tudo indo muito bem. Acho que tivemos muita sorte com o garoto. Mas sentimos sua falta.

— Também sinto falta de vocês. Vocês dois ainda estão pensando em se mudar para os subúrbios ou para aquela casa de campo fantástica?

— Ah, nós conversamos sobre isso, sim. Quer dizer, nós dois vivemos a vida toda na cidade, e estamos bem, né? Mas... — Ela olhou para onde Adrian podia ouvir a voz estridente de Elmo e a risada de Phineas. — Seria bom ter uma casa e um quintal, talvez um cachorro idiota. Um balanço, a coisa toda. Droga, Adrian, estou me tornando uma pessoa caseira. Repito: me salva.

— Não, isso te cai tão bem. Bom, o negócio é o seguinte, e ele tem algumas partes. A parte um é: vou me mudar para cá.

— O quê? Sério? Você vai ficar aí?

— Vou pedir para você me ajudar a embalar e enviar minhas coisas. Só os objetos pessoais. Os móveis, pode ficar com o que puder usar ou quiser. Acho que o resto pode ir para um depósito até sei lá quando. Mas eu não preciso de nada disso aqui.

— Nossa, isso é uma grande mudança. Gigante. Quando você decidiu isso?

— Acho que assim que cheguei, logo que vi Nono. Ele não pode viver sozinho nesta casa enorme, Teesh, e ele morreria se saísse de lá. Ele precisa de mim aqui, por mais que não admita. E não preciso estar em Nova York para trabalhar. Tenho sorte nisso.

— Tudo verdade, mas Nova York tem sido sua base desde o lançamento.

— Para o trabalho, mas aqui tem sido meu lar, minha base verdadeira, por muito tempo. Posso usar o primeiro andar, com alguns ajustes, um pouco de decoração, usar tecnologia para transmitir meus treinos, gravar vídeos, pro que eu precisar. Se eu tiver que ir para Nova York, posso ir de carro ou de trem. Mas não me sinto tranquila nem para fazer isso agora.

— Eu entendo. Claro. Vendo pelo lado prático, você vai economizar cinco dígitos por ano só de aluguel. Pode usar uma porcentagem disso para equipar seu espaço de trabalho aí. Do ponto de vista criativo, você passaria a produzir conteúdo em cenários de Traveler's Creek e arredores em vez de Nova York, que poderíamos comercializar. E do lado pessoal, você não se preocuparia diariamente com o Nono porque estaria aí com ele.

— E é por isso que você não é só minha amiga, mas também minha gerente comercial.

— O que o Nono achou da ideia?

— Ainda não contei pra ele. Só vou falar quando já estiver feito. O que ele vai fazer? Me expulsar?

— Sim, ele não vai ter escapatória.

— Nós duas podemos trabalhar remotamente pelo tempo que precisarmos. A não ser que... — Agora ela passou para sua melhor voz persuasiva. — Tem umas propriedades muito boas aqui, umas casas lindas em Traveler's Creek e arredores, com quintais para cachorros idiotas e garotinhos adoráveis.

— Puta merda, Adrian.

Ela fechou os olhos com uma careta quando Phineas a imitou em voz alta.

— Quando vou aprender? — murmurou Teesha. — Bom, não é exatamente o sonho de vida no campo com A Família Dó, Re, Mi — acrescentou diante do olhar indiferente de Adrian. — Deixa pra lá.

— Pode ser muito melhor. — Adrian sabia como e quando pressionar e quando deixar as ideias florescerem. — Bom, é algo para se pensar. E, caso pense com carinho na proposta, saiba que eu tenho mais um trabalho para você. Jan Wells é a gerente do Rizzo's. A Nona e o Nono cuidavam da parte comercial, mas sempre foi principalmente ela. Não que ele não consiga lidar com isso sozinho, mas acho que ele precisará de ajuda. E não acho que eu possa ajudar nisso.

— Rizz, eu amo o Nono como se fosse meu avô. Você sabe que o ajudarei nisso onde quer que eu esteja.

— Eu estava esperando que você dissesse isso. Vou falar com Nono e, quando a Jan voltar em um ou dois dias, falo com ela. Mas preciso da sua mente super aguçada para os negócios.

— Nós poderíamos passar uns dias aí, resolver essa parte. Falo com o Monroe, vejo quando ele poderia ir.

— Obrigada. — Hora de plantar mais algumas sementinhas, ela pensou. — Ei, imagine uma bela casa com um quintal bonito. Com um escritório bem maior que um closet só para você. Um estúdio de verdade para Monroe. Uma sala de jogos para Phineas e para os irmãozinhos que virão.

— Agora você está tentando me seduzir com metros quadrados e impostos mais baratos.

— Faço o que eu posso. Pensem na ideia, conversem. Tenho que voltar para casa, mas tenho que falar com meu proprietário, para notificar a minha saída.

— Deixa isso comigo. E vou procurar um depósito perto da sua casa. É melhor guardar os móveis por enquanto. Você pode acabar usando algo aqui e ali.

— Tá bom. Obrigada, muito obrigada. Um beijo para todos, a gente se fala.

— Pode deixar. Rizz? Essa é a decisão certa para você. Não só para o Nono. É o melhor pra você. Parece a coisa certa.

— Sim, eu também acho. Te amo muito.

— Eu também.

Depois de desligar o tablet, Adrian soltou um suspiro. Sim, tudo ficaria bem. Exigiria um pouco de tempo, trabalho, ela precisaria resolver algumas coisas, mas ela faria tudo ficar bem.

Levou a Coca-Cola que esquecera de beber para dentro do restaurante. Desta vez, acomodou-se em um banquinho no balcão.

— Vou montar o seu sanduíche. Ainda não fiz porque queria que você levasse para casa quente — disse Barry.

— Está fazendo um bom trabalho, Barry, ajudando a manter o lugar funcionando durante esse período tão turbulento.

— O Rizzo's é como um lar para mim. Sempre foi!

— Dá pra ver. Ei, você não tem uma irmã mais nova?

— Tenho três. Por que acha que aqui é minha casa?

Ela riu, bebeu um pouco da Coca enquanto ele cortava o pão.

— A que está na faculdade. Ela faz design de interiores, não é?

— Kayla. É, ela tá voltando daqui a uma semana ou algo assim. Já terminou o primeiro ano.

— Então, aqui entre nós. O que você me disser não sai daqui. Ela é boa?

— Bem, ela com certeza acha que a decoração do meu apartamento é horrível. E não está errada, mas sou só eu desde que terminei com Maxie. Ela redecorou o quarto dela em casa há alguns anos, e ficou parecendo capa de revista. Ela só tira nota alta; então, sim, ela é boa nisso. Tem olho para coisa, sabe?

— Pede pra ela me ligar. Talvez eu tenha um trabalho pra ela.

— Jura? — Ele colocou o sanduíche no forno com a pá, para derreter o provolone sobre as almôndegas e o molho. — Em Nova York?

— Não, aqui. Se ela topar, a gente podia trocar umas ideias e ver se nos damos bem.

— Claro. Ela vai enlouquecer. Ela assiste os seus treinos.

— Verdade? — Adrian sorriu e bebeu mais Coca. — Ela acaba de ganhar alguns pontos.

Quando ela chegou em casa, Dom ainda estava sentado na varanda. Ele começou a se levantar quando a viu carregando a sacola do almoço e o isopor.

— Deixe eu te ajudar.

— Não precisa. Vamos comer aqui fora?

— Como quiser, querida.

— Aqui fora com certeza. Está tão bonito. Volto num minuto.

Às vezes, pensou ela enquanto caminhava pela casa enorme até a imensa cozinha, a escolha certa também era a única escolha.

Ela dividiu o sanduíche, usou pratos bonitos, guardanapos de pano e serviu água e vinho. Para tentar o avô, ela colocou um punhado de batata chips sabor sal e vinagre, a preferida dele, em cada prato; que se dane a boa nutrição por um dia.

Ela levou a bandeja para fora e arrumou tudo na longa mesa da varanda.

— Vamos comer, Nono. Estava tudo certo no restaurante quando passei por lá. — Ela continuou tagarelando enquanto ele se levantava e caminhava lentamente até a mesa. — Barry está lá hoje e está fazendo um bom trabalho, mas ele disse que todos sentem sua falta.

— Talvez eu passe lá amanhã.

Ele havia dito o mesmo no dia anterior.

— Sim, isso seria ótimo! Meu Deus, eu não como um sanduíche de almôndegas há... sei lá quanto tempo. — Ela se inclinou para que o molho pingasse sobre o prato enquanto ela dava uma mordida. — Nossa, esse sanduíche deve ser ilegal em alguns estados. Um dia, você vai me dar a receita do molho secreto Rizzo.

— Claro que vou. — Ele sorriu e deu uma mordida.

— Então, eu falei com Teesha e com o adorável Phineas, pelo FaceTime, enquanto estava fora. Eles mandaram beijos.

— É um menino fantástico. Muito inteligente. Esperto até demais.

— Ele é mesmo. Espero que possamos vê-lo mais, caso eu consiga convencer Teesha e Monroe a se mudarem para cá.

— Hein? O quê? Para cá?

E naquele momento, pensou Adrian, dava para ver uma brecha na escuridão que se abatera sobre seus olhos.

— Aham. — Ela deu outra mordida. — Eu sei que podemos trabalhar remotamente; sem problemas, mas eles têm conversado sobre comprar uma casa, no subúrbio, talvez até mesmo no interior, desde que Phin nasceu. Por que não aqui? E a incrível cabeça pros negócios de Teesha nos ajudaria no Rizzo's também. Monroe pode trabalhar em qualquer lugar. — Ela tomou um gole de vinho, sorriu e encolheu os ombros. — Assim como eu.

— Não entendi.

Ela fez mais um som de deleite e comeu uma batata frita.

— Ah, eu sei por que tento evitar essas batatas. Meu corpo está implorando por mais agora. Ah. — Ela abriu um sorriso novamente. — Estou me mudando. Esqueci de dizer? Eu dei, ou melhor, Teesha deu, meu aviso de entrega do apartamento de Nova York. Ela vai providenciar que as minhas coisas sejam embaladas e enviadas para cá. Uma parte vai para o depósito, ela está cuidando disso. Não acho que conseguiria viver um dia sem ela para me ajudar.

— *Gioia*, sua vida é em Nova York.

— É em Nova York porque era onde mamãe morava e onde eu comecei. Mas minha casa é e sempre foi aqui. E eu gostaria de viver no lugar onde chamo de lar.

A expressão de Dom ficou tensa.

— Adrian, você não vai mudar sua vida inteira por mim. Eu não aceito isso.

A neta lambeu casualmente o molho do dedo.

— Nossa, que pena, porque está feito. Estou fazendo isso por você, porque te amo. Estou fazendo isso por mim, porque é o que eu quero. Eu te amo — repetiu. — Eu amo essa casa grande e velha. Adoro a vista, adoro as árvores, os jardins. Eu amo a cidade e vou ficar aqui. Nem tenta me impedir.

Uma lágrima correu pela bochecha do avô.

— Eu não quero que você...

— Você se importa com o que eu quero? — Ela colocou a mão sobre a dele. — De verdade?

— Claro que sim. Lógico.

— Então, isso é o que eu quero.

— Viver nessa casa velha nos arredores de uma cidade com três semáforos? Ela comeu outra batata chips.

— Sim. E é exatamente isso que eu quero. Ah, e estou assumindo o primeiro andar.

— Eu...

— Considere uma expropriação. Preciso de espaço para minha área de fitness, para a transmissão de meus vídeos. Para o meu trabalho. Tem acesso externo, então é bem iluminado, e chamarei uma equipe para lidar com a parte técnica. Talvez eu contrate a irmã mais nova de Barry para trabalhar na decoração.

— Adrian, esta é uma decisão importante. Você precisa pensar muito bem sobre tudo isso.

— Já pensei, pesei os prós e os contras. Os prós ganharam. Você conhece os Rizzos, Nono. Sabemos muito bem o que queremos e então trabalhamos para conseguir. — Ela ergueu a taça para um brinde. — É melhor se acostumar, sou sua nova colega de quarto! — Depois de pousar a taça, ela se levantou para abraçá-lo enquanto mais lágrimas caíam. — Você precisa de mim — murmurou. — Mas eu também preciso de você. Estamos fazendo isso um pelo outro.

— Ficaremos bem.

— Sim, ficaremos. — Ela envolveu o rosto do avô com as mãos e o beijou. — Ela não esperaria nada menos de nós. Agora, eu preciso que você coma esse maldito sanduíche, porque se você não comer eu vou acabar comendo e pagarei por isso mais tarde.

— Está bem. Ok. Barry sabe como eu gosto.

— Foi o que ele disse.

Quando ela se sentou novamente, ele deu outra mordida. Bebeu um pouco de vinho e limpou a garganta.

— Você acha mesmo que consegue convencer a Teesha e o Monroe a se mudar para cá com aquele garotinho maravilhoso?

Sorrindo, ela levou a taça até a dele.

— Estou confiante nas minhas chances. Esse balanço de pneu está precisando de um novo bumbunzinho.

— Está mesmo. No início eu pensava que só queria sumir. Como eu poderia continuar aqui depois que ela se foi? Então, era melhor só desaparecer.

As lágrimas ardiam no fundo dos olhos de Adrian, prontas para transbordar.

— Eu sei.

— Você não vai deixar, né?

— Não, não vou.

Assentindo, ele olhou diretamente em seus olhos.

— Por que você não me diz o que está pensando em fazer no primeiro andar? No nosso primeiro andar — corrigiu.

$\mathcal{D}$OIS DIAS depois, ela andava pelo espaço que pretendia transformar. Estudando, imaginando, considerando e desconsiderando. A adega, construída antes de ela nascer, continuaria intacta, é claro. Assim como o depósito.

Ela não precisaria mexer no quarto de hóspedes nem no banheiro.

Com isso, ela teria toda a área da sala com o bar antigo e a velha lareira de tijolos aparentes, que só eram usados principalmente quando eles davam grandes festas. Precisaria mover ou guardar alguns móveis no depósito, ponderou, mas o bar e a lareira seriam cenários interessantes.

Ela queria que parecesse exatamente o que era, parte de uma casa, mas ao mesmo tempo um espaço eficiente e adequado. Pegou o tablet e começou a fazer anotações que compartilharia com Kayla quando sua, assim esperava, jovem designer de interiores fosse lá dar uma olhada.

Uma chamada de FaceTime a interrompeu e fez Adrian ficar encarando a tela. Sua mãe nunca ligava pelo FaceTime. Adrian tocou em aceitar.

Lina apareceu na tela toda maquiada, o cabelo castanho penteado para trás em um rabo de cavalo. Estava em modo de trabalho, concluiu Adrian.

— Oi. Isso é novidade.

— Precisamos ter uma conversa e esta é a melhor forma. Acabei de ler o seu blog.

— Ah. Eu não sabia que você...

— Adrian, você não pode se enterrar aí nessa casa, nessa cidade. Você tá doida?

— Não, mas aqui é onde eu quero estar, e preciso estar, e, em vez de me enterrar, vejo isso como uma nova oportunidade.

— Você se estabeleceu em Nova York, a cidade como locação para os DVDs, e o streaming é parte de sua marca.

— Estou mudando minha marca.

Lina acenou para alguém sem tirar os olhos da tela.

— Olha, é louvável você considerar mudar toda sua vida para cuidar do seu avô.

— Louvável.

— Sim. É gentil, amoroso e louvável. Não sou idiota, Adrian, e entendo muito bem as circunstâncias. Sei que ele não deveria ficar em casa sozinho. Pensei em tentar convencer o Nono a se mudar para Nova York, mas percebi que isso só traria frustração para nós dois. Tenho entrevistado enfermeiras/acompanhantes para morar com ele.

— Você falou isso para ele?

— Não, porque ele rejeitaria a ideia de cara. Mas quando eu encontrar alguém...

— Pode parar de procurar! — Adrian se sentou no braço de um sofá, lembrando a si mesma que não havia motivo para raiva. Sua mãe sempre recorria ao dinheiro para resolver um problema ou inconveniente.

Analisando pelo lado positivo, ela ao menos tentou fazer algo.

— Ele não tá doente, ele tá sofrendo. Não precisa de enfermeira. Ele precisa de mim. E eu dele. Eu quero estar aqui, e não só para cuidar dele. Quero morar na casa da nossa família. Por que isso importa para você?

— Não quero ver você pisar no freio da sua carreira quando ela ainda está acelerando. Você tem um dom.

— E vou continuar usando esse dom.

— Gravando em uma casa velha perto de um antro chamado Dogpatch?

— Isso mesmo, e na varanda, no quintal, no parque, na praça da cidade. Tenho muitas ideias. A raiz de nosso trabalho é a mesma, mãe, mas nossos galhos cresceram para lados diferentes.

— A *New Generation* ainda é uma divisão da Yoga Baby.

Agora Adrian ergueu as sobrancelhas.

— Sim. E se minha mudança fizer com que você repense isso, podemos pedir aos advogados que façam a cisão.

— Não seja... — Lina hesitou e desviou o olhar da tela por um momento, enquanto Adrian a observava se esforçar para manter a compostura. — Estou tentando dizer que isso é um negócio, além de uma paixão, um estilo de vida, e que nos negócios é preciso ser prático e inovador. E você não é a única tendo que lidar com um turbilhão de emoções. Ela era minha mãe. — Depois de outra respiração, Lina olhou de volta para a tela. — Ela era minha mãe.

— Eu sei. Você tem razão. — Dava para ver a dor tão claramente quanto se fosse sua. — E eu deveria ter avisado antes, tanto do ponto de vista pessoal quanto profissional. Não pensei nisso. Simplesmente não pensei, então desculpa. Vamos tentar uma coisa. Você me dá um ano, e, se essa realocação não funcionar da maneira que eu acho que vai, nós reavaliamos.

— Por reavaliar você quer dizer realmente consultar todos os envolvidos, eu, Harry e o resto da equipe?

— Sim.

— Está bem. — Ela desviou o olhar novamente. — Sim, sim, dois minutos! Eu quero que você tenha sucesso, Adrian.

— Eu sei que sim.

— Tenho que ir. Diz pro vovô... diz pra ele que eu ligo em breve.

— Pode deixar.

Quando encerrou a ligação, Adrian deslizou para se sentar no sofá. Ela errou, admitiu, ao não contar a Lina sua decisão. E não era capaz de saber se isso tinha sido deliberado em algum nível ou apenas um descuido.

Agora está feito, pensou. E, assim que começasse seu projeto, Lina e todos os outros veriam que ela havia agido certo na hora certa.

Então é melhor se ocupar de lhes mostrar isso.

NORTE DA CALIFÓRNIA

Apenas mais uma pessoa caminhando ao nascer do sol. A camuflagem era tanto uma habilidade quanto um entretenimento pessoal. O cânion oferecia um silêncio ecoante, às vezes um grito de um falcão ou de uma águia.

Predadores, dos mais admirados.

Aquela que não viveria para ver o sol novamente caminhava no local duas vezes por semana, três se pudesse, mas duas vezes eram sagradas.

Era seu momento a sós, de comunhão com a natureza, tempo de manter o corpo e a alma em sintonia.

Ou ao menos era o que ela postava no Twitter.

A caçada, o planejamento até aqui tinham sido puro prazer. Viajar, uma parte tão natural da vida, oferecia tantas oportunidades.

Novos cenários, novos sons. Novas mortes.

E, como sempre, lá estava ela. Andando a passos largos com suas botas de caminhada, um boné rosa-choque na cabeça e seu cabelo louro falso preso em um rabo de cavalo na abertura de trás do boné. Óculos de sol, short cargo.

Sozinha.

O falso manquejar e a reação de dor chamaram a atenção dela.

— Você tá bem? — perguntou a mulher.

Um gesto com a mão, um sorriso corajoso, mas ligeiramente aflito. A voz ofegante, serena.

— Só torci um pouco o tornozelo. Que idiota!

Outro passo, um pequeno tropeço.

E não é que ela estendeu a mão para ajudar?

A faca deslizou suavemente em sua barriga. Sua boca se abriu em uma expressão de choque que poderia ter se transformado em um grito, mas a faca fez aqueles sons molhados gloriosos enquanto entrava e saía.

Quando ela caiu, seus óculos de sol pularam para fora de seu rosto.

Souvenires! Óculos de sol, relógio esportivo, chaveiro e, claro, a já tradicional foto.

O sangue encharcou o chão; o falcão sobrevoou e gritou.

Com mais um nome riscado em sua lista, o assassino foi embora. E pensou no novo poema que naquele exato momento viajava até Adrian.

De volta ao trabalho. Era hora de viajar!

TRÊS DIAS depois, Adrian saiu para resolver algumas coisas na cidade — desta vez teria que fazer uma boa compra no supermercado, pois Teesha e a família chegariam em breve. Ela pegou um punhado de correspondências da nova caixa postal indicada no blog, no site e em suas mídias sociais, e foi até a floricultura comprar flores frescas.

Dom a ajudou a guardar as compras, o que ela considerou um bom sinal. Eles comeram salada grega enquanto ela compartilhava as fofocas que ouvira na cidade.

Quando ele ria, ria de verdade, Adrian sentia o choro de felicidade preso na garganta.

Só no final do dia que decidiu checar as correspondências. E soube imediatamente que seu poeta havia a encontrado.

> *Você acha que pode se esconder, que pode fugir?*
> *Não, minha querida, não vamos fingir.*
> *Todos esses anos, você pensa em mim.*
> *E com seu último suspiro, meu rosto verá no fim.*

Desta vez, o carimbo dos correios era de Baltimore. Adrian viu e pensou: perto demais.

Mas o carimbo não significava nada, ela sabia. As cartas vieram de todos os cantos do país na última década.

Mas nunca em outro mês, senão fevereiro.

Isso significava que a mudança não deixara só a mãe agitada. Também perturbara seu poeta perseguidor. Agora ela teria que contar toda a história para a polícia local, porque tinha que ser sensata. E para Harry e, embora odiasse a ideia, para o avô.

E para ficar mais tranquila, porque tinha que pensar em Dom, talvez eles devessem incrementar a segurança.

Ela tinha algumas ideias quanto a isso.

Capítulo nove

❊ ❊ ❊

No minuto em que o carro de Teesha parou na frente da casa, Adrian saiu correndo pela porta. E ficou encantada por Dom não estar muito atrás dela. Ela agarrou Teesha em um abraço apertado e longo.

— Você tá aqui! Passe esse menino para cá! Oi, Monroe.
— Oi, linda.

Alto, magro e incrivelmente bonito, ele se inclinou para a parte de trás para soltar Phineas do assento do carro.

O pai de Phineas tinha um tom de pele um pouco mais escuro do que Teesha, dreads curtos, olhos sensuais cor de chocolate e um cavanhaque aparado que combinava com seu rosto anguloso.

Adrian correu para abraçá-lo e pegar o bebê enquanto Teesha disparou:

— Meu Deus, o que é aquilo? Um urso?

Adrian roubou Phineas e espalhou beijos por todo o rosto para fazê-lo rir.

— É um cachorro. É o mais novo membro da família.
— Cac... cacilda, é enorme. — Teesha instintivamente recuou enquanto a enorme montanha preta em forma de cachorro caminhava em sua direção.
— Ela é uma Terra Nova, foi o que o abrigo disse e o veterinário confirmou. Ela tem cerca de nove meses, então ainda vai crescer um pouco. E ela é doce como um cordeirinho.
— Eu não conheço nenhum cordeirinho.

A cachorra sentou-se aos pés de Teesha, olhou para ela com olhos meigos e estendeu a pata.

— Ela é adestrada, senta, cumprimenta, pega coisas. Chamam essa raça de cães babá porque eles são muito pacientes e cuidadosos com as crianças.

Enquanto ela falava, Adrian carregou Phineas que saltitava e sacudia os braços para conhecer o cachorro.

— Adrian...

— Você acha que eu compraria um cachorro que machucaria este lindo menino? Ou alguém? O nome dela é Sadie, e ela é uma grande e fofa montanha de amor.

— Sexy Sadie. — Sorrindo, Monroe se abaixou para afagar a cachorra, que sacudiu o rabo e esperou por mais.

— Alguém encontrou ela; eles acham que o dono dela simplesmente largou do jeito que algumas pessoas a quem eu daria uns adjetivos bem feios fazem quando decidem que não querem mais um cachorro. E levaram ela para o abrigo um dia antes de nossa visita. Foi destino, não foi, Nono?

— Amor à primeira vista — concordou Dom.

Adrian se agachou.

— Cachorro, cachorro, cachorro. Late! — Phineas bateu as mãos na cabeça de Sadie, um gesto que ela aceitou com tanta boa vontade quanto as carícias de Monroe. Então ela lambeu o rosto do menino e o fez rir loucamente.

— Ela é muito inteligente. Eu pesquisei a raça lá mesmo no abrigo depois que ela roubou o nosso coração. Inteligente, fácil de adestrar, amorosa, gentil, paciente e adora crianças.

— Eu sempre quis um cachorro.

— Sophia e eu conversamos sobre ter outro cachorro depois que o Tom e Jerry morreram. Acho que só não fizemos isso porque tínhamos que esperar por Sadie.

— Bem, você transformou anos de espera e desejo em uma gigantesca realidade. — Finalmente, Teesha colocou a mão hesitante na cabeça da cachorra.

— Venham, vou mostrar onde vocês vão ficar. — Dom espetou o dedo na barriga de Phineas. — E aí tomamos um pouco de vinho.

— Nono. — Monroe abriu a porta do porta-malas. — Agora você tá falando a minha língua. Não, senhor, pode deixar que eu cuido disso. Se você servir o vinho, eu ficaria muito grato.

— Eu ajudo. — Depois de outro beijo estalado, Adrian devolveu Phineas a Teesha. Mas ele apenas se inclinou para baixo para que pudesse abraçar Sadie. — Por que você não dá uma ajuda a Teesha com nosso menino aqui — sugeriu Adrian. — E oferece os cookies que você assou quando eu não estava olhando.

— Não se pode ter uma criança em uma casa sem cookies.

Ela deu a volta até o porta-malas e pegou algumas bolsas.

— Então... alguma chance de eu convencer vocês dois a se mudarem para cá?

Monroe sorriu para ela.

— Teesha está acostumada com a cidade. Eu queria a vida no interior, então a gente estava pensando em procurar no subúrbio, um meio-termo. Mas com você aqui, acho que temos uma chance.

— Sério? Sério? Você se mudaria para cá?

— Eu gosto do silêncio — disse ele com seu jeito sonhador. — O silêncio é música para meus ouvidos. Mas ela vai precisar de um lugar com vizinhos — continuou enquanto carregavam as malas até a casa. — E de onde possa ir a pé para as lojas e outras coisas. Temos que pensar em boas escolas, ruas seguras.

— Separei três casas para começar.

Ele olhou para ela e balançou a cabeça, fingindo desaprovação.

— Você é mesmo impossível, minha cara Rizz.

— Nono conhece todo mundo, inclusive o melhor corretor de imóveis da região.

— Vamos colocar o plano em prática — disse ele.

*A*DRIAN SABIA que tinha feito a escolha certa para sua consultora de design quando Kayla chegou à reunião com um tablet cheio de aplicativos, uma fita métrica, um leque de cores de tinta e muitas ideias.

Alta e magra, seus cabelos louros com mechas presos em tranças francesas, Kayla irradiava entusiasmo.

— Que espaço amplo. — Ela já se agachou para acariciar e falar com Sadie. — Muito mais luz natural do que imaginei, estava preocupada que o teto fosse muito baixo. É incrível. Estou nervosa! Estou tentando não parecer boba, mas estou nervosa. Esta é minha primeira consulta oficial. Amigos e família não contam. Eu não quero fazer besteira.

— Você está indo bem.

Ela se endireitou enquanto Sadie sentou-se educadamente quase sobre os pés de Adrian.

— Eu preciso dizer... queria dizer o quanto estou grata por você me dar uma chance. Você sabe, nem me formei ainda.

— Eu não tinha me formado no ensino médio quando fiz meu primeiro vídeo de fitness.

Os lindos olhos castanhos de Kayla se arregalaram.

— Então é verdade? A gente acaba achando que é só história. Tipo uma lenda urbana.

— Verdade absoluta. Três amigos e eu produzimos um DVD, e ele foi o início. O meu começo sozinha. Talvez, se conseguirmos uma boa sintonia, esse seja o seu.

— Ah, claro, estou bem mais calma agora. — Kayla abraçou o tablet e riu. — Ok, eu fiz algumas pesquisas sobre academias caseiras, mas você não usa esteiras nem aparelhos de treinamento nos seus vídeos. Assisti a um monte deles também, então sei que você costuma filmar em locais ao ar livre, mas também no que pareciam ser estúdios.

— Isso mesmo. O corpo é a máquina. Às vezes, a máquina precisa de ferramentas.

— Como pesos, bolas de ginástica, tapetes de yoga e tudo isso.

— Exato. Então eu preciso que esses itens fiquem expostos de forma criativa, vou te passar uma lista dos que eu mais uso.

— Tive uma ideia de seu estilo assistindo aos vídeos e algumas entrevistas, mas talvez você pudesse me dizer o que gostaria. O visual. E eu realmente espero que você não queira destruir esse bar nem a lareira. Eles são muito legais, com um toque retrô e sofisticado.

Adrian sorriu para ela.

— Esse foi nosso primeiro ponto em comum.

Uma hora e vários pontos em comum depois, Kayla juntou suas coisas. E Maya desceu a escada segurando firme na mão de Collin e seus cabelos muito louros, quase brancos.

— Dom disse para descer. Oi, Kayla.

— Oi. Oi, Collin. Sinto muito pela Lorilee, Maya. Eu não a conhecia muito bem, mas ela era tão legal. Sinto muito.

— Nós todos sentimos. Tempos difíceis. — Ela respirou fundo enquanto Collin olhava para o rabo de Sadie abanando e os olhos arregalados da cachorra. — Dom pediu pra dizer que ia dar uma passada no restaurante.

— Ele disse o quê? Meu Deus! — Adrian ergueu os punhos no ar e executou dois *fouettés*. — Essa é a primeira vez que ele sai de casa. — Ela pressionou as mãos contra o rosto, lutando para conter as lágrimas. — Desculpe, Kayla.

— Não, não, não se desculpe. — Enquanto seus próprios olhos se enchiam de lágrimas, Kayla abraçou Adrian com força. — Vou trabalhar em alguns projetos e te mando uma mensagem de texto, ok?

— Sim. Ótimo. Obrigada.

Ela saiu pelas portas de vidro que davam acesso ao quintal, enquanto Maya e Adrian se observavam com os olhos úmidos.

— Primeiro — começou Maya —, quem é esse?

— Essa é Sadie, e o que ela tem de tamanho tem de fofura e gentileza. Adora crianças.

— De café da manhã?

— Hoje de manhã ela pegou meia fatia de bacon que Phineas ofereceu a ela antes que a gente pudesse impedir, e foi tão delicada quanto uma duquesa.

— E deixou os cinco dedos?

— Em cada mão. Olhe pra essa carinha, Maya, esses olhos. Olhe esse rabo abanando. — Adrian se agachou e colocou um braço nas costas de Sadie. — Vamos, desce aqui.

— Não precisa chegar muito perto. — Mas, quando Maya desceu, Sadie cheirou Collin alegremente. Mais cauteloso do que Phineas, Collin recostou-se na mãe. Em seguida, ainda hesitante fez um carinho no focinho de Sadie. Então sorriu e disse:

— Da da da da. Uuh.

— Ele gostou. Quando não gosta, diz não. A primeira palavra dele foi um não bem firme. Ainda é uma das favoritas do repertório dele.

— Eu sei que ele não se lembra de mim, mas vamos corrigir isso.

— Eu não consegui acreditar que você ia se mudar para cá. — E os olhos de Maya se encheram de lágrimas novamente. — Estou tão feliz que você vai se mudar para cá.

— Eu também. Maya, eu não quero que a gente caia em lágrimas novamente, mas sinto muito por Lorilee. — Ela precisou fazer uma pausa, respirar para tentar conter as lágrimas. — Eu sinto muito por não poder ter comparecido no funeral, estar presente por você, por sua mãe, por Raylan e as crianças.

— Eu digo o mesmo — Maya conseguiu dizer com a voz trêmula. — Para você e Dom pela Sophia.

— Como o Raylan está?

— Tá indo. Não sei se ele conseguiria seguir a vida se não fosse pelas crianças. Ele vai trabalhar de casa por enquanto, ou levar eles junto para o escritório quando não estiverem na escola. Ele está relutante com a ideia de uma babá ou creche agora, e acho que ele provavelmente está certo. Mas mais cedo ou mais tarde...

Maya sorriu quando Collin se afastou e se sentou, e Sadie se deitou para que eles ficassem no mesmo nível.

— Ele disse que você escreveu para ele. Significou muito para ele. Agora, antes de nós duas começarmos a chorar, e Collin já viu choro suficiente, me diga o que você está fazendo aqui. Foi tão legal você contratar a Kayla.

— Jovem, antenada e entusiasmada. Eu acho que foi muito inteligente. Ela pensou em um tom neutro suave para as paredes, e eu pensei que ela fosse sugerir cores fortes e vivas. Mas ela acha que podem ser uma distração pro streaming e pros vídeos.

— Pequenos parênteses. Os instrutores e exercícios que você está adicionando ao Work Out Now online? Você está arrasando, Adrian.

— Eu já mencionei o quanto tive que ralar pra convencer minha mãe a cogitar o negócio de streaming e contratar outros profissionais?

— Talvez uma ou duas vezes, de passagem. — Maya sorriu.

— "Pra que lançar um produto para competir conosco, com as vendas de DVD?" — imitou Adrian revirando os olhos. — Ela só aceitou, e relutante, quando Teesha mostrou alguns números sobre o potencial de membros, oportunidades de merchandising e marketing e projeções de espectadores.

— Falando em Teesha, onde está ela? Eu estava querendo juntar o Collin e o Phineas.

Eles devem voltar logo. Estão olhando algumas casas.

— Casas?

— Estou quase conseguindo convencê-los; bem, falta Teesha, porque Monroe já concordou em se mudar pra cá.

— Pra cá? Sério? Nossa, que fantástico.

— Vamos levar meu bebê grande e seu homenzinho pra fora, e eu conto os detalhes.

Antes de Adrian se levantar, Maya pegou a mão dela.

— Agora vamos poder fazer isso o tempo todo. Odeio o motivo da mudança, mas eu realmente preciso da minha amiga.

— E ela precisa de você. Então me conta algumas novidades.

— Na verdade, eu tenho algumas. — Elas saíram com Sadie ao lado de Adrian. — A Sra. Fricker vai se aposentar.

— Como eu perdi isso? Eu estava na cidade outro dia fofocando e não ouvi nada sobre esse assunto.

— Ela está sendo discreta. Você sabe que eu gerencio a *Crafty Arts* desde a faculdade, atualmente em meio expediente. Ela gostaria que Joe e eu ficássemos com a loja.

— Ficar com a loja? — Adrian a interrompeu. — Tipo, comprar a loja de presentes? Isso seria fantástico.

— Você acha? — Maya encolheu os ombros e colocou Collin no chão. Ele cambaleou alguns passos antes de se jogar na grama. — Sabe, eu adoro o lugar e tenho experiência com o negócio. Mas ser dono é muito diferente de gerenciar.

— Eu acho que se sairia muito bem. Quando o Sr. Fricker adoeceu uns anos atrás, você cuidou de tudo. Fazia as compras, as vitrines, a folha de pagamento, tudo.

— E era pesado. E eu nem tinha filho. Se entrássemos nisso, eu precisaria de alguém para fazer coisas como folha de pagamento e a parte contábil; não são meu ponto forte, nem do Joe. Além disso, ele tem o próprio trabalho.

Adrian apontou um dedo para cima.

— Será que uma lâmpada se acendeu em cima de minha cabeça? Acontece que eu conheço uma excelente gerente comercial que talvez se mude para Traveler's Creek.

— Ela faria isso? Nossa, seria a solução perfeita. Será que eu consigo pagar o valor dela? Você acha que ela analisaria os números e me diria se é loucura sequer considerar a ideia?

— Minha resposta é sim para todas. Mas, além de tudo isso, o mais importante é saber se isso é o que você quer.

— Esse é o problema. Eu quero. Quero muito. Consigo me convencer do contrário meia dúzia de vezes por dia. Mas sempre volto a querer. — Ela olhou para Collin enquanto ele mantinha o que parecia ser uma conversa profunda com uma folha de grama. — Sempre adorei aquele lugar. Quando estávamos no colégio, dizia a mim mesma que iria me mudar para a cidade grande como você, conseguir um emprego sofisticado onde usasse roupas fabulosas. Então comecei a trabalhar na *Crafty* para ganhar um dinheiro no verão e me apaixonei. Aí o Joe apareceu. E depois veio Collin. E é isso que eu quero.

— Então deixa a Teesha analisar o negócio e, depois, vai fundo. Porque a única coisa que as pessoas se arrependem é de não realizar os sonhos. Será que Collin deixa eu pegar ele no colo?

— Ele gosta de garotas — disse Maya. — Ele é mais tímido perto de homens até conhecer eles melhor.

— Eu sou uma garota, então... — Ela levantou Collin e o girou no ar, o que o fez rir. — Ouvi um carro estacionar. Ou é Teesha e a família ou o Nono. Vamos lá.

— Eu tenho cerca de vinte minutos, no máximo, e aí tenho que levar o pequeno para casa almoçar e tirar uma soneca. Se não ele vira um monstrinho.

— Com esse rostinho? — Adrian o beijou. — Impossível!

— Troca de lugar comigo por alguns dias para ver.

Sadie saiu do lado de Adrian e apertou o passo quando avistou Phineas. Totalmente confiante agora, Teesha colocou o filho no chão para que ele e a cachorra pudessem se cumprimentar com todo amor.

— Maya! E Collin! Como ele está grande. Tão lindo. Me dá ele aqui.

Ela o arrancou do colo de Adrian, e Monroe se abaixou para descansar o queixo no ombro de Teesha.

— Collin, você parece o sol de verão.

Depois de um sorriso tímido, Collin se agitou para descer.

— Ok, ok, quem pode competir com outra criança e um cachorro gigante?

Depois de colocá-lo no chão, Teesha abraçou Maya. O que quer que ela tenha murmurado em seu ouvido, fez com que Maya a apertasse com força.

— Obrigada. E obrigada a vocês dois pelas flores. Eram lindas, e foram muito bem-vindas. É bom te ver. Todos vocês. Olha só Phineas. Está um homenzinho.

Sadie se espreguiçou, em óbvia felicidade, enquanto os meninos a escalavam.

— E você. — Teesha apontou para Adrian. — Odeio você.

Com uma risada, Monroe passou um braço em volta do ombro da esposa.

— A casa dos sonhos.

— Eu sabia. — Adrian fez uma rápida dancinha de comemoração. — Aposto que gostaram da linda casa azul de dois andares, com varanda coberta, cozinha aberta e um quintal fofo e cercado na alameda Mountain Laurel.

— Eu te chamaria de um nome bem feio por isso, mas tem crianças presentes. Em minha vida toda, nunca me imaginei morando em uma rua chamada Mountain Laurel.

— Fizemos uma proposta — disse Monroe, sorrindo de orelha a orelha.

— Car...ambola! Uau! Minha nossa... — Quando as palavras falharam, Adrian deu três flic-flacs.

— Exibida. Que loucura isso! — Teesha colocou as mãos nas laterais da cabeça e balançou para a frente e para trás. — Eu sei que é uma loucura, mas eu quero aquela casa. Só olhamos duas. Só estamos olhando por algumas horas, um dia e... era a nossa casa. — Ela estendeu a mão por cima do ombro e Monroe lhe deu a mão.

— É perfeita para nós. Podemos ir a pé até um restaurante, sair e tomar um drinque, fazer compras, mas também temos um lindo quintal. Temos vizinhos em um bairro legal, e não é Stepford.

— É verdade. — Teesha suspirou. — Ele tem razão e ainda assim é uma loucura. Mas eu quero aquela casa.

— Dois, não, três, contando com Monroe, dos meus melhores amigos seguindo seus sonhos. E, ei, eu também! Volte para o jantar esta noite, Maya. Você, Joe e Collin. Vamos comemorar.

— Ainda nem falei com a Teesha, e Joe e eu precisamos conversar mais um pouco.

— Sobre o quê? — perguntou Teesha.

— Maya vai comprar a melhor loja da cidade, mas ela precisa que você olhe os números. Traz os documentos esta noite. Você daria uma olhada, né, Teesh?

— Claro.

— Ótimo. Venham às cinco. Beberemos vinho. Teesha pode analisar os números e Sadie e eu cuidaremos das crianças.

— Nossa que mandona — disse Teesha a Maya.

— Nem fala.

— Apenas organizada, eficiente e orientada a objetivos. Foram algumas semanas difíceis. — Adrian passou o braço pela cintura de Teesha e outro na de Maya. — Então recomeços, novos empreendimentos e ir atrás de nossos sonhos. Tudo isso é muito bem-vindo.

— Veremos se os números serão favoráveis para nós, e o que Teesha tem a dizer. Mas sei que posso falar por Joe quando digo que adoraríamos jantar. Ninguém recusa uma refeição na casa dos Rizzo.

— Enquanto isso — ela se abaixou para pegar Collin —, tenho que levar este aqui para casa. Nos vemos esta noite. E, muito obrigada, Teesha.

— Números, negócios, projeções. São a minha praia. — Depois de se despedir de Maya, Teesha se virou para Adrian. — Qual é a loja, há quanto tempo está no mercado, por que os proprietários estão vendendo, e onde está localizada?

— Respondo isso e mais um pouco quando nos sentarmos na varanda com um pouco de limonada.

Dez semanas depois, Teesha já estava morando na alameda Mountain Laurel, Maya era dona de um negócio e Adrian conferia seu novo estúdio com Kayla.

— Ficou perfeito. Era exatamente isso que eu queria. Fiquei nervosa quando você falou em fazer uma leve pátina na lareira, mas você tinha razão. Suaviza o tijolo.

— Gostou? Eu amei. E quero que goste também.

— Eu adorei. Você pegou o que eu queria, ou achei que queria, e deixou ainda melhor. O novo acabamento da madeira ficou incrível. Transformar o bar em uma bancada de *smoothies*, decorada com o vaso de cerâmica com grama de trigo dialoga com o lado da nutrição do fitness.

— E ainda assim é um ambiente caseiro, acessível.

A exelente luz natural fazia brilhar o piso restaurado, um grande cesto de palha guardava tapetes de yoga coloridos, enquanto um velho cabideiro servia de organizador aparente das faixas elásticas de exercícios.

Ela tinha usado prateleiras flutuantes para as bolas de estabilidade, que pareciam uma obra de arte decorando a parede. Em vez de um suporte para pesos padrão, Kayla adaptou um rack para vinho antigo.

— Adorei a maneira como você usou um pouco do que já estava aqui, as coisas dos meus avós, dos meus bisavós, como aquele armário. E transformou em um armário para toalhas, faixas, blocos de yoga. E as plantas e velas naquele banco usado. São esses detalhes que dão o toque caseiro em uma academia em casa.

— Então, a pequena área de estar perto da lareira não é exagerada?

— Não, e vou usar ela. As cores também funcionaram muito bem. Você estava certa sobre o verde sálvia e desbotado. Achei que ficaria muito apagado e sem vida, mas ficou suave e destacou as cores dos equipamentos. E o verde das plantas fica mais vibrante em contraste. O streaming vai funcionar bem de qualquer ângulo que estiver. — Distraidamente, Adrian abaixou a mão para acariciar a cabeça de Sadie que se sentou ao seu lado. — Foi muita gentileza sua colocar as fotos de família em porta-retratos na cornija da lareira.

— Você me pediu uma atmosfera caseira, e o que é um lar sem família?

— Bem, Kayla, você acabou de arrasar em seu primeiro trabalho de design profissional. E não será o último.

— Estou tão feliz! — Comemorou saltitando em seus tênis de corrida lilás. — Tudo bem por você se eu tirar fotos pro meu portfólio?

— Com certeza. E vou escrever sua primeira avaliação de cliente.

— Meu Deus!

— Sei que você volta pra faculdade em breve, mas se conseguir um tempinho pra uma outra consulta, meus amigos Teesha e Monroe precisam de uma ajudinha na nova casa.

Kayla arregalou os olhos e abriu a boca.

— Você tá brincando!

— Estou falando muito sério. Eu disse a Teesha que, se você tivesse tempo, daria uma passadinha na casa dela quando saísse daqui. Vou te passar o endereço dela. É na alameda Mountain Laurel.

— Eu conheço a casa. Sei qual é. Todo mundo sabe que eles estão se mudando para cá. É uma casa tão boa. Vou até lá agora mesmo! Ai, meu Deus!

— Obrigada, Kayla, por fazer exatamente o que eu precisava.

Adrian ofereceu a mão, mas Kayla lhe deu um abraço.

— Você não é só a minha primeira cliente, será minha cliente favorita para sempre. Tchau, Sadie! — Ela correu para as portas de vidro, então parou e fez uma pose. — Sou uma designer de interiores. — Riu e saiu correndo.

Adrian sabia como era ver um sonho realizado. Pensando exatamente nisso, ela pegou o telefone para enviar uma mensagem de texto para Hector, Loren e Teesha.

> Oi, galera! Hora de coordenar nossa primeira produção no meu novo estúdio aqui em casa. Que por sinal está fantástico. Já tenho o tema e as coreografias estão quase prontas. Minha agenda está aberta, então quando vocês puderem me encaixar, mãos à obra. Teesha, Kayla está indo para sua casa agora. E pessoal, esperem só até ver a nova casa de Teesha. Isso para não falar do meu estúdio.
> A gente se fala!

Ela subiu dois lances de escada correndo, satisfeita de a casa estar vazia porque seu avô tinha ido trabalhar. Todos os dias agora, pensou ela enquanto entrava em seu quarto para se trocar. Às vezes, apenas por uma hora, mas geralmente passava a maior parte do dia.

O restaurante, pensou, o amor de Dom por seu trabalho, trazia alegria e consolo.

Ela sentia o mesmo pelo dela. Depois de vestir a roupa de treinar, ela voltou para seu novo espaço. Abriu as portas de vidro para que Sadie pudesse sair quando quisesse ou precisasse. Colocou sua música de base para manter o ritmo e ajustou o cronômetro. E, de frente para sua parede espelhada, começou a trabalhar.

Enquanto ensaiava e aperfeiçoava o aquecimento, ela teve um lampejo de si mesma ainda criança, observando a mãe ensaiar. A casa em Georgetown, a sala elegante com paredes espelhadas e o reflexo da mãe.

Como ela ansiava fazer o mesmo.

Como voltava sozinha para aquela sala para dançar, imaginando-se uma bailarina, ou uma estrela da Broadway, ou o que ela de fato se tornou. E uma profissional tão boa, tão excepcional, que sua mãe a observaria com os mesmos anseios que ela sentira.

Então o homem apareceu, trazendo medo, sangue e dor. Seu rosto — ela se lembrava de cada detalhe — turvou sua visão e ela teve que parar o cronômetro.

— Não, não, não tenho por que lembrar disso.

Fechando os olhos, ela respirou fundo. Mesmo a mídia raramente desenterrava essa história horrível. Eram notícias velhas, ultrapassadas. Não havia por que relembrar.

Lembrou a si mesma que raramente tinha momentos como este, em que o medo voltava, a deixava gelada, depois quente e então sem fôlego.

Ela superaria isso. Já tinha superado.

— Eu sou forte — disse para seu reflexo. — E um dia terrível em toda minha vida não vai definir quem sou.

Estava prestes a ligar o cronômetro novamente, quando viu o reflexo de Sadie no espelho, esparramada alguns metros para trás, olhando para ela.

O mesmo anseio, Adrian pensou. Em vez de ligar o cronômetro, ela voltou para se sentar no chão, roçando o nariz na cachorra do tamanho de um urso, que roncou de satisfação. Um som que sempre fazia Adrian rir.

— Mais tarde eu termino isso. Agora você e eu vamos lá fora brincar de bolinha.

Você arruma tempo para os que ama, pensou ela enquanto saía para pegar a grande bola laranja que iluminou os olhos de Sadie com um brilho de alegria.

Se sua infância havia lhe ensinado alguma coisa, foi para dedicar seu tempo para sua paixão, suas responsabilidades. E para aqueles que ela amava.

Capítulo dez

❋ ❋ ❋

Durante o verão após a morte da esposa, Raylan trabalhou quase exclusivamente em casa. E em geral à noite. O sono não tinha sido seu amigo desde a morte de Lorilee, então ele transformou as noites em hora de trabalho e dormia um pouco nas primeiras horas da manhã.

Cochilava quando, e se, as crianças cochilavam.

Ainda não conseguia aceitar a ideia de uma babá, não conseguia lidar com mais uma mudança drástica na vida de seus filhos. Só de pensar em deixá-los com outra pessoa era insuportável.

E como, nas primeiras semanas, Bradley costumava acordar chorando no meio da noite, dormir se tornou mais um luxo do que uma prioridade.

Jamais esqueceria toda a ajuda, o conforto, a atenção que sua mãe e irmã lhe deram, mas elas não poderiam ficar para sempre.

Ele tinha responsabilidades, primeiro com os filhos, depois com o trabalho. E o trabalho não só provia o sustento para a família, mas mantinha a empresa e os funcionários que contavam com ele para pagar as contas.

Por pequenos intervalos de tempo, ele conseguia se dedicar inteiramente ao trabalho ou às necessidades de seus filhos. A lavanderia, o supermercado, a preparação da comida, a atenção, as idas ao parque. Tudo o que significava tentar lhes proporcionar uma sensação de segurança, de normalidade.

Ele sempre se perguntava como pais solos conseguiam dar conta. Descobriu que grande parte do "dar conta" envolvia desespero e exaustão, e uma total falta de pensar em si mesmo.

Raylan perdeu peso, meio quilo aqui, meio quilo ali, até que passou de esbelto para esquelético. Mal reconhecia seu reflexo no espelho.

Mas não tinha tempo de fazer nada a respeito.

No outono, ele foi até o escritório durante o período em que as crianças estariam na escola. Elaborou uma rotina que incluiu a contratação de uma diarista uma vez por semana para cuidar das tarefas de limpeza que ele e Lorilee sempre conseguiram fazer.

No Natal, quando ele simplesmente queria se trancar no escuro e reviver o luto, se forçou a montar uma árvore e enfeitar a casa com luzes.

E desabou, felizmente sozinho, quando começou a pendurar as meias e desempacotou a de Lorilee. A dor simplesmente o atropelou, como uma onda escura e terrível que o derrubou no chão.

Como ele conseguiria? Como alguém poderia passar por isso?

Enquanto segurava a meia, Jasper caminhou até ele, subiu em seu colo e deitou a cabeça no ombro de Raylan. Ele puxou o cachorro e o abraçou forte até que o pior passasse. Ele iria conseguir, ele iria superar. Porque seus filhos dormiam no andar de cima e precisavam dele.

Mas, em vez de passar a manhã de Natal em casa e viajar de carro para jantar no dia 25 e passar o feriado do dia 26 com a mãe, a pequena família celebrou o Natal na manhã do dia 24 e partiu para Maryland em seguida.

O Papai Noel trouxera os presentes e os deixara na meia mais cedo, disse às crianças, porque sabia que elas iam para a casa da Nana. Papai Noel sempre sabe de tudo.

Novas tradições, pensou. Ele tinha que criar novas tradições para que as antigas não o partissem em pedaços que ele nunca mais seria capaz de colar.

Foi assim que superou o verão, o outono e o inverno e, no aniversário da morte de Lorilee, ficou sentado sozinho no escuro, os filhos dormindo e sonhou com ela.

Ela deslizou para o colo dele, como sempre fazia em seus momentos de silêncio e privacidade. Pôde sentir o cheiro dela, a fragrância floral suave que ela usava. Isso o preencheu como o ar entrando em seus pulmões.

— Você está se saindo bem, querido.

— Eu não quero me sair bem. Eu quero você.

— Eu sei. Mas eu estou aqui. Estou nas crianças. Estou aqui. — Ela colocou a mão em seu coração. — Você só precisa seguir em frente. Sei que hoje é difícil, mas você vai superar.

— Quero voltar no tempo... Quero te impedir de ir trabalhar naquele dia.

— Não tem como fazer isso. — Ela se aninhou em seu pescoço. — E, se eu não tivesse ido, aquele menino estaria morto. Não diga que você não se importa, porque isso não é verdade. Quem sabe quem ele vai ser quando crescer, que coisas maravilhosas ele poderá fazer?

— Ele veio me ver — murmurou Raylan. — Com os pais. Eu não queria falar com eles.

— Mas falou.

— Eles queriam que eu soubesse... eles só queriam que eu soubesse o quanto sentiam pelo ocorrido, o quanto estavam gratos. Eu não queria me importar.

— Mas você se importa.

— Eles conseguiram permissão para plantar uma árvore no terreno da escola. Uma cerejeira anã, a ornamental, que poderá ser vista da janela de sua sala de aula. Eles queriam que eu soubesse que nunca iriam te esquecer.

— Não sabemos que coisas boas e gentis ele poderá fazer com sua vida. E, se eu não estivesse lá, talvez o meu substituto não tivesse conseguido deixar as outras crianças seguras. Não sabemos, querido, simplesmente não tem como sabermos.

— Também não sabemos o que você teria feito de bom em sua vida. O que nós teríamos feito com a nossa vida.

— Ah, Raylan, eu fiz o que eu tinha que fazer com a minha, e acho que fiz o que deveria ter feito. Você sabe disso. Agora você está fazendo o que precisa fazer. Lembra do que conversamos na véspera do ocorrido sobre como contar às crianças sobre Sophia?

— Íamos dizer a elas que Sophia precisava virar um anjo e que ela estaria cuidando deles e de outras pessoas que precisassem.

— Pareceu a coisa certa porque eles eram muito pequenos. Mas você também pode pensar em mim dessa maneira. Porque estou sempre com você, Raylan, querido. Cuidando de você e de nossos bebês.

— Adrian me escreveu. Ela disse que você era um anjo.

— Viu? — Ela o beijou, tão suave, tão doce. — Eu te amo, Raylan. E você tem que esquecer a dor agora. Não é o mesmo que me esquecer, ou esquecer das memórias, do amor. Supere a dor e a transforme em outra coisa. Por mim, por nossos bebês.

— Eu não sei se consigo.

— Sei que você consegue. Eu sei disso.

Lorilee o beijou novamente, e ele continuou sentado sozinho no escuro.

Ele se levantou e acendeu as luzes de seu escritório. Embora fosse quase meia-noite, sentou-se à sua mesa de trabalho. Começou a desenhá-la, sua Lorilee. Primeiro o rosto, eram tantas expressões. Feliz, triste, zangada, divertida, sedutora, surpresa.

Depois o corpo, de frente, de perfil, de costas. Preencheu páginas e mais páginas de papel de desenho e então acrescentou asas.

Ele a desenhou com asas fechadas, abertas, voando, rodopiando, lutando.

A princípio, esboçou um longo vestido branco e imediatamente soube que algo estava errado.

Asas brancas, sim, grandes, bonitas e de alguma forma selvagens. Mas sua roupa precisava ser mais ousada, mais forte, mais impetuosa do que o branco angelical.

Ele tentou de novo, desenhando-a em um macacão apertado, bota elegante e justa, pensou em uma auréola, descartou pois achou clichê demais. Aumentou as mangas longas até um ponto no meio das costas das mãos, desenhou um V na frente das botas.

Simples, forte, e quando ele pegou seus lápis de cor, escolheu o azul. Como os olhos de Lorilee.

Ela morreu salvando pessoas, pensou, mas cedo demais. Um erro na ordem das coisas... Então... ela recebeu mais cem anos para viver como humana, mas somente se continuasse a lutar pelas outras pessoas, salvá-las, a lutar pelo certo, pelos inocentes.

Lee, o nome dela seria Lee Marley, parte de seu primeiro nome e uma combinação dos nomes de seus filhos, em sua forma humana, seu alter ego. Uma artista.

E quando abria suas asas, quando era chamada para a ação, se tornava True Angel.

Raylan pendurou o esboço no quadro.

Antes que as crianças acordassem pela manhã, ele já tinha o esboço de sua história de origem. Ele fez o que ela pediu, pensou. Esqueceu um pouco da dor e a transformou em outra coisa.

Vestiu as crianças, ficou procurando os tênis cor-de-rosa cintilante que a filha tinha que usar na pré-escola e não conseguiu encontrar. Como isso consumiu muito tempo, fez waffles congelados para o café da manhã e recebeu alguns vivas por isso.

Acomodou as crianças e o material de trabalho que fez na noite anterior no carro, deixou os filhos na escola e seguiu para o escritório. E pela primeira vez em um ano, com um propósito real, uma emoção real.

Ele esbarrou primeiro em Jonah.

— Jesus, Raylan, você está horrível. Horrível ao cubo.

— Virei a noite. Preciso de uma reunião com você e com a Bick.

— Ela acabou de subir. Olha, eu preciso de Crystal para o letreiramento e...

— Depois. — Para economizar tempo, ele arrastou Jonah até o elevador de carga.

— Sei que ontem foi difícil para você, mas você andou se drogando?

— Café, muito café.

Enquanto o elevador começou a ranger, Raylan mandou uma mensagem para Bick.

Meu escritório, agora!

— Você quase não toma café.

— Mas ontem eu tomei. Fiz uma coisa. Ele deu um tapinha em sua bolsa.

— Eu preciso que vocês vejam, me deem sua opinião honesta.

— Ok, claro. Mas chega de café para você. Temos uma reunião de sócios esta tarde de qualquer maneira. Por que você não tira uma soneca, e nós...

— Não. Agora.

Ele colocou a mão no braço de Jonah novamente e puxou-o para seu escritório. Abrindo sua bolsa, tirou os esboços e começou a prendê-los na mesa de desenho. Ignorando o trabalho inacabado em sua mesa, acrescentou os contornos, capítulo por capítulo, da história de origem.

— Ela é linda. — Jonah falou baixinho. — É a Lorilee e é linda.

Raylan fez que não com a cabeça.

— Ela é Lee Marley em forma humana. E True Angel, a guardiã dos inocentes.

— Gente, pra quê essa agitação toda? — disparou Bick ao entrar. — Tenho.... Uau. — Ela parou, estudou os esboços. — São fantásticos, meu chapa.

— Eu preciso que vocês deem uma olhada nisso, preciso que vocês ouçam o *storyline*. Depois quero que me falem se devemos seguir em frente. Não porque estão com pena de mim. Não porque vocês amavam ela também. Não porque é o certo. Não, tem que ser melhor do que certo para a gente seguir com isso. Se virem falhas, quero saber. Se acham que não funciona, preciso saber. É o rosto dela. É o coração dela. Então eu preciso saber.

Jonah já estava diante do quadro na parede, analisando cada detalhe.

— Você já sabe que funciona. Você já sabe que está mais do que certo. Uma homenagem a ela, claro, mas...

Ele parou quando sua voz estremeceu.

— Continua você — murmurou para Bick.

— Eu estou lendo.

— Posso te descrever a sequência — começou Raylan. — Já tenho os esboços todos na minha cabeça.

Bick fiz que não com o dedo para ele.

— Quieto! Tira ela do Brooklyn. Coloca ela no SoHo. Ela mora em um loft no SoHo e trabalha na galeria que fica no primeiro andar para pagar o aluguel.

— Ok. — Raylan concordou com a cabeça enquanto pensava. — Ok, e com isso ela fica em Manhattan. Melhor ainda.

— Esta cena que ela salva a mulher em um assalto a uma loja. Pode ser uma criança? Talvez um menino de 10 anos? Garoto de rua. É mais comovente.

— Dá para melhorar. Eu posso trabalhar nisso.

— Que tal isso: ela tem uma parada cardíaca na ambulância, eles tentam trazer ela de volta enquanto o espírito vagueia pelo que você chama de Mundo Intermediário? Pode ser mágico. E assim que eles declaram a morte dela, ela é enviada de volta, e respira. Sim, pode ser um momento mágico.

Bick se virou para ele.

— Você acha que consegue escrever e ilustrar tudo isso? Trazer a Lorilee de volta?

— Será um consolo. — Ele já se sentia reconfortado. — Eu vou transformar a perda dela em algo positivo. Mas só se eu conseguir fazer com que tenha um significado.

— E vai ter. Jonah?

Ele se recompôs, e agora sorria.

— Um brinde a True Angel. Que ela seja um sucesso!

Eles lançaram True Angel no segundo aniversário da morte de Lorilee. Seu arqui-inimigo era o Sr. Grievous, um semidemônio que infecta seus hospedeiros humanos transformando suas frustrações e ressentimentos corriqueiros em violência ensandecida.

O trabalho manteve Raylan ocupado e envolvido, e a receptividade dos leitores perante seu anjo impulsionou seu ânimo e a empresa.

Mas, no verão, ao fim de mais um ano escolar, ele admitiu que precisava de uma mudança de ares. Pelos filhos, por si mesmo e pela qualidade do seu trabalho.

Ele tirou as férias que tanto esperava; uma semana na praia só com as crianças. Deixando até o pensamento sobre o trabalho de lado, ele abandonou as regras sobre a hora de dormir e a importância do café da manhã, e o mundo passou a girar em torno de castelos de areia, protetor solar, cachorro-quente e frutos do mar grelhados. Ele acordava ao som das ondas do mar e com as crianças pulando em sua cama.

À noite, se não tivesse sucumbido à exaustão depois de um dia de sol e mar assim como as crianças, ele se sentava no pequeno deque, observava as estrelas cadentes mergulhando na escuridão do mar.

Quando Raylan sonhava com Lorilee, ela usava um longo vestido branco coberto de flores roxas. Ele se lembrou do vestido, um dos últimos que finalmente se obrigou a enviar para a doação.

Ela estava ao lado do parapeito do deque, com a brisa do oceano esvoaçando seus cabelos sob a luz do luar.

— Sempre adoramos vir aqui. Falávamos em comprar uma casa de campo ou um bangalô um dia. — Ela sorriu olhando para a frente. — Nunca colocamos esse plano em prática.

— Tantas coisas que não conseguimos realizar.

— Ah, nós conseguimos as mais importantes. Elas estão dormindo lá dentro agora, enroladas em suas cobertas, com as peles queimadas de sol e o Jasper de guarda.

— Ele adora praia tanto quanto as crianças. Eu poderia comprar uma casa agora. True Angel é um sucesso incrível. Posso procurar em Cape May, é mais perto de casa, mas...

— É difícil, mesmo para um bom pai como você, fazer tudo sozinho.

— Eu me preocupo em acabar deixando alguma coisa passar. Fazer duas dúzias de cupcakes, sem glúten, para a aula de Bradley, me certificar de que Mariah tem a fita de cabelo da cor certa para combinar com a roupa; essa menina é muito exigente com a moda. Como você conseguia?

— Querido, eu tinha você; então, quando eu não conseguia fazer os cupcakes, você comprava na padaria. Se eu não conseguia encontrar a fita de cabelo, você encontrava a presilha com flor que ficava perfeita.

Ela se sentou ao lado dele, um momento reconfortante — pegou a taça de vinho que ele mal tocara.

— Não é vergonha precisar de ajuda, Raylan.

— Não é isso. Cada vez que começo a procurar uma babá, parece errado. Pra eles. Pra nós. Não sei por quê, mas parece errado.

— Sim, e você sabe por quê. — Ela deu um tapinha na perna do marido enquanto deu um gole no vinho. — Assim como você sabe o que deve fazer, o que precisa fazer e, em seu coração, deseja fazer.

— Mas parece que eu estou deixando você, abandonando tudo que tínhamos, que construímos, que desejávamos.

— Ah, Raylan, querido, eu que deixei você. Eu não queria, não era minha intenção, mas te deixei. Agora você tem que fazer o que é certo pelos nossos bebês, por você mesmo. — Depois de colocar o vinho na mesa, ela beijou sua bochecha. — Conto com você para isso.

Então ela se levantou, abriu as asas brancas e voou noite adentro.

QUANDO VOLTOU para o Brooklyn, Raylan fez os meticulosos e complicados arranjos para um dia com os amiguinhos para as duas crianças, depois se preocupou com os preparativos muito mais simples para uma reunião de sócios. Isso significava usar a sala de conferências do terceiro andar e pedir comida chinesa para o almoço.

Jonah, de barba feita após sua experiência de passar o inverno barbudo, se serviu de frango agridoce.

— Marta acabou de me entregar os relatórios de vendas de Angel e Snow Raven, e as pré-vendas para a edição de julho da Queen. Vou mostrar para vocês e colocar aqui na tela para a gente almoçar muito mais animados. Porque estamos detonando, camaradas.

— Muito bom saber. — Habilmente, Bick manipulou os hashis em seu macarrão. — Porque eu fiz um teste de gravidez essa manhã. Pats e eu vamos ter outra boca para alimentar na próxima primavera.

— Puta merda! — Jonah apontou para ela enquanto Raylan saltou para dar a volta na mesa e abraçá-la.

— Você tá grávida?

— Afirmativo. Estou deixando só entre nós por agora, e vamos para a clínica para o teste oficial, mas vocês deveriam saber.

— E você, como está? — perguntou Raylan. — Como está se sentindo?

— Até agora tudo ótimo. Que continue assim. E estou muito feliz. Até meio idiota de tanta felicidade. Olha, não quero contar pra mais ninguém até ir ao médico, ver que está tudo bem, ter certeza de que tudo está como deveria. Ou seja, isso é segredo, Jonah.

Ele pareceu ofendido.

— Eu sei guardar segredo.

— Normalmente precisamos costurar a sua boca, mas isso é importante. Bico fechado até eu dar o sinal verde.

— Por que você não tá amolando o Raylan?

— Porque ele não é fofoqueiro.

— Fofoqueiro? — bufou Jonah. — Eu também não.

Bick riu e deu um soco em seu ombro.

— Um homem sábio conhece a si mesmo.

— Que notícia incrível, Bicks! Estou feliz por você e Pats.

— Eu também estou, Raylan. Agora, foi você que convocou a reunião. Foi para nos dizer como você passou suas férias de verão?

— Posso resumir em uma palavra. Perfeitas. As crianças adoraram. E tenho que confessar, Bradley continua obcecado pelo Cavaleiro das Trevas.

— Você tem que fazer alguma coisa com esse garoto — retrucou Jonah.

— Um ícone é um ícone, mas eu tive que tomar a difícil decisão de ajudá--lo a recriar a Mansão Wayne de areia.

— O quê? E o castelo da Snow Raven! É muito mais legal.

— Ele só tem 7 anos, Jonah. — Quase 8, Raylan percebeu em choque. — Dá um tempo pra ele. Agora, antes de vermos os números e lidarmos com qualquer outro negócio, preciso perguntar a vocês dois, como sócios, não como amigos, se eu passar a trabalhar em casa atrapalha a empresa, a produção, a criatividade e a divisão de responsabilidades.

— Você estava trabalhando em casa quando criou a True Angel — lembrou-o Bick. — É o oposto de atrapalhar.

— E já estamos preparados pra você trabalhar remotamente durante o resto do verão, ou a maior parte dele — acrescentou Jonah. — Nós temos a tecnologia para isso, Ray-Man. Sim, é muito bom quando podemos estar todos no mesmo prédio e fazer brainstorming, ou tomar decisões, ou discutir decisões. Mas fazemos tudo isso, sempre que precisamos, por videoconferência.

— O que vocês dois achariam se não fosse apenas durante o verão, as férias escolares ou os dias que as crianças ficam doentes?

Bick recostou-se.

— Aconteceu alguma coisa com as crianças?

— Não. Mas sinto que eu devia fazer mais por elas. Eu não sou o suficiente. Elas precisam de mais. Precisam de família e de uma rotina mais estável do que eu posso oferecer a elas sozinho. Adiei isso, por mim, e não posso continuar fazendo isso. Decidi voltar para casa, voltar para Traveler's Creek.

— Do Brooklyn para Boondocks? — disse Jonah, obviamente chocado.

— Eu vim de Boondocks para o Brooklyn. A avó deles está lá e eles não se veem o suficiente. A tia, o tio, o primo. Toda a família. E sei que todos têm suas vidas, mas eles estariam lá. E nós também. Eu não teria que enviar um vídeo do recital de dança de Mo ou do jogo da liga infantil de Bradley para minha mãe. Ela poderia ir assisti-los. Sei que, se eu precisasse, eles poderiam se sentar no Rizzo's para fazer a lição de casa, como eu fazia.

— Isso parece repentino, mas não é — argumentou Bick.

Não, pensou Raylan, não era nem um pouco repentino.

— Tenho pensado nisso há um tempo, mas adiei porque vender a casa que compramos juntos, consertamos juntos, em que as crianças nasceram, parecia uma traição.

— Não é — murmurou Jonah. — Não é.

— Obrigado. Posso pegar o trem ou dirigir, talvez uma vez por mês, ou o que quer que funcione. E eu não me preocuparia com as crianças porque elas estariam com minha mãe ou minha irmã. Se não funcionar, se afetar a empresa, eu saio. Vocês compram minha parte e...

— Para com essa merda! — Bick apontou o dedo para ele.

— Digo o mesmo. Esse bebê é nosso, do início ao fim. Somos nós três — retrucou Jonah — ou ninguém. Foi você quem disse "vamos fazer nossos próprios quadrinhos, porra".

— Eu estava meio bêbado.

— Bem, nós fizemos nossos próprios quadrinhos, mesmo depois de sóbrios. Talvez você se mude para a droga de Traveler's Creek, mas temos três remos.

— Caramba, Jonah. — Bick colocou a mão sobre o coração. — Você é um poeta do cacete. E o que as crianças acham disso? Você não teria nos contado se não tivesse falado com elas primeiro.

— Elas concordaram. Fiquei surpreso com a rapidez com que aceitaram. Elas têm amigos aqui, escola, a casa. Mas estão animadas. Mo quer uma casa com uma torre de princesa. O Brad está buscando uma mais parecida com a Mansão Wayne.

— Jesus! — Jonah só negou com a cabeça sem tirar os olhos da comida. — Esse garoto está acabando comigo.

— Vamos morar com minha mãe no começo, vou jogar essa bomba pra ela, porque vai demorar um pouco para encontrar uma casa, e isso só depois que eu conseguir resolver tudo com a casa daqui, preparar ela para a venda e colocar no mercado.

— Não. — Bick imediatamente colocou a mão sobre a boca, os olhos arregalaram.

— Não, consigo bancar duas casas. Os lucros não estão tão bons assim.

— Não, é que... O que acha da ideia da gente ficar com ela? Pats e eu. Ai, meu Deus, eu disse mesmo isso?

— O que você falou?

— É uma loucura, certo? Mas a gente estava conversando, depois que eu fiz o teste, depois de pular muito para comemorar, que devíamos comprar uma casa. Ficar perto do trabalho dela e do meu, mas em uma casa, com quintal, em um bairro bom para crianças. Puta merda, e se comprássemos sua casa? Seria terrível? Seria ruim para você se pessoas que você conhece morassem lá? Ou será...

O coração de Raylan se alegrou, inundado por uma sensação maravilhosa.

— Não consigo pensar em uma solução melhor. Nada de estranhos. Minha família.

— Sério? Ai, cara, preciso falar com ela. Bom, ela adora a sua casa, mas não posso simplesmente fechar negócio sem ela.

— É o destino. — Jonah comeu mais frango. — Estou sentindo aquele formigamento nos ossos. Você sabe que só sinto isso quando algo está predestinado a acontecer.

— Vou ligar para ela. Você tem certeza disso?

— Sim. Tenho certeza. Na verdade, acho que também estou sentindo um leve formigamento.

— Ah, cara, essa é a minha marca. Não se pode roubar o formigamento de um homem.

— Vou ligar para ela agora mesmo. — Bick levantou-se em um salto e sentou-se logo em seguida. — Não, me mostra os números primeiro. Preciso ver os números antes de comprar uma casa.

Jonah deu um gole no refrigerante e sorriu enquanto girou na cadeira para acessar o computador.

— Deixem eu começar a apresentação dizendo que todos nós podemos comprar uma casa.

ADRIAN GRAVOU o treino do blog no quintal, pois o dia simplesmente pedia por isso, optando por uma sessão de yoga rápida e eficiente, e encerrou sentada em posição de lótus em seu colchonete, com um braço em volta de Sadie, que se aproximou para se juntar a ela.

— Não se esqueça, a flexibilidade é um dos pilares do fitness. Arranje tempo para isso, arranje tempo para você. Até a próxima, Sadie e eu desejamos que você tenha um ótimo dia.

Ela desligou o controle remoto e aproximou o rosto do focinho da cachorra.

— Pronto, isso encerra a semana.

— Você estava ótima, também.

Ela virou a cabeça e viu Dom.

— Ei, eu não sabia que você estava de volta. Devia ter participado. Você sabe que as pessoas adoram te ver no blog.

— Vou deixar essas posturas do cachorro pra você e pra Sadie.

— Tai chi na próxima semana, então. Você é bom nisso.

— Talvez. Que tal sentarmos à sombra, se não estiver ocupada, e aproveitar um pouco deste dia de verão?

— Estou livre. Senta aí, eu vou buscar limonada para nós.

— Nada mal.

— Cinco minutos. Fique com Nono, Sadie.

Quando Dom se sentou à pequena mesa no quintal, Sadie foi até ele e apoiou a enorme cabeça em sua coxa.

Enquanto acariciava a cachorra, Dom observou o jardim, que ganhara vida com o verão. Tomates amadurecendo, rosas florescendo, o grande arbusto de alecrim espalhando seu aroma pelo ar. Dava para ouvir o zumbido das abelhas, o canto dos pássaros. Ele odiava saber que não conseguia mais cuidar do jardim como costumava, mas sabia que Adrian gostava de assumir responsabilidades.

— Ela assume muitas responsabilidades, Sadie.

Ele a observou enquanto ela descia da cozinha com uma bandeja. A jarra e os copos de gelo, a tigela de frutas silvestres, os pratos para as frutas e o queijo.

Muitas responsabilidades, pensou novamente.

— Como vão as coisas no Rizzo's?

— Um pouco devagar esta tarde. As pessoas querem passar um dia lindo como esse ao ar livre. Mas tenho novidades.

— Fofoca? — Adrian sacudiu os ombros enquanto servia a limonada, fazendo o gelo estalar. — Eu amo fofoca.

— É mais uma novidade do que fofoca, infelizmente, mas são boas notícias. Jan me disse que Raylan e as crianças estão se mudando de volta para Creek.

— Jura? — Adrian colocou uma framboesa na boca. — Ela deve estar eufórica.

— Eufórica é pouco.

— E o trabalho dele, a empresa?

— Ele vai trabalhar daqui, vai para o Brooklyn quando precisar. Eles ficarão na casa de Jan até ele encontrar uma casa. Eu diria que ela ficaria feliz se isso durasse para sempre. — Ele tomou um gole de limonada. — Exatamente como a da sua avó.

— Eu vi Nona preparando isso várias vezes. Coisa que você ainda não deixa eu fazer com o seu molho.

Ele sorriu.

— Um dia.

— Já ouvi essa antes. — Ela jogou um mirtilo para Sadie, divertindo a todos quando a cachorra o agarrou no ar.

— Preciso falar com você — disse o avô.

— Sobre?

— A casa, os negócios. Fiz algumas mudanças no testamento há muito tempo...

— Ah, Nono.

Ele a interrompeu gesticulando que não com a cabeça.

— Um homem, ou uma mulher, que não deixa seus negócios em ordem é egoísta e tacanho. Gosto de pensar que não sou nem um nem outro.

— E não é.

— Me ocorreu que nunca tinha discutido isso com você, e o que fiz pode ser mais um fardo do que um presente. Deixando a casa e os negócios pra você.

— Ah, Nono.

— Não é só pelo fato de sua mãe não precisar, mas também não é o que ela quer. Aqui não é a casa dela, e não é há muito tempo. Ela nunca teve nenhum interesse real nos negócios. Ela tem os dela. Mas você também tem os seus. Quero que seja honesta comigo porque são muitas responsabilidades, infinitas. Você pode querer voltar para Nova York, pode não querer pensar em ter outro negócio.

— Eu não pretendo ir para lugar algum. Aqui é nossa casa. Você sabe disso. E o Rizzo's não é apenas um negócio, nem para você, nem para mim. Nem para a cidade.

Ele esperava exatamente isso, mas ainda assim seu coração se encheu de alegria.

— Então está bem. Sei que posso confiar em você com ambos. Quanto ao que tem dentro de casa, quero que você deixe sua mãe ficar com o que ela quiser. Algumas joias de sua mãe. Sophia não gostava de nada sofisticado, mas tem peças de valor sentimental. E os móveis, os objetos. Lina deve ficar com o que tiver algum significado para ela.

— Com certeza. Eu prometo.

— Você é uma boa menina. Um tesouro para mim, sempre, mas nestes últimos dois anos... Eu não teria conseguido sem você. E você também. — Ele acariciou a cabeça de Sadie novamente. — Minha garotona.

— Nós te amamos, Nono. E ter isso aqui? — Ela abriu os braços. — Ter você? Você me deu raízes. Isso fez toda a diferença para mim.

— Ver o que você fez florescer a partir dessas raízes me deixa orgulhoso. — Dom soltou um suspiro. — Agora que resolvemos isso, podemos fazer exatamente o que você recomendou em seu vídeo. Aproveitar o dia.

PARTE DOIS
MUDANÇAS

Tudo muda; nada se perde realmente.

— Ovídio

Capítulo onze

✻ ✻ ✻

Não foi tão simples quanto apenas carregar o carro e partir para o sul. Não era, descobriu Raylan, sequer tão básico quanto empacotar as coisas. Primeiro era preciso separar, descartar, decidir e organizar tudo. E orientar duas crianças a fazerem o mesmo com todas as suas coisas.

Como e quando elas acumularam tanta tralha?

Em seguida, Raylan teve que lidar com as coisas de bebê que ele e Lorilee haviam guardado na expectativa de mais um ou dois filhos. Não foi tão doloroso quanto poderia, pois daria tudo, o berço, a cadeira de balanço, o trocador, o moisés, os slings, para Bick.

O que não servisse para ela e Pats, Raylan doaria.

Como ele mesmo admitiu, além do próprio escritório, ele deixara a maioria das escolhas da mobília para Lorilee, e, porque não sabia o que precisava ou queria na próxima casa, ofereceu a elas alguns móveis também.

Mesmo assim, levou tempo para separar e embalar oito anos de vida, e todas as memórias que surgiam com uma luminária de cabeceira ou um conjunto de panelas, os presentes de aniversário e de Natal, até mesmo o tapete da sala — ligeiramente mastigado em um canto por Jasper quando filhote.

Ele alugou um boxe no depósito, contratou uma empresa de mudança, cancelou o que precisava ser cancelado, transferiu o que precisava ser transferido e se manteve insanamente ocupado por três semanas.

Ao amanhecer do dia da mudança, ele vagou pela casa quase vazia, ouvindo os ecos da vida que tiveram. Risos, muitos risos, mas lágrimas também. Os gemidos de um bebê com o nascimento dos dentes de leite às duas da manhã, os cochilos no sofá. Topadas nos móveis, leite derramado, beber café nas manhãs, luzes da árvore de Natal emaranhadas, os primeiros passos.

Esperanças e sonhos.

Como diria adeus a tudo isso?

Com as mãos nos bolsos do short de moletom que vestia, Raylan voltou para a sala de estar. E avistou Bradley sentado nos degraus.

O filho tinha uma marca de travesseiro na bochecha esquerda, os cabelos luminosos estavam despenteados, os grandes olhos azuis, ainda sonolentos, olhavam para o pai.

— Ei, cara! Não fica triste.

Raylan cruzou a sala e foi até os degraus, sentou-se ao lado do filho e passou um braço nos ombros dele. Em seu pijama do Batman — o que podia fazer? — Bradley tinha um aroma fresco como o ar da floresta.

— Não estou tão triste. Eu me despedi dos meus amigos e do time, e da Sra. Howley do outro lado da rua. Quando acordei, me despedi do meu quarto.

Raylan o abraçou mais forte, beijou o topo de sua cabeça.

— Estou fazendo a coisa certa, garoto?

— Mo está animada, mas ela é só um bebê, não importa o que ela diz. Eu amo a Nana, e a tia Maya e o tio Joe, e o Collin é meio engraçado. Gosto da casa da Nana e de ir na pizzaria que ela trabalha. E o Ollie, que mora ao lado da Nana, é legal. Mas vai ser diferente porque não é só uma visita.

— É, vai ser diferente.

— Quando a gente tiver uma casa só nossa, ela vai com a gente?

Raylan não precisou perguntar quem.

— Ela está em você e em Mo, assim como eu também estou. Aonde você for, ela vai.

Bradley encostou a cabeça no pai.

— Então tá tudo bem. Mas, quando a gente comprar a nossa casa nova, ela não pode ser rosa, certo? Não importa o que ela diga.

Raylan entendeu que "ela" era Mariah.

— Nada de casa rosa. É um pacto entre homens. Que tal um café da manhã só de homens com *Pop-Tarts* antes da gente colocar a roupa e acordar a Mariah? Então poderemos começar esta aventura.

— *Pop-Tarts!* A gente pode parar pra almoçar no lugar que tem o *McDonald's* para comer McLanche Feliz?

— Já tá no nosso plano de viagem.

A programação incluiu a entrega cerimonial das chaves para Bick e Pats, uma despedida de Jonah — que incluiu duas sacolas de lanches para a viagem, jogos e histórias em quadrinhos suficientes para manter um ônibus cheio de crianças felizes por uma viagem de cinco horas — buzinas, acenos e uma parada em menos de trinta minutos, pois Mariah precisava fazer xixi.

A delicada manobra — Raylan espiando do lado de fora do banheiro feminino e se sentindo um pervertido — seria repetida na hora do almoço, que na verdade ninguém precisava comer depois de tantas guloseimas, e mais uma vez, quinze minutos antes do previsto, pois as duas crianças precisavam fazer xixi.

E, naturalmente, cada parada exigia colocar a coleira em Jasper e levá-lo para fazer xixi.

Eles chegaram a Traveller's Creek com as bexigas vazias e cheios de açúcar das balas de goma em formato de minhoca.

Jan saiu correndo da casa bem cuidada em que morou por mais de trinta anos com a trança balançando nas costas e os olhos brilhando com lágrimas de felicidade.

— Vocês chegaram! Bem-vindos! Eu preciso de abraços. Preciso muito!

Raylan saiu do carro, um pouco desorientado por causa da odisseia de cinco horas e meia em que a viagem havia se tornado, e um tanto agitado de tanto açúcar. Já soltando o cinto da cadeirinha de Mariah, Jan se virou para lhe dar um grande abraço.

Jasper saltou e correu em círculos pelo jardim da frente como um cachorro libertado depois de semanas de cativeiro.

— Tenho uma cerveja gelada esperando por você — murmurou Jan. — Aposto que está merecendo.

— Estou e vou aceitar. Mãe, obrigado.

— Para com isso.

As crianças falavam sem parar, e Jan oferecia todas as expressões adequadas para cada comentário — espanto, descrença, deleite — enquanto as conduzia para dentro de casa.

— Os quartos estão todos prontos. Com surpresas.

— Que surpresas? — Quis saber Mariah. — O que é?

— Vai lá ver.

Gritando e rindo, eles subiram as escadas seguidos por Jasper que pulava e latia.

— Eu ganhei uma boneca da American Girl! Nana!

— Um Batmóvel com controle remoto! Legal!

— Batmóvel? Você não ajuda minha causa. — Raylan apenas abraçou a mãe e apoiou o rosto na cabeça dela. — Ah, mãe.

— Ah, meu menino, meu bebê. Vai ficar tudo bem. Tudo vai ficar bem. — Ela se virou, manteve o braço em volta da cintura dele enquanto o conduzia de volta para a cozinha. — Vamos pegar aquela cerveja. Se estiver disposto, Maya e companhia virão para um churrasco em família, mas, se estiver cansado, podemos adiar.

— Não, isso vai ser maravilhoso.

Ela pegou uma cerveja e abriu. Assim que lhe entregou a bebida, passou a mão nos cabelos do filho.

— Você está cansado. Precisa cortar o cabelo, fazer a barba e ter uma boa noite de sono.

— Foram duas semanas muito loucas.

— Você está aqui agora. Quando você recuperar o fôlego, beber sua cerveja, colocaremos suas coisas para dentro para que vocês possam se acomodar. Raylan, gostaria que você ficasse no meu quarto.

— Não vou tirar você da sua cama, ponto. Ficarei bem no sofá-cama da sala de TV.

— E os seus pés enormes vão ficar pendurados para fora? — Ela se recostou no balcão da cozinha branca como neve. — Se eu fosse egoísta, mandaria reformar o primeiro andar e te convenceria a morar aqui até as crianças se formarem na faculdade. Mas, sendo uma mulher sensata, sei que você precisa de um cantinho próprio.

— Se for do jeito das crianças, vai ser uma mistura de um castelo cor-de-rosa e a Mansão Wayne.

— Não sei se posso ajudar neste quesito, mas tem uma casa que acho que você devia ir ver.

— Mesmo?

— Eu recebi uma informação privilegiada, ou melhor, o Dom recebeu. Dois andares, quatro quartos, escritório no primeiro andar, terreno de mil metros quadrados. Reformada recentemente. Alguém comprou para vender e logo deve ser anunciada.

— Logo?

— Informação privilegiada — repetiu ela. — É na alameda Mountain Laurel.

— Não brinca! O Spencer morava na alameda Mountain Laurel.

— Os pais dele ainda moram, algumas casas depois. Fica ao lado da casa dos amigos da Adrian Rizzo, Teesha e Monroe e o filhinho deles. São boas pessoas, seriam bons vizinhos.

Ele sorriu para ela por cima da cerveja.

— Parece que está resolvido.

— Você vai querer olhar mais casas, imagino, mas aposto que esta vai atender algumas de suas necessidades. Dom disse ao proprietário que tinha alguém que gostaria de dar logo uma olhada e me deu o nome e o número para você ligar.

— Vou ligar. Como o Dom está?

— Está bem. Diminuiu um pouco o ritmo, mas está bem. Ter a neta com ele fez uma diferença. Assim como ter você e as crianças aqui fará muita diferença para mim.

As crianças correram pra abraçar as pernas de Jan, balbuciando agradecimentos.

Ela sorriu para Raylan.

— Toda a diferença do mundo.

Eles carregaram as malas, os brinquedos, o equipamento e as ferramentas de Raylan para dentro. Já que isso a deixava obviamente satisfeita, ele deixou Jan ajudar Mariah a colocar suas coisas no antigo quarto de Maya, Bradley no antigo quarto de Raylan, enquanto Raylan fazia o que podia para montar um canto para ele na sala de TV no primeiro andar.

Ele improvisou uma área de trabalho, colocou o resto de suas coisas no armário do corredor que sua mãe já havia esvaziado para ele. O andar principal tinha um banheiro pequeno com um boxe minúsculo, mas o serviria bem. Por um tempo.

Alameda Mountain Laurel, pensou, e se esticou no sofá da sala por apenas um minuto. Ele havia corrido por aquela rua, calçadas e quintais quando criança. Então era uma possibilidade.

Ele acordou zonzo, desorientado, com o corpo todo travado. A irmã estava parada na porta com duas taças de vinho e um sorriso.

— Já ia te acordar.

Ele se sentou e esfregou a nuca dolorida.

— Jesus Cristo, como esqueci o quanto esse sofá é desconfortável?

— Alonga essa carcaça, soldado. O jantar é em uma hora; as crianças, as suas e as minhas, estão lá fora com o cachorro. Joe está discutindo com a mamãe sobre quem vai pilotar a churrasqueira.

— O que vamos comer? — Ele se levantou, alongou os ombros, tentou esticar as costas.

— Em homenagem à sua volta, é bife, batata assada, milho, vegetais grelhados, tomate, muçarela e torta de cereja.

— Nossa, isso que é recepção. — Ele sorriu. — Oi.

— Oi. — Ela o abraçou e lhe entregou uma taça. — Vamos dar uma volta no jardim. Fazer seu sangue circular e se ambientar um pouco antes de encontrar todo mundo.

— Eu não queria apagar assim, deixar as crianças com a mamãe.

— Ela está amando e as crianças também. Bom trabalho, Raylan.

— Espero que sim. — Eles saíram pela porta da frente, e Raylan fez uma pausa para examinar o bairro onde havia crescido. Algumas mudanças, claro, mas não muitas, e a mesma sensação de familiaridade. — Estou me sentindo bem. Eu não tinha certeza se isso aconteceria. Como estão as coisas na loja?

— Tudo bem. Eu amo meu trabalho, e não tinha certeza que seria assim. Então somos os dois muito sortudos, não é?

— Mamãe fez um bom trabalho.

Eles caminharam ao lado dos arbustos de hortênsias, carregados de imensas flores rosadas.

— Eu soube que você está pensando em ficar com a casa da alameda Mountain Laurel.

— Eu nem vi a casa ainda. Nem qualquer outra.

— É uma casa bonita, pelo menos por fora. Lembra do Paul Wicker? Ele era da sua turma no colégio.

— Motociclista, meio marrento.

— O dono é o irmão mais velho dele, Mark. Um empreiteiro. Ele comprou a casa pra vender. O Paul não é mais tão marrento e trabalha para ele. De qualquer forma, posso te adiantar algumas informações sobre seus vizinhos mais próximos. — Eles se abaixaram sob os galhos de um bordo vermelho enquanto caminhavam pela lateral da casa. — Eles são ótimos. Monroe é compositor, Teesha é gerente de negócios da Adrian Rizzo. O filho deles, Phineas, é o melhor amigo de Collin, então eu conheço eles muito bem.

— Talvez eu ligue para o irmão empreiteiro do Paul, o ex-marrento, amanhã.

Ela tocou a taça na dele antes de beber.

— Por que não liga agora?

Ele ouviu os filhos brincando no quintal, o mesmo quintal onde antes ele lutava contra supervilões, jogava basquete, cortava a grama. Talvez um telefonema pudesse ser o próximo passo para dar aos filhos um quintal como este só para eles.

— Vou fazer isso.

NOVA ORLEANS, LOUISIANA

O beco fumegava, como uma panela de gumbo fervendo, mesmo depois das duas da manhã. A lixeira fedia com os restos da comida do dia. Mas ela sempre saía do bar por último, sempre pela porta do beco.

Idiota, muito idiota, para uma mulher instruída com diploma em administração de negócios e outro em hotelaria. Mas ela pensava que, porque se mantinha em forma, porque carregava um Taser, e uma faca ilegal, poderia lidar com o que surgisse em seu caminho.

Ela não conseguiria lidar com isso, nem com qualquer outra coisa depois desta noite.

Outra vagabunda, duas vezes divorciada, com um ego tão grande que batizou o bar com o próprio nome. Stella's. Stella Clancy já havia servido sua última dose.

Agora era só esperar, suando sob o macacão preto descartável, que ela saísse e trancasse a porta antes de caminhar meio quarteirão até seu apartamento.

Ela nunca chegaria lá. Morreria no fedor do beco como merecia.

Beirando as três da manhã, ela saiu, os cabelos de puta, tingidos de vermelho em um corte bem curto para mostrar a tatuagem na nuca.

O cano acertou ali primeiro.

Ela caiu igual a uma árvore, uma mulher de constituição robusta em um top de alças fininhas e um short que mal cobria a virilha.

Piranha.

Ela não emitiu um som sequer.

O sangue voou quando o cano atingiu sua nuca. Atingiu repetidas vezes, quebrando os ossos depois que ela parou de respirar.

Muito divertido! Sim, muito divertido.

Recomponha-se, controle-se. Trabalho feito.

Pegue o relógio dela, o anel feio e espalhafatoso, a bolsa barata.

Sorria, vadia. Tire a foto.

Guarde os souvenires. Tire o macacão ensanguentado e coloque-o em uma outra bolsa com o cano.

Jogue a bolsa no Rio Mississippi.

Então ache um bar e tome uma bebida. Experimente o drinque local, Hurricane, como um verdadeiro turista, antes de cair na estrada novamente.

O CACHORRO o acordou cedo. Raylan concluiu que o sofá-cama o envelhecera trinta anos quando teve que rastejar para fora do móvel barulhento. Vestiu uma bermuda de ginástica, levou o saltitante Jasper para a cozinha e pegou uma Coca da geladeira antes de abrir a porta dos fundos.

Jasper saiu disparado como um foguete. E, no calor nebuloso da manhã, Raylan se apoiou no batente da porta enquanto Jasper farejava ao redor do quintal para decidir onde fazer suas necessidades matinais.

Um cão minucioso e estranhamente tímido na hora de fazer cocô, Jasper vagou até a cerca dos fundos e se esgueirou para trás de um arbusto de budleias. Acostumado à rotina, Raylan esperou em silêncio; tão diferente da agitação matinal do Brooklyn.

Ele tinha feito a coisa certa. Se ainda tivesse alguma dúvida sobre a mudança, ela havia se dissipado na noite anterior em torno da velha — e recém-pintada de azul vivo — mesa de piquenique onde seus filhos comiam e falavam como matracas movidas a cocaína, e Joe, com seus óculos de John Lennon e boné de beisebol dos *Orioles*, balançava Collin sentado em seu joelho — sem ligar para as mãos e o rosto do menino, besuntados de molho.

Observou Maya tendo uma conversa profunda sobre moda com Mariah. E a mãe que parecia ter ganhado o mundo todo de presente.

Alimentou o cachorro, começou a preparar o café para que a mãe não tivesse trabalho, e foi para o chuveiro tentando não fazer barulho.

Ele se lembrou de fazer a barba e, analisando-se no espelho, considerou a terrível possibilidade de arriscar cortar o cabelo com um barbeiro desconhecido. Poderia adiar isso por mais um tempo.

Quando se vestiu, Jan estava na bancada da cozinha tomando café com Jasper esparramado a seus pés.

— Que delícia acordar com café.

Ele contornou a bancada e a abraçou por trás.

— As crianças ainda estão dormindo?

— Nós deixamos elas exaustas. Quer tomar café da manhã?

— Ontem à noite eu comi o suficiente para me alimentar por alguns dias.

— Uns quilinhos a mais não fariam mal, magrelo.

Era verdade, pensou. Raylan recuperou um pouco do que havia perdido no primeiro ano após a morte de Lorilee, mas não havia voltado para o peso ideal.

— Com a sua comida, se eu não me cuidar, serão bem mais do que alguns. Talvez seja melhor você pregar seu horário de trabalho na geladeira que nem antigamente. Podemos alternar as noites na cozinha. Minhas habilidades culinárias melhoraram muito.

— Não dava para piorar muito — provocou Jan.

— Ai, essa doeu!

— Gororoba de pão com ovo. Queijo Grelhado Flambé.

— Trabalho experimental de iniciante.

— Já que as crianças são obviamente saudáveis e bem alimentadas, acredito que tenha feito algum progresso.

— Vou te surpreender. — Ele beijou o topo da cabeça da mãe. — Vou ter que acordar os dois preguiçosos, eles precisam vir logo se quisermos chegar na hora marcada para ver a casa.

— Deixa eles dormirem mais um pouco. Eles podem ir para o trabalho comigo.

— Você quer levar as crianças para o trabalho?

— Eu levava você e a Maya sempre que precisava. Você sabe bem como era.

Ele se sentou ao lado da mãe por um minuto.

— Ajude a arrumar as mesas, certifique-se de que a equipe de manutenção não economize na limpeza das mesas e cadeiras e ganhe moedas para as máquinas de videogame.

— Faça o trabalho, receba o pagamento.

— Tem certeza?

— Eu adoraria e você deveria olhar a casa sem eles. Se gostar, você pode pegar as crianças pra ver a casa e saber o que acham.

— Você é uma mulher sensata, Jan Marie.

— Eu sou demais. — Ela se levantou para reabastecer a xícara de café e acrescentar um pouco de creme. — E quem sabe melhor o que é ser mãe sozinha com dois filhos e um emprego em tempo integral? Os Rizzo me ajudaram mais do que eu jamais poderei retribuir.

— Eu sei.

— E também tive os vizinhos, a comunidade. Você tem tudo isso agora, e a mim, Maya e Joe. Podemos dividir mais do que o preparo do jantar, e vamos. Enquanto isso, você tem mais coisas para resolver além da casa. Precisa escolher um pediatra, um dentista, matricular as crianças na escola, encontrar um veterinário. Cortar o cabelo.

Ele passou os dedos pelos cabelos.

— Ainda não estou pronto. Preciso me acostumar com essa ideia ainda. O resto eu ia começar hoje.

— Temos um dentista na cidade agora. Eu me consulto com ele há cerca de um ano e estou muito satisfeita. O consultório dele é bem em frente ao corpo de bombeiros, então tem até lugar para estacionar.

— Me convenceu, já. — Ele passou a língua nos dentes. — Eu acho.

— Quanto ao corte de cabelo, você pode ir à barbearia do Bill.

— Eles escalpelam pessoas naquele lugar — provocou Raylan. — Você sabe que eles escalpelam. Você nunca me levou lá.

— Porque eu amava você com seus cachos dourados.

Ele revirou os olhos para ela.

— Então você vai adorar quando meu cabelo estiver grande o suficiente para um coque samurai.

Ela riu e fez que não com a cabeça.

— Vou subir e me vestir. Vou acordar as crianças e fazer o café da manhã delas.

Ele tinha se esquecido de como era ter outra pessoa para ajudá-lo nas coisas mais básicas.

— Se você tem certeza de que é uma boa ideia. Vou levar Jasper comigo. Nós dois vamos dar uma volta. Posso olhar melhor a vizinhança se eu for caminhando em vez de dirigindo.

— Boa ideia. Ah, e tem mais uma casa, que já está à venda. Fica do outro lado da cidade, mais perto da escola, então poderia ser melhor para você. Tem quintal, mas é menor. Não foi reformada, então provavelmente é mais barata. É uma boa casa de tijolos vermelhos, uma varanda decente, na avenida Schoolhouse.

— Bom saber.

— Não tenha pressa — disse Jan, levantando-se. — A gente se encontra no restaurante depois.

Ele começou a se preparar, colocando a coleira e a guia em Jasper. Procurou a pá e o saco de cocô e os enfiou no bolso. Encontrou seus óculos escuros, pensou em usar seu boné do *Mets*, mas, considerando que estava na terra dos *Orioles*, mudou de ideia.

Jasper virava a cabeça sem parar, direita e esquerda, direita e esquerda, fascinado com o novo ambiente. Como não tinha pressa, Raylan foi paciente com as muitas pausas ávido para cheirar tudo, erguendo a perna para fazer xixi e exibir toda sua masculinidade.

Ele parou na esquina a um quarteirão da rua principal, onde uma mulher com um chapéu de palha cortava as flores mortas de uma enorme rosa trepadeira. Vestia uma bermuda cor-de-rosa na altura dos joelhos, que deixava à mostra as canelas finas e brancas recobertas com veias arroxeadas que formavam uma espécie de teia.

Sra. Pinsky, lembrou ele. Ele cortou a grama da casa dela toda semana durante três verões. Entre bicos cortando a grama e seu emprego de meio período no Rizzo's, ele economizou o suficiente para comprar seu primeiro carro, uma verdadeira lata velha.

Aos 15 anos, ele pensava que a Sra. Pinsky já tinha uns mil anos. E aqui estava ela, podando as flores mortas.

— Ei, Sra. Pinsky!

Ela olhou em volta, estreitando os olhos por trás dos óculos, colocando a mão no ouvido e no aparelho auditivo.

— O quê?

— Sou eu, Sra. Pinsky, Raylan Wells. Filho de Jan Wells.

— Você é o filho da Jan? — Ela pôs a mão no quadril. — Você está visitando sua mãe?

— Estou voltando para a cidade.

— É mesmo? Está voltando para o fim do mundo, hein?

— Sim, senhora.

— Sua mãe é uma boa mulher.

— A melhor.

— Que bom saber que voltou. Você costumava cortar minha grama. Está procurando trabalho?

— Ah, não, senhora. Eu já tenho um trabalho.

— Não consigo encontrar alguém pra cortar minha grama que não cobre os olhos da cara.

Ela o vigiava como um falcão, lembrou, mas sempre pagou um valor justo. E geralmente acrescentava alguns biscoitos e um copo de alguma bebida gelada como gorjeta.

— Eu corto para a senhora. — Ele se arrependeu assim que as palavras saíram de sua boca.

Ela o olhou séria.

— Quanto você cobra?

— De graça.

— Quem faz um trabalho, deve receber por ele.

— Talvez eu compre uma casa aqui perto, na alameda Mountain Laurel. Se eu fizer isso, seremos vizinhos. E vizinhos são para essas coisas.

O comentário provocou um sorriso.

— Sua mãe te criou direito. O cortador está no galpão.

— Sim, senhora. Agora preciso ir ver a casa de que falei. Marquei com uma pessoa. Na volta eu cuido disso para a senhora, se não tiver problema.

— Ah, para mim está ótimo. É muita gentileza sua.

Ele continuou andando, recordando a si mesmo para não se voluntariar para mais nada caso encontrasse outra pessoa de quem se lembrasse. Agora teria que arranjar tempo toda semana para cortar a grama da Sra. Pinsky, e já havia se comprometido, consigo mesmo, a assumir essa tarefa para sua mãe.

Ele tinha que comprar uma casa, se mudar para ela e, agora, cortar aquele gramado.

— Por que você não me mandou calar a boca, antes que eu acabasse de volta no negócio de cortar grama? — perguntou Raylan para o cachorro.

Ele chegou à esquina seguinte com a alameda Mountain Laurel e parou.

Não foi a casa; obviamente não era aquela a casa à venda, pois havia uma mulher com uma visível barriga de grávida parada diante da porta da frente aberta. Tampouco foi a mulher à porta que o fez parar, mas sim a que estava de costas para ele.

Ela tinha uma nuvem de cabelos encaracolados da cor da meia-noite que caíam sobre os ombros como pequenos saca-rolhas. Ela estava de pé, longilínea e magra em leggings justas — azuis com detalhes dourados serpenteando como chamas. Uma blusa azul — era uma regata? — justa, que deixava à mostra braços longos e bronzeados. Tênis azuis, com chamas nas laterais.

Ele não conseguia ver o rosto dela; não precisava, não agora.

Cobalt Flame, pensou ele, um semidemônio. Capturada na teia de Grievous, atormentada por ele. A batalha dela com sua Angel seria terrivelmente épica. E, no final, elas se tornariam aliadas.

A *storyline* da personagem simplesmente surgiu em sua mente: a lava de um vulcão. Foi lá que ela se transformou, onde ganhou seus poderes.

Sua musa inspiradora, ainda de costas para ele, desceu um degrau da varanda. E uma montanha de pelos pretos caminhou do canto oposto da varanda para se juntar a ela.

A seus pés, Jasper emitiu um grunhido. Não foi um rosnado, nem um latido de advertência, mas, se é que isso era possível, um suspiro canino. E começou a tremer. Raylan olhou para baixo e tentou acalmá-lo, mas Jasper deu um salto para a frente.

O solavanco fez Raylan perder o equilíbrio.

— Ei!

O grito, a invasão do homem e do cachorro, fez a mulher se virar. Ela baixou os óculos de sol e riu.

— Raylan? Raylan Wells!

Adrian Rizzo, pensou ele, lutando para controlar Jasper. Sim, o rosto funcionaria bem. Ela sempre foi bonita.

— Adrian, oi, desculpa. Eu não sei o que deu nele. Ele não morde.

Jasper se deitou no chão da varanda e então começou a rastejar em direção à montanha negra.

— Nem ela. — Inclinando a cabeça, Adrian observou Jasper se jogar aos pés de Sadie. — O que ele está fazendo?

— Eu não sei.

— Acho que é um pedido de casamento. — A outra mulher saiu para a varanda. Ela tinha longas tranças presas na altura da nuca e um menino de cerca de 4 anos agarrava a perna dela com uma mão enquanto na outra segurava um martelo de brinquedo.

Sadie colocou a enorme pata na cabeça de Jasper e olhou de canto de olho para Adrian.

— Acho que ela tá mandando ele se controlar. Eles nem foram apresentados. Essa é Sadie.

— Jasper, pare com isso. Você está se humilhando.

— Estou vendo estrelinhas saltando dos olhos dele. Bem-vindo ao lar, Raylan.

— Obrigado. Desculpem a interrupção.

— Não interrompeu nada. Eu saí para uma corrida rápida e dei uma passadinha. Estes são Teesha Kirk e Phineas Grant. Teesha, Phineas, este é Raylan Wells.

— É um prazer conhecer você.— Teesha ofereceu-lhe um sorriso. — Sei que Maya e Jan estão felizes por você estar de volta.

— Nós também estamos. Na verdade, estou indo conhecer uma casa aqui do lado.

— Ah, é linda! — Teesha olhou para Phineas, que se sentou para martelar pregos imaginários.

O menino disse, enfaticamente:

— Tenho que terminar esse trabalho.

— Eu dei muitas espiadas — continuou Teesha. — O trabalho do Mark é muito bom. Você tem dois filhos, né?

— Isso, um de 7 e uma de 5. Na verdade, quase 8 e 6 anos.

— Seria ótimo ter crianças na casa ao lado.

Phineas parou de bater. E disse:

— Cocô. — E marchou para dentro de casa.

— Desculpe, chamado para o cocô. — Teesha correu atrás do menino.

— Bem, estou vendo que está ocupada. — Rindo, Adrian desceu as escadas. — Tenho que voltar pra casa, mas meu avô adoraria ver você, seus filhos e seu cachorro apaixonado.

— Ele nunca fez nada assim. Mas ela é mesmo muito impressionante.

— Sexy Sadie. Teesha tem razão sobre a casa, eu também fui lá dar uma olhada. Ela é ótima! E quanto aos vizinhos? — Ela gesticulou em direção à casa de Teesha, de onde dava para ouvir a música de um piano ecoando. — São os melhores.

— Foi o que Maya me falou. Você está bem, Adrian. Quero dizer, é bom ver você.

— Digo o mesmo. — Ela se abaixou, fez um carinho em Jasper antes de prender a guia na enorme cachorra. — Tenho certeza de que vamos nos encontrar de novo, Jasper. Não dá para negar o amor a ninguém. Vamos, Sadie!

Sadie simplesmente passou por cima do deslumbrado Jasper, se recompôs, depois seguiu acompanhando as passadas largas e determinadas de Adrian.

— Impressionante. — Ele olhou de volta para seu cachorro agora desolado. — Acho que ela é areia demais para o seu caminhãozinho, meu camarada, mas o coração sabe o que quer. Vamos ver a casa.

Capítulo doze

✻ ✻ ✻

Depois da visita à casa, depois de uma estranha lembrança dos tempos de colégio com o ex-marrento, depois de conversar com o empreiteiro, irmão de Paul, enquanto eles e outros homens terminavam o que chamavam de toques finais, Raylan precisava pensar.

Combinou de retornar em mais ou menos uma hora com os filhos, e Mark Wicker concordou com a ideia.

Raylan parou na casa da Sra. Pinsky e usou o velho arremedo de cortador de grama para aparar o gramado. Ele tinha que admitir, o gramado parecia muito maior quando tinha 15 anos, então não demorou muito.

Ainda assim, ele começou a suar, e aceitou, agradecido, o copo alto de chá gelado que ela adoçou o suficiente para fazer seus dentes doerem. A Sra. Pinsky disse o quanto ele era um bom menino, que tinha feito um bom trabalho e, novamente, elogiou sua mãe por suas boas maneiras.

Raylan levou o cachorro para casa, onde o coração apaixonado de Jasper poderia sonhar em paz, enquanto ele pegava o carro e dirigia a curta distância até o Rizzo's.

A clientela da hora do almoço ocupava as mesas e cabines enquanto Jan trabalhava no fogão e Dom abria a massa com suas acrobacias. Ele parecia mais magro, mais velho do que quando Raylan o vira brevemente durante as férias de Natal, mas não tinha perdido o jeito no quesito acrobacias com a massa. Mariah, sentada junto ao balcão com um livro de colorir e giz de cera, observava-o com absoluta alegria.

— Faz de novo, Nono! De novo!

Enquanto abria a massa em um círculo perfeito no tabuleiro, Dom deu uma piscadela para a menina.

— Preciso fazer essa aqui primeiro. As pessoas estão esperando suas pizzas.

— Você vai fazer uma para mim? Nana disse que podemos comer pizza quando o Bradley terminar o jogo lá nos fundos.

— Vou fazer uma muito especial para você, só sua, digna de uma princesa.

Ela ficou atônita, assim como Jasper quando viu Sadie pela primeira vez e então avistou o pai.

— Papai! Você ouviu? O Sr. Rizzo vai fazer uma pizza de princesa para mim.

— Uau! Que incrível. Como você está, Dom?

— Não posso reclamar. Bem-vindo de volta!

— Obrigado. Será que a pizza da princesa pode esperar um pouco? Mo, eu quero ir buscar o Bradley e levar vocês para ver a casa. Depois a gente volta para comer uma pizza.

— Mas eu vou comer a pizza especial de princesa.

— Sem dúvidas. Eu vi sua neta rapidinho com o mastodonte que ela chama de cachorro.

— Ela me contou. — Dom acrescentou pimentões, cogumelos e azeitonas pretas na pizza. — É uma boa casa, sólida, com ótimos vizinhos. Estou feliz que você esteja avaliando.

— O que você achou? — Quis saber Jan.

— O que o Dom disse, mas eu quero que as crianças vejam. E lá vem o viciado em jogos.

Ele percebeu pela expressão no rosto de Bradley que o desempenho não tinha sido dos melhores.

— Preciso de mais moedas.

— Depois vemos isso. Primeiro vamos ver a casa.

— Mas Nana prometeu que íamos comer pizza — retrucou o menino.

— Na volta, agora o dono da casa está nos esperando.

— Eu posso morrer de fome.

Antes que Raylan falasse, Dom pegou um punhado de pepperoni e outro de queijo e encheu um potinho para delivery.

— Isso vai te ajudar. Quando voltar, farei uma pizza especial para você.

Sendo um menino que gosta de especificidade, Bradley olhou para ele.

— Especial como?

— A minha vai ser de princesa.

— Então a minha pode ser do Batman?

— Vai com seu pai, seja um bom menino, e faço uma do Batman.

— Legal! Obrigado, Nono. Podemos ir agora para voltar logo?

— Sim, estamos indo.

— Não se preocupa com isso. — Jan o empurrou para o lado quando Raylan começou a recolher o giz de cera.

— Fizemos todo o trabalho — gabou-se Mariah quando ele a tirou da cadeira. — Então eu ganhei um livro para colorir e o Bradley ganhou moedas. Nono disse que somos bons trabalhadores.

— Fico feliz em ouvir isso.

Ele os acomodou no carro, nas cadeirinhas.

— Cadê o Jasper? — perguntou Bradley devorando o pepperoni como se fossem balas de goma.

— Ele tá na casa da Nana. Ele já viu a casa.

— A gente vai morar lá? — Quis saber Mariah.

— Temos que pensar sobre isso.

— Eu gosto de morar na casa da Nana.

Experimente dormir em um sofá-cama, pensou, e tomar banho em uma lata de sardinha.

— Mas é pertinho da casa da Nana.

— Perto quanto?

Ele encarou os olhos desconfiados do filho pelo retrovisor.

— Você vai ver. Olha, aqui é a casa da Nana — disse ele quando passaram pela casa. Ele dobrou à esquerda ao sair da rua principal, seguiu mais um pouco, passou em frente ao gramado recém-cortado da Sra. Pinsky e dobrou à direita na alameda Mountain Laurel. Em seguida, virou à esquerda e entrou na garagem. — É perto assim.

— Não se parece nada com a nossa casa antiga.

As palavras de Bradley atingiram diretamente o coração do pai, especialmente porque Raylan pensava exatamente o mesmo.

— Não, não se parece.

Não tinha os adoráveis tijolinhos com pátina, mas, sim, um revestimento de madeira horizontal recém-pintado de cinza esfumaçado que contrastava com as venezianas azuis escuras e detalhes de acabamentos brancos como neve.

Ficava em uma rua tranquila, o que era importante, e tinha um jardim pequeno e verde que levava à calçada larga. Calçadas também eram importantes.

Raylan assistira à canais especializados em decoração e paisagismo o suficiente para notar que os arbustos ao redor da fundação e a árvore que Mark identificou como uma vistosa cornus florida cor-de-rosa compunham muito bem o visual.

A porta da frente tinha longas luminárias nas laterais e a conveniente porta lateral — que ficava de frente para a casa dos vizinhos que conhecera mais cedo — dava aceso a um hall de serviço/lavanderia.

Tudo isso seria importante.

A casa atendia a todos os requisitos, pensou enquanto tirava as crianças do carro. Ele já sabia disso. Assim como já sabia, por sua própria experiência em reforma, da excelente qualidade do trabalho dentro e fora da casa.

Mas.

Não se parecia em nada com a casa deles no Brooklyn.

Enquanto analisava a casa mais uma vez com as crianças ao seu lado, a vizinha o cumprimentou. Ela saiu da casa e atravessou o jardim acompanhada do filho atrás dela.

— Eu estou com as chaves. Mark disse que eles estavam quase terminando, então enviou a equipe para outra obra. Ele só precisava levá-los até lá, buscar alguma coisa e já estaria de volta. Mas ele não queria que você tivesse que esperar se chegasse aqui antes dele.

— Obrigado. Meninos, esta é a Sra. Kirk.

Os olhos de Bradley se arregalaram.

— Como o capitão James Tiberius?

— Exatamente como ele. Sempre achei que eu poderia ser a tataravó dele.

Os olhos se arregalaram ainda mais.

— É sério?

— Gosto de pensar que sim. Este é o Phineas. — Ela deu um tapinha na barriga. — E esse ainda não sabemos o nome. Se vocês decidirem morar aqui, seremos seus vizinhos.

— Posso tocar no bebê?

Teesha olhou para Mariah.

— Nesse? Claro.

Muito delicadamente, Mariah colocou a mão na barriga de Teesha.

— Minha professora também tinha um bebê na barriga. Era grande. Ela disse que ele ia sair no verão.

— Esse aqui tem que ficar maior antes de sair daqui em novembro.

Phineas, mais interessado no seu próprio sexo, mostrou a Bradley seu dinossauro de plástico.

— Esse é um T. rex. Eles teriam comido pessoas, mas foram extintos antes de existir pessoas. Mas eles comiam outros dinossauros. É o meu favorito.

— Que legal. Eu gosto de velociraptors porque eles caçam em bando.

— Eu tenho eles também! Eles provavelmente evoluíram das aves. Quer ver?

— Talvez outra hora, a gente tem que olhar a casa.

— Eles bateram e serraram as coisas aí dentro. Também tenho um martelo e um serrote.

— Ele nunca mais vai calar a boca. — Teesha os avisou, estendendo a mão para pegar a mão do filho.

— Diga até logo, Phin.

— Ok, até logo.

— Mark disse apenas para deixar as chaves sobre a ilha da cozinha se você for antes de ele voltar — gritou Teesha voltando para casa. — Ele tem cópias.

— Obrigado. Bem, galera, vamos entrar.

— Gostei da senhora com o bebê na barriga. Ela tem um cabelo bonito.

— Sim, ela tem mesmo. — Ele optou por entrar pela frente, como um convidado, já que no momento eram apenas visitas.

O piso reluzia, ele não podia negar, e esse brilho percorria todo o ambiente, da frente até os fundos, até a cozinha e as largas portas do pátio que levavam a um belo quintal.

— Parece bem grande — decidiu Bradley.

— Bem, é um ambiente aberto e está vazio.

— Tem lareira. A gente tinha uma lareira. — Mariah foi até ela. — Aí o Papai Noel vai saber por onde entrar.

Mas não era de tijolos aparentes. Revestida com um padrão sutil de branco sobre branco. Era a gás, não a lenha. Com uma cornija delicada, não muito volumosa.

— Ela faz eco! — Bradley gritou seu próprio nome para se divertir.

Mas não havia memórias nesses ecos.

O menino correu e Mariah o seguiu. Não para a cozinha, com armários brancos, eletrodomésticos de aço inoxidável, uma bancada de granito, uma pia embutida, mas para a vista das portas largas.

— Cara, o quintal é grande! O Jasper iria gostar.

— Não tem balanço? — A voz de Mariah refletia toda sua decepção. — Por que não?

— Ninguém mora aqui ainda, idiota — provocou Bradley. — Papai vai colocar balanços e outras coisas.

— Você que é idiota — retrucou a menina. — O que é aqui? — Ela correu até as portas de vidro duplo do que seria a sala de jantar. — É a nossa sala de jogos?

— Tem uma sala extra, como uma sala de jogos, no andar de cima.

Atrás daquelas portas, ele tinha que admitir, seria o escritório perfeito. Boa luminosidade, vista para o quintal, espaço para tudo de que precisava.

— Eu quero ver! Podemos subir?

— Estamos aqui pra isso. Os quartos também são lá em cima.

Ele hesitou um minuto enquanto as crianças subiam as escadas correndo e fazendo arruaça.

Lavabo sob as escadas, sala de estar ao lado da cozinha, o hall de serviço/lavanderia do outro lado da cozinha. Uma caldeira de calefação nova e uma boa área de armazenamento no porão totalmente impermeabilizado e pronto para adequações.

Uma boa casa, pensou, com um preço bem dentro de suas opções.

Ele subiu seguindo os ecos dos passos apressados e das vozes dos filhos.

Com os olhos brilhando, Mariah correu para encontrá-lo.

— Qual é o meu quarto, papai? Eu posso escolher?

— Bem, está configurado como o que chamam de demi-suíte. Este quarto — explicou Raylan conduzindo-a pela mão até um dos quatro quartos — tem acesso para aquele banheiro que também serve pro quarto do outro lado. Eles são quase do mesmo tamanho, então...

— Não posso dividir um banheiro assim com um menino! Eles cheiram mal!

O rosto horrorizado de Mariah fez Raylan querer apertá-la e enchê-la de beijos.

— Tem outro quarto do outro lado do corredor, mas este é maior, então...
— Ele parou enquanto ela corria para ver por si mesma.

— Tem banheiro! Olha, olha! Nenhum menino pode usar o meu banheiro! Minha própria banheira e tudo! Posso ficar com esse quarto, por favor?

Bradley correu de volta.

— A sala de jogos é enorme! E eu quero o quarto com lareira e o banheiro grande.

— Esse está fora da negociação. É a suíte-master. Você tem que pagar todas as contas pra ter direito a ela.

— Não consigo pagar as contas.

— O que significa que você fica com um desses dois quartos se comprarmos a casa. Com seu próprio banheiro bem grande, já que Mo está de olho no outro quarto.

Bradley perambulou pelo quarto, de lábios franzidos, cabeça assentinda.

— Tá bem, eu acho. Eu quero aquele lá atrás, porque fica mais longe do dela.

Sorrindo, ele se virou, então o sorriso desapareceu quando olhou para seu pai.

— Você não gostou da casa?

— O quê? Não, quero dizer, sim, é claro que gostei.

— Sua cara não tá de quem gostou.

Mariah entrou dançando.

— Podemos pintar minha banheira de rosa? O que foi?

— O papai não gostou da casa.

— Por que não? É legal. O cheiro é bom.

Eles queriam isso, percebeu Raylan. Queriam esta casa, este recomeço. Ele apenas tinha que transformá-la em um lar. Deixar tudo para trás, de uma vez por todas e criar um lar.

— Vocês, seres de mente inferior como são, foram enganados por minha grande capacidade de controle — disse Raylan. — Eu queria que vocês dessem sua própria opinião, e não queria usar o vasto poder de minha mente superior para influenciar seus frágeis e pequeninos cérebros.

— Ah, pai. — O estresse se dissipou quando Bradley bufou. — Sem essa!

— Podemos ficar com ela? — Mariah abraçou as pernas dele com o rosto para cima. — Podemos pintar a minha banheira de cor-de-rosa?

— Sim, e não. Você pode conseguir uma cortina de chuveiro e toalhas cor-de-rosa, mas nada de pintar a banheira.

— Mas Bradley não pode nunca, nunca fazer cocô no meu banheiro.

— Tenho meu próprio banheiro, e é maior do que o seu, e você também não pode fazer cocô nele.

Eles se ofenderam com insultos relacionados a cocô. E Raylan concluiu que eles já haviam começado a construir um lar.

Com o negócio fechado, a documentação e os trâmites jurídicos em andamento, Raylan começou a contar os dias dormindo no sofá-cama e trabalhando em um cantinho da bancada da cozinha.

Raylan tinha que começar as compras para a volta às aulas em breve, o que parecia uma tarefa impossível. Mas ele estava determinado a adiar esse pesadelo o máximo que conseguisse.

O que ele tinha, apesar de suas atuais condições de trabalho, era um novo e sólido *storyline* com uma nova e fascinante personagem que primeiro seria uma inimiga, sempre como contraponto e, depois, se tornaria amiga de sua Angel. Tudo isso graças à mãe e à irmã que o ajudaram a manter as crianças ocupadas e entretidas durante o verão. E por cuidarem das crianças durante a noite enquanto ele viajava até a empresa para finalizar a história e a personagem, com seus sócios.

Raylan passou sua noite sem os filhos na enorme bagunça que era o apartamento de solteiro de Jonah, porque não conseguia, ainda não, ficar com Bick e Pats em sua antiga casa.

Mas, antes que ele pudesse prosseguir com o trabalho real de criação da *graphic novel*, teria que pedir a autorização da musa inspiradora.

Se ela recusasse, ele mudaria a aparência física da personagem, mas não era o que ele queria. Tudo funcionava muito bem. Ele tinha alguma esperança porque se lembrava da menina que reconheceu o Homem de Ferro no desenho na parede de seu quarto.

Já que Raylan havia adiado tempo suficiente, e já que as crianças passariam a tarde com Maya e Collin, ele pegou seu bloco de desenho e o cachorro e dirigiu até a grande casa na colina.

Ele sempre amou aquela casa, a imponência e a atemporalidade evocadas pela enorme varanda que a circundava, as maravilhosas e grandes árvores nos fundos e nas laterais. Os frontões que adicionavam um leve toque de mistério.

— Meu Deus, Jasper, eu sou um idiota. Eu posso usar a casa. É só acrescentar um ar um pouco mais gótico e temos o esconderijo da Flame. Escurecer a pedra, aproximar as árvores, adicionar uma torre. Sim, vai ficar ótimo.

Desenhando em sua cabeça, ele caminhou até a porta da frente, usou a grande aldrava de bronze. Em sua cabeça, trocou a estrela por uma gárgula. Mostrando os dentes.

Quando ninguém atendeu a porta, ele fez o que sua irmã havia lhe aconselhado e foi ao redor da casa até chegar às portas do primeiro andar, adicionando detalhes ao seu esboço no caminho.

Como as portas estavam abertas, ele foi bater no umbral, mas permaneceu parado com a mão levantada. Sentiu o seu queixo cair e não conseguia fechá-lo novamente.

Ela estava no centro do cômodo, de frente para uma parede espelhada. Usava um short minúsculo preto, um top esportivo com alças finas que cruzavam nas costas. Os cabelos estavam puxados para cima e para trás em um coque alto de onde brotavam cachos.

De pé descalços, ela levantou a perna esquerda até apontá-la para o teto e seu corpo formar uma única linha vertical.

Isso não deveria ser anatomicamente possível.

Em seguida, ela abaixou a perna e a puxou para trás e, ainda equilibrada, agarrou o dedo do pé, estendeu o outro braço enquanto se inclinava para a frente e puxou a perna para cima até formar um arco fluido.

No momento em que algumas células sanguíneas voltaram ao seu cérebro e ele percebeu que parecia mais um pervertido, começou a recuar.

Mas ela virou a cabeça, apenas um centímetro, e o viu.

Em vez de gritar e chamar a monstruosa cachorra, Adrian sorriu, e fez um gesto para que ele entrasse.

Ele se esgueirou pela abertura da porta.

— Desculpe. Eu só estava... Não queria interromper.

— Já estou acabando! Eu só precisava de um bom alongamento.

— Você... — Ele parou quando Jasper farejou algo, empurrou a porta e correu até seu amor, que estava esparramada na frente da lareira. — Jasper, droga. Desculpe.

— Sem problemas.

Jasper simplesmente desabou na frente de Sadie, que o ignorou.

— Só tenho que fazer o outro lado. Você está procurando o Nono?

— Hum, na verdade, não. — Ele não conseguia desviar o olhar. — Como você consegue fazer isso? Como alguém faz isso? Por que você não tem articulações?

— Eu tenho. Elas são só muito bem lubrificadas. A flexibilidade é essencial para a boa forma.

— Isso não é ser flexível. Nem o Gumby consegue fazer isso.

— Balé, DNA, ginástica, prática. Como está a sua flexibilidade?

— Não como a sua. Mas eu sou do planeta Terra, o que, obviamente, não é o seu caso. O que me leva a...

— Coloca as mãos nos dedos dos pés.

— Como?

— Você consegue tocar os dedos dos pés sem dobrar os joelhos? Quero ver.

Ele se sentiu ridículo, mas, ainda culpado por observá-la, se inclinou e tocou os dedos dos pés.

— Bom. Tem potencial. Você malha?

— Bem...

— Arrá — disse ela apoiando os dois pés no chão.

— Dois filhos, cachorro, trabalho, estou comprando uma casa, dormindo em um sofá-cama.

— Ocupado. — Ela sorriu quando disse isso. — Mas todos somos, não é? Todo mundo está muito feliz por você ter comprado a casa na alameda Mountain Laurel. Assim que estiver instalado, vou elaborar algumas séries de exercícios para você. Trinta minutos por dia. Você tem pesos?

— Não, eu...

— Isso é fácil de consertar. Você precisa de um pouco de massa.

Aborrecido, ele a encarou longamente.

— Ok.

— Isso não é um insulto. É uma observação profissional. Cardio, core, treinamento de força e resistência, e flexibilidade. Todo mundo precisa disso. Você tem filhos lindos.

O aborrecimento diminuiu um pouco.

— É verdade, obrigado.

— São uma mistura sua e da Lorilee, de quem eu gostava muito. É nítido, nas poucas vezes em que vi vocês, que você é um pai incrível.

— Eles fazem tudo ficar mais fácil do que eu deixo transparecer. Para fins de sobrevivência.

— Parte de seu trabalho é se manter saudável para eles.

Ele não conseguiu conter o riso.

— Isso é jogo sujo.

— Reconheço, mas também é verdade. De qualquer forma, vou elaborar algumas séries básicas para você. E agora, o que posso fazer por você?

— Você faz isso com todo mundo? Faz o discurso da saúde e boa forma?

— Não pra todo mundo, porque nem todo mundo está pronto pra ouvir. Maya é uma das minhas melhores amigas. Eu amo Jan. Elas se preocupam com você, e você sabe disso, então não estou contando nenhum segredo aqui.

— Não, não está.

Ele queria mudar de assunto, então começou a examinar o estúdio.

— Você tem um lugar profissional aqui, mas não é intimidante. Eu teria pensado... Olha isso.

Adrian virou e viu Jasper aninhado em Sadie, com os olhos fechados.

— Acho que isso na cara dele é um sorriso de felicidade. Ela está dando uma chance pra ele. Para você também — disse ela a Raylan. — Se ela não te aprovasse, estaria bem aqui, vigiando você.

— Ainda bem que ela me aprova. Eu tenho que pedir sua permissão para uma coisa.

— Ah. Devemos nos sentar para isso?

— Talvez.

— Pode falar. — Ela gesticulou em direção ao sofá antes de encher duas garrafas da *New Gen* com água. Entregou uma a Raylan e se sentou ao lado dele. — Essa garrafa agora é sua. Vai ser útil para se manter hidratado durante o treino.

— Tá bom. Então, enfim. Estou trabalhando em uma nova *graphic novel*, com uma nova personagem.

— Eu amei a estreia da True Angel.

Ela novamente o deixou perplexo.

— Você leu?

— Claro que sim. Você não é apenas irmão da minha amiga, mas também gosto de histórias em quadrinhos.

E isso poderia — deveria — ser um ponto a seu favor.

— Esta personagem será um contraponto para Angel, primeiro como inimiga, depois uma aliada. Ela é um semidemônio.

— Como Grievous.

— Inicialmente vinculada a ele, forçada a trabalhar para ele. Ela é solitária, atormentada, dominada pela luta contra seus impulsos mais sombrios e, para completar, Angel vai ajudar a libertá-la. Ela se passa por humana, mora sozinha. Ela escreve histórias de terror, ou melhor, transforma sua experiência e história de mais de quinhentos anos em livros.

— Mal posso esperar pra ler, mas não entendo por que você precisa da minha permissão.

— Ok, bem. — Ele abriu seu caderno de desenho, e o entregou para Adrian. — Esta é ela.

— Sou eu! Essa sou, vestindo minha "calça quente".

— Sim, você estava muito quente.

Isso rendeu mais um olhar divertido.

— Obrigada, mas quis dizer que esse é o nome do modelo, por causa das chamas.

— Certo, sim, bem... Você estava vestida assim quando vim olhar a casa pela primeira vez. Estava de costas para mim, e essa personagem simplesmente surgiu na minha cabeça. A Cobalt Flame.

Fascinada, ela ergueu os olhos do desenho.

— É assim que funciona?

— Às vezes. Normalmente não. Quase nunca.

— Você tem mais desenhos? — Assim que fez a pergunta, Adrian começou a virar a página. —Ah, meu Deus, ela tá montada em um dragão! Um dragão!

— Sim. Um dragão que cospe fogo. O fogo é a sua marca. O nome dela é Vesta, a deusa romana do fogo.

— Um dragão fêmea. Melhor ainda. Eu estou ótima. Forte. Impetuosa.

— Ela continuou virando as páginas. — Uuh, malvada e violenta. Ah, atormentada também! Eu adorei!

— Mesmo? Por você tudo bem?

— Está brincando? Eu sou uma super-heroína semidemônio. Bem, primeiro uma vilã, e depois heroína. Não importa, gosto dos dois. E eu monto um dragão. Ela tem uma lança.

— Se eu usar a lança, ela vai atirar chamas.

— Uma lança que arremessa chamas. Está ficando cada vez melhor! Onde ela mora?

— Aqui. Quero dizer, em uma casa grande e antiga como esta, só que mais assustadora, mais sombria, mas imaginei que essa casa seria a base.

— Agora é o Nono que vai pirar. A casa será imortalizada, como lar e esconderijo de um semidemônio.

— Então acha que para ele tudo bem?

— Tudo bem? Ele tem o esboço que você fez dele jogando massa de pizza em um quadro no escritório.

— Verdade?

— Ele admira seu talento. Por que não admiraria?

Ele percebeu, enquanto ela continuava a examinar os esboços, o quanto isso significava para ele.

— Ela pode ter um quarto secreto, mesmo que não precise. E uma torre, talvez algumas torres pequenas. Como se você precisasse de mim para te dizer o que funciona. Qual é o nome do alter ego dela?

— Adrianna Dark, e eu já decidi que vamos ter uma torre.

— Perfeito! Raylan, estou tão lisonjeada.

— Nossa, que alívio, porque estou pronto pra trabalhar nisso e não queria ter que mudar o visual dela.

— Agora você não pode mais fazer isso, senão destruiria meu frágil ego.

— Não acho que seja muito frágil, mas não vou mudar nada.

— Posso ver algum dia? Quero dizer, durante o processo. Ou você é temperamental em relação à sua arte?

— No Brooklyn, eu trabalhava em um armazém reformado. Todo mundo via tudo. Tenho que ir — disse ele ao verificar a hora. — Tenho que pegar as crianças na casa da Maya.

Quando ele pegou o caderno de desenho e se levantou, Adrian também ficou de pé.

— Aparece uma hora dessas quando o Nono estiver aqui. Traz os seus filhos. Ele sente falta de ter crianças em casa.

— Venho sim. Vamos, Jasper.

Jasper abriu os olhos e virou a cabeça para o outro lado.

— Vamos, Romeu, ou da próxima vez que eu vier aqui não trago você.

— Sadie — chamou Adrian e a enorme cachorra se levantou e se aproximou. Com Jasper na sua cola.

— Por que não acompanhamos você até a porta?

— Isso me ajudaria. Assim não teria que arrastar ele.

Mas isso não o poupou de ter que pegar Jasper no colo para colocá-lo no carro, onde o cachorro uivou como se estivesse gravemente ferido.

— Meninas não gostam de chorões, cara. Segura a onda. — Ele acenou e foi embora.

Ao olhar pelo retrovisor, viu Adrian em sua minúscula roupa preta, e a mão na enorme cachorra. E sentiu uma atração que não sentia há muito tempo.

Reconhecendo os sinais da luxúria, ele os ignorou.

Não estou pronto para isso, disse a si mesmo. E não com uma das amigas mais antigas de sua irmã, caso ele algum dia estivesse pronto para isso novamente.

Capítulo treze

⌘ ⌘ ⌘

*U*M NOVO poema chegou em um dia escaldante de agosto com um céu salpicado de nuvens. Este trazia um carimbo postal de Wichita.

Era o terceiro do ano, e ela o leu dentro do carro no estacionamento do supermercado.

Você é raiva em minha mente, fúria em meu coração,
Por que demorei tanto tempo e mantive a separação?
Tão deliciosa é a espera de seu sangue derramar.
Eu e só eu que escolho a hora de te matar.

Mexeu com ela; sempre mexia. Ela sentou mais um minuto, na esperança de se acalmar um pouco, ouvindo uma voz cansada do lado de fora do carro argumentando com uma criança lamuriosa que eles tomariam sorvete mais tarde.

Ela seguiu o próprio protocolo, guardou o poema no envelope e, então, na bolsa. Ela faria cópias quando chegasse em casa, e as mandaria, como sempre, para a polícia, para o agente federal e para Harry.

Não daria em nada, é claro. Nunca dava em nada.

E agora a quantidade havia aumentado novamente. De um por ano durante muitos anos, para dois e agora três.

Ela sabia que o FBI arquivaria mais este, assim como ela sabia que eles desconsideravam a existência de um risco real. Poemas vagamente ameaçadores, algumas linhas, sem nunca haver uma ameaça ou ação aberta ou real.

Uma obsessão, sim, mas não passava de um covarde que infligia sofrimento mental e emocional, sem uma tentativa de dano físico.

Adrian sabia o que eles pensavam, os agentes e os policiais. Ela era uma figura pública, tinha escolhido ser. Essa escolha tinha um preço.

Sabia o que sua mãe diria — e de fato dissera. Arquive, esqueça. Adrian pegou um carrinho e entrou no ar excessivamente gelado do supermercado. Ela acessou o aplicativo da lista de compras em seu telefone e começou. E lembrou-se de agradecer por seu avô não ter insistido em vir com ela. Com ele junto, o processo demorava o dobro do tempo.

Afinal, a comida era a primeira paixão dele. E as pessoas eram a segunda. Então ele falava com todos, examinava cada pêssego com muito cuidado, procurando um vegetal que inspirasse outro prato, o que equivalia a acrescentar mais itens à lista em vez de riscá-los.

A ida semanal à feira de produtores se transformava, inevitavelmente, em uma maratona de análise de alimentos, discussões sobre comida e socialização.

Enquanto escolhia os produtos, com cuidado, mas sem a mesma intensidade, Adrian sorriu. Demorava muito mais fazer compras com Dom, mas com ele era sempre mais divertido.

Ela verificou os itens de sua lista da seção de laticínios e seguiu para outra seção.

No momento em que chegou ao corredor de cereais — o avô adorava *Wheaties* — ela estava animada. E ouviu uma voz masculina aflita.

— Vamos lá, cara, combinamos em levar *Cheerios*.

— Mas esses são magicamente deliciosos.

Ela viu Bradley segurando uma caixa de cereal enquanto a irmã executava uma pirueta pelo corredor, e Raylan parecia um homem sitiado.

— Mágico e delicioso é bom — Bradley insistiu. — Você não quer que a gente coma um bom cereal?

— Será que ele vai ser firme ou vai ceder? — Adrian se perguntou enquanto se aproximava. — Oi, seus fofos...

— Tínhamos um acordo. — Obviamente precisando de ajuda, ele apelou para Adrian. — O combinado era comprar *Cheerios*.

— Podemos misturar o magicamente delicioso com o *Cheerios*. Você diz que sempre devemos tentar um meio-termo. — Bradley se virou para Adrian.

— Ele sempre diz que temos que chegar a um meio-termo.

— Você é muito inteligente, hein? — Ela estendeu a mão para pegar o *Wheaties* para Dom.

— Você tem um monte de coisas no carrinho. Deve comer muito! — Disse Bradley

Raylan deu um leve sorriso.

— Muito inteligente, você disse?

— Como sim, e tenho que comprar um monte de coisas porque a casa vai ficar cheia de gente por alguns dias.

— A minha casa ficou cheia de gente porque fiz meu aniversário. Eu tenho 8 anos agora. O meu bolo foi do Batman.

— Eu sempre achei o Cavaleiro das Trevas magicamente delicioso.

O comentário rendeu um largo sorriso, antes que Mariah reivindicasse sua vez.

— Eu vou fazer 6 anos no mês que vem e meu bolo vai ser de bailarina. Ou de princesa. Ainda tenho que decidir.

— Por que não os dois? Uma princesa bailarina?

Os olhos da garotinha, verdes como os do pai, se iluminaram.

— Quero esse! Papai, quero um bolo de princesa bailarina.

— Anotado.

— Gostei das suas sandálias — comentou Mariah.

Adrian sorriu.

— Obrigada. Também gostei das suas e do esmalte no seu pé. Um rosa tão bonito.

— O papai pintou as unhas dos meus pés. Suas mãos e pés estão com francesinha. Combinou bem com o seu tom de pele.

— Muito obrigada. Tem certeza de que ela vai fazer 6 anos? — perguntou Adrian a Raylan.

— Cronologicamente. Em relação à moda? Uns 35 anos. Ouvi dizer que tem uma equipe chegando para fazer um novo DVD.

— É, e muitos da equipe são amigos, que ficarão hospedados em casa e terão que comer muito. Meu avô já está nas alturas.

Ela viu Bradley, calma e delicadamente, colocar a caixa de cereais magicamente deliciosos no carrinho. Adrian sorriu, lembrando-se de uma vez que Mimi "contrabandeou" biscoitos para ela.

— Como vai a casa nova?

— As minhas toalhas são cor-de-rosa. As do Bradley são vermelhas, e temos brinquedos no quintal, mas não vamos ter piscina, podemos esquecer isso. Você acha que eu tenho idade suficiente pra usar batom?

— Ué, mas você não está usando? — Adrian disse, abaixando-se um pouco para olhar mais de perto. — Eu jurava que você estava de batom, porque seus lábios estavam tão lindos, perfeitos e rosados.

— É mesmo?

— Com certeza. Você tem muita sorte de ter essa cor natural maravilhosa neles.

— Impressionante — murmurou Raylan quando ela endireitou o corpo.

— Tenho que ir. Bom ver vocês. Manda beijo, meu e da Sadie, pro Jasper.

— Venham nos visitar um dia desses. — As palavras saíram da boca de Raylan sem que ele percebesse. — Jasper está com saudades.

— E você pode conhecer o meu quarto. Tenho cortinas novas e tudo mais.

— Eu adoraria. Até mais tarde.

— Eu vi o que fez com o cereal, Bradley. Mas, dentro do espírito do meio-termo, levaremos os dois — disse Raylan sem tirar os olhos de Adrian enquanto ela se afastava.

— Como você viu?

— Porque... — Raylan se virou e respirou fundo como Darth Vader. — Bradley, eu sou seu pai.

Em casa, Adrian guardou as compras, deixou Sadie sair e fez as cópias do poema. Já que Harry e família chegariam na tarde seguinte, ela simplesmente lhe entregaria este em mãos.

Pensou em ir ao estúdio para ensaiar, então subiu as escadas para conferir, desnecessariamente, se os quartos estavam em ordem.

Ela iria à cidade comprar flores frescas pela manhã, mas por enquanto tudo parecia perfeito. O quarto em que Harry e Marshall ficariam, os quartos das duas crianças, o de Hector — que viria sozinho, já que sua namorada com que mora há um ano e meio não poderia viajar desta vez. E o de Loren.

Ela verificou os banheiros — igualmente desnecessário, mas isso lhe deu algo para fazer, algo para ajudar a manter sua mente longe dos malditos poemas. Como seu avô, ela ansiava pela casa cheia de gente. Nada era mais eficaz em tirar sua mente das preocupações do que amigos e trabalho.

Ou um bom treino suado, pensou. Estava prestes a entrar em seu quarto para se trocar quando ouviu a porta da frente abrir.

Ela foi para o topo da escada.

— Nono, você voltou cedo.

— Está tudo sob controle no restaurante. E eu queria falar com você sobre algumas coisas.

— Comprei costelas, frango — começou ela enquanto descia os degraus. — E todos os ingredientes que você pediu pro trifle de frutas.

— Não é sobre isso. — Quando ela o alcançou, ele estendeu as chaves do carro. — Estou desistindo disso aqui. Quase passei direto pela placa de pare na Woodbine, e não é a primeira vez.

— Ah, Nono. — Ela pegou as chaves e o envolveu em um abraço. — Sei que isso é difícil. Eu serei sua chofer. A qualquer hora, para qualquer lugar. Prometo.

— Tenho um monte de pessoas dispostas a carregar meu traseiro velho por aí. Você pode ser uma delas. Começando agora mesmo.

Ela inclinou a cabeça para trás.

— Aonde você quer ir?

— Tem algo que quero te mostrar, conversar com você.

— Mistério!

— Onde está nossa garota?

— Ela está lá fora.

— Vamos pegar e levar ela pra um passeio.

Eles pegaram o carro de Adrian, já que o de Dom nos últimos anos tinha sido uma picape compacta que ela sabia que ele amava. Como ele não gostava de ar-condicionado, ela abriu as janelas. Sadie, satisfeita, colocou a cabeça para fora da janela de trás.

— Vai no sentido do centro e vira à direita na rua principal.

— Entendido. Encontrei Raylan e os filhos no mercado.

— São crianças ótimas.

— São mesmo. — Ela o entreteve com a guerra dos cereais e debates sobre maquiagem ao longo do trajeto.

— Monroe trouxe aquele garotinho espoleta pra comer pizza um pouco antes de eu sair. Disse que eles estavam tendo um dia só de homens, e dando uma folga para Teesha. Vira à esquerda no semáforo. Isso, ali mesmo. — Ele gesticulou. — Estaciona bem ali.

— A velha escola.

— A velha escola fundamental, tão velha que eu estudei nela. Eles ainda usavam palmatória naquela época.

— Ai!

Com um sorriso, ele ajeitou os óculos.

— Eu disse o mesmo mais vezes do que gostaria de lembrar.

Os tijolos velhos e desgastados com pedaços de reboco faltando formavam um quadrado atarracado. O que antes era um playground se tornara uma área de concreto esburacado e mato cercados por um alambrado velho.

Algumas das janelas, quebradas ao longo dos anos pelas intempéries ou por uma pedra tacada por alguém com ótima mira, estavam cobertas com placas de compensado. As calhas, ou o que restou delas, deram vida a mais ervas daninhas.

— Tentaram fazer algumas coisas com a estrutura ao longo dos anos — disse Dom. — Foi uma loja de antiguidades por um tempo, mas acabou virando um velho mercado de pulgas empoeirado. Lembro-me de ter sido uma oficina uma vez, vendia cortadores de grama e coisas do gênero. Nada vingou.

— É muito fácil entender por quê. Está caindo aos pedaços.

— Foi abandonado, isso sim. O proprietário tinha grandes sonhos, ideias mirabolantes e não tinha dinheiro suficiente para ambos. Ele pretendia abrir um bar. Agora ele está sendo multado por risco à segurança, e estão falando em condenar a construção.

— Bem...

— Não vou deixar isso acontecer, Adrian. — O queixo de Dom ficou tenso quando fez que não com a cabeça. — Não consigo. Esse lugar tem cem anos. Tem história. Precisa ter uma finalidade novamente.

Ela entendia o sentimento, ela entendia a história. Mas.

— Você quer comprar a velha escola?

— Gostaria de sua opinião sobre isso porque o dinheiro sairia de sua herança.

— Nono, não seja bobo.

— E não é só isso, quando eu me juntar à sua avó, ele passará a ser sua responsabilidade.

— O que seria minha responsabilidade? O que tem em mente?

— Vamos dar uma olhada. Eu tenho as chaves.

— Ah, é claro, logo imaginei — murmurou Adrian. Ela pretendia deixar Sadie no carro, mas Dom já estava abrindo a porta.

— Vamos, garota. Vamos explorar.

— É seguro? Não parece muito seguro.

— Seguro o suficiente para darmos uma olhada. — Em sua bermuda cáqui e camisa de golfe azul-marinho, ele liderou o caminho pela calçada, subiu os degraus de concreto em ruínas até as portas duplas da frente. — Você tem que usar sua imaginação — alertou ele enquanto pegava as chaves.

— Aposto que sim.

O lugar cheirava mal. A primeira impressão foi de que cheirava a teias de aranha, poeira, sujeira, abandono e a camundongos e, possivelmente, ratazanas que o usavam como banheiro.

Mas o rosto de Dom se iluminou.

— Está sentindo?

— Talvez eu esteja sentindo algo subindo pela minha perna.

Ele colocou um braço em volta dos ombros dela.

— Crianças, todas as memórias das crianças, andando por aqui. Agora não sobrou muito da madeira original, o que é uma pena. Mas o idiota do dono destruiu o lugar sem pensar nisso. A fundação ainda está sólida — continuou enquanto ia andando. — O telhado não, mas vamos erguer mais um pavimento, adicionar um segundo andar.

— Vamos?

Ela observou as paredes de gesso antigas, amareladas pelo tempo, um piso laminado lascado onde alguém tentou arrancá-lo.

Dom apontou para baixo.

— Embaixo desse chão tem madeira de lei, e aposto que pode ser lixada e polida. Precisamos de encanamento novo e a parte elétrica precisa ser modernizada. O tijolo nas áreas externas precisa de limpeza, de um rejunte novo. Lá fora, temos que reformar, limpar, fazer um novo piso e, também, uma rampa de acesso para pessoas com deficiência. — Ele se virou para a neta, para tentar saber o que estava achando, mas tudo que ela via era um espaço grande, feio e fedorento com janelas quebradas e sujas. — Eu pedi para o Mark Wicker dar uma olhada, ele é um empreiteiro muito bom. Ele acha que deve levar mais de um ano e custar cerca de um milhão.

— De dólares? Um milhão de dólares? Nono, acho que você precisa se deitar. Acho que eu também.

— Talvez, mas me escuta primeiro. O preço de venda é, ou era, exorbitante. Eu fiz uma contraoferta, ele fez outra. Eu desisti porque ele precisa vender e está vivendo em um ganancioso mundo de sonhos. Hoje, ele pôs os pés no chão, então eu disse que falaria com minha sócia e depois lhe daria retorno.

— Sou sua sócia?

— Você é meu tudo.

Caramba. Ele queria muito isso, seja lá o que fosse.

— Vamos sair, porque não quero pensar no que estamos respirando agora. E você pode me dizer o que quer fazer por um milhão, meu Deus, só de pensar fico sem fôlego. Um milhão de dólares.

Ele saiu com ela e trancou a porta novamente. Então, pegou a mão da neta e contornou a cerca caída.

— Ralei meus joelhos aí, mais de uma vez. Brinquei de pega-pega, de bola e de bobinho. — Ela se recostou nele. — Não tinha tanta gente na cidade naquela época, nem tantas crianças. E muitas delas moravam em fazendas. Agora é diferente. A cidade cresceu. É uma boa cidade. Mas você sabe o que ela não tem, Adrian?

— O quê?

— Um lugar para essas crianças. Um lugar para irem depois da escola, durante o verão. Um lugar onde possam jogar bola ou pingue-pongue, ou videogames, talvez até estudar ou só passar o tempo em um lugar seguro. Muitos pais que trabalham, muitas crianças que passam o dia sozinhas em casa. É assim que funciona.

— Você quer construir um centro juvenil.

— Talvez pudéssemos oferecer alguns cursos. De música ou de arte. Algumas atividades, uma estrutura. — Ele sorriu para ela. — Lanches saudáveis.

— Agora você está tentando me bajular.

— Só um pouquinho. Serviços pós-escola, algumas aulas de ginástica.

— Mais bajulação — retrucou ela, passando o braço pela cintura dele.

— Sophia e eu conversamos sobre esse lugar mais de uma vez. Mas nós não tínhamos como comprar, até agora. Talvez ainda esteja fora do nosso alcance, mas...

— Nada está fora de alcance se continuar tentando. É um pouco assustador, não vou mentir. Mas se eu fechar os olhos e jogar fora todo o meu bom senso, quase posso ver.

E ele queria isso. Nada mais importava.

Ela deu um passo para trás e estendeu a mão.

— Vamos fazer isso, parceiro.

Ele pegou a mão dela e apertou.

— *Gioia mia*. Você me deixa tão orgulhoso.

Poucas coisas na vida deixavam Dom mais feliz do que cozinhar para uma multidão, a não ser o som e a agitação de crianças em sua casa.

Com os amigos de Adrian, ele conseguiu as duas coisas.

Ele marinou quilos de grossas costelas de porco em um molho picante que ele mesmo havia preparado, assou vegetais da própria horta, fez uma massa fria, colorida como um arco-íris, com azeitonas graúdas, tomates-cereja e tiras finas de abobrinha. E focaccia.

A sobremesa foi um bolo recheado com um delicioso creme e morangos. Os gemidos dos convidados satisfeitos, a tagarelice das crianças, a bagunça gerada por uma refeição complicada perfeitamente preparada lhe traziam uma alegria profunda.

Ele adorava ver Adrian com os amigos da época de colégio. E ver Harry, quase um pai para sua menina, com a família que formou.

Gerações à mesa compunham uma família, criavam um lar.

Comendo um pedaço de bolo e tomando um cappuccino, ele recorreu a Hunter, o filho mais velho de Harry.

— Me diz o que você mais gostaria de ter em um centro juvenil.

— Piscina — disparou Hunter, com seus olhos escuros de cigano, concentrado em sua fatia de bolo. — Meus pais falam... — Ele ergueu o polegar e depois o apontou para baixo.

— Passeio a cavalo e um estábulo — retrucou Cybill, a irmã mais nova de Hunter, pegando mais recheio de creme.

— E você, Phineas?

— Um planetário.

Dom assentiu com seriedade, então olhou para Adrian.

— Vamos precisar de um prédio maior.

— Eu tenho umas ideias. Que tal jogos? Jogos de tabuleiro, videogames, quadra de basquete. Artes e artesanato, aulas de música... estou pensando que você podia ajudar a gente nisso, Monroe.

Hunter sacudiu o garfo para ele.

— Você sabe tocar violão?

— Sei. Você gosta de violão?

— Gosto. Então, se eu ganhar um de Natal, você pode me ensinar algumas coisas quando a gente visitar?

— Claro. Talvez você possa passar um tempo na minha casa amanhã, e eu te mostro alguns truques.

— É sério? Maneiro!

— Seu pai Harry tem que trabalhar aqui amanhã. — Phineas olhou para Harry como se fosse um experimento. — Então seu pai Marshall pode trazer você. Você também pode vir — disse ele graciosamente para Cybill.

— Eu vou ganhar um telescópio de Natal.

— É mesmo? — Monroe perguntou antes de dar um gole em seu cappuccino.

— Aham, porque vou ser um astrônomo/astronauta e descobrir vida em outro planeta. Porque eu sei que existe.

— Ele não puxou a mim — Monroe disse à esposa. — Não mesmo.

— Bem, matemática e logicamente, ele tem razão. Em algum lugar existe! Agora Monroe sacudia o garfo para Teesha.

— Viram só? Dom, Adrian, que almoço incrível. Estou oferecendo o serviço de todos os demais para arrumar a cozinha.

— Pode me incluir nessa. Na verdade, se eu não me mexer, posso me enraizar nesta cadeira. — Hector, com seus óculos de tartaruga e espesso rabo de cavalo, se levantou. — Eu sempre acho que Sylvie e eu somos cozinheiros decentes até comer aqui. Não chegamos nem aos pés.

— Que pena que ela não pôde vir. — Loren se levantou para ajudar a recolher os pratos. Ele domou o cabelo vermelho flamejante em um corte à escovinha e, na mente de Adrian, conseguia parecer um advogado mesmo vestindo jeans e camiseta.

— Ela queria muito vir, mas está muito ocupada empacotando as coisas, já que vamos nos mudar para Nova York.

Apesar do barrigão, Teesha se levantou da cadeira.

— O quê?

— Pois é, achei que não podia deixar escapar. — Ele sorriu, deu de ombros. — Ela recebeu uma ótima oferta de trabalho, então fiz algumas sondagens por conta própria. É em Nova York, então meu pai está muito feliz. Principalmente porque pedi a Sylvie em casamento.

Loren deu um soco no braço dele.

— E você não conta pra gente?

— Estou contando agora? Achei que você me daria uma carona para olhar alguns lugares, e voar para a casa de lá.

— Viagem de carro!

Adrian se levantou para abraçá-lo.

— É uma excelente notícia. Precisamos abrir um champanhe.

— Mas primeiro os pratos.

Harry esperou até que terminassem de lavar os pratos e enquanto seus filhos terminavam o bolo com a supervisão de Marshall. Ele agarrou a mão de Adrian.

— Vamos dar uma andada?

— Claro. Eu ia descer e verificar os arranjos para amanhã.

— Hector cuida disso. — Ele a puxou em direção à frente da casa.

— Alguma coisa errada? Está tudo bem com você, com a minha mãe?

— Estou bem, ela está bem. Ela vai voltar para Nova York em alguns dias. E quer falar com você sobre outra produção mãe e filha. Provavelmente durante o inverno.

— Vai ter que ser aqui. Não quero deixar o Nono. Além do mais, ela deveria vir visitar.

Harry e Adrian saíram para a varanda da frente.

— É uma vista sensacional. Mesmo um urbano de carteirinha como eu é capaz de apreciar. Dom está eufórico com o projeto do centro juvenil.

— Nossa, como está. Vamos colocar a mão na massa assim que a produção desse DVD estiver encaminhada. Assinamos o contrato, mas só depois que Teesha conseguiu fazer o vendedor reduzir mais US$ 12 mil do valor.

— Ela é maravilhosa.

— Ela é. — Adrian observou Harry enquanto andavam. Esguio, elegante e bonito como sempre. Talvez com uma pitada a mais de prateado em seus cabelos.

— O que você quer me falar de verdade, Harry?

— Estou me perguntando por que você não contou pro Dom, nem para os outros, sobre o último poema.

— Quem disse que eu não contei?

— Eu, Ads, porque te conheço. Vamos caminhar e curtir o final deste longo dia de verão enquanto você me diz por quê.

— Para que, Harry? Qual o sentido de o Nono saber de uma coisa dessas? É como você me falou, ele está empolgado agora. Por que eu falaria algo tão perturbador sobre o qual ele não pode fazer nada? Ele tem 94 anos, Harry.

— E os outros?

Ela soltou um suspiro longo e impaciente.

— Tenho sorte de ver Hector e Loren pessoalmente duas vezes por ano, e, aliás, o que eles poderiam fazer a respeito? Teesha está grávida, então, repito, para quê? Isso vem acontecendo há anos.

— Tem se agravado. Você e eu sabemos disso.

— E, obedientemente, eu registro todas as ocorrências. Sim, está aumentando e isso me preocupa. É perturbador e desesperador, o que deve ser exatamente o que essa pessoa deseja. Mas nada aconteceu, nenhum telefonema estranho, vandalismo nem tentativa de arrombamento. Nada mais pessoal, apenas poemas desagradáveis.

— Já foram três este ano. Sei que você tem um sistema de alarme e uma cachorra enorme, mas aqui ainda é muito isolado, Adrian. Acho que já está na hora de você pensar em ter proteção pessoal.

Atônita, ela parou.

— Você quer que eu tenha uma arma?

Igualmente atordoado, ele parou de repente ao lado dela.

— Não! Credo, não. Muito extremo e muito errado. Mas você pode contratar um guarda-costas.

Ela riu.

— Ah, qual é, Harry.

— Estou falando sério! Lina tem segurança nos eventos, e ela nunca teve esse tipo de ameaça contínua. É uma questão de bom senso.

— Não estou participando de eventos externos — Adrian o lembrou — porque, como eu disse, Nono tem 94 anos. E, desde que tomei essa decisão, aprendi o quanto gosto de trabalhar em casa, o quanto posso fazer, quantas pessoas sou capaz de alcançar desse jeito.

— Eu entendo, mas um segurança presente, um segurança humano, experiente, acrescentaria outra forma de proteção.

— E iria acabar com a minha privacidade e a de Nono. A polícia está a cinco minutos de distância. Quem está fazendo isso teve anos para fazer algo mais ameaçador ou violento. É perseguição psicológica.

— E os perseguidores costumam colocar a obsessão em prática.

Ele com certeza não estava fazendo com que ela se sentisse melhor, pensou. Mas, na verdade, esse era exatamente o objetivo dele.

— Não estou menosprezando nada disso. Nem consigo. Mas se considerarmos o pior cenário e alguém tentar me machucar, sou forte, sou ágil, sou rápida. Não sou indefesa, Harry.

— Você nunca foi.

— Odeio que você esteja tão preocupado, mas o fato de estar aflito apenas reforça minha decisão de não contar nada para o Nono. Farei um curso de autodefesa.

Harry revirou os olhos.

— Onde?

— On-line. Dá para aprender qualquer coisa on-line, se estiver determinado o bastante. E eu estou determinada. Será mais uma camada de proteção.

— Tudo bem. Eu sabia que isso não funcionaria, mas eu tinha que tentar.

— E eu amo você por isso, mas, né, amo você de qualquer jeito. Vou pesquisar cursos, e escolher um na semana que vem. E sendo a competidora orientada a metas que sou, vou me formar como a primeira da classe.

— Não me surpreenderia.

— E quer saber? Quando eu aprender o suficiente, pode render um bom vídeo para o blog, ou até mesmo um novo segmento.

— E isso — disse ele enquanto voltavam para a casa —, você puxou da Lina. Embora isso a irritasse, ela encolheu os ombros.

— Pode ser. Um pouco.

— Ela se fez sozinha, Adrian, e você também. Um dos motivos para isso é que, quando uma de vocês vê um obstáculo, vocês não fogem dele, mas, sim, usam ele a seu favor.

— Às vezes me pergunto se era isso que eu era. Um obstáculo.

— Não. — Ele colocou um braço nos ombros dela. — Você nunca foi isso para ela, acredite. Você foi uma escolha.

Talvez, pensou ela novamente. Mas ela nunca descobriu por que sua mãe fez essa escolha.

Capítulo quatorze

⌘ ⌘ ⌘

ADRIAN REALMENTE enviou um vídeo de fitness personalizado para Raylan. Ele o achou curto, imprevisível e não muito sutil.

Ele supôs que deveria sentir... o que, exatamente, por ela ter se dado ao trabalho de preparar um programa de um mês? Sete dias por semana — sério? — durante quatro semanas. Incluindo aquecimento e relaxamento. Todo santo dia.

Ele assistiu ao primeiro vídeo em seu laptop, de pé na cozinha enquanto preparava asinhas de frango congeladas e bolinho de batata rosti (ele havia tido um longo dia; além disso, cozinhou brócolis para compensar) e as crianças corriam pelo quintal com o cachorro — ensandecidos.

Cardio, aula um. Ela demonstrou uma corrida no lugar com joelhos altos e instruiu-o a repetir o movimento por trinta segundos antes de passar direto para polichinelos, afundos para a frente, afundos para trás, agachamentos, burpees e assim por diante. Em seguida, ela, sem nem mesmo alterar a respiração, instruiu-o a repetir tudo isso duas vezes antes de uma pausa de trinta segundos para beber água. Depois passou para escada de agilidade, escalador em pé e outras torturas. Um festival de suor de trinta minutos.

Bastava repetir uma vez por semana, e ela garantiu que ele progrediria para intervalos de quarenta segundos até o final da quarta semana.

Raylan também tinha a opção — altamente recomendada — de adicionar uma série de core de dez minutos todos os dias.

— Claro, por que não? O que não falta para mim é tempo.

Enquanto pegava os brócolis, deixou o vídeo rolando e ela passou para o treinamento de força, aula dois. Era surpreendente, pensou enquanto picava os brócolis, como a voz dela soava tranquilizadora enquanto submetia os incautos a roscas de bíceps, desenvolvimento de ombros, peitorais, remadas e extensões de tríceps.

Talvez achasse fascinante observar os músculos dela trabalhando — e usaria isso para sua arte —, mas ele não tinha halteres.

Ele andava muito ocupado.

O terceiro dia era de core, e isso pareceu doloroso.

Apesar da voz e dos fascinantes músculos de Adrian, Raylan desligou o vídeo.

Pôs os brócolis no vapor e pegou os pratos. E se lembrou, tardiamente, das roupas que jogara na máquina naquela manhã antes de saírem para a última maratona de compras para a volta às aulas.

Ele acionou o modo secadora na máquina de lavar e se perguntou por que não tinha pedido pizza. Então lembrou-se de que tinha feito exatamente isso na noite anterior, depois da primeira etapa da maratona de compras.

Mas as crianças agora tinham sapatos novos e roupas de outono, mochilas e lancheiras novas, fichários, pastas e lápis novos com borrachas imaculadas.

Cada um dos malditos itens da lista e muito mais.

E com o entusiasmo do novo, dos novos começos, eles o ajudaram a organizar tudo. Então, agora as mochilas — as lancheiras não, que ele só abasteceria de manhã — estavam prontas e penduradas nos ganchos do hall de serviço.

Tudo certo, pensou, já que o grande ônibus amarelo chegaria às 7h20 para o primeiro dia de aula.

Ele era um péssimo pai por sentir um certo alívio e alegria à espera desse momento? Não, não era, assegurou a si mesmo. Era realista. Só de pensar em ficar horas com a casa só para si, em sossego, sem interrupções... Pura felicidade. O tipo de felicidade que vem acompanhada de uma lágrima rolando pela face.

Ele verificou o jantar, estimou que levaria mais uns cinco minutos, então foi até a porta para chamar as crianças.

E apenas ficou parado, observando-as.

Mariah usava seus movimentos de dança contra o guerreiro ninja de Bradley enquanto Jasper corria com uma bola de tênis amarela na boca.

O short cor-de-rosa de Mariah estava sujo de grama. Os cadarços dos velhos Converse Chuck Taylor de Bradley se desfizeram novamente e estavam encardidos.

Ele os amava tanto que doía.

Raylan abriu a porta para o calor e a umidade sufocantes que deixaram os dois filhos brilhando de suor.

Ele os chamou para jantar, primeiro como uma pessoa civilizada, mas diante da desobediência, teve que ser mais enérgico.

Pegou a mangueira do quintal, abriu no máximo e encharcou as crianças. Elas gritaram, dançaram, fugiram e voltaram para mais.

— Pai! — gritou Mariah tentando fugir do esguicho, mas seu rosto, assim como o de Bradley, resplandecia de alegria.

— Fora, seus invasores de quintal. Minha mangueira poderosa derrotará vocês!

— Nunca! — retrucou Bradley, fazendo movimentos de natação exagerados quando o jato d'água o atingiu na barriga.

Apreciando a criatividade e o trabalho em equipe, quando Mariah se juntou a ele no ataque, Raylan os deixou derrubá-lo.

A mangueira caiu na grama e Jasper, feliz, lambeu a água que jorrava enquanto Raylan lutava com as crianças.

Encharcado como os dois pequenos, ele caiu de costas, com uma criança presa em cada braço. Porque a porta dos fundos tinha ficado aberta, ele ouviu o bipe do cronômetro do forno.

— O jantar tá pronto.

De manhã, ele tirou fotos das crianças com os rostos radiantes, mochilas e sapatos novos. Observou enquanto desapareciam para dentro do ônibus escolar e sentiu um aperto no coração.

Não durou muito, mas ele sentiu. Depois, virou para o cachorro e anunciou.

— Somos só eu e você, camarada. Que tal você lavar a louça do café da manhã enquanto eu trabalho? Não? Não é assim que funciona?

Ele arrumou a cozinha e ouviu o silêncio. Sim, era uma felicidade, mas pensou nas duas crianças. Os novos alunos na escola. Eles fizeram amigos durante o verão, mas, ainda assim, seriam os novatos.

Quando voltassem para casa, teriam muitas histórias para contar — e muitos formulários para ele preencher. Portanto, seria melhor aproveitar o silêncio enquanto durasse.

Em seu escritório, Raylan se sentou à sua mesa de desenho enquanto, atrás dele, Jasper subia sorrateiramente no sofá que chamava de cantinho da reflexão.

Ele havia terminado seu roteiro, editado, mexido, refinado. Poderia e provavelmente mudaria um detalhe aqui e outro ali ao longo do processo, mas achou que fizera um bom trabalho.

Já havia conseguido um bom começo com os esboços de painéis, e agora estudava a página dupla completa em seu quadro. Os balões de pensamento e diálogo já estavam nos devidos lugares, bem como o letreiramento dos textos adicionais. Pegando agora um lápis azul, preencheu mais detalhes dos personagens, do fundo. Com outras cores destacou alguns detalhes, acrescentou sombreamento e luz.

De vez em quando, verificava os esboços pregados em seu quadro em busca de perfis, características faciais, tipos de corpo.

Seu vilão tinha uma constituição esguia, quase franzina, e um rosto artístico, romântico e poético, com cabelos dourados ondulados até os ombros.

Apenas uma fina camada para encobrir um mal monstruoso.

Raylan inclinou ligeiramente os olhos do vilão, quase como os de uma fada. Seriam azuis cristalinos, até que ele se alimentasse. Quando o fizesse, surgiria o vermelho sangue do demônio.

Satisfeito, ele passou para a próxima página espelhada, para os próximos painéis, consultando o roteiro e o modelo para o layout. Assim que mediu e marcou os painéis, Jasper deslizou para fora do sofá, abanando o rabo para sair.

Raylan o deixou sair e depois pegou uma Coca-Cola.

Ele começou, como sempre, com os balões. Não fazia sentido desenhar algo que eles cobririam. Mais texto do que diálogo nesta página, pensou, em que Adrianna perambulava pela casa, lutando para resistir ao chamado de Grievous. Em seguida, um painel de página inteira dela se rendendo a ele para se tornar Cobalt Flame, com uma lança na mão e tristeza nos olhos.

Sim, ele tinha que admitir. Ela era sexy.

Enquanto os tons de azul ganhavam forma, ele construiu a casa dela, mais uma vez recorrendo aos esboços e aos painéis anteriores para obter detalhes.

A torre, onde se via a vilã em frente à janela comprida, observava a noite. Solitária, ele pensou. Confusa. Assombrada. Atormentada.

Quem não ama um herói com essas características?

Maçãs do rosto bem marcadas; não angulosas como a de seu mestre, mas fortes e definidas. Ele teria que fazer experiências com as tintas para obter o tom certo de dourado, marrom esverdeado. Mas, por enquanto, daria forma, expressão, faria a composição.

Ele acabara de começar o longo painel, da transformação, quando ouviu Jasper uivar como um louco.

Raylan largou tudo e correu para a porta dos fundos. Quando não viu Jasper, seu coração disparou, mas os uivos ecoaram de novo.

Ao seguir o barulho, ele viu o cachorro, com as patas dianteiras plantadas no topo da cerca, o rabo abanando loucamente, a cabeça jogada para trás em um novo uivo.

Ele não tinha ouvido o carro estacionar, mas agora podia ver Adrian tirando uma bolsa de ginástica e o que parecia ser uma bolsa de yoga do carro dela, enquanto Sadie aguardava sentada pacientemente.

Ela colocou a alça de cada bolsa em um ombro antes de avistar Raylan.

— Desculpa o barulho. Posso deixar ela com ele por alguns minutos, se não tiver problema.

— Claro, por favor. Jasper, você é uma vergonha para o seu gênero. E você sabe que ele é... — Ele fez gestos imitando uma tesoura.

— O amor nem sempre tem a ver com sexo, sexo nem sempre tem a ver com amor. — Dizendo isso, Adrian caminhou até o portão. — Vai, Sadie, dá uma chance para o rapaz. Eu trouxe algumas coisas para você.

Pensando no vídeo de tortura personalizado, Raylan olhou para ela com cautela enquanto Adrian passava pelo portão com Sadie.

— Você me trouxe algumas coisas?

— Tem mais no carro, mas preciso de ajuda.

Jasper correu ao redor de Sadie, rolou na grama, saltou no ar. E Adrian sorriu ao entregar a Raylan a bolsa preta de yoga.

— Como vai o primeiro dia de aula por aqui?

— Tudo bem até agora, mas agora estou começando a me preocupar.

Ela passou a bolsa de ginástica para ele, que se revelou mais pesada do que parecia.

— Tapete, blocos e correias de yoga, faixas de exercícios, caneleiras.

— Ah, você não precisava se incomodar.

— Para que servem os amigos? Você recebeu os vídeos?

— Recebi. É, mas as coisas...

Ela abriu um sorriso radiante.

— Já sei, ocupado, ocupado.

Ela irradiava compreensão com um toque de divertimento. Mas ele não acreditou na atuação dela nem por um minuto.

— Por que não levamos isso para dentro, então voltamos para pegar os halteres? Posso te ajudar a levar eles lá pra baixo, presumindo que seja o melhor lugar para você. Aí te deixo em paz para voltar para sua vida ocupada.

O que, ele se perguntou, estava acontecendo?

— Halteres? Você me trouxe halteres?

— E um mês de acesso de cortesia para você assistir ao meu canal no *Work Out Now* ponto com quando estiver pronto. — Ela se esgueirou até a cozinha ao lado dele. Sorrateira como uma cobra na grama. — Nossa, Raylan, a casa está ótima. Parece feliz. Organizada e feliz — acrescentou ela. — O calendário de horários, o quadro com desenhos infantis e fotos instantâneas. Ela se virou para ele. — Posso ser um pé no saco e...

— É, tô vendo.

Ela apenas riu, jogou todo aquele cabelo para trás.

— Não posso negar. Mas você disse que eu poderia passar algum dia e ver o seu trabalho. Já fez mais alguma coisa com o novo personagem?

— Sim, está avançando. — Sem saída, ele colocou as sacolas na ilha da cozinha. — Meu escritório é por aqui. — Ele foi na frente; contornou a ilha e atravessou as portas de painéis de vidro abertas.

Adrian parou na porta.

— Nossa, que maravilha! Todos esses desenhos. E tem uma luz tão boa, acho que isso é importante. E, de novo, tão organizado, com todos os lápis e pincéis e uma prancheta de desenho de verdade. Acho que pensei que fazia tudo no computador.

— Alguns até eu faço. Às vezes eu faço. Mas prefiro à moda antiga.

— Isto é ser à moda antiga? — Ela se aproximou do quadro e da página dupla pendurada nele. — A casa, eu adorei. Parece a minha casa com um toque de *Os Fantasmas se Divertem*.

O comentário não só o fez abrir um enorme sorriso, como encheu seu coração de orgulho.

— É, acho que sim.

— E ela parece assim... tão triste, tão sozinha. Isso faz dela empática, então, mesmo se... ou melhor, quando ela fizer coisas terríveis, o leitor sentirá empatia. E essa parte, você está desenhando o corpo inteiro dela, bem grande, em movimento.

— É a transição dela, sim.

— Você estudou anatomia?

— Bem, sim, na faculdade. Tenho que saber como tudo se conecta para que ganhem vida no papel. A musculatura, a coluna vertebral, a caixa torácica.

— Uma coisa que temos em comum. Não dá para ensinar fitness, não da maneira certa, com segurança, a menos que saiba como as coisas se conectam e reagem. Adorei como você organiza seu trabalho, e o seu lar feliz, e um dia também adoraria que me explicasse todo esse processo. Mas você está trabalhando e eu tenho que voltar para casa. Vamos buscar os pesos.

— Como você sabia que eu ainda não tinha comprado pesos?

— Perguntei pra Jan.

— Traído pela minha própria mãe.

Demorou meia hora, e Raylan considerou que já havia malhado exaustivamente por um dia. No momento em que carregou o último par de halteres — de absurdos quinze quilos cada — ela montou o rack de duas prateleiras, e o preencheu todo, exceto os dois últimos suportes.

O espaço ainda sem uma configuração agora parecia um pouco assustador.

— Você vai precisar de um banco de exercícios.

— Para.

— Você vai ver. — Ela fez um gesto com as mãos. — Que bom que já tem piso de madeira firme, e a iluminação não é ruim. O espaço é mais do que bom.

Ela estava de pé com suas longas pernas à mostra nos shorts de corrida pretos com debrum em um tom de azul vivo. Para combinar, presumiu ele, uma regata em azul vibrante que exibia os braços longos e tonificados.

Os tênis também combinavam. O mesmo tom de azul com o discreto logotipo NG — *New Generation* — em preto.

Mariah aprovaria, pensou ele.

— Você não vai gostar muito no começo — avisou Adrian enquanto examinava o espaço. — Mas no final da segunda semana, já vai dar pra ver os benefícios. Você vai dormir melhor, se sentir melhor. E na terceira semana, já terá criado o hábito. Vai vir aqui para se exercitar, do mesmo jeito que você toma banho, escova os dentes. Só mais uma parte do seu dia.

— Se é o que você diz.

— Sim, é o que eu sei. Só cuidado; se algo doer, dá uma parada. Se for só desconfortável, vai fundo. Mas a dor significa que você tem que parar.

— Mas já está doendo!

— Não seja molenga, Wells. — Ela cutucou o peito dele e depois se virou para subir as escadas.

Ele prestou atenção porque precisava daquela visão traseira para os desenhos.

— Ah, você tem liquidificador?

Raylan ficou com um pouco de receio de responder.

— Tenho.

— Ótimo. Tem uma amostra do nosso smoothie de superalimentos na sacola e algumas sugestões pra outras bebidas saudáveis caseiras.

— Vai embora da minha casa.

— Eu vou e vou levar a namorada do seu cachorro comigo.

Quando Adrian saiu da casa, viu Sadie deitada na grama com as muitas ofertas de Jasper à sua frente. Gravetos, duas bolas, um osso de couro cru meio mastigado, uma corda de puxar esfarrapada e um gatinho de pelúcia.

— Meu Deus, isso é tão fofo. Uma hora ela vai ceder — previu Adrian. — Como ela consegue resistir a todo esse amor? Sabe, você poderia deixar o Jasper comigo algum dia. Deixa eles passarem um tempo juntos enquanto você trabalha.

— Você também trabalha.

— É, mas o quintal é grande, a casa é grande e o Nono vai adorar.

— Tudo bem, claro.

— Ótimo. Vamos, Sadie. Diga às crianças que mandei um oi.

— Pode deixar.

Ela acariciou o agora abatido Jasper enquanto se encaminhava para o portão.

— Vou agradecer pelas coisas, mas não estou sendo totalmente sincero.

Ela jogou todo aquele cabelo de novo.

— Mas será.

Para evitar mais uivos, Raylan subornou Jasper com um petisco. Ele o levou de volta para a casa e ficou parado, balançando a cabeça, em negativa.

— Eu entendo que você sinta tudo isso por aquela garota grande e linda. Mas não parece certo para mim, lá no fundo, deixar isso, seja lá o que for, aflorar em relação à linda e esguia rainha do fitness. E não sei o que diabos fazer com isso.

Como ainda não tinha almoçado, comeu um pedaço de frango que havia sobrado do jantar e voltou ao trabalho.

O VERÃO PERMANECEU inclemente até o outono em setembro. As piscinas nos quintais permaneceram abertas, os jardins floresceram e os aparelhos de ar-condicionado continuaram a trabalhar a todo vapor. Veranistas trouxeram boias, botes e caiaques para o riacho que dava nome à cidade para se refrescar em passeios preguiçosos sob a sombra das enormes árvores que permaneciam teimosamente verdes.

Em outubro, como um estalar de dedos, o verão se foi. O outono trouxe brisas frescas, pintou as árvores com cores vivas, vibrantes, que atraíram amantes de caminhadas e ciclistas e enviou os gansos canadenses grasnando em direção ao norte.

Adrian parou o carro no estacionamento do Rizzo's no que ela considerou um dia de outono perfeito, as árvores com cores impressionantes contra um céu de um azul intenso.

A brisa fresca de outono soprava algumas das folhas coloridas, que dançavam e rodopiavam como ginastas em miniatura.

Depois que ela e Dom desceram do carro, Adrian abriu a porta traseira para prender a guia em Sadie.

— Não trabalha demais, Nono.

— Nem você. Barry vai me levar para casa antes da hora do jantar. Que tal eu levar um pouco de manicotti?

— Quem poderia recusar uma oferta dessas? — Ela beijou a bochecha de Dom e ficou um minuto a mais até vê-lo entrar pela porta dos fundos.

Seria seu primeiro dia inteiro de volta ao restaurante depois que um resfriado de fim de verão o deixou de molho por alguns dias. Provavelmente, pensou ela enquanto caminhava com Sadie em direção aos correios, porque ele, ou melhor, eles, corrigiu ela, tinham se ocupado demais em reuniões com o arquiteto, o engenheiro, o empreiteiro e o planejador urbano.

Valeu a pena, agora que ele estava totalmente recuperado, pensou, e, se tudo corresse como planejado, o trabalho no centro juvenil em breve estaria a toda.

Ela começou a amarrar a guia de Sadie no bicicletário do lado de fora da agência dos correios quando ouviu um uivo desesperado.

— Oh-oh, parece que seu namorado está por perto. Deixa eu pegar a correspondência e a gente vai até lá para dar pra ele um momento de felicidade.

Sadie se sentou, sempre obediente, mas lançou os lindos olhos na direção dos uivos. E Adrian os viu irradiando desejo.

Ela, como previsto, cedera aos encantos de Jasper.

— Cinco minutos — prometeu Adrian, e entrou no prédio.

Ela viu Raylan com uma caixa enorme no balcão conversando com a agente dos correios. Adrian o examinou de cima a baixo e acenou com a cabeça. Elegante e esguio, mas não estava mais tão magro. Em sua análise crítica, estava no caminho certo para parecer em forma em seus jeans e moletom com capuz.

O verão, como ela havia notado antes, iluminara seus cabelos com mechas douradas.

Sentiu uma pontada do mesmo desejo de Sadie, mas o reprimiu, e enfiou a cabeça pelo vão da porta.

— Oi, Sra. Grimes. Ei, Raylan, ouvi o Jasper cantando a canção do amor quando amarrei Sadie lá fora.

— É melhor eu sair antes que ele coma a porta do carro para sair.

— Se você tiver tempo, a gente podia levar eles até o parque, ao longo do riacho. — Onde ela planejava correr com Sadie de qualquer maneira.

— Claro. Boa ideia. Obrigado, Sra. Grimes.

— Não se preocupa. Enviaremos isso para Nova York para você. Como está bonita hoje, Adrian!

— Obrigada. Estou testando nosso novo modelo de leggings de corrida.

— Minha neta adora sua marca. Ela usa suas roupas todos os dias para treinar. Ela pratica *cross country* — disse ela a Raylan. — Na equipe da universidade. Vamos levar o Estadual de novo este ano. Pode acreditar.

— Que tamanho ela usa? — perguntou Adrian.

— Magra como uma vareta, pernas longas, como você. Ela usa tamanho 36. Nunca consegui vestir nem minha perna esquerda em uma calça 36, nem na idade dela.

— Cor favorita?

— Ela adora roxo.

— Vou trazer um par da nova marca, para ela ver se gosta.

— Ah, Adrian, não precisa fazer isso.

— Vai ser bom pra corrida dela e pra minha propaganda.

— Ela vai amar!

— Quero a opinião honesta dela. Só vim buscar a correspondência na minha caixa postal.

— Tenham um bom dia, vocês dois. E boa diversão pros cachorros, tão fofos.

Raylan saiu enquanto Adrian puxava a chave da caixa postal de um dos pequenos bolsos laterais da legging.

— Sua cor favorita é verde?

— Sim, como você... Ah, a legging. Estamos chamando esta cor da calça e do moletom de Sombras da Floresta e a da blusa, de Explosão Grafite. — Ela lhe lançou um leve sorriso ao colocar a chave na fechadura. — Também fazemos leggings de corrida masculinas.

— Não. Nunca. Prefiro a morte.

Ela abriu a caixa e começou a pegar a pilha de cartas. Raylan viu a mão dela paralisar, o punho cerrado. Percebeu a mudança no rosto dela. O semblante descontraído se transformar em apreensão. E viu medo antes de ela pegar a correspondência e colocá-la na bolsa transversal.

— Bem, foi bom te ver. Tenho que ir.

Ele segurou o braço dela antes que ela pudesse fugir.

— O que há de errado? O que tem aí?

— Não é nada. Eu devia...

— Me diz o que te deixou tão abalada — interrompeu ele, levando-a para fora. — Oi, Sadie. — Antes que Adrian pudesse fazer isso sozinha, ele desamarrou a coleira da cachorra. — Não é da minha conta, você deve estar pensando. — Sadie o puxou, o mais educadamente possível, em direção aos lamuriosos gemidos que vinham da janela aberta do carro. — E tem razão. Mas também não era da conta de ninguém levar uma tonelada de halteres para minha casa.

Jasper agora estava latindo, um latido emocionado conforme eles se aproximaram do carro. Ainda lá dentro, ele saltava como se fosse de molas.

Raylan devolveu a guia a Adrian e deu a volta para o lado do passageiro a fim de pegar a guia sobressalente no porta-luvas.

Ele tentou agarrar o cachorro desesperado antes que Jasper se libertasse para correr de encontro ao seu amor.

Os cães se cumprimentaram como se ambos tivessem partido para a guerra em continentes diferentes. Quando Raylan, enfim, conseguiu prender a guia na coleira de Jasper, ele se endireitou e passou a mão pelos cabelos agora totalmente despenteados.

— Vamos levar os cachorros para um passeio de namorados e você vai me contar.

— E as pessoas me dizem que sou insistente.

— E você é.

— Você também não é moleza — retrucou ela, mas foi andando com ele, pois os cachorros não lhe deram muita escolha.

— Não quando é importante.

Por acordo tácito, eles pegaram a rua lateral em vez da principal, e ele deu a ela um tempo para se acalmar. Ela precisava; dava para ver. Ele conhecia rostos, expressões, linguagem corporal. Era importante em seu trabalho.

E a Adrian Rizzo de sempre, confiante e direta, estava abalada, assustada e em silêncio.

Ele esperou até que passassem pelas casas, fundos de empresas e chegassem ao lindo parque verde onde o riacho serpenteava sob a primeira ponte de pedra.

— Você recebeu algo pelo correio — iniciou Raylan.

— Aham.

— De quem?

— Não sei, e isso é parte do problema.

Eles pegaram a trilha de caminhada ao longo do riacho, em uma parte em que ele corria lento e sereno. Além do parque, ela sabia, ele se alargava e começava a formar corredeiras. Além da cidade onde os sopés começavam a se elevar, mais acidentados, mais íngremes, onde os penhascos se projetavam, a água acelerava o ritmo.

Mais entranhada nas colinas, a água corria agitada. As águas se avolumavam com as chuvas da primavera, nas tempestades repentinas de verão e transbordavam inundando suas margens.

Com muito frequência, até demais na opinião de Adrian, o que parecia inocente, inofensivo, podia se tornar mortal.

— Preciso pedir pra você guardar segredo de tudo que eu disser. Sei que você cumpre sua palavra. Sei disso porque já te encontrei cerca de três vezes desde que Maya disse que estava grávida. E ela só tinha contado pra você e pra sua mãe antes de me contar há poucos dias. Mas você nunca mencionou isso.

— Ela pediu pra gente não contar.

— Exato. Eu não quero aborrecer o Nono. Teesha está nas últimas semanas de gravidez e não precisa de mais um estresse. De qualquer maneira, não há nada que eles possam fazer a não ser se preocupar.

— O que tinha na caixa postal, Adrian?

— Eu vou te mostrar. — Com a guia enrolada no pulso, ela vasculhou a bolsa e achou o envelope.

— Você nem abriu — disse Raylan.

— Já sei o que é, porque recebo essas cartas desde os 17 anos, a mesma letra cuidadosa, sem remetente. O carimbo postal deste... Detroit. Elas raramente são postadas no mesmo lugar duas vezes. Suponho que você não tenha um canivete.

— Claro que tenho um canivete. Quem não tem um canivete?

— Eu, e preciso abrir o envelope com cuidado.

Ele enfiou a mão no bolso e entregou-lhe um pequeno canivete. Apesar de tudo, ela teve que sorrir.

— É do Homem-Aranha.

— Ganhei em um parque de diversões quando era criança. Funciona muito bem.

— Você não se livra das coisas — murmurou Adrian, e cortou com cuidado a parte de cima do envelope.

Eles pararam na segunda ponte de pedra para dar passagem a alguns corredores. E, deixando que os cães se esparramassem na grama, Adrian tirou uma única folha de papel. Raylan leu por cima do ombro dela.

Outra temporada, outra razão para eu te matar.
Enquanto os ventos do outono sopram, em uma coisa você pode confiar.
Aonde quer que você vá, para onde quer que corra, estarei no seu encalço,
E quando finalmente nos encontrarmos, seus pedidos de misericórdia soarão falsos.

— Meu Deus, que maluco doente. Você precisa ir à polícia.

— Eu registro boletins de ocorrência desde que recebi o primeiro. Eu tinha 17 anos. O meu primeiro DVD solo havia sido lançado um mês antes. Foi em fevereiro. Eles sempre chegavam em fevereiro, como um cartão de Dia dos Namorados macabro. — Com cuidado, ela deslizou o papel de volta para o envelope, e o guardou na bolsa. — Já tenho uma rotina, uma espécie de protocolo. Eu faço cópias. O original vai para o FBI. Eu tenho um agente designado, o terceiro que assume meu caso desde o início. Faço uma cópia para o detetive de Nova York. Tudo começou lá, e o caso ainda está aberto. Também faço uma cópia para a polícia daqui, uma para o Harry e uma para mim.

— Então, não tem impressão digital, DNA no verso do selo, nenhuma pista, porque não há uma continuação.

— Isso mesmo.

— Mas não estamos em fevereiro.

— Eles vinham uma vez por ano, até eu me mudar para cá. Depois do primeiro blog que fiz com o endereço de Traveler's Creek, há dois anos, recebi um poema um pouco depois, em maio. No ano seguinte, recebi um em fevereiro e um em julho. E este é o quarto este ano.

— Está se intensificando.

— Isso é o que eles dizem. Mas ainda são só poemas, poemas de quatro versos, todas as vezes.

— Perseguição é perseguição. — Raylan olhou para o parque, com todas as belas árvores e trilhas. — Abuso emocional é abuso emocional. É alguém que viaja, isso é o mais lógico.

— Isso está no topo da lista — disse ela, e percebeu que se sentia mais calma ao falar com ele. — Sempre um envelope padrão barato, papel branco básico, tinta preta, sempre preta. Caneta esferográfica, essa é a análise. Sempre letra de forma, nunca cursiva, nada de computador ou máquina de escrever.

— Escrever à caneta, à mão, é mais pessoal. É mais íntimo.

Ela franziu o cenho para ele.

— Foi isso que o psicólogo criminal concluiu. Por que você acha isso?

Ele deu de os ombros.

— Eu costumo escrever meus roteiros no computador, mas faço os desenhos, os letreiros, a arte-final, aplico as cores à mão porque...

— É mais pessoal.

— E você não imagina quem possa nutrir por você esse tipo de rancor, essa obsessão? Sei que todos os policiais que a entrevistaram lhe perguntariam isso. Você deve ter pensado nisso centenas de vezes. Então você não faz ideia de quem pode ser.

Sim, pensou Adrian, ela se sentiu mais calma conversando sobre isso com ele.

— Eu quase não conhecia ninguém quando isso começou. Tinha acabado de entrar para uma escola nova, de conhecer a Teesha, o Hector e o Loren.

— Mas as pessoas conheciam você, pelos vídeos que tinha feito com sua mãe e depois pelo que você fez sozinha. Então não precisa ser alguém que você conhece, algum cara que você largou, algum aspirante a namorado.

— Eu não tinha namorados quando isso começou, de qualquer maneira.

— Nossa! Ainda assim, é improvável que um cara que você desprezou quando tinha 17 anos nutrisse uma paixão tão avassaladora por você todos esses anos.

Ele olhou para ela.

— Não que você não seja digna de paixões avassaladoras.

— Obrigada. Para mim não parece algo assim tão pessoal. Não do tipo "Eu te amava e você me rejeitou".

— Ele te conhece tanto quanto você conhece ele.

Ela franziu o cenho. Pensava o mesmo que ele, mas não conseguia identificar a razão para acreditar nisso.

— Por que diz isso?

— Alguém que faz isso? — Ele bateu com o dedo na bolsa que ela carregava. — Parece que ele quer você tão obcecada por ele quanto ele é por você. Esse é o objetivo. Ele quer, provavelmente precisa, entrar na sua mente, bagunçar a sua vida. Mas ele não vai conseguir. Você é durona demais pra isso.

— Não me sinto tão durona agora.

Como para ele oferecer conforto e apoio era tão natural quanto respirar, ele colocou um braço em volta dela para um rápido abraço lateral.

— Você fica perturbada no momento, e seria burra se isso não te abalasse. Você não é burra. Mas você segue seu protocolo, esquece isso e segue com a vida e com o seu trabalho. Não acho que ele saiba disso, então ele não está tão perto a ponto de poder vê-la fazendo exatamente isso.

— Espero que não.

— Não está. Não tem raiva suficiente no poema; frustração suficiente. Ele se acha esperto, insidioso. Ele é inteligente para cobrir os rastros e escrever uns poemas e umas rimas, mas ele não é nada demais. E não é um conhecedor da natureza humana. Se fosse, ele saberia só de assistir a seus vídeos, e aposto que ele viu todos, que você é forte.

— Sou forte.

Sem pensar, Raylan passou a mão nos cabelos de Adrian.

— Você sabe que é; você conhece a natureza humana. É por isso que você é boa no que faz.

Enquanto ela continuava parada, fascinada, ele esquadrinhou o parque, e lentamente acariciou as costas dela.

Um gesto de conforto, de apoio.

— Foi por isso que você voltou pra cá depois que a sua avó morreu. Minha mãe me disse que não achava que Dom teria sobrevivido mais seis meses sem o seu apoio. Você sabia disso. Você vai dar a legging, e provavelmente um conjunto completo de roupas, para a Sra. Grimes porque sabe o que isso significa para uma jovem atleta e para a avó dela. Caramba, você me deu aqueles malditos pesos porque sabia que eu não malharia por conta própria.

— Mas você tá usando o equipamento que eu te dei? — Com as sobrancelhas erguidas, ela estendeu a mão para apertar seus bíceps. E sua expressão então se transformou em genuína surpresa. — Sim, você tá.

— Bem, eles ficam lá me observando. — Ele olhou para ela, bem nos olhos, aquele tom maravilhoso e incomum que ele precisava reproduzir. — Ele não te conhece. Não conhece a Adrian Rizzo, não de verdade, que aparece nos DVDs.

— Não sei se isso faz eu me sentir melhor ou pior. Melhor — corrigiu imediatamente. — Não quero que aquele filho da puta me conheça. Ou vadia, porque pode ser uma mulher. Tanto faz. Você fez eu me sentir melhor e eu agradeço. Eu teria ido para casa e me preocupado com isso por muito mais tempo.

— Fazer você se sentir melhor não significa que você não deva tomar cuidado.

— Eu tomo cuidado. E tenho uma cachorra gigante que me acompanha em todos os lugares. Verifico se as portas estão trancadas e o alarme acionado todas as noites. E tenho feito aulas de autodefesa e *tae kwon do* on-line há quase dois meses.

— Sério? E já sabe atacar?

— Ah, eu sei atacar, querido. O que você vai fazer no jantar?

Ele piscou, fazendo-a rir.

— Não estou me referindo a esse tipo de ataque! Vem pro jantar, com as crianças e Jasper. Nono vai levar manicotti. Peço para ele levar mais pois teremos visita. Ele vai adorar. Seus filhos gostam de manicotti?

— Tem massa, molho e queijo. Então não preciso nem responder.

— Vem jantar.

— Está bem. As crianças vão adorar também.

— Seis horas é muito tarde?

— Está ótimo.

— Maravilha! Vamos, Sadie. Eu realmente preciso voltar para casa — disse Adrian. A cachorra, deitada ao lado de Jasper, ergueu a cabeça. — Eu deveria estar escrevendo um blog. E você deveria estar trabalhando.

— Então mãos à obra.

Ele nem precisou chamar Jasper, que já estava trotando alegremente ao lado de Sadie, como um cachorro que teve todos os seus desejos realizados.

— Se eu levar um bloco de desenho esta noite, você poderia fazer alguns movimentos pra mim? A Flame arrasa na luta, então seria bom ter a musa inspiradora dela executando alguns golpes.

— Estou mais pra me defender do que pra arrasar neste momento. Mas posso te dar uma amostra.

Ele não estava convencido de que ela já não era capaz de arrasar, mas concluiu que, se ainda não fosse o caso, ela o faria em breve.

Capítulo quinze

✹ ✹ ✹

Dom adorou tanto o jantar com a família de Raylan que Adrian deu início a um jantar semanal com convidados rotativos. Sempre um grupo pequeno, começando cedo. Pois ao contrário do que o avô gostava de admitir, ela sabia que ele se cansava mais rápido do que antes.

Como a maioria dos amigos de Dom, da mesma faixa etária, já haviam falecido ou se mudado para climas mais quentes, na lista de convidados, os jovens eram a maioria. Isso pareceu energizá-lo ainda mais.

Assim, uma vez por semana, eles planejavam e preparavam um cardápio, e recebiam os convidados. Enquanto isso, outubro dava lugar a novembro e, com ele, a lareira acesa e os fartos ensopados.

Com a lareira e as velas acesas, música — uma mistura dos clássicos prediletos de Dom — tocando baixo, Dom e Phineas se envolveram em uma conversa séria sobre Oscar, o Rabugento.

— Agradeço a Deus não apenas por esta refeição fabulosa — murmurou Teesha —, mas pela paciência inesgotável de Dom. Que criança de quatro anos quer discutir terapia de controle da raiva para um Muppet?

— Na semana passada ele estava obcecado por moléculas — recordou Monroe. — Prefiro psicanálise de Muppets.

— Sua mãe está vindo para cá, né? — Adrian gesticulou com o vinho. — Para ajudar com o bebê? Ela pelo menos vai tentar conversar sobre os Muppets.

— É. — Teesha, bebendo só água, passou a mão na enorme barriga. — Só que a mãe do Monroe decidiu vir também.

— A Batalha das Avós. — Balançando a cabeça negativamente, Monroe se serviu de mais ensopado de carne, preparado à moda do norte da Itália. — Vai ser épico.

— Minha mãe chega na segunda-feira, já que a data prevista do parto é daqui a uma semana, para cuidar de Phineas enquanto estamos ocupados trazendo esse aqui para o mundo.

— A minha viria assim que eu mandasse uma mensagem dizendo que Teesha entrou em trabalho de parto. Mas ela soube que sua concorrente já estaria aqui, então ela ligou para dizer que vem na segunda-feira também.

— Então minha mãe soube disso e decidiu vir neste fim de semana.

— Agora as duas virão neste fim de semana.

— Rezem por nós — pediu Teesha. — Um pequeno contratempo nos planos. — Ela continuou acariciando a barriga. — Parece que o bebê decidiu chegar hoje à noite. Ou até de manhã, pelo menos.

— O quê? — dispararam Monroe e Adrian em uníssono.

— Sem pânico, trabalho de parto prematuro. Mas ainda estou com seis minutos de intervalo.

Phineas olhou para a mãe do outro lado da mesa.

— O papai precisa cronometrar. É o trabalho dele. Você tem que ligar para a parteira quando elas tiverem com cinco minutos de intervalo.

— Eu sei o que fazer, homenzinho. — Teesha sorriu para ele. — Não mande mensagens para a sua mãe nem para a minha ainda — disse ela imediatamente para Monroe. — Estamos bem aqui.

— Mas, amor, elas vão demorar um pouco pra chegar aqui.

Phineas cruzou os braços assumindo sua postura de rebelde. Seus olhos escuros brilhavam com determinação. A pequena mandíbula cerrada.

— Eu não quero ficar em casa com a vovó ou a babá. Eu quero ir para o centro de parto. É meu bebê também.

— A gente já conversou sobre isso. Sua mãe tem muito trabalho a fazer e eu preciso ajudar ela.

— Posso dar uma sugestão?

Teesha fez que sim com a cabeça para Dom.

— À vontade. Marca o tempo, Monroe. Só vou me levantar para andar um pouco com este apressadinho.

Adrian acompanhou a amiga.

— Por que nós, Adrian e eu, não levamos Phineas para o centro de parto? Eles devem ter uma sala de espera.

— É, eles têm.

— Podemos pegar tudo que Phineas precisa na sua casa, e levar ele para lá. Esperamos juntos.

— Pode levar horas, é o esperado.

— Levei 10 horas e 35 minutos para nascer — acrescentou Phineas com orgulho. — E já tinha cabelo.

— Seria uma honra — disse Dom a Teesha. — E um prazer.

— Está passando... E passou.

— Vinte e oito segundos de duração. Vamos ver como está o intervalo. Eu posso adiar as mensagens — ponderou Monroe. — Quero dizer, não queremos que elas cheguem aqui e seja um alarme falso.

Teesha encontrou seus olhos e sorriu.

— Claro que não. Não queremos isso. Vamos esperar para ter certeza.

— E eu posso ir e esperar com o Nono e a Adrian porque os bebês precisam se relacionar com sua família. — Phineas lançou a Dom um olhar sério. — Eu li em um livro.

— Parece um bom plano, obrigada. Mas, se ficar muito, muito tarde, e todo mundo estiver muito, muito cansado, você não poderá reclamar se Nono e Adrian te trouxerem para casa para dormir.

— Posso dormir aqui?

— Claro que sim. — Adrian passou o braço pelo que restava da cintura de Teesha enquanto caminhavam.

O<small>ITO HORAS</small> depois, com as avós chegando em cima da hora, Adrian saiu para a sala de espera, onde Phineas se aninhava no colo de Dom.

Os dois dormiam de um jeito tão doce que ela pegou o telefone para imortalizar o momento antes de ir até eles e tocar suavemente no ombro de Dom.

— Nono. — Ela acariciou seu braço enquanto seus olhos se abriam, o encararam sem expressão, gradualmente despertando.

— Como a Teesha está?

— Ela tá ótima. Ela é incrível.

Os olhos de Phineas se abriram.

— Meu bebê já chegou?

— Você tem um irmãozinho, e ele é perfeito. Ele está esperando para te conhecer.

— Vamos, Nono! Ele está esperando.

— Não tenho certeza se devo...

— Teesha perguntou por você — comentou Adrian. — Se você não estiver muito cansado.

— Cansado demais para conhecer o novo bebê? Nunca!

Na sala de parto, as duas avós estabeleceram uma trégua em meio às lágrimas.

Monroe se endireitou após beijar o pacote que Teesha segurava.

— Vem, cara. Vem conhecer seu irmão. — Ele deu um uma ajudinha para o filho se sentar na cama.

— Ele está de gorro. Ele tem cabelo que nem eu?

— Aham, igualzinho a você.

— Posso segurar? Eu tenho que tirar a parte de cima do meu pijama porque a gente tem que tocar pele na pele.

Lágrimas escorreram pelo rosto de Teesha enquanto ela assentia.

— Isso mesmo. Ajuda ele, papai.

Enquanto as avós chorosas se aproximavam para tirar fotos, Teesha colocou o bebê cuidadosamente nos braços de Phineas.

— Ele está olhando para mim! Sou o irmão mais velho e já sei muitas coisas. E vou te ensinar.

— Precisamos escolher o nome dele — começou Monroe lançando um olhar de advertência para a mãe antes que ela pudesse deixar escapar sua escolha. — Você se lembra dos três nomes que escolhemos caso fosse um menino?

Phineas fez que sim com a cabeça.

— Mas ele não tem cara dos outros dois. Ele é Thaddeus. Você é Thaddeus e vou ajudar a cuidar de você.

Monroe pegou a mão de Teesha enquanto seus olhos se enchiam de lágrimas.

— Está decidido.

O Natal foi mais fácil para Raylan. A casa nova, a rotina nova, a família por perto. Ele fez outra viagem relâmpago para o Brooklyn e descobriu que isso também havia ficado mais fácil.

Seus filhos estavam felizes, não dava para negar, então isso trouxe alívio e a certeza de que tinha feito as escolhas certas.

Talvez tenha sentido uma pontada de angústia no recital de balé de Natal de Mariah. Mas sua família estava lá, assistindo com ele enquanto ela dançava em seu tutu rosa cintilante.

E, embora ele de certa forma odiasse admitir, os exercícios diários que Adian havia passado funcionavam.

Ele estava dormindo melhor, se sentindo melhor.

Que droga.

Para socializar, ele tomava uma cerveja ocasional com Joe, jantava na casa dos Rizzo com as crianças, reencontrava os velhos amigos quando visitavam a cidade.

A difícil reviravolta em sua vida o empurrou em uma direção diferente. E estava feliz por ela o ter levado a Traveller's Creek.

Na véspera de Ano-Novo, com as crianças desmaiadas no sofá e o cachorro roncando embaixo da mesa de centro, Raylan ergueu um brinde com o copo de cerveja.

— Mais um ano, Lorilee. Sinto sua falta. Mas estamos bem aqui. Eu não me importaria se você viesse me visitar novamente. Já faz um tempo. Mas estou aqui sempre que quiser.

Ao mesmo tempo, a uma curta distância, Adrian bebia uma solitária taça de vinho assistindo à queda da bola na Times Square. Com o granizo gelado caindo do lado de fora, arranjara desculpas para não ir a nenhuma das festas. Ela não queria que seu avô saísse por aí naquele tempo, então usou a apreensão quanto às próprias habilidades na direção para convencê-lo a ficar em casa.

Já que ele desapareceu antes das onze, Adrian sabia que havia feito a escolha certa. Talvez ela tivesse gostado de ter companhia, mas esse cenário também a agradou. O fogo crepitante, o granizo estalando contra as janelas, uma taça de vinho na mão. Em todo caso, eles ofereceram e compareceram a muitas festas durante o feriado. Sua mãe viera no fim de semana antes do Natal e ficara quatro dias, um recorde.

Para ser justa, Lina passou muito tempo com Dom, até visitou as obras do centro juvenil. Se Lina preferia um feriado tropical aos ventos frios aos pés da montanha, era escolha dela.

Elas mal discutiram o próximo projeto conjunto, já que ambas concordaram em acertar os detalhes no início do ano novo.

Como Adrian já tinha as próprias ideias, uma concepção específica para o projeto, achou que deixá-lo para depois da agitação do feriado era uma decisão inteligente.

Quando a multidão na Times Square aplaudiu, ela propôs um brinde. Bebendo seu vinho, ela esfregou o pé nas costas largas de Sadie.

— Um ano muito bom acabou. Vamos ter um ainda melhor começando agora.

Quando Adrian desligou a TV e se levantou, Sadie a acompanhou pela casa silenciosa enquanto ela verificava as fechaduras e apagava as luzes. E Adrian parou para olhar pela janela também.

— Está nevando agora, Sadie. Melhor ainda. Amanhã vamos nos agasalhar muito bem e dar uma volta na neve. Está vendo todas essas luzes? Muitas pessoas ainda estão acordadas, comemorando. Feliz Ano Novo, Traveler's Creek. Eu sei que estamos sozinhas esta noite, e talvez seja um pouco solitário. Mas somos parte de algo. E podemos ficar felizes por isso. Vamos para a cama.

Assim que Adrian se virou para subir, seu celular sinalizou uma mensagem. Surpresa, ela o tirou do bolso.

Feliz Ano-Novo, Adrian. Para o Nono também.
Mamãe

— Nossa, que inusitado. — Comovida e alegre, Adrian mandou uma mensagem de volta.

Pode deixar. Feliz Ano-Novo para você também.
Aproveita o sol de Aruba.
Adrian

— Um começo diferente para este ano, Sadie. Vamos considerar isso um bom sinal.

O Ano-Novo chegou trazendo ventos gelados. Mesmo quando eles paravam, o ar estalava com temperaturas que congelavam até os ossos. Embora ela não acreditasse na lenda, quando Phil de Punxsutawney, a marmota meteorologista, viu sua sombra prevendo mais seis semanas de inverno, Adrian considerou optar pela hibernação.

Mas ela tinha muito o que fazer, lembrou-se.

Além de seu trabalho, tinha reuniões e perguntas para fazer e responder sobre o progresso do centro juvenil. E graças a Deus eles paralisaram as obras antes de o frio severo chegar.

Adrian tinha um cachorro e um avô para cuidar e detalhes para acertar em sua concepção para o projeto com a mãe.

E uma festa de 95 anos para organizar.

Ela tinha um mês para finalizar esses planos e torcia para que em meados de março o tempo melhorasse.

Enquanto se vestia, calça de camurça quentinha, camisa com isolamento térmico sob um suéter de cashmere, botas de sola grossa forradas com lã de ovelha, ela anotou suas tarefas e a rota.

Passaria primeiro no centro juvenil, depois iria até o Rizzo's para estacionar o carro antes de enfrentar o frio no caminho até a floricultura da cidade e escolher as flores da festa. De lá, iria até a padaria para resolver o bolo e outras sobremesas, depois iria até o correio — isso a deixou em pânico, pois o poema de fevereiro estava para chegar — e voltaria para o Rizzo's para finalizar o cardápio da festa com Jan.

Levaria pelo menos duas horas, pelos seus cálculos, talvez três. Mas então, logo estaria no aconchego de sua casa.

Adriam desceu e encontrou Dom na cozinha fazendo chá.

— Saia bem agasalhada, minha menina.

— Pode apostar que sim. Vou tirar fotos das obras para você acompanhar o andamento.

— Esperarei ansioso, mas não tenho a mínima vontade de sair com este tempo. Meus velhos ossos congelariam e se partiriam. Em vez disso, ficarei o dia de folga sentado perto da lareira na biblioteca, bebendo chá com especiarias e lendo o romance de Stephen King que você comprou para mim na semana passada.

— Vai ficar sozinho em casa em um dia frio de inverno lendo um livro assustador? Tem certeza de que não quer que eu deixe a Sadie com você?

Ele riu.

— Livros não me assustam.

— Você é mais corajoso do que eu. Eu levo isso para você.

— Adrian.

— Eu levo o chá para você, e o prato de cookies que ia colocar nesta bandeja.

Ele ajeitou os óculos.

— Me pegou.

— Eu te conheço muito bem, meu caro. Pode ir lá, se acomodando. Eu levo tudo para você.

Ela pegou os cookies, acrescentou umas fatias de maçã, descascou uma tangerina da fruteira e levou a bandeja até a biblioteca, onde o fogo já crepitava.

Adrian colocou a bandeja na mesa ao lado da cadeira de Dom, serviu a primeira xícara de chá e depois colocou uma manta no colo dele.

— Você me mima muito. Devíamos fazer as malas e pegar um avião.

— Para onde?

— Sorrento. Sophia amava Sorrento. Estávamos conversando sobre isso.

Ela acariciou os cabelos do avô. Ele mencionou várias "conversas" com a esposa durante o inverno.

— Eu adoraria ir para Sorrento com você.

— A gente acha um bom rapaz italiano pra você. Um jovem bonito, gentil e rico e que te mereça. — Ele a puxou para um beijo. — E vamos dançar no seu casamento.

— Se é assim, quando eu voltar já faço as malas.

— O que eu faria sem você?

— Eu digo o mesmo. Aproveita o seu livro assustador e já, já estou de volta.

— Cuidado com nossa preciosa menina, Sadie — gritou quando eles começaram a sair da sala.

Ela se agasalhou: colete com isolamento térmico, casaco, cachecol, gorro de lã, luvas. E a primeira rajada de vento ainda a fez se sentir no Ártico.

O mundo era uma paisagem de neve enquanto ela dirigia em direção à cidade. Trilhas estreitas abertas em meio à neve, bonecos de neve congelados no lugar com sorrisos apavorados, ou assim pareceram para ela.

Na cidade, as poucas pessoas na rua pareciam massas disformes que se moviam rapidamente, de cabeças baixas e ombros encurvados. A neve da última limpeza brilhava em pilhas congeladas contra o meio-fio e as montanhas reluziam um branco gélido.

Ela dirigiu direto até o canteiro de obras. A velha pedra teria que esperar até a primavera para ser restaurada. Mas o novo segundo andar já estava coberto, as paredes de tábuas azuis à espera da primavera aparentemente distante para receber os painéis de madeira que eles escolheram, depois de uma interminável deliberação. E as janelas, todas novas, eram amplas e maravilhosas.

Ela desligou o carro e se encolheu toda quando ela e Sadie corriam até as novas portas duplas.

Lá dentro, a temperatura subiu para agradáveis quinze graus Celsius. No que antes era um desastre, agora havia um espaço amplo, limpo, se ignorasse as lonas, a serragem, as escadas e as ferramentas espalhadas. Os ruídos da obra ecoavam pelo ambiente — pistolas de pregos batendo, serras zumbindo.

Ela notou que os dois banheiros do andar principal já tinham recebido as estruturas de drywall e, obedientemente, tirou fotos. Em seguida, mudou para o modo vídeo sabendo que seu avô gostaria de ouvir os efeitos sonoros, ainda mais porque alguém no segundo andar soltou uma torrente de palavrões bastante originais.

Acompanhada de Sadie, ela subiu as escadas provisórias até o segundo andar e ficou emocionada ao ver mais áreas já emolduradas.

— E aí, Adrian. — Mark Wicker se afastou da serra elétrica. — Oi, Sadie. Como vai garotona linda? — Um homem alto, Mark se inclinou para acariciar e afagar a cachorra que abanava o rabo. — Onde está o chefe hoje?

— Na frente da lareira, fico feliz em dizer. Está muito frio lá fora. Estou tirando fotos para ele. — Ela balançou o telefone. — Ele vai ficar muito animado. Vocês progrediram bastante desde a semana passada, Mark.

— Estamos avançando. — Com satisfação estampada no rosto, ele engachou os polegares no cinto de ferramentas. — É especial ver esse lugar antigo voltar à vida. Dom com certeza tem uma ótima visão. O encanador e o eletricista vêm esta tarde, e já resolverão essas questões. O inspetor já nos deu a autorização, estamos a toda.

— Estão mesmo. Eu nunca fiz um projeto desse tipo antes, mas com certeza parece, soa e até cheira a um ótimo trabalho.

— Fazemos questão de dar o nosso melhor.

Ela acreditou nele e, quando voltou para o carro com o telefone carregado de fotos e vídeos, mal podia esperar para mostrar ao avô. Ela acrescentou uma nota mental para retornar dali a alguns dias e tirar mais fotos do encanamento e da eletricidade.

— Eu não conseguia visualizar, Sadie, mesmo depois dos projetos. O Nono, sim, mas eu não. Mas agora com certeza já vejo pronto.

Animada, Adrian passou quase uma hora na floricultura. O longo e frio inverno podia ter chegado, mas ela queria encher a casa de flores para a festa do avô.

Ela tremelicou de frio no caminho para a padaria, então tentou não se abalar ao entrar no correio.

— Talvez ele tenha pegado pneumonia, ou ulceração pelo frio, e este ano não receberei nada.

Mas lá estava, misturado com envelopes cor-de-rosa, pardos e brancos acetinados, aquele único envelope branco barato com letra de forma.

Ela não o leria, ainda não. Não o deixaria estragar o clima de festa que ela criara.

Em vez disso, ela o enfiou na bolsa com os outros e atravessou a rua até o Rizzo's.

A reunião com Jan no minúsculo escritório a animou novamente.

— Adoro a ideia de colocarmos um grande bufê na sala de jantar, e essas estações espalhadas, na sala grande, na principal, na biblioteca. Estou pensando em três bares. Um não alcoólico, um de vinho e cerveja, e um de drinques. E uma estação de café.

— Você sabe que podemos pegar os garçons e os bartenders daqui mesmo.

— Não. Ninguém do Rizzo's vai trabalhar. É a festa deles também. Teesha está me ajudando a organizar tudo isso.

— Como está o bebê?

— Roliço e feliz, e Phineas ainda está apaixonado pelo irmão. E Maya já está na reta final. Ela está linda.

— Roliço e feliz — repetiu Jan. — Collin não está muito feliz em ter uma irmãzinha. Phineas tem um irmão e ele insiste que Maya precisa transformar a bebê em menino.

— Parece razoável.

— Isso me faz lembrar de Raylan. Ele simplesmente não entendia por que precisava ter uma irmã. Depois se apaixonou por ela, mas a paixão acabou quando ela começou a mexer nas coisas dele. Vou te falar, teve vezes que pensei que eles seriam inimigos para o resto da vida. Mas aí, de repente viraram amigos.

Ela tirou os óculos e os deixou pendurados no pescoço pela correntinha.

— Às vezes tenho saudades das guerras, das carinhas zangadas. Mas eu ainda vejo isso, de vez em quando, no Bradley e na Mariah.

— Seus dois filhos fizeram crianças maravilhosas.

— É, fizeram mesmo. Bom, terminamos aqui ou você vai deixar o Dom dar os pitacos dele?

— Sem pitacos para o Dom. Esperei pra contar pra ele sobre a festa só depois de decidirmos tudo. Quando eu chegar em casa, ele vai ficar sabendo. Com certeza, vai fingir que é tudo muito trabalhoso, mas vai adorar cada minuto. Tenho que ir. Demorei mais do que planejava. Muito obrigada.

— Posso dizer com toda a sinceridade que é um imenso prazer. Devo muito da minha vida a Dom e a Sophia. Noventa e cinco anos? É um marco. Mal posso esperar pra comemorar com ele.

— Ele está pensando em vir para cá amanhã, então pode esperar que ele vai fazer de tudo para saber detalhes do cardápio.

Enquanto elas se levantavam, Jan fez um gesto indicando que ficaria de boca fechada.

Um dia muito produtivo, pensou Adrian, dirigindo a caminho de casa. Uma manhã de missões cumpridas. Se o avô não tivesse preparado o almoço, suspeitava de que ele tinha adormecido lendo, então improvisaria algo para os dois.

E então contaria ao avô sobre a festa de aniversário.

— É o que chamamos de *fait accompli*, Sadie.

Assim que estacionou o carro, pegou a bolsa com a correspondência, e se lembrou.

— Não vou pensar nisso ainda. Não, não, não. Dane-se aquele idiota, né?

Ela e Sadie entraram na casa. Ela digitou o código no alarme, pendurou os acessórios de frio no gancho.

— Voltei! — Ela colocou a bolsa com o correio na mesa ao lado da escada para examinar mais tarde, e foi até a biblioteca. — Como eu suspeitava — murmurou ao ver Dom, com o livro no colo, a cabeça inclinada, os óculos embaixo do nariz e os olhos fechados.

Ela começou a recuar. Faria um almoço para ele, então...

Mas Sadie foi até ele, colocou a cabeça em seu colo e começou a choramingar.

— Ssh! Vamos deixar o Nono dormir. — Apressando-se até ele, ela fez menção de puxar a cachorra para longe e sua mão roçou na de Dom.

— Você tá frio. Você tá frio demais. — Quando ela começou a puxar a manta, o braço dele caiu frouxamente do braço da cadeira.

Simplesmente despencou.

— Acorda! — exigiu ela. — Não, não, não, não. Nono, acorda. — Adrian pegou o rosto dele entre as mãos para levantá-lo; estava frio, muito frio. — Por favor, por favor, acorda. Por favor, não me deixa. Não me deixa sozinha!

Mas ele havia partido, ela sabia que sim, e tudo nela começou a tremer.

Quando a grande aldrava de bronze bateu contra a porta da frente, ela deu um pulo e correu até lá.

— Fica com ele — ordenou a Sadie. — Fica com ele.

Ela correu até a porta, alguém a ajudaria, e a abriu com força.

O sorriso de saudação de Raylan desapareceu. Ele entrou, agarrou seus ombros.

— O que foi? O que aconteceu? — perguntou Raylan.

— O Nono. É o Nono. Na biblioteca.

Ela correu de volta e caiu de joelhos ao lado da cadeira.

— Não consigo acordar ele. Ele não está acordando.

Embora pudesse ver que Dom havia partido, Raylan tocou seu pulso com dois dedos e não sentiu nada além de pele fria.

— Ele tem que acordar. Você pode acordar ele? Por favor, acorda ele!

Sem dizer nada, Raylan a ergueu e a puxou junto ao peito. Quando ela se agarrou a ele, aos soluços, ele apenas a abraçou.

Quando Adrian falou, sua voz estremeceu e falhou.

— Eu saí. Eu não devia ter deixado ele sozinho. Fiquei fora por muito tempo. Eu deveria ter...

— Para. — Ele entendia a dor cega e dilacerante que ela estava sentindo, por isso foi delicado, no tom de voz, no toque das mãos. — Ele tá sentado em frente à lareira, em casa, lendo, com a foto da esposa como marcador. Está com uma bandeja com chá, cookies e frutas, que aposto que foi você que trouxe para ele. Está aconchegado com uma manta. Aposto que também foi você.

— Mas...

— Adrian. — Raylan a empurrou um pouco para trás. — Ele partiu, com serenidade, olhando a foto da esposa. Ele viveu uma vida longa, bonita e generosa, e o destino lhe reservou um final cheio de amor.

— Não sei o que fazer. — Ela pressionou o rosto contra o ombro dele. — Não sei o que fazer.

— Está tudo bem. Eu vou te ajudar. Vamos sair daqui.

— Não quero deixar ele sozinho.

— Mas ele não está sozinho. Ele tá com a Sophia.

Capítulo dezesseis

⌘ ⌘ ⌘

Em vez de uma festa de aniversário, Adrian planejou um funeral. Em vez de lutar contra a dor, ela a usou para se permitir tomar decisões baseadas não em aspectos práticos ou lógica, mas em pura emoção. A cada passo, ela se perguntava o que Dom teria desejado, o que teria importância para ele. E seu coração sabia as respostas.

Por fim, decidiu por uma cerimônia aberta no parque da cidade no dia que seria seu aniversário de 95 anos.

O riacho corria sob as pontes de pedra em arco, revigorado pelo derretimento da neve. O sol penetrava pelos galhos nus das árvores, cintilando em montes de neve que tentavam se esconder nas sombras.

Monroe e dois de seus amigos músicos formaram um trio no coreto para tocar músicas suaves e melódicas enquanto as pessoas chegavam.

Apesar dos ventos fortes de março, centenas de pessoas compareceram e dezenas se revezaram no púlpito para compartilhar uma memória ou uma história com Dom.

No final, Adrian ocupou o lugar no púlpito e encarou o mar de rostos.

— Gostaria de agradecer a todos por terem vindo, por fazerem parte da homenagem a uma vida incrivelmente bela. Sei que muitos de vocês vieram de longe para estar aqui, e isso é a prova viva de quantas vidas Dom Rizzo tocou. Traveler's Creek não era apenas uma cidade para meu avô, assim como o Rizzo's não era apenas o seu ganha-pão. Ambos eram sua comunidade, sua casa, seu coração. Ele e sua amada Sophia se dedicaram à comunidade, ao lar e ao amor. E hoje temos a prova do excelente trabalho que fizeram.

— Ela teve que parar por um momento ao ver Jan abraçar Raylan e enterrar o rosto em seu ombro. — Ele era meu coração — continuou ela —, minha âncora e minhas asas. E, embora eu sinta falta dele, me conforta ver quantas pessoas o amavam e me consola saber que ele está com o amor da vida dele.

Encontro forças em saber que ele espera que eu continue com o trabalho que ele e minha avó construíram. Serei grata todos os dias pelo legado que me deixaram. A vida dele foi boa, longa e feliz aqui. E o que ele começou continuará vivo. Obrigada.

Quando ela se afastou, Hector estava ao seu lado, pronto para segurar sua mão e ampará-la.

Amigos, dezenas e dezenas de pessoas, foram até a casa dos Rizzo. Flores se espalhavam por todos os ambientes, enviadas em condolências. As mesas estavam repletas de comida, e neste quesito Jan a convenceu. Tudo foi preparado e servido pelo pessoal do Rizzo's.

A casa cheia trouxe um certo conforto, a multidão de pessoas, algumas risadas agora, além de lágrimas. Monroe colocou música de fundo, os velhos clássicos de que Dom tanto gostava.

Ajudava ver todas as gerações de pessoas cujas vidas ele tocou de alguma forma.

Lina se aproximou e colocou a mão no braço da filha.

— Você fez um trabalho maravilhoso, Adrian. Em tudo.

— Você ajudou.

Lina fez que não com a cabeça.

— Era a sua visão para ele, e nem sempre eu consegui enxergar. Parecia exagerado, muito exposto. Mas você tinha razão. Até na ampliação da foto dele abrindo a massa.

— Tinha outro lugar onde ele ficasse mais feliz do que na cozinha fazendo suas acrobacias com a massa?

— Ele tinha muitos lugares felizes. Mas esse era especial.

Lina parou de falar quando Raylan se aproximou com os filhos. Cada criança segurava um botão de rosa branco.

— Sentimos muito pelo Nono. Ele era seu avô. Ele sempre foi muito legal. — Bradley estendeu a flor para Adrian. — Ele disse que me contrataria para fazer pizza quando eu fosse mais velho.

— Muito obrigada. — Ela se abaixou para um abraço. — E quando você tiver idade, está contratado.

— Papai disse que agora ele está no céu com a Nona e nossa mãe. — Mariah ergueu os olhos para Lina e estendeu a flor. — Essa é para você porque ele era seu pai.

Lina demorou a ter uma reação; logo depois, pegando a flor, disse.

— Obrigada. É muita gentileza sua. Se me derem licença, vou pegar um vaso.

— Como você está? — perguntou Raylan a Adrian.

— Melhor. Na verdade, hoje... — Ela olhou em volta, tantas pessoas, vozes, conexões. — Estou melhor. Eu gostaria de falar com você, uma outra hora, em um lugar mais tranquilo.

— Claro. Se você precisar de alguma coisa até lá...

— Eu sei que posso contar com você. Você já provou isso. — Ela se inclinou e beijou a bochecha de Raylan. Estava prestes a dizer mais alguma coisa, mas alguém a chamou.

A multidão foi diminuindo gradualmente e o silêncio começou a se restabelecer. Monroe levou Phineas e o bebê para casa, e Sylvie, a namorada de Hector, foi ajudá-lo. Maya, cansada devido ao peso do último estágio da gravidez, deu a Adrian um último abraço forte antes de partir com a família. Por um breve período, Adrian sentou-se na grande sala com Teesha, Hector e Loren.

— Não conheço ninguém que teve uma despedida melhor. — Hector esticou o braço, apertou a mão de Adrian. — Você deixou seu avô orgulhoso.

— Não conheço ninguém — acrescentou Loren —, ninguém que seja uma pessoa normal, que tivesse tantas pessoas que desejassem estar presentes parar se despedir. Mas... tem certeza de que você vai ficar bem nesta casa grande?

— Sim. Não é só uma casa grande. É meu lar.

— Eu sei, mas... Achei que Harry e Marshall ficariam mais alguns dias.

— Eles têm filhos na escola — observou Adrian. — E minha mãe está aqui, por enquanto.

— Ela vai ficar?

Adrian olhou para Teesha e encolheu os ombros.

— Sinceramente, não sei. Ela não me falou nada.

— Você ainda quer produzir o vídeo no início de maio? — perguntou Hector.

— Eu gostaria. Na verdade, preciso. Tenho que falar com ela, finalizar as coisas. Eu deixei isso, e muitas coisas, de lado nas últimas semanas.

— Você precisa de um tempo.

— Eu sei, Teesh. Estou fazendo isso. Mas levantar a cabeça e trabalhar é a marca dos Rizzo. E vai me ajudar. Assim como ter todos vocês ao meu lado; me ajuda muito.

— Nós também amávamos ele. E amamos você. — Loren se aproximou para beijá-la. — Sabe, Ads, esses dois já estão comprometidos. Vamos fazer um pacto de se casar, se não encontrarmos parceiros dignos. Vamos esperar até os quarenta.

— Acho uma boa ideia.

— Isso só deixa claro que Rizz está exausta e o cérebro dela já adormeceu. — Teesha se levantou. — Vou levar esses dois para casa comigo. E você descansa um pouco.

Adrian acariciou a cabeça de Sadie.

— Pode deixar. Talvez eu dê um passeiozinho com minha amiga aqui primeiro.

Uma parte dela queria que eles ficassem, que todos ficassem juntos na enorme casa vazia como já fizeram antes. Ela queria adiar o momento de ficar sozinha, de encarar o silêncio, de se dar conta de que acordaria de manhã sem todo o planejamento, todos os detalhes que a mantiveram tão ocupada desde a morte do avô.

Mas as pessoas tinham vidas para as quais voltar, e ela também, por mais difícil que fosse imaginar.

Agradecendo a Jan e à equipe, atravessou a cozinha e pegou o casaco no hall de entrada.

Quando deu a volta na casa com Sadie, encontrou a mãe no pátio dos fundos, sentada com uma taça de vinho à luz das velas espalhadas pelo ambiente.

E se sentiu imediatamente culpada, pois havia se esquecido de Lina.

— Está frio demais pra ficar aqui fora — Adrian disse.

— Eu queria o ar puro, o sossego, mas você tem razão. Ouvi barulho de carros. Seus amigos foram embora?

— Foram.

— Espero que não tenham pensado que não podiam ficar aqui por minha causa.

— Não, claro que não. Eles acharam que fazia mais sentido ficarem com Teesha e Monroe.

— Harry teria ficado mais tempo se pudesse. E Mimi também.

— Eu sei. Não dá pra adiar esse momento para sempre. De voltar para... nossas vidas — concluiu Adrian.

— Não, não dá. Sei que você provavelmente está cansada, mas gostaria de falar com você. Lá dentro. Você está certa sobre o frio.

— Ok. Vou dar uma última volta com Sadie.

— Te espero na cozinha.

— O que você acha que ela quer me falar? — Adrian apagou as velas e começou a andar com a cachorra. — Espero que ela não esteja chateada porque ele me deixou a casa, o restaurante. Eu realmente não quero lidar com ressentimentos essa noite.

Mas terminou seu passeio e entrou pelo hall de entrada.

A mãe estava sentada na copa. Duas taças de vinho, um prato de queijo e frutas.

Ela parecia exausta, observou Adrian. Sob a luz forte da cozinha, o cansaço era evidente.

— Você também teve um longo dia. Podemos conversar de manhã.

— Já venho adiando isso há um tempo. Não queria tocar nesse assunto antes da cerimônia. Até que nós... estivéssemos sozinhas.

Então Adrian se sentou.

— Se isso é sobre a casa, sobre o Rizzo's...

— O quê? Ah, meu Deus, não. — Lina quase riu. — Ele sabia que eu não queria nada disso, não saberia o que diabos fazer com nada disso. Traveller's Creek simplesmente não é minha casa, Adrian. É de onde eu venho, e isso é diferente. Ele me deixou aquela pintura que a avó dele fez do campo de girassóis porque eu sempre gostei dela. Não é um quadro muito bom, mas alguma coisa nele me encanta. Ele me deixou o relógio de bolso do pai dele porque meu Nono me deixava brincar com ele quando eu era criança. Ele me deixou coisas assim, coisas que ele sabia que tinham um significado para mim. Eu amava ele, Adrian.

— Claro que amava.

— Não, não. — Lina fez que não com a cabeça, pegou seu vinho. — Eu amava os dois, mas vivíamos em mundos diferentes. Eu escolhi um mundo diferente. E eles nunca tentaram me impedir. — Ela respirou fundo. — Quando minha mãe morreu, foi tão abrupto, tão de repente. Eu fiquei com raiva. Não era para acontecer assim, em uma estrada escorregadia de uma noite escura. Mas isso, de alguma forma, é diferente. Eu o vi quando estive aqui nas férias. Ele parecia mais velho, estava andando mais devagar. Já pude ver que em algum momento ele não estaria mais aqui, e isso me assustou. Ele sempre foi invulnerável, eterno. Sempre haveria tempo para compensar por não estar presente o suficiente.

Quando sua voz falhou, ela parou, bebeu um pouco de vinho.

— Eu pretendia vir para o aniversário dele, e fiz planos para ficar talvez uma semana. E então começaria a visitar a cada dois meses, por um ou dois dias. Só para compensar um pouco desse tempo. E então... você ligou e não tinha mais tempo.

— Ele se orgulhava de você. Os dois se orgulhavam de tudo o que você realizou.

— Eu sei disso também. Sempre me senti presa aqui, sufocada. — Ela olhou em volta. — Essa casa enorme e velha na colina, essa cidadezinha. Não era pra mim. Preciso de multidões, do movimento. Mas não é sobre isso que eu quero falar. — Lina fez uma pausa e pressionou os dedos sobre os olhos. — Justificativas são uma droga. — Ela deixou cair as mãos sobre a mesa. — Assim como procrastinação, que é o que estou fazendo agora. Eu fui uma péssima mãe.

— Você... o quê?

— Você acha que não sei o quanto tenho sido inadequada nessa área? Eu sabia o que queria, e lutei por isso. Fiz o que tinha que ser feito, não importava o que estava deixando para trás. E deixei muitas coisas para trás. O fato é que não sou boa com crianças.

— Ok. — Perplexa, Adrian ergueu as mãos. — Nunca me faltou nada.

Lina soltou uma risada.

— Esse não é um bom parâmetro. Nunca faltou nada porque Mimi e Harry supriram minhas falhas. E porque seus avós te deram um lar. Perdi meus pais — disse Lina lentamente. — Eu perdi os dois. E isso me fez encarar o quanto tenho sido uma mãe relapsa.

— Você me deu disciplina e determinação, me fez entender o valor de trabalhar em prol de minha paixão. Eu não teria a *New Gen* se não fosse por você.

— Você começou a trilhar esse caminho sozinha, com os amigos que acabaram de sair daqui. Você não me procurou, e por que faria isso? Foi então que percebi, que soube, mas, bem, você sabe, sempre estou muito ocupada. Sinto muito.

Adrian ficou surpresa com o que sentiu, e achou melhor dizer.

— Acho que você está sendo muito dura consigo mesma.

— Não, não estou. Você sabe que é verdade, mas está com um pouco de pena de mim agora. Vou aproveitar esse sentimento e pedir para você me dar uma chance de fazer melhor. Você é uma mulher adulta, eu sei, e o tempo perdido não volta. Mas gostaria de tentar ser uma mãe melhor. Eu te amo. É difícil para mim demonstrar isso. Mas isso não significa que eu não sinta.

Em toda a sua vida, Adrian não conseguia se lembrar de Lina lhe pedir nada. De tentar controlá-la, direcioná-la, de discordarem, sim. Mas nunca de lhe pedir nada.

— Posso perguntar uma coisa? — perguntou Adrian.

Com um sorriso enigmático estampado no rosto, Lina fez um brinde no ar.

— Eu bebi mais vinho esta noite do que costumo beber em uma semana, então agora seria a melhor hora para me fazer uma pergunta.

Adrian fez uma pausa e tomou um gole do vinho.

— Por que você decidiu levar a minha gravidez adiante? Você tinha uma escolha.

— Ah, esta pergunta. — Lina respirou fundo e soltou o ar. — Não vou mentir para você, não vou dizer que não considerei essa opção. Eu era jovem, não tinha acabado a faculdade. Descobri que o homem que pensei que amava, e que também me amava, não só estava dormindo com outras mulheres, como também tinha uma esposa da qual nem cogitava se divorciar.

— Foi uma situação terrível.

Após um momento de hesitação, Lina se inclinou para a frente.

— Essa é uma das grandes diferenças entre nós. Você percebe isso, entende. Você não precisa de mais nada para ter empatia. Meu nível de empatia é muito inferior ao seu. Essa característica pulou minha geração.

Lina se recostou e continuou.

— Foi horrível. Mimi me ajudou muito. Ela sempre esteve ao meu lado.

Eu sabia que ela apoiaria qualquer escolha que eu fizesse, e isso amenizou a situação. Senti que precisava contar pro Jon. Eu parei de sair com ele, é claro. Já te falei sobre isso, mas me senti na obrigação de contar pra ele. Fui ao escritório dele na faculdade e... não foi como eu esperava. — Com as sobrancelhas levantadas e os olhos vermelhos, Lina olhou para a mesa. — Tinha uma garrafa na mesa, e obviamente ele já estava bebendo antes de eu chegar. Eu deveria ter desistido. Mas eu estava lá para contar tudo. — Ela ergueu o olhar. — Ele me chamou de mentirosa, depois de puta; me acusou de tentar arruinar a vida dele, de dar o golpe da barriga, e outras coisas. Eu disse que não queria nada dele, não tinha intenção de contar a ninguém, mas não adiantou. Ele falou que eu tinha que me livrar do bebê, que resolver aquilo, ou ele faria com que me arrependesse. Eu estava com raiva o suficiente e disse pra ele que a decisão do que fazer com o meu corpo era só minha, e ele não tinha direito de opinar. Então, ele veio para cima de mim. Foi tão rápido, ele me empurrou contra a parede. Lembro das coisas caindo das prateleiras com a violência do ataque. Ele me bateu, duas vezes e me socou.

Ela apertou a mão contra a barriga.

— Ele bateu em você, no meu ventre, gritando o tempo todo que a decisão era dele. Que ele se livraria do problema ali mesmo. Eu vi bem quem ele era, Adrian, quando terminei com ele, mas naquele momento eu vi o mesmo Jon que entrou na casa de Georgetown tantos anos depois. Vi uma violência mortal. Não sei bem o que aconteceu, mas a porta abriu. Era a aluna com quem eu sabia que ele estava dormindo. Ele se virou para ela, gritando pra ela dar o fora, e eu consegui me livrar e fugir.

Ela ergueu a taça novamente.

— E fiz minha escolha. Talvez tenha sido arbitrária ou movida pelo ódio, mas não conseguia parar de pensar que ele tinha nos agredido. Nós. Então eu escolhi a gente. Eu deveria ter ido à polícia, e me arrependo de não ter feito isso, mas queria apenas ficar longe dele. E quando voltei pra casa, quando me sentei nesta cozinha com meus pais e contei tudo a eles, eles me apoiaram, nos apoiaram.

— Você deve ter ficado tão assustada.

— Depois que voltei para casa, que comecei a trabalhar, não mais. Na verdade, gostei da gravidez. Foi um desafio e eu tinha um objetivo. Afinal, é isso que me move.

— É isso que move os Rizzo — corrigiu Adrian.

— Até certo ponto, sim. — Lina balançou a cabeça novamente. — De qualquer forma, a Yoga Baby nasceu disso, de nós. Mas não demorou muito, depois que você nasceu, pra eu perceber que não era muito maternal, nem muito boa com bebês, com crianças. Eu poderia garantir que você estivesse saudável, segura, protegida, mas para fazer isso eu precisava construir minha carreira e negócios. Era assim que eu via. E Mimi estava lá para fazer o resto. E seus avós, e depois Harry. Isso me deu liberdade para fazer o que eu queria. — Ela olhou para a mesa de novo. — Eu fiz o que queria — murmurou. — E você era saudável, bem cuidada, bem-educada. Você teve uma boa educação, viajava, tinha talento. Ah, você tinha muito talento. E sempre me certifiquei de que você tivesse outras pessoas pra preencher essas lacunas, não é? Haveria muito tempo, mais tarde, para outras coisas. Eu não tinha tempo para mimar e acariciar, nem disposição. — Ela ergueu as mãos. — Então perdi todo esse tempo.

Antes que Lina baixasse as mãos, Adrian estendeu a mão e agarrou uma delas.

— Você sabe qual é uma das minhas memórias mais vívidas, mais profundas e fortes de você? Da minha mãe?

— Tenho medo de perguntar.

— Ele machucou Mimi. Fiquei tão chocada e assustada, e corri para você, corri, gritando e chamando por você. E ele me pegou, ele me machucou. Ele estava me machucando. E você veio ao meu encontro e estava tão calma, tão forte.

— Eu não estava. Não estava.

— Você estava. Você tentou fazer ele me soltar. Continuou falando, tentando fazer com que ele me largasse. Esse era o seu foco. Eu era seu foco. E quando ele me jogou, quando tentou me jogar escada abaixo, doeu. Foi uma dor lancinante, mas eu te vi. Eu vi você em meio à dor, a raiva em seu rosto, a fúria, a maneira como você saltou sobre ele. Por mim, para me salvar. Ele bateu em você, ele te machucou, mas você não parou. Você estava sangrando, mas não parou. Ele teria matado você, matado todas nós, mas você não deixou. E quando ele caiu, você correu para mim. Para mim. Você me segurou, com sangue e lágrimas no rosto. — Adrian estendeu a mão novamente, pegando a outra mão da mãe e as juntou sobre a mesa. — Eu sei que você me amava. Em situações corriqueiras, você é péssima em demonstrar isso.

A risada surpresa de Lina terminou em um meio soluço.

— Eu realmente sou.

— Mas quando a situação é difícil, séria, você está lá. Eu sempre soube. E na época eu não sabia, nem conseguia entender que, ao me deixar aqui naquele verão, você enfrentou toda a pressão, as consequências, o horror e me deixou onde eu poderia ficar em paz.

— Esse foi um dos motivos principais, aceito o crédito por ter sido um fator importante. Mas uma parte foi calculada. Eu precisava usar o que tinha acontecido pra impulsionar meus negócios, e não deixar o que aconteceu destruir todo o meu trabalho.

— Você bebeu muito vinho esta noite.

— Me desculpa, Adrian. Eu gostaria de poder dizer que vou melhorar, fazer melhor. Eu quero tentar, e esse é o objetivo. Espero que este não seja o primeiro objetivo que eu não consiga atingir. Você é muito parecida com os seus avós para não me dar uma chance. Estou apostando nisso também.

Adrian soltou a mão da mãe para pegar a taça.

— Continua bebendo — disse ela, e fez Lina rir de novo.

— Tudo bem, vou falar tudo. Eu gosto da minha vida. Tenho orgulho do que construí e acho, ou melhor, sei, que mudei algumas vidas pra melhor com meu trabalho. Gosto dos holofotes. Gosto das vantagens financeiras, das viagens, de tudo isso. Gosto da liberdade, que é uma das razões pelas quais nunca me casei. Mas, no fim das contas, sei que sou esperta o suficiente, organizada o suficiente, inteligente o suficiente para ter dedicado mais tempo para você e para meus pais. Eu nunca conseguirei recuperar esse tempo com eles. Você, por outro lado... — Ela ergueu a taça. — Você é melhor do que eu jamais fui. É mais acessível, mais pessoal, mais equilibrada. Você tem uma boa cabeça pros negócios, embora eu ainda seja melhor neste quesito. Mas você tem uma boa cabeça e se cerca de pessoas talentosas, pessoas de quem gosta e que gostam de você. Tem mais equilíbrio. E mais talento natural do que eu. Aceito o meu crédito novamente por te dar a base, mas você foi além por seus próprios méritos. Eu respeito isso. — Lina bebeu mais um gole e analisou a filha. — Achei que você estava jogando sua vida fora ao voltar para cá. Eu estava errada. Isso só te ajudou a expandir seu talento e carisma. Teria me sufocado, mas você desabrochou.

Ela tomou um gole novamente e olhou ao seu redor.

— O que você vai fazer nesta casa grande e velha?

— Morar, para começar. Trabalhar. Descobrir o que fazer com o tempo.

— Eu gostaria de ficar mais alguns dias se você não tiver problemas com isso.

— Eu adoraria. Vou levar você em um tour pelo centro juvenil em construção. Aí você pode me dar algumas ideias.

— E você aceitaria?

— Pode ser que sim. — Adrian sorriu. — Se me parecerem boas. E eu gostaria que você voltasse em maio, na primeira semana. — Fez uma pausa para fazer um cálculo. — Possivelmente na segunda semana de maio para o projeto conjunto. Já está quase tudo encaminhado.

— Mas nós nem... encaminhado? Achei que a gente fosse fazer a produção em Nova York.

— Eu estava pensando em uma pegada diferente. — Lina Rizzo, pensou Adrian, não era a única que sabia aproveitar uma oportunidade. — Fazer no ginásio do Colégio de Traveller's Creek. Chamamos alunos, professores, já pensei em tudo. Será um DVD duplo.

— Em um ginásio de colégio, na verdade um colégio de cidade pequena? Com garotos?

— Só os do último ano com a autorização dos pais e aprovação médica. Seis alunos e seis professores. Ensaiaremos os movimentos. Faremos coreografias de 30 a 35 minutos — cardio, treinamento de força, trabalho no solo, yoga e uma combinação de todos. Fornecemos os figurinos, talvez Yoga Baby para os professores e *New Gen* para os alunos.

— Será uma competição?

— Hm, uma amigável.

— Introdução a Fitness.

Adrian franziu a testa.

— Droga, esse nome é melhor do que eu já tinha pensado.

— Qual era?

— Esquece. Usaremos a cidade em que você nasceu e onde eu moro, e contaremos uma boa história. E a escola onde você estudou dá um toque de nostalgia.

— Só não vamos mencionar o ano em que me formei. — Lina ofereceu a Adrian um sorriso de cumplicidade.

— Até parece.

— Você já estava pensando nesse projeto mesmo sem mim.

— É. Mas se você não gostar, podemos fazer o projeto que você quiser em algum momento. Só acho que esse geraria muito interesse e muitas vendas.

— Quero ver as séries.

— Eu ainda não aperfeiçoei todas.

— Que bom. Tenho algumas ideias. Se chegarmos a um consenso sobre isso, temos um acordo.

Lina estendeu a mão para a filha e selaram o acordo.

— Prometo ser melhor pra você.

— Você já está sendo.

*A*DRIAN TINHA uma sacola cheia de cartões de condolências para lidar. Ela queria tentar responder ao maior número, o mais rápido possível. Alguns foram enviados para a casa, outros para o restaurante.

Ela saiu bem cedo para uma corrida com Sadie para deixar que a mãe usasse a academia. Com um *smoothie* de café da manhã, ela se sentou junto ao balcão da cozinha para começar a separar as correspondências. Muitas ela poderia apenas colocar em uma caixa de recordações, pois já havia falado pessoalmente com o remetente. Mas havia cartas de todos os lugares, eram tantas pessoas cujas vidas seu avô havia tocado de alguma forma.

Depois de abrir e ordenar tudo, ela tentaria redigir as respostas.

Um homem em Chicago enviou condolências e mencionou que Dom lhe dera seu primeiro emprego. Uma mulher em Memphis contou que ela tinha ficado noiva no Rizzo's e que Dom trouxera pessoalmente uma garrafa de espumante para a mesa.

Outros contaram de festas de aniversários comemoradas no Rizzo's ou de frequentar o restaurante com equipes esportivas depois de uma vitória ou derrota.

As mensagens não paravam, reconfortando-a a cada nova história.

Então seu coração parou ao se deparar com a letra de forma tão familiar. Não era o envelope usual, notou, o que explicava por que não o viu antes. Era um envelope branco mais grosso e maior, com o carimbo postal da Filadélfia.

Quando o abriu, com todo o cuidado, encontrou um cartão e uma foto em preto e branco de um gato com olhos arregalados e o pelo despenteado.

<small>Tendo um dia ruim?
Lembre-se que sempre pode ser pior!</small>

Ela o abriu e leu o poema.

Seu vovô está morto, que coisa triste.
Derramou muitas lágrimas, mas você não desiste.
Você o verá em breve, e desta vez será eterno
Quando eu te mandar para se juntar a ele no inferno.

— Já chega desta merda. — Enfurecida, ela começou a rasgar o cartão em pedaços. Depois parou, fechou os olhos e conseguiu recuperar o controle. — Você não vai usar o Nono, não assim.

Ela começou a andar de um lado para o outro, pois podia sentir que estava tremendo. Estava irritada demais para pensar, e ela tinha que pensar.

Ela abriu a geladeira e pegou uma Coca-Cola. Tomou o primeiro gole quando Lina entrou.

— Sério? Estamos tentando nos aproximar depois de tanto tempo e você... O que aconteceu?

Adrian apenas apontou para o cartão.

Lina leu e sentou-se.

— Se você não for beber esse *smoothie*, eu bebo.

— Pode beber.

— Gostaria de poder dizer que é a mesma bobagem de sempre, mas acho que não. Quem acompanha seu blog, lê qualquer uma de suas entrevistas sabe o quanto você e Nono eram próximos, então quem fez isso, fez com maldade pura.

— Eu sei. Sei que é para fazer eu me sentir exatamente como estou sentindo.

— Não, Adrian, o objetivo é te deixar triste, aumentar sua dor e te assustar. Mas tudo que conseguiu foi te deixar irritada. Ele, ou ela, não te conhece.

Ela parou e olhou para Lina.

— Foi isso que o Raylan disse.

— Você contou para o Raylan Wells?

— Foi uma daquelas situações. Ele estava comigo quando peguei a correspondência e viu minha reação quando vi o envelope. Então acabei contando para ele.

— Que bom. Quanto mais pessoas que se preocupam com você souberem, melhor. O que você quer fazer?

Por um momento, Adrian ficou desconcertada que sua mãe, tão discreta em assuntos pessoais, aprovasse que outras pessoas de fora soubessem.

— Eu não sei.

— Eu gostaria de contratar um investigador. A polícia, e até o FBI, não investigam tanto quanto alguém que está sendo pago pra investir em um caso específico. Eles não têm tempo para isso.

— Não sei o que um detetive particular poderia fazer.

— Nós vamos descobrir. Talvez nada, mas vamos descobrir. Deixa que eu me encarrego disso para você. Vou encontrar a pessoa certa pra investigar. Eu deveria ter feito isso anos atrás, mas achei, sempre achei, que esse tipo de coisa era apenas um efeito colateral desagradável de ser uma pessoa pública.

— Assim como todo mundo.

— Bem, acho que eu e todo mundo erramos. Vamos tentar essa nova abordagem.

— Ok. — Adrian assentiu. — Tudo bem. É melhor do que não fazer nada e esperar que o próximo poema chegue.

Ou esperar que o poeta apareça, pensou Adrian. Por quanto tempo mais ele se satisfaria apenas em escrever poemas?

Capítulo dezessete

⌘ ⌘ ⌘

Raylan estava sentado em seu carro do lado de fora de sua antiga casa no Brooklyn. Ela parecia igual, é claro, mas não era a mesma.

Quase um ano se passara desde que sua vida tomou outro rumo. Nada estava realmente igual.

Mas sua amiga, e sócia, trouxera mais uma vida para aquela casa. Hora de entrar, disse a si mesmo. Era hora de lidar com isso.

Ele pegou as flores, o enorme dragão de pelúcia da cor do arco-íris, e foi até a porta da frente.

Era muito estranho, claro, bater na porta da casa que um dia fora seu lar. Mas instantes depois, quando Pats abriu a porta, ele sorriu e foi um sorriso sincero.

Uma mulher alta, de ombros fortes, com cabelos castanhos despenteados e olhos azuis brilhantes. Imediatamente, ela abriu os braços e o envolveu em um alegre abraço bem apertado.

— Você está aqui! Ah, que bom ver você, Raylan.

— Parabéns, mamãe.

— Não consigo acreditar. Eu poderia ficar olhando pra ela o dia todo. Ela é tão linda. Entra, vem conhecer a nossa Callie Rose. Nossa, um dragão! Um dragão todo coloridão! Eu adorei!

— Puxa, você queria um também? As flores são para as mamães e o dragão, para a bebê. É para proteger ela.

— Um dragão protetor. Só você mesmo!

Ela pegou as flores e segurou a mão de Raylan. Apertou-a forte, enquanto ele parava por um momento para absorver a cena.

As paredes tinham uma nova pintura, alguns móveis novos misturados com os dele. Uma babá eletrônica, um balanço de bebê com babados, um cercadinho com moisés, um pacote de Pampers e uma lixeira automática de fraldas.

O ar cheirava a flores — ele não tinha sido o único — e a bebê. Uma nova vida suave e encantadora.

Uma nova vida, pensou novamente. Não era a dele. E ficou feliz com isso.

— Tudo bem, cara?

— Tudo. — Ele virou a cabeça e beijou a bochecha da amiga. — Tudo ótimo.

— Vamos. Quer uma Coca?

— Ah, quero. A casa tá linda, Pats. De verdade. Parece um lar feliz, e isso faz toda a diferença.

— Amamos a casa. Ela é mais do que uma estrutura sólida. Ela tem uma alma boa. Bick acabou de levar Callie para cima para trocar. Sim, nós somos esse tipo de mãe, ao que parece. Queríamos colocar um dos vestidinhos ridiculamente adoráveis para você conhecer ela. Como estão as crianças e todos?

— Ótimos. Animados para uma festa do pijama na casa da Nana. Não viam a hora de eu viajar. Maya já está quase no final da gravidez e logo teremos mais um bebê na família. Vocês realmente fizeram o parto em casa?

— Fizemos, e não tenho vergonha de admitir que estava me borrando de medo. — Ela serviu a Coca-Cola no copo com gelo. — Mas foi muito bom. Bick é uma guerreira. Eu fico emocionada, desculpa.

— Não precisa se desculpar.

— Ela aguentou firme, e Sherri, nossa parteira, ficou maravilhada. E lá estava ela, a criatura mais linda do mundo, gritando, agitando os punhos como se dissesse: *Que porra que está acontecendo?*

Ela serviu um segundo copo e eles brindaram.

— E aí vêm elas.

Bick desceu os degraus segurando um pacotinho em um espalhafatoso vestido cor-de-rosa com uma faixa de cabelo combinando.

— Acho que deveríamos ter uma iluminação maneira — disse Bick —, música, talvez uma banda marcial. Deixa eu te apresentar a mais nova maravilha do mundo, Callie Rose.

Ela tinha o olhar típico dos recém-nascidos, como se tivesse acabado de sair de algum mundo misterioso, olhos grandes e amendoados dominavam um rosto da cor do pó de ouro sobre chocolate. Uma boca perfeitamente esculpida e um nariz em forma de botão.

— Meu Deus, ela é linda. Bom trabalho, Bick.

— O melhor da minha vida. Quer pegar ela?

— Claro que quero!

Ele colocou a Coca-Cola de lado para pegar a bebê. E seu coração derreteu.

— Eu sempre vou ter doces para te dar, não importa o que sua mãe diga. Pode apostar.

Callie olhou para ele, parecia muito interessada. E imediatamente cuspiu na camisa dele.

— Isso me traz lembranças.

— Desculpe, desculpe. — Rindo, Bick tirou o paninho de arrotar do ombro.

— Estamos bem. Está tudo bem por aqui.

— Podemos lavar sua camisa — disse Pats. — Nós praticamente lavamos roupa o dia inteiro agora.

— Tá tudo bem — repetiu. — E você tá linda. E não só para uma pessoa que deu à luz há uma semana.

— Estamos dormindo em parcelas, meus mamilos ainda estão horrorizados e descobrimos que um ser humano de três quilos faz meia tonelada de cocô por dia. É a melhor época de nossas vidas. Você trouxe um dragão!

— Trouxe um dragão para Callie, e não se esqueça disso.

Ele se sentou ao lado dela enquanto Bick se acomodava com os pés para cima.

A sócia cortou o cabelo bem curto ao estilo de Halle Berry, e, para Raylan, estava tão adorável quanto sua filha.

— Como está sua mãe? — perguntou Bick.

— Está bem. Mas está sendo difícil. Dom era como um pai para ela. Vai ser bom para todo mundo ela passar essa noite com as crianças.

— Só por essa noite?

— É, eu volto amanhã. Mo tem um recital de dança neste fim de semana. Maya está quase na linha de chegada. Vou dar uma passada no escritório mais tarde. — Ele acariciou a bochecha da bebê enquanto falava. — Entregar mais material de trabalho, falar com todo mundo.

— Você sabe que *Cobalt Flame: A Hora do Demônio* é um sucesso, né? Obrigada, querida — disse ela quando Pats a entregou um copo de suco de laranja.

— A evolução do relacionamento dela com Angel dá um toque especial e emoção. Além, é claro, das lutas. Tudo isso me fez pensar mais sobre formarmos uma equipe, como conversamos.

— Nosso clube de super-heróis.

— Sim, não apenas as participações especiais entre os personagens. Os Guardiões do Fronte.

— Os Guardiões do Fronte. — Bick analisou, fazendo movimentos circulares com o pé. — Tem uma atmosférica bélica. Um toque político. Eu gostei. Precisaríamos de uma *storyline* para indicar tudo isso, que reunisse os personagens que queremos para esse núcleo. E precisaríamos da infraestrutura. Onde fica o QG, como ele é? Você vai precisar de uma grande força maligna para incentivar eles a formar essa equipe e manter ela unida.

— Pois é, estive pensando nisso. Tenho algumas anotações, alguns esboços iniciais. Pensei em estudar tudo com o Jonah e depois a gente faz uma teleconferência.

— Bick, querida? Por que você não vai até o escritório com Raylan? — Pats ergueu a mão antes de Bick protestar. — Você sabe que é isso que você quer. Temos bastante leite no freezer. Você amamentou a Callie há uma hora, então está tudo certo. Saia por algumas horas.

— Mesmo? Você tem certeza?

— E perder essa chance de ter Callie só para mim? Sim, tenho certeza. Raylan te leva e te traz de volta de carro, ainda é muito longe para você ir andando. Mas podemos dar um bom passeio quando você voltar. Levar Callie para tomar um ar fresco. Vai, pode ir.

— Duas horas. Será o suficiente. Duas horas — ela repetiu, e olhou para a filha. — Nunca fiquei dois minutos longe dela. Não sei se devo. Não, eu não serei esse tipo de mãe. Né? Não. — Bick deu um longo suspiro. — Tudo bem, vamos pra aquele manicômio para conversar sobre Os Guardiões do Fronte.

Para a felicidade dos filhos e da mãe, Raylan acabou ficando duas noites pois o brainstorming estava a todo vapor. Uma das noites, ele comeu pizza do mesmo restaurante que ele e Lorilee costumavam pedir, na mesma mesa de jantar, enquanto ele e os sócios criavam ou descartavam novos enredos para as histórias.

— Olha, eu gosto do visual de uma caverna irada para o QG. — Jonah deu outra mordida na pizza, carregada de recheio. — As estalactites, estalagmites, as passagens. E ainda tem um clima familiar para os membros semidemônios.

— Odeio quando ele tem razão. — Bick pegou um dos esboços espalhados pela mesa. —Porque eu amei essa mesa de pedra gigante e autoiluminada.

— Um lugar remoto é o mais importante. Porque No One ainda está sendo caçado pelos militares.

— Podíamos usar uma caverna — Jonah especulou. — Mas não no subsolo. Talvez encravada em uma montanha. Nos Andes?

Eles debateram ideias, enquanto Jonah comia com uma das mãos e desenhava com a outra. A bebê acordou aos berros.

— É a minha pequena faminta — Bick disse antes que Pats pudesse se levantar. — Eu cuido dela. Que tal o Himalaia? É misterioso.

Ela tirou Callie do moisés e se sentou para abrir a camisa e amamentar a filha.

— Não sei por que vocês estão pensando em cavernas. — Pats deu de ombros. — Quero dizer, é escuro. E eles estão sempre lutando contra as forças das trevas. Vocês poderiam dar a eles uma ilha, uma ilha tropical remota. Com sol e praias.

Por dez segundos inteiros, todos permaneceram calados.

— Desculpa. Vocês são os especialistas.

— Não. — Raylan fez que não com a cabeça. — Na verdade estamos todos aqui pensando: por que diabos não pensamos nisso? A Ilha dos Guardiões do Fronte.

— Longe de todas as rotas marítimas — continuou Jonah. — Exuberante e intocada. No One poderia fazer a ilha desaparecer, sabe, aí ela não apareceria em imagens de satélite nem em sobrevoos.

— Posso trabalhar nisso.

— Uma ilha surgida no meio do mar, nas brumas longínquas do tempo. — Bick sorriu para Pats. — Eu te amo ainda mais. Eu quero uma cachoeira.

— E um vulcão — completou Raylan. — Precisamos ter um vulcão. O QG pode ser de vidro. Transparente. Invisível.

— Puta merda, estou adorando isso, e também te amo, Pats — disse Jonah enquanto começava um novo esboço.

𝒰ma viagem boa e produtiva, pensou Raylan enquanto dirigia sob a ponte coberta a caminho de Traveller's Creek. Com a *graphic novel* de estreia da Cobalt Flame entrando em produção final, o esqueleto de Os Guardiões do Fronte já definido e a próxima aventura de No One em andamento, a vida profissional estava indo muito bem.

Na vida pessoal, ele agora sabia que finalmente aceitara que a casa no Brooklyn pertencia a suas amigas e era capaz até de celebrar a vida que construíram lá.

Ele jantaria na casa da mãe — como ela já o havia informado — e ouviria tudo sobre as miniférias na casa da Nana. Depois de voltar para casa, dar banho e colocar as crianças na cama, ele voltaria direto ao trabalho.

As ideias simplesmente brotavam e fervilhavam em sua cabeça.

Então ele viu Adrian, correndo em um ritmo constante na companhia da enorme cachorra do outro lado da estrada. A calça justa, da cor de violetas selvagens, até o meio da panturrilha — dava para ver nitidamente o desenho dos músculos da perna. A regata, fluida, aberta nas costas, esvoaçava junto com os cabelos, uma grande massa de cachos.

Ele sentiu aquela pontada, aquele frio na barriga. E não se sentiu tão culpado desta vez, mas estremeceu de vergonha quando quase passou direto pela casa da mãe.

Fez uma curva abrupta para a garagem e, quando saiu do carro, viu Adrian e o cachorro dobrarem a esquina em direção a casa.

Ela pretendia correr para casa, mas acabou mudando o trajeto. Ainda não estava totalmente pronta para o silêncio de casa, então seguiu para a casa de Teesha. Notou que o carro de Raylan ainda não estava na garagem. Segundo os boatos que corriam pela cidade, ele tinha ido para Nova York por um ou dois dias. Ela não o vira desde o funeral do avô.

Eram tantas coisas acontecendo.

Ela se encaminhou para a porta de Teesha, mas ao ouvir gritos e risadas no quintal, deu a volta para os fundos.

Phineas e Collin se divertiam nos brinquedos do quintal, ambos com as bochechas coradas e moletons brilhantes, subindo os degraus para descer pelo escorregador.

Ela abriu o portão e soltou a guia de Sadie.

O animal correu em direção às crianças, que correram ao seu encontro.

— Oi, Sadie. Oi!

Todos pularam sobre a cachorra.

— Oi, Adrian. Oi!

— Oi, meninos. Que domingo gostoso, não é? Querem brincar com a Sadie um pouco?

— Mamãe disse que Sadie é minha cachorra substituta até o Thaddeus fazer pelo menos um ano de idade. E então talvez a gente pode ter um cachorrinho. Isso quer dizer que tenho que esperar mais 218 dias.

Só Phineas mesmo, pensou.

— Sadie adora ser sua cachorra substituta. Como a mamãe está, Collin?

— Ela vai ter uma menina. Meninas não têm pênis.

— Ouvi dizer que não. Você vai ser um bom irmão mais velho, como o Phin.

— Acho que sim. Mas ele tem um irmão com pênis.

— Bem, eu não consegui ter nenhum dos dois nem ser irmã mais velha, então vocês dois têm muita sorte. Vou dizer oi pra sua mãe, Phin.

— Ela disse pra gente brincar aqui fora porque ia dar de mamar pro bebê e fazer ele dormir. Ela dá leite do peito pra ele comer. Os meninos não conseguem fazer isso.

— Muito obrigada pela aula.

Ela foi até a porta da cozinha e espiou lá dentro. Teesha, sentada diante da bancada, acenou para que ela entrasse.

— Eu estou sentada pela primeira vez depois de tantas horas que já perdi a conta. O bebê está dormindo, os meninos estão brincando lá fora e Monroe está compondo.

— Já sei de tudo.

— E vamos pedir o jantar porque eu quero. Fique à vontade e sirva-se do que quiser.

— Já tenho o que quero. — Ela bateu em sua garrafa de água. — Você parece cansada.

— Os dentes estão nascendo. Como a gente esquece rápido desses momentos. Sua mãe já foi, está tudo bem?

— Ela partiu há algumas horas. Foi... interessante.

— A trégua, se é que posso chamar assim, continua? Sei que ela esteve em Washington por alguns dias, mas esse foi o período mais longo que eu já vi ela ficar.

— Um novo recorde! Eu não chamaria de trégua. — Adrian se sentou. — É mais uma nova forma de lidar com as coisas. E está se mantendo. Ela está sendo sincera, está tentando. E eu queria dizer que ela concordou com a produção do DVD. Estamos fazendo ajustes, mas já podemos seguir com o projeto. Vou te enviar um e-mail com os detalhes caso queira começar a se organizar.

— Preciso agitar as coisas se quiser fazer isso até a segunda semana de maio.

— Eu quero antes da formatura, então sim.

— Pode deixar. Você parece cansada, também.

— Talvez um pouco. Eu me reuni com o mestre de obras hoje de manhã, com o inspetor. Estou trazendo Kayla para o trabalho de design, então estamos discutindo algumas ideias por e-mail e mensagens de texto. Sei que você e Jan estão cuidando do Rizzo's, mas ainda preciso me manter envolvida. Ele esperava isso.

— E vamos falar do que você está evitando. Você se encontrou com a detetive particular?

Adrian abriu a garrafa de água e deu um grande gole.

— Sim, e ela parece séria e inteligente. Ela acha que consegue rastrear esse último cartão. É de uma marca bem específica. Não é igual aos outros.

— E essa é outra preocupação. Ele quebrou o padrão de novo.

— Ele queria me atingir quando eu estava na pior, e foi o que fez. Mas a detetive particular, Rachel McNee, me disse que isso foi um erro. Antes, não dava para rastrear ele. Agora temos uma pista. Talvez ela esteja certa. De qualquer forma, minha mãe quer fazer isso e eu vou deixar. — Ela olhou através das grandes portas de vidro e sorriu. — Sadie está no céu.

— E os meninos também. Adoro que o Phin tenha um melhor amigo. Meninos inteligentes precisam de amigos, e eles podem ser dois pestinhas juntos.

— Collin continua desapontado porque a irmã não tem pênis.

— Ele fala disso com frequência.

— Me desculpa, queria muito poder ver o irmão com pênis de Phin, mas preciso ir.

— Você poderia ficar, jantar conosco.

— Eu adoraria, mas tenho que trabalhar em umas coreografias.

— Você vai ficar bem, sozinha?

— Vou, é a minha casa. E eu tenho Sadie.

— Se mudar de ideia é só voltar. E não se preocupa com o resto. Vou começar a organizar as coisas, definir as datas.

Adrian se levantou.

— Raylan ainda não voltou?

— Maya disse que ele iria jantar em família esta noite. — Teesha se recostou no banco. — Por que você não investe nele?

— O quê? — Adrian recuou. — Raylan? Não. Isso seria tão... estranho.

— Por quê? Ele é muito fofo, definitivamente não é um psicopata, assassino, estuprador, viciado em drogas. E está solteiro.

— Sou amiga da irmã dele, agora sou chefe da mãe dele. Conhecia a esposa dele. Gostava muito dela. Ele ainda usa a aliança de casamento. E, além de tudo isso, já faz algum tempo desde que investi em alguém. Tenho quase certeza de que estou enferrujada.

— Você saiu com aquele cara algumas vezes no outono passado.

— O Wayne? Saímos duas vezes, e foi ele quem tomou a iniciativa, eu só aceitei. E não senti aquele clique. Precisa ter um clique. — Ela fez uma pausa, inspirou fundo. Em seguida, soltou um suspiro. — Sinto falta de sexo, não vou mentir, mas não o suficiente para dar em cima de um amigo ou sair em encontros sem sentir aquela conexão. — Ela abriu a garrafa de água novamente. — Talvez você pudesse me emprestar Monroe, só por algumas horas.

— Ele é bom nisso. Mas não. Encontra um cara só para você.

— Depois, quem sabe. Dá um beijo naquele bebê fofo por mim. Estou indo e levando a cachorra substituta de Phin para casa.

Teesha riu.

— Ele te contou isso? Eu tive que inventar alguma coisa; ele começou a me dar estatísticas sobre as vantagens de cachorros para as crianças. Não vou educar um filhote com uma criança de menos de 5 anos e um bebê na fase de dentição.

— Não precisa se justificar. Vou enviar a agenda e o itinerário finalizados.

Teesha se levantou, a acompanhou até a porta e gritou:

— Sabe, Monroe e eu primeiro fomos amigos.

— Por quanto tempo? — berrou Adrian de volta. — Cinco minutos?

— Oito. Conseguimos chegar a oito minutos. Pensa nisso.

Adrian apenas acenou, prendeu Sadie na guia e saiu correndo.

No final da semana seguinte, com a primavera lutando para florescer nas rápidas tréguas entre as chuvas geladas e as noites frias, Rachael McNee e Adrian se reuniram na sala de estar.

Rachael, uma mulher de constituição robusta na casa dos 40 anos, vestindo uma blusa de gola alta marinho e um terno cinza chumbo, bebia café preto.

A ex-policial, de cabelos curtos e lisos da mesma cor do terno, parecia mais uma bibliotecária gentil do que uma detetive particular dona de sua própria agência.

Este deve ter sido o motivo de Adrian se sentir confortável com ela.

— Eu não achei que você tivesse notícias tão cedo.

— Fiz um relatório por escrito pra você, mas achei que gostaria de ouvir o andamento pessoalmente.

— Eu também não esperava nenhum progresso tão rápido.

— Você já aguentou isso por tempo demais — disse Rachael, com aparente empatia —, sem nenhuma pista. Mas até agora o seu perseguidor só tinha usado papel comum, envelopes brancos baratos e selos com a bandeira dos Estados Unidos adquiridos em qualquer lugar. Ele é inteligente o suficiente para não lamber o selo do envelope. Ele escreve à mão com letra de forma para que a impressão não possa ser rastreada até um software de computador específico ou máquina de escrever.

— E escrever poemas à mão é mais pessoal.

Rachael arqueou uma sobrancelha e assentiu.

— Sim. Sempre o mesmo tipo de tinta, de caneta esferográfica barata. Acredito que ele use a mesma marca de caneta. Ele é uma criatura de hábitos. Mas desta vez ele quebrou esse hábito.

— Você conseguiu rastrear o cartão?

— Consegui. A agente do FBI designada pro seu caso também vai conseguir, quando ela tiver acesso a este cartão. No momento, você é minha única cliente; sua mãe deixou essa exigência bem clara.

— É, ela tem esse jeito.

— Sim. Mas o que quero dizer é que eu posso rastrear esse último cartão imediatamente. E explorar o erro dele. Ele poderia ter escolhido um cartão de ampla distribuição de uma empresa grande. Em vez disso, ele escolheu uma marca barata e de distribuição pequena.

— Pequena?

— A *Cat Club Cards*. É uma empresa caseira de uma mulher em Silver Spring, Maryland, que abriu em 18 de fevereiro deste ano. Ela tem uma distribuição bem pequena, Sra. Rizzo.

— Adrian.

— Adrian. É um trabalho bem artesanal, ela tira fotos dos gatos dela, são seis. O marido ajuda de vez em quando, ela me disse.

— Ela vendeu o cartão pra ele?

— Não. Ela não faz vendas diretas, ou pelo menos não fazia até criar um site e começar a vender online. Mas ela só conseguiu isso na semana passada. A irmã administra uma loja de cartão e artigos de papelaria em Georgetown, e comprou um estoque dos cartões. No dia 18 de fevereiro. E a Sra. Linney, a dona do negócio, vendeu seus cartões em três outros locais nas duas semanas seguintes. Um no centro de Silver Spring, em uma loja em que ela costuma fazer compras, que os adquiriu no dia 23. E duas lojas temporárias, uma em Bethesda, Maryland, outra em Washington D.C., que os colocaram à venda no dia 2 de março.

— Então o cartão que ele me mandou tinha que ser de uma dessas lojas.

— Exato. E aí já restringe a área. Os cartões foram vendidos individualmente ou em um pacote de oito modelos variados. A irmã dela adquiriu seis pacotes de itens variados e 24 individuais, incluindo o que você recebeu. Ela vendeu dois pacotes e dez individuais, incluindo o cartão "Tendo um Dia Ruim", até a data em que seu cartão foi postado no correio. Entre todos os outros locais, houve vendas de pacotes de oito e seis da versão em questão.

— Ele mora nessa área.

— Ou estava passando por ela. Nenhum desses locais tem gravações de segurança da data de que precisamos. Algumas das transações foram feitas por cartão de crédito, outras em dinheiro. Nas entrevistas com gerentes, vendedores, ninguém conseguiu se lembrar de alguém que tenha se destacado, que fosse memorável.

Rachael pôs o café de lado e colocou um par de óculos vermelhos para consultar suas anotações.

— A linha do tempo. O último poema enviado da maneira habitual tinha carimbo de 10 de fevereiro, de Topeka, Kansas. Você diz que retirou a correspondência da sua caixa postal no dia 13 de fevereiro, viu o envelope, mas não abriu na ocasião. — Ela ergueu o olhar, com uma expressão ainda mais empática. — Foi no mesmo dia em que seu avô morreu.

— Sim.

— No dia 17 de fevereiro o obituário e um artigo sobre ele, a esposa e sua família foram publicados nos jornais da região e o site de Traveller's Creek tinha um link para as matérias naquela data.

— Certo. — Adrian recostou-se. — E no dia seguinte o cartão foi colocado à venda em Georgetown. Alguns dias depois, em Silver Spring, e, alguns dias depois, nas lojas temporárias.

— Correto. O cartão tem carimbo de 16 de março, dez dias antes da cerimônia, noticiada nos jornais e no site da cidade. Este cartão, em vez de ser enviado para sua caixa postal, foi enviado para o restaurante e você abriu ele um dia depois do memorial.

Quando Adrian se levantou, Sadie ergueu a cabeça, para verificar se era necessária. A cachorra continuou observando enquanto Adrian andava.

— Eles publicaram a história no jornal de Kitty Hawk também. Meus bisavós abriram um Rizzo's lá quando se mudaram, antes de eu nascer. Meus avós venderam lá quando os pais do meu avô morreram. Não conseguiriam administrar os dois restaurantes. Ele pode ter lido sobre a morte do meu avô em vários lugares.

— É. Eu acho que ele verifica os jornais locais à procura de qualquer menção a você ou sua família. Ele pode estar te observando à distância. Pode ver seu blog, assistir aos seus treinos, comprar seus DVDs. Deve ter todos eles, Adrian. E deve assistir com frequência.

Ela lutou contra o calafrio que percorreu seu corpo.

— As agências policiais estão todas de acordo de que não se trata de obsessão sexual.

— Eu concordo. Ele pode ser assexuado. Na verdade, pode ser uma mulher heterossexual, mas nunca teve qualquer indício de obsessão sexual nos poemas. Ele exerce poder e controle sobre você de uma maneira diferente. A constância e a brevidade dos poemas, a ameaça de te machucar. Ele gosta demais de perturbar sua vida para acabar com ela.

— Até agora.

Rachael ergueu as mãos com as palmas para cima, indicando não saber.

— O aumento da frequência não é um bom sinal. E embora ele nunca tenha agido para cumprir uma dessas ameaças indiretas, e possa nunca agir, você deveria considerar contratar um segurança pessoal. Eu posso recomendar alguns profissionais.

— Tenho a Sadie e um sistema de segurança. Tenho feito cursos on-line. Autodefesa, artes marciais. Não posso nem imaginar contratar um guarda-costas. Por quanto tempo? Isso poderia facilmente durar mais dez ou doze anos. E faz parte da tortura, não é? Não saber se isso vai parar. E, Deus, imaginar o que fazer se e quando isso acontecer. O que isso significaria. — Ela se sentou novamente. — Agradeço muito o trabalho que já fez. São as informações mais detalhadas que já tive desde que isso começou.

— Ah, eu não terminei. Ainda tenho umas pistas para seguir. Sua mãe quer um trabalho minucioso, Adrian. Sou muito boa em ser minuciosa. — Rachael tirou um grande envelope pardo de sua pasta. — Essa é uma cópia do meu relatório escrito. Mandei uma pra sua mãe. Se você tiver alguma dúvida, se receber outro poema, por favor, fala comigo.

— Pode deixar. Posso perguntar por que você deixou a polícia?

— Depois de dois filhos, meu marido e eu conversamos sobre isso. É um trabalho perigoso. Investigar não é como você vê na TV ou no cinema. É pesquisa, trabalho de campo, relatórios. E — continuou enquanto se levantava — eu queria algo meu. Queria tomar minhas próprias decisões.

— Eu entendo.

Rachael estendeu a mão.

— Seja sensata. Toma cuidado. Entrarei em contato.

Adrian levou a xícara e o pires para a cozinha e os lavou. Tinha coisas para fazer, sempre havia algum trabalho que podia fazer.

Mas, se ficasse em casa, ela acabaria lendo o relatório, repassaria tudo o que já tinha ouvido. O assunto ficaria martelando em sua cabeça como uma dor de dente.

— O sol está brilhando para variar, Sadie. Que tal eu me trocar e a gente sair para correr?

Sadie entendia muito bem as palavras "sair" e "correr", e correu para o hall de entrada, onde sua guia estava pendurada. Deu um único latido afirmativo.

— Me dá cinco minutinhos para eu colocar as roupas de corrida, e aí a gente vai.

Capítulo dezoito

⌘ ⌘ ⌘

Quando ela visitou a obra na semana seguinte, ficou maravilhada com as paredes, agora já com o drywall, revestidas com massa corrida e lixadas.

Ela se virou para Kayla, que estava em casa para o recesso de primavera.

— Está lindo, né?

— Tá tão legal. Esse lugar. — Em seu jeans desgastados e moletom da faculdade, Kayla deu uma volta completa para apreciar o ambiente. — Costumávamos dizer que era mal-assombrado.

— Pode ter sido. Mas se tivesse fantasmas aqui, eu diria que eles estão felizes agora. E queria te agradecer por passar o recesso de primavera enfiada em uma obra.

— Eu mal pude acreditar quando você me chamou pra ajudar a decorar o novo centro da juventude. A gente teria amado ter um espaço assim na época do colégio. Sinto muito pelo seu avô, Adrian. Ele significava muito para todos. E tenho muita honra de fazer parte disso.

— Ótimo, porque eu preciso de ajuda. — Ela colocou um braço em volta da cintura de Kayla. — Acho que sou uma mulher decidida e tenho uma boa visão, além de bom gosto razoável. Mas eu olho ao meu redor e não sei nem por onde começar.

— Bom, você disse que queria algo acolhedor, alegre, mas fácil de manter. Nada muito espalhafatoso, mas também nada muito sem graça. E também queria preservar a história do prédio.

— Acha que consegue bolar algo assim?

— Tenho algumas amostras e painéis de ideias de design no meu carro. Posso ir lá pegar?

— Painéis? Sim, ótimo. Vou te ajudar.

Ela estava prestes a sair quando Mark a chamou do topo da nova escada.

— Ei, Adrian, você pode subir e olhar isso? Oi, Kayla. Como está a universitária?

— Eu tô bem, Sr. Wicker. Como estão Charlie e Rich?

— Crescendo como ervas daninhas. A Kayla costumava cuidar dos meus filhos.

Sempre tinha uma conexão entre as pessoas em Traveller's Creek, pensou Adrian.

— Eu já subo. Precisamos buscar umas coisas no carro de Kayla antes.

— Ah, eu posso pegar para vocês. Ei, Derrick, você pode descer e ajudar a Kayla a trazer as coisas dela?

— Pode deixar. — Derrick, um homem alto e magro, com cotovelos proeminentes, desceu correndo as escadas com suas botas de trabalho. — Como estão as coisas, Kayla?

Adrian subiu e estudou a ideia para uma mudança inteligente em um dos armários de armazenamento.

Quando ela desceu, Kayla tinha espalhado as amostras sobre uma peça de compensado apoiada sobre cavaletes e três painéis com elementos de design agrupados.

— Nossa, que profissional!

— Você precisa de opções. As fotos e os vídeos que você me enviou ajudaram muito. Achei que gostaria que suas cores e tons fluíssem. Escolher dentro de uma palheta de cores? Mas acho que precisamos ter zonas bem definidas, mas com uma fluidez. Você precisa de uma mistura de elementos antigos para manter o aspecto histórico, então eu estava vendo esse piso para os banheiros e áreas de alimentação.

— Parece tijolo.

— Mas é um ladrilho antiderrapante fácil de limpar. Ou podemos usar um revestimento de vinil neutro, talvez revestir uma parede com a estampa de tijolo. Pros armários, podemos usar cores, pra alegrar, mas com frentes lisas e portas fáceis de limpar. Nas ferragens damos um toque rústico.

— Já estou amando o verde-escuro para os armários. Sou suspeita com verde.

— Eu me lembro. Podemos combinar com as bancadas brancas e é artificial e não precisa de selagem, não mancha. Podemos fazer uma borda arredondada. Fica bonito e é mais seguro para as crianças. Talvez uns puxadores de bronze antigos.

Adrian estudou enquanto Kayla reorganizava as amostras em grupos.

— Pode continuar.

Quando terminaram, Adrian tinha escolhido a maioria dos materiais e separado algumas amostras para levar para casa e analisar melhor.

Mark desceu para estudar algumas das escolhas.

— Gosto do que estou vendo. Olha você. — Ele cutucou o braço de Kayla. — Toda profissional.

O irmão de Mark, Paul, o ex-marrento, se aproximou para observar.

— Armários verdes. Que descolado. — Ele piscou para Kayla e depois abriu um enorme sorriso para Adrian. — Não sabia que você viria esta noite. Teria usado meu boné bom.

Paul, lembrou Adrian, sorrindo de volta.

— Achei que esse fosse o seu boné bom.

— Essa coisa velha aqui?

— Paul, por que você não ajuda as garotas a levarem tudo isso para o carro.

— Com prazer. Com certeza é uma alegria ajudar a trazer este velho lugar de volta à vida. — Ele pegou os painéis fazendo um pouco de pose. — Claro, estou ansioso por um clima de primavera de verdade, se é que isso vai chegar por aqui. Vejo você correndo com sua cachorra de vez em quando. Vocês duas são uma bela dupla.

— A Sadie adora correr. Eu também. — Ela abriu a porta para Sadie entrar no carro. — Só o painel que está por cima que vai nesse carro, Paul, obrigada.

— Mason vai começar a limpar e rejuntar o tijolo na próxima semana, se a chuva parar. — Ele se encostou no carro dela por um minuto. — Depois disso você vai ver uma diferença real. Quando a gente aplicar o revestimento de madeira no segundo andar também. — Ele coçou o queixo. — Mais algumas semanas de clima bom e isso aqui vai ficar um brinco.

— Mal posso esperar. Obrigada de novo.

— Sempre que precisar. Eu pretendo passar no Rizzo's para beber uma cerveja e comer uns pedaços de pizza. Se quiser conversar de trabalho um dia desses, ficaria feliz em te pagar uma rodada.

— Obrigada. Se não der, vejo você aqui em alguns dias.

Ele bateu na aba do boné.

— Se cuida. — E voltou para dentro do prédio todo pomposo.

— Ele estava flertando descaradamente com você.

— Pois é, percebi.

— Ele é uma graça, e tem um corpo atlético. Barry costumava sair com a irmã dele. Paul é uma boa pessoa. Ele costumava ser meio selvagem, segundo Barry, mas agora é tranquilo.

— É, mas... — Adrian fez um som evasivo.

— Não tem faísca?

— Acho que não. Ele é atlético. É algo para pensar a respeito. Vou tomar uma decisão sobre o resto da decoração esta noite. Ou amanhã. Sei que precisamos conversar sobre os móveis antes do fim do seu recesso.

— Eu tenho umas ideias.

— Estou contando com isso. Até mais.

Não havia faísca, pensou Adrian enquanto dirigia para casa. Nada de clique. Mas, de novo, ela não tinha dado muita chance. Poderia muito bem tomar uma cerveja casualmente no Rizzo's, e só... ver o que acontece.

— Só não consigo reunir energia pra isso, Sadie. Talvez depois que a produção do DVD e as obras do centro juvenil estiverem prontas. É algo a se pensar.

Ela fez um pequeno desvio para a casa de Teesha, na esperança de mostrar as opções dos itens para as quais ainda não havia se decidido.

O carro da família não estava na entrada, o que significava que todos tinham ido a algum lugar para fazer alguma coisa de família.

Então viu o carro de Raylan na entrada da casa dele e estacionou atrás.

Adrian ainda não havia tido o tempo ou oportunidade para falar com ele desde a cerimônia memorial. Ela interromperia seu dia de trabalho, pensou enquanto soltava Sadie novamente. Mas seria breve.

Saltando à frente, a cachorra começou a se sacudir toda de felicidade.

— Faz um tempo que você não vê seu namorado, Sadie. A culpa é minha.

Adrian bateu na porta e fez um carinho na cabeça do animal.

— Você precisa tentar ser mais discreta, sabe, deixar que ele se esforce para te conquistar...

Raylan abriu a porta, com o telefone no ouvido. Os cachorros, um de cada lado da porta, pularam um no outro e acabaram embolados em uma pilha eufórica de amor no chão da sala de estar.

— Ou não — murmurou Adrian. Raylan sinalizou para ela entrar.

Ele usava calça de moletom cinza, um moletom com uma estampa do No One, obviamente não fazia a barba há um ou dois dias e parecia, pensou Adrian, estranhamente adorável.

— É, é a namorada do meu cachorro. Sim, meu cachorro tem namorada. — Raylan deu um passo para o lado para desviar da pilha de cachorros. — Engraçado. Não, isso seria ótimo, sério. Minha mãe pode cuidar deles e podemos aproveitar a noite. Sim, faz tempo demais. Claro, vejo você em algumas semanas.

Ele desligou e colocou o celular no bolso.

— Oi.

— Oi. Desculpa interromper.

— Não se preocupa. — Ele olhou para os cachorros entretidos lambendo o focinho um do outro. — Nós fomos negligentes com os amantes.

— É o que parece, temos que melhorar isso.

— Que tal deixar os dois no quintal, pra ficarem mais à vontade?

— Claro, mas não quero te atrapalhar. Você deve estar trabalhando.

— Eu continuo depois. Vamos, pombinhos.

Ele liderou o caminho para fora e saiu pela porta dos fundos, onde os cães dispararam para correr ao redor do gramado.

— Quer beber alguma coisa? Coca, água, suco?

— Estou bem, obrigada.

A cozinha lembrava família, pensou Adrian. O calendário na geladeira com a programação do mês, o quadro de cortiça onde ele pregava os desenhos das crianças, alguns cartões de visita, uma fruteira quase vazia na bancada.

— Não te vejo desde a cerimônia — começou ela —, e queria conversar com você sobre algumas coisas.

— Como você está?

— Bem. Estou bem, na verdade. Quando a Nona morreu, eu só visitava ela. Eram visitas prolongadas muitas vezes, mas eram visitas. Eu sentia falta dela, mas estava mais preocupada com Nono. Depois vim morar aqui. Faz mais de dois anos. Algumas manhãs eu me levanto e tento lembrar se é a minha vez de levar ele pro trabalho ou espero sentir o cheiro de seu café da manhã quando desço para a cozinha. Mas aí eu lembro.

— Ainda espero ver o Dom atrás do balcão do Rizzo's na maioria das vezes. Ele foi uma parte fundamental de muitas vidas.

— Ele era. Queria te dizer que... Eu sei que já te agradeci por toda a ajuda que me deu, por estar ao meu lado. Mas eu queria que você soubesse o quanto o que você disse significou para mim. Você disse que ele viveu uma vida longa, bonita e generosa. E o destino o reservou um final cheio de amor. Naquele momento terrível, me ajudou muito ouvir isso. E eu ainda repito essas palavras quando preciso, e elas me ajudam. Todo o resto que fez por mim, dar os telefonemas, segurar minha mão quando liguei para minha mãe, tudo isso foi muito importante. Mas as palavras ficarão para sempre.

— E agora estou sem palavras.

— Naquela hora eu não estava pensando direito, mas desde então venho pensando nisso. Por que você estava lá? No momento em que mais precisávamos?

— Eu passei por lá para te mostrar a prova gráfica da *graphic novel* da Flame.

— Está pronta?

— Aham. E estava praticamente pronta. Eu imprimi uma prova e, como baseei o visual dela em você, eu fui te mostrar.

— Você ainda está com ela?

— Claro.

— Posso ver?

— Claro — repetiu. — Está no meu escritório.

Ela o seguiu, e, enquanto ele contornava a mesa de trabalho para abrir uma gaveta, examinou os esboços na parede e na prancheta de desenho.

— Você está trabalhando em outra história do No One. E... — Ela se aproximou. — Agora ele vai lutar contra Divina, a Feiticeira. Adorei. Eles têm uma tensão sexual mesmo quando estão tentando destruir um ao outro. Isto será interessante. — Ela mudou de posição, tocando em outro esboço. — É uma fortaleza de vidro? Vidro não — corrigiu ela. — Algum tipo de material transparente, impenetrável, certo? Muito, muito legal. É uma ilha? Parece uma ilha. Sim, é uma ilha. Com um vulcão! Quem não ama um vulcão? — Ela se virou para ele, que a olhava completamente confuso. — É um QG, certo? Deve ser dos mocinhos, porque é transparente. Ai, me diga que você está finalmente formando uma equipe de heróis. Está criando seus Vingadores, sua Liga da Justiça.

— Guardiões do Fronte. Os Guardiões do Fronte.

— Os Guardiões do Fronte — disse ela com suavidade e uma certa reverência. — Perfeito. Unindo suas forças, alinhando suas missões, forjando seus poderes para se aliar contra o mal.

— Acho que podemos usar isso.

— Vai ter umas brigas, tem que ter. E Violet Queen e Snow Raven já tiveram uns problemas no *Queen's Gambit*.

— Caramba! — Raylan só conseguiu olhar para ela, deslumbrado.

— Mas Snow Raven e No One formaram um bom time no *No Quarter*, e no seguimento, *All In*. A Cobalt Flame vai se juntar a eles? Será que vão confiar nela?

— Achamos que True Angel vai defender a entrada dela, e, depois de algum debate, ela será aceita como membro em um período de experiência. Você realmente lê nossas histórias.

— Gosto dos conflitos, os emocionais, e das batalhas. O bem contra o mal, a solidão de viver uma vida dupla, arriscando tudo. E eu gosto do conselho de tio Ben a Peter. "Com grandes poderes vem grandes responsabilidades."

Ela viu o livro na mão de Raylan.

— É a Flame?

Ele o entregou a Adrian e teve que sorrir quando ela deu pulinhos.

— Ah meu Deus, isso é tão legal.

— É só uma boneca, com papel e encadernação mais baratos.

— Está incrível. É maravilhoso. — Adrian folheou com cuidado. — Ela parece tão solitária e atormentada quando está sozinha, mas então ganha vida, fica simplesmente magnífica cavalgando seu dragão. E olha o contraste dela com a Angel. É mais do que físico. — Ela ergueu os olhos. — Estou parecendo uma tiete, Raylan, mas a sua arte é simplesmente incrível.

— Ei, você gostaria de morar no meu escritório e repetir isso de hora em hora?

— Nós que somos bons no que fazemos e trabalhamos nisso sabemos que somos bons no que fazemos. Por isso continuamos trabalhando nisso. — Com um suspiro, ela devolveu o livro para ele. — Obrigada por me deixar ver.

— Pode ficar com ele.

— Posso? — Ela deu um soco no braço dele. — Mesmo?

— Aham. — Raylan esfregou o braço discretamente. — Você é muito forte.

— Caramba! Quero uma dedicatória, escreve, escreve.

— Eu escrevo, se você não me bater de novo.

— Já que elogiei sua arte, e de coração — disse ela enquanto ele pegava uma caneta marcador vermelha —, tem outra coisa que gostaria de conversar com você. O centro juvenil está dentro do cronograma e esperamos que a inauguração seja em setembro. Parte do que pretendemos oferecer lá são demonstrações e aulas práticas. Artesanato, esportes, música, neste quesito já escolhemos Monroe, dança e artes. Gostaria de contar com você para ceder um pouco de seu tempo para fazer uma demonstração, ensinar arte e ilustração.

— Posso fazer isso.

— Nossa, isso foi fácil.

— Meus sócios e eu costumávamos fazer esse tipo de coisa de vez em quando para escolas e feiras locais, em dias de palestras sobre profissões. É divertido, encontramos um de nossos estagiários de verão em um evento assim no ano passado.

— Então você está definitivamente contratado. Pretendemos pagar com grande apreço e calorosos apertos de mão.

— Isso cobre meus honorários pra esse tipo de evento.

— Obrigada, Raylan. — Ela pegou o livro de volta, e o apertou junto ao peito. — E obrigada por isso. Última coisa, e te deixo em paz. Vou retomar a tradição do jantar na casa dos Rizzo. A casa precisa de gente. Que tal você e as crianças testarem minhas habilidades culinárias na sexta-feira?

— Parece... Ah, esqueci. Minha mãe vai ficar com eles na sexta-feira. Eles combinaram uma maratona de filmes e festa do pijama. Não fui convidado.

— Ah, bem. Só você então? A menos que você queira aproveitar o silêncio e a tranquilidade sozinho, o que segundo Teesha é melhor do que champanhe e caviar.

— Eu não entendo esse lance de caviar — comentou. — Sou igual ao Tom Hanks em *Quero Ser Grande* neste negócio de caviar. Enfim, claro. Uma refeição grátis que eu não precise cozinhar?

— Ótimo. Você será minha primeira vítima. Quer dizer, meu primeiro convidado. Eu cancelo o caviar. Sete horas está bom?

— Sim, perfeito.

— Então, até mais. Vou sair pra buscar Sadie e já vou pelo quintal direto até o carro. Você quer o Jasper dentro ou fora?

— Ele tem que ficar lá fora até se recuperar. Ele fica de mau humor depois que a Sadie vai embora.

— Não esquece de levar ele na sexta-feira.

Ele permaneceu onde estava enquanto ela saía pelos fundos. Deixe que ela saia sozinha, lembrou a si mesmo, como os amigos fazem.

Amigos.

Não era um encontro. Ela convidou as crianças também, e o cachorro, para jantar. Só porque as crianças não podiam ir, não significava que era um encontro.

E a parte triste? Ele não tinha certeza de que se lembrava como era um encontro.

Então era uma boa coisa não ser um encontro. E como não era um encontro, ele concluiu que era um idiota quando estacionou na casa grande na sexta à noite. Ele ficou obcecado sobre o que vestir, o que era simplesmente constrangedor.

Ele escolheu jeans, sempre a opção segura, e depois se pegou debatendo se deveria enfiar a camisa para dentro da calça ou não, e trocou por um suéter leve de primavera.

Pegou uma boa garrafa de vinho, porque é o que se deve fazer, mas conteve o impulso de parar na floricultura e comprar flores.

Seria um exagero.

Agora, com Jasper quase se jogando contra a porta no banco de trás, ele parou por um último momento.

— Ela não está interessada em você assim, nunca esteve, então para com isso. E você não saberia lidar com isso se ela estivesse, então só para.

Ele abriu a porta, deixou Jasper disparar para fora em direção à porta da frente. Raylan o seguiu mais devagar, atendendo ao telefone tocando em seu bolso. Era Jonah via FaceTime.

— Jonah.

— Ei, cara, tem um minuto? Eu queria discutir um detalhe com você.

— Ah, na verdade, posso te ligar mais tarde? Estou indo jantar.

— Ah, claro. Eu não estou ouvindo as crianças. Sempre ouço as crianças quando você está jantando.

— Elas estão na casa da minha mãe.

— Ah, legal! Bem, então come enquanto eu explico para você. Acho que daria uma nova cara, mas teríamos que reorganizar alguns pontos.

— Não estou em casa. Vim jantar com uma amiga.

— Jantar com uma amiga? Que amiga? Espere um minuto. Você fez a barba. É um encontro!

— Não, não é um encontro.

— Ei, esse é o Jasper. Por que ele está choramingando assim? Espere! Você tem um encontro com a Flame! A garota que tem uma cachorra que Jasper está apaixonado. Minha nossa!

— Não é um encontro. Cala a boca.

— É a rainha do fitness gostosa, certo? Ela já chegou? Você está cozinhando? Não, você disse que não estava em casa, mas está com o cachorro. Está na casa dela! Ela vai cozinhar. Uh lá lá!

— Me lembra de chutar seu saco da próxima vez que a gente se encontrar.

— Claro, claro. Ei, me manda uma mensagem mais tarde. Eu quero saber tudo sobre...

Raylan desligou. Ocorreu-lhe que a conversa que acabara de ter poderia ter sido protagonizada por dois adolescentes transbordando de hormônios.

Por alguma razão, isso o acalmou.

Ele deixou a grande aldrava bater contra a porta.

Ela usava jeans — ponto para ele — e uma camisa em um tom amarelo-claro sobre uma camiseta branca e justa. Os deslumbrantes cabelos estavam presos para trás e para cima.

— Bem na hora — saudou Adrian enquanto Jasper corria em direção a Sadie. — Escolha perfeita. — Ela pegou o vinho. — Vai combinar com o cardápio desta noite. Vamos entrar e servir esse vinho.

Havia música tocando. Dom sempre deixava uma música ambiente, também, apenas um murmúrio ao fundo.

E o que mais parecia familiar? Os aromas.

— Seja qual for o menu, o cheiro está delicioso.

— Sim, espero que o gosto esteja igual. Nono deixou a receita secreta de molho de tomate no testamento. Um envelope lacrado. — Ela sorriu para Raylan enquanto abria o vinho com habilidade. — Tipo, selado com um lacre de verdade. Devo memorizar a receita colocar ela de volta em um envelope lacrado e em local seguro. E passar para meus filhos quando e se merecerem. — Ela pegou taças de vinho. — Eu sei que a sua mãe também tem a receita, esse era o nível de confiança dele.

— E é merecido! Ela nunca revelou o segredo e nunca fez o molho do Rizzo's em casa.

— Esta noite, eu fiz. Vamos comer lasanha, que nunca fiz sozinha. E se não for tão boa quanto cheira? Minta. — Ela serviu o vinho. — Obrigada por vir — acrescentou. — É um verdadeiro test-drive para mim. Cozinhar sozinha, pra outra pessoa, descobrir como iniciar essa parte da vida novamente.

Ele pegou o vinho que ela ofereceu e encostou a taça na dela.

— Ao sucesso dos test-drives.

— *Salute*. Por que não se senta? Podemos comer o antepasto aqui, e depois passamos para a sala de jantar pro prato principal.

— Uma refeição de verdade.

— Uma refeição italiana. — Ela pegou a travessa comprida e estreita, transferiu um pouco do pepperoncini, tomates-cereja, grão de bico, azeitonas e outros ingredientes, marinados no vinagrete como o que sua avó fazia, para pequenos pratos.

— Entrada e prato principal, até sobremesa. Estou confiante, foi minha Nona que me ensinou. Você deve cozinhar alguma coisa, com duas crianças para alimentar.

— Não podemos viver da comida do Rizzo's, por mais que eles gostem. A grelha e a wok estão sempre prontas, mas sei fazer um frango assado muito bom. Além disso, não é possível crescer com minha mãe e não aprender a cozinhar.

— Imaginei.

— Se estou enrolado... Eu diria para não me julgar, mas sendo você, sei que vai. Eu preparo asinhas de frango e bolinho de batata rosti.

— Mimi fazia isso às vezes, quando minha mãe estava fora da cidade. Era nosso segredo. E eu não julgo. — Ela comeu um pouco de provolone. — Eu educo. Minha mãe julga, mas ela está tentando diminuir isso.

— É sério?

— Estamos... fazendo uma espécie de test-drive. A morte do Nono realmente mexeu com ela. Está reavaliando tudo. Já tinha começado antes. Ela me enviou uma mensagem na véspera de Ano-Novo, logo depois da meia-noite, para me desejar um feliz Ano-Novo. Ela nunca tinha feito isso na vida. E está concordando, sem muita resistência, com a temática do colégio para nosso novo DVD.

— Ouvi comentários sobre isso. O burburinho na cidade não para.

— Estou muito animada. Amei a ideia do tema de duas gerações. Duas e meia — corrigiu ela — considerando que já saí do colégio há um bom tempo.

— Você vai usar atletas? Aliás, isso está uma delícia.

— Obrigada. Temos uma líder de torcida, um *linebacker* de futebol americano, um professor de educação física, o treinador de futebol, então os atletas estão representados. Também teremos geeks da ciência, nerds da matemática, dramaturgos, um estudante que conseguiu entrar na Virginia Tech.

Ela sorriu com a taça de vinho perto dos lábios.

— É diversificado em todos os sentidos. Sexo, idade, raça, em forma física, não tanto na forma física. Montar um bom programa que abranja tudo isso é um desafio.

— Aposto que você adorou.

— Você está certo. Minha mãe volta em algumas semanas para a gente fazer os ensaios, ter certeza de que tudo está funcionando bem e marcar o tempo com o elenco completo. Então a equipe chega, nós preparamos e filmamos em um fim de semana, dois dias inteiros, com um tempo depois da aula para um terceiro dia, se necessário. — Pronto para o grande teste?

— Se eu tiver que sentir esse cheiro por muito mais tempo sem experimentar, vou começar a babar.

— Dedos cruzados. Por que você não põe os cachorros lá fora e acende as velas na mesa? Eu vou pegar o resto.

Mais fácil do que ele pensava, admitiu quando soltou os cachorros. Ela era, sempre foi, fácil de conversar, de estar por perto. E alguém que não conseguisse relaxar naquela casa, era porque tinha sérios problemas.

Ela trouxe a lasanha e os deliciosos palitos de pão, uma marca dos Rizzo, e um prato de tomates-cereja assados em azeite e ervas.

— Vou te servir, tudo bem?

— Ok, mas pode ser generosa.

— Tomara que você não se arrependa de dizer isso.

Ela serviu generosos quadrados de lasanha com os acompanhamentos enquanto Raylan completava as taças de vinho.

Ela se sentou e pegou a primeira garfada.

— Lá vai.

Eles experimentaram o primeiro pedaço juntos. O sorriso de Adrian se espalhou lentamente antes que ela levantasse as sobrancelhas.

— O legado dos Rizzo continua vivo — concluiu Raylan enquanto dava outra garfada.

— Ufa. Nunca serei uma cozinheira tão apaixonada e competente como meus avós foram, mas é bom saber que não decepcionei. Agora que minha ansiedade de desempenho passou, devo dizer que li seu livro. Duas vezes.

— Estou muito ocupado comendo pra ter a minha própria ansiedade de desempenho.

— Que bom, porque seria um desperdício e agora pode guardar ela quando for mais apropriado. Admito minha distração pessoal na primeira leitura. Me ver nas páginas, na história. Foi estranho e maravilhoso ao mesmo tempo. Na segunda leitura, não era eu, era ela, mas eu ainda pude sentir o conflito dela. Ela é tão atormentada. A atração e repulsa por Grievous. A admiração e inveja por True Angel. — Pegando seu vinho, ela gesticulou antes de tomar um gole. — E por mais que eu já tivesse lido, e soubesse o que iria acontecer, aquele momento no subsolo da casa noturna, Styx, onde a Angel tá ferida, indefesa, e Grievous tá pressionando para que Flame acabe com Angel, para acender a faísca que destruirá a cidade, é eletrizante. Se matar True Angel e entregar a alma dela a Grievous, Flame se libertará dele. Estará condenada à escuridão, mas ela entende a escuridão. Então quando ela usa seu poder, seu fogo contra Grievous, pra salvar Angel, pra salvar as pessoas que a temem e a odeiam, é muita emoção.

— Estou começando a me perguntar como meu ego sobreviveu sem você.

— Não estou exagerando. A cena poderia acabar de outra forma, porque Flame é um pouco maluca. Ela é movida pela emoção, e Angel é tudo o que ela se convenceu de que não pode ser, e ela a inveja, de uma forma muito sombria. — Ela espetou um tomate. — Destruir True Angel teria dado a ela tudo o que ela pensava que queria, que pensava que merecia.

— E isso a faria romper com sua parte humana, de modo definitivo e completo.

— E, em vez disso, ela escolheu seu lado humano. Seus filhos se divertem com o que você faz?

— Em geral, eles encaram como meu trabalho, e Bradley continua obcecado pelo Batman.

Achando graça, Adrian bebeu um pouco de vinho.

— Tenho certeza de que é só uma fase.

— Quando pintamos os ovos para a Páscoa, ele desenhou um capuz do Batman em um deles. Era um desenho muito bom. Eu aprendi a viver com isso e tento amenizar a situação com meu sócio Jonah, que leva para o lado pessoal.

— Você sente falta? — perguntou Adrian. — De estar junto com as pessoas com quem trabalha?

— Um pouco, sim. Lá tem uma vibração, uma energia, e aí eu perco um pouco disso nas teleconferências. Eu provavelmente consigo trabalhar mais tempo sem interrupções dessa maneira, mas sinto falta das reuniões diárias. E você, Srta. Nova York, tem saudades?

— Achei que teria, mas na verdade não. De qualquer forma, a maior parte do meu trabalho eu faço sozinha. Ter Teesha e Monroe aqui perto de mim é muito bom, mas no que diz respeito ao trabalho, o meu não é colaborativo como o seu, pelo menos não até que esteja chegando aos estágios finais.

— Monroe. — Raylan mergulhou o último palito de pão no pequeno prato de azeite. — Eu não tinha ideia quando nos mudamos pra casa do lado de que ele tinha escrito cerca de dez por cento das músicas da minha *playlist*.

— Ele é um cara discreto.

— É. Às vezes ele se senta no quintal, fica tocando violão ou teclado. Ou o sax. Eu perguntei uma vez por que ele não cantava as próprias canções. Ele respondeu: gosto do sossego.

— Exatamente. Adrian, foi um jantar delicioso. Sério, foi incrível.

— Ainda não acabou. Temos zabaglione. Fiquei confiante pra experimentar porque a Nona me ensinou o segredo anos atrás. Só vou limpar a mesa. Cappuccino?

— Claro. Vou te ajudar.

Os dois se levantaram e recolheram os pratos.

— Ah, eu vi a Maya hoje — começou Adrian enquanto carregavam os pratos para a cozinha. — Ela tinha acabado de voltar do checkup semanal e está tudo bem.

— Eu soube. Mamãe está pirando com a ideia de ter uma menina. Joe está feliz. Collin, nem tanto, e me contou, em segredo, que acha que eles estão cometendo um grande erro porque as garotas são estúpidas.

— E o que você respondeu?

— Eu expressei uma certa simpatia para estabelecer uma base de confiança. Depois, enumerei várias garotas que não são estúpidas. A Power Ranger Rosa, Mulher Maravilha, Princesa Leia, Tempestade, Violet Queen, sua mãe, sua avó. Não mencionei a prima porque agora Mariah é a definição dele de estúpida.

— Muito esperto.

Ela se virou para a máquina de cappuccino quando ele se aproximou para colocar os pratos na mesa. E esbarrou nele.

Adrian olhou para cima. Olhos verdes. Por que ele precisava ter olhos verdes? Ela se inclinou, na direção dele, atendendo ao desejo.

E se recuperando, recuou.

— Me desculpa. Meu Deus! Raylan, sinto muito. Isso foi...

Ele fechou a mão levemente ao redor do braço dela para mantê-la no lugar.

— Você tem mesmo que se desculpar?

Capítulo dezenove

✖ ✖ ✖

Ela não conseguia concatenar seus pensamentos. Não conseguia encontrar uma frase coerente para falar.

— É que não foi minha intenção... Eu não armei isso para... não fiz isso para que você..... Ai, meu Deus.

— Primeiro vamos ver se os dois sentem muito, ou não.

Isso mudaria as coisas; grandes momentos mudam as coisas. Então ele a puxou lentamente, fez uma pausa antes de completar a distância e tocar os lábios dela com o seus.

Lento, suave, doce. Apenas uma amostra, um teste do qual qualquer um deles poderia sair sem prejudicar uma longa e importante amizade.

Atraída pelo gesto lento, suave e doce, ela se inclinou na direção dele outra vez.

Como uma chave em uma fechadura. Ela sentiu o clique que há tanto tempo não sentia, e se deixou mergulhar no beijo, no momento.

Isso mudou as coisas. Ela colocou a mão na bochecha dele, então deslizou os dedos para cima e acariciou os cabelos de Raylan, e as coisas mudaram.

Foi ele ou ela quem havia aprofundado o beijo? Adrian não sabia, só sabia que tudo dentro dela queria mais.

Ele recuou, seus olhos ainda nos dela.

— Ainda sente muito?

— Não, nem um pouco.

— Nem eu.

Desta vez, ela colocou os braços em volta do pescoço dele, e o gemido que percorreu seu corpo transbordou pela garganta quando ele agarrou seus quadris.

— O mais inteligente a fazer — conseguiu dizer antes de beijá-lo novamente. — O mais inteligente a fazer seria esperar mais um pouco pra isso.

— Seria mesmo? — Ele subiu as mãos pelas laterais do corpo dela e desceu novamente. — Seria mesmo?

— Ou podemos só subir agora, economizar tempo.

— A gestão do tempo é subestimada. Eu voto nessa opção.

Ela pegou a mão dele e respirou fundo. Eles saíram da cozinha juntos.

— Não esperava que a noite acabasse assim — começou ela.

— De novo, nem eu. Mas já pensei sobre isso.

Ela parou na base da escada.

— Mesmo?

— Não para. Assim o risco de você mudar de ideia é menor.

A agitação em sua barriga subiu para o peito.

— Isso não vai acontecer.

— O negócio é o seguinte. Não estive com ninguém desde Lorilee, então estou enferrujado.

— Eu também estou em longo período de seca. Vamos refrescar a memória um do outro.

Ela entrou no quarto, onde, como sempre, havia deixado a bela luminária perto da janela com uma luz suave.

Então se virou para ele.

Ela queria aquele calor, aquela excitação, a emoção nervosa.

— Eu me lembro dessa parte. — Ele murmurou quase tocando os lábios de Adrian com os seus enquanto as mãos começaram a deslizar pelo corpo dela.

Quando ele começou a puxar os grampos de seu cabelo, ela instintivamente segurou a mão dele.

— Ah, isso vai ser...

— Incrível. São tão maravilhosos. — Passando os dedos pelos cabelos dela, Raylan a cercou em direção à cama. — Estou me lembrando de tudo agora.

Em um movimento suave que fez o coração de Adrian disparar, ele a pegou no colo e a deitou na cama.

— Muito bom. Nota 10.

— Obrigado. — Ele parou um momento, estudando o rosto dela, observando a luz e as sombras brincando sobre ele. Ele o desenhara inúmeras vezes, conhecia todos os ângulos. E ainda assim... — Quem diria que acabaríamos assim?

E, quando ele uniu seus lábios nos dela, o tempo para racionalizar acabou.

Ele havia sufocado suas necessidades por tanto tempo, e redescobriu a maravilha de tê-las novamente percorrendo o corpo de Adrian. Desejar novamente, ser desejado, parecia um milagre, uma volta gloriosa à normalidade. Ela abriu essa porta. Ele não sabia se algum dia seria capaz de explicar o que significava alguém abrir a porta do desejo novamente.

O que significava ter uma mulher despertando essas necessidades e se oferecendo para supri-las.

Ele deslizou a blusa dela pelos ombros, deixou suas mãos percorrerem aqueles músculos torneados em contraste com os longos braços de bailarina e a pele macia como cetim.

Quando ele puxou a regata dela, ela se arqueou para ajudá-lo. Então acariciou os seios dela, com toda suavidade, antes de simplesmente deitar a cabeça para ouvir o coração dela batendo forte.

Adrian se sentiu tão… apreciada. As mãos dele contra sua pele, quase uma reverência, os lábios persistentes como se o gosto dela fosse tão vital quanto respirar. Ela se perguntou como eles podiam se encaixar tão bem e sem esforço, depois de tanto tempo como amigos, depois que a vida os levou a caminhos separados e os uniu outra vez.

A boca de Raylan despertava novas emoções, quase esquecidas que fizeram seu corpo tremer e seu coração entrar em êxtase. As mãos dele atiçavam a chama, pequenas labaredas correndo por suas veias.

Queria mais, tudo que sabia era que queria mais.

Ela puxou o suéter dele, em seguida, com um gemido de aprovação, passou as mãos pelo peito de Raylan, pelos ombros. Quando seus olhos se encontraram na penumbra, ela sorriu.

— Não fique tão presunçosa.

— O mérito é todo seu — pontuou ela. — Só te mostrei o caminho pra boa forma.

— Alguns dias te odiei e amaldiçoei seu nome. De jeitos bem criativos.

— O que significa que ambos fizemos um bom trabalho.

Aqueles olhos, pensou Adrian, roçando os dedos na bochecha de Raylan. Ela sempre fora apaixonada por aqueles olhos.

— Raylan — murmurou ela, puxando-o para mais um beijo.

Ele sentiu a mudança, um sentimento de urgência. A forma como o corpo dela vibrava sob o dele, a forma como as mãos dela agarravam, acariciavam e apertavam. E ainda assim ele lutou para dissipar esse ímpeto, diminuir o ritmo.

A magia não foi feita para ser consumida em um gole só.

Enquanto se despiam, ele interrompeu a urgência com um beijo longo e sedento. Quando ela pressionou o corpo contra o dele, oferecendo-se, abrindo-se, exigindo, ele usou as mãos — ela estava tão quente, tão molhada, tão macia — para lhe dar o primeiro e ofegante êxtase.

Quando o corpo dela, um monumento à força feminina, sucumbiu, ele se sentiu um deus.

E então ele pegou o que merecia, saboreou sua pele, mordiscou o corpo de Adrian, que pulsava de emoção, deixou que as mãos vagassem pelo corpo dela, tomando posse de tudo até que não pudesse mais respirar de tanto desejo.

E quando deslizou para dentro dela, devagar, tão devagar, foi como encaixar a última peça de um quebra-cabeça. Por um momento, ele encostou a testa na dela, tentando se concentrar novamente. Mas ela envolveu o rosto dele com as mãos, olhou dentro de seus olhos e ele se perdeu nos dela.

Nela.

Ele se entregou, tomando-a em movimentos vigorosos e harmônicos, enquanto ela enroscava as pernas em volta dele. Quando finalmente atingiu o clímax, enterrou o rosto nos cabelos de Adrian para inspirar seu perfume.

Ela ficou quieta por um longo tempo, sem fôlego e inebriada como se acabasse de correr uma maratona sob o calor do deserto e cruzado a linha de chegada em um oásis ao luar. E agora mergulhava em uma piscina quente e silenciosa onde seu corpo choraria de gratidão se ainda tivesse forças.

Então, com um suspiro, ela passou a mão pelas costas dele.

— Nós definitivamente nos lembramos.

— Estou tentando decidir se devo dizer obrigado ou uau. Então, uau, obrigado.

Ele rolou para o lado e ficaram deitados lado a lado. Ela sorriu porque jurava que quase dava para ouvir as engrenagens girando na cabeça de Raylan.

— Tenho que dizer algumas coisas — disse ele. — Eu quero dizer que não sou realmente o tipo de cara de uma vez só.

O sorriso de Adrian se iluminou.

— É?

— Não, eu... — Ele percebeu o que disse e soltou uma risada rápida. — Não estou dizendo agora. Se bem que... o que quero dizer é de uma noite e pronto. Eu quero te ver de novo.

Ela se virou para olhá-lo de frente.

— Por mim tudo bem. Concordo com tudo, com o "se bem que" também.

— Que excelente notícia. Nós deveríamos sair, ter um encontro de verdade.

— Encontros são superestimados.

Aqueles fascinantes olhos verdes se estreitaram.

— Agora você está tentando me seduzir.

— Ora, ora, é um termo raro nos dias de hoje, e não, não estou. Se bem que...

Ela abaixou a cabeça para um beijo casual.

— Claro, assistir a um filme, fazer uma refeição e todas essas convenções sociais tradicionais são legais. Essa obrigatoriedade de sair para um lugar no sábado à noite que é superestimada. Se duas pessoas muito ocupadas querem sair à noite, tudo bem. Se duas pessoas muito ocupadas querem ficar em casa e fazer muito sexo, tudo bem também.

— Você nem se esforça para me seduzir. Acho que é um talento natural.

— E agora vou ser obrigada a aprimorar essa habilidade até a perfeição. Você disse algumas coisas.

— Sim, verdade. A outra me ocorreu depois que provamos que nossas memórias são bastante eficientes. Eu disse "quem diria que acabaríamos assim", mas depois eu pensei que talvez, para ser honesto, eu tenha notado você com segundas intenções algumas vezes.

— Ah, é mesmo? — Ela tirou os cabelos dos olhos e se apoiou no peito dele. — Seja mais específico e não esquece dos detalhes.

— Sem muitos detalhes... No primeiro verão que você passou na cidade e você e Maya ficaram amigas. Daquela vez foi só notar mesmo, não tinha segundas intenções. Você era amiga de Maya, então eu não havia te notado. Até você falar dos meus desenhos. Você conhecia o Homem de Ferro e o Homem-Aranha. Então de cara se tornou mais interessante. Foi só por um minuto, mas daí eu tive que te ignorar porque, como Collin pode informar, garotas são estúpidas.

— Tenho que confessar que fiquei tão impressionada com seus desenhos que tentei desenhar depois disso. — Ela franziu a testa por um momento, pensando no passado. — O que foi mesmo que eu tentei desenhar... ah é, a Viúva Negra. Eu queria ser como a Viúva Negra, então tentei desenhar ela. E fiquei muito frustrada por não conseguir.

Ele enrolou um pouco do cabelo dela no dedo.

— Natasha ou Yelena?

— Natasha.

— Eu posso te ensinar a desenhar.

— Duvido sinceramente. — Ela o beijou mais uma vez. — E quando você me notou com segundas intenções?

— No verão depois do meu primeiro ano de faculdade. Eu me lembro porque estava trabalhando meio período no Rizzo's, e você chegou com Maya e algumas garotas. Acho que você tinha uns 15 anos, talvez. E estava tão bonita. Estava linda. Naquele dia senti algo diferente. Mas depois me repreendi, lembrei que você era a neta do Sr. Rizzo e amiga da Maya, e basicamente uma criança, e eu, um universitário.

— Pra mim foi um verão antes.

— Pra você o quê?

— Quando eu notei você com segundas intenções. Você estava cortando a grama na casa da sua mãe e estava sem camisa. Você estava todo suado e era tão magrelo...

— Eu não era magrelo.

— Você sempre foi magro, agora você é esbelto e esguio, mas era magro, sim, seu cabelo estava suado também e meio encaracolado, seu corpo estava bronzeado como o de um surfista. Senti um frio na barriga. Principalmente porque eu sabia que você tinha olhos verdes, mesmo usando óculos escuros. Tenho um fraco por olhos verdes.

— Entendido.

— De qualquer forma, eu me lembrei de que estava comprometida, de coração e alma, com Daniel Radcliffe.

— O Harry Potter? — Ele a segurou pelos ombros. — Você namorou o Harry Potter?

— Não, eu nunca conheci ele, mas era desesperada, porque tinha certeza de que ele se apaixonaria por mim e viveríamos felizes para sempre. Ao que parece tenho uma queda por nerds.

— Registrado, também.

— Além disso, o Peter Parker está na minha lista e eu faria de tudo por um minuto de paixão com Tom Holland.

— Olha só as coisas que a gente descobre quando está pelado.

— Verdade. — Ela deu um aperto em seu bíceps esquerdo. — Quanto peso você está levantando agora?

— Não começa.

— É mais forte que eu. Preciso fazer um novo programa para você.

— Eu me inscrevi no canal on-line de vocês. Agora já tenho todos aqueles malditos programas.

— Nossa, que bom!

— Provavelmente foi o fato de te ver quase todos os dias nessas roupas apertadas que me fez fazer isso.

— Estou te seduzindo mesmo sem perceber? — Ela ergueu as sobrancelhas. — Quase todos os dias?

— Eu mudo os programas. Comecei a fazer as aulas de musculação com Hugo, o Martelo. Ele é assustador.

— É o cara mais doce do mundo.

— Ah, agora você vai me dizer que aquele outro cara, qual o nome dele mesmo? Aquele com abdômen trincado e coque samurai, é manso feito um gatinho.

— Você deve estar se referindo ao Vince Harris, e não, ele é mau como uma cobra e, ainda por cima, uma diva. Mas ele é bom no que faz. Experimenta o programa da Margo Mayfield chamado *Pague 20*. Ela vai acabar com você, no bom sentido. — Ela beijou o peito dele. — E todo esse papo de malhação me deu fome. Quer sobremesa?

— Eba. — Ele rolou para cima dela.

— Não é essa sobremesa que eu quis dizer. — E rindo ela o abraçou. — Se bem que…

RAYLAN PASSOU a noite na casa de Adrian, o que surpreendeu a ambos, e agradou aos cães, que dormiram juntos na cama de Sadie.

Raylan também surpreendeu Adrian ao rolar para fora da cama quando ela se levantou.

— Vou soltar os cachorros — disse ela. — Você pode dormir um pouco mais.

— Já estou acordado. É o hábito. As crianças. — Ele pegou as calças. — Na idade deles os fins de semana não significam nada para o relógio biológico.

— A que horas pretende buscar eles?

— Combinei por voltas das dez horas.

— Ótimo, temos muito tempo. Vamos malhar e depois tomar o café da manhã.

— Não tenho roupas de ginástica.

Ela agarrou a camisa dele e a vestiu.

— Eu empresto alguma coisa para você. Vamos, Sadie, Jasper.

— Espera. Não. — Ele experimentou um pânico profundo e sincero. — Eu não vou usar aquelas suas calças apertadas.

— Eu empresto alguma coisa para você — gritou Adrian já saindo. — Tem uma escova de dentes nova no armário do banheiro.

— Meu Deus, por que não podemos só fazer sexo de novo? — murmurou ele. —Já é exercício suficiente.

Ele foi até o banheiro dela, encontrou a escova de dentes. E se olhou no espelho. Ele parecia um homem que acabara de fazer sexo. Muito sexo e da melhor qualidade.

A mãe dele iria perceber. Assim como ela percebeu quando ele fez sexo pela primeira vez; com Ella Sinclair no primeiro ano do ensino médio.

Ela só perguntou se ele tinha usado proteção — é claro que sim —, mas foi humilhante, se lembrou.

É melhor ele tirar esse sorriso da cara, ou ela iria descobrir. E seria muito estranho.

Quando ele saiu, Adrian já estava vestindo uma das roupas de sua marca, um short curto preto justo e um top esportivo com estampa xadrez em preto e branco.

Embora ela estivesse fabulosa, ele jamais vestiria um short preto apertado.

Nunca.

— E se eu assinar com sangue que vou malhar quando chegar em casa?

Sem dizer nada, ela mostrou um par do que ele considerava um short de ginástica normal, largo, mais ou menos na altura dos joelhos, e uma camiseta da *New Generation*.

— Você veste quase o mesmo tamanho do Nono. Eu ainda não organizei todas as coisas dele. Eu sempre digo que vou fazer e não faço.

Ele não tinha saída, pensou.

— Isso vai funcionar. Posso te ajudar com as coisas dele, se quiser. Eu sei que é difícil.

— É muito difícil. Obrigada, mas vou tentar terminar neste fim de semana. Eu continuo dizendo a mim mesma que devia mudar para a suíte master. O quarto me traz uma sensação muito boa, e tem um terraço e a vista. Vou fazer isso logo.

Ele vestiu o short e ajustou o cordão. Não que ele fosse magrelo, lembrou a si mesmo. Era esbelto. Esbelto ele aceitava.

Resignado, desceu com Adrian.

— Você fez musculação ontem? Trabalhou membros superiores? — ela perguntou.

— Não.

— Bom, nem eu. Hoje é o dia.

Quando chegaram ao estúdio, Adrian pôs as mãos nos quadris.

— Você quer um programa ou um treino personalizado?

— Você vai me matar. Já estou até vendo.

— Treino personalizado então.

Ela pegou um controle remoto, ligou uma música e sorriu.

— Vamos aquecer.

Ele sabia que ela era excelente, assistia aos treinos dela há meses, mas tudo assumia uma perspectiva diferente quando ela se concentrava individualmente.

Ela corrigiu a postura dele e, com seu jeito alegre, mas enérgico, o levava além do que quando ele malhava sozinho, era obrigado a admitir

Quando ele pegou os pesos habituais de dez quilos, ela fez que não com a cabeça. E lhe entregou os de 25 quilos.

— Vamos lá, se desafia! Se ficar pesado, a gente diminui a carga. Agora é agachamento, rosca direta, agachamento, desenvolvimento de ombros. — Ela demonstrou. — Vamos trabalhar todo o corpo. Entendeu?

— Sim, sim.

Ela o guiou pelos exercícios, a energia parecia nunca chegar ao fim. Contraia, respire, peito para cima, bunda para trás.

Quando ele começou a suar, não quis lhe dar a satisfação de dizer que se sentiu bem.

Sentiu-se quase virtuoso.

Especialmente quando ela o castigou com uma sessão de exercícios aeróbicos e, em seguida, uma série pesada de core de dez minutos.

— Ótimo! Muito bom. Agora, uma recompensa. Um pouco de yoga para alongar e relaxar.

Yoga sempre o fazia se sentir estranho e desajeitado, mas ela o corrigiu mais uma vez, ombros, quadris, e o forçou a manter as posturas por mais tempo do que ele teria feito sozinho.

— Você tem uma flexibilidade boa, Raylan.

Talvez, mas como ela estava com as pernas praticamente retas em uma posição que não deveria ser possível e a parte superior do corpo toda apoiada no chão, ele não achou que seu alongamento com as pernas afastadas fosse algo digno de nota.

Eles terminaram um de frente para o outro, sentados de pernas cruzadas em suas esteiras.

— Namaste. Bom trabalho. Vamos apenas fazer algumas rotações de ombro, você trabalhou bem os ombros, e depois um relaxamento de dois minutos.

Ele se moveu rápido e a colocou de costas no colchonete.

— Não quero relaxar.

Ele se atrasou um pouco para pegar as crianças. E viu, pelas sobrancelhas levantadas e o sorrisinho rápido da mãe, que ele não tinha conseguido se livrar da cara de alguém que acabara de fazer sexo.

$\mathcal{D}$UAS SEMANAS depois, Maya deu à luz Quinn Marie Abbott. Collin deu uma longa olhada no bebê aconchegado nos braços da mãe. Então ele encolheu os ombros e abaixou a cabeça para esconder o sorriso. E disparou:

— Talvez ela não seja tão má.

Adrian entrou com flores cor-de-rosa no instante em que Jan, toda chorosa, passava o bebê para o colo de Raylan. Aproximando-se para dar uma espiada, ela o ouviu sussurrar:

— Doces. Conta comigo para os doces.

E, vendo como ele acariciava as bochechas fofas e macias com um de seus longos dedos, ela se preocupou que pudesse estar se apaixonando um pouco.

KENTUCKY

Viagens de carro na primavera. O que poderia ser melhor? As brisas suaves, as flores desabrochando. Os cavalos pastando nos campos de erva-de-febra.

Tinha muito para ver, muito para fazer.

Roube uma picape Honda velha em Indiana — *Vai Hoosiers!* — troque as placas e vá até Louisville. Ou melhor, *Luevil* como dizem os caipiras locais.

O Derby se aproximava e o clima de loucura já estaria no ar.

O cheiro era bom. A loucura sempre tinha um cheiro bom.

Era naqueles subúrbios bonitos e arborizados ao redor da cidade que o alvo vivia. A prostituta que se passava por mãe devotada de dois filhos, enfermeira dedicada e esposa fiel.

Uma vida de mentiras, prestes a acabar.

Observá-la por alguns dias, um prazer indolente.

Acabar com ela seria simples e fácil.

A ideia de espancá-la até a morte teve que ser adaptada quando surgiu a melhor oportunidade. Não havia tempo suficiente, não havia privacidade suficiente.

Uma pena, pois esse método oferecia uma emoção tão profunda, sombria e pessoal.

Mas com a picape roubada parada no estacionamento de um supermercado 24 horas, a 800 metros de distância, caminhar até o estacionamento dos funcionários do hospital à uma da manhã foi tranquilo.

Uma breve espera, na verdade, e ela surgiu caminhando com seus sapatos de sola de borracha.

E então foi só uma questão de pular — *Buu!* — e cortar a garganta dela. Cara, o sangue simplesmente jorrou!

Splash, splash, glub, glub.

Pegue as chaves, a bolsa, empurre o corpo dela para baixo do carro mais próximo.

Ela tinha um bom Subaru, um modelo recente. Já que provavelmente ninguém a encontraria, pelo menos não por algumas horas, e tendo em vista que trocar as placas não demoraria muito, seria o carro perfeito para a próxima etapa daquela viagem de primavera.

Aumente a música, baixe os vidros. Tome um comprimido para manter o corpo e a alma coesos durante a viagem. Com o Subaru ele já estaria a 150 quilômetros distante, ou mais, antes que alguém sentisse a falta dela.

TER AMIGOS hospedados em casa sempre encantou Adrian. E ela receberia Hector e Loren por uma semana inteira, além da mãe, que não se qualificava como hóspede no sentido técnico.

Com mais Harry e Mimi, e foi como uma miniconfraternização.

A noiva de Hector pegaria o trem no fim de semana, e o marido de Harry também, assim que conseguissem organizar as agendas das crianças.

Mesmo com o resto da equipe da produção hospedada em uma pousada local, ela teria a casa cheia.

E estava adorando isso. Embora considerasse suas habilidades culinárias acima da média — afinal estava no sangue — providenciou para que o Rizzo's fornecesse a refeição de boas-vindas e o serviço de buffet para as filmagens.

Uma semana antes da chegada dos hóspedes, arrumou o quarto dos avós. Descobriu que não era tão doloroso quanto receava. Ela se pegou sorrindo quando encontrou um dos suéteres favoritos de Dom, ou os chinelos velhos e surrados que ele se recusava a jogar fora.

A escova de cabelo. Ele era vaidoso — e com razão, pensou Adrian — por causa da vasta cabeleira. Ela a guardou como lembrança e deixou o cardigã verde favorito dele no armário. Ela poderia vesti-lo, quando precisasse.

Ele tinha um frasco do perfume da avó dela, que Adrian guardou, junto com a loção pós-barba dele. Pequenas coisas, pequenas lembranças, pequenos confortos.

Ela encaixotou, lavou e separou o restante das peças que achou que alguém poderia querer, então carregou tudo para o carro antes de pegar o material de limpeza.

A equipe de limpeza cuidaria do resto da casa, mas ela precisava cuidar do quarto sozinha, para mostrar respeito, carinho, gratidão às duas pessoas que haviam passado tantas noites ali.

Ela abriu as portas da varanda para inspirar o ar da primavera, e Sadie saiu para se deitar ao sol.

Ela adiara esse momento, refletiu enquanto esfregava, polia, aspirava, dizendo a si mesma que o quarto era grande demais para ela. Mas a verdade é que ela adorou, sempre amou o espaço grande e generoso, o teto em caixotões com seus quadrados em um tom de creme contra o branco brilhante, o brilho dos pisos de madeira, até mesmo o cinza azulado repousante e suave das paredes.

Em um impulso sentimental, colocou os frascos de perfume — o dele e o dela — sobre a cornija da lareira e acrescentou um trio de castiçais de cobre da avó.

Adrian trocou a roupa de cama da cama grande com seus pilares curvos, altos e grossos, estendeu seu edredom branco sobre ela, acrescentou uma montanha de almofadas, uma manta nos pés.

Reservou um tempo para deixar o quarto com a cara dela; colocou suas lindas garrafas e cestas nas prateleiras abertas da suíte, toalhas novas e macias, mais velas. Suas roupas no closet, junto com um tapete de yoga e a cama de Sadie na saleta.

Mais tarde, poderia contratar Kayla para dar uma olhada, mudar a paleta de cores, apenas mudar um pouco as coisas. Mas, por enquanto, olhando ao redor, viu que o espaço tinha uma mistura de memórias e toques pessoais suficiente para se sentir confortável.

Então ela saiu para a varanda, de onde podia ver as colinas e árvores, os jardins, as curvas do riacho e as montanhas mais ao longe.

Eles a deixaram esta casa, então ela cuidaria de tudo, a guardaria como um tesouro.

Adrian se sentou no chão da varanda e abraçou a cachorra.

— Estamos bem, não estamos, Sadie? Ficaremos bem.

De manhã, ela deixou a casa aos cuidados da equipe de limpeza e terminou de plantar as flores que escolheu em vasos nas varandas e no pátio.

Ela já havia testado suas habilidades — sozinha — para plantar vegetais e ervas no fundo do quintal, como seus avós sempre fizeram. E torceu para que desse certo.

Mas agora a casa estava pronta — ou logo estaria — para as visitas, e ela ainda tinha energia para queimar.

Ela entrou para se lavar, vestiu uma legging e uma regata com boa sustentação e pegou a guia.

— Vamos correr — disse a Sadie.

Ela começou com uma corrida leve, aqueceu os músculos, curtiu o movimento e a maneira como a primavera começava a dar vida aos cornus selvagens e às olaias, os canteiros recém-adubados, o cheiro de grama recém-aparada.

Mas o pensamento sobre o dia, sobre a data, ficou pensando nisso. E sabia que devia pesar para Raylan.

Ela fez a curva em direção à casa dele e, quando passou pela casa de Tesh, ouviu a música de Monroe — piano, rápido e radiante — pelas janelas abertas.

Ouviu também o barulho do cortador de grama e avistou Raylan no gramado da frente. Não era tão magrelo quanto sua memória de quando ele era menino, pensou. Tinha músculos torneados naqueles braços agora, como ela já pôde constatar. Mas continuava sem um boné para cobrir os cabelos banhados pelo sol.

E desta vez, ao contrário da anterior, ele a viu. Raylan parou, desligou o cortador. E um momento depois, Jasper soltou um uivo angustiado do quintal.

— Vou deixar eles juntos por um minuto, ok?

— É melhor, antes que os vizinhos chamem a polícia.

Ela deixou Sadie passar pelo portão para um reencontro apaixonado.

Quando ela voltou, Raylan se sentou nos degraus da varanda, bebendo direto de uma garrafa de Gatorade. Adrian se sentou ao lado dele e abriu a garrafa de água.

— Tarefa de sábado em plena segunda-feira?

— Não conseguia me concentrar no trabalho, então preferi me dedicar ao trabalho físico.

— Nem eu. Ontem e hoje. Dias difíceis para nós dois.

— Sim. — Ele colocou a mão sobre a dela em mútua compreensão. — Três anos para você ontem, para mim hoje. Comprei esse arbusto, é um louro-da--montanha. Vou plantar junto com as crianças depois da escola.

— Parece a coisa certa a fazer. Engraçado, hoje plantei flores em maravilhosos vasos italianos que a Nona adorava. E ontem... — Ela soltou um longo suspiro. — Eu me mudei para a suíte master. E pareceu o certo a se fazer.

— O tempo ajuda — disse ele quando Adrian virou a mão sob a dele e enlaçou seus dedos. — Lorilee adorava visitar Traveller's Creek, mas aqui não era um lar para ela. Ela teve uma infância horrível, entrando e saindo de lares adotivos, nunca teve realmente um lar.

— Ela me falou um pouco sobre isso. Nas cartas que ela escrevia — explicou Adrian quando Raylan olhou para ela.

— Ela nunca falou muito sobre esse assunto, não com a maioria das pessoas.

— Escrever cartas, cartas de verdade, é diferente. Existe uma estranha intimidade. Lorilee me disse que nunca sentiu que tinha um lar de verdade, até você comprar a casa no Brooklyn.

— Ela se apaixonou. Lorilee a chamava de sua casa para sempre.

Adrian deixou o silêncio pairar por um momento.

— Mas você vai plantar os louros-da-montanha para ela, aqui em Traveller's Creek, e é um gesto muito significativo.

— Também acho. — Ele se mexeu para olhar para Adrian. — E você terá a casa cheia de gente, será uma semana agitada.

— Já estou preparada. A maior parte da turma deve chegar por volta das três, e vamos até a escola para uma inspeção. Então, voltaremos para casa para jantar e discutir os pontos principais.

— Sim, Monroe e eu cuidaremos das crianças, vamos grelhar hambúrgueres enquanto isso.

— Vocês são mais do que bem-vindos a participar.

— Obrigado, mas as crianças têm aula no dia seguinte. — Ele tomou outro gole de Gatorade. — Sendo o adulto, eu tenho que dizer isso, até com certa convicção, o que muitas vezes é chato. Com sorte, os baixinhos estarão na cama antes que vocês terminem o prato principal.

— Vamos planejar um jantar em uma noite no final de semana. Ou um jantar de domingo, mais especial, e podemos comer cedo o suficiente para todos estarem na cama na hora apropriada.

Quando Raylan a olhou com um ar surpreso, Adrian deu de ombros.

— O que foi? Gosto dos seus filhos. Gosto de crianças.

— Eu sei. As pessoas acham que dá para fingir isso, gostar de crianças em geral ou de crianças específicas. Mas não dá.

— Podemos marcar para o outro domingo, se você puder. Neste fim de semana...

— Introdução a Fitness — completou Raylan.

— Que tal sairmos na sexta à noite e depois a gente faz um jantar de domingo com as crianças?

— Acredito que isso se encaixe em nossa agenda social.

As noites de sexta-feira com Adrian se tornaram um hábito. Compartilhando uma refeição, compartilhando a cama.

— Não cozinha na sexta-feira. Eu levo o jantar.

— Tá bem. Agora tenho que ir.

Quando Adrian se levantou, Raylan a acompanhou sem soltar a mão dela. Então pegou a outra e se inclinou para beijá-la.

— Obrigado por ter vindo, me ajudou a tornar esses dias difíceis um pouco mais fáceis.

— Pra mim, também. — Ela apertou as mãos dele e deu a volta até o portão para chamar Sadie.

Quando Raylan voltou para o cortador de grama, ouviu os uivos sofridos de Jasper, e Adrian rindo e prometendo que traria a namorada dele em breve.

Ele a observou sair em uma corrida suave, os cabelos esvoaçantes, as pernas movendo-se em um ritmo cadenciado.

Ele pensou no louro-da-montanha que plantaria com seus filhos, nas memórias que se enraizariam nele, na vida que floresceria a partir dele.

E, ouvindo a alegre música de Monroe ecoando pelo ar, pensou nas memórias e na vida que estavam por vir.

Capítulo vinte

❈ ❈ ❈

O TÁXI — uma raridade em Traveller's Creek — parou em frente à casa. A visão estranha fez com que Sadie desse um latido de advertência.

— Está tudo bem. — Adrian colocou a mão na cabeça de Sadie e olhou para fora da janela. — Ah, está mais do que bem! É a Mimi! Feliz! — acrescentou Adrian, o que fez Sadie abanar o rabo.

Ela correu para envolver Mimi em um abraço.

— Você está aqui! Em um táxi! Ah, é tão bom você estar aqui. Minha Mimi.

— Pequena mudança de planos. — Mimi beijou-a em ambas as bochechas. Pegou a mala de rodinhas das mãos do motorista e o agradeceu.

— Isso é tudo o que você trouxe? Para uma semana. Ah, me diga que vai ficar esta semana.

— Eu vou. Sua mãe e Harry estão com minha mala, pois estão vindo de carro e eu decidi pegar o trem porque eles ainda teriam uma entrevista em Washington. Eles devem chegar daqui a uma hora, mas eu não queria sair tão cedo ou ter que fazer essa parada.

— Entra, entra. Vou pegar uma taça de vinho pra você.

— Não são nem quatro horas!

— Dias de viagem não contam. Pode deixar a mala ao lado da escada, a gente vê isso mais tarde. Feliz! — repetiu Adrian, e Sadie abanou o rabo e se encostou nas pernas de Mimi.

— Ela está maior? — Mimi perguntou, aceitando a pata que Sadie lhe oferecera. — Juro que ela parece maior.

— Talvez um pouco. Ah, você está ótima — elogiou Adrian enquanto a puxava pela casa até a cozinha.

— Dormi no trem. Não trabalhei. Li um livro até adormecer e foi ótimo.

Ela parecia bem, pensou Adrian, relaxada em uma calça jeans e uma camisa vermelha ousada, os cabelos cortados em cachos assimétricos.

— Senta aí, relaxa.

— Estou sentada há bastante tempo, meu bebê. Minha bunda que o diga.

— Então vamos levar esse vinho e dar uma volta lá fora. Como está o Issac, como estão as crianças?

— Todo mundo está ótimo. E este vinho também. Natalie conseguiu um estágio de verão. Em Roma.

— Como assim? Quando? Uau!

— Ficamos sabendo ontem. Ela está eufórica. Meu Deus, vou sentir falta dela, mas... — Rindo, Mimi ergueu a taça bem alto. — É tão maravilhoso para ela.

— É incrível. Será sensacional.

— Meu filho, estudante de medicina, e agora minha garota, passando o verão em Roma pra trabalhar com finanças internacionais. Não sei do que qualquer um deles está falando na metade do tempo, mas estou muito orgulhosa dos dois.

— Jura? Nem tinha notado.

Mimi envolveu a cintura de Adrian, puxando-a para um abraço lateral.

— Meus três filhos estão crescendo. Veja o que você fez com este jardim. Que flores lindas e aquilo são tomates?

— Tomates, pimentões, pepinos, cenouras, abóbora, abobrinha, ervas e mais ervas.

Depois de puxar para cima seus óculos de sol, Mimi examinou os canteiros.

— É praticamente uma fazenda.

— Garota da cidade! Isso é uma horta de quintal.

— Pra mim é a mesma coisa. Você fez isso sozinha?

— Aham, e até agora está tudo indo bem. Eu quis experimentar. Nona e Nono plantavam todos os anos. Vou tentar manter essa tradição. É relaxante e tenho muito tempo quando não estou trabalhando ativamente.

— Você está quase sempre trabalhando.

— Geralmente só meio período, quando não estou em pré, pós ou em produção. — Com considerável orgulho, ela examinou as mudas. — Eu tenho uma rotina e gosto de seguir ela. Cortei as viagens quando me mudei para cá por causa do Nono, e não demorei muito para perceber que gostava de não estar na estrada. Entendo quando Monroe responde às pessoas que perguntam por que ele só compõe e não se apresenta. Eu também gosto do sossego.

— Você nunca gostou das viagens, não de verdade.

— Não — admitiu Adrian —, não de verdade.

— Lina gosta. E antes de ela chegar, quero que me responda uma coisa com toda honestidade. Eu sei a opinião dela, mas quero ouvir a sua. E que isso fique entre nós. Como vão as coisas entre você e sua mãe?

— Espero que na opinião dela as coisas estejam melhores, porque realmente estão. A gente tem se entendido melhor. Ela se dá melhor com os adultos, né. Você foi a mãe da minha infância.

— Ah, querida. Ela sempre te amou, Adrian.

— Eu entendo isso melhor agora, também. — Adrian pegou a bola que Sadie deixou cair a seus pés e a jogou bem longe. — O fato de ela concordar, sem muitas condições, com essa produção, usando o colégio? É uma grande concessão para ela, e eu fico muito grata.

— Ela está nervosa com isso.

— O quê? — Adrian começou a rir, então viu o rosto de Mimi. — Sério? Lina Rizzo, nervosa?

— Sim, Lina Rizzo, nervosa, por voltar ao colégio e pelo fato de dois professores a conhecerem. Ela até saiu com um deles algumas vezes.

— Você está brincando! Como eu não sabia disso?

— Acho que ela nunca mencionou. Nada sério, segundo ela, porque ela acabou trocando-o por um jogador de futebol americano fazendeiro.

— Jogador de futebol americano fazendeiro? A minha mãe?

— Um garoto fazendeiro que jogava futebol. Esse, aparentemente, foi sério enquanto durou.

Fascinante, pensou Adrian. As coisas que você descobre quando suas figuras maternas finalmente a consideram adulta.

Simplesmente fascinante.

— Ela nunca fala sobre essa época comigo.

— Você fala com ela sobre os meninos, os homens com quem você saiu?

— Claro que não. — Ela jogou a bola de novo.

— Você disse "feliz" para Sadie. Você parece feliz, Adrian.

— Eu estou. Tenho meu trabalho, minha casa. Plantei um jardim. Tenho ótimos amigos, uma cachorra incrível. Isso é ser feliz.

— E não quero estragar o clima, mas você teve notícias da detetive?

— Ela está seguindo uma pista em Pittsburgh. Ou estava há alguns dias. Não está estragando nada. Colocar a questão nas mãos dela tirou o peso de minhas costas.

Sadie correu de volta, latindo.

— Ela ouviu um carro. Devem ser Harry e a mamãe, embora os outros também devam estar para chegar. E aqui estamos nós bebendo vinho antes das quatro.

Com uma risada, Mimi passou um braço em volta da cintura de Adrian.

— É melhor pegarmos mais taças.

NA SEXTA-FEIRA à noite, Adrian estava no ginásio do colégio com sua mãe, seus amigos e toda a equipe. Hector e seu assistente estudaram o posicionamento das câmeras, a localização da fixa, e a potencial movimentação das duas portáteis. O diretor de iluminação trabalhava com seus eletricistas e técnicos para montar os suportes de luz, passar os cabos, decidir sobre os géis e os filtros.

— É um bom espaço — comentou Adrian com a mãe.

— Acho que sim.

— Memórias?

Lina deu de ombros.

— Não jogava basquete, nem me interessava muito.

— Mas me disseram que as festas eram aqui também.

— Eram. — A sombra de um sorriso apareceu no rosto de Lina. — Com bandas ao vivo. Bem à moda antiga. Vamos ver os figurinos.

— A gente vai usar o vestiário feminino.

Quando elas entraram, Lina olhou em volta.

— Pelo menos eles deram uma repaginada nas últimas décadas. E não cheira a suor, umidade e *Love's Baby Soft*. Um perfume popular dos anos oitenta — acrescentou ela diante do olhar confuso de Adrian.

— Que você certamente não usava.

— Não. Como você sabe?

— Porque você nunca seria mais uma na multidão. Você se destacava, fazia questão disso. Isso não é uma crítica.

— Não tomei como crítica.

— As suas. — Adrian apontou para a arara com as roupas já organizadas.

— As minhas. Como discutimos, vamos coordenar ou complementar as cores em cada segmento. Eles vão cuidar do figurino do elenco, o das garotas aqui e o dos garotos no outro vestiário. Mulheres usarão leggings ou capris. Temos os tamanhos de todos. — Ela abanou a mão enquanto a mãe examinava as opções. — Os meninos usarão shorts de ginástica ou moletom, "meninos" e "meninas" incluem também os professores. As meninas vão usar tops esportivos e uma opção de regata ou camiseta. Os meninos, regata ou camiseta. As regatas e as camisetas terão o logotipo Yoga Baby ou New Gen. Eu pensei que poderíamos misturá-las. Temos meias, tênis, faixas, garrafas de água, amostras de nossa bebida *Energy Up*. Tudo com logo. O elenco pode ficar com o que usar, e o sobrenome de cada um vai estar estampado no moletom deles também. Harry que teve essa ideia.

— Ele está sempre pensando. Introdução e cardio primeiro — ponderou Lina — ... então por que não vamos com o vermelho? Regata escarlate, legging preta com o fogo na lateral para mim.

— E eu fico com o top vermelho, a regata preta e a calça capri vermelha e preta. — Depois de fazer isso, Adrian olhou por cima. — Em seguida será o treinamento de força.

— Você que escolhe.

Mudanças, pensou Adrian enquanto analisava suas opções. Mudanças são possíveis e pequenas mágoas nos relacionamentos podem ser curadas

SÁBADO BEM cedinho, Adrian sentou-se na arquibancada, repassando o roteiro uma última vez, e Teesha se acomodou ao lado dela conversando com Monroe ao telefone.

— Sim, parece que vamos conseguir começar mais ou menos no horário previsto. Adrian e Lina já terminaram a introdução principal. Se você trouxer eles, digamos, em uma hora, eu amamento o Thad durante o intervalo e Phin pode fazer dez milhões de perguntas para a equipe. Você é o máximo,

Monroe. Até daqui a pouco. — Ela guardou o telefone no bolso. — Sua mãe está meio que flertando com aquele professor ou é impressão minha?

Surpresa, Adrian ergueu os olhos e viu a mãe do outro lado do ginásio conversando com um homem de cabelos castanhos e mechas grisalhas e óculos de armação de tartaruga. Os dois estavam ao lado dos figurinos e pareciam estar flertando.

— Esse é o cara com quem ela saiu algumas vezes no colégio.

— Beleza. Por que você está sussurrando?

— Não sei. Eu nunca vi ela meio que flertar antes. É muito estranho.

— Talvez ela reviva os velhos tempos quando está na cidade.

— Ecaaaa. Sério? Ele é casado, tem filhos e netos também. Ele me contou.

— Provavelmente por isso é só um meio flerte. Um flerte de nostalgia. Por outro lado, Loren está flertando com aquela professora linda.

Adrian desviou o olhar para a área da cesta de basquete, onde Loren definitivamente flertava com uma loira de rabo de cavalo.

— Ela não é casada, não tem filhos. Allyson, ou Ally. Vinte e sete anos, professora de biologia que treina cinco dias por semana e adora yoga.

— Você conhece todo mundo?

— Eu não tenho sua mente pra dados, ou curiosidades estranhas, mas pra nomes e rostos? É essencial para meu trabalho. — Ela viu um assistente de produção trazendo os alunos e o restante dos professores. O nível de ruído aumentou imediatamente. — Você está certa. Vamos começar na hora.

Ela deu um tapinha na perna de Teesha e lhe entregou o roteiro.

Começou a descer as arquibancadas enquanto as garotas chegavam e foi até Hector que verificava novamente a câmera fixa.

— Preparado? — perguntou ela.

— Claro. — Ele olhou através da câmera enquanto os assistentes alinhavam o elenco nas marcas para o segmento. — Tá maneiro.

Ela estudou o monitor.

— Exatamente o que eu queria. Vamos dizer algumas palavras de incentivo, fazer alguns lembretes, então podemos apresentar o segmento e mergulhar de cabeça.

Ela chamou a atenção da mãe, e elas caminharam para o centro do ginásio.

— A ideia é sua — sussurrou Lina. — Você fala.

— Tudo bem. Ok, pessoal! — Adrian ergueu as mãos até que as vozes, as risadas, as gargalhadas nervosas se dissipassem. — Lina e eu gostaríamos de agradecer, mais uma vez, por fazerem parte disso. Vamos exigir muito de vocês nos próximos dias. — Ela sorriu diante dos resmungos. — E vocês vão se divertir. Ou vão se ver comigo! Primeiro lembrete...

— Quando você disser esquerda, quer dizer direita — gritou um dos meninos.

— Isso mesmo. A câmera inverte tudo. Se vocês errarem, continuem. Se precisarem desacelerar, até mesmo parar, façam isso, mas nada de preguiça! Mandy será a modificadora no primeiro segmento, então vocês podem seguir os passos dela e modificar o movimento. As garrafas de água estão etiquetadas com seus nomes. Usem a própria garrafa.

Ela olhou para a mãe a fim de que concluísse.

— Hector e Charlene vão andar por aí com as câmeras. Se quiserem olhar para a câmera, tudo bem, mas não parem! Adrian e eu também vamos nos mover de vez em quando, ajustar as posições, pressionar um pouco mais ou sugerir que relaxem. Faremos um intervalo de um minuto, só um minuto, na metade do segmento. Após o relaxamento, faremos uma pausa para vocês se secarem, trocarem de roupa e reagruparem. Perguntas?

Quando as perguntas terminaram, Adrian e Lina foram até suas marcas e encararam a câmera.

— Lembrem-se de respirar, pessoal — recomendou Adrian, e esperou o sinal de Hector.

— Esta é a Introdução a Fitness, aula de cardio — começou Lina. — Prepare-se para malhar e suar. Hoje, com a gente, temos alunos e professores da alma mater da minha mãe, Colégio de Traveller's Creek. Eles estão animados. — Ela olhou para trás. — Estão animados?

Ela recebeu um coro de "*Sim*", mas levou a mão ao ouvido.

— Não estou ouvindo. Estão animados? — Desta vez, eles gritaram. Ela se voltou para a câmera. — Então vamos nos aquecer.

Quarenta minutos depois, Lina pegou sua garrafa de água.

— Foi bom.

— Foi mesmo. Eu quero ver como ficou, mas...

— Ficou ótimo. Eu tinha receio que os garotos pudessem começar a fazer graça, ou criticar uns aos outros, tirar sarro das pessoas que você escolheu, tanto alunos quanto professores, que estão um pouco fora de forma.

— Só temos um segmento até agora, mas acho que não.

— Agora também acho que levarão a sério. E se continuar bem, com uma pausa de duas horas para o almoço e descanso após o próximo segmento, acho que conseguimos ficar dentro do cronograma. Uma coisa...

— Ok.

— Sabe o Kevin? Não quero chamar muita atenção pra ele. Dá para ver que isso deixa ele envergonhado, mas talvez você possa ver se ele se interessaria em trabalhar com você individualmente. Parte do constrangimento é por que está um pouco acima do peso e fora de forma. E é corajoso da parte dele fazer parte disso.

— Você sempre faz isso — murmurou Adrian. Lina instantaneamente ficou tensa.

— O quê?

— Identificar alguém que precisa e quer ajuda, mas não consegue pedir. Sempre admirei isso em você. É o que a torna tão boa no que faz.

— Eu... Nossa, obrigada.

— Já conversei com ele exatamente sobre isso, porque ao que parece sou bem filha da minha mãe. Elaborei um programa para que ele possa fazer em casa, sozinho, os pais o apoiam. E ele vai ao meu estúdio uma vez por semana para eu passar uma avaliação.

— E educação nutricional também.

— Claro. Ele começou há cerca de uma semana. Já consigo ver algumas melhorias. Quer que eu te mantenha atualizada sobre ele?

— Eu gostaria muito. — Lina não fez contato físico, não era o jeito dela, mas perguntou: — Estamos melhores?

— Sim, mãe. — Porque era o jeito dela, Adrian se inclinou para beijar a bochecha de Lina. — Estamos melhores.

No domingo à noite, depois de dois dias intensos, suados e produtivos, Adrian sentou-se em seu tapete de yoga, com as pernas cruzadas e as mãos apoiadas sobre os joelhos.

— Mãos em posição de oração, curvem-se para a frente para agradecer a prática que acabaram de concluir. Namaste. — Ela sorriu. — Parabéns a todos. Vocês acabaram de se formar na Escola de Fitness. E vocês arrasaram.

O grupo começou a se levantar, trocar cumprimentos, até mesmo abraços.

— Obrigada por se juntar a nós — disse Lina para a câmera. — Lembrem-se. Continuem bem, continuem se esforçando. — Ela colocou o braço em volta de Adrian. — Todo dia é uma nova chance. Sou Lina Rizzo.

— E eu sou Adrian Rizzo. Voltem para mais treinos conosco, sempre que quiserem.

Elas se viraram para o grupo, mais cumprimentos, mais abraços.

— E pronto! — gritou Hector. — Bom trabalho, pessoal.

Quando terminaram de desmontar o set de filmagem, recolher o equipamento, os figurinos, começava a anoitecer.

Lina parou de repente ao ouvir alguém chamando seu nome quando saía.

Adrian viu um homem em meio à penumbra — e seu coração bateu forte. Sua mão direita se fechou em um punho, ela ficou na ponta dos pés.

Ele deu um passo à frente, com um boné na mão, um meio sorriso no rosto. Parecia familiar, pensou Adrian colocando a mão no braço de sua mãe, por precaução.

Só por precaução.

Mas a mãe soltou uma risada eufórica.

— Matt? Matt Weaver! Meu Deus... Nossa. Matthew. — Lina se aproximou e o envolveu em um abraço. Adrian o viu fechar os olhos por um momento e expirar. — Adrian, esse é um velho amigo meu. Matt, esta é minha filha, Adrian.

— Muito prazer. Você com certeza se parece muito com sua mãe. Como pode a gente ter filhos adultos, Lina?

— Só Deus sabe.

— Queria te dizer, desde já, sinto muito pelo senhor Rizzo. Eu estava no funeral, mas havia tantas pessoas, e eu não queria incomodar você.

— Você nunca gostou de multidão.

— Isso não mudou. Ah, o filho do meu primo, Cliff, estava participando da gravação.

— Cliff, claro, o jogador de futebol americano. Que nem você, antigamente.

— Velhos tempos. — Quando ele abriu um sorriso, uma pequena covinha apareceu no canto direito da boca. — Não quero atrapalhar. Só imaginei se gostaria de comer alguma coisa e colocar o papo em dia.

— Ah, bem, vamos dar uma festa de encerramento no restaurante.

Ele acenou com a cabeça, brincando com o boné nas mãos.

— Fica para a próxima, então. Outra hora.

— Na verdade, o elenco e a equipe ficarão nos fundos do restaurante, provavelmente vai ficar um tanto lotado. Mas posso conseguir uma mesa para nós. Sou íntima da proprietária.

Adrian sorriu.

— Pode deixar.

— Eu te encontro lá, Adrian. Ainda tem uma picape, Matt?

— Vim de carro; pelo que me lembro, você não gostava muito de andar de picapes.

Adrian refletiu enquanto caminhava para o próprio carro. Mandíbula quadrada, cabelos cor de palha ficando branco nas têmporas, barbeado, olhos tímidos e gentis. O sorriso e a covinha.

Interessante.

O mais interessante foi no final da noite, quando Adrian foi pagar a conta.

— Já estamos saindo, Jan. Desculpe, sei que estamos prestes a fechar.

— Sem problemas. Gostamos de grupos grandes, felizes e famintos aqui.

— Com certeza éramos tudo isso. — Ela olhou em volta e viu apenas algumas mesas ainda ocupadas no salão principal. — Não estou vendo minha mãe e o amigo dela.

— Ah, sim. Eles saíram há cerca de meia hora. Ela me pediu pra te falar que estava indo até a fazenda de Matt. — Jan entregou a Adrian o cartão de crédito e o recibo. — Se eu fosse você, não esperaria acordada.

— Obrigada, eu... O quê?

Com uma quase risadinha, Jan se inclinou sobre o balcão.

— Quando você trabalha por tanto tempo em um restaurante como eu, aprende a ler as pessoas. Linguagem corporal, expressões, tons de voz, gestos, tudo isso. E o que eu vi foi o que chamo de duas pessoas caminhando em direção a um final romântico. Velhas chamas, querida.

— Sim, mas...

— Eu conheço o Matt há muito tempo. Ele é um bom homem. Devo acrescentar que ambos pareciam felizes e tinham muito o que conversar.

— Bem, isso é... alguma coisa. Não tenho certeza do quê. Vou levar os retardatários embora. A maioria deles está indo para minha casa de qualquer maneira.

Ela decidiu não contar nem mesmo para Harry e Mimi. Era muito estranho.

Quando chegaram em casa e Harry comentou que achava que Lina tinha ido para a cama, Adrian soltou uma risada contida e disse:

— É o que parece.

De manhã, ela se levantou cedo, fez um treino mais curto enquanto a casa toda dormia. Na cozinha ela fez frittatas para o café da manhã de despedida, e as colocou no forno torcendo para dar certo.

Ela verificou se havia água na cafeteira, acrescentou grãos frescos e preparou um *smoothie*.

Sentou-se junto ao balcão com o *smoothie* e o tablet para verificar o e-mail de usuários. Quando ela ouviu a porta da frente abrir e fechar, imaginou que fosse um de seus convidados saindo para tomar um ar matinal.

Mas, ao olhar para cima, viu a mãe caminhando de volta para a cozinha.

Ela presumiu que Lina tinha voltado para casa bem tarde, não pensou que seria de manhã. Depois de um momento de consideração, seguiu seus instintos.

— Tenho certeza de que você sabe que está de castigo.

— Engraçadinha.

Quando Lina pegou uma caneca e programou a sofisticada cafeteira, as sobrancelhas de Adrian se ergueram.

— Café? Você?

— De vez em quando. É tudo uma questão de moderação e boas escolhas, não de privação.

— Eu gostaria que você tivesse falado isso pra uma garota que amava Coca-Cola.

Lina olhou para trás.

— Eu também.

— Não quis que parecesse uma crítica. Esqueça isso. E eu vou tomar uma Coca. — Ela se levantou e pegou uma lata na geladeira. — Então... Você e Matt Weaver.

— Nada sério. Nenhum de nós quer algo sério. — Com a caneca de café preto, Lina sentou-se junto ao balcão com Adrian.

— Então, nenhum friozinho na barriga.

— Ah, bastante. — Lina passou as mãos pelos cabelos macios. — Antes e agora. Foi bom rever ele, relembrar o passado, meu Deus, de três décadas. Ele e o filho mais novo trabalham na fazenda. O mais velho foi para a faculdade de direito e trabalha em uma cidade aqui perto. A filha é enfermeira e mora a poucos quilômetros de distância. Ele é divorciado já há uns 12 anos e tem cinco netos. — Ela tomou um gole de café. — Mas agora, como naquela época, ele está enraizado na fazenda e eu na minha carreira. Sempre rolou algo entre nós, e agora entendi que sempre vai. Mas queremos coisas muito diferentes para nossas vidas. Fizemos sexo nostálgico e foi maravilhoso. — Então ela sorriu. — E combinamos de sempre que eu estiver na cidade, desde que ambos permaneçamos desimpedidos, o que ambos parecemos querer, faremos sexo nostálgico.

— Sexo casual. Minha mãe.

— Não fiquei trinta anos sem sexo, Adrian. Simplesmente sei ser seletiva e discreta. O cheiro está maravilhoso.

— Estou fazendo frittatas.

— Frittatas! — Lina observou Adrian enquanto tomava o café. — O gene Rizzo parece ter criado raízes em você.

— Estou tentando cultivar ele, e isso me lembra uma coisa. Estava me perguntando se devemos fazer um livro de receitas. Receitas saudáveis, mas saborosas. Rizzo e Rizzo, *Cozinha Fit*. Ou algo parecido.

— Podemos pensar nisso. Nós duas sabemos que não sou cozinheira, mas... Vou pensar e então conversaremos mais sobre isso na próxima vez que eu estiver na cidade. Mas agora vou pegar o meu café e subir para trocar de roupa. Eles ainda chamam isso de caminhada da vergonha?

— Como uma brincadeira, entre amigos.

— Prefiro evitar.

Alegre, Adrian pegou o tablet. Viu um novo e-mail da detetive em sua conta pessoal.

Adrian
Estou de volta a Washington e gostaria de agendar uma reunião com você esta semana, se possível. Obviamente, terei um relatório por escrito, mas gostaria de conversar pessoalmente.
Por favor, me informe a melhor data e horário para agendarmos.

Atenciosamente,
Rachael

Adrian verificou sua agenda, anotou os horários em que tinha compromissos na obra, com Teesha para os negócios e com seu jovem aluno para avaliação.

Ela respondeu, listando as datas e horários problemáticos e se dispôs a agendar qualquer outro horário na semana.

Poderia até mudar seus horários para se adequar. As vantagens de ser autônomo, pensou.

Então ela guardou o tablet e tentou esquecer o assunto. O café da manhã de despedida não era o momento para pensamentos sombrios.

PARTE TRÊS
ILUSTRAÇÃO

O Futuro é passado no presente.

— Samuel Johnson

Capítulo vinte e um

❋ ❋ ❋

ADRIAN LEU o poema seguinte no meio da semana, horas antes da chegada de Rachael. O poeta havia voltado aos velhos hábitos, uma única folha de papel, um envelope branco simples.

Carimbo postal de Omaha.

Ela o leu sentada na varanda da frente com Sadie a seus pés, observando-a.

— Estou bem. Não se preocupa.

O verão está chegando, e sua hora chegou.
Meu tempo de espera já passou.
É o seu, o meu, o nosso momento de nos encontrar,
Com a sua morte, minha vida vai se completar.

— Estou bem — repetiu. — Mas quem está fazendo isso não vive neste vasto universo onde tudo está bem, é claro. Seu, meu, nosso. Que tipo de besteira é essa?

Ela se levantou para andar pela varanda enquanto um beija-flor voava como uma pedra preciosa flutuando até o alimentador que ela havia pendurado no galho de uma árvore.

— E essa última linha, o que isso significa? Ele me mata e atinge seu objetivo ou é como um assassinato-suicídio? Me matar e acabar com a própria vida? Por que estou tentando entender a loucura? — Ela pressionou os dedos contra os olhos. — Bom, alguém tem que tentar entender.

Ela deixou cair as mãos, olhou para a encosta das colinas, verdes e viçosas, as árvores, folhas, o rododendro imponente no quintal lateral, exuberante com suas grandes flores rosadas.

— Ele tem razão sobre uma coisa. O verão está definitivamente chegando. E quer saber? Eu também cansei de esperar.

Talvez tenha sido um impulso, talvez tenha sido imprudente, mas ela não se importou. Naquele momento, ela simplesmente não se importou.

Ela entrou e subiu para vestir as roupas de ginástica. Fez a maquiagem — com moderação. Depois de uma certa indecisão, passou um pouco de produto pelo cabelo e o estilizou em um meio rabo de cavalo alto.

— Casual e sexy, certo, Sadie? Quem disse que para desafiar um oponente não precisamos nos preocupar com a aparência? Vamos deixar bem claro com quem ele está se metendo.

A cachorra desceu com ela para o estúdio e acomodou-se junto à lareira enquanto Adrian se preparava para uma gravação.

Ela postaria no blog. Ele acompanhava o blog. E depois postaria em todas as suas redes sociais para garantir.

— Vamos ver se você gosta, idiota. — Ela apertou o botão para gravar e deu um sorriso radiante.

— Oi, pessoal. Sou Adrian Rizzo e pensei em fazer uma pequena rodada bônus esta semana. Apenas um pouco de energia rápida e alívio do estresse quando você precisar. Será um desafio. Mas este eu gostaria de enviar especialmente para o poeta. Você sabe que é você! É fácil continuar adiando as coisas, mas de que adianta? Onde isso vai te levar? Nada e em lugar algum, certo? Você está infeliz, estressado, adiando uma ação real para conseguir o que realmente deseja. Pode culpar outra pessoa, pode culpar o mundo, mas o que importa é o que está dentro de você.

Ela bateu o punho levemente em seu coração.

— Quando você se sentir mal, triste, bravo, levante-se e se movimente. Esta série não é para iniciantes, mas este poeta está me seguindo há muito tempo, então esse bônus é para os mais experientes. Três rodadas de três, trinta segundos cada. Vamos fazer afundos alternados e agachamentos.

Ela deu um passo para trás para demonstrar.

— Direita, esquerda, agachamento. E vamos fazer isso rápido. Lembre-se de seu condicionamento, sua segurança e seu desempenho.

Ela desceu em um afundo mais uma vez.

— Joelho na direção do tornozelo, desloque o peso do corpo para a frente, leve o joelho de trás perto do chão. Depois troque o lado. Movimento suave. Agora, agache. Mãos no chão para uma prancha, flexão com quadril elevado.

Prancha com homem-aranha. Esquerda, direita. De pé novamente para polichinelos frontais. Então, fazemos tudo de novo, segunda rodada, prancha com homem aranha, perna esquerda, depois uma terceira vez, alternando as pernas.

Ela demonstrou cada movimento, jogou o rabo de cavalo para trás.

— Isso requer resistência, força, garra. Você consegue? Nove minutos. Olho no prêmio. O cronômetro está pronto e lá vamos nós.

Ela fez tudo com velocidade, mantendo os olhos na câmera enquanto gritava os movimentos.

— Se você chegar ao seu limite, pare, recomponha-se. Organize sua mente e recomece. Não é vergonha atingir seu limite, a vergonha é não tentar. Mantenha o peito erguido, a cabeça levantada. Até embaixo nesses agachamentos, bunda para trás! Agache mesmo! Prancha de novo, flexão com quadril levantado, prancha com homem-aranha, e repete tudo. Vamos lá! Me disseram que o verão está chegando, então vamos colocar esse corpo em forma. O seu, o meu, o nosso. Chegou a hora! Energia!

Ela não conseguia e não iria parar. Ela estava mostrando quem era, finalmente.

— Segunda rodada. Se cansar, faça uma pausa e depois volte. Estou desafiando você a chegar lá.

Seu coração batia forte tanto de satisfação quanto pelo esforço. O suor encharcava sua pele, mas Adrian continuou encarando a câmera enquanto executava a terceira rodada. Àquele espectador em especial.

— E chegamos aos nove minutos. Relaxe e se alongue. Parabéns a todos que tentaram este desafio. Agora, faça seu relaxamento preferido, baixe a frequência cardíaca, alongue os músculos trabalhados. E lembre-se... A vida é minha para viver com emoção. Se acha que pode me parar, essa é a sua ilusão. Eu afasto as dúvidas e o medo porque eu dirijo meu enredo. — Ela riu. — Ah, é um pouco piegas, mas mostra que todo mundo pode ser poeta. Até a próxima, sou Adrian Rizzo. Mantenha a forma. Seja sensacional.

Ela assistiu a tudo de uma vez só, depois postou no blog com o título Desafio Bônus e logo em seguida nas mídias sociais.

— Aposto que isso vai te irritar. Que bom. — Ela se hidratou e se alongou.

— Vamos sair, Sadie, e deixar o telefone aqui. Porque a hora que Teesha vir isso, e ela provavelmente vai ser a primeira de muitos, vai ficar muito zangada. Vamos lá fora ver como os tomates estão.

Teesha levou menos de vinte minutos para invadir os portões.

Ela marchou até o quintal, onde Adrian jogava a bola para uma Sadie extasiada.

— Não atender o telefone é igual a colocar os dedos nos ouvidos e dizer: Lá-lá-lá.

— Talvez sim, mas eu queria um pouco de tempo pra relaxar. Você é rápida.

— Eu quero que você apague aquilo, tudo. Você sabe que posso, tenho autorização, mas...

— Você sabe que a escolha é minha. Deixar o post é escolha minha.

— É a escolha errada.

— Tem certeza? Será que aguentar por todos esses anos é o certo? Deixar que outras pessoas lidem com isso quando é algo dirigido a mim? Essa é a escolha certa?

— É a polícia, Rizz, o FBI e agora uma detetive particular. Eles são profissionais. Então, sim, essa é a escolha inteligente.

— E, mesmo com tudo isso, recebi mais um hoje.

— Eu imaginei. — Teesha esfregou as mãos no rosto. — E eu sinto muito. Você sabe que sinto muito, mas em que vai te ajudar desafiá-lo assim?

— Ele é um covarde, metido a valentão, e já passou da hora de ele saber que eu sei disso.

— O que dizia no de hoje?

Adrian fechou os olhos, para se lembrar, e recitou as palavras.

— Maluco psicopata! — Com as mãos nos quadris, Teesha andava em círculos. — A que horas a detetive deve chegar?

— Quatro, talvez quatro e meia.

— Ok, você vem para casa comigo e espera lá. Ele pode estar a um quilômetro de distância, Adrian.

— Ou pode estar em Omaha. E é exatamente por isso que eu tive que fazer algo. Não aguento mais continuar assim. Ele conseguiu pelo menos parte do que queria. Ele mexe com a minha cabeça. Tenho medo da droga do correio.

E sim, sim, uma solução seria encerrar a caixa postal, mas a conclusão foi que ele acabaria encontrando outra maneira.

— Mas dessa outra maneira ele pode acabar cometendo um erro.

— Pode ser, talvez. Ele envia os cartões no meu nome, então eles acabariam nos correios de qualquer maneira. Sem endereço de remetente. Isso não é solução. Não sei se esse vídeo é, mas me sinto melhor. Sinto como se tivesse revidado de alguma forma.

Bufando, Teesha pegou o celular ao ouvir o sinal.

— É o Harry. Oi, Harry. Sim, espere, sim, eu sei. Estou com ela agora. Aham. — Teesha estendeu o telefone. — É para você.

— Droga.

Ela o deixou descarregar toda a raiva.

— Não, eu não vou apagar. De que adianta se já tem mais de duzentas visualizações? Provavelmente uma é a dele, ou dela, ou deles. Não estou arrependida de ter feito isso porque, droga, eu precisava revidar. Não, espera. — Ela respirou fundo. — Estou dizendo isso pra vocês dois. Sinto muito que isso chateie e preocupe vocês. Me desculpa se isso aborrece e preocupa a minha mãe e a todos os outros. Mas... o cartão que ele enviou depois que Nono morreu, acabou comigo. E este agora só terminou de acabar com o que restou. Estou cansada, Harry. Chega. Estou devolvendo o telefone para Teesha agora.

Assim que o fez, ela se aproximou, pegou a bola e jogou-a novamente. Poucos minutos depois, Teesha a abraçou por trás.

— A gente ama você, Adrian.

— Eu sei, é por isso que lamento que isso preocupe vocês. Eu sei, eu sei, não era a coisa mais segura e sensata a fazer. Mas, Teesha, eu precisava revidar, finalmente. Eu precisava pelo menos sentir que recuperei algum controle.

— Eu entendo. Eu te entendo, somos amigas há muito tempo pra eu não te entender.

— Idem, então realmente sinto muito por ter aumentado a preocupação. Lembre-se de que fiz todas as outras coisas sensatas. Envolvi a polícia, o FBI, uma detetive particular, instalei um sistema de segurança, fiz aulas de autodefesa, tenho um cachorro grande.

Sadie largou a bola aos pés de Adrian e ergueu os olhos com adoração.

— É, ela é feroz. Tá bom. — Teesha deu um último aperto em Adrian e deu um passo para trás. — No final das contas, não sei se eu conseguiria aguentar tanto tempo quanto você. E quando você bate de volta, bate forte. Aquele idiota vai precisar de primeiro, segundo e terceiro socorros para o golpe que você deu nele. Eu tenho que ir. Vejo você amanhã, venho te torturar com o orçamento para a mobília do centro juvenil.

— Centro Juvenil da Família Rizzo.

— Certo. Então, já decidiu o nome.

— Eu dei voltas e mais voltas. Devo dar o nome de meus avós ou de Nono, já que era ideia dele? Mas ele compartilhava dessa visão com a Nona. Ainda assim, eles não existiriam para poder ter essa visão sem os pais deles. Eu não seria capaz de dar vida a essa ideia sem todos eles, incluindo minha mãe. Então, será da família, e você pode adicionar a placa ao orçamento.

— Vamos conversar sobre isso. — Teesha olhou para a sempre paciente Sadie. — Aprenda a rosnar pelo menos.

Adrian pegou a bola novamente quando Teesha saiu.

— Rosnar não é o seu estilo, não é, linda?

Ela jogou a bola de novo e de novo enquanto tentava descobrir como dizer a Rachael o que tinha feito.

— Sermões, Sadie. Acho que da próxima vez vou fazer um sermão. Por que sermões são piores do que um tapa na cara?

Quando Rachael mandou uma mensagem de texto informando que estava um pouco atrasada, Adrian respondeu que não se preocupasse. Ela se acomodou na varanda da frente com seu tablet, fazendo pesquisas sobre placas. Tamanhos, materiais, formas, fontes.

Ela não queria nada muito grande e chamativo, mas sim, algo mais sutil, distinto, adequado ao prédio. Queria o que os avós teriam desejado.

Depois que conseguiu chegar a três opções, leu outra mensagem.

Adrian, atrasada por causa do trânsito. Horário previsto: 18 horas. Se for tarde demais, podemos reagendar.

Adrian verificou a hora e percebeu que Rachael já estaria além da metade do caminho.

Por mim tudo bem ... Não tenho planos para esta noite.

— Certo, Sadie? Somos só você e eu por enquanto.

Ótimo, vejo você em mais ou menos trinta minutos

Já haviam se passado quase quarenta minutos quando Adrian viu o carro subindo a colina. Mas ela aproveitou bem o tempo, decidindo sobre a placa, preparando uma bandeja de queijo e pegando uma garrafa de vinho.

Sadie esperou até que Rachael saísse do carro e, depois que reconheceu a visitante, abanou o rabo.

— Mil desculpas — Rachael começou, mas Adrian fez um gesto indicando que não tinha problema.

— Não se preocupa. Eu fiz tudo o que queria. E estou prestes a tomar uma taça de vinho. Eu sei que você tem uma longa viagem de volta, mas a menos que você prefira outra coisa, eu diria que merece uma taça.

Rachael olhou a garrafa e deixou escapar um suspiro.

— Eu adoraria. Obrigada. Duas colisões bobas — explicou enquanto se sentava. — Um acidente e então o trânsito simplesmente parou.

Ela pegou o vinho que Adrian ofereceu e se recostou por um momento. Ela usava óculos escuros cor de âmbar e um blazer azul-claro sobre uma camiseta branca.

— Você tem um pequeno paraíso aqui.

— Estou fazendo o possível para manter assim. Estou testando minhas habilidades, sozinha este ano, com uma horta no quintal, e estou feliz por ter já alguns tomates e pimentas crescendo. E com medo de matá-los.

— Sulfato de magnésio, diluído em água.

— Sim! — Surpresa, Adrian riu. — Era o segredo de minha avó. Você gosta de jardinagem?

— Moradora da cidade, então apenas vasos e floreiras. Nada como um tomate direto do pé. Então...

— Antes de a gente começar, preciso contar e mostrar uma coisa a você. Recebi outro poema esta manhã. — Ela pegou a pasta que colocara na cadeira ao lado dela. — Foi postado de Omaha. Tirei cópia da carta e do envelope.

Rachael trocou os óculos pelos de leitura e leu o poema.

— Mais direto do que o normal, estabelece um prazo.

— O verão, e está chegando. E preciso te contar que eu revidei.

Rachael olhou por cima dos óculos.

— Como?

Adrian simplesmente abriu o tablet, preparou o vídeo e o virou para Rachael, apertando o play.

Rachael tomou um gole do vinho e assistiu ao vídeo até o fim sem dizer nada.

— Você postou isso hoje.

— Isso, e nas minhas redes sociais. Verifiquei os comentários algumas vezes e não achei nada fora do comum até agora.

Rachael assentiu com a cabeça, então deixou seus óculos pendurados pela corrente enquanto olhava diretamente para Adrian.

— Você é uma mulher inteligente e sabia que lançar um desafio direto como esse poderia desencadear um agravamento, até mesmo um confronto. E foi por isso que fez isso.

— Sim.

— Não estou aqui para te dar ordens, só posso oferecer meu melhor conselho. Devo dizer que gostaria que você tivesse esperado até termos essa reunião.

— Estou esperando desde os 17 anos. Em vez de diminuir, ficou pior.

— É verdade. Já que você não esperou, vamos avaliar o que temos. Se este vídeo o levar a fazer uma ameaça nos comentários nas redes sociais, podemos rastrear seu endereço IP. E isso você certamente já sabia.

— Sim. Tenho certeza de que ele sabe disso também, mas poderia responder no calor do momento. As pessoas são assim. Mesmo as pessoas que não são doentes e obcecadas.

— Correto, então monitoraremos de perto. Posso consultar a agente encarregada do seu caso e aconselhá-la a fazer o mesmo.

— Eu agradeço.

— Enquanto isso, preparei um relatório. — Ela enfiou a mão na bolsa. — Alguns progressos e algumas teorias.

— Você foi para Pittsburgh.

— Fui. O repórter que divulgou a história sobre sua família mudou-se para lá há vários anos. Ele trabalha para um site de fofocas on-line.

— Você não acha que ele está por trás disso?

— Não, e ele já foi ouvido desde que você começou a receber os poemas. O ataque em Georgetown, a morte de Jonathan Bennett gerou muita atenção da mídia. Antes disso, sua mãe, e por conexão você, foi assunto de muitas matérias, em sua maioria positiva, mas algumas negativas, é claro. Sempre tem os dois lados.

— E algumas pessoas a criticaram por ser solteira, insinuavam que ela era promíscua, o que é um termo leve para algumas das coisas que disseram, porque não contava quem era meu pai.

Adrian fechou seu tablet, colocou-o de lado.

— Eu não sabia de nada disso na época. Depois que a história estourou, depois de Georgetown, alguns deles foram ainda mais agressivos com ela. Coisas bem pesadas em alguns meios. Eu também não sabia disso porque ela me trouxe para cá, me deixou aqui até que o assunto morresse ou as pessoas esquecessem. — Calma e estável agora, Adrian bebeu um pouco de vinho. — Ela me protegeu, do jeito dela, e revidou. Ela se esforçou ainda mais na carreira. Nada era capaz de segurar ela. Eu já me ressenti disso. Hoje em dia, admiro.

— De vez em quando, histórias surgiam de novo. Este repórter em especial, Dennis Browne, tentou reviver tudo, pois o assunto impulsionou temporariamente sua carreira — disse Rachael.

— Eu sei, mas essas foram mais fáceis de ignorar. Ela tem uma força incrível, simplesmente se recusou a comentar o assunto em entrevistas. Ou em lugar algum. Quando Lina Rizzo fecha uma porta, é quase impossível arrombá-la.

— Concordo com você, por isso fui para Pittsburgh. Ela trancou a porta em relação ao seu pai biológico, mas alguém conseguiu arrombá-la. Como e por quê? Não gosto de perguntas sem respostas. É um assunto antigo e resolvido, ou não? Eu queria descobrir.

— E você conseguiu? Descobrir?

— São muitos anos para que ele ainda proteja a fonte, especialmente quando essa fonte não apenas secou, mas não é mais viável. E posso investigar ângulos que a polícia não consegue. Ele é duas vezes divorciado, paga três pensões alimentícias. Sua renda está, digamos, drasticamente reduzida. E ele gosta de um bom uísque.

— Entendi. — Adrian deu um leve sorriso. — Você subornou ele.

— Sim, com permissão da sua mãe, porque é ela quem está me pagando. Mil dólares, eu tinha permissão para ir até cinco, mas ele se mostrou um cara barato, bastaram os mil para que abrisse o jogo. A garrafa de Maker's Mark o deixou especialmente loquaz.

Rachael espalhou um pouco de queijo em um biscoito fino como papel.

— Meu Deus, que delícia. O que é?

— Rustico com pimenta vermelha.

— Incrível. Bem, depois do dinheiro e de algumas doses de uísque, fiquei sabendo de toda a história. A fonte dele foi Catherine Bennett.

— Eu... eu não entendo.

— A esposa de Jon sabia da predileção do marido por jovens estudantes atraentes. Ela fingia não ver pra preservar seu estilo de vida, sua família, sua posição na universidade, a comunidade. Mas ela soube de você. Ele agora tinha uma filha e isso, ao que parece, abalou ela. Pelo que pude descobrir, em vez de confrontar John, arriscando o divórcio, ela começou a se automedicar, ou esse hábito se agravou. Ela tomava Valium, Xanax e outras drogas para lidar com a situação, mas lá estavam vocês, você e sua mãe. A Yoga Baby prestes a se tornar uma marca nacional, até mais que isso. Ela podia tolerar os casos, mas não o constante lembrete de que ele tinha gerado uma criança fora do mundo que ela mantinha com tanto cuidado.

— Então foi ela quem divulgou a história — ponderou Adrian. — Ele culpou a minha mãe, a mim, nunca a ele mesmo, mas foi a esposa dele que ferrou ele.

— Ela se achava a vítima. E ele iria pagar por ter humilhado ela. Sua mãe pagaria. Você pagaria. Um impulso calculado ou movido pela raiva, não sei dizer com certeza. Mas ela procurou Browne. Ela tinha nomes, datas, deu a ele nomes de outras mulheres, e ele seguiu as pistas, descobriu um padrão. Na época, Bennett estava tendo um caso com outra aluna. Uma jovem de 20 anos. Talvez isso tenha sido a gota d'água para Catherine, não sei. Mas você e sua mãe eram os alvos dela e seriam a manchete. Um professor universitário transando com alunas não era o suficiente pra incomodar, exceto os envolvidos. Mas quando o mesmo professor tem um filho fora do casamento com uma mulher que impulsionou a carreira por causa dessa criança? Para Browne, aquilo era um bilhete premiado.

— Então, em vez de deixar o marido, ela decidiu destruir a gente, e ele.

— Nada se compara à fúria acumulada por mais de uma década. Mas você e sua mãe não foram destruídas. Você sobreviveu, prosperou. E Jonathan Bennett? Ele não estava apenas destruído, estava morto. Morto após atacar duas mulheres e uma criança, sua filha biológica. Então, em vez de ser uma vítima estoica e inconsolável, ela era a esposa de um mulherengo contumaz, um bêbado cruel e violento, abusador de crianças. E isso reacendeu a chama do ódio.

— Você acha que ela está por trás disso? É ela que envia os poemas?

— Não, porque ela morreu, suicídio com tranquilizantes, quase quatorze anos atrás. Mas você tem dois meios-irmãos.

— Ah, meu Deus. — Ela teve que se levantar, andar, envolvendo-se com os próprios braços com força.

— Nikki, 37 anos, e Jonathan Junior, 34. Você precisa de uma pausa?

— Não, não. Pode continuar.

— Eu não consegui entrevistar nenhum deles ainda. Junior está em lugar desconhecido, há cerca de dez anos, quando recebeu a herança, considerável, já que os pais de sua mãe eram ricos; ele simplesmente desapareceu. Estou trabalhando nisso. Nikki é consultora de negócios. Ela viaja até os clientes pra traçar planos de negócios, revisar os atuais, otimizar despesas e maximizar lucros. Ela trabalhou para a *Ardaro Consultants* por quinze anos. É muito requisitada.

— Ela viaja.

— Muitas vezes e por todo o país.

— Omaha. O último veio de Omaha.

— Nessa viagem, os planos incluem San Diego, Santa Fé e Billings. Nikki deve voltar para casa em Georgetown no final da semana que vem. Pretendo bater um papo com ela. Não tem ficha criminal, nunca se casou, não tem filhos. Ao que parece, mora sozinha, na casa onde ela e o irmão cresceram. Que compraram com o dinheiro da mãe. Nikki é descrita como quieta, trabalhadora, agradável. Não tem amigos íntimos que eu pudesse localizar, nem inimigos.

— É reservada. Não é isso que costumam dizer?

— Sim. O irmão tem alguns pequenos problemas com a lei. Acusações de embriaguez e desordem, dirigir embriagado, algumas agressões, todas retiradas. Sem casamentos, sem filhos. Ele informou a casa em Georgetown como sua residência até dez, quase onze anos atrás. É descrito como hostil, antissocial. Teve uma série de empregos, nada que durasse mais de um ano, geralmente menos. Ele tinha alguns amigos, e um, alcoolista em recuperação, me disse que ele costumava falar em construir uma cabana na floresta, talvez perto de um rio ou lago, e mandar o mundo se foder. Ele pode ter feito exatamente isso. Estou trabalhando nisso.

Adrian sentou-se novamente.

— Eu não penso nos Bennett como meios-irmãos.

— Você tem esse direito.

— Existe uma conexão biológica, na minha opinião irrelevante, e nada mais. Você acha que um deles, talvez a filha por causa das viagens, guarda rancor de mim? Como a mãe deles?

— Ela pode muito bem ter ajudado a incutir esse ódio.

— É, é possível. E o pai deles morreu, arruinado, morreu porque minha mãe me protegeu, a Mimi e a ela mesma. Por isso, podemos ser as culpadas da morte de Jon. A mãe deles morreu e acho que também podemos ser culpadas por isso. Ela morreu não muito antes de os poemas começarem a chegar.

— Possivelmente essa última perda tenha desencadeado o surto psicótico. Junto com o lançamento do seu primeiro DVD. Mas o timing certamente se encaixa na minha teoria. Mesmo que eu acredite que um ou ambos sejam os responsáveis por isso, preciso conduzir mais entrevistas. Porque acho que seja algo mais do que simples poemas. Demorei para sair de Washington porque fui entrevistar outra garota que teve um caso com Bennett. Ela mora em Foggy Bottom. Eles tiveram um caso cerca de um ano antes de ele se envolver com sua mãe. Ela foi muito franca e, no decorrer da entrevista, perguntei se ela havia recebido alguma ameaça, algum poema anônimo. Se tinha acontecido alguma coisa que a fizesse se sentir ameaçada ou algo parecido. Nada de cartas, nada de telefonemas — acrescentou Rachael, pegando outro cookie.

— Mas ela se mudou há vários anos por causa de um assalto e uma tragédia. Pouco depois do divórcio, ela partiu, por impulso com um novo namorado, para um longo fim de semana, e deixou a casa com a irmã. Era pra que ela cuidasse da casa, mas principalmente para oferecer um recomeço para a irmã que acabara de ser demitida do emprego. Alguém invadiu a casa. A irmã foi baleada várias vezes enquanto dormia. Vários itens foram levados, objetos de valor, no que parecia ser um roubo que deu errado.

— Mas você acha que pode não ter sido isso.

— Não. Fiz a viagem para Foggy Bottom porque tive uma conversa com a mãe de outra mulher cujo nome estava na lista de Catherine, de nomes que ela deu ao repórter. — Rachael casualmente espalhou queijo em outro biscoito. — Devo acrescentar que vai demorar um pouco para localizar todas na lista. Casamentos, divórcios, mudança para locais diferentes. Neste caso, a mãe da garota morava em Betesda, então foi fácil encontrá-la. Ela sabia que a filha tinha se envolvido com um homem mais velho na faculdade. Um homem casado. Uma aventura, nada mais. Falei com a mãe, pois a mulher foi morta a facadas há alguns anos, durante a sua caminhada matinal habitual. Atacada em uma trilha no norte da Califórnia, onde morava com o marido e dois filhos.

Com todo cuidado, Adrian pegou a garrafa de vinho e serviu mais em sua taça.

— As duas tiveram casos com Jon Bennett.

— Os nomes delas estavam na lista dada ao repórter. Portanto, se tiveram ou não um caso, Catherine suspeitava que sim. A polícia não teria essa lista, nem qualquer razão para associar uma morte a tiros durante uma invasão a residência em Washington com uma morte por esfaqueamento na Califórnia. A única ligação é que o dono da casa onde a primeira vítima foi baleada era uma mulher, como a segunda vítima, que estudou na Universidade de Georgetown em momentos diferentes. Eu queria deixar você a par disso o mais rápido possível. Vou começar a verificar os outros nomes da lista imediatamente.

Adrian tomou um gole lento de vinho.

— O nome da minha mãe está nesta lista.

— Já a informei de tudo, ela vai tomar algumas precauções. Não posso dizer que não há risco pra ela, mas é mais provável que eles, vamos usar "eles" para simplificar, estejam focados em você. Pode ser que pretendam lidar com ela em algum momento posterior, mas os poemas vêm para você, e sempre vieram. Eles se ressentem de você por sua própria existência. O fato de você ter nascido tirou algo deles, arruinou a reputação da família. E isso faz de você a responsável pela morte do pai deles e pelo eventual suicídio da mãe. Se você ler os poemas com base nesta teoria, verá que a atribuição de culpa e o ressentimento estão claramente presentes.

— É — concordou Adrian. — É verdade.

— E tem mais. Você é bem-sucedida na sua área, desfruta de status de celebridade. Você não pagou o preço pelo insulto que foi o seu nascimento. Além disso, você é uma mulher jovem e muito atraente, com considerável segurança financeira e um legado de família admirável. Enquanto o legado deles é adultério, abuso, suicídio, humilhação pública.

— Me machucar não vai mudar isso, mas sua teoria faz sentido. O que fazemos agora? Você vai levar tudo isso para o FBI, para a polícia?

— Vou, mas gostaria de entrar em contato com as outras mulheres, se possível, primeiro. Ou tantas quanto puder localizar. E eu quero falar com Nikki Bennett. Se eu puder consolidar a teoria, os policiais vão ficar muito mais inclinados a interrogá-la e encontrar o irmão dela. E, se eles puderem vincular um ou os dois a esses assassinatos, a acusá-los.

— Ok. Ok — disse Adrian novamente, com um aceno de cabeça decisivo. — Porque eu acho que você tem razão. Faz sentido de um jeito terrível. Você já descobriu mais em semanas do que todo mundo durante anos.

— Eu gostaria mesmo de levar todo o crédito, mas cheguei com o caso já adiantado e com um olhar novo. E sem uma pilha de arquivos de casos na minha mesa, pude me concentrar nisso, apenas nisso. E tive sorte no timing. Denis Browne estava pronto para abrir a boca. E com isso tivemos novos ângulos sólidos para trabalhar.

— Não me importo. — Adrian gesticulou com a taça. — Só sei que pela primeira vez tenho um motivo pra tudo isso, e posso até acreditar que um dia vai acabar. Essas mulheres, as duas mulheres. — Ela fechou os olhos. — Pode ter mais.

— Sim, pode ter mais.

— Quantas são na lista?

Rachael fez uma pausa e deu o último gole no vinho.

— Trinta e quatro no período de quatorze anos antes de sua morte. Que ela documentou. Ele teve em média mais de dois casos por ano.

— Trinta e quatro? Parece mais um comportamento de um viciado em sexo do que de um simples mulherengo. Isso deve ter acabado com ela, com a esposa. Deve ter sido impossível pra ela conseguir superar isso, não importasse o quanto ela tentasse normalizar. As crianças sabem quando as coisas estão erradas dentro de casa. Elas sentem isso.

— Concordo. Os psicopatas nascem ou se tornam assim? Existem muitas teorias sobre isso. Nesse caso, estou inclinada a dizer ambos. Vou voltar para casa, a menos que precise de algo mais de mim.

— Não, mas você me deu muito pra processar.

— Tem detalhes mais específicos no relatório escrito. Se tiver qualquer dúvida, por favor, pode me ligar, mandar mensagem! Enquanto isso, se cuida.

— Prometo. Espero que sua volta para casa seja mais suave do que a vinda — acrescentou Adrian enquanto elas se levantavam.

— Não tem como ser muito pior. Obrigada pelo vinho e pelo queijo.

— Espera, deixa eu pegar um pouco para você levar.

— Não precisa se incomodar.

Mas Adrian já tinha entrado correndo. E voltou rapidamente com o queijo coberto com filme transparente, alguns biscoitos, as azeitonas que vira Rachael mordiscar em um pequeno pote com tampa e acrescentou uma pequena garrafa de S. Pellegrino.

— Minha mãe é quem está te pagando. Mas isso é meu.

— Então, eu aceito, obrigada. Vamos nos falando, Adrian.

Ela observou Rachael se afastar, então abaixou a mão para afagar Sadie.

— Estou me sentindo mal. Aflita. Eu nunca pensei nos filhos dele... sei lá, acho que nunca considerei. — Como parecia que suas pernas não estavam respondendo aos seus comandos, ela se sentou e abaixou para abraçar Sadie, em busca de conforto. — A ideia de que eles podem ter pensado em mim dessa forma, todas essas ideias distorcidas, me deixa perturbada.

Ela ficou assim até se sentir mais estável. E continuou sentada mais um pouco, apenas pensando em tudo que havia escutado.

Ainda precisava ler o relatório, não havia como evitá-lo. E, já que ela não conseguia nem pensar em comer, faria um *smoothie* e se obrigaria a bebê-lo.

Mas depois...

Quando Sadie ficou alerta, Adrian sentiu seu estômago revirar, mas quando se levantou, reconheceu o carro de Raylan. E se acalmou. Até conseguiu abrir um sorriso quando ele saiu do carro. Sadie e Jasper correram um em direção ao outro.

— Você escapou das crianças?

— Só por um minuto. Não posso demorar. Monroe está dando uma aula de violão para Bradley, e Mariah se dignou a brincar com Phin. Não posso ficar longe muito tempo.

— Se você está aqui pra me dar um sermão sobre meu comportamento temerário, posso precisar de outra taça de vinho, e já tomei uma e meia.

— Não vou fazer isso. — Ele entrou na varanda, cheirando a grama e primavera.

— Você estava cortando grama?

— Sim, e estou um pouco suado, mas... — Ele segurou o rosto dela entre as mãos, beijando-a. Suavemente, pensou Adrian, como se beijasse alguém fragilizado. — Teesha me contou tudo.

— Ela ainda está chateada comigo.

Ele agitou as mãos.

— Acho que ela descarregou toda a preocupação em você e no Harry também. De qualquer forma, eu assisti ao vídeo. Um dia você vai ter que me dizer como você faz uma prancha e depois dá um salto no ar sem quebrar algo importante. E, tudo bem, talvez tenha sido um impulso imprudente, mas... foi brilhante.

— O quê?

— Você queria dar um toque nele e não saiu da personagem. Apenas um pequeno treino bônus, se você for forte o suficiente, resistente o suficiente. Você precisava revidar, e foi o que fez. Estou do seu lado nisso.

— Você está do meu lado nisso?

— Preferiria que você não tivesse feito isso? — Ele passou os dedos pelos cabelos, também um pouco suados. — Que você não tivesse recebido outro poema? Que você nunca tivesse recebido? Claro que sim. Podemos desejar que as coisas fossem como gostaríamos, mas isso não faz com que sejam assim. Temos que lidar com o que temos.

Ela o encarou e começou a chorar.

— Não fica assim. — Ele a abraçou. — Você teve um dia horrível.

— Realmente horrível. Mas você chegou. E disse exatamente o que eu precisava. — E ela pôde se permitir extravasar um pouco, deixar as lágrimas rolarem, porque ele estava ali com ela.

— Você teve companhia — murmurou ele. — Duas taças de vinho, dois pratinhos.

— Rachael McNee. A detetive particular.

— E isso colaborou para este dia terrível?

— E como!

— Vou perguntar para Teesha se eles conseguem dar conta das crianças por mais meia hora. Então você pode me contar sobre isso.

Ela pressionou o rosto com mais força em seu ombro.

— Ah, sim, por favor.

Capítulo vinte e dois

❈ ❈ ❈

Ela entrou primeiro para jogar um pouco de água no rosto, depois serviu copos de limonada para os dois. Uma opção melhor do que vinho no momento, pensou.

Então Adrian se sentou e contou tudo a Raylan.

— Primeiro, parece que a sua mãe encontrou uma excelente detetive.

— É, com certeza. Ela é sempre tão calma, e… eu sinto que como eu sinto é importante para ela. Os fatos são mais relevantes, mas ela não ignora o que estou passando. E isso ajuda.

— Sempre é bom. Agora, não preciso dizer que, se a teoria dela estiver certa, a motivação é uma tremenda insanidade. Você não é boba nem o tipo que gosta de bancar a mártir.

— Mais coisas que eu precisava ouvir. Eu sei, Raylan, mas ajuda muito ouvir isso em voz alta. Eu me desvinculei há muito, muito tempo do fator biológico da minha paternidade. Ele nunca significou nada para mim e, fora o DNA, não tem mais nada dele em mim. Nada mesmo. Isso teria sido mais difícil de administrar sem meus avós e, em retrospecto, minha mãe. Sem Mimi e Harry, Teesha, Hector e Loren. Sem Maya e sua mãe. Sem tudo isso — disse ela gesticulando para a cidade à distância. — E porque fui capaz de fazer isso, porque tive tudo isso, nunca pensei nos filhos dele, na mulher dele, em nada disso.

— Porque eles não fazem parte da sua vida — disse ele com objetividade, e isso ajudou também. — Por que fariam? Se um ou os dois tivessem entrado em contato com você, tentado, por qualquer motivo, uma aproximação, poderia ter sido diferente. Mas eles nunca fizeram isso. Ou talvez sim, mas não de um jeito normal.

— Definitivamente não. Raylan, se um deles, ou ambos… aquelas mulheres.

Ele colocou a mão sobre a dela.

— Aquelas duas mulheres não sabiam. Elas não estavam atentas. Por alguma razão, eles querem que você esteja em alerta. Esse é o lance.

Raylan levou a mão dela aos lábios em um gesto que Adrian teria achado profundamente romântico em outras circunstâncias.

— Eles são assassinos — acrescentou ela. — São loucos, obcecados, assassinos violentos e querem terminar o que o pai deles começou quando tentou me jogar escada abaixo.

Ele beijou as mãos de Adrian novamente, os olhos verdes fixos nos dela.

— Mas eles não vão conseguir nada disso. Sua detetive irada vai reunir provas e mais provas para mandá-los para a cadeia. Mas, enquanto isso, você pode viajar, passar um tempo em outro lugar, mais tranquilo, reservado e seguro, até que ela consiga isso.

— Viajar para onde? Uma cabana nas montanhas, uma casa em alguma praia, um apartamento em Paris ou sei lá o quê? Raylan, eu ficaria sozinha, sozinha de verdade. O que sempre acontece com a mulher em perigo quando ela foge para se esconder do bandido em algum local remoto, supostamente seguro e secreto?

— Isso é ficção.

— Que geralmente é inspirada pela realidade. O bandido encontra a mulher e ela está sozinha. Eles terão que vir atrás de mim aqui, se quiserem. Aqui, onde os policiais estão a cinco minutos de distância, e amigos leais e namorados, mais perto ainda. Onde conheço cada canto desta casa. Não estou sozinha e me sinto mais segura aqui do que em qualquer outro lugar. E acredito que Rachael fará exatamente o que disse que faria. Conseguir o suficiente para prendê-los.

— Você não pode esperar que eu me sinta bem com você sozinha aqui.

— Não, mas as alternativas são piores.

— Talvez. E o talvez me impede de discutir com você. Que tal se fizermos o seguinte? Assim que as aulas acabarem, iremos todos para algum lugar.

— Vamos?

Ele sorriu, e o sorriso era um desafio.

— Não me diga que você tem medo de tirar férias de verão com duas crianças e dois cachorros?

— Não tenho medo de nada. Faz muito tempo que não tiro férias de verdade.

— Então é mais do que merecido. Eu voto em praia, e as crianças também, o que torna seu voto nulo. Vou ver o que posso fazer. Tenho que ir.

— Amanhã tem aula.

— Sim. — Mas ele a puxou e desta vez não a beijou como se ela estivesse prestes a quebrar. — Tranca as portas, ok? Depois faz uma nova inspeção para se certificar de que trancou as portas e ativou o alarme. E me manda uma mensagem antes de ir para a cama.

— Está bem. Você já fez eu me sentir muito melhor do que o *smoothie* de couve que estou preparando pro jantar.

— Minha nossa, credo, espero que sim. — Ele a beijou de novo, rápido, depois desceu os degraus. — Nunca vou beber um treco desse. Vamos, Jasper.

— São surpreendentemente deliciosos.

— Que mentira deslavada. — Ele teve que empurrar o relutante Jasper para dentro do carro. — Indigna de você.

— A gente aprende a gostar.

Ele negou com a cabeça.

— Só por causa disso vou comer um pacote de *Cheetos* depois que as crianças estiverem na cama. Não esquece de me mandar uma mensagem.

Não esqueceria, pensou enquanto caminhava para recolher os pratos da mesa da varanda.

E trancaria e verificaria tudo, ativaria o alarme.

E sabia que dormiria melhor, porque ele tinha vindo até ela e dito justamente o que precisava ouvir.

$\mathcal{E}$LA OCUPOU o resto da semana — o suficiente para não ter tempo de pensar em mais nada. Além do próprio trabalho, que incluía verificar a primeira edição de Hector do material do DVD Introdução a Fitness, ela teve uma longa conversa com a mãe no FaceTime.

Isso incluiu o sermão esperado, um pouco de discussão e comentários sobre a edição do vídeo.

Ela começou a comprar os itens de iluminação, instalações hidráulicas, tintas e videogames para o centro. Mesmo com a ajuda considerável de Kayla,

Adrian fez uma promessa particular de nunca, jamais, fazer uma reforma tão grande de novo na vida.

Isso manteve sua mente totalmente ocupada com a normalidade até que Rachael a contatou na tarde de sexta-feira.

Ela havia localizado mais três mulheres. Aparentemente, uma morreu de causas naturais após uma longa batalha contra o câncer. Outra, encontrada sem vida em um beco de Nova Orleans, onde administrava um bar, espancada e roubada. A terceira levou um tiro na nuca dentro de seu carro depois de deixar o quarto de um motel onde se encontrou com um homem com quem tinha um caso extraconjugal.

A polícia em Erie, Pensilvânia, investigou o marido, mas o álibi dele se mostrou sólido.

Eram quatro agora, pensou, pelo menos quatro.

Adrian verificou a hora. Raylan chegaria em breve, e isso era bom. Ele ocuparia a cabeça dela e permitiria que ela aliviasse o peso de tudo que acabara de descobrir.

Adrian não sabia o que ele pretendia levar para o jantar, mas o que quer que fosse, eles poderiam comer na varanda, tomando um ar. Como havia chovido a manhã toda, o ar estava limpo e fresco.

Ela decidiria que pratos usar quando visse o que eles comeriam. Isso valia para o vinho também.

Com pouco o que fazer, ela trocou de roupa, colocou um vestido simples, maleável, alegre e feminino. Prendeu o cabelo em um rabo-de-cavalo baixo na altura da nuca e deixou alguns cachos soltos.

Descalça, ela deu uma rápida volta diante do espelho, e considerou o vestido perfeito para um jantar casual, e com sorte romântico, ao ar livre em casa.

Adrian ouviu o latido de Sadie antes de ouvir o carro, mas saiu para a varanda do segundo andar para ver Raylan chegando.

Ele a viu. Que foto incrível, pensou, a mulher de vestido esvoaçante na grade da varanda no alto com a cachorra enorme ao lado e flores derramando dos vasos ao seu redor.

Ela seria sua a noite toda, a noite toda. Era incrível saber disso.

— O que tem pro jantar?

— Desce aqui e descubra.

Seguindo ordens, Adrian desceu apressada e trancando as portas. Quando abriu a porta da frente, Jasper correu para encontrar Sadie em uma alegre e vigorosa saudação.

— Você acha que algum dia eles vão se cumprimentar de um modo menos efusivo? — perguntou Adrian.

— Não.

— Eu vou seguir o exemplo. — Ela jogou os braços ao redor de Raylan, beijando-o até que seus olhos revirassem.

— Os cães são definitivamente meus melhores amigos. Você está deslumbrante.

— Decidi comemorar a volta do sol com um vestido. Quase nunca uso. E isso não parece uma embalagem de delivery.

— Porque não é. Vou acender a churrasqueira e preparar um bife para você.

— Bife?

— Qualquer pessoa que bebe *smoothie*s de couve precisa de uma dose ocasional de carne vermelha.

— Você sabe quanto ferro tem na couve?

— Não, e não faço questão de saber. — Raylan colocou a sacola no balcão, tirou os bifes e depois duas batatas enormes. — E o que é um bife sem uma bela batata?

— Cada uma é uma refeição para uma família de quatro pessoas. — Ela pegou uma para testar o peso. — Eu poderia fazer algo interessante com elas.

Em posição de defesa, Raylan agarrou a segunda batata.

— Envolve couve?

— Não. Envolve manteiga, ervas, especiarias e a grelha.

— Então a missão da batata é sua. — Ele pegou o pacote de mix para salada. — Nada de julgamentos.

— Posso me abster do julgamento se pudermos incrementar esse pacote de salada com algumas coisinhas que tenho aqui.

— Assim será. Tenho experiência. Você pode confiar em mim. — Raylan entregou a Adrian a segunda batata. — Vou deixar isso em suas mãos competentes e vou acender a churrasqueira.

Quando ele voltou, ela estava no balcão embrulhando as batatas em papel alumínio.

— O quintal está maravilhoso. Nós plantamos algumas mudas. As flores estão bonitas e os vegetais parecem estar indo bem. Mas não estão exuberantes como os seus.

— Você faz compostagem?

— Eu sempre penso em começar.

— Só começa a fazer. — Ela enfatizou com dois toques firmes em seu peito. — Ajuda a salvar o planeta; use no seu jardim e ele também ficará fantástico.

— Adrian lhe entregou as batatas. — Pode colocá-las na churrasqueira, podem demorar até duas semanas para ficar prontas com esse tamanho — brincou.

— Vou abrir uma boa garrafa de tinto. Então podemos nos sentar na varanda do quintal e apreciar o meu maravilhoso jardim. Recebi um novo relatório da Rachael. Eu gostaria de contar sobre ele para a gente esquecer disso já e não conversar nem pensar mais nisso pelo resto da noite.

— Tudo bem. — Ele se inclinou e beijou a testa dela. — Vai dar tudo certo.

Isso, pensou ela, era o pai que havia dentro dele. O conforto, a confiança. Adrian não achava que tinha problemas paternos, o avô havia preenchido esse papel em todos os sentidos. E ela teve Harry.

Mas achou esse aspecto de Raylan muito atraente.

Ele voltou, colocou os bifes e a salada na geladeira e pegou a garrafa de vinho aberta.

— Vamos sentar.

Adrian levou uma pequena tigela de azeitonas e outra de amêndoas. Se o gene do instinto paterno era parte dele, o de alimentar a alma era parte dela. Ela respirou fundo enquanto Raylan servia o vinho.

— Você tem razão quanto ao jardim. Sempre gostei de ajudar na jardinagem, de estar aqui com os meus avós, desde criança. Agora que estou fazendo isso sozinha, ainda gosto.

— Eu costumava xingar e reclamar sobre ter de capinar os canteiros e toda a trabalheira. Agora, assim que a novidade passar, serei eu quem ouvirá Bradley e Mariah reclamarem.

— E um dia eles vão se lembrar dos momentos que passaram juntos com você fazendo jardinagem e vão plantar os próprios jardins.

— Acho que sim. — Raylan se mexeu na cadeira, olhou bem nos olhos dela. — Fale.

— Rachael encontrou mais três mulheres na lista. Mortas. Uma delas claramente de causas naturais. Ela perdeu uma batalha contra o câncer ósseo. Mas as outras duas...

— Não naturais.

Adrian assentiu.

— Não naturais. Uma mulher foi espancada até a morte no beco atrás do bar que tinha em Nova Orleans. Quem matou a moça levou o relógio e a bolsa.

— Para fazer parecer um roubo, um assalto.

— É. A outra foi em Erie, Pensilvânia. A vítima estava no carro estacionado. Um tiro na nuca de alguém no banco de trás. Essa foi a conclusão da perícia. Ela estava em um motel com um homem que era seu marido.

— Investigaram o marido?

Adrian fez que sim com a cabeça, pensando no disparate de conversarem sobre assassinatos enquanto a churrasqueira fumegava, as borboletas dançavam ao redor das flores e os cachorros corriam pelo quintal.

— O marido estava viajando a negócios, fora da cidade, álibi sólido. Investigaram a possibilidade de ele ter contratado alguém para fazer isso. A conclusão depois de muita investigação? Ele nem sabia do caso. De qualquer forma, os dois assassinatos ocorreram com anos de diferença, alguns milhares de quilômetros um do outro, com métodos diferentes. Não havia nenhuma razão para conectar os dois casos.

— Até agora. Então são quatro. Quantas eram na lista?

— Trinta e quatro.

— Oito e meio por cento.

Ela soltou uma meia risada.

— Você é da mesma espécie da Teesha. Um amante da matemática.

— Matemática mostra os fatos. Isso aqui é território de assassinos em série. Três assassinatos não é o limite para que alguém seja considerado um assassino em série?

— Eu não sei. Mas Rachael acha que é provável que encontre mais. Ah, meu Deus. — Ela estremeceu, bebeu um pouco de vinho. — O assassinato mais antigo que ela descobriu foi há mais de doze anos, um ano depois que recebi o primeiro poema.

— Então ele passou de um intervalo de três anos para dois. Foi isso que ela descobriu. O mais provável é que ele não tenha dado trégua nos últimos cinco anos. Foi mal — disse Raylan segurando a mão dela. — Isso parece frio, mas...

— Não, não, é exatamente o que eu quero agora. Direto, lógico, sem rodeios. Nikki Bennett tá na estrada, voltando de seu último trabalho, então Rachael tem que esperar para falar com ela. Alguns dias, pois Nikki costuma passar em outros trabalhos, verificar os progressos, fazer uma visita de incentivo ou o que quer que seja. Faz parte do sistema dela. Enquanto isso, Rachael está examinando a lista.

— Odeio quando as pessoas tentam me dizer como fazer meu trabalho, mas Rachael não deveria levar isso ao FBI ou à polícia local?

— Ela vai levar. Ela acha que em uma semana vai ter elementos suficientes para apresentar, para montar um caso sólido para eles darem seguimento. Rachael fez a conexão, todas as mulheres constam na lista de Catherine, mas elas viviam, trabalhavam em áreas diferentes, não se conheciam, foram mortas por métodos diferentes. Nenhuma delas, até o ponto em que foram concluídas as investigações, havia recebido ameaças. Nada de poemas.

— Ela tem que convencer eles. Entendi. Ela me convenceu.

Pegando a garrafa, ela encheu o copo dele, depois o dela. Churrasqueiras, borboletas, cachorros, vinho. Um pouco de normalidade para equilibrar com o terror de tudo que estava acontecendo.

— O que ela não disse, nem você, é que elas não receberam nenhum poema porque não eram o foco real. Não foi por causa delas que o pai foi exposto, morreu e que a mãe se matou. Talvez essas mulheres sejam um tipo de ensaio macabro ou uma forma de aliviar a pressão pra que o ato final se prolongue. — Ele se calou por um momento e apenas pegou a mão dela. — Sei que você não sente nenhuma ligação com eles, e por que sentiria? Mas acho que quem está escrevendo esses poemas se sente ligado a você. Vocês têm o mesmo sangue, são irmãos. Você importa para eles. Eles queriam ou precisavam de sua atenção, queriam que soubesse que eles existiam.

— Mas eu não sabia quem mandava os poemas.

— Isso é para o grande momento da revelação. Quando escrevemos, especialmente sobre entraves entre o bem e o mal, e todas as camadas intermediárias, temos que explorar motivações, ações, reações. Por que esse personagem faria essa escolha neste momento? Sim, são apenas histórias em quadrinhos, mas...

— Não fala isso; apenas. Você escreve histórias fortes com personagens complexos e multidimensionais.

— Ora, obrigado. Isso não me torna Freud ou Jung ou quem quer que seja, mas me faz, ou deveria fazer, pensar não só o que constitui um herói, mas também o que faz de alguém um vilão. O que eles buscam, do que eles precisam? Aqui, na minha opinião, eles culpam a mulher. As mulheres.

Ela franziu a testa e ergueu a taça de vinho enquanto ponderava.

— Todas as mulheres?

— Acho que sim. A mulher do motel, por exemplo. Eles esperam no carro dela e a matam. Mas não vão atrás do cara com quem ela tinha um caso. Onde ele estava?

— Segundo o relatório de Rachael, ele ainda estava no quarto do motel quando aconteceu. No depoimento ele diz que tomou um banho, se vestiu e quando saiu se deparou com o carro dela ainda lá. Então chegou mais perto e viu a mulher. Ele chamou a polícia. Eles também investigaram esse homem.

— Então o assassino poderia, se quisesse, ir até o quarto, bater na porta e atirar no cara. Se fosse só pela traição, por que não? Mas acho que o foco dos assassinos são as mulheres, elas que são as culpadas. A culpa não era do pai deles por trair, repetidamente, mas sim das mulheres com quem ele traía.

— Misoginia homicida. Você acha que é o filho.

— Não necessariamente. Muitas mulheres odeiam mulheres.

— Verdade — admitiu Adrian. —Triste, mas verdade.

— E é ela quem tem um trabalho que exige muitas viagens, então poderia postar os poemas de diversos locais, fácil, fácil. Pode ser qualquer um deles ou os dois. Mas acho que sua detetive está no caminho certo para montar o quebra-cabeças, e aí você vai ficar livre para sempre.

Adrian se sentou em silêncio, tomou um gole de vinho e observou a fumaça da churrasqueira.

— Olha só o que eu acho — disse ela após um tempo. — Acho que ter alguém disposto a desvendar tudo isso comigo, em vez de tentar deixar para lá pra me proteger, me ajuda a deixar pra lá. E acho que ter alguém que acredita que vou conseguir me livrar disso me ajuda a acreditar. — Então Adrian deu de ombros. — Que diabos, as mulheres levam a culpa desde Eva. Eu me pergunto se eles sabem que foi a mãe deles que começou tudo isso.

— Se souberam, não foi suicídio.

Ela recuou.

— O quê?

— Desculpe, fui longe demais.

— Não, espera. Ai, meu Deus. — Ela se recostou e se recompôs. — Isso é horrível, mas faz supersentido. Ela, a mãe, a esposa, traiu o pai. Se a teoria é de não culpar o pai pelas traições, mas as mulheres com quem ele traiu. Ela o traiu. Se tivesse continuado fingindo que não via, eles teriam o pai, a vida, e tudo teria ficado bem. E seria muito fácil fazer uma pessoa já viciada em remédios tomar algumas pílulas a mais. É só dar a ela mais e mais, até ela não resistir.

— Ela vai dormir e não acordar mais. Uma morte mais silenciosa. Sem violência porque ela ainda é a mãe dele. Eles têm o mesmo sangue.

— Começa e termina com um laço de sangue. Comigo. Não muda nada, mas traz um estranho senso prático saber como tudo começou, tudo se formou.

— Eu posso estar completamente errado.

— Agora tenho algo mais sólido em que me apoiar. Quando alguém quer nos matar, queremos saber por quê. Vou falar com a Rachael sobre tudo isso. Amanhã. Por enquanto, sei que é pedir muito, mas vamos deixar isso para lá.

— Deixar para lá até decidir que queremos falar de novo. Uma pessoa não consegue criar filhos, ter um negócio e encontrar um espaço para a vida sem compartimentalizar. E se eu te contasse sobre uma casa de praia em Buck Island, na Carolina do Norte?

Ela precisou de mais de um minuto para conseguir mudar de clima.

— Você realmente encontrou uma casa a esta altura da temporada?

— Conexões, minha cara! Você se lembra do meu amigo Spencer?

— Mais ou menos.

— Vou mentir e dizer que você se lembra bem dele e com carinho. De qualquer forma, ele mora em Connecticut, com a esposa. Eles têm uma casa de férias muito elegante em Buck Island e passam a maior parte do verão lá, mas acontece que a Sra. Spencer está esperando o primeiro filho para julho. Eles estão lá agora e planejam voltar em algumas semanas. Devem voltar para lá, se tudo correr bem, em agosto, fazendo um rodízio com parte da família. Mas podemos ficar lá por duas semanas a partir de 5 de julho. A propósito, podemos levar os cachorros, eles têm dois pugs. Topa?

— Duas semanas? — Ela não acreditou muito quando ele disse que organizaria uma viagem. — E duas semanas... E o que eu faço com tudo isso?

Ele olhou para os jardins, assim como ela.

— Eu diria que nós dois conhecemos gente suficiente pra cuidar da casa, especialmente se puderem colher uns tomates ou algo assim.

— Nunca fiquei longe duas semanas seguidas... nunca. Não em um lugar só, e nunca sem ser relacionado ao trabalho.

— Você pode trabalhar lá, eu também, se a gente precisar. A casa tem uma academia.

— Ah, agora você tá zombando de mim.

— Tem piscina privativa, à beira-mar. É uma área tranquila, para curtir a praia, a vista. Se quiser um pouco de agito, podemos ir até Nags Head ou Myrtle Beach.

— Não preciso de agito. Parece incrível.

— Só tem uma potencial desvantagem. É uma longa viagem. Com duas crianças, dois cachorros.

— Eu gosto de crianças e cachorros.

— Eu percebi.

— Os seus filhos não vão achar estranho?

— Eles gostam de você. Além disso, eles amam praia.

— Eu adoraria ir.

Duas semanas de praia e... nada para fazer. Ela não conseguia nem imaginar.

— Se as crianças não tiverem problemas com isso, tipo, zero problemas, eu topo. Mas se acharem estranho, acho que você precisa levá-las de qualquer maneira. É bom demais para perder.

— Vou falar com eles. Conheço meus filhos. Não vão criar problemas.

— Tudo bem então. Vou ver como as batatas estão.

— Eu cuido da salada. E como você gosta do seu bife?

— Se é pra comer carne, quero malpassada.

— Agora estamos falando a mesma língua.

Eles prepararam a primeira refeição juntos, comeram na varanda enquanto o sol se punha em direção às montanhas do oeste. Conversaram sobre os filhos dele, o centro juvenil, os respectivos trabalhos. Adrian achava maravilhoso falar sobre coisas importantes do dia a dia.

— Você sempre vai ficar encarregada das batatas. — Satisfeito, Raylan recostou-se com seu vinho.

— Estou impressionada com suas habilidades em saladas e na churrasqueira. E como uma Rizzo, não digo isso de forma leviana.

— Espera só até provar meu macarrão com queijo. Só faço o de caixinha em caso de emergência — acrescentou ele quando Adrian estreitou os olhos. — É a receita da minha mãe.

— O macarrão com queijo da Jan é excepcional, pelo que me lembro.

— Viu? Vou colocar no nosso cardápio de praia. — Observando-a, Raylan serviu o resto do vinho. — Gosto do seu rosto.

Com ar divertido, ela apoiou o queixo na mão.

— É mesmo?

— Rostos e tipos de corpo são do meu interesse por razões óbvias. Eu desenhei o seu uma vez, o seu rosto, quando éramos crianças.

— Desenhou?

— Praticando. Eu desenhei muito o da Maya. Normalmente acrescentava chifres de demônio ou uma língua bifurcada. Os dos seus avós eram rostos muito bons. Às vezes, eu me sentava no Rizzo's depois da escola, quando mamãe estava trabalhando, e tentava desenhar o rosto das pessoas que entravam. Era mais fácil desenhar personagens com máscaras ou capuzes, então eu queria praticar. Eu me pergunto se já tinha alguma centelha de interesse na época?

— Pela arte? Sem dúvidas.

— Não, por você. Talvez uma centelha. Eu desenhei a Cassie, lembra dela? Como uma garota meio cobra, porque ela era sorrateira, toda espertinha. Não que isso fosse um problema, eu admirava isso nela. Mas no seu caso eu só desenhei o seu rosto. Então, acho que tinha algo rolando. Com certeza, agora tem.

Ela estendeu a mão para pegar a dele.

— É um alívio, porque também está rolando alguma coisa comigo.

— Gosto de pensar em você quando não está perto de mim. O que será que ela está fazendo agora? Talvez se eu olhar pela janela vou ver ela chegando na casa de Teesha. Ou talvez, se eu sair de carro para ir ao supermercado, vejo ela correndo. Eu não sabia que poderia me sentir assim novamente. Que eu voltaria a querer isso.

O coração de Adrian quase parou. Ela se levantou e puxou Raylan pela mão para que ele também se levantasse.

— Acho que devemos tirar os pratos, empilhar pra lavar mais tarde.

— Mais tarde parece ótimo.

— E podemos dar aos nossos lindos cachorros um bom osso para roer enquanto vamos lá para cima.

— Eles merecem isso.

— E... — Ela se moveu na direção dele e inclinou o rosto. — Então, mais tarde, podemos cuidar da louça antes de tomar um cappuccino na varanda da frente, observar as luzes da cidade, ouvir um pouco do silêncio antes de subir de novo.

— Tudo isso — murmurou Raylan antes de beijá-la. — Trouxe uma mochila, está no carro.

Ela sorriu.

— Você pode pegar ela mais tarde também. Vamos cuidar dos cachorros e dos pratos e então quero ficar com você. Só com você, Raylan.

Capítulo vinte e três

❋ ❋ ❋

Adrian acordou de manhã aninhada no peito de Raylan no meio da cama, a chuva tamborilando preguiçosamente do lado de fora. O murmúrio constante parecia música. A luz, um cinza suave e silencioso, parecia flutuar, como uma cortina translúcida tremulando com a brisa que sussurrava pelas janelas abertas.

Fosse outro dia qualquer, ela poderia ter achado sombrio, um dia úmido e sombrio. Mas agora parecia tão romântico quanto Camelot.

Então se agarrou mais, corpo com corpo, pele com pele, passando os lábios pelo rosto dele, a barba por fazer da manhã. E o sentiu enrijecer contra o corpo dela enquanto seus olhos, sonolentos e verdes, se abriam.

— Bom dia — ela murmurou.

— Já está cheio de possibilidades.

— Probabilidades — corrigiu ela, cerrando os punhos nos cabelos dele para puxá-lo para um beijo.

Ela queria o calor, então ofereceu o mesmo, deixando-o se espalhar, brasas vivas queimando em chamas. Uma faísca acendendo uma chama baixa e lenta.

Adrian rolou sobre ele para assumir a liderança, para assumir o controle, sentindo prazer ao ver que lhe dava prazer.

As mãos fortes de Raylan vagando pelo corpo dela aceleraram sua pulsação, um tambor batendo do ritmo da música da chuva. Lábios procurando lábios, deslizando uns sobre os outros, e se aprofundando no beijo acelerou o coração dela ainda mais, que ecoou no dele. Ela queria sentir o gosto dele — o pescoço, a mandíbula, a linha dos ombros.

Então, novamente, sua boca, uma maravilha de sensações das línguas deslizando, dentes arranhando. Uma leve mordida provocativa; um gemido ofegante em resposta. E esses sabores dele a tomaram por inteiro até que todos os sentidos se fundiram em prazer.

Seus olhos se encontraram com os dele, nenhuma palavra enquanto ela se movia.

Quando ela montou sobre ele, o tomou lenta e profundamente, a fim de prolongar o prazer. E observou a onda de prazer se propagando nele ao mesmo tempo que inundava seu corpo.

Ela o tinha levado para um sonho dentro de um sonho, no qual tudo era macio, quente e incrivelmente lindo. Perdido nela, irremediavelmente, Raylan se rendeu a ela, ao momento e ao que faziam juntos.

Na luz nebulosa, o corpo esguio e ágil de Adrian se ergueu sobre o dele, movendo-se em um ritmo lânguido enquanto o som da chuva os isolava, criando um mundo para eles longe de tudo e de todos, menos um do outro.

Os olhos dela se fixaram nele, através dele, dourados, verdes, lascivos. Ele viu prazer, poder e conhecimento, e tudo o que a fazia se sentir uma mulher atraente, perigosa, irresistível.

Quando ela se entregou, rendendo-se à onda crescente, pendeu a cabeça para trás, arqueou o corpo e levantou os braços passando a mão pelos belos cabelos selvagens.

Ela gemeu, suspirou, uma mulher abraçando o próprio poder, ostentando o próprio triunfo. Sem parar de se mover, sem interromper seu ritmo lento e constante.

Ele teve que a agarrar pelos quadris, segurá-la para evitar perder o controle e se deixar arrebatar pelo prazer quando ela balançou os cabelos para trás e sorriu para ele.

Sem palavras, ainda estava sem palavras.

Observando-o, com a respiração em pequenos suspiros rápidos, ela correu as mãos pelo corpo, deslizando-as sobre os seios até que ele pudesse saboreá-los, ele jurou que pôde sentir o gosto deles, depois as deslizou para baixo. E então no peito dele.

Ela se moveu, curvando-se para mergulhar a boca na dele. Ele a sentiu estremecer, ouviu seu suspiro rápido quando ela se entregou a mais uma onda de prazer.

O som, um pequeno gemido o fez perder o controle.

— Não aguento. Eu preciso...

Ele a jogou de costas na cama e a agarrou pelos quadris. Sedento, tomado pelo desejo, ele deslizou para dentro dela e enlouqueceu quando as longas pernas o envolveram.

Desta vez, a força da erupção arrebatou os dois.

Ela ficou inerte, levemente preocupada que seu coração pudesse pular do peito.

— Vamos ficar aqui um minuto — sugeriu Adrian. — Ou uma hora. Talvez um dia até que os nossos sinais vitais fiquem estáveis de novo.

— O quê? Você está falando comigo? Não consigo ouvir com o sangue pulsando em meus ouvidos.

— Não era onde ele estava pulsando um minuto atrás.

Ele riu, deu uma risadinha, riu de novo. Em seguida, ergueu a cabeça e sorriu para ela.

— Você acabou comigo.

— Esse era o plano. Normalmente não sou fã de um sábado chuvoso, mas este começou muito bem.

— Que bom para mim que passarei o resto do dia lidando com duas crianças e um cachorro em um sábado chuvoso. — Ele abaixou a cabeça novamente para acariciar o pescoço dela. — Isso deve me dar forças pra superar.

— E você vai trazer eles para jantar amanhã?

— Eles estão ansiosos por isso. Mo já escolheu até a roupa. Mas ela escolhe um look especial até pra comer um sanduíche.

— Adoro o estilo dela.

— Ah, isso ela tem de sobra. Lorilee costumava dizer que ela analisava e criticava as páginas da *Vogue* desde o útero.

Ele se conteve, se perguntando se estar pelado ao lado de Adrian era a melhor hora para mencionar a esposa morta.

— De qualquer forma... Tudo bem se eu tomar um banho?

— Claro. Vou descer, soltar os cachorros e tenho que fazer um pequeno café da manhã.

— Você tem quê?

— Aham. Depois desse treino, estou morrendo de fome.

Enquanto tomava banho, ele se perguntou o que fazer sobre o que estava acontecendo. Se deveria fazer alguma coisa. E como faria, se fosse o caso.

Ele foi sincero sobre o que disse a ela na noite anterior. Ele não sabia que seria capaz de sentir isso de novo. Mas estava sentindo.

Levantando a mão, ele examinou a aliança de casamento. Ele a usava havia tanto tempo que parecia parte dele. Mas era justo, era certo, usá-la quando ele estava dormindo com outra mulher?

Quando ele estava claramente apaixonado por outra mulher?

Não era apenas sexo. Talvez ele tenha tentado se convencer de que poderia ser só isso, de que seria, mas ele se conhecia muito bem.

O que ela disse naquele dia? No dia em que ela trouxe aqueles malditos pesos? O amor nem sempre tem a ver com sexo, sexo nem sempre tem a ver com amor.

Era verdade. Mas quando ambos aconteciam ao mesmo tempo, era um milagre. Ele sabia disso porque viveu dois milagres em sua vida.

Mas... ele não sabia como ela se sentia. Ela se preocupava com ele, com certeza, gostava muito dele, claro. Somado a isso, ele vinha com um pacote.

Duas crianças e um cachorro, pensou.

Muitas pessoas não gostariam de ter de lidar com um pacote.

Ele podia perguntar a ela como se sentia, o que ela sentia. Geralmente, ele preferia o caminho direto. Mas era justo ou certo insistir quando ela tinha problemas reais e sérios?

Um perseguidor louco a ameaçando.

Ela não precisava de mais essa pressão quando já tinha mais estresse do que qualquer um deveria ter que lidar.

Uma coisa de cada vez, disse a si mesmo enquanto se enxugava.

Ele a ajudaria a superar o problema, tanto quanto pudesse. Ficaria ao seu lado sempre que pudesse. Deixaria que os filhos passassem tempo com ela tanto quanto ela quisesse.

Então ele veria o que viria a seguir.

Quando desceu, os cachorros estavam comendo ração em tigelas lado a lado.

— Bem na hora. Você sabe usar a máquina de café? Só vou terminar isso.

— Primeiro, o que é "isso"?

— O menu do dia é um ovo poché em um bagel de trigo integral com tomate e espinafre, e um acompanhamento de iogurte grego com frutas vermelhas e granola. Completo.

— Ok. Até que não parece assustador. Posso fazer um café para você, mas prefiro uma das Cocas que vi na sua geladeira. Essa é a minha cafeína matinal de costume.

— Sério? — Adrian parou o que estava fazendo para olhar para Raylan. Ela sempre fazia café para ele nas manhãs de sábado, porque presumia que era o que o namorado preferia. — Eu amo. Uma Coca-Cola gelada pela manhã. Eu me permito uma vez por semana.

— Por que uma vez por semana?

— Por muitos motivos, mas tomo hoje com você.

Ela serviu a comida.

— Eu costumava preparar isso pro Nono, quando eu conseguia chegar primeiro que ele na cozinha. Durante a semana ele gostava de cereal gelado, mas nos fins de semana ele vinha pra cozinha e preparava panquecas, torradas francesas, bacon e mais bacon.

— Bacon é o deus de todos os alimentos.

Ele se sentou à mesa e deu uma mordida na novidade saudável.

— Nossa, que delícia! Eu não teria pensado nesta combinação. Posso experimentar com as crianças, com ovos mexidos.

— Você não sabe fazer ovos poché?

— Não tenho a menor ideia, mas um menino de 8 anos comendo um ovo poché ao lado da irmã mais nova? Seria algo como: "Ei, Mo, olha é um olho!" Então ele o esfaquearia e diria: "Ah, eca, eca, sangue amarelo." E ela nunca mais comeria um ovo na vida.

— E você sabe disso porque tem uma irmã mais nova e fez coisas nojentas semelhantes.

— Era o meu trabalho, e os homens da família Wells levam um trabalho muito a sério.

— E pensar que eu já quis muito um irmão. O que me faz lembrar de...

Ele colocou a mão no braço dela.

— Não. Não pense nisso.

— Relaxa. Tenho muita coisa pra fazer hoje e manter minha cabeça ocupada de outra forma. Treino, depois tarefas domésticas de fim de semana, então mais uma olhada na versão preliminar de Hector do vídeo do colégio. Então tenho que começar a trabalhar no conteúdo do meu próximo DVD solo.

Ele sabia como manter a cabeça dela ocupada agora.

— O que está pensando em fazer? Qual o conteúdo?

— Tenho que misturar. As pessoas ficam entediadas se fazem as mesmas séries. Elas podem até voltar para um vídeo antigo de que gostem, mas querem tentar algo um pouco diferente. Tenho que seguir o que está na moda, o que é seguro, o que é bom para os iniciantes e o que funciona para os mais experientes. E precisa ser divertido. E ter um pouco de desafio. É como um café da manhã saudável. Fica chato se for só granola e quinoa.

Adrian sorriu enquanto Raylan comia a última mordida.

— Quer outro?

— Não, obrigado. Mas isso foi surpreendente. Você deveria fazer um livro de receitas.

Ela cutucou o ombro dele com um dedo.

— Foi o que eu falei para minha mãe. Estou começando a brincar com a ideia.

— Ficaria muito bom. — Ele beijou a bochecha dela. — Eu cuido dos pratos. Espero animar esse sábado chuvoso contando às crianças da praia. Com certeza vai ter gritos e comemorações — disse ele enquanto começava a colocar os pratos na máquina de lavar louça. — E então Mariah vai anunciar que precisa de roupas de praia novas.

— Bom, e não precisa mesmo?

Ele se virou e a encarou por cima do ombro.

— Ela não precisa do seu incentivo. E eu terei que enfrentar o que os pais de todo mundo odeiam e temem: uma odisseia de compras.

— Eu poderia levar a Mariah.

Ele virou o corpo todo.

— O quê?

— Também preciso de roupas de praia novas. Vamos juntas. Um dia de compras só de garotas, com a direito a almoço e conversa de garotas. Vamos nos divertir.

— Você não tem ideia de em que se meteu. Tô falando sério!

Ela tomou um gole da Coca-Cola.

— Desafio aceito. Vamos conversar sobre isso durante o jantar, Mariah e eu, e escolher um dia depois do fim das aulas.

— Preciso que você jure uma coisa, aqui e agora.

— Pelo amor de Deus, Raylan, não vou deixar ela correr no meio da rua nem brincar com fósforo.

— Não é isso. Quero seu juramento solene de que, depois dessa experiência, você ainda vai fazer amor comigo. Não importa o que aconteça.

Ela passou o dedo no coração.

— Juro.

— Vou embora antes que você caia em si. E você não pode voltar atrás, porque quando ela tocar no assunto das compras, e ela vai, vou dizer que vocês vão juntas.

— Muito bem. — Ela se levantou e passou os braços em volta da cintura dele. — Homens. Vocês são uns molengas quando se trata de compras.

— Somos, e não tenho vergonha disso. Não trabalha muito, ok?

— Só o suficiente.

Ele a beijou, esperou um minuto.

— Bem, até amanhã. Dê um beijo de despedida em seu amor, Jasper. Temos que ir.

Quando ele chegou à casa da mãe, viu que Nana, a maga, conseguiu fazer com que as crianças se ocupassem — pacificamente — com um quebra-cabeça na mesa da sala de jantar. E Jan estava em cima de uma escada limpando as prateleiras altas da cozinha.

— Desce daí, mãe! O que você está fazendo em cima de uma escada?

— Como não tenho a capacidade de levitar, ela me ajuda a alcançar essas prateleiras.

— Desce — repetiu ele. — Eu faço isso. Você não pode subir em escadas.

Ela olhou para ele, com o produto de limpeza em uma das mãos e o pano na outra.

— Está insinuando que sou uma velha caquética?

— Não, estou dizendo que você é minha mãe.

— Boa resposta. Mas eu já terminei.

Quando ela desceu, sob o olhar atento de Raylan, ele viu as quinquilharias que ela mantinha nas prateleiras. Livros de receitas na parte inferior, mais fácil de alcançar, lembrou ele.

— Espera — ordenou ele. — Eu coloco as coisas de volta, você passa para mim. Mas espera.

Ela bateu com as mãos nos quadris.

— De qualquer jeito ainda tenho que limpar ou lavar tudo. E desde quando você começou a achar que manda em mim?

— Desde que te vi em cima de uma escada. Espera, eu faço isso. — Ele entrou na sala de jantar, pôs a mão na cabeça de cada criança e examinou o quebra-cabeça.

— Uma loja de doces, muito legal. Estão quase acabando!

— Está chovendo, papai. — Mariah tentou encaixar uma peça grande e colorida em quase todos os locais disponíveis antes de encontrar o certo. — Nana disse que tem outro quebra-cabeça e a gente pode levar para casa para montar se não parar de chover.

— No próximo você pode ajudar, mas nesse não — informou Bradley, com a língua no meio dos dentes e encaixando a peça central de um saco gigante de M&M.

— Então vou só assistir.

Enquanto os observava, na reta final da figura, ele viu Bradley esconder duas peças na mão enquanto pegava outra.

Quando chegaram às últimas peças, ele começou a cutucar o filho, mas Jan — na cozinha, de costas — virou a cabeça.

Raylan nunca atribuiu essa habilidade ao famoso mito que as mães sempre veem tudo. Ele chamava isso, quando criança, de poderes de Fusão Mental da Mamãe, como Spock.

E ela lançou "o olhar" para Bradley.

Bradley murchou, como todos os humanos, mamíferos, peixes ou aves ou criaturas de outro mundo fariam.

— Não tem mais peça! Cadê as peças!?

Enquanto sua irmã as procurava, olhando até embaixo da mesa, Bradley lhe deu uma peça.

— Aqui. As últimas duas. Vamos fazer como a Nana disse, ok?

Empolgada, e felizmente alheia ao truque, Mariah pegou a peça.

— Contagem regressiva! Três, dois, um!

E colocaram as últimas peças ao mesmo tempo.

— Eba! Olha, papai, fizemos tudo sozinhos. Hmm, doces!

— Nana disse que, se terminássemos sem brigar, a gente podia comer uma barra de Hershey. — Bradley olhou para Raylan. — Podemos?

— A Nana é que manda. Mas vão lá para cima e juntem suas coisas primeiro. Vou ajudar a Nana a terminar isso e então a gente vai embora.

Eles correram com Jasper no encalço. Raylan pegou um pano de prato para começar a secar os objetos.

— Eles iluminam meu mundo — disse ela.

— Você ilumina o deles. Quero te dizer uma coisa, enquanto os seres iluminados não podem ouvir. Acho que, com seus superpoderes, você já deve saber que Adrian e eu estamos montando quebra-cabeças juntos.

Ela sorriu e lhe entregou o velho bule de chá Delft que pertencera à sua avó.

— E eu acredito que montar quebra-cabeças juntos está fazendo vocês dois felizes.

— Está sim. Nós estamos. Você sabe de tudo que ela está passando.

— O suficiente para me preocupar, sim. Maya me disse que ela, ou Lina, contratou uma detetive.

— E ela está fazendo progressos. Mas nesse meio tempo, e com a intenção de dar a ela uma merecida pausa, para ver o que vem a seguir, consegui a casa de praia de Spencer por duas semanas em julho. Pedi a ela que viesse comigo e com as crianças.

— Então é mais do que um quebra-cabeça para você. Sobe, coloca na prateleira superior primeiro. Não duvide dos seus sentimentos — aconselhou Jan enquanto lhe entregava o bule. — Só sente. Você tem um coração bom e forte e muito espaço nele.

— Preciso conversar com as crianças sobre isso. Não pode ser um problema para eles.

— Claro. Você está criando corações bons e fortes, com muito espaço neles. — Ela entregou a ele um pote de cookies de vidro da Grande Depressão. — Cuidado com isso. — Então ela colocou a mão na perna do filho. — Amei a mãe deles como uma filha. Ela iluminou minha vida também.

— Eu sei.

— O amor não é finito, Raylan. Sempre tem mais espaço pra ele.

Ele pensou nisso enquanto dirigia para casa com as crianças que o bombardeavam com todas as atividades que fizeram na casa de Nana.

Construíram um forte com lençóis, fizeram s'mores, jogaram Jogo da Vida, Bozó e Mico.

Empolgados com os quebra-cabeças, eles queriam começar o novo assim que entraram pela porta. Então eles se acomodaram e se sentaram para montar juntos enquanto a chuva tamborilava e Jasper decidiu que era um momento perfeito para uma soneca, como sempre.

— Quantos dias mais até o fim das aulas, Bradley?

— Treze! Só mais treze dias para a liberdade!

— Ah é. Estou trabalhando em uma lista de tarefas para o verão.

— Ah, pai! — Bradley afundou, dramaticamente, em sua cadeira enquanto Mariah se concentrava em procurar as peças finais.

— Ah, sim, e a primeira será instalarmos uma cesta de basquete. Já tem um tempo que estou enrolando com isso. E também teremos tarefas como varrer a varanda, regar as plantas, limpar o quarto. A lista é longa.

— O verão é pra se divertir.

— Estou trabalhando nisso, também. Teremos a cesta de basquete, concurso de leitura de verão, passeios de bicicleta, sair com amigos, ir ao parque, algumas semanas na praia, churrascos em família...

— Praia! — gritou Mariah. — Nós vamos para a praia! Podemos ficar na mesma casa da última vez?

— Não — disse Raylan enquanto Bradley saltou para fazer uma dança maluca em comemoração. — Porque vamos para uma praia diferente.

— Como assim? — perguntou Bradley. — Aquela praia era boa.

— Era, mas essa também é. Você vai poder conhecer outro estado. A Carolina do Norte. Vou te mostrar no mapa. Meu amigo Spencer deixou a gente usar a casa de praia dele, bem de frente para o mar. E tem piscina.

— Uma piscina! — Bradley começou a dançar novamente, mas Mariah achou por bem avaliar melhor antes de dar sua opinião.

— É uma casa bonita como a outra?

— É uma casa muito bonita.

— Ainda vou ter quarto só para mim e não tenho que dividir quarto com um menino fedido?

— Isso. — Raylan decidiu ignorar as imitações de pum de Bradley. — É uma casa grande, tem muitos cômodos. Então convidei Adrian para vir conosco, se vocês concordarem. — O festival de sonoplastia parou e Bradley olhou para o pai.

— Duas meninas, dois meninos. — comemorou Mariah. — Ela é legal. Ela me ajudou a fazer estrela uma vez.

— Eu não sabia disso.

— Ela visitou a Teesha quando eu estava na casa de Phin e me ajudou a fazer estrelas direito. Ela consegue fazer várias seguidas, e tem um cheiro bom. Gosto das roupas dela. Phin disse que viu você beijar ela na boca. Ela é sua namorada?

Merda, pensou Raylan. Lá se foi a tentativa de ameninar as coisas.

— Ela é minha amiga, e nós gostamos um do outro. — Ele olhou para Bradley agora. — Você gosta dela, não gosta?

— Ela sabe andar plantando bananeira. Isso é legal. E ela fala de um jeito normal, não com aquelas coisas de "Ooooh, como você está grande" — disse ele imitando uma vozinha melosa antes de revirar os olhos. — Ela sabe coisas do tipo por que o Coringa é o inimigo do Batman.

— Coisas essenciais.

— Eu gosto dela.

— Então tudo bem para vocês se ela e Sadie forem conosco pra praia?

— O Jasper ama a Sadie. Ela é namorada de Jasper com certeza. — Mariah deu pulinhos. — Preciso de roupa de praia, papai. Preciso de roupas novas para a praia. Podemos fazer compras agora?

— Curioso você me perguntar isso. Adrian me disse que precisava de roupas de praia novas se fosse conosco e que talvez vocês duas pudessem ir às compras juntas.

Mariah abriu a boca, atônita; os olhos se arregalaram.

— Posso fazer compras com uma garota? Só com uma garota?

— Se quiser. Vamos jantar na casa dela amanhã e vocês combinam tudo.

— Eu quero fazer compras com Adrian. Tenho que subir para o meu quarto agora e ver o que que eu preciso. Sandálias, chinelos e três maiôs novos.

— Calma lá. Três?

— Não dá para usar o mesmo todos os dias. — Agora foi ela quem revirou os olhos. — Você tem que lavar o sal do mar e dos produtos da piscina, então precisa ter três. Estou subindo agora. Posso fazer uma lista!

Animada pela proposta de uma maratona de compras, a pequena fashionista saiu correndo da sala.

Bradley sentou-se novamente.

— Eu preciso falar com você. Em particular.

— Ok.

— Você vai fazer sexo com a Adrian?

Dentro da cabeça, o cérebro de Raylan explodiu. Ele teve que passar a mão nos cabelos para se certificar de que as chamas eram metafóricas.

— Uau. Por essa eu não esperava.

— Você beijou ela na boca.

— Beijei. Mas nem sempre uma coisa acontece depois da outra. — Mas, quando Bradley apenas o observou, ele percebeu que precisava ser direto. — Sexo é complicado e é um assunto particular. E assim deve ser. Mas diante das circunstâncias... Tenho sentimentos por Adrian, e nós dois somos adultos. Então... sim.

— Você beijava a mamãe na boca. Bastante. E você fez sexo com ela porque você tem que fazer sexo pra ter filhos.

— Sim, nós fizemos. Queríamos você e Mo. Ah, nem sempre fazemos sexo para ter bebês, então... — Oito anos de idade, pensou Raylan. Quase nove, claro, mas ainda assim. Até que ponto ele deveria falar? — Eu amava tanto sua mãe.

— Mas você não ama mais?

Agora, Raylan sentiu um aperto no coração.

— Ah, Bradley, eu amo, sim.

Confirmação, Raylan percebeu. O garoto queria apenas confirmação, não uma aula de biologia.

— Eu sempre vou amar ela. — Ele puxou o menino da cadeira para seu colo. — Eu só preciso olhar para você e para Mo, que eu vejo a mamãe. Ela está em vocês e amo ver ela em vocês.

— Mo não lembra muito dela, porque ela era praticamente um bebê. Mas eu lembro. Eu ainda falo com ela na minha cabeça às vezes.

— Eu também.

Bradley ergueu os olhos.

— Sério?

— Sério. Sempre vou sentir falta dela, mas tudo que tenho que fazer é olhar para você e Mo, e lá está ela. Eu amo a sua mãe. Eu amo que nós fizemos você e Mariah juntos. — As palavras de Jan voltaram à sua mente, como se ele as ouvisse naquele momento. — O amor sempre acha um espaço, Brad. Sempre há mais espaço para o amor.

Depois de um dia longo e chuvoso, uma tarde de brincadeiras, uma maratona de filmes com a qual concordou em nome da própria sanidade, Raylan verificou os filhos uma última vez. Eles dormiam como sempre, Mariah aninhada com seu bichinho de pelúcia da semana, Bradley esparramado em uma cama cheia de bonecos de ação.

Ele foi para o quarto, sentou-se na beirada da cama e examinou a aliança de casamento.

Quando ela se sentou ao lado dele, ele apenas suspirou o nome dela.

— Lorilee.

— Eu ficaria triste se você não guardasse um lugar para mim no seu coração.

— Você sempre vai estar lá.

— Eu sei e você sabe. Nossos filhos sabem. Aposto que Adrian sabe. Eu gosto muito dela. Você também sabe disso.

— Eu não achei que isso fosse acontecer. Que eu me sentiria assim por qualquer outra pessoa. Nunca mais.

— Mas está sentindo. E estou feliz por você.

Ele olhou para ela, tão adorável, tão real para ele.

— Está?

— Por que você acha que eu gostaria que você ficasse sozinho? Eu não te amaria de verdade se quisesses isso. É hora de tirar a aliança, querido. Está na hora. Você não vai me esquecer se tirá-la. Está construindo uma nova vida, para você, para as crianças. Esta é uma boa casa, Raylan, é um lar feliz. Você sabia que era hora para isso. Você sabe que é hora.

— É, eu sei.

— Coloque na caixinha de recordações da sua gaveta, aquela onde colocamos as mechas de cabelo dos nossos filhos, as fotos do ultrassom, todas aquelas lembranças doces. Guarde-a lá.

Ele assentiu e se levantou para abrir a gaveta e tirar a caixa. Começou a tirar a aliança e se virou para ela.

— Eu não vou mais te ver, depois disso, vou?

— Não desse jeito. Mas você mesmo disse. Tudo que precisa fazer é olhar para as crianças.

— Lorilee. Você mudou o meu mundo.

— Nós mudamos o mundo um do outro.

— Lembro-me da primeira vez que te vi, quando você entrou na aula de artes. Você me deixou sem fôlego. Lembro-me da última vez que te vi quando... quando você partiu. E tantos momentos entre eles, Lorilee. Mas agora posso me lembrar de tantos deles e sorrir, ou me sentir bem, me sentir abençoado por ter vivido tudo isso com você.

Ela pôs a mão no coração.

— Guarde um lugarzinho para mim. Não me importo em dividir o seu coração, querido. Fico feliz por isso.

Ele olhou para a aliança, fechou os olhos por um momento. E retirou-a do dedo.

— Dá para ver a marca de onde ela ficava. Onde o sol não conseguia alcançar.

— Ela vai desaparecer com o tempo. Você está deixando a luz entrar.

Ele guardou a aliança na caixa de recordações. E ela se foi.

Capítulo vinte e quatro

⌘ ⌘ ⌘

Em uma ensolarada tarde de junho, Adrian sentou-se no escritório da casa de Teesha segurando o bebê enquanto sua gerente examinava relatórios financeiros, questões orçamentárias e planos de marketing para o Rizzo's e para o centro juvenil.

Rechonchudo pela alimentação com leite materno, Thaddeus chacoalhava o mordedor enquanto Phineas brincava no chão, aparentemente construindo uma cidade futurística com Legos.

O tempo todo, as notas musicais do piano de Monroe flutuavam do andar de cima, em uma melodia que para Adrian parecia uma balada sobre um coração partido.

— Finalmente — concluiu Teesha. — A Jan fez uma defesa incisiva e bem ponderada para um aumento e uma promoção para Barry. Já que Bob-Ray, o subgerente de fato há mais ou menos um ano, está se aposentando, ela gostaria que você considerasse Barry como o subgerente oficial, com um aumento e benefícios proporcionais para o cargo. Eu tenho a carta de recomendação. E estou de acordo.

— Vou ler a carta, mas vou aprovar porque conheço Barry, conheço o trabalho, a lealdade e o amor que ele tem pelo Rizzo's. Não é mesmo? — perguntou ela a Thaddeus, fazendo um cavalinho.

— Ótimo. Vou avisar a Jan. Enquanto isso, quando você e Kayla começarem a fazer as compras novamente, não extrapolem o orçamento.

— Sim, senhora. Não extrapolamos tanto assim nos acessórios de iluminação e de encanamento.

— Vocês saem um pouquinho aqui, um pouquinho ali, e sem perceber, já está um bocado além da conta em tudo. E vocês ultrapassaram 1,6% na iluminação e 2% no encanamento.

Adrian fez mais um cavalinho com Thaddeus.

— Sua mãe é tão rígida.

— O Papai não é. — Cuidadosamente Phineas escolheu outra peça. — Ele diz que às vezes precisamos lutar pelo que a gente quer mesmo que seja hora de dormir.

— Alguém tem que ser o juiz por aqui, meu homenzinho.

— O que você está construindo desta vez?

— Phinville. Quando eu crescer, construirei minha cidade e serei o chefe do mundo todo.

— Como você vai ser astronauta e chefe de Phinville?

O menino olhou para a mãe com o mais paciente dos olhares.

— Vou construir Phinville no espaço.

— Claro. Que cabeça a minha.

— Não tenho pré-escola o verão todo, mas começo o jardim de infância depois. Vou pegar o ônibus com Bradley e Mariah e reservar um lugar pro Collin porque o ônibus passa aqui primeiro.

— Como você sabe que ele pega vocês primeiro? — perguntou Adrian.

— Porque ele pega a amiga de Mo, Cissy, depois de Mo, e Cissy mora do outro lado da rua de Collin, então vou guardar um lugar para ele porque somos melhores amigos. Não precisaremos de ônibus escolares em Phinville. Todo mundo vai se teletransportar.

Adrian olhou para ele e seus lindos cachos escuros, grandes e lindos olhos castanhos e se apaixonou por ele novamente.

— Muito eficiente e rápido.

— O ônibus usa gasolina e não faz bem pro ar. E em Phinville temos que fazer o ar, porque é no espaço. Ei, Papai? Estou construindo Phinville.

Monroe entrou, se agachou e examinou seriamente a cidade emergente.

— Você vai morar aqui. — Ele bateu em uma torre. — Porque é o prédio mais alto. Você pode olhar para fora e ter certeza de que a cidade está em paz.

Ele afagou Sadie, esparramada aos pés de Adrian.

— Mudança de turno. Desculpe, não ouvi você entrar ou teria pegado as crianças antes.

— Só precisei segurar o bebê e assistir à construção de Phinville. Adorei o que você estava tocando agora há pouco. Você já tem a letra?

— Estou trabalhando nela. A melodia veio primeiro desta vez. Vamos dar um passeio com Thad, Phin. Tomar um pouco de ar fresco. Mamãe não se importará se você deixar sua cidade aqui por enquanto; não é, mamãe?

— Não, podem ir. Thad pode precisar trocar a fralda.

— Nós damos conta disso; não é, Phin?

Monroe pegou o bebê sacolejante no colo. E Adrian abriu os braços para Phineas.

— Ei, lindo. Eu preciso de um abraço. — Phin a abraçou, balançando de um lado para o outro da maneira que ela achava tão cativante.

— Você também pode morar em Phinville.

— Estou contando com isso.

Enquanto saía com o pai, Phineas sussurrou.

— Vamos tomar sorvete, papai?

— Garoto, você vai me meter em encrenca. Sua mãe tem ouvidos muito bons.

Adrian fez que não com a cabeça.

— Não é possível que você seja tão rigorosa a ponto de negar um sorvete em uma tarde de junho.

— Eles gostam de fazer esse jogo. E eu também. Ainda temos que repassar alguns números da New Generation, mas, como agora temos um pouco de privacidade, vamos falar da vida pessoal. Primeiro os assuntos desagradáveis. Alguma novidade da detetive?

— Na verdade, tenho. Ela localizou mais quatorze mulheres, todas vivas e bem. Conseguiu conversar com todas, exceto uma delas, e está indo para Richmond, já deve estar lá, pra falar com a última pessoalmente.

— Ok — assentiu Teesha com calma. — Que bom, uma notícia boa. Significa que um pouco mais de quarenta e um por cento delas está são e salvo.

— Posso dizer que me trouxe um grande alívio.

— E com razão. Por outro lado, se somarmos as que foram encontradas mortas a essas quatorze, ainda falta localizar o mesmo percentual. Ela vai conseguir. Ela é meticulosa.

— Ela é. Nikki Bennett ainda não voltou para Washington. Ao que parece, ela fez uma parada em mais um cliente. Rachael ainda não conseguiu localizar o irmão. Ela falou com alguns vizinhos. Ninguém vê o cara há anos.

— Talvez a irmã tenha matado ele e enterrado no porão.

— Isso é muito animador.

— Só estou divagando. Enfim, já me sinto melhor sabendo que nenhum deles está por perto e que a detetive está investigando. Eu quero que essa merda acabe. Você já lidou com isso por tempo suficiente. Caso encerrado.
— Ela bateu palmas. — E então você pode viajar pra praia com o meu vizinho gostosão e só curtir.

— Tem certeza de que quer cuidar do jardim?

— São duas semanas, Adrian, não dois anos. A gente dá conta. Agora a parte divertida. Como vai o seu romance com o gostosão?

— Está... Tivemos um jantar muito bom com as crianças. Mariah está planejando o dia de compras. Sabe, estava pensando: claro que eu consigo levar uma criança para fazer compras, não é grande coisa. Mas nunca fiz isso. Talvez você possa...

— Nã-nã-não. — Teesha fez um sinal de negativo com o dedo. — Primeiro, você sabe que só faço compras quando não tenho saída e, segundo, ela está ansiosa para ir com você. É uma manobra de aproximação. Aproveita. Ela é boa menina. Os dois são. Quando você mora na casa ao lado, sabe essas coisas.

— Mas eu deixo ela comprar o que quiser, eu controlo, ou o quê?

— Bem, você está falando com o juiz, lembra? Portanto, prefiro me manter neutra nessa questão. Siga seus instintos. E para de ficar procurando obstáculos.

— Não estou fazendo isso. Não é bem isso. É só que... Ele tirou a aliança de casamento.

— Ai, meu Deus — Estufando as bochechas, Teesha se recostou. — Isso é um grande passo.

— Sim. Não sei exatamente o que isso significa. Não sei se devo dizer a ele que percebi, ou não. Eu não esperava que fosse assim, quando começamos o que começamos.

— Pra você ou pra ele?

— Pra qualquer um de nós. Pros dois. Você me conhece desde sempre, Teesh. Nunca tive um relacionamento sério.

— Porque você sempre evitou.

— Talvez. Não, é verdade — admitiu ela diante do olhar firme de Teesha.
— Sim, eu sempre evitei. E agora, simplesmente aconteceu. Como vamos...

Nós dois temos nossos próprios negócios, carreiras exigentes. Acrescente mais duas crianças, no caso dele. O Rizzo's, e agora o centro, no meu. Como conseguir conciliar tudo isso? Não sei como você e Monroe conseguem equilibrar tudo que precisam fazer.

— O segredo é manter o ritmo e o trabalho em equipe. Você está querendo pular fora?

— Não, e isso é o que me preocupa. Não sou uma pessoa que fica pensando antecipadamente, não mesmo. Eu tento descobrir o que preciso ou desejo fazer e faço. —Sempre foi assim. E ela acreditava que sempre seria. — Não sei o que eu preciso ou quero exatamente quando se trata de relacionamento. Nunca precisei saber o que fazer. E provavelmente estou exagerando, o que também não é do meu feitio.

Teesha levantou a cabeça e olhou para o teto.

— Lembro de você rindo de mim quando voltei pra casa dizendo que eu tinha que me mudar para a América do Sul na primeira vez que Monroe me pediu em casamento.

— Da primeira vez que ele disse que te amava você disse que ia se mudar para a Costa Oeste.

— Verdade. Essas situações ilustram que até mesmo pessoas sensatas se preocupam e muitas vezes exageram quando se apaixonam.

— Ah, Deus. Eu não estava procurando nem esperando por isso. Não dá para organizar isso em um programa, não dá para planejar nem decidir o que fazer em seguida e agir.

— É difícil pra você deixar as coisas simplesmente rolarem. Você dirige a sua vida há muito tempo, Adrian. Mas — acrescentou ela, levantando um dedo — você também sabe mudar o curso quando necessário. Fez isso quando eu te conheci e mudou sua vida. E a minha. Você fez de novo quando voltou para cá. Talvez, por enquanto, possa tentar compartilhar o volante com outra pessoa e desfrutar da paisagem por um tempo.

— Eu nunca fiquei nervosa com nada disso antes.

— Porque ele usava a aliança, e a esposa dele era uma espécie de escudo.

— Jesus, Teesha, não quero pensar nela desse jeito.

— Acho que para ele também, pelo menos um pouco. Ele só viu antes de você que esse tempo acabou. Relaxa, Rizz, e aprecie a viagem.

— Acho que tenho que tentar, porque não posso vir aqui e não levar Sadie para visitar o namorado. Me aborreça com os números — disse ela a Teesha. — Distraia meu cérebro com essa chatice.

— Os números são vida, luz e verdade.

Uma hora depois, com o cérebro sobrecarregado por todos aqueles números, Adrian entrou na casa ao lado. Basta ser casual, confiante, leve, disse ela a si mesma. É só uma visita rápida para Sadie e Jasper matarem a saudade. E ele, provavelmente, devia estar concentrado no trabalho.

Mas antes mesmo de bater, ela ouviu a música alta, viu luzes piscando contra as janelas. Ela não sabia que ele trabalhava com esse tipo de barulho, mas talvez estivesse testando uma cena.

Ela teria batido, mas Jasper soltou um uivo e Sadie respondeu com um rápido latido triplo.

Quando Raylan abriu a porta, a música inundou os ouvidos de Adrian e luzes coloridas giravam pela sala de estar, onde as crianças, que ela presumiu que estariam na escola, dançavam como loucos.

Raylan usava óculos escuros com tons de arco-íris, um boné virado para trás e um colete roxo de lantejoulas sobre a camiseta.

— Uau — conseguiu dizer Adrian. — Por essa eu não esperava.

Ostentando um par de asas de fada, um tutu e uma tiara de plástico, Mariah correu.

— É uma festa de dança! Vem dançar.

— Uma festa de dança?

— Festa Dançante do Fim das Aulas pro Verão — respondeu Raylan. — Bradley, abaixa a música um minuto.

— Ah, não precisa fazer isso.

Mas Bradley, em uma peruca verde, camiseta do Batman e uma máscara de olhos de gato, abaixou o volume até quase um sussurro.

— O papai que organizou tudo! Saímos do ônibus e ele tinha tudo preparado. É o clube de férias.

Ele havia empurrado todos os móveis para liberar o que, obviamente, se tornou a pista de dança, e uma máquina de luz disparava cores nas paredes. Serpentinas e balões caíam do teto.

Todas as preocupações de Adrian simplesmente se dissolveram e se transformaram em alegria.

— Não se pode ir a uma festa sem a roupa adequada — acrescentou Raylan.

— Você sabe dançar. — Mariah puxou a mão dela. — Você sabe.

— Acho que não estou vestida pra uma festa.

— Temos acessórios! — Ela correu para um baú, abriu-o e voltou correndo com outra tiara e um boá rosa.

— Nossa. Quem não ama uma tiara? Eu não quero invadir sua festa de família — começou ela.

— O clube de férias é aberto a todos — acrescentou Raylan enquanto Bradley a encarava. Ela começou a dar outra desculpa, mas o menino se aproximou dela.

— Você anda plantando bananeira. Você consegue dançar assim?

— Se eu consigo dançar plantando bananeira?

— Você consegue abrir um espacato? — quis saber Mariah.

— Ah, entendi. — Balançando a cabeça em afirmação, ela ajustou a tiara, enrolou o boá no pescoço. — É um teste. Pois bem, Bradley, manda ver.

— Manda ver o quê?

— Ela quis dizer para aumentar a música.

Quando ele o fez, Adrian, grata por ter escolhido uma legging, tirou os sapatos.

Ela fez uns movimentos de quadril, sacudiu os ombros, então abaixou, apoiou as mãos, elevou as pernas no ar. Ela acompanhou a batida, andando para a frente e para trás, de um lado para outro. Abriu um espacato no ar, andando sobre as mãos em um círculo, então desceu em uma ponte, avaliou o terreno para um salto e caiu em um espacato. Ela abriu os braços para um floreio.

Enquanto as crianças aplaudiam, ela jogou a ponta solta do boá por cima do ombro.

— Passei no teste?

— Isso foi superlegal — disse Bradley.

— Esse é o elogio máximo. — Raylan estendeu a mão. — Parece que vamos todos dançar.

* * *

𝒞nquanto Adrian dançava, Rachael se sentava na sala de estar arrumada da elegante residência de Tracie Potter no centro de Richmond.

Ela havia pesquisado um pouco e sabia que Tracie frequentou Georgetown com um ano de diferença de Lina, formara-se em jornalismo e comunicação. Ela conquistou uma vaga de âncora na afiliada local da NBC, onde atualmente apresentava as transmissões das seis e onze horas.

Uma celebridade local, ela se casou com quase 30 anos, teve dois filhos e se divorciou na casa dos trinta. E aos 40 se casou novamente com um incorporador imobiliário.

Tinha três netos, um da filha mais velha e dois do enteado.

Ela e o marido eram membros do country club, gostavam de golfe e tinham uma segunda casa em San Simeon.

Mesmo de perto, Rachael concluiu que a mulher aparentava 40 anos, o que significava um trabalho excelente, mesmo que considerasse uma genética superior a favor. Seus vastos cabelos, um loiro médio com luzes incrivelmente naturais, ondulavam ao redor de um rosto de pele branca com olhos azuis penetrantes e uma boca perfeitamente tingida de rosa intenso.

Ela cruzou as pernas em seus jeans brancos justos e recostou-se com uma xícara de café de porcelana Wedgwood.

— Eu tenho aproximadamente trinta minutos — começou ela. — Eu queria ter essa conversa aqui e não no meu escritório. É um assunto antigo, mas prefiro não abastecer as fofocas.

— Obrigada por ter concordado em falar comigo.

— Curiosidade. O que meu antigo, imprudente e breve caso com Jon Bennett tem a ver com qualquer coisa hoje?

— Você sabe que o professor Bennett morreu quando ele atacou Lina Rizzo, a filha menor de idade e a amiga em Georgetown, algumas décadas atrás.

— Estava em todos os noticiários na época. Sou repórter. Mesmo se eu não tivesse dormido com ele quase uma década antes disso, eu acabaria ficando por dentro. Também sei que a criança era filha biológica dele. Estou ciente de que ele agrediu fisicamente as mulheres e a criança. Eu mencionei que foi um caso imprudente?

— Sim. Posso perguntar se considerava esse caso imprudente antes desse incidente?

— Eu passei a achar imprudente quando vi Jon agredindo fisicamente Lina Rizzo, embora naquele momento não soubesse quem ela era, no escritório dele. Eu estava indo encontrar ele lá para uma rapidinha. — Ela tomou mais um gole de café. — Fiquei chocada, não deveria, eu admito, ver Jon com a mão em volta do pescoço dela, prensando-a contra a parede. Foi muito rápido, mas vi toda a raiva e a violência no rosto dele. Decidi não arriscar que isso fosse contra mim e terminei o relacionamento, que na verdade nem era um relacionamento. — Ela fez uma pausa; Rachael esperou. — Eu tinha 19 anos e era uma boba, mas não tão boba. Fui burra de fazer sexo com um homem casado, no meio, segundo ele, de um divórcio complicado, mas era mentira. Mas não fui burra o suficiente para correr o risco de ser espancada por causa da excitação de um relacionamento proibido. Por que Lina Rizzo te passou meu nome depois de tanto tempo?

— Não foi ela. Eu presumo que ela não saiba ou não se lembra de seu nome. Você está em uma lista, Sra. Potter.

— Que tipo de lista?

— De mulheres, que, como você, dormiram com Jonathan Bennett. São trinta e quatro nomes. Quatro dessas mulheres estão mortas, vítimas ou quase vítimas de assassinato. Até agora localizei e confirmei quatro mortes.

Tracie abaixou a xícara. Rachael tinha que reconhecer a compostura. Ela não se abalou, não esboçou qualquer reação. Apenas a encarou firme e longamente.

— Eu quero averiguar isso. De forma discreta. Você acabou de me dizer que estou em algum tipo de lista de mortes.

— Eu vou te dar todas as informações que puder. Você já recebeu alguma ameaça?

— Não. Ah, a gente sempre recebe ataques pela internet quando alguém não gosta das reportagens. Mas nada assim, não. Quando isso aconteceu?

— As mortes? Ao longo dos últimos treze anos.

— Treze anos? Você está falando sério? Você era policial, fiz minha pesquisa antes desta reunião. Pessoas morrendo, sendo assassinadas. Quatro pessoas nesse intervalo...

— Todas na mesma lista. E ainda tenho mais mulheres para localizar.

— Presumo que a Lina Rizzo esteja nessa lista. Presumo que ela seja sua cliente.

— Ela está na lista. Você chegou a conhecer ou ter algum contato com a esposa ou com os filhos de Jonathan Bennett?

— Não, por que eu faria isso? Eu tive um caso com ele, Sra. McNee, coisa de semanas. Olhando em retrospecto, e tenho feito isso, eu deveria ter denunciado ele. Lina Rizzo também.

— Por que não denunciou?

— Fiquei assustada, naquele momento em que vi ele, em que vi quem ele era de verdade. E isso foi muito antes do Me Too. Quem você acha que teria que enfrentar toda a pressão, se isso viesse à tona? O professor titular, e outros do corpo docente deviam saber bem quem ele era, ou a jovem estudante que dormiu com ele? Por vontade própria.

— Eu entendo. Sei que isso é perturbador. Eu sinto que tenho um dever não apenas com minha cliente, mas com qualquer pessoa que eu possa contatar nessa lista, para que possam tomar as devidas precauções.

— Ele está morto há muito tempo. De onde surgiu essa lista? Me dá uma pista — disparou Tracie. — Como posso tomar precauções quando não sei o que estou enfrentando?

— A esposa dele compilou a lista. Ela sabia.

— Então — acrescentou Tracie — ela não era tão desatenta quanto ele presumia. Você acha que a esposa dele está, depois de todo esse tempo, matando as mulheres com quem ele dormiu?

— A mulher dele morreu de overdose de soníferos. Cerca de treze anos atrás.

— Ah. — Agora ela colocou a xícara de lado. — Ela se casou novamente? Tem família, um irmão, irmã?

— Não.

— É alguém, obviamente, conectado com a esposa, dado o momento. Eles tiveram filhos? Que idade tinham? Se um dia eu soube disso, não consigo me lembrar.

— Tinham idade suficiente. Sra. Potter, tenho certeza de que tem recursos substanciais considerando sua profissão, mas vou, novamente, adverti-la. Pretendo falar com a filha e o filho do professor Bennett o mais rápido possível. Em seguida, entregarei minhas descobertas ao FBI e aos departamentos de polícia competentes.

— O seu nome está na lista?

— Não.

— Então isso é um trabalho para você. É um pouco mais do que isso para mim.

— Se você entrar em contato com esses indivíduos, ou alertar eles sobre minha linha de investigação, eles podem fugir. Vai ser muito pior para você. Espero me encontrar com a filha, pelo menos, em questão de dias. Farei tudo o que puder para proteger minha cliente e, ao fazer isso, protegerei você e todas as outras mulheres da lista.

— Tenho certeza de que sim. Você tem uma excelente reputação. Muito obrigada por me avisar, com certeza tomarei precauções. Agora tenho que me trocar e ir para o estúdio.

Não adiantaria nada, pensou Rachael enquanto voltava para o carro para voltar para casa. A mulher certamente iria bisbilhotar. Era a natureza dela.

Racheal só podia torcer que essa bisbilhotice não disparasse nenhum alarme.

O VERÃO, PARA um pai sozinho, abria outro mundo e exigia uma revisão drástica da programação. Nada mais da rotina de acordar, vestir, alimentar as crianças e vê-las partindo no ônibus para então voltar ao trabalho silencioso e solitário por algumas boas horas.

Nada de programar seu relógio interno para a volta deles, para que ele pudesse pelo menos tentar terminar suas coisas e se preparar para a hora do lanche, da conversa, do dever de casa.

Longos dias de verão significavam torcer para que as crianças brincassem juntas sem derramamento de sangue, o que às vezes era possível. Ou organizar tardes de brincadeiras na casa de amigos. O que significava, pela lei dos pais, que ele tinha que retribuir.

Ele teria que garantir que eles tivessem um almoço decente e não passassem a maior parte do dia olhando para algum tipo de tela.

Jan, é claro, adorava ficar com eles por algumas horas se tivesse a manhã ou a tarde de folga. Uma vez por semana, por insistência dela, ela os levava para o trabalho por algumas horas.

Ensinando o ofício, como ela dizia. E uma vez por semana, Maya os recebia.

Às vezes, o quintal de Raylan ficava cheio de crianças, e isso era bom porque significava que outras tantas vezes seus filhos corriam em outros quintais.

E tinha vezes que passava uma hora jogando basquete com eles, no aro que havia rebaixado para a altura das crianças.

Esperando não estar cometendo um grande erro, ele armou uma barraca no quintal para Bradley e seus dois melhores amigos.

Três crianças de quase nove anos, pensou ele, acampando no quintal. O que poderia dar errado?

Muita coisa.

Mas, assim como a mãe fizera por ele, Raylan montou uma barraca, preparou lanches, bebidas e providenciou lanternas.

Mariah, que torceu o nariz pra ideia de dormir em uma barraca, estava em sua tão esperada maratona de compras.

O que poderia dar errado? Ele não gostava nem de imaginar.

— Phin vai trazer o telescópio pra gente olhar a lua e outras coisas. — Com a língua entre os dentes, Bradley tentou martelar uma estaca. O que fez questionar, de novo, o sentimentalismo de usar sua velha barraca em vez de comprar uma nova, do tipo que praticamente arma sozinha.

— Se a gente tivesse um firepit, a gente ia poder fazer cachorros-quentes e marshmallows.

— Mas a gente não tem um e você não vai acender fogueira nenhuma.

— E o fogão de acampamento do pai de Ollie…?

— Não inventa. Talvez quando chegarem aos dois dígitos. Talvez quando você tiver 10 anos. Se quiserem cachorro-quente, eu preparo na cozinha.

— Não é a mesma coisa. Vamos comer a pizza, como a gente tinha combinado.

— Ótimo.

— Podemos comer cachorro-quente quando formos ao jogo no sábado à noite. — Mais uma lembrança do passado. Uma noite quente de verão, beisebol, sentado tão perto dos jogadores da liga secundária que quase se sentia em campo.

Ele parou, bagunçou o cabelo do filho.

— Será um festival de cachorros-quentes.

— E nachos. E batatas fritas.

— Você está me deixando com fome. Já entendemos, garoto. Vamos colocar o colchão de ar dentro da barraca.

— Caubóis dormiam no chão.

— Você quer dormir no chão?

— Não. Não sou um caubói. — Bradley deslizou de barriga para dentro da barraca, sobre o colchão. — Mas podemos ficar acordados a noite toda. Você disse que podíamos.

— Isso mesmo. Mas vocês não podem sair do quintal.

— Eu sei, eu sei.

Ele também sabia, pensou Raylan, e ainda assim ele, Spencer, Mick e Nate fugiram para uma aventura noturna pela floresta. Apavorados como bobos, lembrou. E Spencer tropeçou, arranhou a canela, que sangrou para caramba por um tempo.

Bons tempos.

— Acampamento esta noite — disse Monroe por cima da cerca.

— Com uma velha barraca. Se eles fizerem muito barulho, pode abrir a janela e jogar alguma coisa neles.

Como amigos e bons vizinhos que se tornaram, Monroe pulou a cerca, então se debruçou para pegar Phineas.

Todos ficaram em volta dela, analisando a barraca.

— Os morcegos gostam de sair à noite — disse Phineas, prestativo. — Mas eles não vão incomodar vocês. Eles querem insetos.

— Morcegos? — repetiu Bradley.

— Você gosta do Batman. Pode procurar morcegos. Posso jogar basquete?

— Claro. — Raylan observou o garoto se aproximar, pegar a bola, dar um passo para trás e arremessar.

Na mosca.

— Toda vez. — Ele só conseguia balançar a cabeça, em afirmação.

— O garoto é habilidoso. Você já preparou as histórias de fantasmas? — Monroe perguntou a Bradley.

— Sei uma muito boa.

— Fantasmas podem ser pessoas presas por um momento no tempo e no espaço, no conti..., como é mesmo?

— Continuum — completou Monroe.

— Continuum — repetiu Phineas.

Mais uma cesta.

— Que nem em *Star Trek*?

— Eu gosto *de Star Trek*. — Phineas olhou para trás para Bradley antes de fazer mais uma cesta. — Eles vão corajosamente aonde ninguém esteve antes. É isso que vou fazer. Eu gosto mais do Spock.

— Que surpresa! — Raylan teve que rir. E Sadie soltou um latido.

— As garotas devem estar de volta. — Raylan verificou a hora. — Quer uma cerveja?

— Não é má ideia.

— Ginger Ale, Phin?

— Eu gosto de Ginger Ale, obrigado. Ale é cerveja, mas Ginger Ale não.

Raylan apenas fez que sim com a cabeça novamente.

— Vamos comer pizza mais tarde, se quiserem participar.

— Pizza nunca é demais. Vou checar com a chefe, mas pra mim está ótimo. E nós temos ingredientes pra fazer sundaes.

— Com chantilly? — perguntou Bradley.

Monroe bufou.

— Sem chantilly não seria um sundae, garoto, só sorvete.

— Aguenta um pouquinho. — Raylan entrou para pegar as bebidas e ver como estavam as meninas.

Lá dentro, ele viu Adrian e Mariah carregadas de sacolas de compras.

— Nossa. Parece que foi um sucesso. — E, ele notou, Adrian não parecia pálida, chocada nem exaurida.

— Olha as minhas sandálias novas, papai! — Mariah equilibrou-se em um pé para mostrar as sandálias roxas brilhantes com uma tira de flores cor-de-rosa e brancas. — E comprei um par branco e chinelos, um azul com uma borboleta e um roxo com flores, e um chinelo slide e Adrian vai me dar um tênis da marca dela, só tenho que escolher.

— Nossa! Pelas minhas contas, são seis pares de sapatos.

Adrian largou as duas sacolas que carregava.

— E o que você quer dizer com isso?

— E eu comprei shorts, vestidos, tops e shorts-saia...

Enquanto a filha tagarelava mais, ele contemplou o fato de que ele era um homem adulto que sabia o que eram shorts-saia.

— Experimentei tudo e ficou perfeito! E almoçamos em um bistrô, eu bebi água com gás em uma taça de vinho. Depois fizemos manicure e pedicure. Escolhi um esmalte roxo para os pés pra combinar com as novas sandálias e rosa nas mãos.

— Entendi. Que legal.

— Eu vou guardar todos os meus sapatos novos. — Ela se virou para abraçar Adrian. — Amei fazer compras com você. Foi muito divertido.

— Eu também.

Mariah disparou escada acima, com duas sacolas de compras chacoalhando.

— Tem mais duas sacolas no carro. Vou lá pegar, já que sei qual é qual.

— Espera. Mais duas?! Ela é pequena. Quantas roupas do tamanho dela cabem em seis sacolas?

— Agradeça por ter conseguido que ela espere mais um pouco para furar as orelhas.

— O quê? Hã? O quê?

— Você me deve essa — respondeu Adrian, e saiu. Ele a seguiu.

— Ela tem 6 anos.

— Mas vai fazer 7 em poucos meses, como ela mesmo ressaltou, com firmeza, quando encontramos uma das amigas dela no salão que tinha acabado de furar as orelhas. — Adrian pegou as duas sacolas e as entregou para Raylan. — Uma batalha te espera.

Ele não queria nem pensar nisso. Ele analisou a quantidade de sacolas de compras que ficaram no carro.

— Essas são suas.

— Todas menos esta. — Ela pegou mais uma. — São sungas, camisetas de lycra e chinelos novos para você e para Bradley, por insistência e gentileza de Mariah. Parte disso foi um ato altruísta — continuou ela. — E parte, a maior eu diria, era para que vocês não envergonhassem a gente na praia.

Adrian fechou a porta do carro.

— Fui informada de que você e o Bradley usam roupas que não combinam, a ponto de usar sunga vermelha com camiseta de lycra roxa. Foi difícil aproveitar o nosso almoço depois disso, mas sacrificamos ele por pena de vocês.

— Você adorou tudo isso.

— Eu tenho que praticamente obrigar Teesha a comprar qualquer coisa que não seja o essencial. Maya gosta de fazer compras. Mas Mo? Ela é uma deusa das compras. Eu fiquei admirada.

— Enquanto você fica admirada, quer um pouco de vinho?

— Eu deveria seguir os ensinamentos da deusa e ir guardar minhas coisas. Mas eu poderia tomar uma taça de vinho primeiro.

— Mais que uma. — Ele mudou as sacolas para uma mão para que pudesse pegar a mão dela. — Bradley convidou alguns amigos para dormir em uma barraca no quintal.

— Em uma barraca no quintal? Por quê?

— Meninas... — Com um aceno de cabeça, ele a levou de volta para a casa. — Teesha, Monroe e as crianças vêm jantar aqui. Vamos pedir pizza. E boatos que teremos sundaes. Fica também.

— Vinho, pizza e sorvete ou a salada de macarrão tailandês que planejava fazer para mim. Você ganhou.

— Pizza sempre vence. — Ele parou na porta, a mão dela ainda na dele. — Então fique. Passe a noite aqui.

Ele podia ver, claramente, que ela não esperava por esse pedido. Ele também não esperava. Mas parecia natural, parecia certo.

— Não tenho certeza, com as crianças...

— Vamos juntos para a praia — observou Raylan. — E eles já sabem que eu beijo você na boca. Phineas, que vê, ouve e sabe de tudo, fofocou. E eles estão bem com isso. Então, fique.

— Talvez você só queira reforço com o acampamento do quintal.

Ele sorriu, e a trouxe para perto.

— Seria um fator. Não o maior, mas definitivamente um fator.

— Acho que posso te ajudar, já que vou comer pizza e tomar sorvete.

Sabendo que eles estavam dando um grande passo, o passo seguinte, Raylan a beijou na boca.

Capítulo vinte e cinco

✳ ✳ ✳

No quintal do lado de fora do estúdio, Adrian fazia uma série de yoga usando pesos leves. Ela pretendia fazer uma sessão de quinze minutos, então ajustou o cronômetro. Estava com o conceito de fazer um novo programa, todo de yoga (talvez se aproximando um pouco do território da mãe), quinze minutos com quatro enfoques diferentes.

Ela achou que seria uma boa adição para seus programas de streaming. E seria divertido se pudesse fazer tudo ao ar livre, pensou, segurando a postura da árvore enquanto fazia desenvolvimento de ombros com halteres.

As portas de vidro estavam abertas para que Sadie pudesse entrar e sair quando quisesse.

Quando o cronômetro apitou, ela estava no colchonete, fazendo uma ponte com supino reto.

— Ok, merda, ficou longa demais.

Ela se levantou, soltou os pesos para verificar o plano da série no tablet e ajustou um pouco.

Marcando mais quinze minutos no cronômetro, ela começou tudo de novo.

Desta vez, quando o cronômetro soou, ela estava sentada de pernas cruzadas no tapete, as mãos estendidas para os lados, as palmas para cima. Ela uniu as mãos em posição de oração e se curvou.

— Perfeito. Assim vai ser bom...

Com toda sua flexibilidade, Adrian alongou o tronco e viu uma nuvem branca e fofa abrindo caminho no céu azul de verão.

Sadie se aproximou e se esticou ao lado dela.

Ela ouviu os pássaros cantando, a brisa sussurrando. Sentiu o cheiro da grama, do alecrim e do heliotrópio no vaso próximo.

Se tudo pudesse apenas continuar assim, pensou ela. Bonito, tranquilo, aconchegante e claro. Ou como a noite que ela passou na casa de Raylan —

todo barulho e excitação, crianças correndo, amigos conversando, Monroe tocando banjo e tudo bem com o mundo.

Mas essa tranquilidade não duraria e não estava tudo bem com o mundo.

Ela sabia que Rachael tinha localizado mais quatro mulheres. Três vivas e uma assassinada no estacionamento do hospital onde trabalhava.

E isso mudou as porcentagens novamente, ela sabia. Mas não pretendia tentar fazer a conta.

E ela sabia que Rachael planejava conversar com Nikki Bennett no dia seguinte. Com a mulher finalmente de volta ao escritório, Rachael faria uma visita, colocaria as cartas na mesa e pressionaria Nikki por respostas.

Se houvesse alguma.

Tinha que haver respostas. Tinha que haver um momento em que tudo voltaria a ficar bem de novo.

Porque ela queria ser capaz de se alongar na grama com a cachorra sob um céu azul e não pensar no fato de que alguém que ela nunca conheceu queria machucá-la.

E por quê.

— E pra completar? — disse ela enquanto acariciava Sadie. — Mamãe vem semana que vem. Eu tô feliz com isso, de verdade. É que é mais uma coisa para me preocupar, então preciso terminar essa série antes que ela chegue aqui e sugira mudanças. — Então suspirou. — Porque provavelmente seriam sugestões muito boas. E estou melancólica porque Raylan vai para Nova York amanhã. Apenas por uma noite, e mesmo assim estou melancólica. Você já me viu melancólica por causa de homem? Não, nunca. — Ela se virou e se aconchegou à cachorra. — Então eu vou parar com isso e vou pensar na série de abdominais.

Adrian se levantou para guardar os pesos antes de consultar o tablet para refrescar a memória. Mas quando ajustou o cronômetro, Sadie soltou um latido amigável e deu a volta pela lateral da casa.

Seguindo a cachorra, Adrian viu Teesha e Maya saindo de seus carros.

— Nossa, que surpresa!

Maya abriu os braços.

— Estamos livres das crianças!

— Estou vendo.

— Mamãe está com Collin e Phineas, já tínhamos combinado. Então ela insistiu em ficar com a neta. Estoquei leite materno e larguei o bebê.

— Eu já tinha feito isso com o Thad, era o turno de Monroe, então só mandei uma mensagem avisando que seria um turno duplo.

— E viemos aqui para fazer você largar o trabalho e passar o dia com a gente — concluiu Maya quando chegaram ao quintal.

— Eu posso fazer isso. Já fiz a maior parte de qualquer maneira.

— Guarde esse tapete, garota — ordenou Teesha. — Vamos beber algo gelado.

— Queria margaritas. — Maya fechou os olhos e suspirou. — Gostaria que pudéssemos passar a tarde bebendo frozen margaritas cremosas em copos gigantes com borda de limão e sal. Você se lembra de quando bebia margaritas, Teesha?

— Sim. Com carinho. No próximo verão, nossos seios serão nossos de novo, e um dia beberemos frozen margaritas deliciosas.

— Fiz limonada essa manhã — disse Adrian pensativa. — Agora quero adicionar tequila na minha.

— Não me tenta. Limonada. Você tem algum biscoito? — perguntou Teesha.

— Não, foi mal. Eu tenho...

— Não diga húmus. — Maya levantou um dedo. — Não diga vegetais crus. Não queremos te machucar.

— Vou achar outra coisa. Varanda da frente ou lá no quintal?

— Aqui fora está ótimo. Vamos pra varanda. — Maya enganchou o braço em Teesha. — Assim você não precisa levar os petiscos, sem ser húmus, muito longe.

Ela preparou tudo e abriu a porta da cozinha para a varanda.

Teesha pegou os copos, Maya a jarra enquanto Adrian selecionava petiscos que atenderiam aos padrões das amigas. Guacamole, batatas chips, biscoitos de ervas e um excelente queijo Gouda. Uvas e frutas vermelhas frescas.

— Que delícia. — Maya se sentou, jogando para trás o rabo de cavalo loiro. E soltou um hummmm. — Não tenho uma tarde só de garotas, só com vocês, há muito tempo. Temos que descobrir como fazer isso. Uma vez por mês. Sem filhos, sem homens, só nós.

— Um clube de garotas em vez de um clube do livro. — Teesha se serviu de guacamole. — Eu amo meus filhos, tanto, mas...

— Eu te entendo, irmã. — Maya bateu seu copo no de Teesha. — Poucas horas sem ninguém me chamando, sem limpar bumbuns, sem trocar fralda e sem amamentar. E você e eu não estamos fazendo isso sozinhas como minha mãe fez. Meu Deus, ou o Raylan faz.

Maya sorriu para Adrian.

— E eu soube que você levou a rainha da moda pra fazer compras. Como foi?

— Ela me convenceu a comprar, para mim, o dobro do que planejei ou precisava. Fiquei pensando que passo noventa por cento da minha vida em roupas de ginástica ou moletons. Eu não preciso dessas capris adoráveis. E ela dizia que as roupas que te deixam bonita fazem com que a gente se sinta bem. E quando a gente se sente bem, somos mais gentis com as pessoas. Então, eu deveria comprar a calça capri pelo bem da humanidade.

— Como uma tia coruja, estou feliz que ela tenha alguém do lado dela capaz de apreciar suas habilidades inatas. Agora... Como vão as coisas entre você e o Raylan?

Adrian ganhou tempo escolhendo a amora perfeita.

— As coisas estão indo bem.

— Muito vago. — Maya acenou com a cabeça em direção a Teesha.

— Você não acha essa resposta muito vaga?

— Uma falta de detalhes triste e egoísta para mulheres como nós com uma vida sexual espremida em meio a crianças ativas, amamentação, supervisão, administrar a carreira, trocar fraldas.

— Responder perguntas, consertar brinquedos, enxugar lágrimas — Maya continuou. — Quando foi a última vez que você teve energia ou oportunidade para fazer sexo sem interrupções com direito a preliminares e bis?

— Com bis? Ai, ai. — Recostando-se, Teesha olhou para o céu. — Acho que foi quando as avós levaram Phineas para um fim de semana prolongado em Hersheypark. E foi assim que veio o Thaddeus. Certeza que foi no bis.

— Mamãe ficou com as duas crianças durante a noite algumas semanas atrás, embora a bebê ainda queira mamar no peito ou na mamadeira por volta das duas da manhã. Joe e eu conseguimos a primeira rodada, então dormimos apagados por dez horas. Temos que tentar isso de novo.

Ela sorriu para Adrian.

— Sua vez. — E apontou para Adrian que balançava a cabeça, em negativa. — Não é justo. Quando Joe e eu começamos a namorar, você soube de todos os detalhes.

— O mesmo comigo e Monroe.

— Nenhum deles é meu irmão — retrucou Adrian, e comeu uma uva. — Falar sobre fazer sexo com o irmão da minha amiga para a minha amiga é mais que constrangedor, é bizarro.

— Ele não é meu irmão. — Teesha gesticulou com o copo em uma das mãos e cortou um pedaço de queijo com a outra. — Maya pode ir dar um passeio, você me conta e depois eu conto pra ela.

— Que tal se eu só disser que, como Raylan tem dois filhos mais velhos que os de vocês, há esperança para vocês duas neste quesito.

— Ainda vago — concluiu Maya —, mas edificante.

— Até agora, ele não teve nenhum problema em edificá-lo.

Teesha soltou um grito.

— Agora sim. — Ela esticou as pernas. — Ai, Deus, como isso é bom. Você ganhou muitos pontos por pensar nisso, Maya. Eu estava indo para casa me afundar no trabalho.

— Eu estava entrando na loja para terminar de atualizar o site. Eu amo a loja. Adoro trabalhar com os artesãos, os artistas, trabalhar no balcão, falar com as pessoas todos os dias. Mas com certeza a gente acaba entrando em uma espiral que se transforma em rotina, e acaba esquecendo de quem é além de profissional, esposa e mãe. — Ela ergueu o copo. — Um brinde a essa lembrança de como é ser amiga.

— Vocês são os melhores que eu já tive. — Adrian brindou com ela. — Vocês duas representam dois grandes momentos de virada na minha vida. Naquele primeiro verão aqui, você abriu espaço para mim em seu grupo, Maya. Eu precisava muito de uma amiga.

— Vou contar uma coisa que nunca te falei. Quando minha mãe descobriu o que tinha acontecido e que você passaria o verão aqui, ela me chamou para uma conversa. Explicou tudo e disse que muitas crianças provavelmente iam te atormentar com perguntas. Algumas poderiam até zombar de você ou apenas dizer algo maldoso. E ela perguntou como eu me sentiria se as crianças fizessem isso comigo. Eu disse que isso me faria sentir mal e envergonhada. Então ela disse que eu estava certa e que sabia que eu não faria isso. E que ela tinha certeza de que você precisava de uma amiga.

— Eu amo sua mãe — murmurou Teesha.

— Ela é a melhor. Claro, eu perguntei "e se ela for chata ou boba ou eu simplesmente não gostar dela?" Então ela respondeu que eu deveria descobrir. E foi o que eu fiz. E aqui estamos nós.

— Você perguntou se eu queria ir à sua casa pra ver as suas Barbies e transformou o que eu achava que seria um verão triste e solitário. E aqui estamos nós. E você. — Ela virou para Teesha. — Eu estava tão brava com a minha mãe, que me mandou para aquela escola onde eu não conhecia ninguém e não queria estar. Era hora de mostrar a ela do que eu era capaz, de fazer algo meu. Me aproximei daquela mesa no refeitório procurando uma equipe para gravar um vídeo. Eu encontrei muito mais.

— Você chocou a gente. A garota novata, aquela que deveria ter se juntado aos garotos populares, com certeza os atletas ou esnobes, vem até nós e se senta. Foi corajoso. Você sempre foi corajosa.

— Furiosa e determinada. E aqui estamos nós.

Porque parecia certo, ela pousou o copo, pegou as mãos das amigas.

— Da próxima vez, eu compro biscoitos.

*R*ACHAEL ENTROU nos escritórios da Ardaro Consultants no Noroeste de Washington com um plano em mente, que ela poderia adaptar de várias maneiras, se necessário. Alguns dias antes, ela havia ligado para o escritório alegando fazer parte do comitê de confraternização dos ex-alunos do colégio de Nikki Bennett. Ela parecia tagarela e alegre, e embora a assistente de Nikki tivesse sido muito profissional não fornecendo seu paradeiro exato, sugeriu que Rachael ligasse novamente em dois dias, quando Nikki estaria de volta ao escritório.

Hoje, a detetive pretendia encurralar Nikki em seu escritório se passando por uma exausta proprietária de uma livraria independente em Bethesda, Maryland, que precisava de ajuda para reestruturar seu negócio.

Pelo menos até ela entrar no escritório e ficar cara a cara com Nikki.

Ela se vestiu de acordo, calças cinza com seus melhores escarpins pretos, um top combinando com a gola redonda e um blazer azul-claro. Havia pegado emprestados os brincos de diamante da irmã, colocado alguns colares brilhantes, substituído a aliança de casamento simples por uma de zircônia cúbica chamativa que ela acreditava que pareceria joia.

Uma mulher de posses. Uma mulher que poderia contratar uma especialista e consultora experiente de uma boa empresa para recuperar sua empresa.

Ela entrou no saguão impecavelmente decorado com um olhar gentil, mas um tanto arrogante estampado no rosto, e caminhou até a recepcionista.

— Bom dia. Posso ajudar?

— Espero que sim. Eu gostaria de falar com... — Ela ergueu um dedo, tirou o telefone da bolsa Max Mara, também emprestada. — Ah, sim, Nikki Bennett.

— A senhora tem horário marcado?

Rachael olhou por cima.

— Ela me foi altamente recomendada. Eu estava no prédio pra outro compromisso. Gostaria de cinco minutos do tempo dela. Por favor, diga a ela que a Sra. Salina Mathias está esperando. Talvez você já tenha ouvido falar do meu irmão. Senador Charles Mathias.

— Sinto muito, Srta. Mathias.

— Senhora.

— Sra. Mathias, a Srta. Bennett está fora do escritório atendendo a outro cliente. Mas terei muito prazer em encaminhá-la a um de nossos outros consultores ou pedir que a assistente da Srta. Bennett agende uma consulta.

— Bem, quando ela volta ao escritório?

— Amanhã. Depois da consulta, ela vai trabalhar de casa.

— Trabalhar de casa? — Rachael soltou uma risada curta e zombeteira. — Vejo que perdi meu tempo.

E partiu.

E se perguntou o que isso dizia sobre ela ter gostado de bancar uma esnobe de quem a recepcionista reclamaria para um colega de trabalho em seu intervalo.

De volta ao carro, ela trocou os saltos por tênis e dirigiu para fora do estacionamento em direção a Georgetown.

Ela parou para fazer um lanche, esvaziar a bexiga, então estacionou do outro lado da rua, a meio quarteirão da majestosa casa dos Bennett.

Ficaria de tocaia — nem de longe tão divertido quanto se passar por uma perua esnobe — até que Nikki voltasse.

Bairro bonito, ela pensou, quieto, tranquilo. Rico.

Se alguém decidisse denunciar a presença de um carro estranho, ela conversaria com os policiais que viriam averiguar. Afinal, ela fora um deles. Anotou os movimentos da manhã, o tempo envolvido, em seguida colocou os fones de ouvido e abriu o audiolivro da vez.

Durante a hora seguinte, ficou nas Highlands escocesas petiscando salgadinhos industrializados, seu ponto fraco.

Quando o chefe rude e a impetuosa mulher que ele amava terminaram sua aventura, ela fez contato com o marido, com o escritório, e começou a escolher mais opções de áudio.

A sóbria Mercedes preta parou na frente da bela casa. Nikki Bennett, com seus cabelos castanhos curtos esvoaçando com a brisa, desceu. Ela usava um terno de verão cinza-claro, escarpins cinza mais escuros com saltos curtos e grossos. Pendurou uma pasta preta no ombro antes de pegar uma sacola de compras de tecido no banco traseiro.

Rachael esperou até que ela chegasse até a porta antes de sair do carro, trancá-lo e atravessar a rua.

Ela tocou a campainha.

Momentos depois, Nikki a abriu e examinou Rachael com olhos cansados e desconfiados.

— Sim?

— Senhorita Bennett, sou Rachael McNee. — Ela mostrou a identificação. — Gostaria de falar com você alguns minutos. Posso entrar?

— Não. Do que se trata? Eu estive fora da cidade. Não ouvi nada sobre problemas na vizinhança.

— Não é sobre isso. Seu nome surgiu em um caso que estou investigando.

— Que caso?

— Poesias.

Nikki olhou direto para ela.

— Não sei do que você está falando. Eu tenho que trabalhar.

Antes que ela pudesse fechar a porta, Rachael se moveu o suficiente para bloqueá-la.

— Senhorita Bennett — começou e então citou vários nomes da lista, terminando com as cinco mulheres assassinadas.

— Não conheço nenhuma dessas pessoas. Se forem clientes minhas ou da minha empresa, marque uma reunião no escritório. Aqui é minha casa.

— Adrian Rizzo.

Isso gerou uma reação, apenas um lampejo rápido nos olhos cansados.

— Se você é uma repórter querendo desenterrar isso tudo, eu não...

— Eu não sou repórter. — Novamente, Rachael mostrou a identificação. — Estou investigando uma série de ameaças e uma série de mortes, todas ligadas ao seu pai.

— Meu pai está morto há mais de vinte anos. Agora, se você não for embora, vou chamar a polícia.

— Tudo bem. Se você não falar comigo, é pra lá mesmo que eu vou. Direto para as autoridades. Eu posso entrar, você pode responder algumas perguntas. Esclarecemos tudo isso. Ou você fala com os policiais.

— Você não vai entrar na minha casa. — Mas Nikki saiu, cruzou os braços na frente da porta aberta. — Eu era criança quando meu pai morreu. Meu irmão e eu éramos crianças.

— Adrian Rizzo também. Mais jovem, na verdade, do que vocês dois.

— Nada disso teve ou tem alguma coisa a ver comigo. Mas pagamos caro mesmo assim. Perdemos nosso pai. Tivemos que conviver com o escândalo, a imprensa, as perguntas. Nós pagamos caro. Minha mãe não aguentou no fim e se matou por causa disso. Nós pagamos e está acabado.

— Alguém não pensa assim. Cinco dos nomes que mencionei há pouco, cinco dessas mulheres, estão mortas, de forma violenta. Assassinadas. Todos os nomes que citei, e outras mais, tiveram casos com seu pai.

Os olhos de Nikki se agitaram, de um lado para o outro. Nervosos.

— Isso não tem nada a ver comigo.

— Você não acha isso curioso?

— As pessoas morrem. Meu pai morreu. Minha mãe também.

— Assassinadas, Nikki, nomes em uma lista que sua mãe compilou.

— Você é uma mentirosa. — A tensão aumentou. — Minha mãe não sabia de nada. Ela não sabia sobre as outras mulheres. Ela não tinha lista nenhuma.

— Ela levou essa lista pro repórter que divulgou a história um dia antes de seu pai atacar Lina, Adrian Rizzo e Mimi Krentz.

— Isso é mentira. — Mas os olhos de Nikki voltaram a ficar agitados.

— Não tenho motivos para mentir pra você. Você costuma viajar bastante.

— E daí? Não é da sua conta. — O tom de voz aumentou. — É meu trabalho. Construí uma carreira, construí uma vida. Não vou permitir que você venha aqui e tente estragar tudo por causa de algo que meu pai fez quando eu era criança.

— Você escreve poesias, Nikki?

— Já cansei disso e de você.

— Há treze anos, logo depois da morte da sua mãe, Adrian Rizzo recebe poemas anônimos e ameaçadores. Os carimbos postais variam, o que indica alguém que viaja muito. Seu pai ensinava poesia, entre outras coisas.

— Eu não escrevo poesia. Não envio ameaças anônimas. — Mas sua respiração começou a acelerar, ficar mais profunda. — Meu pai morreu porque achou que poderia trair minha mãe e ficar impune. Ele está morto porque ficou bêbado e violento. Está morto porque engravidou uma das vadias com quem saía e gerou uma bastardinha e não foi capaz de confessar isso como um homem.

— E isso te magoou. Magoou você, e quando sua mãe se matou, a dor voltou. Mais forte. Todas aquelas mulheres causaram dor à sua mãe, tanta dor. E aquela criança que ele gerou era uma lembrança viva da dor. Você disse que pagou caro. Acha que elas precisam pagar?

— Elas podem apodrecer no inferno, no que me diz respeito. Eu não penso nelas. Elas não são nada pra mim.

— O último poema veio de Omaha. Você passou por Omaha em sua viagem recente, Nikki?

— Não. Não é da sua conta. Sai da minha propriedade ou vou acusar você de invasão e importunação.

— Onde o seu irmão está, Nikki?

— Eu não sei. Não estou nem aí. Vai para o inferno!

Ela entrou e bateu a porta.

Rachael tirou um dos cartões de sua maleta e o deslizou sob a porta. Nunca se sabe.

Uma coisa que ela sabia, corrigiu enquanto voltava para o carro. Nikki Bennett era uma mentirosa, e não muito boa.

Do outro lado da porta, Nikki começou a tremer. Principalmente de raiva. Ela não deixaria, não permitiria que sua vida desmoronasse de novo por causa de pessoas com as quais ela não se importava, por causa do que seu pai infiel e bêbado havia feito quando ela era adolescente, pelo amor de Deus.

E ela não acreditou nem por um minuto que sua mãe sabia sobre todas aquelas vadias com quem seu pai trepava.

Só que ela sabia. Ela sabia, admitiu, e cobriu o rosto com as mãos.

Todos esses anos, apenas mais mentiras.

Mentiras, traições, bebida e pílulas. Toda a sua vida, construída em mentiras.

Não, não, não, a vida dela não. Ela construiu a própria vida. Para o inferno com o resto deles.

Quando ela baixou as mãos, seus olhos se arregalaram de choque enquanto seu irmão descia a elegante escada curva.

— Oi, mana. Está triste?

— JJ. — Ela mal o reconheceu com a barba desgrenhada e o cabelo quase na altura dos ombros. Com as botas de cowboy gastas e um coldre na cintura, ele parecia uma mistura de caipira com apóstolo que a fazia lembrar do pai. — O que você está fazendo aqui? Como você entrou?

— Eu vou te contar — disse ele. E deu um soco no rosto dela.

Rachael parou em um posto de gasolina para encher o tanque, pegar uma bebida gelada e mais uma vez esvaziar a bexiga. Ela se sentou no carro para entrar em contato com Adrian.

— É a Rachael. Queria que você soubesse que acabei de falar com Nikki Bennett.

— O que ela disse?

— Ela diz que não sabe do que estou falando, não conhece nenhuma das mulheres da lista que mencionei. Muita negação, muita indignação. E uma porção de mentiras. Quer ela seja ou não diretamente responsável pelas ameaças, pelos assassinatos, ela sabe de alguma coisa.

— E agora?

— Eu gostaria de ter acesso aos dados de viagem dela nos últimos anos. Ver se posso provar que ela estava perto dos locais dos assassinatos. Isso teria um peso importante.

— Você consegue fazer isso?

— Eu sou detetive particular, então não posso conseguir um mandado para isso. Não estou confiante de que conseguiria um mesmo se ainda estivesse trabalhando. — Ela verificou as horas. — Preciso voltar pra casa agora. Tenho um compromisso de família em poucas horas, mas com sua permissão, gostaria de mostrar tudo que tenho pro meu tio. Ele ainda está na ativa.

— Pode fazer o que quiser que acha que pode ajudar. Tanto faz.

— Então vou pedir a opinião dele. Ainda tenho amigos e contatos na polícia. Meu tio tem muitos. Os meus instintos dizem que ela sabe de alguma coisa e está abalada. Vou escrever tudo isso, relatar minhas observações e impressões, e te envio.

— Eu procurei por ela no site da empresa. Eu não ia, mas só precisava vê-la. Ela parece tão...

— Normal? — completou Rachael.

— É. Uma mulher profissional e bem apessoada. Não consegui encontrar uma foto do irmão dela, exceto em algumas matérias antigas sobre a história de Georgetown, e são de quando ele ainda era criança. Parecia só uma criança vestida para uma sessão de fotos na escola.

— Ele não é mais uma criança. Nenhum deles é. Se um ou ambos estiverem por trás disso, vou descobrir.

Porque algo naquela mulher me incomodou, pensou Rachael. Tinha algo nela que fez seu radar disparar.

— Fico feliz que você esteja do meu lado.

— Você pode contar com isso. Vou conversar com meu tio e te dou um retorno.

Algo estava prestes a emergir, disse Rachael a si mesma enquanto saía do estacionamento. Ela viu, e sentiu, as ondas de raiva, medo e culpa de Nikki.

E essas ondas estavam prestes a transbordar.

Capítulo vinte e seis

⌘ ⌘ ⌘

TUDO DOÍA. Ela não conseguia pensar em meio à dor e seu corpo tremia com o choque.

Que pesadelo horrível, pensou Nikki. Acorda. Acorda.

Enquanto examinava as camadas irregulares, dilaceradas, ela sentiu o gosto de sangue na boca.

Dá para sentir gosto em sonho?

Era um gosto de cobre, asqueroso, que a fez querer tossir e cuspir. Mas seu rosto, ai Deus, seu rosto pulsava de dor. A cabeça latejava, por dentro e por fora, enquanto ela lutava para abrir os olhos e acordar.

Ela se viu no chão, deitada no ladrilho, no ladrilho frio, sob uma luz muito forte que fez seus olhos doerem e lacrimejarem.

Nikki tentou se sentar, se levantar, mas seu braço direito estava preso. Com sua visão ainda embaçada, dupla, ela olhou para a algema no pulso.

Assustada, ela viu a corrente saindo da algema, soldada a um parafuso grosso fixado na parede de azulejos.

O lavabo embaixo da escada, seu lindo lavabo, onde ela guardava lindas toalhas de hóspedes que nunca a visitavam.

Em pânico, ela tentou puxar o braço, mas a algema só cortou seu pulso e lhe causou mais dor. Então ela gritou, apesar da explosão que causou em sua cabeça, ela gritou.

Ela ouviu passos, tentou se encolher no fundo do lavabo. Porque agora ela se lembrava. Meu Deus, ela se lembrava.

JJ entrou. Ele carregava uma das caixas de arquivo dela, que colocou no chão.

Ele se agachou e sorriu para ela.

— Uau, acho que quebrei esse seu nariz esnobe, Nik. Você com certeza vai ter um belo par de olhos roxos.

— Você me bateu. Você me bateu.

— Não tão forte quanto eu poderia. Você deveria me agradecer.

— O que você está fazendo? O que você está fazendo?

Ele sorriu para ela, do jeito que ela se lembrava. Os lábios bem abertos, os olhos frios como o inverno.

— Não matando você. Pode me agradecer depois. Se tivesse deixado aquela vadia intrometida entrar aqui, eu teria matado as duas. Mas você se impôs, Nik, então faremos assim.

— O que você fez, JJ?

Ele balançou um dedo no ar.

— Você sabe. Se não sabia antes, agora sabe. Assim como você sabe que pode gritar até seus pulmões sangrarem e ninguém vai te ouvir. Estamos em um cômodo interno, mana. Belas paredes de gesso, sem janela. Então.

Ele remexeu na caixa, tirou um frasco de Advil, uma garrafa de água.

Ele empurrou os dois em direção a ela.

— Eu tomaria uns quatro se fosse você.

— Você matou aquelas mulheres. As que a detetive falou.

— Elas mereciam. Todas merecem, e vou pegar cada uma delas. Tenho feito tudo ao meu tempo, mas estou vendo que tenho que acelerar as coisas. Que sorte eu estar aqui quando aquela vadia apareceu para te interrogar. Eu vim te pedir algum dinheiro, um bom banho quente, algumas boas refeições. Recebi um grande bônus.

— Por quê? Por quê? Por quê? — Seus olhos inchados começaram a lacrimejar novamente. — Ele que traiu, ele...

— Não abra a boca para falar dele! Elas abriram as pernas para ele, não foi? — Ele bateu com o punho na pequena penteadeira. — Quantas vezes tenho que dizer que elas são as culpadas por isso? Um homem pega o que lhe é oferecido, é sua natureza. Elas são a razão para ele estar morto, de termos crescido humilhados. Elas não têm lugar nesta terra, e você deveria saber disso! Especialmente aquela fedelha que a mãe prostituta não matou no útero. Ela assassinou nosso pai. Ela é a razão.

Nikki já tinha ouvido tudo antes, inúmeras vezes, e sabia que não adiantava argumentar racionalmente com o irmão. Especialmente porque uma parte dela, uma parte terrível que a envergonhava, concordava com ele.

Com as mãos trêmulas, ela abriu a garrafa de água, o frasco de comprimidos. Ela tinha que aliviar a dor e pensar.

— Você tem mandado poemas para ela? A garota Rizzo?

— Sempre tive jeito para poesia, né? Papai sempre disse isso. Mamãe também, mas papai entendia dessa merda. Ele estava orgulhoso de mim. Mais de mim do que de você.

Ele se sentou no chão junto à porta e olhou por cima da cabeça dela.

— Ele me amava. A mamãe me atormentava na maioria das vezes, mas ele me amava. 'Deixa o menino em paz', ele dizia a ela. 'O menino tem coragem. Meninos são assim', ele dizia.

Era verdade, pensou Nikki, ele diria essas coisas mesmo se descobrisse que JJ havia roubado algo de uma loja, começado uma briga ou fugido à noite.

— Ela só estava tentando te manter longe de problemas.

— Ela era fraca. 'Tome outra pílula, Catherine.' Ele dizia isso também, quando ela começava a reclamar. E ela não dava a ele o que ele precisava ou ele não teria se envolvido com prostitutas e vadias, não é?

— Eu sei que ela estava fraca — disse Nikki com cuidado. — Ela tomou aquelas pílulas. E eu cuidei de você, JJ. Eu tentei cuidar de você, você sabe disso. Eu me certifiquei de que tivesse algo para comer, depois que ninguém mais trabalharia para nós. Ajudei você com o dever de casa e lavei suas roupas.

— E esperava que obedecesse às regras. Esperava que eu esfregasse o chão e lavasse a louça.

— Eu não podia fazer tudo sozinha. — Ela tentou sorrir para ele, mas como doeu. — Eu precisava de sua ajuda.

— Foi para a faculdade, não foi? Me abandonou.

— Eu morava em casa, mas precisava me formar. Eu precisava conseguir um bom emprego.

— Mentirosa. Tínhamos muito dinheiro.

— Tínhamos o dinheiro da família. — De novo, pensou ela, repasse tudo de novo, mantenha a calma. — Mas mamãe não estava estável, JJ. Você sabe que ela não estava e era ela que tinha o controle do dinheiro.

Você também não era estável, pensou Nikki. Eu sabia. Eu sempre soube. Fiz o melhor que pude. A culpa não foi minha.

Ela teve que respirar com todo cuidado enquanto as palavras vinham à tona, querendo transbordar.

— Morei em casa durante a faculdade. Eu morava em casa quando arrumei um emprego. Eu queria que você fosse para a faculdade, JJ. Para deixar tudo para trás, começar sua vida, mas...

— Estudar é para os otários. Você saiu viajando por aí com seus ternos de negócios.

— Eu levava você comigo sempre que podia. Principalmente depois que mamãe morreu.

— Antes, muitas vezes você me deixava com ela, me deixava para limpar a bagunça dela, esconder os comprimidos, ficar escutando ela reclamar. Você não estava aqui para isso, para ouvir ela criticar o papai quando em seus ataques de fúria. Você não estava aqui quando ela ria e ria dizendo que estava feliz por ele estar morto. Como ela estava feliz por ter ajudado a mostrar ao mundo que filho da puta traidor ele era. O quanto ela ria e ria, depois chorava e chorava.

Ela não teve namorados, pensou Nikki. Não saía à noite, não ia ao cinema. Era da faculdade para casa e depois do trabalho para casa.

As viagens? Muitas vezes chegou a pensar que as exigências de viagens do trabalho salvaram sua sanidade.

Mas ela tinha que mantê-lo calmo, tinha que convencê-lo a soltá-la.

— Me desculpa, JJ. Me desculpa por não ter ficado aqui o tempo todo, mas...

— Você não estava aqui quando ela me disse que sabia, o tempo todo, que tinha uma lista completa de todas as mulheres com quem ele transou. Quando ela me disse que eu deveria parar de idolatrar meu pai se quisesse ser um homem de verdade. Ela guardou a lista e me deu. Disse que se ele me amasse tanto, teria mantido seus votos. Ela me disse coisas terríveis, repetia o tempo todo. Eu poderia tê-la estrangulado ali mesmo. Mas eu não fiz isso.

Nikki sentiu um frio na barriga. Era mais do que medo agora.

— O que você fez?

— Dei pra ela o que ela queria. Pílulas. E mais pílulas. Eu ela ajudei a subir as escadas e a se deitar e dei mais comprimidos. Então observei enquanto ela morria e depois saí para tomar algumas cervejas.

— Ela era nossa mãe.

— Ela era uma vadia viciada em remédios que matou nosso pai. Ela matou ele tanto quanto as outras. E você chegou em casa, encontrou ela chamou a ambulância, me ligou enquanto eu estava bebendo cervejas. Chorando por ela, chorando como se ela não tivesse sido uma corrente em volta do nosso pescoço por anos. — Ele sorriu novamente. — E ficamos com a grana, não é mesmo?

Ele enfiou a mão na caixa, tirou um pacote de cereal e começou a comer.

— Fui viajar com você porque queria conhecer um pouco do país, ver se encontrava um lugar com a minha cara. E você me importunando sem parar sobre faculdade, escola profissionalizante ou conseguir um bom emprego. Eu era habilidoso com as mãos, você dizia, e estava certa. Então usei essa habilidade para entrar e sair de casas, pegar o que quisesse, se quisesse. Mas continuei pensando na lista. — Ele colocou um cereal na boca. — Claro, roubar era divertido, mas não tinha um propósito real. Um homem tem que ter um propósito real na vida. Pensei em matar quem matou meu pai. E o que eu vejo na TV em um dia que estava entediado pra cacete e você estava viajando para tentar convencer as pessoas a fazerem o que você quer? Vejo aquela vadia em um programa de entrevistas falando sobre si mesma. Falando sobre uma nova geração. E toda aquela merda. Então me sentei e escrevi um poema para ela. *Foda-se, você deveria estar morta. E eu vou te matar um dia.* Mas em uma forma poética. — Isso lhe pareceu engraçado, então ele riu e riu.

Muito parecido com a mãe deles, pensou Nikki.

— Eu queria matar ela naquela hora mesmo, mas sabia que algo tão maravilhoso deveria ser desfrutado devagar. Não apenas um prato que deve ser servido frio, mas um que você pode esquentar de novo quando for mais saboroso. Então matei uma das outras. A sensação foi maravilhosa. Isso me satisfez por um tempo. E gostei de escrever os poemas. Um por ano no início. Achei que com isso ela saberia que eu estava atrás dela e a deixaria apavorada.

— JJ, por favor, me escuta.

Ele não estava escutando, ele nem estava ouvindo. JJ só ouvia os próprios pensamentos.

— Mas ela continuou fazendo aqueles malditos DVDs, continuou fazendo o que bem entendia. — Ele fechou o pacote de cereal novamente. — Mas não por muito mais tempo.

— JJ, você precisa me soltar.

Ele sorriu novamente, aquele sorriso que fez o sangue dela gelar.

— Depois que me dei ao trabalho de enfiar esse gancho na parede? Eu pretendia usar isso com ela quando eu estivesse pronto. Achei que teríamos uma boa e longa conversa antes de eu espancá-la até a morte. É assim que eu quero acabar com ela.

— JJ, você sabe que não vou contar nada disso a ninguém. Sempre cuidei de você.

— Cuidou de mim quando foi conveniente para você.

— Isso não é verdade, você sabe que não é. Estou com medo por você. Você tem que parar ou vai ser pego. Não é sua culpa, mas você tem que parar. Eles não sabem onde você mora, então volta pra lá, é só acabar com isso tudo agora. Eu nunca contarei a ninguém onde você está. Você é a única família que me resta.

— Família uma ova. — Ele zombou da palavra, e seus olhos brilharam. Um brilho intenso.

— Se você não fosse da família, eu simplesmente te mataria. Em vez disso, prendi você. Tem banheiro e uma pia para beber água. E nesta caixa tem comida.

Ele bateu na caixa e a empurrou na direção dela.

— Não se preocupe com o escritório. Mandei uma mensagem do seu telefone. Disse que você teve uma emergência familiar fora da cidade e que precisava de duas semanas de férias. Ah sim, mandei uma mensagem pro seu serviço de limpeza. Eles não virão nas próximas semanas.

Sua respiração começou a ficar muito rápida, curta e rápida.

— Por favor, por favor, por favor, não me deixa acorrentada assim. Minha visão está embaçada, JJ, e estou enjoada. Eu posso ter sofrido uma concussão.

— Você vai viver. — Ele se levantou. — Vou tomar um bom banho quente agora. Estou na estrada há algum tempo. Depois vou pegar o que quero, porque tudo que tem nesta casa é tanto meu quanto seu. Como deixei a picape que roubei no Kansas, em um bairro perigoso, imagino que já esteja depenada agora. Então vou usar o seu carro.

— Não faz isso. Não. Sou sua irmã.

— Você consegue alcançar a pia e o vaso. Estarei de volta quando terminar o que tenho que fazer.

— JJ, por favor. Não me deixa assim. — Ele fechou a porta ao sair do cômodo.

Nikki teve que tapar a boca com a mão para conter o grito. Ele podia voltar, bater nela novamente. Ou pior.

E em algum momento ele faria algo pior, ela sabia disso agora. Porque ela viu, admitiu o que ela sempre soube. Nenhum dos pais era estável. E seu irmão estava louco.

Por um momento ela chorou e tentou afastar as vozes em sua cabeça dizendo que ela sabia, ela sempre soube que havia algo de errado com o irmão. Não sabia que ele matara a mãe, isso não. Mas desconfiou. A voz dele no telefone quando ela ligou para dar a notícia, tão frio, tão calmo. E seus olhos quando voltou para casa, fingindo se importar, tão vazios.

Mas ela não sabia. Não era culpa dela.

Ainda que a mãe tivesse gritado e surtado com ela às vezes, sobre como os homens eram infiéis, como ela nunca deveria confiar neles, ela não tinha como saber com certeza. Ainda que a mãe esbravejasse sobre um número, ou até nomes, ela não sabia que a mãe tinha falado com um repórter. Ela não sabia. Nada disso era culpa dela.

Ela não deveria ter que pagar por isso. Não deveria se machucar. Não deveria ter medo. Ela fizera o seu melhor. Trabalhou duro para resolver os problemas de outras pessoas. Depois de acobertar JJ inúmeras vezes, isso que ele fez com ela.

Ela chorou e chorou, lágrimas amargas de autocomiseração, até que os soluços, o zumbido em seus ouvidos a fizeram vomitar no banheiro.

Exausta, cochilou e acordou novamente quando ouviu a porta da frente bater.

Cedendo ao desespero, ela arrastou a corrente até que seu pulso sangrasse. Gritou até não ter mais voz.

Ninguém ouviu. Ninguém apareceu.

A ROTINA DE JJ para matar envolvia semanas, às vezes meses, aprendendo sobre sua presa, observando-a, registrando seus hábitos, analisando seus pontos fracos.

Para ele, esse era o ponto alto do processo.

Ele se considerava um intelectual. Afinal, vejam quem era o pai dele. Professor de uma das universidades de maior prestígio do país. Ele mesmo não queria nem precisava de todos aqueles anos nas salas de aula.

Chato!

Todas essas regras, toda aquela estrutura teria sufocado seu intelecto inato em vez de aprimorá-lo.

Ele não aprendeu, praticamente sozinho, como arrombar fechaduras, desligar sistemas de alarme, roubar carros? E o mais importante de tudo, como desaparecer à vista de todos. Ele sabia como se camuflar, como se tornar parte da paisagem.

O que significava, ele considerou enquanto dirigia a exatamente cinco quilômetros por hora acima do limite de velocidade, que precisava se barbear e cortar o cabelo.

Ele viveu a vida de um sobrevivencialista solitário nos confins do Wyoming ao longo dos últimos dois anos. Sempre reservado, sem causar problemas. Apenas um sobrevivencialista obstinado, agitando bandeiras (quando apropriado), que vivia sozinho em sua propriedade no meio do mato, cujas visitas à cidade remota para suprimentos eram esporádicas e corriqueiras.

Ele não fez amigos, não fez inimigos.

Sempre que ele fazia uma de suas viagens prolongadas para o que considerava sua missão na vida, ninguém notava ou se importava.

Ele se misturava ao ambiente onde quer que precisasse estar. Um hipster aqui, um homem de negócios ali, talvez apenas um viajante vagando na estrada da vida. Sabia como parecer inofensivo. Um homem branco de altura e peso medianos, sem marcas distintivas.

Tinha dois conjuntos de documentos falsos consigo o tempo todo. Depois de pagar um valor exorbitante por eles quando saiu de circulação pela primeira vez, aprendeu a fabricá-los sozinho.

Ele os guardava, junto com o dinheiro, em uma caixa de aço à prova de fogo sob as tábuas do piso de sua cabana.

Com eles, guardava as fotos de cada mulher que matou. As fotos que tirava durante a fase de perseguição usando uma lente objetiva, e as que ele imprimia de qualquer mídia social ou artigos da mídia.

Depois de matar a mulher errada em Foggy Bottom, passou a tirar uma foto após a morte para ter certeza de nunca cometer esse erro novamente.

Vivendo e aprendendo.

Muitas vezes pensou em voltar para retificar o erro, mas o erro em si o deixava furioso.

Ele separou os documentos falsos para a viagem, carteiras de motorista, um cartão Visa, um título de eleitor, suas licenças de porte de arma. Não esperava ser parado pela polícia, mas acidentes aconteciam porque as pessoas eram idiotas. O problema agora, é claro, era dirigir o carro da irmã. Ou teria sido um problema se ele não tivesse gastado tempo e esforço para fazer um registro falso do veículo, capaz de passar em qualquer parada policial casual.

Cuidou de todos os detalhes, pensou, todos os ajustes foram feitos.

Ele pretendia ir para o norte e depois oeste de Washington, passar um tempo acampando perto de Traveler's Creek.

Depois de passar anos observando Adrian Rizzo, ele calculava uma semana, no máximo, até acabar de uma vez com ela.

A vadia havia o desafiado. Fez aquela merda de vídeo estúpido, arrogante para zombar dele, e ele não iria tolerar.

Ele planejava esperar até agosto, até os dias tranquilos de verão, para acabar com ela, mas teria que acelerar as coisas.

Isso era bom, e obviamente a sorte estava do seu lado. Se ele não tivesse vindo mais cedo, se ele não estivesse em casa justo quando a irmã idiota abriu a porta para aquela vadia idiota, ele não saberia que alguém tinha começado a montar o quebra-cabeças. Não saberia que alguém poderia estar procurando por ele.

Não conseguia pensar em como eles tinham feito isso, e isso o preocupava. Tinha sido inteligente; cuidadoso.

Deve ter sido o repórter, mas por que o procurariam depois de tantos anos? Isso ele teria que perguntar ao filho da puta antes de matá-lo. Mas, agora, precisava de um estímulo.

A detetive — provavelmente uma lésbica — disse os nomes da lista. E uma delas era repórter, não muito longe, então ela seria a substituta do idiota de Pittsburgh por enquanto.

Fez apenas uma pesquisa básica sobre Tracie Potter, mas ele sabia o suficiente, e descobriria mais.

Então partiu para Richmond. Arranjaria um quarto em um hotel barato por um ou dois dias. Três no máximo. Um se a sorte continuasse do seu lado.

Mas, um dia ou três, ela estaria morta antes que ele deixasse Richmond.

E, já que a vadia havia deixado a porra do cartão de visita, ele ligaria para ela também, a caminho de Traveller's Creek.

Desfrutaria do seu tempo com Adrian. Ah sim, depois de esperar tantos anos para confrontar a vadia que matou seu pai e arruinou sua vida.

E quando ele terminasse de espancá-la até a morte, o único método justo, voltaria para Washington. Até lá, decidiria o que fazer com Nikki. Se a soltaria ou lhe daria um tiro na cabeça.

Ele percebeu que a segunda opção tinha mais peso porque Deus sabia que não se pode confiar em uma mulher.

Quando assimilou a ideia de que mataria quatro mulheres — incluindo a vagabunda que começou tudo isso — em algumas semanas, ele se sentiu mais feliz do que nunca.

Novo recorde! Pontuação máxima!

Se conseguisse rastrear Browne em Pittsburgh, concluiria sua proeza, cinco de cinco, antes de voltar para o Wyoming.

E decidiu o que, ou quem, viria a seguir.

ADRIAN ESTAVA sentada na varanda em uma perfeita noite de verão, examinando os links de Kayla para as opções de móveis e decoração em seu tablet. Ela tinha uma taça de vinho, uma tigela de uvas verdes e a cachorra cochilando a seus pés.

Quase perfeito em sua avaliação, pensou ela, um momento antes de a cabeça de Sadie se erguer com um latido.

Então ela viu o carro de Raylan subindo a colina e decidiu: agora sim está perfeito.

Aparentemente Sadie concordou, abanando o rabo. Ela observou Raylan descer e Jasper saltar do carro.

— Onde está o resto da família?

— Bradley está tendo uma aula de violão. Mariah está em uma festa do pijama de aniversário na casa da segunda melhor amiga. A primeira da lista e outras seis também estão presentes. Eu rezo aos deuses da sanidade pelos pobres pais.

Ele entrou na varanda enquanto Sadie e Jasper lambiam o focinho um do outro.

— Jasper queria ver a garota dele. E eu queria ver a minha. E dar isso pra ela. Ele colocou a graphic novel sobre a mesa.

— Ainda está quente, acabou de sair do forno.

— Ah, Deus, é sério? Está linda! — Ela o agarrou, passando o dedo pela capa de Cobalt Flame, com a lança na mão, cavalgando seu dragão. — Amei, amei. — Ela o folheou. — Meu Deus, Raylan, a arte está fantástica. Vou devorar os quadrinhos de novo.

Ela ergueu a cabeça e puxou a dele para um beijo.

— Estamos muito orgulhosos, e os pedidos não param de crescer.

— Deixa eu pegar uma taça de vinho e a gente faz um brinde.

— Aceito uma Coca. Só tenho cerca de meia hora. Bradley e eu vamos ter uma noite de rapazes mais tarde. Vamos pedir pizza. Depois, vamos fazer pipoca e para maratonar os filmes dos *X-Men*.

— Que bom que passou por aqui primeiro. Vou passar a minha noite só de garotas lendo o romance de estreia de Cobalt Flame.

— Quer que eu pegue mais vinho para você na cozinha?

— Não, estou bem.

Quando ele entrou, ela abriu a primeira página e leu os créditos.

Quando Raylan voltou, ela o encarou.

— Você colocou meu nome nos créditos. "Adrian Rizzo, a inspiração." Você não me disse nada. Não tinha isso na prova gráfica. Estou tão... honrada. Nossa, estou muito honrada.

— Ela não existiria se não fosse por você. — Ele se sentou, esticou as pernas. — Acho que é um dos nossos melhores trabalhos, de verdade, e foi um trampolim para os Guardiões do Fronte.

— E como está esse projeto?

— Alguns solavancos, algumas reviravoltas e um progresso consistente. E você, como está?

— Tudo ótimo. Eu estava examinando mais opções para o centro juvenil. Está tão lindo, Raylan. Eles estão trabalhando do lado de fora agora, a quadra, o playground. E já tenho um projeto bem delineado para o novo programa de streaming para o outono. Então, tudo ótimo.

Ele colocou a mão sobre a dela.

— Tudo?

Ela deu um profundo suspiro.

— Bem, Rachael finalmente conversou pessoalmente com Nikki Bennett, e acha que ela não foi totalmente verdadeira. Ela quer falar com o tio, ele é policial, saber a opinião dele sobre os próximos passos. Se ela já tem material suficiente, não sei, para interrogar Nikki oficialmente, revistar a casa ou seja lá o que for que eles fariam. — Ela hesitou um momento. — Isso... essa parte. Parece que não tem nada a ver comigo. Eu sei que tem, mas é assim que me sinto. Não conheço ela. Não conheço o irmão dela. E estava sentada aqui nesta noite realmente agradável, depois de um dia muito produtivo, e simplesmente não sinto uma conexão.

— E não deveria sentir.

— Mas existe uma conexão. Eu sei que existe.

— Você estava sentada aqui enquanto qualquer um poderia subir essa colina.

— Não posso ficar trancada em casa. Não me faça fazer isso. Minha mãe está me pressionando para ir para Nova York e me trancar no apartamento dela. Eu não vou, então ela está vindo pra cá. Teesha, Maya, Monroe ou Jan passam aqui praticamente todos os dias. Além de você.

— Nós te amamos. Eu te amo.

— Raylan.

Ele apertou ainda mais a mão dela.

— Eu nunca pensei que seria capaz ou que me apaixonaria novamente. Mesmo assim aconteceu.

— Você tirou sua aliança de casamento — disse Adrian.

— Sim, eu quis. Se fosse apenas sexo, eu ainda a estaria usando. Mas você sabe disso.

— A questão é... — Ela não sabia bem como dizer o que sentia ou queria dizer. — Eu nunca tive... sempre evitei de forma deliberada e cautelosa um relacionamento sério. Então, nunca tive um.

— Você está tendo um agora. Você também sabe disso.

— Não sei se sou boa nisso.

— Você está indo muito bem até agora.

— Ainda estamos no começo, não é? — frisou Adrian. — Você não consegue enxergar os meus defeitos.

— Eu vejo eles.

Agora ela balançou o cabelo para trás e olhou para ele.

— Ah, é mesmo?

— Claro. Você é impulsiva, especialmente quando está irritada ou chateada. A prova é o vídeo desafiador que fez, em um impulso de raiva, dirigido ao seu poeta idiota. Você é assustadoramente orientada a objetivos. É insistente com a desculpa de "ah só estou querendo te ajudar". Como daquela vez em que me disse: "Olha, fiz um pequeno programa de exercícios só para você, e trouxe este equipamento." E você teima em lidar com as coisas sozinha. Eu acho que isso vem do fato de sua mãe controlá-la demais, e você quebrou esse controle — em um impulso — assim que pôde. Não posso te culpar.

Sem se abalar, ela tomou um gole de vinho.

— Algumas pessoas podem considerar essas características como positivas.

— Sim, é verdade. — Ele encolheu os ombros. — Assim como algumas pessoas podem achar meu obsessivo planejamento como... você sabe, obsessivo. Ou minha tendência de ainda atrasar depois de um planejamento obsessivo como desleixo. Algumas pessoas podem pensar que conversar com minha esposa morta sobre tirar minha aliança de casamento é loucura.

Adrian deixou escapar um suspiro.

— Como alguém que também planeja obsessivamente, não acho isso uma falha. E eu nunca vi você ser desleixado. E não é loucura você falar com Lorilee. Ainda assim... Não sei se sou muito boa em manter um relacionamento de verdade. Se sou boa em fazer o que é preciso, sei que requer trabalho.

— Trabalho em equipe. Trabalho individual de ambos os lados — acrescentou Raylan. — E muito trabalho em equipe.

Ele tinha aqueles lindos olhos, pensou Adrian, e um coração tão bom.

— Sei que nunca senti por ninguém o que sinto por você. Sei também que tenho uma necessidade profunda e inabalável de ser realmente boa no que faço e me recuso a ver isso como um defeito. E sei que você teve alguém que era muito, muito boa no que estamos falando aqui. Provavelmente perfeita. Isso é intimidante.

— Ela era muito boa neste assunto. Mas hora do clichê: ninguém é perfeito. — Ele parou um pouco, bebeu um gole de Coca-Cola. — É difícil para mim contar isso sobre ela.

Sinceramente chocada, Adrian ergueu as duas mãos.

— Não, não. Raylan, não estou pedindo que você nos compare, pra de alguma forma amenizar minhas dúvidas.

— Acho que você precisa ouvir. Deve te ajudar a entender que existem coisas, por mais duras que sejam, com as quais você aprende a lidar em um relacionamento, a tolerar, e até a compreender, em alguém que ama. Lorilee... — Ele se interrompeu e fez que não com a cabeça. — Vou dizer logo de uma vez. Em todos os anos que passamos juntos, não importa quantas vezes falamos sobre isso, ela ainda, ai, Deus, ela ainda confundia *Star Wars* e *Star Trek*.

Por um segundo, Adrian só conseguiu ficar olhando. Ela sentiu a risada borbulhar em sua garganta. Engoliu novamente.

— Meu Deus, Raylan, isso é... Não sei como você conviveu com isso.

— Eu amava ela. Ela tentou compensar isso de inúmeras maneiras, mas... Ela chamava o Spock de 'Dr. Spock'. Toda vez. Acho que devia ser de propósito, só para me torturar.

— Para! — Erguendo a mão, Adrian desviou a cabeça. — Não sei se consigo ouvir mais.

— Uma vez, eu trouxe pra casa um sabre de luz de brinquedo para o Brad, e ela achou tão fofo que eu tinha comprado algo do Star Trek para ele. Se um grupo estivesse discutindo sobre a história e as capacidades da *Millennium Falcon*, ela perguntava se era a nave do capitão Kirk. Era tão humilhante.

— Não diga mais nada. Você já disse o suficiente.

— Eu poderia continuar, mas não vou. Meu ponto é, o amor supera as falhas. Eu a amava. Eu te amo. Acho que isso me torna um cara de sorte.

— Esta não é uma conversa que eu esperava ter sentada aqui na varanda esta noite.

— Terei que aparecer entre as aulas de violão e pizza com mais frequência. — Ele olhou para o relógio, e deu um pulo. — Merda, merda, merda, vou chegar tarde em casa. Olha só, eu sabia exatamente quanto tempo eu tinha, eu planejei tudo, e ainda vou me atrasar para pegar Bradley na casa de Monroe.

Ele se inclinou, beijou-a e ela agarrou sua mão.

— Se eu disser que te amo, você vai se atrasar ainda mais?

Ele fez uma pausa e envolveu o rosto dele com as mãos.

— Eu tenho que ir, mas me diz mesmo assim.

— Eu te amo também.

Com os olhos abertos e fixos nos dela, ele a beijou novamente.

— Eu sabia, mas é muito bom ouvir você falando isso.

— Esta aí outro defeito. Você é muito espertinho.

— Ainda tenho que ir. Jasper, vamos! Droga, por que eu não pedi a pizza enquanto estávamos sentados aqui? Agora, Jasper!

— Qual você quer? — gritou ela enquanto ele corria para o carro. — Eu peço para você.

— Grande, calabresa e linguiça italiana. Nada de julgamentos sobre o recheio. Nós somos homens. No carro, Jasper. — Ele teve que dar um empurrãozinho no cachorro relutante. Ele parou novamente. — Prometi às crianças que levaria elas ao parque de diversões depois de amanhã. Vem com a gente.

— Adoro parques de diversões.

— Vamos comer bolo de funil e batatas fritas com óleo de amendoim e mini-hambúrgueres, então se vira.

Ela se recostou quando ele entrou no carro. Claro, pensou enquanto pegava o telefone para ligar para fazer o pedido dele, mas acrescentaria uma salada de verão para dois. Ela daria um jeito, porque é o que as pessoas fazem quando amam.

Capítulo vinte e sete

✥ ✥ ✥

Depois da conversa com o tio, Rachael decidiu levar as informações que tinha para a polícia de Washington. Não era o suficiente para um mandado, nem mesmo para pressionar Nikki a ser interrogada, ela sabia, mas apelou a um detetive que conhecia para ir até a casa.

Um distintivo de polícia pesava mais do que uma licença de detetive particular.

O detetive, com quem ela havia trabalhado anos antes, analisou o arquivo e concordou que algo cheirava mal.

O caso não seria de alta prioridade, e Rachael tinha que aceitar isso, mas ele e o parceiro iriam investigar.

Especialmente porque ela insistiu no fato de que tinha outra conversa agendada com a agente do FBI que comandava o caso de Adrian.

Nada como uma pequena competição com os federais para fazer a bola rolar.

Portanto, Nikki poderia esperar, nos próximos dois dias, visitas da polícia local e do FBI.

É só sacudir a árvore, pensou. E alguma coisa cai.

Depois de suas reuniões, ela dirigiu de volta em um trânsito horrível para o escritório a fim de redigir seu relatório. Ela correu sob a chuva forte para o prédio que abrigava seu escritório, uma pequena firma de advocacia (que muitas vezes lhe encaminhava clientes) e um estúdio de fotografia.

Ela subiu as escadas para o segundo andar, passou pela porta de vidro fosco da recepção. Três cadeiras com assentos e encostos de couro acolchoados ficavam contra as paredes laterais, um nicho estreito fornecia um espaço para pendurar casacos. Uma espada-de-são-jorge, tão alta quanto ela, emergia de um vaso azul brilhante ao lado da janela dupla. A recepcionista a mantinha prosperando.

A empresa assinava um punhado de revistas, incluindo Forbes e Vanity Fair. Rachael havia selecionado pessoalmente o trio de esboços a lápis de um artista local emoldurados nas paredes cor de café com leite.

Uma área de recepção de alta classe, disse seu marido gênio do marketing, atraía clientes de alta classe.

Nos anos desde que Rachael abriu as portas da Investigações McNee, ele provou estar certo.

— Trânsito. — Rachael revirou os olhos enquanto pendurava seu guarda-chuva no nicho. — Está um caos. Está um dilúvio lá fora.

— Está indo para o sul, estão dizendo, mas devagar. A hora do rush vai ser horrível.

— Ótimo. Mal posso esperar.

No caminho para sua sala, conversou rapidamente com dois colegas para atualizá-los e foi até a pequena área de descanso para um café. Depois de outra conversa mais longa — que envolveu detalhes de planos de casamento — com a gerente do escritório, se sentou em sua sala.

Em seguida, recostou-se, tomou um gole de café e fechou os olhos para deixar a tensão do trânsito de Washington em meio a um dilúvio de verão se dissipar.

A chuva também significava que o jogo de softball do marido seria cancelado, então ela — ou ele — teria que pensar no jantar. Pediriam algo, ela decidiu. Ambos concordariam, especialmente porque os dois teriam que lidar com o trânsito caótico para chegar em casa.

E se nenhum dos dois precisasse levar trabalho para casa, poderiam abrir uma boa garrafa de vinho, fazer uma refeição tranquila em família e nenhum dos dois cozinhar. Talvez até fazer sexo antes de desmaiar.

O que significava que, se Rachael queria que tudo isso acontecesse, seria melhor terminar o trabalho.

Ela escreveu o relatório, anexou em um e-mail para Lina, como sua cliente pagante preferia.

Enviou à gerente do escritório seus horários para cobrança da referida cliente pagante. Antes que pegasse o telefone para contatar Adrian para uma atualização — como as duas preferiam — recebeu uma ligação.

— Investigações McNee, Rachael McNee falando.

— Sra. McNee, é Tracie Potter.

— Como posso ajudar?

— Acho que eu talvez possa ajudar você. Tenho feito uma pequena pesquisa, sei que sugeriu que eu não deveria fazer isso, mas é o meu trabalho. Em todo caso, enquanto investigava, algumas memórias vieram à tona. Uma delas foi me lembrar de ter ouvido uma conversa por telefone de Jon com a esposa. E sim, eu estava ouvindo atrás da porta.

— Eu faria o mesmo nessas circunstâncias. — Ou em qualquer situação, Rachael admitiu. Ser bisbilhoteiro era parte do DNA de um detetive.

— Lembro de ele ser muito indiferente com ela. Era algo sobre as crianças ou uma delas. Ele dizia que não podia largar tudo e voltar pra casa. Tinha trabalho pra terminar. E que ela deveria apenas lidar com isso. Então eu me lembro dele brigando com ela. "Se você não consegue lidar com isso, toma outro comprimido. Eu chego em casa quando tiver que chegar." Ou algo desse tipo.

— Ok.

— Admito, achei graça. Eu estava na porta do quarto do pequeno apartamento que ele tinha só para seus encontros. Eu disse algo como "Problemas em casa?" ou "Problemas no paraíso?". E me lembro bem da resposta dele, pois já era minha intenção na época: "Nunca se case e, se casar, não tenha a droga de filhos."

Tracie soltou uma risadinha.

— Eu só tinha 19 anos. Em todo caso, ele fez um breve discurso retórico, o que me surpreendeu porque ele nunca falava sobre a família. Nunca falava sobre eles. Mas nós dois tínhamos tomado alguns drinques.

— Você se lembra do que ele disse?

— Lembro-me da essência. Ele disse que foi a esposa que quis os pirralhos, e que ele deveria ter feito ela se livrar deles antes de nascerem. E agora, por mais que ela tivesse uma pessoa para limpar a casa e cozinhar, não conseguia lidar com eles. — Tracie parou por um momento. — Eu não estava interessada nos problemas familiares dele, mas me lembro de me perguntar como ele poderia pagar por toda aquela ajuda doméstica com o salário de professor. Eu não sabia que o dinheiro era dela na época, e isso me chamou a atenção. A conversa estava me entediando, então eu disse algo como: "Por que você não vem para a cama e cuida de mim?" E foi isso.

— Interessante.

— Acho que sim. Isso me faz pensar que Lina Rizzo pode não ter sido a única parceira de cama que ele engravidou, já que ele resistia à ideia de usar preservativo.

Ela já havia pensado nessa possibilidade e já investigara essa questão.

— Acho que isso não se aplica a você.

— Não. De novo, nosso caso foi breve. Eu tomava anticoncepcional e insistia para que ele usasse preservativo. Ele não queria, reclamava e resistia, mas para mim isso não era um problema. Talvez minha impressão seja viciada, mas me ocorreu que ele não sentia nada além de desprezo pela esposa e considerava os filhos um fardo. E isso me leva a uma segunda memória um tanto vaga.

— Pode falar.

— Sinceramente não reconheci nenhum nome na lista que você me mostrou, faz muito tempo que terminei a faculdade. Mas essa memória me fez pensar nessa garota do Shakespeare Club que Jon administrava. Eu frequentava porque, mesmo ele sendo quem era, Jon era um professor excepcional, e seus insights sobre Shakespeare eram brilhantes. Não consegui me lembrar do nome dela, mesmo depois de lembrar dela. Sei que era nova, uma caloura, e acho que eu já estava no terceiro ou quarto ano nessa época.

— Você acha que ela e Jon tiveram um caso.

— Jon tinha um tipo preferido, eu acho. Ele gostava de mulheres jovens, brilhantes, atraentes e com belos corpos. Ela tinha tudo isso. Era mais tímida, mas se destacou no clube. Como eu já tinha tido um caso com ele, reconheci os sinais.

— E o que fez você pensar nela agora?

— Ela desapareceu, de repente, e como eu lhe disse ela se destacou muito. Achei que o caso tinha degringolado e ela estava com o coração partido ou envergonhada. Eu comentei com uma amiga que por acaso morava no mesmo alojamento. Fui rancorosa, eu admito. Foi quando ouvi a história. O nome da garota, eu confirmei com minha antiga amiga de faculdade que se lembrava do primeiro nome dela, era Jessica. Voltou para o dormitório uma noite, toda espancada. Bem, essa informação é de terceira mão, porque a minha amiga era de outro andar do alojamento. Mas ela ouviu dizer que

Jessica tinha cambaleado até o dormitório com hematomas por todo o rosto, um olho fechado de tão inchado e, mais, com as calças encharcadas de sangue. Um aborto espontâneo.

Rachael circulou o nome de Jessica nas anotações que fez e sublinhou "aborto espontâneo".

— Há boletim de ocorrência? Prontuários médicos?

— Segundo os boatos ela alegou que fora assaltada e não conseguiu identificar o agressor. De qualquer forma, ela não o identificou. Ela se recusou a deixar as colegas de alojamento chamarem uma ambulância ou a polícia, o que é claro que eles deveriam ter feito de qualquer maneira. Ela abandonou a faculdade, de acordo com minha amiga.

— Eu gostaria do nome e das informações de contato da sua amiga.

— Eu pedi autorização e ela prefere que eu não os revele, só se for extremamente relevante.

— Essa informação é uma peça de um quebra-cabeça muito maior, Srta. Potter.

— Concordo, mas fonte é fonte. Vou tentar convencê-la a autorizar, mas por enquanto, não posso te dar essa informação. E também não posso contar onde a Jessica morava na época nem o sobrenome dela. Mas gostaria de dizer que tenho certeza, mas na verdade só posso dizer que tenho cerca de setenta por cento de certeza, que isso aconteceu na mesma época em que Jon entrou na sala de aula com a mão direita enfaixada. Ele fez uma piada sobre professores de inglês não tentarem consertar casas. Todos nós rimos e foi isso.

— Isso é muito útil.

— Tem alguma Jessica na lista?

— Duas, na verdade. É um nome bastante comum. Você se lembra de como ela era?

— Hmm... Morena, e a imagem que tenho dela é de uma jovem, viçosa, bonita. Magra, mas cheia de curvas. Só isso. Eu não a reconheceria se a visse, sinto muito. Nós interagíamos no clube, mas isso acontecia uma vez por semana durante alguns meses.

— Lembra quando isso aconteceu?

— Tenho quase certeza que foi no meu terceiro ano, depois das férias de inverno. Lembro que estava frio e eu tinha me mudado para uma república fora do campus. Espera, sim, agora estou conseguindo me situar, tenho certeza de que foi no início de janeiro. A primeira ou talvez a segunda reunião do clube após as férias de inverno. Acho que a primeira.

Assentindo para si mesma, Rachael escreveu o ano provável e o circulou.

— Ok.

— Gostaria de saber se e quando você a localizar. Eu poderia ter avisado ela, mas não o fiz. Ela poderia até não ter me dado ouvidos, mas eu devia ter contado quem ele era. Tenho que me maquiar. Tenho alguns anúncios para fazer antes do News at Five.

— Se você se lembrar de mais alguma coisa, por favor, eu gostaria de saber. Obrigada por me repassar essa informação.

Rachael se recostou e ponderou.

Ela conseguiu rastrear as duas Jessicas na lista. Uma, que teve um relacionamento com Bennet antes de Lina, morava em Londres. Nascida e criada na Inglaterra, e Tracie certamente se lembraria do sotaque. Além disso, era um caso anterior.

Mas a segunda Jessica tinha a idade certa. Ela negou veementemente ter tido um caso com Bennett, o que, mesmo na breve conversa por telefone, soou como uma mentira cheia de rancor.

Rachael pegou suas anotações. Sim, Jessica Kingsley, nome de solteira Peters, foi casada com Robert Kingsley — pastor da Igreja do Salvador — por vinte e quatro anos, mãe de quatro filhos que morava na cidade em que nasceu, Eldora, Iowa.

Primeira vez longe de casa, Rachael meditou, tímida e animada. Apaixona-se por um professor charmoso. Vai para casa nas férias de inverno e descobre que está grávida. Conta a Bennett, que reage da mesma forma que reagiu com Lina Rizzo, mas Jessica não consegue se defender. Envergonhada e chocada, ela consegue voltar para o dormitório e sofre um aborto espontâneo. Inventa uma história e volta para casa.

Provavelmente se culpa, esconde o incidente, enterra a história toda no passado.

Será que contou ao futuro marido antes do casamento ou em algum momento? Improvável. Ela recearia que ele não lhe perdoasse. Em vez disso, construiu uma vida em sua pequena cidade natal e manteve a história em segredo.

— Eu poderia ter avisado — disse Tracie. E embora Rachael a tivesse avisado, ou pelo menos tentado, sabia que precisava tentar novamente.

Ela pegou uma garrafa de água no frigobar, caminhou pelo escritório dando pequenos goles enquanto pensava em como seria sua abordagem.

Se não tentasse avisá-la, e algo acontecesse com Jessica Kingsley, Rachael teria que viver com essa culpa. Ela não queria carregar esse fardo.

Ela fechou a porta do escritório, um sinal para não ser incomodada, então sentou-se e puxou o número de telefone da pasta.

A mulher respondeu, obviamente distraída.

— Um minuto. Estou tirando uma torta do forno.

Rachael ouviu chocalhos, zumbidos, passos.

— Desculpa. Alô.

— Sra. Kingsley, é Rachael McNee. Conversamos há algumas semanas.

— Eu já te disse que esse assunto não tem nada a ver comigo e pra não me ligar de novo.

— Por favor, não desliga. Você não precisa dizer nada. Só estou pedindo que me ouça por um minuto. O que quer que tenha acontecido ou não em Georgetown, seu nome está em uma lista. O que eu não sabia quando conversamos antes, mas agora confirmei, é que cinco mulheres dessa mesma lista estão mortas. Foram assassinadas. Preciso que fique ciente disso, ciente de que pode haver mais vítimas que ainda não encontrei. A polícia e o FBI estão investigando e você pode ser contatada. Não pude, em sã consciência, lhe negar esta informação e ao menos um conselho pra que tome precauções.

— Por que eu deveria acreditar em você?

— Que motivos eu tenho pra mentir?

— Você pode bem ser uma repórter tentando espalhar notícias falsas como todos os outros.

Rachael apenas fechou os olhos.

— Você pode pesquisar meu nome no Google, o nome da minha agência. Eu só quero que você saiba que alguém está matando mulheres que foram pra Universidade de Georgetown, cujos nomes estão em uma lista. E o seu está.

— Certo. Você já me disse. Agora, me deixe em paz.

Rachael só fez um gesto de negação com a cabeça quando o telefone bateu em sua orelha. Aparentemente, Jessica não apenas enterrou o incidente, ela o colocou em um bunker de concreto, encheu-o de negação e então o afundou nas profundezas do oceano.

— Fiz o meu melhor — ponderou.

Ela tinha uma hora antes que tivesse que enfrentar a luta para chegar em casa, pois a chuva que deveria estar a caminho do Sul não parecia estar com muita pressa. Ela passaria esse tempo trabalhando para localizar mais um nome da lista.

Só mais um esta noite.

Demorou quase duas horas, significando que sua luta para chegar em casa se tornara uma batalha brutal, mas ela encontrou duas mulheres.

Uma viva, era professora da Boston College que não apenas admitiu o caso, mas levou Rachael muito a sério.

E uma morta, advogada que havia sido esfaqueada várias vezes no estacionamento de um supermercado a alguns quilômetros de sua casa no Oregon. Como a bolsa e o relógio não foram encontrados e seu carro foi localizado mais de uma semana depois no norte da Califórnia, a morte foi considerada latrocínio, roubo seguido de morte.

— Ele roubou o carro, então como chegou ao estacionamento? Deve tê-la seguido em outro veículo. Roubado também? Com certeza. Mas vamos descobrir.

Olhou para o relógio e xingou.

— Mais tarde. — Rachael juntou as coisas e desligou o computador. E percebeu que mais uma vez saía do escritório depois de todo mundo. Precisava parar com isso.

Ela pegou o guarda-chuva e trancou o escritório. E ligou para o marido para avisar que estava a caminho. E para que pedisse pizza. E abrisse uma garrafa de vinho.

Rachael jantou com a família, bebeu vinho e até conseguiu uma escapadinha para umas travessuras rápidas — e silenciosas — com o marido.

Mas ela sabia que não conseguiria dormir.

Deslizou para fora da cama, vestiu um moletom e foi para o escritório. Dava para ouvir a TV berrando na sala de estar, então fechou a porta.

Passava das onze horas em Washington, mas ainda era um pouco mais de oito no Oregon. Ela podia dar sorte e encontrar alguém que se importasse o suficiente para verificar os carros roubados recuperados do estacionamento onde Alice McGuire, nome de solteira Wendell, foi morta cinco anos antes.

𝓜ais ou menos na época em que Rachael usou seus poderes de persuasão em um detetive do Departamento de Polícia de Portland, Tracie Potter estava sentada em seu minúsculo camarim removendo a maquiagem, que no final do noticiário das onze da noite parecia pesar vinte quilos.

Quando aplicou hidratante, ela jurou que pôde ouvir sua pele agradecida matando a sede.

Com a chuva forte, ela queria trocar o terno adequado para a TV e os saltos pelas galochas que mantinha à mão para noites como aquela.

Esbravejou por ter estacionado na extremidade oposta do estacionamento, coisa que sempre fazia quando estava em déficit na sua meta de dar dez mil passos por dia.

O que ela admitia acontecer na maioria das vezes.

Seu marido estaria no décimo sono quando ela voltasse para casa — e quem poderia culpá-lo? Mas ela pensou que poderia relaxar com uma taça de conhaque antes de se juntar a ele.

Todo o resto da equipe já tinha ido embora há muito tempo e ela deu boa noite aos retardatários que ainda estavam por ali. Saiu pela porta dos fundos e a deixou bater firmemente atrás de si enquanto abria o guarda-chuva.

Mesmo com as luzes de segurança, ela mal conseguia enxergar dois metros à sua frente, enquanto a chuva caía em camadas sopradas pelo vento.

Ela agradeceu por estar de galochas e se congratulou por ter trocado o terno por um par de jeans enquanto a chuva batia em suas pernas. Com a chave do carro nas mãos, ela apertou o botão no controle remoto para destrancar as portas.

As luzes piscaram. Ela não ouviu o barulho usual das fechaduras, mas o barulho da chuva era intenso. Tracie correu desajeitada o resto do caminho, então fechou o guarda-chuva e quase mergulhou no carro.

— Jesus Cristo — murmurou ela, e estendeu a mão para apertar o botão de partida.

Ela não teve tempo de gritar. O puxão forte em seu cabelo arrastou sua cabeça para trás. A faca cortou profundamente sua garganta. Tracie gorgolejou, os olhos agitados, os braços balançando.

— Como um peixe no anzol. — JJ bufou de tanto rir. Ele a empurrou em direção ao banco do passageiro. Com seu equipamento descartável de pintor, que incluía gorro, luvas e botas, ele saltou do banco de trás.

JJ empurrou o corpo inerte com mais força enquanto se sentava o banco do motorista.

— Você fez uma sujeira danada — disse ele enquanto ligava o carro. — Mas não tem problema. Não vamos longe.

Ele se parabenizou por saber, apenas saber, que hoje era a grande noite. A chuva, o sinal perfeito, a cobertura perfeita. JJ largou o carro dela no estacionamento do shopping a poucos quarteirões de onde havia deixado o da irmã.

Guarde o equipamento de proteção em um saco e livre-se dele em algum lugar ao longo de seu caminho para Washington. Uma parada para descanso ocasional seria suficiente.

Ele olhou para Tracie e pensou: uma vadia abatida, faltam três!

Adrian costumava usar Maya ou Teesha como cobaias. Hoje, era a vez de Teesha ajudá-la a ajustar um segmento de dança cardio para um projeto.

— Vamos, Teesh, esse aqui é para ser divertido.

— Dentinhos nascendo. Sono entrecortado. Mamilos machucados.

— Um bom cardio vai te dar muita energia. Passo triplo agora. Direita... esquerda... direita! Usa os quadris! Esse trabalha o core. Cadê o seu ritmo? Você é uma garota negra.

— Não me encaixe em estereótipos! — Resmungou rindo. — E meu ritmo atual é desesperada por uma soneca.

— Chassé, passo pra trás, direita, esquerda, direita. Agora a voltinha. Lembra de chacoalhar esses quadris.

— Vou chutar sua bunda!

— Faz bem pra bunda também.

Ela pressionou, persuadiu e arrastou Teesha até o fim da série.

— Vai ficar ótimo.

— Nem quero ver essa gravação.

— Só eu que vou ver. Acho que preciso dar uma incrementada nesta sequência. Talvez esteja fácil demais.

— Mais uma vez, vou chutar sua bunda.

Quando Teesha se jogou em uma cadeira no estúdio, Adrian lhe ofereceu uma bebida energética.

— Vamos animar. Eu preciso trabalhar a sequência de yoga de força.

— Não pretendo me mexer.

— Eu tenho que fazer uns ajustes primeiro de qualquer maneira. Quero todo o programa finalizado antes da minha mãe chegar. Eu tenho quase uma semana. Mas hoje será um dia curto. Vou ao parque de diversões com Raylan e as crianças mais tarde.

— Parque de diversões, com crianças. Você mergulhou de cabeça, Adrian.

— Pois é. Ele passou aqui por cerca de meia hora, dois dias atrás, e uma coisa levou a outra...

Teesha se inclinou para a frente.

— Me conta tudo.

— Não foi o que você está pensando. Caramba, pra você é tudo sexo, sexo, sexo.

— Quem me dera. Monroe e eu diminuímos para uma transa e meia por semana.

— Meia?

— Coitus interruptus. Nossa média agora está em uma transa e meia. Prometemos aumentar nossa média para duas completas e aprimorar esse número quando Phin, graças a Deus, começar o jardim de infância no final de agosto. Poderemos dar uma escapadinha no meio da tarde uma vez por semana.

— Belo plano.

— O sexo espontâneo é superestimado... pelo que me lembro. Enfim. Que outra coisa aconteceu?

— Ele disse que me amava. Eu fiquei apavorada. Sabia que isso ia acontecer, não sou idiota, mas me assustou muito.

— Awnnn.

O *Awnnn* fez Adrian levantar as duas mãos.

— E eu estou tagarelando por aí dando desculpas, motivos ou colocando obstáculos, e ele está tão pacientemente determinado. Determinadamente paciente? Ambos, e também tranquilo e seguro de si. E eu. E a gente... Ele apontou meus defeitos.

— Ora, isso é muito romântico.

— Na verdade foi. Porque ele vê eles, sabe deles e não tem problema com eles. Ele listou alguns dos dele, e tudo que eu conseguia pensar é que por mim não são um problema. E eu... Eu disse que sentia o mesmo. Porque eu amo mesmo!

— A palavra com A foi dita, a maior palavra de quatro letras que existe. Eba! Já estava na hora!

— Na hora? Teesh, só estamos juntos há alguns meses. Mal começamos.

Teesha desconsiderou o comentário com um gesto da mão.

— Vocês se conhecem desde sempre. E você sempre teve uma queda por ele.

— Não é verdade.

Agora Teesha apontou o dedo indicador com determinação.

— Sempre teve sim, e não me faça parecer o Phin. Há muito tempo, quando você me falou sobre Maya, me contou sobre o irmão mais velho dela. E já tinha uma faísca.

— Não.

— Sim. Isso foi há mais de dez anos. E você não parava de falar dele.

— Verdade?

— Os desenhos, os olhos verdes.

— Ah, meu Deus. — Ela se sentou, riu de si mesma. — Você tem razão. Eu sempre tive. Acho que, pensando melhor agora, me apaixonei por ele no dia em que vi os desenhos nas paredes do quarto. E então a maneira como ele olhou para mim, aqueles olhos, quando eu disse que realmente gostava deles.

— Eu tinha quantos anos? Sete? Meu Deus. — Com uma mistura de surpresa e diversão, ela levou as mãos ao lado do rosto e fez que não com a cabeça. — Então ele fechou a porta na minha cara, como qualquer garoto respeitável de 10 anos faria. Acho que nunca deixei isso vir à tona, especialmente depois de Lorilee.

— Porque no fluxo infinito do continuum espaço-tempo, esse era o tempo e o lugar.

— Claro, isso explica tudo.

— Explica mesmo, tá? Vocês são ótimos juntos, Adrian, então esse é o principal, porque muitas pessoas que se apaixonam não são. E eu tenho que ir. — Ela se levantou. — Sabe, os filhos do Raylan provavelmente contarão a Phineas sobre o parque de diversões. Eu vou acabar tendo que arrastar meu traseiro até lá.

— Sim! Vamos nos encontrar lá. Vai ser divertido. Vou mandar uma mensagem para Maya, ver se ela, Joe e as crianças querem ir também.

— Você está juntando uma multidão para esconder seu amor?

— Não. Todos nós merecemos um pouco de diversão. E é um parque de diversões.

Muito antes de o sol de verão se pôr, a música estrondeava, os brinquedos giravam e rodopiavam, crianças — e muitos adultos — gritavam. O ar, inundado de cheiros de açúcar queimado, carne grelhada, gordura fervilhante, irradiava calor e umidade.

As barracas de jogos atraíam os frequentadores mais esperançosos que desembolsariam vinte dólares por uma chance de ganhar um brinquedo de dois dólares. Sinos tilintavam, rodas giravam, armas de ar comprimido disparavam.

No minuto em que estacionaram no campo com dezenas de carros, Bradley agarrou a mão de Raylan.

— Vamos, pai! Estou morrendo de fome! Eu quero dois cachorros-quentes e batatas fritas e um bolo de funil e sorvete e...

— Se você comer metade disso antes dos brinquedos, você vai vomitar.

— Nã-não!

— Si-sim. Escolha alguns brinquedos primeiro, depois comida, daí vamos para as barracas de jogos por um tempo antes de outros brinquedos.

— Eu quero ir no Matterhorn, no Tilt-A-Whirl e na roda-gigante.

Em seu deleite, Mariah fez uma estrela.

— Você está pronta para isso? — Raylan perguntou a Adrian.

— Prontíssima.

Na bilheteria, ele comprou quatro ingressos de acesso total. Em seguida, examinou o incrível labirinto de barracas e brinquedos.

— Parece que o Matterhorn é o primeiro.

— Eu posso entrar este ano. — Mariah pegou a mão de Adrian. — Eu não era alta o bastante no ano passado, mas cresci. Nós já medimos e tudo. Eu só tenho que fazer passeios de bebê se quiser.

— Que tal você ir comigo, Mo?

— Posso ir com a Adrian, papai. Somos garotas.

— A gente vai ficar bem — Adrian lhe assegurou.

E lá foram elas, sentadas juntas no carrinho, balançando de um lado para o outro, cada vez mais rápido até que o mundo se tornasse um borrão. Ao lado dela, Mariah soltou gritos, gargalhadas e mais gritos.

Quando o brinquedo desacelerou, ela sorriu para Adrian.

— Esse foi o brinquedo mais divertido da minha vida!

— E ainda tem muitos outros para a gente se divertir.

No minuto em que desceram do brinquedo, Mariah saltou para os braços de Raylan.

— Podemos ir de novo? Podemos?

— Minha garota destemida. — Ele esfregou a bochecha na dela.

— Certo. Mas por que não experimentamos outro primeiro?

— Mensagem de Teesha. Eles estão estacionando, e Maya e Joe pararam logo atrás deles.

— Por que você não diz pra ela que nos encontramos no *Tilt-A-Whirl?*

— Posso comprar algodão-doce quando formos comer?

Enquanto caminhavam, Raylan olhou para Mariah, depois para Adrian.

— Você pode ter que vendar os olhos.

— Joga as argolas, pai. Posso escolher um canivete quando você vencer?

— Quando você tiver treze anos — disse Raylan a Bradley.

— Isso é uma eternidade!

— Você não disse que já era quase um adolescente outro dia?

Bradley mudou rapidamente de opinião.

— Sim, já sou quase adolescente, então devia ter um canivete.

— Isso não faz sentido. — Mas Raylan parou na barraca do jogo de argolas e comprou as fichas. Ele avistou um estiloso canivete cor-de-rosa e lançou a argola. E acertou a garrafa.

— Como você fez isso? — Quis saber Adrian.

— É só coordenação motora e um pouco de física básica. — Ele entregou a ela o prêmio. — Você já tem idade para ter isso. Seja responsável.

Ele ganhou um colar chamativo para Mariah e uma caneta com tinta multicolorida para Bradley.

— Isso não deveria ser possível — comentou Adrian enquanto caminhavam para o próximo brinquedo.

— Sim, é o que o cara que comanda o jogo costuma dizer.

Quando eles se encontraram com os outros, Phineas examinou o brinquedo giratório com tristeza.

— Não sou alto o suficiente.

— Você será no ano que vem — Mariah disse a ele. — Eu cheguei na altura certa este ano.

— Está tudo bem, cara. Eu tenho altura suficiente, mas não entro nessas máquinas de vômito — disse Monroe com o bebê esperneando no carrinho. — Você, eu e o Thad vamos em outros brinquedos. Por que você não me dá sua pequena, Maya, e eu a levo conosco.

— Três para um? — Acariciando o bumbum de Quinn no canguru em seu colo, Maya balançou a cabeça, em negação. — Eu vou ficar com você nesta rodada.

— Eu revezo com você. — Joe se inclinou para beijar Maya. Em seguida, esfregou as mãos. — Amo essas máquinas de vômito. Pronto para sua primeira aventura, Collin? Você já tem a altura mínima.

Ele mordeu o lábio.

— Acho que sim.

— Você não precisa ir, pode ficar com a gente — disse Maya.

— Não, eu consigo.

E lá foi ele, mas ao contrário de Mariah, ele saiu com os olhos arregalados e em choque. Ele conseguiu ir em mais dois brinquedos e seus olhos azuis continuaram estatelados como duas luas de vidro.

— Vamos dar uma folga para a mamãe, tudo bem para você? Vamos ajudar Monroe com os pequeninos.

— Ok. Temos que ser justos. — Um tanto zonzo, Collin pegou a mão de Joe enquanto caminhavam em direção aos brinquedos infantis. — Eu não vomitei.

— Estômago de aço.

Depois da primeira rodada, eles comeram o que Adrian julgou ser uma quantidade ridícula de carne, açúcar e gordura, e caminharam um pouco para se livrar do máximo de calorias, quando a noite caiu e as luzes se acenderam.

Como mágica, pensou Adrian.

E, como mágica, Raylan estourou balões com dardos para ganhar um enorme unicórnio de pelúcia para Mariah. Na barraca de tiro, ele abateu lobos, galos, ursos e coiotes enquanto eles giravam na plataforma e ganhou um robô para Bradley.

— Não, sério — disparou Adrian. — Como você consegue?

Ele apenas deu de ombros.

— É meu superpoder. Arremesso de bola ali. — Ele apontou. — Vê alguma coisa de que goste?

Adrian riu.

— Tenha um pouco de piedade dos donos das barracas, Superjogador.

— Eu gosto do polvo — disse Phineas. — Octo significa oito, e eles têm oito tentáculos.

— Vamos ver o que posso fazer.

Ele conseguiu o polvo para Phineas e uma cobra de pelúcia para Collin.

— Deixa esse comigo. — Joe apontou para o martelo de força. — Já estou acostumado a martelar. Vou tocar aquele sino. — Ele entregou a Maya a espada iluminada que havia ganhado e girou os ombros.

Ele balançou o martelo para cima e bateu. Quando o mostrador parou, quase no topo, ele alegou rodada de teste e distribuiu mais ingressos.

No segundo golpe, o sino tocou e as luzes piscaram.

— Que forte o meu homem. — Maya agitou os cílios e escolheu a vaca de pelúcia de olhos grandes.

— Não olhe para mim. — Rindo, Monroe acenou com as mãos. — Eu já consegui ganhar esses cristais mágicos por pura sorte. Eu sou um homem da música, não o Thor.

Antes que Raylan pudesse dar um passo à frente, Adrian levantou a mão.

— Minha vez.

O atendente sorriu para ela.

— Boa sorte, mocinha.

O martelo pesava mais do que ela esperava, mas ela plantou os pés, ergueu-o e golpeou. O peso parou a dez centímetros do sino.

— Foi uma boa tentativa, mocinha. — O homem lhe entregou uma faixa de cabelo com flores coloridas e extravagantes.

Ela a vestiu, rolou os ombros para trás e para a frente.

— Mais uma vez.

Raylan entregou a ficha.

Ela agarrou o martelo, tomou posição, inclinou a cabeça de um lado para o outro. Inspirou. Expirou. Inspirou novamente e golpeou na expiração.

O peso voou, o sino tocou e as luzes acenderam.

— Mocinhas não têm isso. — Ela flexionou os bíceps.

O atendente riu.

— Acho que não.

Capítulo vinte e oito

✳ ✳ ✳

Quase ao mesmo tempo em que Adrian tocou o sino no parque, Rachael encontrou mais duas mulheres mortas, totalizando oito.

Mais de vinte por cento, pensou. Ninguém poderia ignorar esses números. Ninguém.

Ela anotou, enviou cópias para o investigador designado para o caso em Washington e para a agente do FBI. Rachael deixou mensagens de voz para ambos, incentivando uma entrevista com Nikki Bennett.

E que se dane, pensou. A detetive tentaria mais uma vez.

Ela mandou uma mensagem para o marido.

> Me desculpa. Me desculpa. Eu sinto muito. Sei que já estou muito atrasada, mas tenho mais uma coisa para fazer. Talvez demore mais uma hora ou uma hora e meia.

Enquanto Rachael fechava os escritórios vazios, ele respondeu.

> Você está trabalhando muito, Rach. Está tudo bem por aqui. Maggie vai ficar na casa de Kiki esta noite. Sam me derrotou duas vezes no Fortnite, então estou me consolando em um livro. Se você tiver tempo, compra um pote de sorvete crocante. Posso precisar de mais consolo.

O comentário a fez sorrir quando ela trancou a porta atrás dela.

> Vou arranjar tempo e chego logo para te consolar.
> Te amo.

Quando seu celular tocou, ela notou Chamador bloqueado na tela. Em sua linha de trabalho, ela não podia simplesmente ignorar.

— Rachael McNee.

— Sra. McNee, aqui é o detetive Robert Morestead do Departamento de Polícia de Richmond, Unidade de Crimes Graves.

— Richmond — Rachael repetiu enquanto seu sangue gelava.

— Seu nome e número foram encontrados na agenda de endereços de Tracie Potter.

Rachael se apoiou contra a porta trancada.

— A senhora poderia me passar o número de seu distintivo pra eu checar suas credenciais?

Enquanto ele lhe dava as informações, incluindo o nome de seu tenente, ela destrancou a porta novamente e acendeu as luzes.

— Espere um minuto, por favor.

De volta à sua mesa, Rachael usou o telefone fixo para checar as credenciais. Em seguida, recostou-se um minuto e fechou os olhos.

— Detetive Morestead, eu contatei Tracie Potter, e falei com ela duas vezes em relação a uma investigação que estou conduzindo. O que aconteceu com ela? Detetive, trabalhei como policial em Washington por uma década. Pode checar. Atualmente estou trabalhando com os Detetives Bower e Wochowski, do Departamento de Polícia de Maryland e com a Agente Especial Marlene Krebs do FBI.

Ela se levantou para pegar uma garrafa de água enquanto falava.

— Se você é da Crimes Graves, devo presumir que Tracie Potter está ferida ou morta.

— O assassinato da Sra. Potter está em todos os noticiários aqui.

— Estou em Washington, não em Richmond. — Droga, ela pensou. Puta merda, agora são nove. — Potter é a nona vítima de homicídio, todas mulheres, em uma lista de 34. Ligue para eles, detetive, e me dê um número de contato para que eu possa lhe enviar os dados e as evidências que tenho até este ponto. E quando falar com eles, faça com que se mexam. Eu já dei a eles o nome de minha principal suspeita, e ainda não a entrevistaram.

— Onde você conseguiu essa lista?

— Mandarei cópias de meus arquivos e relatórios. Eles são muito detalhados. — Rachael ligou o computador e esperou que ele inicializasse.

— Esses assassinatos abrangem vários anos, vários métodos e várias jurisdições em todo o país.

— E qual a conexão entre eles?

— Vingança. Responderei todas as perguntas que tiver depois que você ler os arquivos e ligar para os policiais que estão acompanhando o caso.

— Farei as ligações. Vou te passar um contato para me enviar os arquivos. Mas tenho muitas perguntas. Já estamos em campo e poderemos encontrá-la em menos de duas horas.

Quase nove e meia já, ela pensou. Merda! Simplesmente perfeito.

— Ok. Ainda estou no escritório, mas preciso ir para casa em breve. Pode me encontrar lá. — Ela ditou o endereço. — Eu também tenho uma pergunta, detetive. Eu gostaria de saber como ela foi morta. Apenas o que vocês divulgaram para a mídia já é o suficiente.

— A vítima foi morta entre 23 horas de ontem e 1 hora da manhã de hoje. Seu corpo foi descoberto no estacionamento de um shopping a poucos quarteirões do estúdio em que trabalhava, aproximadamente às 8 horas da manhã. Parece ser um roubo de carro que deu errado.

— Não foi um roubo. Qual o número de contato?

Quando ele o forneceu, Rachael começou a enviar os arquivos.

— No seu caminho até aqui, pesquise esses indivíduos. Jonathan Bennett Junior e Nikki Bennett. São irmãos. Vejo você em algumas horas.

Ela desligou, aborrecida, furiosa. Sem consolo esta noite, ela pensou. E nada de visita para pressionar Nikki Bennett novamente. Rachael precisava voltar para casa, se acalmar, se preparar para falar com o detetive de Richmond.

Antes disso, anotou a conversa por telefone, o nome do detetive de Richmond, os horários e as datas. Em seguida, fez uma pesquisa rápida sobre o detetive Morestead.

Vinte e dois anos na polícia, sendo os últimos nove na Unidade de Crimes Graves.

Era sério e competente.

Ela pesquisou os jornais de Richmond e, tentando não sucumbir à culpa que sentia, leu os detalhes do crime.

— Roubo de carros, uma ova — murmurou ela. E percebeu que Morestead sabia disso.

Mas ele não a conhecia, ponderou Rachael. Em seu lugar ela também não contaria tudo.

Entrou no carro e a esperou — como fez com Jayne Arlo em Erie. Ele a matou na hora — por que arriscar? Mas dirigiu o carro do estúdio para o shopping. Levariam mais tempo para encontrá-la dessa maneira, concluiu Rachael. O assassino teria mais tempo para fugir.

Deixou-a no carro, então o criminoso tinha outro carro, provavelmente no mesmo estacionamento. Entrou e foi embora.

Ela imprimiu as notícias para seus arquivos antes de desligar o computador e trancou o escritório novamente.

Agora eram nove, pensou Rachael. Pelo menos nove mulheres mortas. Mas, por Deus, eles iriam acabar com isso. Iriam encerrar essa onda de vingança assassina.

Rachael considerou ligar para o tio, decidiu esperar até chegar em casa, se acalmar um pouco.

Já passava das dez, constatou ela, mas ele ainda estaria acordado.

E ela pararia para comprar o maldito sorvete. Era o mínimo que poderia fazer, já que provavelmente ficaria acordada metade da noite nisso — e levaria policiais para dentro de casa.

Lutando contra a culpa e a raiva, ela saiu e foi em direção ao carro.

Ela viu o flash, sentiu a dor aguda no braço.

Rachael cambaleou, tentou pegar as chaves para apertar o botão de pânico. A dor atravessou seu peito, seu ombro. Ao cair para trás, bateu com a cabeça na porta do carro e sentiu que estava perdendo a consciência.

Ele se aproximou. Usou um rifle calibre. 22 semiautomático para tentar diminuir o ruído. Mas sabia que deveria ter se aproximado antes — o rifle não tinha muito impacto! Ele era, tinha que admitir, melhor com uma faca do que com uma arma.

Mas gostava da maneira como uma arma pulsava em sua mão, do jeito que as balas simplesmente perfuravam as pessoas.

Rachael estava sangrando muito, mas o assassino daria mais um tiro na cabeça dela para garantir.

Quando ele se aproximou, ouviu uma explosão de gargalhadas, um burburinho de vozes altas.

Deixe que ela sangre até a morte, pensou quando se abaixou e se afastou de costas agachado. Que ficasse deitada lá e sangrasse no chão como a vadia intrometida que era.

— Duas vadias abatidas — murmurou.

Ele se afastou pelos fundos e usou a escuridão para contornar o prédio antes de caminhar até a calçada e sair assobiando.

Fique acordada, Rachael ordenou a si mesma. Não apague. Ah, Jesus. Ah, Deus. Ethan, nossos filhos. Não, não, não, ela não faria isso com eles. Não morreria assim e os deixaria.

Rachael tentou gritar por ajuda, mas sua voz mal foi suficiente para um gemido.

Tremendo, ela conseguiu se mexer — ah, Deus, como doeu! — para tirar o telefone do bolso. Ele escorregou de seus dedos — em meio ao suor, o sangue, o choque e os tremores — mas ela o agarrou novamente. E discou para a emergência.

— Polícia. Qual é a sua emergência?

— Tiros disparados. Tiros disparados. Policial Ferido. Não, não, não sou mais policial. Estou baleada. Estou baleada. Estacionamento. — Ela conseguiu dizer o endereço enquanto seus dentes começaram a bater.

— Estou enviando a polícia e uma ambulância para sua localização. Fique comigo. Fique comigo. Qual o seu nome?

— Rachael McNee. Três vezes. Talvez quatro. Talvez quatro, eu acho. Bati minha cabeça. O tiro foi na cabeça? Não sei. O peito está pior. Perdendo sangue. O suspeito é...

— Fique comigo, Rachael. A ajuda está chegando.

— Ho... Homem branco. Eu o vi, eu o vi. Trinta e poucos anos. Um metro e oitenta, setenta quilos. Loiro, tem uma barba, uma barba rala e... não consigo lembrar. Estou apagando.

— Fique comigo, Rachael. Eu já posso ouvir as sirenes chegando até você. Aguenta firme.

— Não consigo... — E ela desmaiou.

$\mathcal{R}$achael recobrou a consciência por alguns instantes enquanto o mundo girava. Estava claro, uma luz brilhante em seus olhos. Vozes muito altas. Ela não conseguia pensar.

Calem a boca, pensou ela. Calem a boca para eu pensar.

Ela lutou com a mão que se aproximou, alguém — um estranho — se inclinou sobre ela.

— Nós vamos te ajudar. Aguente firme.

— Bennett. — A palavra saiu arrastada. Ela não conseguia sentir a língua.

— Junior. Atirou em mim.

— Ok. Está tudo bem. Aguente firme. — Mas ela já havia desmaiado novamente.

$\mathcal{N}$o banheiro, Nikki se encolheu. Às vezes sentia tanto frio que seu corpo tremia. Às vezes tinha tanto calor que o suor escorria.

Ela estava fedendo. Tentara se lavar, mas continuava cheirando mal. Não conseguia alcançar o interruptor de luz.

Às vezes, rezava para que as lâmpadas queimassem para que pudesse ficar no escuro um pouco. Mas estremeceu com a ideia de ficar na escuridão.

O pulso direito, machucado e ensanguentado, doía. O rosto, onde ele a atingiu, latejava. Ela tomou os comprimidos que JJ lhe deixara e a dor aliviou um pouco. Em sua cabeça, ela visualizou animais que mastigavam a própria pata para se libertar de uma armadilha.

Será que ela conseguiria? Deveria tentar?

Então, a ideia a fez vomitar novamente. Ela não sabia quanto tempo havia se passado. Um dia? Uma semana?

Ela comeu cereal puro, biscoitos. Uma maçã. Uma banana. E começou a temer ficar sem comida e morrer lentamente de fome. Temia que o irmão não voltasse. Temia que ele retornasse. Ela sabia.

Sempre que chorava, admitia que sabia o que ele era. Nunca foi normal, nunca foi realmente normal. Propenso à maldade e à violência, e dissimulando tudo isso com sorrisos de adoração para o pai.

O irmão sempre a odiou; ela sabia disso também.

Porque, como ele havia dito uma vez, a irmã nasceu primeiro. Porque ela tomou parte do amor e da atenção do pai que eram legitimamente dele.

Ainda assim, ela o protegeu, não foi?

A irmã o acobertava quando ele fugia à noite. Lavava o sangue de suas roupas antes que alguém pudesse ver. Distraía a mãe, algo tão fácil de fazer, sempre que a mãe despejava a raiva nele.

Ele matou a mãe deles.

Ela sabia disso? Não, não, ela não achava que sabia. Talvez suspeitasse. Um pouco. Mas não sabia. Mandava dinheiro quando ele precisava. Nunca fazia perguntas.

Não queria saber as respostas. Aliviada por o irmão estar longe. Ela tinha a própria vida, não é? Não é mesmo? Não é mesmo?

Ela se encolheu, chorando, rindo, sentindo dor, latejando, ouvindo o murmúrio da própria voz falando sozinha. Temia perder a cabeça apenas por querer ter uma vida. Não sabia sobre os poemas. Ela não sabia sobre os assassinatos — sobre as mulheres que ele havia matado.

Mas ela sabia da verdade quando aquela detetive apareceu. Ela sabia, e tinha acobertado o irmão.

Seu pai havia lhe dito, repetidamente, que esse era o seu trabalho. Ela só queria fazer seu trabalho.

Ela não queria morrer por fazer seu trabalho.

O DETETIVE MORESTEAD leu os arquivos de Rachael enquanto seu parceiro dirigia. Morestead, um cara meticuloso com a aparência, usava uma gravata com um nó elegante e sapatos perfeitamente engraxados. Era policial havia 22 anos e trabalhava na unidade de crimes graves há quase uma década. Mantinha o cabelo bem aparado e o rosto de queixo quadrado bem barbeado.

Ele era, e sempre seria, um homem de detalhes. No relatório de Rachael, o detetive encontrou muitos detalhes.

A parceira, de cinco anos, Lola Deeks, tinha uma aparência mais casual. Ela usava os cabelos bem curtos, mas ele sabia — pois ela mesma lhe disse — que era para lhe dar mais tempo para coisas importantes.

Como dormir.

Lola usava paletós ou blazers, mas sempre de cores chamativas. Geralmente, usava uma camiseta por baixo, em vez de uma camisa de botão. E sempre, exceto no auge do inverno com neve, usava tênis.

De acordo com os cálculos de Morestead, ela devia ter pelo menos uma dúzia deles. Se ele era afeito aos detalhes, a parceira privilegiava a visão global.

O detetive leu trechos do relatório de Rachael enquanto percorriam a Rodovia 95. Eles conversaram e debateram.

— Tem um aqui que parece o nosso caso, exceto pela arma do crime. Calibre .22, um tiro atrás da cabeça. Mas disparado de dentro do carro, do banco traseiro.

— Já estava no carro, como reconstruímos no caso Potter. Ela já tinha oito nomes de 34 antes de adicionarmos Potter? Isso não é apenas má sorte, Bobby. E ela, se a detetive particular estiver certa sobre essa Nikki Bennett, viaja a trabalho. Escolhe um alvo, acerta o alvo e sai da cidade.

— Estatisticamente...

— Sim, sim. — Lola olhou para ele. — Não são armas ou métodos típicos femininos. As assassinas em série são aves raras. Mas às vezes a gente encontra uma ave rara, Bobby.

— Às vezes, sim. Ela solicitou aos agentes locais um mandado para o cronograma de viagens de Bennett. Vamos fazer pressão. — Ele mexeu na orelha. — O motivo é fraco.

— Não é tão fraco quanto se trata de malucos. A vingança direta é contra as Rizzo, a mãe, a filha e a babá. A maluca decide que todas as mulheres que dormiram com o papai são cúmplices, então todas têm que pagar.

— Já faz muitos anos, Lola. Foi preciso muita paciência. Não houve menção a poemas ou ameaças, exceto pela garota Rizzo.

— Ela tem quase 30 anos, Bobbie. Já não é mais uma "garota", meu amigo. É a peça central, então ela recebe os poemas.

— Elas têm o mesmo sangue — concordou ele.

— Fazer contato, atormentá-la um pouco. É estupidez, mas é ego também. Sairemos desta maldita estrada em breve.

— Vou entrar em contato com o investigador principal em Washington. Talvez a gente consiga conversar com eles também, enquanto estamos aqui.

Morestead localizou o número no arquivo. Ficou surpreso quando o policial de Washington atendeu ao primeiro toque.

— Detetive Bower.

— Detetive Bower, sou o detetive Morestead, do Departamento de Polícia de Richmond. Estamos investigando um homicídio e acreditamos que fizemos uma conexão com um caso em que você está trabalhando. Estamos indo conversar com um detetive particular em Georgetown. Rachael McNee.

Lola olhou para o parceiro quando notou que os ombros dele ficaram tensos. Ela conhecia sua linguagem corporal. Alguma coisa está acontecendo. E não era nada de bom.

— Quando? — Ele começou a rabiscar no bloco no colo que usava para fazer anotações pessoais dos casos. — Onde ela está agora? Nos encontraremos lá em... — Ele olhou para o GPS, recalculado. — Quinze minutos.

— Outra morte? — perguntou Lola quando ele desligou.

— A detetive particular levou quatro tiros na porta do escritório. Talvez meia hora depois que falei com ela.

— Ela está morta?

— Ainda não. Vou reprogramar o GPS para o hospital. Ela está em cirurgia.

JJ FEZ uma parada no Aeroporto Nacional Reagan para abandonar o carro no estacionamento de longa duração e roubar outro. Ele enfiou o saco amarrado com o material ensanguentado em uma lata de lixo.

Embora ele odiasse desistir do carro confortável, os malditos policiais tinham o nome de sua irmã, então poderiam rastrear o carro.

Era hora de uma mudança.

JJ teve sorte com uma van velha e básica, sem sistema de alarme. Abriu a porta e transferiu as malas, as armas e as ferramentas. Como fazer ligação direta naquela lata velha era brincadeira de criança, o criminoso conseguiu pegar a estrada depois de dez minutos.

Ele notou que precisava abastecer. Encontraria um local mais seguro para trocar as placas do carro. Melhor prevenir do que remediar!

Talvez parasse em uma parada de caminhões, ou um posto de serviços, pegaria alguns lanches, tiraria uma soneca. JJ ainda tinha alguns de seus comprimidos úteis para dar um estímulo, mas ele tinha tempo, então talvez a soneca fosse a melhor alternativa.

Não havia muita pressa e o assassino queria saborear os momentos. Policiais, como ele provou repetidas vezes, eram estúpidos demais para juntar as peças de uma repórter — leitora de notícias, isso é tudo que ela tinha sido — da Virgínia com uma detetive particular baleada em Washington.

Eles perseguiriam os próprios rabos em ambos os casos, enquanto ele dirigia para o fim do mundo e passava um tempo especial com a filha bastarda do pai.

A assassina de seu pai.

Ele usou o celular para localizar uma parada de caminhões ao longo do caminho. JJ gostava de paradas de caminhões, dos caminhoneiros que percorriam longas distâncias. Mais de uma vez ele pediu a um deles para enviar uma carta para a namorada dele na próxima parada. Era só um joguinho que gostavam de fazer, dizia a eles, e lhes pagava o café.

Não tinha um poema para enviar desta vez. Mas talvez escrevesse um. Um poema final, e o deixaria ao lado do corpo dela ferido e ensanguentado.

Sim, faria isso. É exatamente o que ele faria! E esse poema seria publicado nos jornais, na internet. Vadias como aquela que ele acabara de matar o recitariam em tom solene nas telas de TV.

Ele ficaria famoso. Deixaria o pai orgulhoso!

Então, desta vez ele deveria assiná-lo. Não o nome dele, é claro. Um título.

O Bardo, pensou. Seu pai amava Shakespeare, então seria uma homenagem ao velho.

Ele pediria bife com ovos, batatas fritas, um bom e forte café típico das paradas de caminhões e escreveria seu melhor poema até agora.

E leria para a vadia antes de acabar com ela.

Quando ele terminasse, quando tivesse tirado umas boas fotos do cadáver, da cara de vadia dela, JJ faria uma rápida viagem de volta para a velha casa a fim de lidar com a irmã número um.

Nenhum poema para ela, pensou ele. Apenas uma bala na cabeça. Rápido e fácil.

Uma pena, meditou, a fonte de recursos iria secar para o futuro, mas a irmã sabia demais. E as mulheres não conseguiam manter as bocas de vadia delas fechadas.

Além disso, podia pegar muitos objetos de valor da casa para levar consigo.

Então, como um caminhoneiro de longa distância, ele voltaria para Wyoming. E escolheria o resto das vadias de sua lista nas horas vagas.

Disseminar sua obra, como sempre.

Um homem não deve apressar o trabalho de sua vida.

* * *

ℰnquanto JJ comia seu bife com ovos, Morestead e Deeks saíram do elevador do hospital. Ambos reconheceram como um policial o homem andando a poucos metros de distância.

Morestead pegou seu distintivo.

— Detetive Bower?

— Não. — O homem corpulento vestindo camiseta e jeans largos deu a eles um olhar duro. — Sargento Mooney. É a minha sobrinha, filha da minha irmã, em cirurgia. Bower e Wochowski saíram.

— Sentimos muito pela sua sobrinha, sargento — começou Deeks, fazendo as devidas apresentações. — Você sabe o estado dela?

— Não sei porra nenhuma, só que ela levou quatro tiros. Eles removeram os projéteis e já os enviaram para o laboratório de perícia. Dois tiros no peito. — Ele bateu com o punho no próprio peito. — Ela mesma chamou socorro, foi o que ela fez. É assim que ela é.

— Vocês já têm um suspeito?

O olhar duro, tomado de fúria agora, se voltou para Morestead.

— Não fique aí fazendo perguntas idiotas. Você veio falar com ela porque ligou os pontos. Ou ela fez isso para você. Vocês, rapazes da Homicídios, não conseguiram sequer um mandado de prisão pro Bennett, eu mesmo vou até lá, acordar um juiz, e eu mesmo conseguirei um maldito mandado.

— Sargento. — Deeks falou calmamente, era uma de suas habilidades. — Pegamos esse caso há menos de dezoito horas. Parece que meu parceiro foi a última pessoa a falar com a sua sobrinha antes do incidente. Ela conectou esses pontos para nós, e lemos os arquivos que ela nos enviou no caminho para cá. Se Bower e Wochowski não conseguirem obter um mandado pra trazer Nikki Bennett para interrogatório, para uma busca em sua casa, seu escritório, seus veículos, nós o faremos.

Mooney levantou a mão e expirou.

— Eu descontei em você. Tive que sair da sala de espera. O marido de Rachael, seus dois filhos, minha irmã, meu cunhado, minha esposa, o irmão de Rachael, a irmã, que diabos, a maior parte da família, e somos muitos, estão reunidos lá, ou do lado de fora tentando andar para se acalmar.

— Meu irmão foi baleado. Ele estudava na Virginia Tech, em 2007. Ele era só um garoto. Nunca fiquei tão assustado em minha vida como quando estava sentado naquela sala de espera. Foi por isso que quis ser policial.

— Ele sobreviveu? — perguntou Mooney a ela.

— Sim. Ele foi o primeiro da minha família a se formar na faculdade.

— Fico feliz em saber disso. — Ele passou a mão pelos cabelos grisalhos. — Vamos pegar um café para você.

As portas do elevador se abriram novamente.

— Bower, Wochowski, esses são Morestead e Deeks.

Mooney esperou que todos apertassem as mãos.

— Você conseguiu?

— Em andamento, sargento — disse Bower. — Está em andamento. Eles estão tirando um juiz da cama. — Ele esfregou a nuca. — Wochowski conversou com o tenente enquanto eu conversava com a promotora, acordei ela.

— Vamos montar uma equipe — falou Wochowski aos outros. — Uma equipe de captura e uma equipe de busca. Bowers e eu vamos levá-la para uma entrevista. Todos vocês são bem-vindos para observar. Ela tem dinheiro — acrescentou —, então pode pagar um bom advogado. Precisamos de algumas evidências concretas. Provas materiais.

— Se essa mulher atirou em Rachael — continuou Bower — vamos pegar ela por isso. E isso é uma maldita promessa, sargento. Precisamos que a equipe de busca encontre algo que ligue a suspeita a Rachael, a qualquer uma das outras vítimas que Rachael acredita que esta mulher matou.

— Ainda em cirurgia? — perguntou Wochowski, e Mooney apenas assentiu. — Quando ela sair dessa, quando se recuperar, ela nos ajudará a fechar esse caso.

— Estávamos avançando. — Bower bateu levemente com o punho na coxa. — Pretendíamos falar com Nikki Bennett hoje. Não conseguimos fazer isso antes. E então fomos atingidos com esse ataque duplo.

Mooney fez um gesto com a mão.

— Eu também não previ isso. Deveria ter imaginado. Mas não previ.

Ele parou de falar e se afastou quando viu um dos médicos em roupas cirúrgicas. Seu coração batia forte na garganta, nos ouvidos.

— Você estava operando Rachael McNee. Eu sou tio dela. Eu...

— Eu me lembro. — A mulher de voz baixa e olhos cansados assentiu. — Sou a Dra. Stringer. Sua sobrinha está estável. Ela é forte e está estável. O estado dela ainda é grave e vamos observá-la de perto nas próximas 12 horas. A cirurgia correu bem.

— Você pode contar para a família? Eles vão querer ver Rachael. Sei que aquela horda não vai poder entrar, mas o marido, os filhos, a mãe. Eles precisam ver Rachael.

— Ela vai ficar sedada durante a noite, mas sim, vamos providenciar isso.

— Eles não vão sair daqui até ela acordar.

— A lanchonete fica aberta 24 horas. Posso providenciar uma cama no quarto dela para o marido, assim que ela sair da sala de recuperação. Os ferimentos no ombro e no braço foram leves. Os do peito foram mais graves, como já comentamos. Ela também tem uma laceração na nuca, acredito que provocada pela queda. Mas devo dizer que é um milagre ela ter conseguido ficar consciente e ligado pra emergência.

— Você não conhece a Rachael.

A médica sorriu.

— Agora eu conheço. Espero que você descubra quem fez isso com ela.

— Pode contar com isso. A família está toda aí. Ou pelo menos a maioria.

Ele se virou para os outros policiais.

— Me deem cinco minutos para falar com minha família, depois vou com vocês nesta captura.

— Sargen...

— Nem tente me tirar da jogada. Sou policial há quase mais tempo que você tem de vida, Bower. Não farei nada para prejudicar o caso contra a pessoa que mandou minha sobrinha para o hospital. E eu estarei lá quando você a pegar.

— Cinco minutos. Precisamos voltar para a central, nos preparar e instruir a equipe.

— Nós vamos junto. — Morestead esperou pelos olhares frustrados. — Para observar e assistir apenas. A captura é de vocês, detetives. Mas teremos de entrevistar a suspeita a respeito de nossa vítima.

— É justo. Vá falar com a família, Mooney. Sargento? Estou muito feliz que Rachael esteja bem.

Deeks olhou para a sala de espera ao ouvir o choro.

— Lágrimas de alívio — disse ela. — São diferentes das lágrimas de luto. É bom ouvir isso.

Capítulo vinte e nove

✼ ✼ ✼

A DOR NÃO cessava, então Nikki tomou mais comprimidos. Ela cochilou um pouco, acordou e tomou mais remédios. Seus ouvidos zuniam e, embora parecesse impossível, sua cabeça doía ainda mais. Parecia que britadeiras perfuravam seu cérebro. Por causa do comprimento da corrente, ela só conseguia ficar de cócoras, mas quando tentava essa posição, a cabeça girava e ela tinha que se sentar logo depois.

Ou vomitar novamente.

Então ela tomou mais comprimidos.

Às vezes ela ouvia vozes, mas quando prendia a respiração para gritar por socorro, percebia que era a própria voz. Ninguém além de JJ conseguiria entrar na casa e ele não viria para ajudar.

Ela voltou a si, enjoada, trêmula, os olhos lacrimejando, os ouvidos zuniam.

Batidas. Eram dentro da sua cabeça, Deus, sim, eram em sua cabeça, mas era outra coisa. Alguém estava batendo na porta? Eles não conseguiriam entrar, não, não entrariam, mas talvez, se ela gritasse, eles ouviriam. Se ela pudesse se levantar, ou quase, encher os pulmões e gritar.

Talvez.

Ela tentou, soluçando enquanto lutava para firmar as pernas trêmulas e dormentes. Quando puxou o ar, quando conseguiu emitir um gemido rouco, a tontura tomou conta dela em uma onda. Ela caiu para a frente e bateu de cara na tampa do vaso sanitário.

Sangue fresco explodiu de seu nariz quebrado. Os dois dentes da frente cravaram com força no lábio antes de quebrarem. A dor, lancinante e cruel, durou apenas um instante antes que ela deslizasse debilmente para o chão.

Fora da casa, Bower usou o punho para bater novamente.

— Nenhuma luz lá dentro. — Deeks correu. — Nenhum carro na garagem. Ela tem um sedã Mercedes, novo, registrado em seu nome.

— Pode ter fugido. — Bower deu um passo para trás. Ele acenou com a cabeça para o policial uniformizado atrás dele. — Pode arrombar.

O aríete atingiu uma, duas vezes e, na terceira, derrubou a pesada porta de mogno.

— É a polícia! — gritou Bower enquanto os policiais passavam por ele. — Estamos devidamente autorizados a entrar. Saia com as mãos para cima.

Deeks acendeu as luzes.

— Merda, parece que temos um pouco de sangue aqui. — Ela se agachou. — Sangue seco no chão. Talvez ela não esteja fugindo.

— Vasculhem todos os cômodos.

— Casas antigas como esta são um labirinto de cômodos — Mooney apontou enquanto Bower dirigia uma equipe para examinar o segundo e o terceiro andares.

Com a arma em punho, Deeks abriu um armário de casacos enquanto Morestead se movia em direção aos fundos da casa, ainda anunciando a presença da polícia.

Wochowski examinou a sala da frente, a sala lateral, e Mooney foi até a porta embaixo da escada.

Outro armário, ele pensou, talvez um banheiro. Ele sentiu o cheiro quando alcançou a maçaneta da porta.

Sangue, vômito.

— Encontrei algo — gritou ele, depois abriu a porta com um puxão. — Porra. Precisamos de uma ambulância! — Guardando a arma, ele entrou e se agachou. Colocou os dedos na garganta de Nikki. — Ela está viva. Apagou. Jesus Cristo, ela está aqui há algum tempo.

Deeks se aproximou e olhou por cima do ombro de Mooney.

— Um pouco desse sangue está fresco. Precisamos de um alicate de corte aqui!

— Ela perdeu alguns dentes. É recente também. — Mooney a virou de lado para que não sufocasse com o próprio sangue. — Bateu a cabeça no vaso sanitário. Olha os respingos. Bateu com força, mas ela tem hematomas mais antigos, e aposto que seu nariz já estava arrebentado antes de ela bater o rosto.

— Tem comida nesta caixa. Cereais, biscoitos, alguns restos de maçã meio podres, cascas de banana. Um frasco quase vazio de Advil. Quem quer que a acorrentou à parede não queria matar ela.

— Ela tem um irmão.

Bower se aproximou.

— Meu Deus, ela está em péssimo estado. A ambulância está a caminho. Emitimos um alerta para localizar o carro.

— Talvez seja bom emitir um alerta para deter o irmão — disse Mooney.

Bower observou a mulher inconsciente, a corrente, a caixa de suprimentos. E fez que sim com a cabeça.

Ela recobrou a consciência, um pouco, na ambulância. Abriu os olhos, brilhantes como vidro, e se agitaram, olhando de um lado para outro.

— Você está bem agora, Nikki. — Bower se inclinou em direção a ela enquanto o paramédico verificava seus sinais vitais. — Você está segura agora. Eu sou da polícia e você está a caminho do hospital.

— Por quê? — balbuciou Nikki, depois gemeu. — Meu rosto. Não consigo sentir meu rosto.

— Demos a você uma coisinha pra ajudar com a dor — disse o paramédico. — Ela está em choque, detetive.

— Dá para notar. Estamos quase lá, Nikki, eles vão cuidar de você. Você pode me contar o que aconteceu? Sabe quem fez isso com você?

Ela se sentia flutuando, um pouco enjoada, entorpecida e com muito frio. Mas continuou fazendo seu trabalho. Ela não conseguia evitar.

— Não sei. Um homem na porta. Ele me empurrou! Me bateu. E aí eu estava no banheiro. A corrente.

Ela se permitiu chorar.

— Você o reconheceu? Você o conhece?

— Não. Ele me bateu. Por quê? — Ela fechou os olhos, tentou pensar. — Um experimento? — Ela testou a palavra. — Ele disse? Não consigo lembrar. Ele riu. Doeu. Tudo doeu.

— Como ele era? Consegue se lembrar?

Ela se lembrou do rapaz que ela gostava na faculdade, aquele que zombou dela quando ela tentou conquistá-lo. Aquele que a fez se sentir feia e estúpida.

E o descreveu.

— Alto. Jovem. Cabelos castanhos ondulados. Olhos azuis. Bem azuis. Eu me lembro. Um rosto bonito. Tinha covinhas quando sorria. Um sotaque. Do sul, suave, do sul. Me bateu. Cansada agora.

Ela fechou os olhos e, embora permanecesse acordada, deixou que sua mente flutuasse. JJ não poderia machucá-la aqui, pensou. Ela retomaria a vida. Em breve. Não se importava se ele machucasse outra pessoa. Ela já pagou o suficiente. Isso não era culpa dela.

No hospital, Bower se reuniu com o parceiro, com Mooney e com os dois detetives de Richmond.

— Ela disse que não conhecia o cara que a trancou. Ela estava em péssimas condições e dopada, mas deu uma descrição razoável. Nada a ver com a última foto que temos do irmão. Ela apagou antes que pudesse me dar mais detalhes, cabelos ondulados castanhos, olhos azuis, jovem, alto. Covinhas e sotaque sulista.

— Um desconhecido bate na casa dela, dá um soco nela, a tranca no banheiro, rouba o carro dela, mas deixa comida e analgésicos? E dois dias antes de minha sobrinha ser morta? — Mooney apenas fez uma careta. — Isso é um monte de bobagem.

— Falaremos com ela de novo, pegaremos mais detalhes. E se ela estiver mentindo, nós a faremos falar. Mas ela deu essa descrição. Disse algo sobre um experimento. Como uma pergunta, como se não tivesse certeza.

— Emitimos um alerta para o irmão e estamos procurando o carro — acrescentou Wochowski. — Eu tenho que concordar com Mooney sobre as mentiras, mas temos que nos perguntar: por que ela mentiria? Se seu irmão batesse em você, o acorrentasse, por que você mentiria sobre isso?

— Talvez toda a família seja maluca. — Morestead deu de ombros. — Mas o histórico dela não mostra nada de incomum. O fato é que ele não mostra nada. Também podemos nos perguntar: será que ela não é cúmplice de tudo isso? Os dois estavam trabalhando juntos e tiveram um desentendimento?

— Concordo. — Deeks assentiu. — E gosto desse ângulo. Mas sendo assim teríamos que nos perguntar por que ela não o entregou imediatamente. Ela poderia alegar: "Ah, meu Deus, meu irmão. O que ele fez? Ele disse isso e aquilo, ele perdeu a cabeça. Eu não fazia ideia... E quem não seria solidário com uma mulher cujo irmão lhe dá um soco no rosto, a acorrenta em um banheiro e depois lhe deixa caixas de cereal durante, ao que parece, pelo menos dois ou três dias.

— Vamos conversar com ela assim que for tratada.

Ele viu a hora.

— Merda. Vou verificar o estado dela. Na minha opinião devemos tentar descansar algumas horas e retomar com a cabeça mais descansada. Vocês vão ficar por aqui, detetives?

— Ficaremos até falar com ela. — Morestead olhou para Deeks, que assentiu com a cabeça.

— Temos um alojamento na estação, mas eu não o recomendaria se tiverem verba para ficar em um hotel.

— Vou ficar com a Rachael. Aguardarei notícias e quero estar presente quando falarem com ela, mas depois ficarei com minha família. As duas no mesmo hospital, que merda de situação!

Mooney olhou para as portas do pronto-socorro.

— Uma coisa é certa. Ela não atirou na minha sobrinha. Mas isso não significa que ela não era cúmplice.

— A equipe de busca está cuidando da casa. Se houver alguma coisa que a conecte aos crimes, vão descobrir. Eu vou ver como ela está.

Bower ouviu o que considerou o discurso médico usual. A paciente precisava de descanso e sossego. Somado a isso, ele obteve a confirmação de que ela tinha ferimentos faciais de mais de 48 horas, e as lacerações e escoriações em seu pulso eram da mesma época.

O que a descartava como suspeita do assassinato em Richmond.

Além do nariz quebrado, a maçã do rosto trincada, os ferimentos graves na boca e no pulso direito, Nikki sofreu uma concussão. E provavelmente teria confusão e lapsos de memória.

Depois de pressionar, e muito, conseguiu permissão para falar com ela por cinco minutos, que ele pretendia esticar ao máximo. Em seguida, o médico insistiu que a paciente tivesse oito horas de descanso.

Por questão de justiça, chamou Mooney e Deeks, esperando que ela pudesse lhe dar uma perspectiva feminina.

Ele exibiu sua cara de Policial Amigável quando se aproximou da lateral do leito de Nikki.

— Como você tá, Nikki?

— Eu não sei. Estou tão cansada. Estou no hospital.

— E está segura. Ninguém vai te machucar. Eu vim com você na ambulância e conversamos um pouco. Sou o detetive Bower.

— Ambulância. Não consigo lembrar.

— Tudo bem. Você me contou sobre a pessoa que te machucou. Preciso fazer algumas perguntas e depois vamos deixá-la descansar. Você disse que ele era jovem. Pode ser mais precisa?

— Quem são eles? — Os olhos inchados se fixaram em Mooney e Deeks. — Não conheço eles!

— Eles são policiais, como eu. Estamos aqui pra te ajudar, te proteger. Quantos anos você acha que tinha a pessoa que te machucou?

— O homem. — Nikki fechou os olhos novamente. Ela quase disse vinte, porque era a idade do jovem que pretendia descrever. Mas achou que poderia ser jovem demais. — Não tenho certeza. Menos de 30 anos. Talvez 30. Sinto muito.

— Tudo bem. Não tem problema. Era um homem branco?

— Sim.

— O que ele estava vestindo?

— Eu não... um uniforme? Não, eu acho que não... talvez. Não consigo lembrar. Sinto muito.

— Você poderia descrevê-lo de novo, com o máximo de detalhes que puder?

— Eu... alto.

— Alto quanto?

— Acho que mais alto do que você. Um pouco. Era forte. Acho que era forte. Cabelos castanhos ondulados e lindos olhos azuis. Tão bonito, tão charmoso. As covinhas, o sotaque. Como um astro de cinema.

— Quando você estiver se sentindo um pouco melhor, poderia descrevê-lo para o desenhista da polícia?

— Posso tentar. Estou tão cansada.

— Você falou em experimento. Ele falou isso?

— Experimento? Ele me disse isso? Eu chorei. Eu estava chorando e ele riu. Eu tinha o banheiro, não tinha? Eu podia conseguir água, não podia? Aqui está um pouco de comida. Tome estes comprimidos. Eu voltarei.

— Ele disse que voltaria?

— Eu acho que... sim. Eu estava com medo de que ele não voltasse. E estava com medo de que ele voltasse. Eu estava com medo.

— Ele voltou?

— Acho que não. Eu não sei. Às vezes eu pensava ouvir vozes. Não sei.

— Onde você guarda suas chaves? De casa, do carro?

— Em um prato na mesa perto da porta. Assim sempre sei onde estão. Eu quero dormir. Só dormir.

Mooney se aproximou um pouco mais.

— O homem estava na sua casa quando Rachael McNee foi falar com você?

Ela sentiu o medo percorrer sua espinha.

— Quem?

— Rachael McNee. Ela foi falar com você. Ela é uma detetive particular.

— Ah, sim. Não. Lembro que alguém esteve lá. Eu tinha acabado de chegar em casa? Acho que tinha acabado de chegar em casa. Trazia compras. Por que ela foi falar comigo? O que ela queria? Meu pai. — Nikki fechou os olhos. — Não quero falar do meu pai. Nada disso foi culpa minha. Eu era criança. Eu queria que ela fosse embora. Ela me aborreceu. Eu não deixei ela entrar, deixei? E ela foi embora. O homem estava com ela? Acho que ele veio logo depois. Logo depois. Achei que era aquela mulher de novo e queria que ela fosse embora. Eu fiquei irritada. Abri a porta, mas não era ela. E ele sorriu e me bateu.

— Ele bateu em você na porta? — pressionou Deeks. — Assim que você abriu a porta?

— Eu... — O que ela tinha dito antes? Como ela podia se lembrar? — Não tenho certeza. É tudo um borrão. Ele parecia tão bom. Não sei por que ele foi tão mau comigo. Eu quero dormir. Eu preciso dormir.

— Ok, Nikki. — Bower deu um tapinha na mão dela. — Descanse um pouco.

Com alguma relutância, Mooney saiu.

— É muito conveniente como ela se lembra de algumas coisas com clareza, e outras são só um borrão.

— Não estou discordando de você, mas o trauma pode fazer isso. De uma forma ou de outra, o trauma é real.

— Trauma não significa que ela não está mentindo — acrescentou Deeks. — E eu acho que ela está.

— Eu também. Por que você acha isso?

— Tem algo quase onírico em como ela descreve o cara. Como se ela tivesse uma queda por ele. E se ela não conhece ele, se ele nunca esteve na casa dela antes, como escolheu um cômodo sem janela, interno? Como ele saberia exatamente quanto de corrente ele precisaria para que ela pudesse alcançar a pia para pegar água, mas não alcançar a porta? Concordo com Mooney, é tudo balela. Ele foi "tão mau" com ela? Você chama de "mau" alguém que soca sua cara e te acorrenta a uma parede? Algo está errado.

— Não discordo de você também. Talvez ela tivesse um amante e as coisas deram errado, e acabou assim. Mas não vamos arrancar mais dela esta noite. Assim que amanhecer, teremos alguns policiais vasculhando a vizinhança, batendo nas portas. Veremos se alguém viu esse cara. Ela começou a dizer uniforme, mas mudou de ideia. Mas talvez ele se passasse por entregador, prestador de serviços ou policial pra não chamar atenção.

— E amanhã vamos repassar esses detalhes com ela. Talvez ainda tenhamos sorte no carro esta noite. Mas estou de plantão há quase 24 horas agora. Preciso de algumas horas de descanso. O mesmo vale para todos. Podemos nos encontrar na estação às oito horas da manhã, e entrevistamos ela de novo assim que der. Se algo surgir antes, estaremos prontos para agir. Enquanto isso, manteremos um guarda na porta do quarto dela. Ninguém entra, e ela não sai.

— Vou subir para ver a Rachael.

— Se ela acordar antes das oito e se lembrar de alguma coisa, avisa. É só chamar a gente, Sargento.

ELE ESTACIONOU a van em uma velha trilha de extração de madeira a cerca de quatrocentos metros de Traveler's Creek. A van pareceu resmungar um pouco, mas ele não precisaria dela por muito mais tempo. Ele precisava dormir um pouco e não queria nenhum policial idiota ou bom samaritano checando uma van parada no acostamento.

Ele considerou invadir a casa de Adrian enquanto ela dormia, mas ele sabia por causa do blog idiota que ela tinha um cachorro. Grande. E suspeitou de que ela teria um sistema de alarme.

Ele percebeu que poderia dar um jeito no sistema de alarme, mas cães latem. E mordem. Seria melhor esperar, lidar com o cachorro do lado de fora.

Já que elaborou um plano, ele poderia dormir um pouco e ajustar o alarme do celular para, digamos, trinta minutos antes do nascer do sol. Então pegaria a mochila com suas ferramentas e caminharia até a floresta. Ele estudara a configuração do terreno, já que ela simplesmente adorava fazer aquela merda fitness dela ao ar livre. Ele encontraria um bom local para vigiar sua casa.

Depois que tivesse lidado com o cachorro, ele e a irmãzinha caçula, a vadia, teriam um longo e agradável encontro.

Anos de planejamento e expectativa, pensou enquanto se acomodava para dormir. E agora entregaria o último poema pessoalmente.

Ela não tinha dormido bem. Sua cabeça fervilhava, admitiu Adrian quando desistiu e pulou da cama ao amanhecer.

Estava apaixonada e não sabia como lidar com isso. E, sabia muito bem, que, quando não sabia como lidar com algo, ela esmiuçava a questão até encontrar uma saída, uma solução.

Mas agora não era um programa, uma receita nem um penteado. O amor era uma situação singular.

E sua mãe estava chegando. Ela teria que lidar com a nova natureza de seu relacionamento, aqueles passos cautelosos. E poderia haver uma conversa sobre essa situação singular.

Adrian nunca falara com a mãe sobre esses assuntos, nunca considerou esse tipo de confidência. Então, como lidar com isso?

Usando o celular, ela desligou o alarme para que pudesse abrir as portas da varanda. Saiu, observando a incandescência do sol nascente em meio à floresta ao leste, colocou a mão na cabeça de Sadie quando a cachorro se juntou a ela.

— Que lindo dia, Sadie, já é alguma coisa.

Ela tinha uma dezena de decisões, grandes e pequenas, a tomar no centro da juventude. O lugar tinha que ficar perfeito, exatamente como seus avós queriam. Será que eles se importariam se ela escolhesse a estampa xadrez em vez de uma cor lisa para o piso antiderrapante da área do playground? Provavelmente não, mas ela pensou nisso às quatro da manhã.

Pensou no piso, e na escolha das plantas para o paisagismo em torno do prédio, o estilo do balcão de sucos. Adrian manteve a mente ocupada com isso e muito mais para evitar pensar sobre o fato de que ela tinha dois meios--irmãos que poderiam querer matá-la.

Estava fora de seu controle, pensou, e ela odiava não ter controle sobre qualquer coisa. Adrian tinha que contar com Rachael para isso e esperava ter notícias dela até o final do dia.

— Ela vai nos contar assim que tiver novidades, certo? — ela se abaixou para acariciar Sadie. — Então é só esperar. Vamos saudar o sol, o que você me diz? Vamos nos distrair um pouco.

Adrian vestiu uma calça de yoga e uma regata e prendeu o cabelo em uma faixa. Descalça, desceu para a cozinha com seu tapete. Tendo uma noite tranquila ou não, ela amava as manhãs, o silêncio, o ar, a sensação de que tudo, exceto ela e Sadie e os pássaros, ainda dormia.

Trocou a água da tigela de Sadie, encheu uma garrafa para si mesma e deixou as portas da varanda abertas para deixar o ar fresco entrar enquanto desciam para o pátio. Entendendo o sinal quando Adrian estendeu o tapete de yoga, Sadie perambulou pelo quintal.

Adrian ficou parada por um momento, de frente para a luz do sol, rosa e dourada agora logo acima da linha das árvores. Em algum lugar, um pica-pau tamborilava em busca de seu café da manhã, enquanto um falcão circulava no alto caçando o seu.

Os tomates amadureciam nas vinhas que ela plantara, e as hortênsias exuberantes que seus avós plantaram anos antes floresciam com buquês que logo se tornariam incrivelmente azuis.

Uma linda manhã, pensou ela mais uma vez. E um outro recomeço. Com as mãos em oração, ela inspirou e ergueu os braços.

$\mathcal{D}$E SEU posto na floresta, JJ a observava. Que emoção.

Lá estava ela. Não em uma tela, não no meio de uma multidão como quando, anos antes, ele viajara para Nova York depois que soube que ela apareceria no programa *Today*.

Era ela em pessoa e sozinha. Que maneira de começar o dia!

JJ não esperava que ela aparecesse tão cedo. E deixasse a porta aberta. Ele quase gritou de alegria quando Adrian saiu na varanda do segundo andar, ficou lá parada, olhou bem para onde ele se escondia.

Talvez a cachorra fosse maior do que ele pensava, mas ele cuidaria disso. Sadie, ele se lembrou do blog. A cadela de uma cadela.

Ele gostava de cachorros. Não suportava gatos e já havia aniquilado sua cota de gatos de ruas, mas gostava de cachorros. Talvez devesse arranjar um cachorro um dia desses, pensou enquanto carregava o rifle.

Mas não uma cachorra e com certeza não mandaria cortar as bolas de seu cachorro. Um homem tem que manter sua masculinidade, não é?

Enquanto a cachorra se aproximava da floresta, JJ colocou o rifle no ombro. Um pouco mais perto, garotona, ele pensou.

Mas quando ela levantou a cabeça, farejando o ar, sentindo o cheiro dele talvez, ele atirou.

O som, não mais do que um estampido abafado, não chegou aos ouvidos de Adrian que descia para a postura Chaturanga em seu tapete. JJ observou a cachorra dar um passo trôpego, e mais um, depois cair.

Boa noite, pensou ele.

Com a mente limpa, a respiração estável, Adrian continuou sua série. Seus músculos aqueceram; seu humor se alegrou. Ela manteve a postura do Guerreiro I, deixou o alongamento fazer sua mágica, então deslizou com fluidez para a postura do Guerreiro II.

Alongou o máximo e seu corpo agradeceu. E, com o olhar focado na direção da mão direita estendida, ela viu o homem sair da floresta. Tudo congelou e, naquele momento de paralisia, ela voltou, anos atrás, para Georgetown. Não é possível, não é possível porque ela o viu girar sobre o parapeito, ela o viu cair.

Ela o viu morrer.

Mas ele caminhou em sua direção agora, com um sorriso macabro estampado no rosto.

Corre! Ela ouviu a voz gritar dentro de sua cabeça. Mas, quando ela se virou para subir os degraus, ele apontou uma arma para ela.

— Se você der um passo eu atiro em você. Não vou te matar, mas vou te derrubar.

Atrás dele, um pouco à esquerda, ela viu Sadie esparramada no chão.

Apesar do aviso, o terror e a dor falaram mais alto.

— Sadie!

Quando ela começou a correr em direção à cachorra, ele entrou na frente dela.

— Mais um passo e eu atiro no seu joelho. Vai doer como o inferno e você nunca mais vai correr. Ela só está dormindo.

Ele exibiu aquele sorriso doentio novamente no rosto de um homem que deveria estar morto. E por um instante horrível Adrian tinha 7 anos de novo e se sentia indefesa.

— Eu não mato cachorros. O que você acha que eu sou? Foi só um dardo tranquilizante. Comprei no Wyoming, especialmente para ela, só para hoje. Agora você vai entrar na casa para a gente ter um pouco de privacidade.

Ele exibiu aquele sorriso novamente.

— Nós temos muito papo pra pôr em dia. Irmãzinha.

Não era aquele homem, percebeu ela. Era o filho dele. Quase uma imagem no espelho, mas ela podia ver algumas diferenças agora. O filho tinha uma constituição mais esguia e nenhum brilho prateado nas têmporas. E o cabelo, repicado, sem corte definido.

Mas os olhos, ah, os olhos eram iguais. Apesar do sorriso, a raiva e a loucura transbordavam.

E ela não tinha mais 7 anos. Ela não era indefesa.

— Você é Jonathan Bennett.

— Pode me chamar de JJ.

— Você tem mandado poemas. Há um bom tempo.

— Escrevi outro, mas isso pode esperar. Vamos conversar lá dentro.

Se pudesse mantê-lo do lado de fora, ela ainda poderia tentar fugir. Ou Sadie — se ele havia dito a verdade — poderia acordar.

— Éramos só crianças. Você, sua irmã, eu. Não fizemos nada.

— A criança se torna o homem, ou uma puta maldita, depende.

— A sua irmã está aqui também? Ela quer falar comigo?

— Somos só nós. A Nikki? Ela gosta de se fechar atrás de muros, desligar de tudo. Ela é como nossa mãe, só que sem os comprimidos e a bebida. Bem, ela está dentro de quatro paredes agora, e lá ela vai ficar.

Ela ouviu prazer na voz dele. Não era raiva nem fúria, mas um prazer quase onírico. Talvez pudesse argumentar com ele.

— Não sei nada sobre você, nem sobre ela. Eu só...

— Você vai descobrir muito. Sobe as escadas, devagar e tranquila. Se tentar fugir, eu estouro seu joelho. Vai! — E aquela raiva, aquela fúria flamejou nos olhos dele. — Ou atiro em você e te arrasto sangrando.

Ele faria isso, dava para ver que ele faria. Adrian se virou para a escada, tentou pensar, apenas pensar, em meio ao que gritava dentro dela.

Ela conhecia a casa, cada centímetro. Ele não. Um momento de distração, era tudo o que precisava.

Dezenas de lugares para se esconder, dezenas de maneiras de lutar.

Mas ela precisava de uma distração. E não podia arriscar com uma arma apontada para suas costas.

Tinha que chegar até o celular. No quarto, com o carregador. Pegar o celular e chamar ajuda.

Ao entrar na cozinha, ela examinou o conjunto de facas.

Talvez, talvez, se uma oportunidade surgisse.

— Fecha as portas e tranca.

Ela obedeceu, mas agora estava conseguindo raciocinar.

Se JJ quisesse matá-la imediatamente, Adrian já estaria morta. Ele queria falar primeiro. Queria contar sua história, ou descontar a raiva, ou ambos.

Ele queria machucá-la antes de matá-la.

Isso lhe daria tempo e, com o tempo, surgiriam oportunidades e distrações.

— Que bela casa — comentou ele. — Enorme. Eu cresci em uma casa grande, mas já faz um tempo que estou me contentando com uma pequena cabana. Sobe.

— Subir?

— Você deixou portas abertas lá também. Pensou que estava segura aqui, né? Em sua casa tão grande.

Lá em cima, ela pensou. O celular no carregador.

Ela foi andando, pensando em lugares em que poderia se esconder, ou áreas onde poderia lutar, armas que poderia usar. Um abajur, um vaso pesado, um peso de papel, um abridor de cartas.

— Por que poemas? Por que você mandou poemas?

— Porque eu sou bom nisso. Desde criança. Meu pai tinha orgulho dos meus poemas.

— Foi difícil para você perder seu pai.

— Eu não perdi ele. Você matou ele. — JJ enfiou a arma na parte inferior das costas dela. — Se você não tivesse nascido, ele estaria vivo.

O treinamento entrou em ação, então Adrian se acalmou usando a respiração.

— Não sabia sobre ele até aquele dia. Minha mãe nunca me contou. Ela nunca contou pra ninguém.

— Não dou a mínima pra quem ela contou, pra quem ela não contou. Ele está morto porque você está viva.

Adrian olhou para a estátua de bronze em uma mesa no corredor do andar de cima.

Era pesada, pensou ela.

Passou ao lado do objeto e entrou no quarto.

— Fecha e tranca.

O telefone estava bem ali, no carregador, a apenas alguns metros de distância. Precisava de uma distração.

Ela se virou para ele, deixando todo o medo transparecer em sua voz.

— Não sei por que você está fazendo isso. Eu não entendo por quê...

Ele a golpeou com a mão esquerda, forte o suficiente para derrubá-la no chão e fazer a dor emergir como um foguete pelo rosto dela.

— Fecha e tranca. Obedeça quando eu mandar ou vou arrancar alguns dentes da próxima vez.

Ela se levantou, fechou as portas, girou a chave. E quando ele deu um passo para o lado e pegou o celular dela, suas esperanças esmoreceram.

JJ o jogou no chão e pisou forte. Então sorriu e disse apenas:

— Ops!

Ele gesticulou com a arma em direção à poltrona, a cadeira de leitura.

— Senta. Agora! A não ser que você queira outro tapa.

Ela estaria pronta para isso da próxima vez e sabia como contra-atacar.

Ele tinha apenas alguns centímetros a mais que ela, na melhor das hipóteses, e Adrian tinha braços e pernas mais longos. E músculos fortes, sim, e teria que enfrentá-lo.

Teria que fazer isso.

Mas ele ainda empunhava a arma.

Ela se sentou no canto da poltrona mais próxima da porta.

JJ tirou a mochila dos ombros, largou-a no chão e sentou-se na cadeira.

— Agora estamos todos confortáveis.

Capítulo trinta

✤ ✤ ✤

No quintal, sob o sol forte, as pernas de Sadie começaram a se mexer. Ela abriu os olhos.

Quando ela tentou se levantar, as pernas não responderam, então ela se deitou ofegante, confusa.

A cachorra vomitou e começou a choramingar. Queria Adrian e água fresca.

Quando conseguiu se levantar, ela cambaleou alguns passos para a frente. Enjoada de novo. Lenta e trôpega, a cachorra caminhou em direção à casa. Queria dormir de novo, mas queria mais ainda encontrar Adrian e beber água.

Ela parou no tapete de yoga, farejou-o e sentiu um certo conforto ao sentir o cheiro de Adrian. Mas havia outro cheiro, um que ela sentira antes de sentir a dor, antes de apagar.

Era humano, mas não familiar. Ela não gostou. Isso a fez rosnar.

Sadie caminhou até as portas do pátio, mas estavam fechadas e ela não viu Adrian lá dentro. Era difícil subir os degraus. Demorou muito, mas havia água e ela bebeu e bebeu.

A tigela de comida estava vazia, mas ela não queria comer.

Adrian não veio para deixá-la entrar, então ela esperou como havia sido ensinada. O animal choramingou outra vez, esperando. Então olhou escada acima.

A cachorra não queria subir; queria entrar. Mas foi em direção à escada e, com um suspiro canino, começou a subir.

No quarto, JJ segurava a arma com firmeza.

— É uma casa bem grande para uma mulher magricela.

— É a casa da minha família.

— Seus avós bateram as botas, não é mesmo? A avó esmagada em um carro e o avô morreu de velhice. Uma merda de uma pizzaria, certo? Talvez eu experimente um pedaço de pizza quando terminarmos aqui. Você se acha especial. Acha que é muito importante, com todos os seus DVDs, streaming e o blog, dizendo às pessoas como viver, o que comer, fazendo elas pular e comprar suas besteiras caras. O meu pai era importante. Dr. Jonathan Bennett. Meu pai? Você entendeu?

— Sim. Ele era professor. Isso é muito importante.

— Ele era inteligente, muito mais do que você. O mais inteligente de todos. Ele só continuou com a minha mãe viciada em remédios por minha causa. Meu pai me amava!

— Eu sei que sim.

— Ele me protegia.

— Claro. Você é filho dele!

— Ele está morto por tua causa. Porque a vadia da sua mãe engravidou e tentou enganar ele. Não vejo nada dele em você, nunca vi, então provavelmente era mentira. Não muda o que aconteceu. Ela se ofereceu para ele como todas as outras. Um homem que não aceita o que oferecem a ele é um tolo, e meu pai não era um tolo.

Deixe que ele conte sua história, pensou Adrian, sentada em silêncio com as mãos pousadas no colo. E examinou o quarto em busca de algo que pudesse usar como arma.

Os castiçais da avó — eram pesados, fáceis de agarrar e golpear. A tigela de cobre que ela comprou na loja de Maya. Tinha um peso razoável, dava para arremessar. O abridor de cartas em sua escrivaninha, a tesoura na gaveta do meio. Eram afiados.

Deixa ele ir falando.

— Nenhuma das outras teve um filho ou... fingiu ter.

— Por que você matou elas?

— Aquela vadia intrometida que você contratou encontrou aquele repórter idiota, não foi? Ele vai se arrepender disso. Ela já se arrependeu.

Um frio percorreu sua espinha, provocando arrepios em todo o corpo. Ela sentiu o estômago revirar.

— O que você quer dizer com isso?

— Ela também se achava esperta, mas não era tão esperta quanto eu. Eu sou filho do meu pai. Eu matei ela ontem à noite, deixei ela sangrando na rua.

— Ah, Deus. — Adrian agarrou os próprios cotovelos, balançou o corpo.

— Ela teve o que pediu, quando foi até minha casa, tentando fazer minha irmã abrir a boca para me entregar. Bem, Nikki não vai mais abrir a boca.

Ele abriu um largo sorriso de satisfação.

— Você... você matou a sua irmã?

— Ainda não. — Ele riu e sorriu novamente. — Mas quando eu matar, a culpa vai ser sua também. Você contratou a intrometida, foi você que meteu Nikki nisso. Então, você matou as duas, assim como matou meu pai. Arruinou a porra da minha vida, sua puta, me tirou a única pessoa neste mundo que me amava. Você nunca deveria ter nascido.

— Nada disso trará seu pai de volta.

— Eu sei! — Ele bateu com o punho no braço da cadeira. — Você acha que eu não sei disso? Acha que sou idiota?

O coração de Adrian quase saltava pela boca agora, descontrolado como a raiva nos olhos dele.

— Não, mas não entendo o que pretendo conseguir matando todas essas mulheres. Estou tentando entender.

— Estou vingando o meu pai, sua idiota. Isso é o que um filho, um filho verdadeiro, faz quando seu pai é assassinado.

Não, não daria para argumentar com ele, percebeu Adrian. Mas poderia tentar ganhar tempo.

— Você acha que ele gostaria que você fizesse isso? Que desperdiçasse sua vida fazendo isso? Você disse que ele protegia você. Que queria o melhor para você. Você poderia ter sido um professor, como ele. Ou um poeta. Seus poemas são tão intensos.

— Ele me ensinou a me defender. — Ele apontou o polegar esquerdo para o próprio peito. — Estou fazendo exatamente isso por ele e por mim. Meus poemas são uma homenagem a ele. E guardei o melhor para o final.

Com a mão esquerda, ele abriu o zíper do compartimento superior da mochila e retirou uma folha de papel cuidadosamente dobrada.

— Que tal eu ler para você?

Ela não disse nada, mas se preparou. Era o momento de atacá-lo, decidiu. Se ele fosse atirar nela, não seria enquanto ela estivesse sentada como se fosse frágil e indefesa.

JJ pigarreou.

— Enfim, tanto tempo depois, quando nossa hora chegar, a verdadeira justiça, a minha justiça vai se completar. E, no momento de seu suspiro derradeiro, meu sorriso será seu único companheiro. Pois quando seu sangue pingar de minha mão, cantarei e gritarei com toda emoção. — Ele soltou uma gargalhada ao colocar o papel de lado. — Com toda emoção! Esse foi um pouco maior pois eu queria terminar com um toque de leveza. É um dia feliz para mim, um maldito dia de festa! E eu queria um pouco de ironia, pois pretendo espancá-la até a morte com toda emoção.

Ele se levantou; Adrian respirou fundo enquanto ela se preparava para atacá-lo.

E com uma explosão de latidos, rosnados, Sadie se lançou nas portas de vidro. Distração, pensou Adrian. Com medo por ela e pela cachorra, Adrian chutou a arma na mão dele. Ela deu um soco e acertou o ombro em vez de seu rosto, enquanto a arma voava pelo quarto.

Então ela correu.

— Corre — gritou ela para Sadie. — Corre, Sadie. Corre!

Ela esperava conseguir chegar até as escadas, mas já podia ouvi-lo se aproximando. E então entrou em um dos quartos.

Lugares para se esconder, ela se lembrou. Maneiras de lutar.

— Vou te machucar ainda mais agora. Só vai ser pior.

Ela pegou um abridor de cartas antigo da escrivaninha no quarto de hóspedes, se esgueirou até o banheiro compartilhado e foi silenciosamente até o outro quarto.

Isso é o que vamos ver, pensou Adrian.

Como havia acordado cedo, Raylan decidiu que tentaria trabalhar um pouco antes que os filhos levantassem e bagunçassem todo o seu planejamento.

Mariah queria que ele tirasse as rodinhas da bicicleta dela, o que o deixou um tanto apavorado. Mas o irmão andava sem o apoio e agora ela estava determinada a fazer o mesmo.

Então ele prometeu que iria ensiná-la.

Já que iria trabalhar, ele vestiu jeans e uma camisa antes de ir para a cozinha onde ponderou por um minuto antes de se decidir entre café ou Coca.

A Coca-Cola geralmente vencia, e hoje não foi exceção.

Ele deixou Jasper sair, curtindo a primeira dose de cafeína do dia, o silêncio da casa. Seguindo uma rotina bem estabelecida, Raylan serviu o café da manhã de Jasper, torrou um bagel, deixou Jasper entrar para que os dois pudessem comer em paz.

Raylan deu uma mordida no bagel quando Jasper levantou a cabeça da tigela e entrou em alerta. E uivou.

— Calma, meu Deus, você vai acordar as crianças. Preciso de mais uma hora! — Ele correu para a porta. — Elas devem ter saído para uma corridinha matinal. Ok, ok.

Jasper uivou, e lá fora Sadie latia como louca. Ele abriu a porta para deixar Jasper sair.

— Nós dois ganhamos uma visita matinal de nossas namoradas. Mas calem a boca, vocês dois.

Ele deu a volta até o portão, onde Sadie, que raramente soltava mais do que um latido, ficou de pé nas patas traseiras, latindo sem parar.

— Ei, ei, desce, garota. — Ele alcançou o portão com uma das mãos e acariciou a cabeça de Sadie com a outra.

— Você está tremendo. Cadê a Adrian?

Agora, com os dois cachorros uivando, ele viu que Sadie não estava de coleira.

Adrian nunca a levava para correr sem a coleira.

— Ai, meu Deus. — Tomado pelo terror, ele correu para dentro de casa para pegar o celular e as chaves. E ainda correndo, apertou a tecla de memória para Monroe e Teesha.

— Oie! — disse Teesha alegremente. — Sim, eu tô ouvindo os cachorros, Phineas.

— Ele pegou Adrian. Acho que ele a pegou. Chama a polícia, cuida das crianças. Estou indo para lá.

— Como? O quê? Monroe, Raylan disse que aquele desgraçado está com Adrian. Ele está indo para lá. Estou ligando, Raylan. Eu cuido das crianças. Vai. Merda, Monroe está indo. Estou ligando pra polícia.

451

Os cães pularam para dentro do carro antes de Raylan. Monroe irrompeu pela porta da frente vestindo uma camiseta e short de ginástica. De pés descalços e segurando um taco de beisebol.

— Que porra está acontecendo? — disparou Monroe enquanto pulava para dentro do carro. — A Sadie, chegou aqui tremendo, sem a Adrian, sem coleira. É só o que eu sei.

Ele saiu de ré da garagem e virou o carro a toda velocidade.

— E uma sensação horrível.

— Sadie não fugiria por nada. — Monroe olhou para trás, onde Sadie ofegava, rosnava e tremia enquanto ele ligava para Adrian. — Ela não está atendendo, e agora estou com a mesma sensação horrível. Pisa fundo!

$\mathcal{E}$M SUA cama de hospital, Rachael emitiu um som entre um gemido e um suspiro. Os olhos se agitaram. Ao lado da cama, o marido apertou a mão dela.

— Vamos, baby, volta para mim.

Os olhos dela abriram, sem focar por um longo momento até que a visão ficou mais clara.

— Ethan?

— Isso, aí está você. — Ele pressionou as mãos dela nos lábios, lutando para conter as lágrimas. — Você voltou. Está tudo bem, baby. Tudo vai ficar bem.

— Ninguém derruba um Mooney. — Seu tio se aproximou do outro lado da cama, curvando-se para roçar os lábios em sua testa. — Vou chamar a enfermeira.

— Espera. Espera. — Ela tentou segurar a mão dele. — Ele atirou. Atirou em mim. Jonathan Bennett. É parecido com o pai dele. Eu vi ele antes de disparar. Eu vi.

— Já estamos atrás dele. Não se preocupa com isso.

— Espera. Os policiais de Richmond me ligaram. Eu ia comprar sorvete, mas eles ligaram. Não consigo lembrar os nomes. Ele matou Tracie Potter lá. Eles vieram me encontrar.

— A polícia de Richmond está aqui, em um hotel a alguns quarteirões de distância. Vou avisar a eles que você está acordada.

— Ele disse alguma coisa. Alguma coisa. — Ela teve que pensar. A cabeça ainda estava tentando acordar e o despertar doía pra cacete. — Ele disse alguma coisa, sobre acabar comigo, não sei por que não fez isso. Pensou que tinha conseguido? Ele disse... duas já foram. Duas vadias abatidas. — Os olhos dela abriram de novo.

— Tracie e eu. Ele está indo atrás de Adrian Rizzo. Traveler's Creek. Você tem que avisar...

— Vou cuidar disso — respondeu o tio, e saiu do quarto. Assim que a porta se fechou, Rachael virou para Ethan. — E as crianças?

— Elas estavam aqui, todo mundo estava aqui. Elas estão bem e vão ficar muito felizes quando eu disser que você acordou.

— Acho que uma boa dose de analgésicos não seria uma má ideia agora. — Ela conseguiu sorrir. — Não comprei o sorvete. Desculpa, querido.

Pressionando a mão dela em seu rosto, ele deixou as lágrimas rolarem.

$\mathcal{E}$LE NÃO conseguia calar a boca. Adrian sabia onde ele estava, a direção que tomava porque ele não conseguia manter a boca fechada. Ele a xingava e a insultava, enquanto ela, descalça, com a respiração cuidadosamente controlada, movia-se silenciosamente. Adrian sabia que ele tinha voltado para pegar a arma porque ela tentara fazer o mesmo, mas JJ chegou primeiro.

Adrian não conseguiu pensar em um modo de descer as escadas sem se expor. Mas ela calculou quanto tempo levaria para chegar até as portas que davam para a varanda. Teria que destrancar e abrir as portas, o que não seria muito silencioso. Quanto tempo demoraria para sair e correr mais que uma bala?

O simples pensamento a fez suar frio. Ela era rápida, mas ninguém era tão rápido.

Ainda assim, ela tentaria, teria que tentar se não tivesse escolha. Mas ainda tinha outra ideia.

Empunhando o abridor de cartas, ela pegou um pequeno vaso e o arremessou na direção do quarto no outro extremo do corredor.

Quando ela ouviu os passos dele em direção ao som, ela se esgueirou para o outro quarto. Ela começou a fazer o trajeto inverso com todo cuidado e sem fazer barulho, e desta vez estava em vantagem. Com suor de nervoso escorrendo pelas costas, ela teve que esperar, respirar e ouvir enquanto ele caminhava de cômodo em cômodo.

Agora estava sendo mais cuidadosa, julgou, mais minuciosa.

Era hora. Hora de agir. Ela se preparou, então correu para se esconder, expondo-se pelos poucos segundos que levou para correr de volta para seu quarto.

Ela girou as fechaduras das portas da varanda e as abriu.

O rangido das dobradiças soou como um grito.

Segundos depois, ao menos foi o que pareceu, ele entrou correndo na sala, os olhos agitados, apontando a arma enquanto examinava o quarto. Quando JJ correu até as portas e saiu para a varanda para procurá-la, ela o atacou por trás.

Adrian enfiou a ponta do abridor de cartas entre as omoplatas dele. Quando JJ gritou de dor e se virou, ela conseguiu bloquear a maior parte do golpe. Mas ainda assim ele a acertou na maçã do rosto que já latejava.

Ela usou a dor para lutar. Agarrando a mão da arma, Adrian a empurrou para cima, cravando as unhas com força na carne dele. Descobriu que ele era mais forte do que parecia, mas quase conseguiu derrubá-lo com uma rasteira enquanto lutavam. Ele tentou socá-la com a mão esquerda, mas só conseguiu resvalar no ombro de Adrian. JJ ergueu o joelho, em um movimento violento. Embora tenha acertado mais no quadríceps do que nas bolas, ela viu a nova onda de dor estampada no rosto de seu agressor.

E, com os rostos quase colados, ela conseguiu agarrar o cabo da arma, que disparou duas vezes em direção ao teto.

RAYLAN SALTOU do carro antes que ele parasse totalmente. Ele tentou arrombar a porta da frente. Em seguida, se voltou para a janela.

Usando o cotovelo, ele quebrou o vidro e, ignorando o rasgo dos cacos, estendeu a mão para a fechadura e conseguiu destrancá-la. Raylan não precisava gritar por Adrian. Dava para ouvir baques, estrondos lá em cima. Enquanto ele voava pela escada, tiros ecoaram.

Não foi terror o que ele sentiu, não neste momento, mas uma raiva cega e ardente.

ADRIAN ARRISCOU tirar uma das mãos da arma, usando-a para um soco curto na garganta de JJ. Ele engasgou, tossiu, mas, antes que ela pudesse acertar um segundo golpe, ele lhe deu uma cotovelada. Acertou Adrian embaixo do queixo jogando a cabeça dela com força para cima.

Ela viu estrelas, mil estrelas. E JJ a arremessou, como o pai havia feito tantos anos antes, e Adrian caiu de costas no deque da varanda.

Por instinto, usando sua memória muscular, ela amorteceu a queda com as mãos e ergueu as pernas para chutá-lo. Ele tentou se esquivar e apontar a arma.

E então Raylan estava sobre ele.

Ela ouviu aquele som horrível de punhos atingindo o osso, os viu lutando pelo controle da arma enquanto Adrian chacoalhava a cabeça tentando se recuperar. Ela viu sangue, o sangue de Raylan, e se levantou, cerrou os punhos se preparando para atacar novamente.

— Corre.

Ela mostrou os dentes.

— Para valer. — Ela rosnou e pegou o abridor de cartas ensanguentado que havia caído das costas de JJ.

A arma disparou novamente, a bala estilhaçou o corrimão de madeira. Quando o som ecoou em seus ouvidos, os cães irromperam pela porta juntos em uma massa de rosnados e mordidas.

JJ gritou quando os dentes cravaram em sua panturrilha, coxa e ombro.

Raylan arrancou a arma da mão de JJ que cambaleava para trás.

Ele se apoiou no corrimão. O estalo da madeira cedendo sob o peso de seu corpo soou como outro tiro e ele despencou, igual ao pai.

Monroe, empunhando o taco de beisebol como se estivesse pronto para rebater, largou-o no chão e puxou Adrian para trás.

— Os policiais estão chegando. Já dá para ouvir as sirenes. Vamos chamar uma ambulância. Não olha, querida.

— Estou bem. Estou bem.

— Pode apostar que sim. — Ele a abraçou com força, depois a entregou nos braços de Raylan. — Da próxima vez, abre a porta cara.

— Foi mal. — Envolvendo-se em Adrian, Raylan pressionou o rosto no cabelo dela.

— Tudo bem. Vou descer pra ver como ele está e ligar para Teesha. Ela deve estar aflita.

Adrian chamou os cães que ainda rosnavam olhando de cima da varanda.

— Quietos. Bons garotos. Senta. Fica. — Ela olhou para Raylan. — Fica também.

— Com certeza.

— Ele tá vivo — informou Monroe. — Está bem machucado, mas ele tá respirando. Vou falar com a polícia.

— Graças a Deus. — Ela baixou a cabeça no ombro de Raylan. — Não queria que ele morresse. Eu não quero que ele morra assim, nessa casa. Não nessa casa. Como você sabia que tinha que vir para cá? Como sabia que eu precisava de você?

— Sadie me contou.

— Sadie. — Ela desabou, todo o controle que lutava em manter ruiu e as lágrimas transbordaram.

Raylan a pegou no colo, beijou o cabelo dela quando Adrian deitou a cabeça no ombro dele e a carregou para o andar de baixo.

*E*M MENOS de 24 horas, Adrian estava com a casa cheia novamente. A mãe, Mimi, Harry, Hector e Loren vieram se juntar ao que ela considerava a brigada de apoio de Traveller's Creek.

A equipe do centro juvenil enviou flores, assim como os funcionários do Rizzo's. Outros ligaram ou passaram para vê-la. Os cães receberam muitos presentes, ossos para roer, bolas e caixas de biscoitos.

Amigos e família, pensou ela. Amigos que eram família.

Ela se sentiu uma pessoa de sorte; se sentiu abençoada. Finalmente, sentiu que estava segura. Teve uma longa conversa por telefone com Rachael e chorou mais do que um pouco.

Jonathan Bennett Junior se recuperaria de seus ferimentos. A punhalada entre as omoplatas, o olho roxo, a garganta ferida pelo golpe de Adrian. O nariz quebrado provocado por Raylan, as múltiplas mordidas de cachorro. E a concussão, perna e cotovelo quebrados, e as lesões internas sofridas na queda.

Adrian tinha certeza de que JJ viveria para passar o resto da vida na prisão. A irmã cedeu ao interrogatório e forneceu uma declaração longa e detalhada em seu leito de hospital, incluindo a confissão de JJ sobre a morte da mãe.

Considerando as circunstâncias, nenhuma acusação seria apresentada contra Nikki Bennett.

E, considerando as circunstâncias, Adrian se considerou sortuda e abençoada por ter sobrevivido ao encontro apenas com alguns hematomas, contusões e arranhões.

Adrian falou, contou e recontou a história para a polícia e para o FBI e, por enquanto, pelo menos, recusou qualquer contato da mídia.

Tudo o que ela queria era deixar tudo para trás e apenas viver.

Ela se sentou no lado oposto da casa onde os operários reconstruíam o peitoral da varanda superior e trocavam as tábuas manchadas de sangue na varanda inferior. Mais gratidão, pensou Adrian, já que eles simplesmente vieram, voluntariamente, assim que a polícia liberou a casa.

Então agora ela estava sentada com suas duas amigas mais antigas, bebendo limonada. Jan e Mimi comandavam a cozinha fazendo sabe-se lá o quê, para o que Monroe decretou que seria o churrasco mais incrível do mundo.

Monroe, pensou Adrian, seu doce amigo que ela nunca vira sequer levantar a voz, exceto para cantar, literalmente atravessou cacos de vidro para ajudá-la.

Ela olhou para a rampa do gramado, para as montanhas, para os telhados, as pontes cobertas de Traveller's Creek.

— Acho que aqui é o lugar mais lindo do mundo.

— Tem razão — concordou Teesha. — E quero reiterar que Hector e Loren podem ficar na minha casa, para dar a vocês um pouco de privacidade e sossego esta noite.

— Gosto de ter eles aqui. Eu amo como eles simplesmente apareceram, porque sabem que têm essa liberdade. Que só precisavam me ver com os próprios olhos. — Ela olhou para Maya e fez que não com a cabeça. — E não acredito que o Joe convenceu eles a pescar.

— Ele ficou profundamente chocado quando soube que nenhum dos dois tinha pescado antes. Ele jura que vamos grelhar trutas frescas esta noite.

— E foi uma bênção terem levado Phin, Collin e Bradley com eles — acrescentou Teesha.

— Ele queria levar Mo também, mas ela apenas respondeu — Maya fez sua melhor cara de incrédula — "Por que eu faria isso, Joe? Minhocas são nojentas." Meu Deus, eu amo aquela garota.

— Eu também. — Adrian suspirou. — E eu amo o nosso mundo. — Ela olhou para onde Sadie e Jasper estavam aconchegados juntos cochilando. — Cada pedacinho dele.

Lina saiu com um copo com gelo na mão. Ela foi até a mesa e se serviu da jarra de limonada. — Fui expulsa da cozinha — disse ela enquanto se sentava. — Fui considerada terrivelmente inepta e inadequada. Mariah foi aceita e ajudou a fazer biscoitos em formato de coração. Eu fui rejeitada.

— Que bom que você não gosta de cozinhar.

Lina assentiu para Adrian.

— Ainda bem. Monroe também foi aceito e, após um sério debate, está encarregado dos ovos recheados.

— Ele faz os melhores ovos recheados da história dos ovos recheados.

— Ele, Jan e Mimi debateram as várias maneiras de fervê-los para depois serem descascados com mais facilidade. — Agora Lina ria. — Estou tão feliz que eles me expulsaram.

Maya e Teesha trocaram olhares.

— Melhor darmos uma olhada nos bebês — disse Maya enquanto se levantavam juntas, e Teesha pegava a babá eletrônica.

Lina as observou enquanto entravam.

— São ótimas amigas. Sei bem o que é ter bons amigos. Eu tive Mimi a maior parte da minha vida. Harry e Marshall também, mas Mimi? Amiga de toda uma vida. — Lina olhou para Adrian e pôs a mão na bochecha machucada da filha. — Não vou mais tocar neste assunto. Sei que você teve que reviver esses acontecimentos inúmeras vezes, como fizemos depois de Georgetown. Mas preciso dizer que agradeço muito sua força, coragem e inteligência.

— Grande parte disso veio de você.

— Você desenvolveu tudo isso. Naquele dia em Georgetown, pensei: esse dia não vai definir minha filha. Nem a mim. Mas ela não, eu não vou permitir. E não definiu, mas aquele dia continuou a assombrá-la. Espero que tudo isso agora possa ficar para trás.

— Pode e vai.

— Todas aquelas mulheres, Adrian, todas as outras, e você foi quase uma delas. Eu me perguntei várias vezes, o que eu poderia ter feito diferente para impedir que isso acontecesse?

— Nada. Mãe. — Ela colocou a mão sobre a de Lina. — Nada. Ele não é só fisicamente parecido com o pai. Ele tem a mesma falha de caráter, a mesma depravação dentro dele. Eu vi isso, em ambos. Foi o fato de eu existir que os enfureceu. JJ me disse algo. Ele disse que não via nada do pai em mim. Nem eu. Sou uma Rizzo, por inteiro.

— Sim, você é.

Sadie levantou a cabeça e Jasper a imitou um segundo depois.

— É o carro do Raylan. Ele disse que tinha algumas coisas a fazer. Já deve ter resolvido tudo.

Quando o carro chegou ao topo da colina, Lina se levantou e saiu pelo gramado. Ela foi até Raylan e o abraçou. Beijou as duas bochechas dele e se afastou.

Raylan parou por um momento, tocado e confuso, antes de continuar até a varanda.

— Ela não é muito de abraços, então esse foi um momento especial — disse Adrian a ele.

— Pareceu menos. — Gentilmente, ele pegou o queixo de Adrian com a mão e estudou o rosto dela.

— Cobalt Flame, você sofreu um duro golpe.

— Você também, MidwayMan.

— Mas a gente acabou com o vilão. Com uma ajudinha de nossos amigos. Portanto, isto é para eles. — Ele se sentou e tirou duas coleiras de cachorro da sacola que carregava, uma vermelha e outra azul. E as entregou a Adrian.

Ela leu a gravura.

— Sra. Sadie Wells e Sr. Jasper Rizzo.

— Eu pensei em oficializar a união deles, com a troca de sobrenomes.

— Acho que é a coisa mais fofa que eu já vi. Aqui está, Sadie, vamos colocar seu novo pingente.

— Agora é nossa vez — Raylan continuou enquanto Adrian começava a trocar as coleiras dos cachorros. — Acho que é hora de oficializar.

— O quê? — Ela ergueu os olhos com um sorriso, depois piscou quando ele apenas a olhou nos olhos. — O quê? — ela repetiu.

— Eu planejava te dar mais tempo. Muito mais. Mas não consigo. Os momentos importam e os momentos mudam as coisas. Não quero desperdiçar mais nenhum instante. Eu te amo. Eu amo tudo em você. Eu quero tudo em você. Eu preciso de tudo em você. Então casa comigo. Deixa eu me casar com você. Vamos ser uma família.

— Ah, Raylan, estamos apenas nos acostumando a...

— A gente nunca se acostuma a estar apaixonada. Não de verdade. Sou um homem de família, Adrian. Sou bom em ser casado.

— Você é, sim, você é. Foi. E é. Eu só não sei se eu seria.

— Você aprende rápido... Sei que venho com um pacote, assim como sei que esse pacote é louco por você. Podemos aumentar o pacote, se você quiser.

— Mais filhos?

— Se você quiser. Nós dois somos bons com crianças, mas você tem que querer.

— Só preciso... — Ela se levantou, caminhou até o peitoral da varanda e olhou para fora. — Uma casa cheia, pensou. Uma casa feita para uma família, para crianças, que foi dada a ela. Seu legado. — Sempre quis filhos — murmurou ela.

— Eu compartilho os meus com você. Tenha mais comigo. Seja a Sra. Adrian Wells e eu serei o Sr. Raylan Rizzo.

— Sempre posso contar com você para me fazer rir em momentos como este. — Ela fechou os olhos. — Quando Sadie não conseguiu chegar até mim, ela sabia para onde ir. Correu até você e Jasper. Ela precisava de ajuda e sabia onde consegui-la. E eu sei a quem recorrer quando preciso. — Ela se virou para ele. — Sempre será você.

Levantando-se, ele se aproximou dela e pegou suas mãos.

— Podemos nos casar amanhã ou daqui a um ano. Você pode planejar o tipo de casamento que quiser.

Ele enfiou a mão no bolso, tirou uma caixa e abriu-a. E tirou um anel.

Não era chamativo, pensou Adrian. Ele sabia que ela não gostaria de nada muito chamativo. Um anel simples de ouro branco com diamantes cravejados.

— Mas agora só quero um sim. O resto é detalhe. Nós dois somos bons nisso também.

— Você escolheu o anel perfeito para alguém como eu. Alguém que faz o que eu faço, que é quem eu sou.

— Sei quem você é. Eu amo quem você é. Diga que sim.

— Eu amo quem você é também. — Ela olhou para aqueles lindos olhos verdes, pôs a mão em sua bochecha, machucada como a dela. — Você me disse que não acreditava que pudesse se sentir assim de novo. Eu acreditava que jamais poderia me sentir assim.

— Isso é um sim?

— Eu tenho uma pergunta primeiro.

— Pode perguntar.

— Quando você acha que consegue se mudar com as crianças e Jasper? Sorrindo, ele emoldurou o rosto dela com as mãos.

— Que tal amanhã?

— Você precisa ver com eles primeiro.

— Eu já perguntei, enquanto você estava malhando hoje de manhã. — Ele pressionou os lábios na testa dela e depois beijou as mãos dela. — Eles te amam. Eu te amo. Diga sim, Adrian. Apenas sim.

Era tão simples, percebeu. Tão certo.

Porque sempre seria ele. Talvez sempre tenha sido.

— Adoro eles. Eu te amo. Sim, Raylan. Apenas sim.

Quando ele a beijou, suave, mas intensamente, quando colocou o anel em seu dedo, ela sentiu que toda sua vida se encaixou. Com um clique.

Quando ela o abraçou, pensou novamente: este é o lugar mais lindo do mundo.

E agora é nosso.

Impresso no Brasil pelo
Sistema Cameron da Divisão Gráfica da
DISTRIBUIDORA RECORD DE SERVIÇOS DE IMPRENSA S.A.
Rua Argentina, 171 – Rio de Janeiro, RJ – 20921-380 – Tel.: (21)2585-2000